NIKE ANDEER

Schuld vergeht nicht

GOLDMANN
Lesen erleben

Buch

Das bekannte Wissenschaftlerehepaar Dr. Susanne Fehse und Prof. Dr. Uwe Biskop wird mit dem Bundesverdienstkreuz ausgezeichnet. Das scheint aber nicht jedem zu gefallen, denn Mena Reglin, Mitarbeiterin im zeitgeschichtlichen Forschungsinstitut von Professor Justus Barin, erhält anonyme E-Mails, die Biskop als Verbrecher bezeichnen. Mena will der Sache auf den Grund gehen und entdeckt schon bald, dass das Wissenschaftlerpaar irgendetwas zu verbergen hat – und dass einige Leute Grund haben, die beiden zu hassen. Da ist zum einen Dr. Wilfried Gadow, der behauptet, Biskop hätte eine von ihm stammende Erfindung unredlich an sich gebracht und wäre dadurch reich geworden. Aber auch ihr eigener Chef Professor Barin, der in einem Konkurrenzverhältnis zu Biskop steht, wurde vor mehreren Jahren von Biskop übervorteilt. Mena ist jedoch davon überzeugt, dass es außer den beiden noch mehr Menschen gibt, die dem Paar feindlich gesinnt sind. So erhalten Biskop und seine Frau immer wieder Erpresserbriefe und Drohmails von unbekannten Absendern. Als im Umfeld von Biskop mehrere Menschen brutal ermordet werden, wird Mena klar, dass es nicht um Eitelkeiten unter Wissenschaftlern geht. Sie beginnt in Biskops Vergangenheit zu wühlen – und gerät bald selbst in tödliche Gefahr …

Informationen zu Nike Andeer finden Sie am Ende des Buches.

Nike Andeer

Schuld vergeht nicht

Kriminalroman

GOLDMANN

Dieses Buch ist auch als E-Book erhältlich.

MIX
Papier aus verantwortungsvollen Quellen
FSC® C014496
FSC www.fsc.org

Verlagsgruppe Random House FSC® N001967
Das FSC®-zertifizierte Papier *Pamo House* für dieses Buch
liefert Arctic Paper, Mochenwangen GmbH.

1. Auflage
Originalausgabe Oktober 2014

Gestaltung des Umschlags: UNO Werbeagentur, München
Umschlagfoto: Marta Orlowska / Trevillion Images
Redaktion: Regine Weisbrod
BH · Herstellung: Str.
Satz: IBV Satz- u. Datentechnik GmbH, Berlin
Druck und Bindung: GGP Media GmbH, Pößneck
Printed in Germany
ISBN: 978-3-442-48055-5
www.goldmann-verlag.de

1

1.1

Mit wachsendem Ärger starrte Mena Reglin auf ihren Bildschirm. Der Cursor zeigte an, dass der Computer immer noch lud. Doch die aufgerufene Website erschien nicht.

»Wie soll ich hier arbeiten, wenn nichts vorwärtsgeht?«, murrte sie und blickte auf die Uhr am unteren Bildrand.

Sie wollte rechtzeitig bei Toni sein, und dafür sollte sie in einer halben Stunde das Institut verlassen haben. Aber der Auftrag, den sie bearbeitete, musste an diesem Abend abgeschlossen werden, denn eine Terminüberschreitung würde das Institut nicht nur die gesamte dafür vereinbarte Summe kosten, sondern möglicherweise auch einen guten Kunden.

Da sich auf dem Bildschirm noch immer nichts tat, stand Mena auf und verließ ihr Büro. Auf dem Flur vernahm sie ein Knattern und Krachen, das aus dem Raum nebenan drang – und die Kommentare, die ihr Kollege Timo Jander ausstieß, klangen alles andere als wissenschaftlich.

»Jetzt habe ich dich endlich! Stirb, du Ratte!«

Empört riss Mena Janders Bürotür auf und sah ihn an einer teuren Spielkonsole hantieren, die über Funk mit seinem Computer verbunden war. Sie blieb hinter ihrem Kollegen stehen und blickte über seine Schulter auf den Bildschirm. Jander war so in ein kompliziertes Computerspiel vertieft, dass er sie nicht bemerkte. Stattdessen kämpfte er hingebungsvoll gegen irgendwelche Ungeheuer, die, wie ein zweiter Blick Mena verriet, von anderen Spielteilnehmern geführt wurden. Janders Spielfigur war eine Mischung aus einem Tyrannosaurus Rex und Rambo und feuerte mit einer Riesenkanone auf seine Gegner, die ähnlich monströs aussahen.

»Was soll der Unsinn?«, fragte sie verärgert. »Mit Ihrem Spiel blockieren Sie die gesamte Datenleitung!«

Jander schaute hoch und fluchte dann nicht gerade stubenrein, denn seine Gegner hatten den Augenblick der Unachtsamkeit genutzt, um seiner Figur einen Treffer zu verpassen.

»Sehen Sie, was Sie da angerichtet haben?«, beschwerte er sich, während er seine Figur flüchten ließ.

»Ich habe gefragt, was das Ganze hier soll? Ich benötige die Leitung für meine Arbeit!« Mena hätte am liebsten den Stecker des Computers gezogen, doch ihr war klar, dass Jander sich dann massiv bei ihrem Institutsleiter beschweren würde. Deswegen versuchte sie, die Angelegenheit auf diplomatischem Wege zu lösen.

»Dieses Spiel muss ich schließlich im Auftrag des Herstellers testen«, erklärte Jander herausfordernd.

Er wusste ebenso wie seine Kollegin, dass die LAN-Verbindung ihrer Computer zu einer Zeit eingerichtet worden war, in der weitaus geringere Datenmengen im Netz übertragen worden waren. Das Spiel, welches er testete, beanspruchte extrem viel Leitungskapazität, und er hatte es nicht zuletzt deshalb aufgerufen, um seiner Kollegin, dieser Streberin, den Feierabend zu verderben.

Mit verkniffener Miene musterte er die Frau und fand, dass sie auch an diesem Tag wieder äußerst attraktiv aussah. Doch ihr Gesicht unter der blonden Wallemähne wirkte viel zu energisch, und den eisigen Blick musste sie von einem Basilisken geerbt haben. Dabei hätte er ganz und gar nichts dagegen gehabt, wenn sie gelegentlich miteinander ausgegangen wären und hinterher in seiner oder ihrer Wohnung weitergefeiert hätten. Doch für solche Dinge war Philomena Antonia Reglin, genannt Mena, sich zu fein.

»Ich benötige die Leitung!«, wiederholte sie in einem Tonfall, der ihren unterdrückten Zorn verriet.

»Dann gehen Sie zum Professor und sagen Sie ihm, dass er eine neue Datenleitung legen lassen soll. So kommen wir uns andauernd ins Gehege. Verdammt, das war unfair!« Janders Spielfigur hatte wieder etwas abbekommen, und er tat jetzt alles, um sie aus der Klemme zu befreien, in die er sie manövriert hatte.

Mena ballte die Fäuste und kämpfte mit sich, ob sie ihm nicht doch den Computer einfach abschalten sollte, brachte es aber nicht über sich. *Eine Dame ereifert sich nicht, sondern versucht, alle Probleme in einem ruhigen Gespräch zu lösen*, hatte ihre Mutter ihr stets gepredigt. Bei einem groben Klotz wie Jander allerdings waren höfliche Worte verschwendet. Auf den Mann hätte sie schon mit dem Holzhammer einschlagen müssen. Doch der stand ihr nicht zur Verfügung.

»Nun gut, dann wird die Redakteurin des *Focus* eben auf ihren Bericht warten müssen«, sagte sie. »Allerdings besteht so die Gefahr, dass sie für weitere Recherchen ein anderes Institut vorzieht.«

Das war ihre einzige Waffe. Wenn die Arbeit nicht schnell genug erledigt wurde, um ihre Kunden zufriedenzustellen, konnte Professor Barin fuchsteufelswild werden. Dies wusste Jander genauso gut wie sie und zog seine Figur aus dem Online-Spiel zurück.

»Zufrieden?«, fragte er giftig.

»Das nächste Mal tun Sie es gleich, wenn ich Sie darum bitte. Ob Sie das Spiel jetzt testen oder in einer halben Stunde, wenn ich das Haus verlassen habe, macht doch wohl keinen Unterschied. Sie haben ohnehin noch ein dickes Minus auf Ihrem Stundenkonto!« Mit diesen Worten drehte Mena sich um und ging.

Jander sah ihr grinsend nach. In einer halben Stunde würde sie ihre Nachforschungen mit Sicherheit nicht erledigen können. Wenn sie trotzdem eher ging, würde Professor Barin die Verzögerung ihr anhängen und nicht ihm. Immerhin hatte er ja die Leitung freigegeben.

Als Mena an ihren Arbeitsplatz zurückkehrte, hatte sich die gewünschte Website aufgebaut. Ein Blick auf die Uhr zeigte ihr, dass sie sich beeilen musste, um nicht zu spät zu ihrer Schwester zu kommen. Rasch notierte sie sich die wichtigsten Punkte und ergänzte den schon fast fertigen Bericht für den *Focus*. Fünf Minuten vor dem Zeitpunkt, an dem sie spätestens gehen musste, war alles erledigt, und sie sandte eine Mail samt Anhang an die Dame, die auf die Daten wartete.

Mena wollte schon ihren Computer herunterfahren, als eine aufblinkende Meldung eine eintreffende E-Mail ankündigte. Die wollte sie rasch noch lesen. Falls es sich um einen neuen Auftrag handelte, konnte sie die Zeit, die sie an diesem Abend in öffentlichen Verkehrsmitteln verbringen musste, nützen, um über mögliche Arbeitsschritte nachzudenken.

Doch als sie die Mail aufrief, stand da nur eine einzige Zeile.

Professor Biskop ist ein Verbrecher!

Es war nicht die erste E-Mail ähnlichen Inhalts, die sie erhielt, und als Absender war erneut ein Phantasiename angegeben. Aus Erfahrung wusste Mena, dass es keinen Sinn hatte, der Mail-Adresse nachzuspüren. Sie hatte es schon mehrmals versucht und war zumeist auf einem Server in Usbekistan und einmal sogar in Nairobi gelandet. Dort war die Spur versandet. Aus dem Grund fuhr sie ihren Computer mit einem Achselzucken herunter und verließ ihr Büro. Auf dem Weg zur Garderobe kam sie an Professor Barins Zimmer vorbei. Die Tür stand halb offen, und sie konnte erkennen, dass ihr Chef neben seinem Schreibtisch stand und angestrengt auf eine Zeitungsseite starrte.

Nach einem kurzen Anklopfen trat Mena ein. »Herr Professor, ich gehe jetzt. Der Bericht für den *Focus* ist rausgegangen.«

»Hmmm … gut!«, brummte Barin, ohne von der Zeitung aufzusehen.

Von ihrer berufsmäßigen Neugier getrieben blickte Mena ihm über die Schulter und sah, dass er die Seite drei der *Süddeutschen Zeitung* aufgeschlagen hatte. »Ein Leben für die Wissenschaft!« stand dort als Überschrift. Mehr konnte sie nicht entziffern, aber das Foto darunter verriet ihr, dass es sich um einen Artikel über Uwe Biskop und dessen Ehefrau Susanne Fehse-Biskop handelte. Dies erinnerte sie an die ominöse E-Mail, die sie eben erhalten hatte.

»Eben habe ich wieder eine Troll-Mail bekommen – wie die drei oder vier, die in den letzten Wochen eingetroffen sind. Unser Freund hat offenbar noch immer nicht aufgegeben, und diesmal nennt er Professor Biskop sogar einen Verbrecher!«

Barin lachte hart auf. »Vielleicht ist er ja einer!«

»Was haben Sie gesagt?«, fragte Mena verwundert.

Nun blickte Justus Barin auf. »Ich habe gar nichts gesagt! Wie kommen Sie darauf?«

»Aber Sie sagten doch eben …«

Ihr Chef machte eine Handbewegung, als wollte er eine lästige Fliege verscheuchen. »Ich habe nichts gesagt! Verstanden? Professor Biskop ist ein anerkannter Wissenschaftler, der noch dazu gemeinsam mit seiner Ehefrau mit dem Bundesverdienstkreuz ausgezeichnet wird. Jede diffamierende Äußerung, die aus unserem Institut hinausdringt, würde mir als Neid ausgelegt und hätte Auswirkungen auf unsere Kunden und Sponsoren. Es war heuer schon schwer genug, unser Budget zusammenzubringen. Wenn wir auch noch mit Biskop und dessen Frau Ärger bekämen, würden etliche Aufträge ausbleiben, auf die wir dringend angewiesen sind. Dann müssten wir sogar unser Personal verringern.«

Die Drohung verfing bei Mena nicht, denn sie spielte schon seit geraumer Zeit mit dem Gedanken, das Institut zu verlassen. Zwar war ihrer letzten Bewerbung bei einer staatlichen Stelle kein Erfolg beschieden gewesen, doch bei einer wissenschaftlichen Zeitung rechnete sie sich Chancen aus.

»Es ist schon spät, Herr Professor. Bis morgen!« Ohne seine Antwort abzuwarten, verließ Mena Barins Zimmer und merkte erst, als sie ihre Jacke vom Garderobenständer nahm, dass sie vergessen hatte, sich über die lahme Datenleitung zu beschweren. Da die Zeit drängte, verließ sie die alte Villa, in der das Institut untergebracht war, und verschob diese Angelegenheit auf den nächsten Tag. Bei der Gelegenheit würde sie auch das zunehmend unkollegiale Verhalten Timo Janders aufs Tapet bringen.

1.2

Alice Blair blickte durch das Fenster ihres Zimmers im Frankfurter Hof auf die Straße hinab und wunderte sich, wie eng alles in diesem Land war. Von zu Hause war sie breitere Straßen gewöhnt – und vor allem größere Parkplätze. Nur mit Schaudern dachte sie an ihren ersten Versuch, ihr Auto hier in Frankfurt zu parken. Sie hatte zwei Wagen angeschrammt und war von dem Besitzer des einen wüst beschimpft worden. Dabei hatte sie ihm sofort erklärt, dass sie seinen Schaden selbstverständlich ersetzen würde. Nach diesen Erfahrungen fuhr sie häufig an Parkplätzen vorbei, in denen sie gerade noch hätte parken können, um einen größeren Platz zu finden.

Nicht zum ersten Mal fragte sie sich, was man von einem Land erwarten sollte, in dem mehr als achtzig Millionen Menschen auf einer Fläche lebten, die gerade einmal halb so groß war wie Texas. Sie durfte sich allerdings nicht beschweren. Schließlich hatte sie sich selbst um diesen Job beworben, obwohl ihre Chefs ihr weitaus attraktivere Stellen angeboten hatten. Für einen Augenblick wirkte ihr Blick im Spiegel des Fensters hasserfüllt, und über ihren Wangenknochen spannte sich die Haut. Rasch hatte sie sich jedoch in der Gewalt, und sie kehrte zu ihrem

Schreibtisch zurück. Sie wollte gerade wieder in den Artikel der vor ihr liegenden Wissenschaftszeitung einsteigen, als es an ihre Tür klopfte. Rasch steckte sie die Zeitschrift in eine Schublade, schloss diese und rief: »Herein!«

Ein hochgewachsener, hagerer Mann in einem grauen Anzug trat ein. Sein Gesicht wirkte verbissen, und er schwenkte eine Ausgabe der FAZ in der Rechten.

»Haben Sie das schon gelesen?«, fragte er auf Englisch, ohne sich mit einem Gruß aufzuhalten.

»Mr Gadow! Das ist aber eine Überraschung. Ich wähnte Sie in den Staaten. Woher wissen Sie überhaupt, dass ich hier Quartier bezogen habe?«, fragte Alice nicht gerade erfreut.

»Ich habe bei Ihrem Sender nachgefragt, wo ich Sie erreichen kann«, antwortete Dr. Wilfried Gadow und hielt ihr seine Zeitung vor die Nase. »Was sagen Sie zu dieser Sache?«

»Welcher Sache?«

»Biskop, dieser elende Dieb und Betrüger, soll das Bundesverdienstkreuz verliehen bekommen! Ich habe Ihnen doch schon in den Staaten berichtet, wie dieser Kerl mich ausgenützt und betrogen hat. Damals war ich sicher, dass Sie an dieser Sache interessiert wären.«

»Es war eine interessante Geschichte, aber nichts, was ich für unser Network verwenden kann«, antwortete Alice kühl.

»Der Kerl gehört hinter Gitter!«, rief ihr ungebetener Gast unbeherrscht. »Als ich gehört habe, dass Sie nach Deutschland gehen, dachte ich, Sie würden dieser Angelegenheit nachspüren. Biskop hat Millionen gemacht, und das mit der Erfindung, die er mir gestohlen hat.«

»Jetzt beruhigen Sie sich erst einmal!«, bat Alice. »Was meinen Aufenthalt in Deutschland betrifft, so hat unser Network mich als Korrespondentin hierhergeschickt. Mit Biskop und der Geschichte, die Sie mir erzählt haben, hat das überhaupt nichts zu tun.«

»Verdammt! Und ich dachte …« Wilfried Gadow ballte die rechte Hand zur Faust. »Wenn mir keiner helfen will, muss ich mich eben allein durchsetzen.«

»Warum vergessen Sie die Sache nicht einfach?«, schlug Alice vor. »Sie haben in den Staaten doch einen guten Job und nagen nicht gerade am Hungertuch.«

»Es geht mir um meine Reputation, die Biskop und seine Frau – diese falsche Schlange! – zerstört haben. Außerdem ist es ein Unterschied, ob ich als wissenschaftlicher Angestellter siebzigtausend Dollar im Jahr verdiene oder mehrere Millionen Euro wie Biskop. Dieses Geld stünde mir zu! *Ich* habe den speziellen Dämmstoff erfunden, der jetzt so gefragt ist! Nicht er! Er ist nur deshalb an meine Erfindung gekommen, weil er hinter meinem Rücken gegen mich intrigiert und es mit Hinterlist und Heimtücke geschafft hat, zum Leiter unseres Forschungsprojekts ernannt zu werden. Außerdem hat er gegen alle Regeln des Anstands in meinen Dateien herumgewühlt, um meine Ergebnisse als die seinen ausgeben zu können.«

Gadows Stimme nahm einen weinerlichen Klang an, der Alice abstieß. Drüben in den Vereinigten Staaten hatte er mehr Courage gezeigt und war fest entschlossen gewesen, Biskop vor Gericht zu bringen.

»Was ist denn aus Ihrer Klage geworden?«, fragte sie deshalb.

»Mein Anwalt hat mir davon abgeraten, weil ich über keinen handfesten Beweis verfüge«, erklärte Gadow verbittert. »Biskop hat alles beseitigt, was auf mich als Erfinder hätte hinweisen können, und dafür gesorgt, dass ich in den Unterlagen der Freien Universität Berlin nur als sein Assistent auftauche. Darum bin ich ja damals zu Ihnen gekommen. Ich dachte, mit Ihren Verbindungen könnten Sie diesen Betrüger entlarven!«

Alice legte die Spitzen ihrer Finger gegeneinander und sah ihren Gast nachdenklich an. »Sie wissen, wie sehr ich Sie schätze, Dr. Gadow. Aber ohne Beweise kann auch ich keinen anerkannten Wissenschaftler einen Betrüger nennen. Täte ich es, würde Professor Biskop einen Verleumdungsprozess gegen mich und unser Network in den Staaten anstrengen – und in der Hinsicht verstehen unsere Gerichte keinen Spaß. Biskop bekäme mehrere Millionen Dollar als Entschädigung zugesprochen, und ich wäre meinen Job los. Sorry, aber das ist es mir nicht wert.«

»Ich verstehe!«, sagte Gadow mit einer Miene, als wollte er die ganze Welt erwürgen. »Sie haben Angst, Ihre Recherchen würden nicht genug Beweise aufzeigen, um Biskop zu Fall zu bringen. Aber ich sage Ihnen eins: Man muss nur ein wenig den Lack von diesem sauberen Pärchen abkratzen, dann kommt genug Dreck ans Tageslicht. Oder glauben Sie etwa, der Diebstahl meiner Erfindung wäre Biskops einzige Schurkerei?«

»Ich glaube gar nichts, bevor ich keine verlässlichen Fakten in Händen halte«, antwortete Alice mit einem geschäftsmäßigen Lächeln, das ihre Augen nicht erreichte. »Außerdem habe ich derzeit genug damit zu tun, mich hier in diesem Land zurechtzufinden. Können Sie mir sagen, weshalb es nur so winzige Parkplätze gibt?«

»Was ist mit den Parkplätzen?« Gadow sah Alice irritiert an, winkte enttäuscht ab und legte seine Zeitung zusammen. »Tut mir leid, wenn ich Sie gestört haben sollte! Aber ich dachte …«

»Sie haben nicht gestört«, unterbrach Alice ihn nicht ganz wahrheitsgemäß. »Ich freue mich doch immer, wenn ich Sie sehe. Wie lange bleiben Sie in Deutschland? Vielleicht sollten wir uns hin und wieder auf einen Drink treffen.«

»Ich bleibe vorerst hier. Vielleicht finde ich den Faden, an dem ich zupfen muss, damit Biskop schließlich ganz nackt dasteht. Aber jetzt muss ich gehen. Auf Wiedersehen!« Mit einer Miene, die seinen tief sitzenden Frust verriet, verließ Gadow das Zimmer.

»Auf Wiedersehen!«, rief Alice ihm nach, wusste aber nicht, ob er es noch gehört hatte.

Sie stand mehrere Minuten starr wie eine Statue neben ihrem Schreibtisch, setzte sich dann und öffnete die Schublade wieder. Als sie die Zeitschrift herausnahm, war eine Seite mit einem Artikel aufgeschlagen, der ein wahres Loblied auf Prof. Dr. Uwe Biskop und dessen Ehefrau Dr. Susanne Fehse-Biskop darstellte. Alice las nun den Rest des Artikels und zog eine Aktenmappe aus einer anderen Schublade, die alte Zeitungsausschnitte enthielt. Als Erstes wurde ein vergilbtes Blatt mit einem Foto sichtbar, das zwei menschliche Körper auf den Vordersitzen eines Unfallautos zeigte.

Als Alice die Augen schloss, sah sie dasselbe Auto vor sich – kurz bevor der Unfall passiert sein musste. Es hatte unter einer Straßenlaterne gestanden, und vier Menschen, die ihr alle vertraut gewesen waren, hatten sich hineingesetzt. Gleichzeitig klang in ihrer Erinnerung eine sich hysterisch überschlagende Stimme auf:

»Sie haben sie umgebracht!«

1.3

Während sie mit dem 32er-Bus in die Augsburger Innenstadt fuhr, drehten sich Menas Gedanken unwillkürlich um das Gespräch, das sie eben mit ihrem Chef geführt hatte. Barin hatte nicht gerade so geklungen, als gönnte er Professor Biskop das Bundesverdienstkreuz von Herzen, und der Troll-Mail zufolge tat dies ein anderer ebenfalls nicht.

»Professor Biskop ist ein Verbrecher!«

Erst der Klang der eigenen Stimme brachte Mena darauf, dass sie den Satz halblaut ausgesprochen hatte. Sie sah sich rasch um, aber zu ihrem Glück blickten die anderen Fahrgäste desinteressiert an ihr vorbei. Trotzdem nahm sie sich vor, in Zukunft besser achtzugeben. Was Biskop betraf, so hatte sie bereits nach der ersten anonymen Mail Recherchen angestellt, aber nur wenig über den Mann herausgefunden. Es gab zwar eine Menge Material über seine wissenschaftlichen Erfolge, seine Auszeichnungen und dergleichen mehr, doch der Mensch Biskop blieb hinter dieser Fassade verborgen. Er hatte an mehreren Universitäten in Deutschland und in den USA studiert und dabei drei Doktortitel und sogar einen amerikanischen Master of Science gesammelt. Seine Ehefrau Susanne Fehse-Biskop war ebenfalls eine anerkannte Wissenschaftlerin mit zwei Doktortiteln, hatte sich mittlerweile jedoch populärwissenschaftlichen Arbeiten zugewandt und präsentierte diese als Wissenschaft für jedermann in Fernsehsendungen. Außerdem schrieb sie Artikel für Unterhaltungsmagazine und brachte es so auf eine beachtliche Medienpräsenz.

Das Paar hatte keine Kinder und bewohnte eine Villa im Spickel, in einer der angesehensten Wohngegenden von Augsburg. Dazu besaßen die beiden ein Ferienhaus auf einer griechischen Insel, eines in den Abruzzen und ein Apartment in New York, da Biskop sich öfter zu wissenschaftlichen Symposien in den Staaten aufhielt.

Nun tadelte Mena sich im Stillen selbst. Anstatt über Biskop und dessen Frau nachzudenken, sollte sie besser überlegen, wie sie ihren Kollegen Jander dazu bringen konnte, seine gehässigen Aktionen gegen sie zu unterlassen. Mit solchen Störmanövern behinderte er sie nicht nur bei der Arbeit, sondern schadete auch dem Institut, das auf den Erlös ihrer Recherchen angewiesen war. Auf diesen Punkt würde sie ihren Chef am nächsten Tag deutlich hinweisen. Noch besser wäre es, wenn sie endlich einen anderen Job finden könnte. Sie wunderte sich immer noch, wieso ihre letzte Bewerbung nach anfänglich positiven Aussagen auf einmal abschlägig beschieden worden war.

In Gedanken versunken hätte Mena beinahe ihre Haltestelle verpasst. Im letzten Augenblick sprang sie am Königsplatz aus dem Bus und erreichte nach einem kurzen Fußmarsch die Straße, in der ihre Zwillingsschwester wohnte. Von hier war es nicht weit bis zu Tonis Modeboutique in der Maximilianstraße. Dennoch herrschte in diesem Viertel eine beschauliche Ruhe, die nicht verriet, dass wenige Schritte entfernt das hektische Stadtleben tobte.

Toni hatte ihr helfen wollen, eine der Nachbarwohnungen zu mieten, doch Mena war der Weg von hier bis zum Institut zu weit. Da sie nicht selten bis tief in die Nacht hinein arbeitete, um einen Auftrag rechtzeitig fertigzustellen, hätte sie sich ein Auto zulegen müssen. Parkplätze allerdings waren in diesem Viertel ebenso Mangelware wie um das Institut herum. Auch jetzt standen einige Autos halb auf dem Gehsteig und zwangen sie zum Ausweichen hinter einen Lieferwagen, weil ihr eine Frau mit Kinderwagen entgegenkam.

Vor Tonis Haus verzichtete sie darauf zu läuten, sondern benutzte den Schlüssel, den die Schwester ihr überlassen hatte. Wenig später war sie die zwei Treppen hochgestiegen und öffnete die Wohnungstür.

»Hallo Toni, ich bin's!«, rief sie, erhielt aber keine Antwort.

Verwundert zog sie ihre Jacke aus und hängte sie an die Garderobe. Danach schaute sie ins Wohnzimmer, fand es aber leer. In Tonis Schlafzimmer hinein wagte sie keinen Blick, weil sie nicht wusste, ob ihre Schwester ihren Freund Hans mitgebracht und über der Beschäftigung mit ihm die Zeit vergessen hatte.

Da vernahm sie ein Geräusch aus der Küche. Darin fand sie jedoch nur die Putzfrau vor, die vor dem Esstisch sichtlich angespannt einen Artikel in einem Boulevardblatt las.

»Guten Tag, Frau Miersch«, grüßte Mena.

Die Frau sagte auch etwas, doch es klang in Menas Ohren so ähnlich wie: »Dieses miese Schwein!«

»Guten Tag, Frau Miersch!«, wiederholte sie ihre Begrüßung etwas lauter.

Nun zuckte die Putzfrau zusammen, als habe man sie über etwas Verbotenem ertappt, und drehte sich um. »Sie sind es, Frau Reglin! Beinahe hätten Sie mich erschreckt.«

Das »beinahe« strich Mena in Gedanken, denn Anna Miersch benahm sich so, als wäre sie dabei erwischt worden, in den privaten Unterlagen ihrer Arbeitgeberin zu stöbern.

»Ist meine Schwester noch nicht da? Wir hatten uns für sieben Uhr verabredet.«

Anna Miersch schaute auf die auffällig gestaltete Küchenuhr, die Toni von einer Modemesse in Singapur mitgebracht hatte. Das Ding zeigte einen chinesischen Drachen, dessen Zunge den Stunden- und dessen Schwanz den Minutenzeiger darstellten.

»Oh Gott! Es ist ja schon zehn nach sieben! Ich hätte längst fertig sein müssen, um in der Boutique zu putzen. Frau Mädler wird doch hoffentlich nicht dort auf mich warten?« Nun wirkte Anna Miersch ehrlich betroffen und hastete aus dem Raum.

Mena sah ihr kopfschüttelnd nach, bis sie hörte, dass die Wohnungstür geöffnet und wieder geschlossen wurde. Dann trat sie an den Esstisch und schaute in die mit mehr Bildern als Text ausgestattete Zeitung, die noch immer aufgeschlagen dort lag. Den größten Teil der rechten Seite nahm ein Interview mit Uwe Biskop und dessen Frau ein. Darin erklärten die beiden, wie eng sie in vielen Dingen zusammenarbeiteten und weshalb die Ehre, mit dem Bundesverdienstkreuz ausgezeichnet zu werden, beiden zu gleichen Teilen zukäme.

Da Mena sich nicht vorstellen konnte, dass die Putzfrau ihrer Schwester sich für das Wissenschaftlerpaar interessieren könnte, überflog sie die weiteren Artikel und nahm an, dass der Ausspruch mit dem Schwein einem Mann gegolten hatte, der wegen mehrfacher Vergewaltigung seiner Tochter verurteilt worden war.

»Du bist schon da! Entschuldige, dass ich später komme, aber ich habe nicht angenommen, dass du es Punkt sieben schaffen würdest!« Toni Mädler, die sich nur durch ihre extravagante

Kleidung und eine dunkelgefärbte Strähne im Haar von ihrer Zwillingsschwester unterschied, umarmte Mena und sah dann die Zeitung auf dem Tisch.

»Seit wann liest du denn dieses Blatt?«, fragte sie überrascht.

»Das hat deine Putzfrau liegen gelassen«, antwortete Mena lächelnd.

»So was! Frau Miersch soll hier putzen und nicht lesen.« Toni knüllte die Zeitung zusammen und stopfte sie in den Mülleimer.

»Das ist Papier und könnte recycelt werden«, wandte Mena ein.

»Dieses Geschmier nicht! Aber lass dich anschauen. Du hättest dich ruhig ein wenig peppiger anziehen können. So erkennt jeder in dir die langweilige Institutsmaus. Weißt du was? Ich gebe dir was von mir. Hans holt uns in einer Stunde ab, denn wir treffen uns mit einem guten Bekannten zum Essen.«

Mena verdrehte die Augen. Also wollte Toni sie wieder einmal verkuppeln! Dabei hatte sie nach ihrer gescheiterten Ehe erst einmal genug vom männlichen Geschlecht. Nein sagen wollte sie jedoch nicht, und so ließ sie sich von ihrer Schwester ins Schlafzimmer schleifen. Dort zog sie gehorsam eine mit Pailletten besetzte Bluse und die hautenge schwarze Jeans an, die Toni ihr reichte.

1.4

In einer großen Villa direkt am Siebentischwald öffnete zur selben Zeit Professor Uwe Biskop eine Flasche Taittinger und füllte zwei Champagnerkelche. Einen reichte er seiner Frau und stieß mit ihr an.

»Auf uns und unseren Erfolg!«

»Auf uns!« Susanne Fehse-Biskop trank und musterte über den Rand des Glases hinweg ihren Ehemann. Man sah ihm seine neunundvierzig Jahre nicht an. Er war ein paar Zentimeter kleiner als sie, für einen Mann aber immer noch durchschnittlich groß. Sein Gesicht wirkte sowohl anziehend wie auch energisch. Dazu hatte er volles, blondes Haar und einen durchtrainierten, gepflegten Körper. Obwohl sie im nächsten Jahr ihre Silberhochzeit feiern würden, stimulierte sie sein Anblick noch immer. Deswegen wollte sie vor dem Empfang, zu dem sie eingeladen waren, noch mit ihm im Bett landen.

»Man könnte zwar meinen, dass heutzutage jeder, der laut genug ›Hier!‹ schreit, das Bundesverdienstkreuz erhält. Dennoch halte ich es in unserem Fall für etwas Besonderes.« Biskop klang äußerst zufrieden. Schließlich hatte er in seinem Leben alles erreicht, was man erreichen konnte, und besaß Geld, Anerkennung und eine Frau, die ebenso klug wie schön war.

»Ja, in unserem Fall ist es etwas Besonderes. Ich glaube nicht, dass dieser Orden schon einmal zu gleichen Teilen einem Ehepaar verliehen wurde«, stimmte Susanne Fehse-Biskop ihm zu.

»Darauf sollten wir trinken!«

Die beiden stießen erneut an und leerten die Gläser. Während Uwe Biskop eine Illustrierte aufschlug, die einen langen, lobhudelnden Bericht über sie beide gebracht hatte, legte ihm seine Frau die Hand auf die Schulter. »Diese Auszeichnung wird unsere Neider höllisch wurmen!«

Biskop nickte grinsend. »Und wie! Aber ich vergönne es diesen Arschlöchern.«

»Ich auch!«, sagte seine Frau mit Inbrunst. »Was meinst du? Werden wir wieder Bettelbriefe von Verwandten und anderen erhalten, die glauben, wir wären ihnen etwas schuldig?«

»Das ist so sicher wie das Amen in der Kirche. Aber für dieses Geschmier haben wir einen schönen, großen Kamin – und kommen sie per Mail, reicht ein Mausklick, um sie dem Vergessen anheimzugeben.«

»Und wenn wieder diese widerlichen Briefe kommen, deren Buchstaben aus Zeitschriften ausgeschnitten worden sind und die Drohungen und hässliche Beleidigungen enthalten?«, fragte Susanne Fehse-Biskop und klang nun doch ein wenig besorgt.

»Dann übergeben wir sie der Polizei oder beauftragen einen guten Privatdetektiv, den Absender herauszufinden. Vielleicht setze ich noch einmal Leutmann auf diesen Kerl an.«

»Ich glaube kaum, dass er lange suchen müsste, denn wir kennen den Mann!« Für zwei, drei Augenblicke nahm Susanne Fehse-Biskops Miene einen gehetzten Ausdruck an, der so gar nicht zu ihrer gepflegten Erscheinung passen wollte.

»Ach was! Wenn du den meinst – der kann nur plärren, aber uns nicht schaden«, antwortete ihr Mann, stellte sein Glas ab und betrachtete sie lächelnd.

Susanne war eine hochgewachsene, schlanke Schönheit mit einer aufregenden Oberweite und einem klassisch geformten Gesicht unter elegant fließenden Locken. Obwohl sie nur ein Jahr jünger war als er selbst, hätte niemand sie auf älter als dreißig geschätzt.

Biskop fand seine Frau so begehrenswert wie am ersten Tag und fragte sich, ob sie nicht noch rasch ein Glas Champagner trinken und dann im Schlafzimmer verschwinden sollten.

Zuerst aber ging er noch einmal auf ihre Vermutung ein. »Ich kann mir nicht vorstellen, dass tatsächlich Wilfried Gadow hinter diesen anonymen Pamphleten steckt. Wenn ich mich recht erinnere, kam das erste bereits, bevor er mit mir zusammengearbeitet hat, und das war ein waschechter Erpresserbrief.«

Susanne Fehse machte eine wegwerfende Handbewegung. »Wer auch immer es ist, er wird bei uns auf Granit beißen.«

»Ich möchte die Sache dennoch ungern auf die leichte Schulter nehmen«, erwiderte Biskop nachdenklich. »Nachdem weder die erste Detektei, die wir beauftragt haben, noch Jürgen Leutmann irgendwelche Ergebnisse liefern konnten, sollten wir vielleicht über einen ganz anderen Weg nachdenken.«

»Und welchen?«

»Es gibt universitäre Institute, die darauf spezialisiert sind, Recherchen zu betreiben, und auch private Einrichtungen dieser Art. Eines davon befindet sich sogar in unserer Nähe!«

»Du meinst, die Leute dort könnten herausfinden, wer uns seit Jahren bedroht?« So ganz war Susanne Fehse-Biskop von der Leistung solcher Einrichtungen nicht überzeugt.

Ihr Mann nickte. »Das Institut, das ich im Blick habe, verfügt über einen ausgezeichneten Ruf und erhält Aufträge von der Industrie, von Zeitschriften, Zeitungen und auch von Radio- und Fernsehsendern. Die Leute haben sogar zweimal Material für deine Sendungen besorgt.«

»Und warum hast du dieses Institut nicht längst beauftragt?«, fragte seine Frau.

»Es steht unter der Leitung von Professor Barin!«

Als Susanne Fehse-Biskop diesen Namen hörte, wurde ihre Miene schlagartig abweisend. »Dann solltest du es keinesfalls engagieren. Barin hat gewiss nicht vergessen, wie du ihn damals wegen eines Fehlers in seinem Buch zur Schnecke gemacht hast. Dem Mann traue ich zu, die Nachforschungen auszunützen, um uns zu schaden.«

»Dafür ist er viel zu feige«, antwortete Biskop lachend und schenkte die Gläser erneut voll. »Auf die begehrenswerteste Frau, die ich kenne!«

»Meinst du etwa mich?«, fragte Susanne Fehse-Biskop kokett und lachte leise auf. »Auf uns! Und auf dass der Teufel die Leute hole, die uns unseren Erfolg missgönnen.«

»Darauf trinke ich gerne!« Biskop leerte sein Glas, stellte es ab und hob seine Frau hoch, obwohl diese noch trank.

»Ich glaube, wir haben lange genug über dieses Thema geredet. Jetzt will ich Spaß haben, und zwar mit dir!«

»Nichts dagegen!«, antwortete Susanne Fehse-Biskop lachend und stellte, als ihr Mann sie aus dem Zimmer trug, ihr halbvolles Glas auf einer Anrichte ab.

War ihr Wohnzimmer eher konservativ eingerichtet, so entsprach ihr Schlafzimmer ganz der Spielwiese eines verliebten Paares. Beide Betten waren rot überzogen, und an den Wänden hingen zwei lebensgroße, künstlerisch gestaltete Bilder, auf denen beide nackt und in aufreizenden Posen zu sehen waren. Ein großer Flachbildschirm schaltete sich auf Susannes Handbewegung ein und zeigte einen Pornofilm mit zwei Paaren, von denen eines hell- und das andere dunkelhäutig war und bei denen es jeder unter lautstarkem Stöhnen mit jedem trieb.

Susanne Fehse-Biskop und ihr Mann sahen dem Film einen Augenblick lang zu, dann entkleideten sie sich gegenseitig und passten ihre Stellung dem der Paare auf dem Fernsehgerät an. Während sie kurz darauf in die Reiterstellung überwechselten, lachte Biskop kurz auf.

Verwundert hielt Susanne Fehse-Biskop inne. »Was ist?«

»Ich habe mir eben das Gesicht vorgestellt, das der Regierungspräsident machen würde, wenn ich auf seine Frage, was wir vor dem Empfang getan hätten, antworten würde, ich habe meine Frau gevögelt!«

»Dann tu das auch!«, antwortete Susanne und legte sich genießerisch zurück.

1.5

Der Abend war vielleicht keine vollständige Katastrophe gewesen, aber zumindest eine halbe, sagte Mena sich, als sie am nächsten Morgen ihre Wohnung verließ. Der Bekannte, den Tonis Lebensgefährte Hans ihr vorgestellt hatte, war zunächst ein amüsanter Gesprächspartner gewesen. Aber im Laufe des Abends hatte er sich als eifriger Konsument starker Getränke entpuppt und war allzu aufdringlich geworden. Da Mena keine Anstalten gemacht hatte, in seinen Wagen zu steigen und mit ihm zu fahren, hatte er sie eine frustrierte Gans genannt und war schließlich mit einer nicht weniger alkoholisierten Frau davongefahren.

Sie musste ein ernstes Wort mit Toni sprechen, damit diese ihr in Zukunft mit solchen Typen vom Leib blieb. Schließlich war sie nicht dazu da, um Hans' unmöglichen Freunden zu sexuellen Abenteuern zu verhelfen. Mit diesem Vorsatz stieg sie aus dem Bus und ging die letzten zweihundert Meter zum Institut zu Fuß.

Zu ihrem Glück war sie nicht zu tief in ihre Gedanken verstrickt, denn aus einer Seitenstraße kam ein Sportwagen geschossen, dessen Fahrerin weder auf die Vorfahrt noch auf Passanten achtete. Mena prallte im letzten Moment zurück und tippte sich in einer Reflexbewegung an die Stirn. Die Frau hinter dem Steuer beachtete sie jedoch nicht, sondern bog auf die Straße ein und fuhr weiterhin mit einer Geschwindigkeit, die um einiges über den erlaubten dreißig Stundenkilometern lag.

Das war doch Professor Biskops Ehefrau Susanne Fehse-Biskop!, dachte Mena verärgert. Wenn die Frau immer so fuhr, war es kein Wunder, dass es zu anonymen Mails kam, in denen sie aller möglichen Vergehen beschuldigt wurde.

Bei dem Gedanken fasste Mena sich an den Kopf. In den Mails war nie von der Frau die Rede gewesen, sondern immer nur von Uwe Biskop. Pflegte der Mann einen noch extremeren Fahrstil als seine Frau?, fragte sie sich, schob diesen Gedanken aber sofort beiseite. Ihr stand die nächste Konfrontation mit Timo Jander bevor, und da wollte sie sich nicht ablenken lassen.

Als Mena das Institut betrat, war von Jander weit und breit nichts zu sehen. Auch Professor Barin glänzte durch Abwesenheit, und daher waren all ihre Überlegungen, wie sie die Situation ohne große Emotionen klären konnte, für die Katz. Genervt startete sie ihren Computer und las die neu eingegangenen

Mails. Die Redakteurin des *Focus* bedankte sich für die prompte Arbeit und kündigte weitere Aufträge an.

Einer anderen Mail zufolge hatte sie über neunhunderttausend Dollar bei einer Lotterie gewonnen und wurde aufgefordert, die Sicherheitsgebühr von eintausend Euro zu leisten, damit ihr der Gewinn angewiesen werden könne. Mit einem spöttischen Lächeln löschte sie diese Spammail und ein knappes Dutzend weiterer, in denen ihr von Viagra bis zu einer Penisverlängerung alles angeboten wurde, was sie als Frau ganz sicher nicht brauchte.

Mena fragte sich, ob es bereits Untersuchungen gab, welcher Prozentsatz dieser Spammails tatsächlich Erfolg hatte. Sicher war es eine Zahl mit einer Null vor dem Komma und etlichen dahinter. Oder lagen die Ergebnisse doch im Promille-Bereich? Vielleicht sollte Barin sich dieser Aufgabe annehmen. Andererseits brauchte sie sich wahrscheinlich nur in den USA nach den Ergebnissen umzusehen, und das nahm sie sich vor, sowie ihr die Arbeit Zeit dafür ließ.

Professor Barins Erscheinen beendete Menas Gedankenspiel, und sie stand auf, um zu ihm hinüberzugehen. Doch gerade, als sie ihr Büro verließ, tauchte Timo Jander auf.

»Guten Morgen, Herr Professor!«, grüßte er und tat dann so, als würde er Mena erst jetzt wahrnehmen. »Ah, Frau Reglin, Sie sind auch schon da.«

»Guten Morgen«, sagte Mena kühl.

»Guten Morgen!«

Seiner Stimme nach war Professor Barin auch nicht gerade bester Laune. Ungeachtet der Tatsache, dass Jander nur wenige Sekunden nach ihm gekommen war, sah er auf die Uhr und blaffte seinen Angestellten an, die Arbeitszeit habe bereits vor einer halben Stunde begonnen.

»Wie weit sind Sie mit Ihren Untersuchungen bezüglich dieses Online-Computerspiels gekommen?«, fragte er dann.

Jander hob in einer scheinbar verzweifelten Geste die Hände. »Ich wäre schon fertig, aber ich musste gestern meine Tests beenden, weil Frau Reglin mich aufgefordert hat, die Datenleitung für sie freizugeben.«

Der ebenso vorwurfvolle wie unschuldige Ausdruck, mit dem Jander seine Erklärung vorbrachte, ließ Mena nach Luft schnappen. Bevor sie jedoch etwas sagen konnte, wies Barin auf die Tür des Besprechungsraums.

»Es ist wieder einmal Zeit für ein Meeting. Frau Reglin hat ihren Auftrag erledigt, und Sie, Herr Dr. Jander, werden hoffentlich heute mit diesem Spiel fertig. Sonst kommt uns die Terminüberschreitung teurer als die Summe, die wir für den Test erhalten.«

»Herr Dr. Jander sollte vielleicht weniger selbst spielen, als vielmehr das Spiel analysieren«, warf Mena bissig ein, denn sie ärgerte sich schon lange darüber, dass Barin ihren Kollegen mit seinem Doktortitel ansprach, dies bei ihr aber mit Ausdauer vergaß.

»Um das Wesen eines Spieles zu begreifen, musste ich ein paar Runden mitspielen«, konterte Jander mit einem Grinsen.

»Ist Isa schon da?«, fragte Barin, ohne darauf einzugehen. Er sah sich um, schüttelte den Kopf und wandte sich dann Mena zu. »Dann sind sicher Sie so lieb, uns Kaffee zu kochen.«

Mittlerweile kochte Mena ebenfalls, allerdings vor Wut. Ich werde diesen Laden verlassen, und wenn ich in einem Supermarkt Regale einräumen muss, schoss es ihr durch den Kopf. Janders Frechheiten und die chauvinistische Einstellung ihres Chefs überschritten mittlerweile jedes Maß. Gleichzeitig verfluchte sie die beiden studentischen Hilfskräfte, die Barin bei der Universität angeheuert hatte. Isa hätte ebenso wie ihre Kollegin Tess längst hier sein müssen. Da sich keine von ihnen sehen ließ, ging sie in die Küche hinüber und sah, dass die Kaffeemaschine am Vortag wieder einmal nicht geleert und gesäubert worden war. Ich werde mit den beiden ein ernsthaftes Wort reden müssen, sagte sie sich und machte sich an die Arbeit.

Als der Kaffee endlich fertig war und sie die volle Kanne in den Besprechungsraum trug, waren ihr Kollege und ihr Chef bereits mitten im Gespräch. Jander betonte gerade, dass er seine ganzen Qualitäten nicht ausspielen könne, da er immer wieder auf seine Kollegin Rücksicht nehmen müsse.

Anstatt dem Mann Kontra zu geben, nahm Mena es als Anlass, den Institutsleiter auf die vielen Unzulänglichkeiten ihrer Ausrüstung hinzuweisen. »Unsere Datenleitung ist hoffnungslos veraltet und viel zu schwach ausgelegt. Sie stellt einen Flaschenhals dar, der uns daran hindert, zügig zu arbeiten«, erklärte sie mit freundlichster Miene.

Professor Barin sah so aus, als hätte er Zahnschmerzen. »Wie Sie wissen, sind wir ein privat finanziertes Institut. Dies heißt, wir müssen für unsere Geldgeber einen Gewinn erwirtschaften. Da bleibt nicht viel übrig für Investitionen.«

Menas Tonfall wurde schärfer. »Wenn nichts investiert wird, wird unsere Arbeit darunter leiden, und wir können unsere Aufträge schon bald nicht mehr fristgemäß und zur Zufriedenheit der Kunden erfüllen. Dies sollten Sie unseren Geldgebern klarmachen!«

Diesmal war sie nicht bereit, klein beizugeben. Auch wenn sie das Institut so bald wie möglich verlassen wollte, lag ihr doch viel daran, in der verbleibenden Zeit unter besseren Bedingungen arbeiten zu können. Ihre Hoffnung, Jander würde sie unterstützen und ebenfalls Verbesserungen einfordern, erfüllte sich jedoch nicht.

Ihr Kollege schenkte sich demonstrativ eine Tasse Kaffee ein und fragte nach Milch.

»Die dürfte im Kühlschrank stehen«, antwortete Mena lächelnd.

»Sie hätten sie mitbringen können«, beschwerte Jander sich.

»Ich bin hier als Wissenschaftlerin angestellt und nicht als Küchenhilfe! Seien Sie froh, dass mein Kaffee nicht angebrannt ist.«

Menas Ausspruch brachte Jander dazu, unwillkürlich an dem schwarzen Kaffee zu schlürfen. »Der ist ja kochend heiß!«, stöhnte er und spuckte den Kaffee wieder in die Tasse.

»Das hat Kaffee so an sich, wenn er aus der Maschine kommt«, spottete Mena und goss sich nun selbst ihre Tasse ein. Ihre Erziehung zwang sie, auch Barin zu fragen, ob er Kaffee wünschte.

Statt einer Antwort schob er ihr die Tasse hin. Während sie diese füllte, schwankte Jander, ob er jetzt die Milch holen oder es darauf ankommen lassen sollte, ob Mena es tat.

In dem Augenblick platzte Isa herein. Sie war eine hoch aufgeschossene Frau mit Sommersprossen und rötlichen Haaren und hatte den Aushilfsjob im Institut nur angenommen, weil sie hoffte, Professor Barin als Doktorvater gewinnen zu können.

»Guten Morgen! Ich bin heute anscheinend ein wenig spät dran«, grüßte sie fröhlich.

»Sie können ja eine Dreiviertelstunde länger bleiben«, sagte Barin zu ihr, während Jander sichtlich aufatmete.

»Isa, sind Sie so gut und holen Milch und Zucker aus der Küche?«, fragte er.

»Gern!« Isa verschwand, um ihre Jacke aufzuhängen. Kurz darauf kehrte sie mit dem Verlangten zurück. Doch als Jander zur Milch greifen wollte, kam Mena ihm zuvor.

»He, was soll das?«, maulte er.

»Ich dachte, Sie wären ein Kavalier und würden einer Dame den Vortritt lassen!« Mena gelang es ausgezeichnet, einen tadelnden Ton zu treffen.

Während ihr Kollege eine leise Verwünschung murmelte, lachte Isa hell auf. »Da hören Sie es, Herr Jander! Sie müssen noch einiges lernen, um ein richtiger Kavalier zu werden.«

Die Augen der Studentin blitzten fröhlich, denn Jander hatte sie schon mehrfach zu kleineren Ausflügen eingeladen, war aber auf einsamen Parkplätzen bei ihr ebenso abgeblitzt wie mit dem Vorschlag, in seiner Wohnung einen Drink zu nehmen.

»Machen Sie sich nichts daraus, Herr Dr. Jander. Wenn es gegen uns Männer geht, halten Frauen immer zusammen«, sagte Barin mit einem seiner seltenen Lächeln, klopfte dann aber mit den Fingerknöcheln auf den Tisch. »Isa, Sie können die Unterlagen einheften, die auf der linken Seite meines Schreibtisches liegen.«

»Gerne, Herr Professor!«, antwortete die Studentin und verließ das Zimmer.

Barin wartete, bis sie die Tür hinter sich geschlossen hatte, und wandte sich dann seinen Mitarbeitern zu. »Ich will die anstehenden Projekte der nächsten Zeit mit Ihnen besprechen.«

»Mein neuer Auftrag steht doch bereits fest«, wandte Mena ein.

»Es haben sich Änderungen ergeben, Frau Reglin. Diesen Auftrag werde ich mit Isas und Tess' Unterstützung selbst erledigen. Sie erhalten eine andere Aufgabe. Doch zuerst will ich mit Herrn Dr. Jander über seinen neuen Auftrag sprechen.« Barin schob Menas Kollegen eine dünne Mappe hin.

»Lesen Sie das durch und machen Sie sich sofort ans Werk. Es handelt sich um Hilfestellung für eine Doktorarbeit, die der Sohn eines guten Freundes anfertigen soll. Sie werden die Daten sammeln, ordnen und aufbereiten sowie die entsprechenden Quellennachweise und Fußnoten erstellen und dem Ganzen einen gewissen persönlichen Touch verschaffen, so dass der Sohn unseres Auftraggebers die Doktorarbeit nur noch einmal durchgehen muss.«

»Aber das ist verbotenes Ghostwriting!«, rief Mena entrüstet.

»Sie wollten doch eine schnellere Datenleitung! Mit dem Geld, das wir für diesen Auftrag erhalten, können wir uns das neueste Equipment leisten«, wies Barin sie zurecht und fuhr in seiner Anweisung für Jander fort. »Die Sache ist natürlich topsecret. Nach außen hin sammeln Sie nur ein paar Daten für den

Sohn meines Freundes. Sie haben dafür zwei Monate Zeit und erhalten, wenn die Arbeit gut bewertet wird, eine Prämie von fünftausend Euro.«

»Sie können sich auf mich verlassen, Herr Professor!« Jander grinste zufrieden, denn er würde nun die nächsten zwei Monate mit einem angenehmen Job im Büro verbringen und zusätzlich eine hübsche Summe einstreichen können.

Bei Mena hingegen verfestigte sich der Wunsch, das Institut möglichst bald zu verlassen. Wenn ruchbar wurde, auf welche Geschäfte Professor Barin sich einließ, würde dies auch ihrem Ruf als Wissenschaftlerin schaden.

»Und nun zu Ihnen!«, wandte Barin sich ihr zu. »Wie ich bereits sagte, werde ich den Auftrag übernehmen, den Sie ausführen sollten. Sie werden stattdessen Nachforschungen über einen Politiker anstellen, dessen Name nicht aus diesem engen Kreis hinausdringen darf. Auch der Auftraggeber ist geheim, daher werde ich ihn für mich behalten. Sie erledigen Ihre Arbeit und übergeben mir Ihre Ergebnisse. Wahrscheinlich sind dezente Vor-Ort-Recherchen notwendig. Geben Sie acht, dass Sie niemandem auffallen. Würde bekannt, dass Sie Jens Reppert nachspüren, wäre dies sowohl für uns wie auch für unseren Auftraggeber kontraproduktiv.«

»Ich verstehe nicht, was Sie meinen, Herr Professor. Wir sind doch kein Detektivbüro, sondern ein Institut, das auf Anfrage Daten auswertet und deren Ergebnisse abliefert«, erklärte Mena verwundert.

Barin sah sie mit einem Blick an, der seinen überlegenen Verstand ausdrücken sollte. »Sie sollen niemanden beschatten, Frau Reglin, sondern nach Informationen suchen, die nicht im Internet erfasst sind, beispielsweise in Polizeiakten, Ausschnitten im Archiv der Regionalpresse und so weiter.«

»Ich verstehe«, antwortete Mena und ärgerte sich, weil sich ihr Vorgesetzter auf solch eine fragwürdige Aktion einließ.

»Bei Ihrer Außenrecherche werden Sie alle Vorsicht walten lassen und von Fall zu Fall so tun, als würden Sie Nachforschungen für ein anderes Thema betreiben«, erklärte Barin weiter.

Mena nickte mit zusammengepressten Lippen, während Jander breit grinste. Beide wussten, dass ihr Vorgesetzter mit Spesen geizte. Sie würde die billigste Reisemöglichkeit und die einfachste Unterkunft nehmen müssen. Auch deckte der Zuschuss zur täglichen Verpflegung gerade mal eine Cola und eine Currywurst an der Imbissbude. Mena ärgerte sich zwar über diesen Auftrag, verspürte aber auch eine gewisse Erleichterung bei der Aussicht, dem Institut ein paar Tage den Rücken kehren zu können. Vielleicht fand sich in dieser Zeit auch Gelegenheit, andernorts nach interessanten Stellenangeboten zu suchen.

»Bevor ich an irgendwelche Reisen denke, werde ich erst einmal im Netz nachsehen, was ich über diesen Herrn herausfinde. Gibt es hier noch etwas zu besprechen, das meine Anwesenheit nötig macht?« Mena sah den Professor fragend an und stand auf, als sie keine Antwort erhielt.

»Wenn mich jemand braucht: Ich bin in meinem Büro!«, setzte sie hinzu. Mit energischen Schritten verließ sie den Raum und bemerkte erst draußen, dass sie ihre Kaffeetasse vergessen hatte. Da sie nicht zurückgehen wollte, sah sie Isa im Vorbeigehen bittend an.

»Liebe Isa, könnten Sie meine Tasse aus dem Besprechungszimmer holen, den Inhalt auskippen und mir einen frischen Kaffee einschenken?«

»Gerne!« Die Studentin eilte sofort los und brachte den heißen Kaffee, als Mena ihren ersten Suchlauf startete.

1.6

Alice Blair starrte auf den dunkler werdenden Bildschirm des Laptops und fragte sich, ob es nicht besser gewesen wäre, in der Zentrale ihres Networks die Nachricht zu hinterlassen, ihre Adresse in Deutschland dürfe nur mit ihrer Genehmigung weitergereicht werden. So hatte Wilfried Gadow nur dort anrufen müssen, um sie zu erhalten. Der Mann würde ihrer Erfahrung nach wie ein Pflaster an ihr kleben – und das konnte sie bei dem, was sie hier in Deutschland in Wahrheit vorhatte, in Gefahr bringen.

»Am besten wäre es, wenn ich dieses Zimmer als Hauptadresse in Deutschland benutzte und mir eine Unterkunft näher an meinen Zielpersonen suche. Ich kann alle paar Tage hierher zurückkehren, um meine Post abzuholen«, sagte sie sich leise und begriff, dass sie diese Entscheidung bereits bei Gadows Auftauchen gefällt hatte.

Rasch suchte sie die notwendigsten Dinge zusammen, räumte den Rest in die Schränke und verließ nach einem letzten prüfenden Blick das Zimmer. An der Rezeption meldete sie sich für die nächsten Tage ab, betonte aber, dass sie das Zimmer behalten wolle.

»Ich muss nur kurz weg«, erklärte sie freundlich und schob dem Empfangschef des Hotels einen Zettel hin. »Dies ist die Nummer, unter der Sie mich erreichen können, sollte etwas Wichtiges sein. Geben Sie sie aber bitte nicht weiter.«

Ein Zwanzigeuroschein, der dem Notizzettel mit ihrer Handynummer folgte, bekräftigte ihre Worte, und so suchte Alice mit den besten Wünschen des Hotelangestellten versehen die Tiefgarage auf, in der ihr Wagen stand.

Zu Beginn ihres Aufenthalts in Deutschland hatte sie sich ein großes Auto gemietet, wie sie es aus den Staaten gewöhnt war.

Das aber hatte sie nach ihren ersten Erfahrungen mit den engen Straßen und Parkplätzen zurückgegeben und sich stattdessen für einen Kleinwagen entschieden. Als sie den Kofferraum öffnete und ihr Gepäck verstaute, dachte sie, dass sie zweimal würde fahren müssen, wenn sie ihr gesamtes Gepäck in eine andere Unterkunft schaffen wollte. Frankfurt war jedoch ein guter Standort, denn es verfügte über einen großen Flughafen und lag zentral und nicht im nordöstlichen Winkel von Deutschland wie Berlin. Vor allem liefen hier viele Informationsstränge zusammen, die sie nicht nur beruflich zu nutzen gedachte.

Es gefiel ihr gar nicht, diese Stadt vorerst meiden zu müssen, nur weil Wilfried Gadow sie sonst nicht in Ruhe lassen würde. Daher startete sie missmutig den Wagen und fuhr vorsichtig durch die Tiefgarage zur Ausfahrt, bemüht, möglichst nirgends anzuecken. Beim ersten Mal und mit dem großen Wagen hatte sie Blut und Wasser geschwitzt. Nun ging es zwar besser, doch sie dachte nicht zum ersten Mal, dass sie nicht für dieses Land geschaffen war. Sobald sie ihre Mission beendet und die Schuldigen bestraft hatte, würde sie sich für einen Posten in Singapur, Neu-Delhi oder Shanghai bewerben. In diesen Städten spürte man den Pulsschlag der Weltwirtschaft, und exotischer als Äppelwoi und Grüne Soße konnten die Speisen und Getränke dort auch nicht sein.

Bislang hatte Alice noch keinen Gedanken daran verschwendet, wohin sie sich wenden sollte. Doch als sie nun durch Frankfurt fuhr, steuerte sie instinktiv die Autobahn an, die nach Würzburg führte. Als sie die Stadt erreichte und von einem Schild die Entfernung nach München ablas, war ihr klar, wohin sie fahren musste.

Nicht weit von München entfernt lag die Stadt Augsburg, und dort wohnte jener Mann, den Wilfried Gadow hasste wie die Pest. Ein Bericht über Professor Uwe Biskop, den einige Wissenschaftszeitungen bereits einen Wohltäter der Menschheit nannten und als Genie des einundzwanzigsten Jahrhunderts feierten, würde ihren Sender auf jeden Fall interessieren. Außerdem würde sie auf diese Weise an Informationen gelangen, die sie dringend für ihren privaten Feldzug benötigte.

1.7

Während Alice Blair in Richtung Augsburg fuhr und sich dort ein Zimmer in einem kleinen Hotel nahm, saß Mena Reglin in einem der Überlandbusse, die neuerdings die Städte verbanden, und ärgerte sich sowohl über ihren Vorgesetzten wie auch über sich selbst. Sie hätte entschiedener auftreten müssen, als Barin ihr die Busfahrt reserviert hatte. Es war jedoch die billigste Möglichkeit, um an ihr Ziel zu gelangen – außer per Anhalter zu fahren. Ich hätte mir das Geld für den Bus auszahlen lassen und den Rest für die Bahnfahrkarte drauflegen sollen, dachte sie, als ihr Sitznachbar ihr zum dritten Mal den Ellbogen in die Rippen bohrte.

Im Zug hätte sie gemütlicher sitzen und gleichzeitig ihren Laptop benutzen können. Hier aber war das unmöglich. Um sich zu beschäftigen, musterte Mena verstohlen die anderen Fahrgäste. Es waren etliche junge Leute darunter, die vor allem billig reisen wollten. Das hätte sie weniger gestört, wenn nicht eine Gruppe von vier Männern ihr gespartes Geld in Bierdosen umgesetzt hätte. Immer wieder vernahm sie das Knacken, mit dem eine Dose geöffnet wurde, und Trinksprüche, über die wahrscheinlich schon die alten Ägypter gegähnt hatten.

Schräg vor ihr saß ein älteres Ehepaar, das den Worten der Frau zufolge zu Tochter, Schwiegersohn und Enkeln unterwegs war. Für diese mochte sich die Fahrt im Bus lohnen. Mena war jedoch gewohnt, auf langen Reisen im Netz nach Informationen zu suchen, die ihr halfen, sich vor Ort zurechtzufinden und zu wissen, mit wem sie Kontakt aufnehmen musste. Wegen der lauten Stimmen der Zecher und des unruhigen Nebenmanns fand sie jedoch keine Ruhe dazu. Auch haderte sie immer noch mit ihrem Auftrag. Sie war Wissenschaftlerin und keine Detektivin. Doch für solche feinen Unterschiede hatte Professor Barin kein Ohr. Was mochte ihn dazu bewogen haben, sich auf diese Angelegenheit einzulassen? Lag es nur an dem Geld, das ihm dafür geboten worden war? Dann hätte er ihr Spesenkonto großzügiger auffüllen können. Oder wollte er jemandem einen Gefallen erweisen, der ihm seinerseits etwas zugutekommen lassen sollte?

Ein weiterer Rippenstoß ihres Nebenmanns beendete ihre Überlegungen jäh. »Meinen Sie nicht, dass Sie ein wenig besser auf Ihren Ellbogen aufpassen sollten?«, fragte sie ihn.

Als er sie verständnislos anstarrte, setzte sie noch einen drauf. »Das Wort Entschuldigung haben Sie wohl auch nie gehört?«

»Ich weiß nicht, was Sie haben!«, erwiderte der Mann mürrisch. »Schließlich kann ich nichts dafür, dass die Sitze so eng sind.«

Während der unverschämte Kerl seinen Rucksack aus der Gepäckablage holte und ein mit einem scharf riechenden Käse belegtes Brot herausnahm, zog sie ihr Fläschchen mit japanischem Heilpflanzenöl aus ihrer Handtasche und rieb sich ein paar Tropfen auf die Schläfen. Dem scharfen Geruch hatte auch der Käse nichts entgegenzusetzen, und Mena lächelte in sich hinein, als der Mann das Gesicht verzog, bevor er noch einmal von seinem Brot abbiss.

»So was gehört verboten!«, sagte er giftig und stand so auf, dass sie erneut seinen Ellbogen in die Rippen bekam. Doch als er seine Vesper wieder im Rucksack verstauen wollte, musste der Busfahrer abrupt bremsen. Menas Sitznachbar verlor den Halt und stürzte in den Mittelgang. Zwar stand er sofort wieder auf, und es schien ihm nichts passiert zu sein. Dafür aber schimpfte er auf den Lkw, der auf die linke Fahrspur gezogen war und den Busfahrer zu einem heftigen Bremsmanöver gezwungen hatte.

Einen Vorteil besaß die Sache. Ihr Sitznachbar hatte sich den Ellbogen angestoßen und gab nun sorgsam acht, Mena nicht mehr zu berühren. Dennoch war die Wissenschaftlerin erleichtert, als der Bus sein Ziel erreicht hatte. Sie ließ sich vom Fahrer ihren Koffer aus dem Gepäckfach holen und marschierte schnurstracks zum städtischen Busbahnhof. Dort stieg sie in den Linienbus, der sie laut ihrer Internetrecherche in die kleine Universitätsstadt bringen sollte, in der der Politiker Jens Reppert seine Jugend und die ersten Jahre seiner Parteikarriere verbracht hatte.

1.8

Eine gute halbe Stunde später checkte Mena in einer einfachen Frühstückspension ein und bezog ihr Zimmer. Es war zwar nicht luxuriös zu nennen, erfüllte aber seinen Zweck. Einen Haken hatte es allerdings: Es gab kein LAN oder WLAN. Doch für diesen Fall hatte sie vorgesorgt und einen UMTS-Stick für den Internetempfang mitgenommen. Nachdem sie sich im Netz angemeldet hatte, startete sie einen Suchlauf nach Jens Reppert, wobei sie die Suchparameter variierte. Wie es aussah, war der Politiker in seiner Heimat bekannt und beliebt. Es gab kaum eine Katzenhochzeit in Vechta, zu der er nicht mindestens eine Grußadresse geschickt hatte. Bei größeren Veranstaltungen war er selbstverständlich vor Ort und hielt Festreden.

Viele dieser Fakten hatte Mena bereits im Institut in Erfahrung gebracht. Hier aber erhielt sie, nachdem sie sich von der Wirtin die Namen der regionalen Zeitungen hatte nennen lassen, weitaus mehr lokale Informationen. Als sie auf das Archiv der *Oldenburgischen Volkszeitung*, dem wichtigsten Blatt des Ortes, zugriff, wurde ihr rasch klar, dass nur die Artikel ab dem Jahr 2001 elektronisch erfasst worden waren. Um herauszufinden, was vor dieser Zeit gewesen war, musste sie die Redaktionsräume aufsuchen und bitten, dass man sie die auf Mikrofiche gespeicherten Artikel lesen ließ.

Es ärgerte Mena, dass sie dies unter einem falschen Vorwand tun sollte. Barin hatte ihr streng untersagt, Jens Reppert auch nur zu erwähnen. Aus einem gewissen Trotz heraus spürte sie nach, wer Grund hatte, diesem Politiker etwas am Zeug zu flicken. Er galt immerhin als der kommende Mann seiner Partei und wurde sogar als Spitzenkandidat für die nächste Bundestagswahl gehandelt.

Mit der Zeit wurde es Mena im Zimmer zu ungemütlich. Als sie durch das Fenster auf der gegenüberliegenden Straßenseite ein Café entdeckte, packte sie ihren Laptop ein und ging hinüber.

Zuerst widmete sie sich einem Windbeutel und einem Latte macchiato. Erst nachdem sie den zweiten Kaffee vor sich stehen hatte, holte sie den Computer wieder heraus und versuchte dahinterzukommen, wer hinter der Nachforschung über Jens Reppert stecken mochte. Schließlich kam ihr der Verdacht, dass nicht der politische Gegner, sondern ein Konkurrent aus der eigenen Partei diesen Auftrag erteilt haben könnte. Schnell fand sie einen geeigneten Kandidaten. Der Mann wurde ebenfalls in der Partei hoch gehandelt, stand aber im Schatten seines Parteifreundes Reppert. Und dann stutzte sie: Tatsächlich stammte dieser aus demselben Landkreis wie Professor Barin und war offenbar mit diesem befreundet, denn ihr Vorgesetzter war nicht nur sein Doktorvater, sondern hatte ihn auch bei einer Landtagswahl kräftig unterstützt.

Mena fragte sich beklommen, ob Barin bei der Annahme von Aufträgen vor allem seine Freunde und Bekannten bevorzugte. Oder war die Lage des Instituts tatsächlich so prekär, dass er nach jedem Strohhalm greifen musste? Nachdenklich kopierte sie die Daten, die sie über die beiden Politiker fand, und fragte sich, ob sie den Auftrag überhaupt zu Ende bringen sollte. Diese Angelegenheit hatte in ihren Augen mehr mit plumper Detektivarbeit als mit wissenschaftlicher Analyse gemein. Andererseits war sie ehrgeizig genug, um einen möglichst vollständigen Bericht abliefern zu wollen.

Zu guter Letzt erinnerte sie sich daran, dass sie nach einem passenden Job suchen wollte, und holte dies rasch nach. Sie fand ein interessantes Stellenangebot beim Institut für Zeitgeschichte in München und forderte per Mail die entsprechenden Unterlagen an. Dabei übersah sie, dass unter ihrer Grußformel auch ihre Instituts-Mail-Adresse stand.

Die Antwort kam so schnell, dass sie sich fast an ihrem Latte macchiato verschluckt hätte. Vor allem aber war sie persönlich formuliert und stammte von einer Heidrun Duffner, die sich im Begleitschreiben sehr freute, mal wieder etwas von ihr zu hören.

»Wer ist Heidrun Duffner?«, fragte Mena sich verwundert.

Nach kurzem Nachdenken sah sie ein, dass sie sich nicht auf den Nachnamen versteifen, sondern sich auf den Vornamen konzentrieren musste. Nach einigem Blättern in ihrem elektronischen Adressbuch kam sie darauf, dass sie während des Studiums eine Kommilitonin namens Heidrun Pongratz gekannt hatte. Da sie niemand anderen mit diesem Vornamen in ihren Aufzeichnungen fand, musste es sich um diese Frau handeln.

Daher antwortete Mena, ohne weiter zu zögern, auf die E-Mail und bestellte sich eine Saftschorle, um noch länger im Café bleiben zu können, füllte das Bewerbungsformular aus und hängte es ihrer Antwortmail an. Auch wenn sie Heidrun Pongratz – oder Duffner, wie sie jetzt zu heißen schien – einige Jahre nicht gesehen hatte, hielt sie es für ein gutes Zeichen, ausgerechnet unter diesen Umständen wieder auf sie gestoßen zu sein. Vielleicht konnte sie ihr helfen, den ausgeschriebenen Job zu bekommen.

Mena atmete auf, denn die Reise nach Vechta hatte sich bereits in einer Hinsicht gelohnt. Während sie ihre Saftschorle trank und ein Baguette mit Käse als frühes Abendessen zu sich nahm, dachte sie darüber nach, was sie nun Sinnvolles tun konnte. Letztlich blieb ihr nur der Weg ins Archiv der *Oldenburgischen Volkszeitung*. Alles andere würde zu viel Aufmerksamkeit erregen, und sie war, wie sie sich noch einmal ins Gedächtnis rief, als Wissenschaftlerin hier und nicht als weiblicher James Bond.

Bei dem Gedanken lachte sie leise und rief dann die Kellnerin, um zu zahlen.

1.9

Alice Blair hatte bereits unterwegs ein Hotelzimmer gebucht, nachdem man ihr versichert hatte, dass die Tiefgarage geräumig genug wäre, um selbst einem schweren Geländewagen Platz zu bieten. Trotzdem reichte sie dem Empfangschef ihre Wagenschlüssel und bat ihn, das Auto in die Garage bringen zu lassen. Ein dezent gereichter Zehneuroschein unterstrich diese Bitte.

»Selbstverständlich parke ich den Wagen persönlich, gnädige Frau«, erklärte der Mann und äugte nach draußen. Als er den Kleinwagen vor der Tür stehen sah, schüttelte er irritiert den Kopf. Er konnte diesen Gast nicht einordnen. Die Frau sprach ein gutes Deutsch mit amerikanischem Akzent und sah auch so aus wie die Amerikanerinnen in den Sitcoms. Andererseits schlichen sich Ausdrücke in ihre Ausdrucksweise, die eher zu einem Dialekt als zur Hochsprache zählten.

»In einer Stunde brauche ich ein Taxi«, fuhr Alice fort.

»Ein Taxi? Ja, selbstverständlich, es wird pünktlich hier sein!« Der Empfangschef des Hotels wunderte sich noch mehr, denn die Frau war schließlich mit dem eigenen Auto gekommen.

Und Alice war noch nicht zu Ende. »Vorher benötige ich einen Stadtplan von Augsburg, und zwar den besten, den es gibt!« Diesmal wanderte ein Zwanzigeuroschein zu dem Mann.

»Selbstverständlich! Ich werde mich persönlich darum kümmern.«

Dem Empfangschef war klar, dass er ihr nicht den einfachen, aus nicht allzu strapazierfähigem Papier gefertigten Stadtplan anbieten konnte, der für Hotelgäste bereitlag. Deshalb wartete er, bis Alice den Lift betreten hatte, um zu ihrem Zimmer hochzufahren. Kaum war dies geschehen, winkte er einem anderen Hotelangestellten und forderte ihn auf, für ein paar Minuten die Rezeption zu übernehmen.

»Ich muss den Wagen der Dame, die eben eingecheckt hat, in die Tiefgarage bringen«, sagte er zur Erklärung. Außerdem würde er die Buchhandlung unweit des Hotels aufsuchen, um dort einen ordentlichen Stadtplan zu kaufen.

Unterdessen hatte Alice ihr Zimmer erreicht und fand es passabel. Es wies zwar nicht den verblassten Glanz hochherrschaftlicher Zeiten auf wie ihre Suite in Frankfurt, sondern war funktionell eingerichtet, aber es genügte ihr vollkommen. Nachdenklich räumte sie ihre Kleidung in den Schrank und stellte ihren Laptop auf den Tisch. Sie besaß auch einen Tablet-PC, benutzte ihn aber nur selten, weil ihr der Bildschirm zu klein war, um sich auf lange Texte konzentrieren zu können. Für das, was sie nun vorhatte, wäre das Ding völlig ungeeignet gewesen.

Ein Klopfen an der Tür ließ sie aufschauen. »Herein!«, sagte sie und sah sich dann dem Hotelangestellten gegenüber, dem sie den Autoschlüssel gegeben hatte.

»Ihr Wagen befindet sich auf Platz 45 in der Tiefgarage«, erklärte er und reichte ihr dann eine Plastiktüte, die den Aufdruck einer Buchhandlung trug. »Das hier ist der beste Stadtplan von Augsburg, den man für Geld kaufen kann«, erklärte er und holte mehrere Münzen aus seiner Tasche.

»Ihr Wechselgeld …«, setzte er an und steckte die Münzen nach Alices abwehrender Handbewegung wieder ein.

»Ihr Taxi steht in fünfunddreißig Minuten vor der Tür«, sagte er noch und verließ das Zimmer.

Alice atmete einmal tief durch, zog den Stadtplan aus der Tüte und schlug ihn auf. Mit einem dünnen, blauen Filzstift markierte sie den Platz, an dem sich ihr Hotel befand, und anschließend mit einem roten die Stelle, an der die Villa von Uwe Biskop und Susanne Fehse-Biskop stehen musste.

Bei dem Gedanken an dieses Paar nahm ihr hübsches Gesicht einen verbissenen Ausdruck an, doch sie hatte sich rasch wieder in der Gewalt. Als kurz darauf das Telefon surrte und der Empfangschef des Hotels meldete, das Taxi stände vor der Tür, verließ sie das Zimmer mit einem erwartungsvollen Lächeln. Sie stieg hinten ein und forderte den Taxifahrer auf, sie zum Spickel-Viertel zu fahren, ohne eine Straße anzugeben. In diesem Viertel wohnte das Ehepaar Biskop-Fehse, und sie wollte keine Spur hinterlassen.

Der Unterschied zwischen den Stadtvierteln war eklatant. Herrschten dort, wo Alice untergekommen war, Häuser aus vergangenen Jahrhunderten vor, so geriet sie nun in ein Wohngebiet aus neuen Villen, in denen die Reichen und Schönen von Augsburg wohnten, und zu den bekanntesten davon zählten Uwe Biskop und seine Frau. Im Internet war Alice darauf gestoßen, dass die beiden erst vor zwei Tagen an einem Empfang des Regierungspräsidenten von Schwaben teilgenommen hatten.

Auch in diesem Land schmücken sich die Mächtigen mit den Angesehenen, dachte sie, während sie mit ihrer Handykamera unauffällig Fotos der großen Villa samt Vorgarten und Garagen schoss. Nach einer Weile war sie mit ihrem Werk zufrieden. Sie kehrte zu dem Taxifahrer zurück, den sie zwei Ecken weiter hatte warten lassen, und nannte ihm den Hauptbahnhof als nächstes

Ziel. Dort bezahlte sie, stieg aus und schlenderte Richtung Innenstadt.

Im Gehen überlegte sie, wie sie weiter vorgehen sollte, und beschloss, vorerst abzuwarten. Bislang hatte sie nicht genügend Informationen gesammelt, und sie würde noch anderenorts recherchieren müssen. Irgendwann aber würde ihr Weg sie wieder hierherführen, und dann würde sie entscheiden müssen, wie sie ihr Ziel am besten erreichen konnte. Bis dahin aber sollte sie sich von Wilfried Gadow fernhalten. Zwar spielte der Mann durchaus eine Rolle in ihrem Plan, doch sie durfte auf keinen Fall mit ihm in Verbindung gebracht werden.

1.10

Das Archiv der *Oldenburgischen Volkszeitung* lag tief unten im Keller des Redaktionsgebäudes und wurde von einem älteren Herrn verwaltet, der froh zu sein schien, dass sich jemand für seine Existenz interessierte.

»Guten Tag, Frau Reglin«, grüßte er Mena freundlich. »Wenn Sie etwas über unsere Stadt und den Landkreis erfahren wollen, sind Sie bei mir an der richtigen Adresse. In meinem Archiv sind von der ersten Ausgabe an alle bisher erschienenen Zeitungen vorhanden. Die ersten Jahrzehnte finden Sie allerdings nur auf Mikrofiche. Heutzutage macht man ja alles elektronisch. Ich frage mich, was die Chefs einmal tun wollen, wenn die Speicherstifte versagen.«

»Guten Tag, Herr Kuhlmann«, antwortete Mena und reichte dem älteren Herrn die Hand. »Was USB-Sticks, SD-Karten und Ähnliches betrifft, so muss man die Inhalte auf mehreren Datenträgern abspeichern, damit man Ersatz hat, wenn einer den Dienst quittiert.«

»Das werde ich oben mal vorschlagen. Aber ich weiß nicht, ob die Geschäftsführung das genehmigt. Es wäre doch eine ganz schöne Geldausgabe.«

»Bestimmt nicht! Diese Medien kosten wirklich nicht viel, und der Verlust einiger Zeitungsausgaben oder gar eines ganzen Jahrgangs wäre weitaus größer.« Mena lächelte Kuhlmann aufmunternd zu und ließ sich dann durch sein Reich führen. Etlichen Kellerräumen sah man an, dass sie früher als Archiv gedient hatten, doch nun lagen nur noch ein paar alte Kameras, ausrangierte Computer und dergleichen darin. Offenbar warf man in dieser Redaktion ungern etwas weg.

Weiter hinten standen die Schränke, in denen die USB-Sticks mit ihren darauf gespeicherten Zeitungen lagen. Der Archivar deutete darauf. »Auf den roten Speicherstiften sind die Ausgaben einer Woche und auf den silbernen die eines Monats. Unser Geschäftsführer meint sogar, dass es bald Speicherstifte geben wird, auf denen man einen ganzen Jahrgang draufspielen kann. Stellen Sie sich das vor! Die Zeitungen eines ganzen Jahres auf einem so kleinen Ding. Da würde schließlich unsere Besenkammer für das Archiv ausreichen.«

»Das ist nun einmal der Lauf der Zeit. Alles wird moderner«, sagte Mena.

»Trotzdem! Bei unseren Mikrofiches speichern wir auf einem Film eine Zeitungsausgabe. Das sind, Sonn- und Feiertage abgerechnet, fast dreihundert Stück pro Jahr. Die passen gerade mal in einen Karteikasten. Früher haben wir sogar noch die einzelnen Zeitungen aufbewahrt, immer mehrere Stück, alle schön in Folie eingeschweißt, damit ja nichts vergilben konnte. Da musste man nur den entsprechenden Tag heraussuchen und hatte bequem vor sich, was man wollte. Jetzt braucht man einen Computer oder ein Mikrofichelesegerät dazu. Haben Sie schon einmal mit so etwas gearbeitet?« Kuhlmann sah Mena neugierig an und versprach, ihr zu helfen, wenn sie Schwierigkeiten haben sollte.

»Ich muss auch darauf achten, dass Sie keine Texte ohne Erlaubnis irgendwohin schicken«, setzte er aufrichtig hinzu. »Das wollen die da oben nicht. Auch darum mag ich diese Speicherstifte nicht. Ich bin nicht besonders firm am Computer und weiß daher nicht, welche Befehle eingegeben werden müssen. Bei Mikrofiches ist man da auf der sicheren Seite. Aber dieses Verfahren haben die Herren oben aufgegeben, weil es nicht mehr zeitgemäß sei. Sagen Sie mir: Ist es wirklich so erstrebenswert, zeitgemäß zu sein?«

»Das kann ich Ihnen nicht sagen«, antwortete Mena. »Ich weiß nur, dass Computer meine Arbeit sehr erleichtern. Wären hier alle Zeitungen elektronisch gespeichert, hätte ich nach einem Deal mit Ihrer Geschäftsführung von unserem Institut aus darauf zugreifen können.«

»So einfach wäre das auch nicht gewesen«, meinte der Archivar. »Ich hätte nämlich jeden Speicherstift einzeln in den Computer stecken müssen.«

Mena nickte scheinbar beeindruckt und verschwieg, dass eine solche Speicherung jeweils auf mehreren Festplatten hätte erfolgen müssen – und die kosteten heutzutage auch nicht mehr die Welt.

Mittlerweile hatten sie das Reich des alten Herrn erreicht. Trotz der geschlossenen Stahlschränke, in denen er seine Schätze aufbewahrte, wirkte der Kellerraum wohnlich. Dies lag nicht zuletzt an ein paar Postern. Eines davon zeigte eine spärlich bekleidete Frau. Als Menas Blick es streifte, hob der Archivar entschuldigend die Hand.

»Das stammt noch von einem mittlerweile entlassenen Kollegen. Wir waren früher zu zweit. Er hat jetzt eine Anstellung in der Stadtverwaltung, aber dort gefällt es ihm nicht so gut wie hier. Gelegentlich besucht er mich noch, und wir trinken einen Kaffee zusammen. Deshalb habe ich das Bild noch nicht entfernt.«

»Ich bin keine kämpferische Feministin«, meinte Mena lachend. »Ich hatte mal so eine Kollegin. Die regte sich jedes Mal auf, wenn ein Kollege einen Kalender mit den Bildern barbusiger Frauen aufgehängt hatte, und nannte ihn einen Chauvinisten. Wissen Sie, was er getan hat?«

Der Archivar schüttelte den Kopf.

»Er hat einfach neben seinem Kalender mit den Frauen auch einen mit nackten Männern platziert und unsere Kollegin gefragt, ob sie jetzt zufrieden wäre.«

Mit dieser Anekdote erntete Mena ein gutmütiges Lachen von Kuhlmann. Dieser zog nun die erste Schublade heraus und entnahm ihr den Kasten mit den mikroverfilmten Zeitungsausgaben des ersten Jahrgangs.

»Darf ich erfahren, wonach Sie forschen?«, fragte er Mena, während er die Mikrofilme auf den Tisch stellte.

»Es geht um die Entwicklung des Lokaljournalismus von den Anfängen nach dem Zweiten Weltkrieg bis zur Gegenwart«, erklärte Mena und bedauerte, dass sie den freundlichen Mann anlügen musste. Aber in den nächsten Stunden bedauerte sie vor allem sich selbst. Wären die Daten auf Platte gespeichert gewesen oder wenigstens auf USB-Sticks, hätte sie einfach einen Suchlauf starten können. Bei den Mikrofiches musste sie jede einzelne Zeitung überfliegen und sich Notizen machen, die sie nie mehr brauchen würde.

Verwundert fragte sie sich, weshalb diese Zeitung noch an einer so altmodischen Archivierung festhielt. Mittlerweile gab es weitaus modernere Methoden. Allerdings handelte es sich hier um eine kleine, regionale Zeitung, und es war ein Wunder, dass diese noch nicht von einem der Zeitungsgiganten aufgekauft worden war. Ob ein solcher das hiesige Archiv genauso sorgfältig weitergeführt hätte, wagte sie zu bezweifeln.

Mena konnte sich zudem nicht nur auf Artikel über Jens Reppert konzentrieren, sondern musste so tun, als würde sie tatsächlich über den Lokaljournalismus recherchieren. Trotzdem achtete sie vor allem auf Informationen über den Spitzenpolitiker, und da kam so einiges zusammen.

Als Erstes entdeckte sie die Meldung über seine Geburt im Jahr 1968. Vier Jahre später war der Junge im Kindergarten fotografiert worden und zwei Jahre darauf als Erstklässler. Danach waren seine Auszeichnungen in der Schule und seine Erfolge im Sport minutiös aufgeführt. All das vermittelte Mena den Eindruck, der spätere Politiker sei ein arger Streber gewesen.

Nach einer Weile schrieb sie ihre Notizen nur noch mechanisch auf, ohne weiter darüber nachzudenken. Plötzlich aber stutzte sie. Auf dem Sichtschirm war das Foto eines stark zerstörten Unfallautos zu sehen. Darunter stand, dass zwei Menschen darin den Tod gefunden hätten. Zuerst glaubte sie den Namen des Politikers zu lesen, sah dann aber, dass nur der Nachname derselbe war, die betreffende Person mit Vornamen jedoch Jan hieß. Sie erinnerte sich nun, schon einmal auf den Namen gestoßen zu sein, und nahm sich ein paar ältere Mikrofiches noch einmal vor. Es war ein Bericht über einige Studenten, die für ihren Einsatz für die Gemeinde vom Bürgermeister geehrt worden waren. Der eine war der verunglückte Jan Reppert, der andere …

Mena stutzte überrascht, als sie den Namen Uwe Biskop las. Bei ihren bisherigen Nachforschungen hatte sie den Geburtsort des Wissenschaftlers nicht herausfinden können. Nun zu entdecken, dass er aus diesem Ort stammte, war ein Zufall, wie er nur selten eintrat.

»Kommen Sie gut voran?«, fragte der Archivar, der in der Zwischenzeit seiner gewohnten Arbeit nachgegangen war.

»Sehr gut!«, antwortete Mena und spürte jetzt sowohl dem Unfallfahrer wie auch Biskop nach.

»Mögen Sie eine Tasse Kaffee? Ich habe eben frischen gemacht«, fragte der Archivar weiter.

Mena nickte. »Einen Kaffee könnte ich jetzt gebrauchen.«

Dann sah sie den Mann nachdenklich an. »Sie leben doch schon länger hier, Herr Kuhlmann.«

»Das will ich meinen. Ich bin jetzt einundsechzig und habe bis auf meine Bundeswehrzeit mein ganzes Leben in Vechta verbracht.«

»Vielleicht empfinden Sie meine Frage als unverschämt, aber ich bin hier auf zwei Namen gestoßen, die heutzutage eine größere Bedeutung besitzen, und zwar Biskop und Reppert.«

»Was soll daran unverschämt sein?«, antwortete der Archivar lächelnd. »Die beiden haben hier an unserer Universität studiert, und zwar kam Jens in dem Jahr zur Uni, in dem Uwe Biskop ins Ausland gegangen ist.«

»Das kann aber nicht sein, weil es hier heißt, die beiden wären als Studenten gemeinsam geehrt worden«, wandte Mena ein, um Kuhlmann zum Sprechen zu bringen.

Der Archivar dachte kurz nach und schüttelte dann nachsichtig den Kopf. »Das war nicht Jens, sondern sein älterer Bruder, der Jan. Armer Kerl! Ein paar Monate später ist er tödlich verunglückt. Hatte ein Mädchen bei sich, das ebenfalls starb. Damals hieß es, er wäre betrunken gewesen, und das hat viele Leute hier gewundert. Es war allgemein bekannt, dass der Jan sich aus Prinzip nicht mehr hinters Steuer gesetzt hat, wenn er mehr als ein Bier getrunken hatte. Vor allem sein jüngerer Bruder, der Jens, hat lange gebraucht, um mit dieser Sache fertigzuwerden.«

»Danke!« Mena wandte sich wieder ihren Texten zu und ertappte sich dabei, dass sie noch mal einige Jahre zurückging und sich die Artikel über Jan Reppert durchlas. Dieser war ein ausgezeichneter Schüler gewesen, ein aufstrebender Sportler, der sich auch sozial engagiert hatte. Für seinen jüngeren Bruder musste er ein Vorbild gewesen sein – und gleichzeitig ein Konkurrent, den es zu erreichen galt, um von den Eltern ebenso geschätzt zu werden.

Verwundert, weil sich ihre Gedanken in einem Labyrinth aus

Vermutungen verliefen, suchte Mena nun gezielter nach Informationen über Jens Reppert, die Barin von ihr gefordert hatte. Doch immer wieder kamen ihr die Namen Jan Reppert und Uwe Biskop in den Sinn, und sie sah das Bild des im hinteren Teil regelrecht zerfetzten Wagens vor sich. Aus Neugier forschte sie nach, wer außer Jan Reppert noch im Auto gesessen hatte. Doch mehr als den Namen Julia Gschwendle fand sie nicht heraus. Schließlich wandte sie sich erneut an den Archivar.

»Es tut mir leid, wenn ich Sie nerve, Herr Kuhlmann. Aber mir geht der tödliche Unfall von Jan Reppert nicht aus dem Kopf. Was weiß man eigentlich von der jungen Frau, die mit ihm zusammen umgekommen ist?«

»Ah, das war die – Moment, ich hab's gleich – ach, die Julia Gschwendle! Die hat damals auch hier studiert. Schlimme Sache! Hatte ein kleines Mädchen, die Julia. Das wurde dann von irgendeiner Verwandten weggeholt.«

Dem Archivar war anzusehen, dass er sich freute, weil Mena ihm Fragen stellte, und sie beschloss, dies weidlich auszunützen. An diesem und den beiden nächsten Tagen, die sie im Archiv der Zeitung verbrachte, erfuhr sie viel über die Brüder Jan und Jens Reppert, die einer alteingesessenen und einflussreichen Familie entstammten, etwas weniger über Uwe Biskop und kaum etwas über Julia Gschwendle. Obwohl sie sich bemühte, den Auftrag so zu erfüllen, wie Professor Barin es ihr aufgetragen hatte, kehrten ihre Gedanken immer wieder hartnäckig zu dem schrecklichen Unfall zurück.

2

2.1

Antonia Philomena Mädler betrachtete ihre Zwillingsschwester eingehend und schüttelte den Kopf. »Du siehst blass aus, Mena! Vergrab dich bitte nicht nur hinter deinem Computer, sondern geh auch mal an die frische Luft! Oder such wenigstens ein Sonnenstudio auf.«

»Um Himmels willen, nein! Ich will nicht mit fünfzig aussehen wie eine geschrumpelte Orange«, antwortete Mena abweisend.

»Ich meine es doch nur gut mit dir!« Toni Mädler klang nun ernsthaft beleidigt.

In ihren Augen gehörte zu einem erfüllten Leben neben einem guten Job auch eine funktionierende Partnerschaft. Doch in der Hinsicht stellte ihre Schwester sich quer. Dabei war Mena mit ihrer Arbeit alles andere als zufrieden – und was Männer betraf, tat sie sogar so, als müsse der Herrgott extra für sie ein Superexemplar erschaffen.

»Jetzt komm, Toni! Ich habe doch nicht gesagt, dass du mit fünfzig wie eine verschrumpelte Orange aussiehst. Dafür pflegst du deine Haut viel zu gut. Welche Creme benützt du übrigens für dein Gesicht?«

Mit dieser Frage hebelte Mena den Zorn ihrer Schwester aus, denn wenn Toni etwas liebte, dann waren es Vorträge über Schönheitsmittel und Mode. Mena notierte sich die Marken, die ihre Schwester ihr nannte, und versprach, diese in nächster Zeit auszuprobieren.

»Du wirst sehen, sie sind exzellent!«, versprach Toni und warf einen kritischen Blick auf Menas graues Kostüm. »Das Zeug hattest du doch schon letztes Jahr an! Wenn das eine meiner Kundinnen sähe, würde sie sagen, ich könnte nicht einmal meine Schwester richtig ankleiden – und dann geht sie zur Konkurrenz.«

»Jetzt übertreibst du aber! Für deine Kundinnen ist dein Modegeschmack unübertroffen. Du könntest Schottenröcke mit Rüschenblusen für diese Frauen kreieren, und sie wären begeistert.«

»Schottenröcke und Rüschenblusen! Bei Gott, das ist doch ein ganz alter Hut. Obwohl – wenn ich es recht bedenke, kenne ich einige Damen, die für solch einen Retro-Stil zu haben sind. Damit könnte ich mir einen neuen Kundenkreis erschließen.« Toni lächelte zufrieden und machte dann eine einladende Handbewegung in Richtung Küche. »Du musst heute Abend unbedingt mit uns essen. Hans ist extra früher aus München gekommen, um meine Tortellini alla Toni nicht zu verpassen.«

»Die Einladung nehme ich gerne an, denn ich habe einen Bärenhunger!« Nachdem Mena in den letzten Tagen zumeist von Kaffee und Wurstbrötchen gelebt hatte, die der freundliche Archivar der *Oldenburgischen Volkszeitung* in Vechta ihr besorgt hatte, freute sie sich auf die Tortellini ihrer Schwester, zumal Toni weitaus besser kochte als sie selbst.

»Dann komm!« Toni Mädler hakte sich bei Mena unter und führte sie in die Küche. In der Essecke war bereits alles für ein festliches Mahl zu dritt hergerichtet worden, und Toni stellte eben den Topf für die Tortellini auf den Herd.

»Dafür musst du aber um einiges eher aus deiner Boutique gekommen sein«, sagte Mena staunend.

Toni schüttelte lächelnd den Kopf. »Gar nicht! Die Vorbereitungen hat Frau Miersch getroffen. Ist sie nicht eine Perle?«

Während Mena bejahte, erinnerte sie sich daran, wie sie Anna Miersch über den Uwe-Biskop-Artikel gebeugt vorgefunden hatte, und dachte unwillkürlich wieder an das, was sie in Vechta erfahren hatte. Sie wurde das Gefühl nicht los, es müsse eine interessante Verbindung zwischen Jan und Jens Reppert, Julia Gschwendle und Uwe Biskop geben. Leider fehlte ihr die Zeit, dieser Sache nachzugehen, denn das lag außerhalb ihres Auftrags. Enttäuscht seufzte sie auf.

»Ist während deiner Reise etwas passiert, weil du so ein Gesicht ziehst?«, fragte Toni besorgt.

»Nein! Es war einfach nur anstrengend.«

»Und was war mit dem tiefen Seufzer? Irgendwas bewegt dich doch!«

Manchmal ist es nicht leicht, mit einer Zwillingsschwester zu leben, dachte Mena, denn sie konnte kaum etwas vor Toni verbergen.

»Ich bin bei meinen Recherchen auf einen schrecklichen Unfall gestoßen, der zwei Menschen das Leben gekostet und einem kleinen Mädchen die Mutter genommen hat«, sagte sie leise.

Tonis Augen leuchteten auf. »Du denkst an Kinder! Hörst du deine biologische Uhr ticken?«

»Wenn du weiter so redest, wirst du deine Tortellini ohne mich essen müssen!« Mena war das Thema Nachwuchs leid. Als sie jedoch Tonis eingeschnappte Miene sah, fasste sie nach deren Schulter. »Ich habe es nicht so gemeint! Aber es nervt mich wirklich, wenn du mir bei jeder unpassenden Gelegenheit einen Bekannten vorstellst, der sein hormonelles Ungleichgewicht bei mir wieder ins Lot bringen will.«

»Du meinst Charly? Aber der ist eigentlich ganz nett. Er war nur etwas nervös und hat deshalb etwas zu tief ins Glas geschaut«, behauptete Toni.

Mena lachte kurz auf. »Damit hat er mir einen Gefallen getan, denn jetzt weiß ich, wie er tickt, wenn er trinkt. Danke! Auf einen zweiten Mann mit Alkoholproblemen kann ich verzichten. Da bleibe ich lieber mein Leben lang geschieden.«

»Du willst ihm also keine zweite Chance geben?« Ein wenig

hoffte Toni noch, ihre Schwester umstimmen zu können, doch diese schüttelte vehement den Kopf.

»Danke für Fallobst! Mehr ist er nämlich nicht wert. Und jetzt solltest du dich um deine Tortellini kümmern. Der Wecker hat eben geschellt.«

2.2

Trotz gewisser Anlaufschwierigkeiten wurde das Abendessen ein Erfolg. Tonis Tortellini waren köstlich, und die Anwesenheit ihres Lebensgefährten Hans verhinderte, dass sie sich zu intensiv um ihre Schwester kümmern konnte. Auch war Hans ein witziger Gesprächspartner, dem es mit Leichtigkeit gelang, die kleinen dunklen Wolken zu vertreiben, die im Gemüt der beiden Schwestern kreisten.

Mena war ihm besonders dankbar, weil er den misslungenen Abend nicht mehr erwähnte und auch nicht auf seinen Bekannten Charly zurückkam.

Nach dem Essen erbot Hans sich, Mena nach Hause zu fahren. Diese schüttelte den Kopf. »Bitte nicht! Nach der Portion, die ich verdrückt habe, muss ich ein paar Schritte laufen, und bis zum Bus ist es nicht weit. Außerdem habt ihr zwei Hübschen sicher was anderes vor.«

»Da hast du nicht so unrecht«, meinte Hans und zwinkerte Toni anzüglich zu. »Aber die halbe Stunde hätte das noch Zeit.«

»Es ist wirklich nicht nötig! Ich möchte ein bisschen allein sein und nachdenken. Schön war es wieder bei euch.« Mena stand auf, umarmte ihre Schwester länger und Hans kurz. »Macht es gut!«

»Du auch!«, sagte Toni und lächelte. Sie hatte die biologische Uhr nicht vergessen, die sie selbst immer stärker wahrnahm, und sie war überzeugt, dass ihre Schwester sie ebenso fühlte.

Mena dachte jedoch an ganz andere Dinge. Während sie zum Königsplatz eilte, gingen ihr noch einmal ihre Ergebnisse aus Vechta durch den Kopf. Auffallend war, dass sie im Archiv der Zeitung zwar immer wieder Artikel über Biskops Werdegang zu einer wissenschaftlichen Ikone gefunden hatte, aber auf keinen einzigen Bericht über einen Besuch des berühmtesten Sohnes der Stadt in seiner Heimat gestoßen war. Es schien, als hätte Uwe Biskop seine Geburtsstadt seit über zwei Jahrzehnten gemieden. Bei einem Mann wie ihm, der so viel auf das Ansehen gab, welches er bei anderen Menschen genoss, wunderte sie das.

Tief in Gedanken verstrickt stieg Mena in den falschen Bus, bemerkte es aber erst nach mehreren Stationen, und da sie keine Lust hatte, auf den Bus in die Gegenrichtung zu warten, rief sie übers Handy ein Taxi, das in Minutenschnelle erschien.

Zu Hause stolperte sie fast über den Koffer, den sie noch nicht ausgepackt hatte. Als sie das nachholte, fiel ihr der Stapel ihrer Notizen aus Vechta in die Hände. Obenauf lag die Abschrift des Berichts über Jan Repperts tödlichen Unfall. Seine Begleiterin wurde nur nebenbei erwähnt. Doch gerade das weckte in ihr den Wunsch, mehr über Julia Gschwendle zu erfahren.

Obwohl sie an diesem Tag eigentlich nichts mehr hatte tun wollen, startete sie ihren Computer und begann einen Suchlauf nach dieser Frau. Durch ihre Arbeit im Institut hatte sie Zugriff auf Dateien, die anderen Usern versperrt waren, aber als sie zwanzig Julia Gschwendles nachgeforscht und keine sich als die Gesuchte entpuppt hatte, wollte sie bereits aufgeben.

Da entdeckte sie einen Eintrag, dass ein Mädchen namens Elisabeth Gschwendle sechs Monate nach dem Unfalltod seiner Mutter von einer Martina Posansky adoptiert worden war. Konnte Elisabeth Julia Gschwendles Tochter sein?, fragte Mena sich. Sie wollte der Sache gerade nachgehen, als ihr eine neue Mail angekündigt wurde. Sie stammte von ihrer früheren Studienkollegin Heidrun Duffner. Erwartungsvoll öffnete sie sie.

Liebe Mena,
ich habe nach Deiner Anfrage mit unserem Direktor gesprochen. Er schien zuerst ganz begeistert zu sein, doch heute kam er zu mir und sagte, ich solle Dir absagen. Natürlich habe ich ihn nach dem Grund gefragt. Erst nach einigem Nachbohren gab er zu, dass Dein Vorgesetzter, Professor Barin, ihn angerufen und gesagt hätte, Du wärst für diese Stelle völlig ungeeignet. Es tut mir sehr leid!
Herzliche Grüße
Heidrun

Mena saß da, als hätte Valeri Klitschko ihr einen Kinnhaken versetzt. Das darf doch nicht wahr sein!, dachte sie.

Als sie die Mail ein zweites Mal las, war es derselbe Text. Wie kam Professor Barin dazu, ein solch vernichtendes Urteil über sie abzugeben? Die Wut packte sie, und sie hätte den Mann am liebsten sofort angerufen, um ihm ein paar scharfe Fragen zu stellen. Sie hielt bereits das Handy in der Hand, legte es dann aber doch wieder hin. Es brachte nichts, mit aufgeputschten Emotionen zu handeln. Bei dieser Sache musste sie so kühl sein wie das Eis am Nordpol.

In jedem Fall war sie nicht bereit, so einfach aufzugeben. Daher schrieb sie Heidrun zurück und fragte sie, ob sie ihr nicht ein persönliches Gespräch mit ihrem Chef verschaffen könne. Dann, so hoffte sie, würde sie diesen von ihren Fähigkeiten überzeugen können.

2.3

Am Eingangstor des Vorgartens blieb Mena kurz stehen und blickte auf die in die Jahre gekommene Villa aus der Gründerzeit, in der das Institut untergebracht war. Das Gebäude benötigte dringend einen neuen Anstrich, ebenso die Türen, die Fensterrahmen und die Läden. Im Vergleich dazu wirkten die anderen Villen in dieser Straße sehr gepflegt und wiesen professionell angelegte Vorgärten auf. Der Plattenweg zu ihrer Haustür hingegen wurde nur von einem mickrigen Rasen flankiert, den gelegentlich ein Student, der sich ein paar Euro nebenbei verdienen wollte, mit dem Rasenmäher bearbeitete.

Für potenzielle Kunden war der Anblick keine Empfehlung, fand Mena, und das war ein Grund mehr für sie, das Institut zu verlassen. Doch wenn Professor Barin weiterhin versuchte, ihr Steine in den Weg zu legen, würde es ihr schwerfallen, eine gleichwertige Stelle zu finden. Falls es mit München nicht klappte, würde sie mit ihm Tacheles reden müssen. Sollte dies ebenfalls keinen Erfolg zeitigen, musste sie notfalls einen schlechteren Job annehmen. Im Augenblick erschien ihr alles besser, als weiter in diesem Institut zu bleiben und sich über Jander und Barin ärgern zu müssen.

Entschlossen setzte sie sich in Bewegung, trat an die Tür und fand sie versperrt. Also war sie wieder einmal die Erste. Ein Blick auf die Uhr zeigte ihr, dass Jander schon vor einer Stunde seinen Dienst hätte antreten müssen. Wahrscheinlich war er am Vortag wieder auf Frauenjagd gewesen und hatte verschlafen.

Mena zuckte mit den Schultern, schloss auf und trat in den Flur. Ein kurzer Blick in die Küche verriet ihr, dass Isa und Tess am Vortag wieder nicht aufgeräumt hatten. Wenn sie Kaffee haben wollte, musste sie ihn selbst kochen, doch dazu hatte sie nicht die geringste Lust. Verärgert ging sie in ihr Büro und schaltete den Computer ein, bevor sie ihre Windjacke auszog und in die Garderobe brachte.

In den nächsten Stunden sortierte sie die Ergebnisse, die sie aus Vechta mitgebracht hatte, und tippte sie ein. Dabei wünschte sie sich ein Spracherkennungsprogramm oder wenigstens einen modernen Scanner und ein Programm, das den eingescannten

Text in Buchstaben verwandelte, mit denen man im Editor arbeiten konnte. Doch Anfragen nach Geräten, die ihr die Arbeit erleichtern würden, trafen bei Professor Barin stets auf taube Ohren.

Nach einer Weile ertappte Mena sich dabei, dass sie sich mehr mit Professor Biskop und Jan Reppert beschäftigte als – wie von Barin gefordert – mit Jens Reppert. Missgestimmt, weil sie sich nicht auf ihre eigentliche Aufgabe konzentrieren konnte, speicherte sie die Datei ab und begann einen neuen File, in dem sie ihre Informationen über den jüngeren Reppert-Bruder eintrug. Dem Professor und dessen Auftraggeber würde ihre Arbeit nicht gefallen, dachte sie schadenfroh, denn Jens Reppert wies nach Lage der Dinge eine makellos weiße Weste auf. Es gab keine Skandale, in die er verwickelt worden wäre, keinen Verdacht, er könnte einmal Lobbyarbeit zu Gunsten anderer geleistet haben, und sein Familienleben erschien vorbildlich.

»Wenn man das so sieht, muss der Mann fürchterlich langweilig sein!« Der Klang der eigenen Stimme ließ Mena zusammenzucken. Nun erst fiel ihr auf, dass sie noch immer allein war. Weder der Professor noch Jander oder die beiden Studentinnen hatten sich blicken lassen. Dabei zeigte ihr ein Blick auf die Uhr, dass es bereits auf zwei Uhr zuging und sie ganz vergessen hatte, Mittagspause zu machen.

»Ist hier während meiner Abwesenheit eine Seuche ausgebrochen und hat alle hinweggerafft?«, fragte sie bissig in die Stille hinein, die ihr natürlich keine Antwort gab.

Immer noch schlecht gelaunt speicherte sie auch die neue Datei ab, zog mehrere Kopien auf USB-Sticks und verließ ihr Büro. In der unaufgeräumten Küche zögerte sie. Sie hatte zwar Durst, aber wenig Lust, auch noch die Putzfrau zu spielen. Daher holte sie ihre Windjacke, verließ die Villa und sperrte die Tür hinter sich zu.

Auf dem Weg in die nächstgelegene Gastwirtschaft fiel ihr auf, dass den ganzen Vormittag über kein Telefon geschellt hatte. Also musste Barin alle Anrufe auf sein Handy umgeleitet haben. Dazu gehörten natürlich auch die, die ihr gegolten hatten. Am liebsten hätte sie kehrtgemacht, um nachzusehen. Sie hatte jedoch schon mehr als den halben Weg zur Futterkrippe zurückgelegt, und der Hunger trieb sie weiter. Eine halbe Stunde später saß sie in der dunkel getäfelten Gaststube und kaute auf einer zähen Roulade herum, die sie bedauern ließ, es nicht bei einer Currywurst mit Pommes frites belassen zu haben.

2.4

Als Mena wieder ins Institut zurückkehrte, war dort immer noch keine Spur von Professor Barin, den Studentinnen oder Timo Jander zu sehen. Wenn sie Kaffee wollte, musste sie selbst die Maschine sauber machen. Mena schwankte kurz, fand dann aber, dass ihre Nerven eine Stärkung vertragen konnten, und machte sich an die Arbeit. Als wenig später der Kaffee durch die Maschine lief, erinnerte sie sich an das Telefon und sah nach, ob Barin ihre Anrufe tatsächlich umgeleitet hatte.

Dies war der Fall, und für einige Augenblicke war sie so aufgebracht, dass sie am liebsten auf der Stelle gekündigt hätte. Sie rief bereits das entsprechende Formular auf, begriff aber früh genug, dass Barin sich mit der ihm eigenen Geschmeidigkeit aus der Situation herauswinden würde. Er musste nur behaupten, er habe ihre Anrufe während ihrer Recherchereise auf sein Telefon umgeleitet und bedauerlicherweise vergessen, es wieder umzustellen.

Dies aber war noch immer keine Erklärung, warum weder der Professor noch ihr Kollege Jander oder die beiden Studentinnen erschienen waren. Da fiel Menas Blick auf den Kalender, und sie schüttelte über sich selbst den Kopf.

»Ich hätte daran denken müssen, dass heute Barins Uni-Donnerstag ist«, warf sie sich selbst vor.

Neben seinem Posten als Institutsleiter nahm Professor Barin noch eine halbe Dozentenstelle an der Uni Augsburg wahr, wo er alle zwei Wochen eine Vorlesung hielt. Isa und Tess waren mit Sicherheit im Hörsaal gewesen, um einen guten Eindruck bei ihm zu machen, und Jander hatte gewiss die Chance wahrgenommen, zu Hause zu bleiben, weil Barin an seinen Uni-Tagen nicht mehr ins Institut kam.

»Es ist ja auch leichter, eine gefakte Doktorarbeit zu schreiben, als in der Gegend herumzufahren und irgendwelchen nicht vorhandenen Skeletten in Politikerkellern nachzuspüren«, schimpfte Mena vor sich hin, als sie ihren Kaffee holte.

Sie stellte die dampfende Tasse neben die Tastatur, setzte sich wieder und arbeitete weiter. Da Barin einen lückenlosen Bericht über Jens Reppert verlangt hatte, ließ sie weder dessen Ernennung zum Ehrenkommandanten der Freiwilligen Feuerwehr in seiner Heimatstadt Vechta aus noch die aus politischen Gründen erfolgte Reise nach China, bei der Reppert darauf bestanden hatte, wie ein ganz normaler Reisender in der Economy Class zu fliegen.

Als Mena den fertigen Bericht noch einmal durchlas, musste sie lachen. Der Text war ein reines Loblied auf Reppert und hätte für sie ein ideales Bewerbungsschreiben abgegeben, wenn sie an einer Stellung als persönliche Referentin des Politikers interessiert wäre.

»Barins Auftraggeber wird ihn erwürgen«, sagte sie voller Genuss und überlegte, ob sie nicht Feierabend machen sollte.

Da kam ihr erneut jener Unfall in den Sinn, bei dem Repperts älterer Bruder und Julia Gschwendle ums Leben gekommen waren. Der Name Gschwendle klang schwäbisch, und Augsburg lag mitten im Schwabenland, und so hatte sie vielleicht hier eine Chance, etwas über diese Frau zu erfahren.

Dem Gedanken ließ sie Taten folgen, und so saß sie noch um zwanzig Uhr am Computer und sortierte all die Julia Gschwendles aus, die nicht die Richtige sein konnten. Da jener Unfall im Vor-Internet-Zeitalter geschehen war, erschien es zunächst fast unmöglich, Informationen über die Frau zu bekommen.

Da stieß sie auf eine kleine Notiz, dass vor einigen Jahren in einer kleinen Pfarrkirche im Württembergischen ein Gedenkgottesdienst für eine Julia Gschwendle abgehalten worden sei. Der dortige Pfarrer schien das Internet eifrig zu nutzen, und als Mena weiter auf die ins Netz gestellten Daten zugriff, erfuhr sie, dass die Frau in der Nähe von Vechta durch einen Unfall ums Leben gekommen war. Dies war eine Spur, die zu verfolgen sich lohnte.

Dann lachte sie über sich selbst. Ihr Job war es, im Auftrag Professor Barins Nachforschungen anzustellen und Statistiken zu erarbeiten. Für die Untersuchung eines Unfalls, der vor mehr als zwanzig Jahren geschehen war, blieb da keine Zeit. Zwar interessierte sich Mena für Julia Gschwendle, die in den Norden Deutschlands gezogen war, um zu studieren, und dort den Tod gefunden hatte. Doch soweit sie feststellen konnte, hatte der Autounfall nichts mit Jens Reppert zu tun, und so konnte sie ihn auch nicht in ihre Untersuchungen einbinden.

In diese Gedanken hinein blinkte eine Zeile auf dem Bildschirm auf, dass eine Mail eingetroffen war. Nun wurde ihr klar, dass sie in ihrer Wut auf Professor Barin ganz vergessen hatte, ihre Mailbox anzusehen. Sie rief sie auf und öffnete die neue Mail.

Sie haben vergessen, Ihr Telefon umzustellen. Ihre Schwester versucht andauernd, Sie zu erreichen.

gez. Prof. Dr. Barin

Die Unverfrorenheit ihres Chefs machte Mena wütend. Gleichzeitig ärgerte sie sich über sich selbst, weil sie zwar bemerkt hatte, dass Barin ihr Telefon umgeleitet hatte, aber über ihren Analysen ganz vergessen hatte, dies rückgängig zu machen. Sie tat es und wollte schon zum Telefonhörer greifen, als sie feststellte, dass sie während ihrer Abwesenheit etliche Mails bekommen hatte, die alle als gelesen gekennzeichnet waren. Also hatte Barin sich nicht nur an ihrem Telefon vergriffen, sondern auch ihre Mails auf seinen Laptop umgelenkt. Diese hatte er offensichtlich erst vor ein paar Minuten wieder auf ihren Computer zurückgespielt. Nun war ihr klar, warum er strikt gegen Geräte war, auf denen man seine Mails auch unterwegs empfangen konnte. Er liebte es, hinter seinen Mitarbeitern herzuspionieren.

Wahrscheinlich hatte Barin sich erst auf Tonis Anruf hin daran erinnert, dass er weder die Umleitung ihres Telefons noch ihrer Mails rückgängig gemacht hatte. Typisch für ihn war, dass er in der Eile auch vergessen hatte, das Gelesen-Flag zu entfernen. Auf diese Weise hatte sie nun erfahren, dass er ihr nachschnüffelte, und dafür würde sie ihm am nächsten Morgen gründlich die Meinung geigen. Trotz ihres Ärgers las sie die Mails aufmerksam durch und löschte jene, die entweder Spam oder belanglos waren.

Eine Mail stammte von ihrer ehemaligen Kommilitonin Heidrun Duffner. Sie schrieb, dass ihr Institutsleiter auf ihr Einwirken hin doch zugestimmt habe, Mena persönlich in Augenschein zu nehmen. Einen Augenblick war Mena verblüfft, weil sie über ihre private Mail-Adresse mit Heidrun kommuniziert hatte, aber als sie nachschaute, sah sie, dass Heidrun auch ihre erste Antwort sowohl an ihre private Mail-Adresse wie auch an die im Institut geschickt hatte. Auf diese Weise war es Barin möglich gewesen, von dieser Bewerbung zu erfahren und sie zu hintertreiben.

»Ausgerechnet Heidruns Antwort muss dieser Idiot lesen!«, rief sie vor Wut kochend. Nun würde sie alles versuchen müssen, selbst mit Heidruns Chef zu reden und den Mann zu überzeugen, dass sie bestens dafür geeignet war, im Institut für Zeitgeschichte in München zu arbeiten.

Sie brauchte eine Weile, bis sie sich so weit beruhigt hatte, dass sie ihre restlichen Mails durchschauen konnte. Zuletzt hatte sie nur noch eine einzige ungelesene Nachricht und wollte sie bereits löschen, da sie wieder einen albernen Phantasienamen als Absender trug. Aus einem Bauchgefühl heraus rief sie sie dann doch auf und starrte auf den Text.

Professor Biskop ist ein Verbrecher!

Das kannte Mena schon. Die zweite Zeile war jedoch neu.

An seinen Händen klebt Blut!

Jetzt erschrak Mena doch und fragte sich, welchen Feind Professor Biskop haben mochte, der ihn auf diese Weise verfolgte. Das Klingeln des Telefons unterbrach ihre Gedanken. Obwohl es bereits auf zwanzig Uhr zuging, hob sie ab und meldete sich. »Hier Reglin, Zeitgeschichtliches Forschungsinstitut Augsburg.«

»Mena, endlich erreiche ich dich!«, vernahm sie die Stimme ihrer Schwester.

»Was gibt es, Toni?«

»Eigentlich wollte ich dich zum Abendessen einladen. Aber dazu ist es jetzt zu spät. Zuerst hatte ich deinen Chef am Apparat – ein sehr angenehmer Herr, wie ich sagen muss! – und habe es dann ein paarmal bei dir in der Wohnung versucht. Als du auch dort nicht warst, habe ich mir gedacht, ich versuche es noch mal im Institut.«

Mena nahm ihrer Schwester den »angenehmen Herrn« äußerst übel. Zudem schien Toni es ihr anzukreiden, weil diese sie nicht erreicht hatte. Natürlich hatte Barin nicht gesagt, dass er ihr Telefon umgeleitet hatte.

»Ich bringe diesen Kerl noch um!«, entfuhr es Mena.

»Was ist los?«

»Ach nichts, nur Ärger in der Arbeit. Ich gehe jetzt nach Hause und mache mir ein paar Spiegeleier als Abendessen. Zu dir kann ich heute nicht mehr.«

»Wir könnten uns doch in der Stadt in einem Restaurant treffen. Um die Zeit ist sicher noch was los!«, schlug Toni vor.

Mena schüttelte den Kopf, obwohl ihre Schwester es nicht sehen konnte. »Danke, aber ich habe heute schon auswärts gegessen und mag jetzt lieber heim. Gute Nacht!«

»He! Halt! Ich bin noch gar nicht fertig!«, protestierte Toni. »Morgen ist doch Freitag, und da haben Hans und ich gedacht, wir könnten am Abend gepflegt zusammen essen gehen. Ich kenne ein gutes Restaurant in Friedberg. Ein Schulfreund von Hans ist zu Besuch und ...«

»Vergiss es!«, zischte Mena und legte den Hörer auf.

Dabei bedauerte sie, dass sie ihren Zwilling in Gedanken nicht ebenso erwürgen konnte wie ihren Chef.

2.5

Alice Blair fühlte sich bereits nach drei Tagen in Augsburg wie eingesperrt. Der Gedanke, dass die Gesuchten nur wenige Kilometer entfernt lebten, sie aber derzeit nicht das Geringste unternehmen konnte, um das Rätsel zu lösen, welches ihr seit fünfundzwanzig Jahren Albträume bereitete, brannte wie Feuer in ihr. Zu Hause in den Staaten hatte sie sich die Sache ganz anders vorgestellt. Dort hätte sie jenen, die sie als Feinde ansah, mit Hilfe ihres Networks die Maske vom Gesicht gerissen und sie der Welt so klein und hässlich gezeigt, wie sie wirklich waren. Dieses Land war ihr jedoch fremd, und da sie ihren Job nicht vernachlässigen durfte, fand sie auch nicht die Zeit, die sie gebraucht hätte, um jene Kontakte zu knüpfen, die ihr weiterhelfen konnten.

»Ich werde nicht aufgeben!«, schwor sie sich und wusste doch, dass sie Biskop und dessen Frau fürs Erste keine Priorität zubilligen durfte. In Berlin fand ein wichtiges Symposium statt, und ihr Network hatte im Vorfeld bereits etliches an Material gemailt, das sie sich ansehen musste.

»Es ist nur ein Aufschub«, tröstete Alice sich, als sie ihre Koffer packte und diese durch einen Hotelangestellten nach unten bringen ließ. Ihre Rechnung beglich sie mit ihrer Kreditkarte und schob einen Schein als Trinkgeld über die Theke.

»Es kann sein, dass ich bald zurückkehre«, sagte sie zu dem Mann an der Rezeption. »Ich habe es auf jeden Fall vor.«

»Unsere Stadt ist auch etwas ganz Besonderes«, antwortete der Hotelangestellte. »Es mag keine Weltstadt sein wie München, aber wir haben der Landeshauptstadt einiges an Geschichte und Kultur voraus.«

Um Alices Lippen spielte ein sanftes Lächeln. Nur ein Eingeborener konnte München eine Weltstadt nennen. Weltstädte waren für sie New York, London, Paris, Dubai, Singapur oder Shanghai, aber nicht diese verstaubte Stadt in einem ebenso verstaubten Land.

Jetzt erhebe dich nicht so über diese Leute, rief sie sich zur Ordnung, denn du hast nicht den geringsten Grund dafür. Immerhin hast du hier deine Wurzeln. Sie nickte bei dem Gedanken und brachte damit den Hotelangestellten aus dem Konzept, der ihr gerade einige Sehenswürdigkeiten aufzählte, die sie bei ihrem nächsten Aufenthalt in Augsburg unbedingt besichtigen sollte.

»Danke, ich werde es mir merken. Auf Wiedersehen!«, unterbrach sie ihn, weil ihr der Vortrag zu lang wurde, und ging zum Lift, um in die Tiefgarage hinabzufahren.

Wenig später irrte sie mit ihrem Leihwagen durch die engen

Gassen der Innenstadt und war schließlich froh, als sie den ersten Wegweiser zur Autobahn entdeckte. Während sie der Straße folgte, überlegte sie, wohin sie fahren sollte. Sie konnte entweder sofort nach Berlin aufbrechen und ihre Garderobe in einer Boutique ergänzen oder in Frankfurt Station machen und sich in ihrem Hotel neu ausstaffieren.

Da sie ihre Post nach Frankfurt kommen ließ, entschied sie sich für Letzteres und wählte, als sie die Autobahn erreichte, die Richtung nach Stuttgart. Eigentlich hatte sie bei Ulm-Elchingen auf die A7 nach Würzburg wechseln wollen, aber sie blieb auf der A8 und fuhr bei Kirchheim/Teck ab. Einige Kilometer fuhr sie auf der B465, wechselte dann auf die B28 und erreichte schließlich ein Dorf auf der Schwäbischen Alb, das von einem ebenso grünen Wald umgeben war, wie er in Maine wuchs.

Alice hielt vor der kleinen Barockkirche an, stieg aus und betrat den Friedhof. Ganz in der Nähe waren mehrere Frauen damit beschäftigt, Gräber zu pflegen. Als sie Alices suchenden Blick sahen, kam eine von ihnen näher.

»Kann ich Ihnen helfen?«

»Nein … oder vielleicht doch. Wo finde ich das Grab von Julia Gschwendle?«

»Gschwendle? Da muss ich nachdenken. He, Hildegard, weißt du noch, wo die Julia Gschwendle liegt?«, rief die Frau einer anderen zu.

»Deren Grab ist doch letztes Jahr eingeebnet worden, weil keiner mehr dafür bezahlt hat.«

»Tut mir leid, ich hätte Ihnen gerne geholfen. Gehören Sie zur Familie?«, wollte die Frau, die Alice angesprochen hatte, wissen.

Alice schüttelte den Kopf. »Nein. Danke und auf Wiedersehen!«

Als sie sich umdrehte, kämpfte sie bereits mit den Tränen. Dann aber wurde ihr Gesicht hart. Auch das war eine Rechnung, die es zu begleichen galt. Sie würde sie zur rechten Zeit einfordern, genauso wie die andere, viel größere. Sie überlegte, ob sie nicht doch den Kontakt zu Wilfried Gadow intensivieren sollte. Er hasste Biskop und wusste mit Sicherheit einiges über den Mann, das sich gewiss verwenden ließe. Aber sie konnte sich immer noch an Gadow wenden, wenn sie den ersten Schlag geführt hatte. Das würde noch ein wenig dauern, denn sie wollte nicht hier, sondern in den Vereinigten Staaten zuschlagen. Nun aber hieß es, nach Frankfurt und von dort aus nach Berlin weiterzufahren. Wenn das Symposium zu Ende war und sie ihren Bericht abgegeben hatte, konnte sie wieder ihre eigenen Pläne verfolgen. Mit diesem Entschluss stieg sie in ihr Auto und fuhr los.

2.6

Wilfried Gadow fühlte sich nicht wohl in seiner Haut, als er die Treppe eines Hinterhofhauses in Berlin-Kaulsdorf hochstieg. Doch wenn er sich nicht zeit seines Lebens als Feigling und Versager fühlen wollte, musste er etwas unternehmen.

Vor einer Tür, auf der ein kleines Schild mit der Aufschrift »Jürgen Leutmann, Privatdetektiv« angeschraubt war, blieb er stehen und drückte den Klingelknopf. Zunächst tat sich nichts, dann aber nahm er einen Schatten hinter dem Türspion wahr. Dennoch dauerte es eine Weile, bis jemand öffnete und Gadow einen Mann mittleren Alters vor sich sah, der seinem Aussehen nach die meiste Zeit in einem Fitnessstudio verbrachte. Sein Gegenüber war zwei Handbreit größer als er und mit den Muskeln eines Preisboxers ausgestattet, die sich unter seinem hautengen T-Shirt abzeichneten. Gesicht und Arme waren so braun, als wäre er eben von einem Karibik-Urlaub zurückgekehrt. Dazu lächelte er auf eine zuvorkommende Art, die so gar nicht zu der Pistole passen wollte, die er in den Hosenbund gesteckt hatte.

»Guten Tag! Sie wünschen?«

»Mein Name ist Dr. Wilfried Gadow. Ich habe Ihnen geschrieben und um einen Termin gebeten!« Gadows Stimme klang belegt, denn einen Privatdetektiv hatte er sich anders vorgestellt. Der Typ hier sah eher so aus, als wäre er einer amerikanischen Vorabendserie entstiegen.

Der Detektiv trat beiseite, um den Weg freizumachen. »Gadow? Stimmt! Ich erinnere mich. Kommen Sie doch herein! Was wollen Sie trinken, Scotch oder was anderes?«

»Sind Sie Herr Leutmann?«, fragte Gadow.

Er erntete ein fröhliches Grinsen. »In eigener Person!«

»Sie sehen ganz anders aus, als ich es erwartet habe«, brach es unwillkürlich aus Gadow heraus.

»Haben Sie geglaubt, ich sitze hier im karierten Anzug wie Sherlock Holmes persönlich?«

»Nein, das nicht!«, wehrte Gadow ab.

»Oder wie Hercule Poirot mit schwarzen Klamotten und Melone? Die Zeiten sind längst vorbei, Herr Gadow! Lassen Sie sich gesagt sein, dass auch die echten Detektive jener Tage anders aussahen, als die Phantasie der Schriftsteller sie beschrieben hat.«

Leutmann führte Gadow in die Altbauwohnung, in deren Flur so viele Stapel Ordner und Umzugskartons standen, dass nur ein schmaler Durchgang blieb.

»Alles Recherchematerial«, erklärte Leutmann seinem Besucher. »Ich kann das Zeug einfach nicht wegwerfen, denn es ist ja möglich, dass ich es irgendwann wieder brauche, und so schnell kriege ich es nicht mehr zusammen.«

»Verstehe!« Trotz seiner Behauptung war Gadow froh, dass das Büro des Detektivs, in das er nun geführt wurde, aufgeräumter aussah. Ein riesiger dunkler Schreibtisch beherrschte den Raum und erdrückte beinahe den wuchtigen Ledersessel dahinter. Die beiden einfachen Stühle vor dem Schreibtisch fielen ihm erst auf den zweiten Blick auf.

»Nehmen Sie Platz! Sie haben mir noch nicht gesagt, welchen Drink Sie bevorzugen«, sagte Leutmann und trat zu einem Schrank. Mit dem Öffnen der Tür enthüllte er eine Flaschenbatterie, die einer angesagten Bar Ehre gemacht hätte.

Während Leutmann zwei Gläser mit schottischem Whisky füllte, sprach er weiter. »Ich habe gelernt, dass man entspannter plaudert, wenn man gemütlich zusammensitzt und einen Drink zu sich nimmt.«

»Das sehe ich auch so«, antwortete Gadow, weil ihm nichts anderes einfiel.

»Hier!« Leutmann stellte Gadow ein Glas hin, ließ sich dann in seinen Sessel sinken und musterte seinen Besucher über den Rand seines Drinks hinweg. »Was haben Sie auf dem Herzen?«

»Nun, es ist so, ich …« Gadow wand sich ein wenig, beugte sich dann aber vor und zog eine Fotografie von Uwe Biskop aus seiner Aktentasche. »Es geht um diesen Mann! Er hat mir meine Erfindung gestohlen und macht Millionen damit. Ich will ihm diesen Diebstahl nachweisen. Wenn Sie mir dabei helfen, erhalten Sie fünfundzwanzig Prozent des Gewinns.«

Leutmann nahm das Foto entgegen, betrachtete es und legte es dann auf den Tisch. »Ich arbeite lieber nach vorher ausgehandelten Sätzen als auf Provisionsbasis«, antwortete er mit hörbarem Spott.

»Das ist mir klar. Die Beteiligung sollte nur die Prämie für erfolgreiche Bemühungen sein«, erwiderte Gadow und legte dem Detektiv einen dicken Ordner hin. Leutmann nahm ihn und blätterte darin.

»Wie sind Sie eigentlich auf mich gekommen?«, fragte er.

»Sie wurden mir empfohlen!«, antwortete Wilfried Gadow und verschwieg dabei, dass mehrere seriösere Detekteien den Auftrag wegen offensichtlicher Aussichtslosigkeit abgelehnt hatten. Der letzte Detektiv hatte ihm erklärt, dass nur jemand wie Leutmann so einen Job übernehmen würde. Nun hoffte Gadow von ganzem Herzen, dass sein sportgestähltes Gegenüber auch hielt, was es versprach.

»Ich werde mir die Unterlagen durchlesen und Ihnen Bescheid geben«, erklärte der Detektiv eben.

»Es wäre mir nicht recht, wenn ich den Ordner hierlassen müsste. Es sind Originalunterlagen.«

»Dann muss ich sie kopieren. Kostet zehn Cent das Blatt!« Noch im Reden stand Leutmann auf und verschwand mit dem Ordner in einem Nebenraum.

Gadow blieb zweifelnd zurück. Hatte er richtig gehandelt, diesen Mann einzuweihen? Im Augenblick fürchtete er, dass es ein Fehler gewesen war. Dann aber stieß er die Luft scharf aus den Lungen. Es brachte nichts, wenn er nur im stillen Kämmerlein vor sich hin weinte. Allein kam er gegen Biskop nicht an, also benötigte er jemanden, der ihm Beweise für dessen betrügerisches Handeln lieferte. Um seinen Entschluss vor sich selbst zu rechtfertigen, rief sich Gadow wieder einmal die Summe vor Augen, um die ihn Biskop durch den Diebstahl seiner Erfindung geprellt hatte. Sie rechtfertigte in seinen Augen jede Maßnahme, den Kerl zu entlarven.

Kaum hatte er sich dies klargemacht, kehrte Leutmann wieder in das Zimmer zurück. »Hier sind Ihre Unterlagen, Herr Gadow. Doch bevor ich mich mit dem Fall beschäftige, möchte ich wissen, wie viel Ihnen meine Bemühungen wert sind. Mein Tagessatz schwankt zwischen dreihundert Euro und einer hohen, zu vereinbarenden Summe, plus Spesen natürlich. Bei dreihundert Euro werde ich nicht viel mehr tun, als im Internet nachforschen und ein paar Telefongespräche führen. Ab tausend Euro ist dann schon mehr möglich.«

Gadow schwirrte der Kopf. Bisher hatte er sich keine Gedanken darüber gemacht, was der Detektiv verlangen würde. Für dreihundert Euro aber konnte er nicht viel erwarten. Selbst tausend Euro erschienen hier zu gering. Doch wie viel konnte er sich leisten?

»Ich schlage zweitausend Euro vor – im Erfolgsfall! Sonst zahle ich nur dreihundert.«

Leutmann lachte schallend. »Halten Sie mich für einen Vollidioten? So kommen Sie vielleicht mit Horch und Guck ins Geschäft, aber nicht mit mir. Um an die von Ihnen gewünschten Auskünfte zu gelangen, muss ich einiges unternehmen. Im Allgemeinen mache ich solche Sachen nicht unter fünftausend Euro pro Tag plus Gefahrenzulage!«

»Ich kann Ihnen aber keine fünftausend pro Tag zahlen«, brachte Gadow mühsam hervor.

»Tausend pro Tag bei normaler Recherche, zweitausend, wenn etwas Besonderes anliegt. Das ist mein letztes Angebot!« Leutmann wusste, dass die Menschen, die zu ihm kamen, kaum mehr eine andere Chance hatten, wenn sie nicht aufgeben wollten. Sein Besucher sah nicht so aus, als wollte er aufgeben, also würde er zahlen.

Nach einer kurzen Pause nickte Gadow schließlich. »Also gut! Ich bin einverstanden. Wir können einen Vertrag schließen.«

»Vertrag?« Leutmann lachte, als hätte er eben einen guten Witz gehört. »Mein lieber Herr Gadow, so etwas mache ich ungern schriftlich. Es geht schließlich niemanden etwas an, welche Nachforschungen ich betreibe.« Dabei dachte er nicht zuletzt an das Finanzamt, das höchstens ein Fünftel von dem erfuhr, was er tatsächlich einnahm. »Wissen Sie, was nicht schriftlich festgelegt wird, kann auch keiner finden«, sagte er mit einer weit ausholenden Handbewegung.

»Das verstehe ich«, erklärte Gadow nicht ganz wahrheitsgemäß. »Aber was machen Sie, wenn einer nicht zahlen will? Ohne Vertrag haben Sie doch keine Handhabe gegen ihn.«

Schweigend zog Leutmann ein Fotoalbum aus einem kleinen Sekretär, schlug es auf und legte es seinem Besucher hin.

Gadow sah mehrere Männer in schwarzer Lederkluft und bemalten Sturzhelmen auf schweren Motorrädern. Alle trugen dasselbe Abzeichen, und keiner von ihnen sah schwächer aus als der Detektiv.

»Das sind meine Freunde vom Motorradklub. Wenn einer meiner Klienten Sperenzchen machen will, besuchen sie ihn«, sagte Leutmann und blätterte weiter zu einem Bild, auf dem zwei der Männer je einen Baseballschläger schwangen. »Genug gesehen?«

»Sie … Nun … Ich …«, begann Gadow, kam aber nicht über ein Stammeln hinaus.

»Dann ist es gut!« Leutmann lächelte sanft und wies dann auf den Drink, den Gadow noch nicht angerührt hatte. »Ich glaube, jetzt haben Sie einen Schluck nötig!«

»Ah … ja!« Wie unter Zwang ergriff Gadow das Glas und leerte es auf einen Zug.

»Sie hören von mir, sobald ich die ersten Informationen beisammen habe«, erklärte Leutmann und machte damit deutlich, dass er das Gespräch als beendet ansah.

Gadow stand auf und wollte zur Tür, da hielt Leutmanns Stimme ihn auf. »Sie haben Ihre Unterlagen vergessen!«

»Danke!« Rasch stopfte Gadow den Ordner in seinen Aktenkoffer und verabschiedete sich.

Leutmann begleitete ihn bis zur Tür, schloss diese hinter ihm und rieb sich anschließend über die Stirn. »Mit Biskop war doch schon mal was!«, murmelte er und begann, den Stapel mit den ältesten Unterlagen zu durchsuchen. Nach etwa einer Viertelstunde hielt er eine dünne Mappe in der Hand, auf der der Name »Biskop« stand. Damals war er noch jung und ziemlich neu im Geschäft gewesen, hatte aber bereits als harter Bursche gegolten. Zu jener Zeit hatte Biskop ihn beauftragt, eine Person zu entlarven, von der er Drohbriefe erhalten hatte.

Mit einem leisen Fluch erinnerte Leutmann sich, dass ihm

nicht mehr gelungen war, als die Spur bis zu einem Briefkasten zurückzuverfolgen, in den die Briefe eingeworfen worden waren. Dann musste der Erpresser gemerkt haben, dass man ihm nachspürte, und hatte darauf verzichtet, weitere Briefe zu schreiben.

Konnte Gadow diese Person gewesen sein?, fragte Leutmann sich. Er überlegte, ob er Kontakt zu Biskop aufnehmen und diesen davon unterrichten sollte, schüttelte dann aber den Kopf. Biskop hatte diesen Auftrag wahrscheinlich längst vergessen und würde ihm für einen bloßen Verdacht auch nichts zahlen. Um seine Rockerfreunde auf diesen Mann zu hetzen, war der Wissenschaftler viel zu bekannt.

»Ich würde mir nur ins eigene Nest scheißen«, murmelte Leutmann und beschloss, sich erst einmal mit Gadows Unterlagen zu befassen und danach zu überlegen, welche Schritte er unternehmen sollte.

2.7

»Guten Tag, Herr Professor! Ich freue mich, Sie wieder einmal hier in Berlin begrüßen zu dürfen!« Der Regierende Bürgermeister kam auf Uwe Biskop zu und reichte ihm die Hand.

Mit einem Räuspern brachte sich Susanne Fehse-Biskop in Erinnerung. Sie mochte es nicht, wenn man sie übersah, auch wenn ihr Ehemann als wissenschaftliche Koryphäe galt und sie selbst in erster Linie durch ihre Fernsehsendungen bekannt war.

»Ich sehe, Sie haben Ihre reizende Gemahlin mit nach Berlin gebracht«, setzte der Bürgermeister hinzu, um die Situation zu retten, und deutete bei Susanne Fehse-Biskop einen Handkuss an.

»Immerhin hat man uns beiden das Bundesverdienstkreuz verliehen!« So ganz verzieh die Frau dem Bürgermeister nicht, dass er zuerst ihren Mann angesprochen hatte, als wäre sie nur ein schmückendes Anhängsel.

»Sie haben es beide wahrlich verdient! Ich habe letztens Ihre Sendung über Quantenphysik verfolgt. Es ist höchst erstaunlich, wie beschlagen Sie in diesem Fach sind.«

Wenn der Regierende Bürgermeister hoffte, mit dieser Bemerkung zu punkten, lag er falsch. In Susanne Fehse-Biskops Ohren klang das nämlich so, als traue er es Frauen nicht zu, sich in diesen wissenschaftlichen Höhen zu bewegen. Sie beließ es bei einem höflichen Lächeln.

»Wie ich höre, haben Sie früher auch einmal in Berlin gelebt?« Der Bürgermeister hatte sich wieder Biskop zugewandt.

»Nur ein paar Jahre. Ich war damals mit einem Forschungsauftrag betraut, der meinen Aufenthalt hier nötig machte.« Biskop mochte die großen Städte wie Berlin oder München nicht, weil in denen jede Woche eine andere Sau durchs Dorf getrieben wurde. Zwar genoss er Einladungen wie diese, hatte aber wenig Lust mitzuerleben, wie andere Leute mehr hofiert wurden als er. In Augsburg hingegen machte ihm niemand den Ruhm streitig, der bekannteste Bürger der Stadt zu sein.

Unterdessen fiel dem Regierenden Bürgermeister eine in Berlin lebende Schauspielerin ins Auge, die vor kurzem den deutschen Filmpreis gewonnen hatte, und er bat das Ehepaar, ihn zu entschuldigen.

»Aber gerne!«, antwortete Susanne Fehse-Biskop mit einem Lächeln, dem jede Wärme fehlte.

Kaum war der Bürgermeister weitergegangen, um die Schauspielerin zu begrüßen, legte sie ihrem Mann die Hand auf die Schulter und wies auf diese. »Ein nettes Ding, aber ihr Kleid ist unmöglich.«

Biskop nickte. »Sie trägt sehr viel Haut und sehr wenig Stoff! Aber immerhin ist es ein Designerkleid.«

»Es hat höchstens einen Bruchteil dessen gekostet, was ich für das meine ausgegeben habe«, spottete seine Frau, ging dann aber auf die Schauspielerin zu und sagte lächelnd zu ihr, wie sehr sie sie in ihrer letzten Kinorolle bewundert habe.

Biskop musterte die beiden Frauen. Die Schauspielerin war jünger als Susanne und wirkte in ihrem Outfit sehr aufreizend. Doch gegen seine Frau sah sie blass aus. Allerdings trug Susanne auch ein Kleid, das mit Kristallen in unterschiedlichen Blautönen besetzt war und ihre Figur ausgezeichnet zur Geltung brachte, ohne viel zu enthüllen.

Weitere Gäste traten auf Biskop zu, um ihm zu gratulieren, und bei nicht wenigen glaubte er, Neid zu spüren. Zwar erhielten viele einen Orden, doch die wenigsten wurden bei der Verleihung vom Bundespräsidenten zum Essen eingeladen. Ihm allerdings, der mehr als sechzig bedeutende Patente auf sich vereinigte und sich einen nachhaltigen Ruf in der Wissenschaft errungen hatte, stand dies wohl zu.

Susanne Fehse-Biskop kam zu ihrem Mann zurück und hakte sich unter. »Hier hat sich anscheinend alles versammelt, was zufällig in Berlin weilt«, meinte sie spöttisch.

»Es ist die Crème de la Crème aus Politik, Wirtschaft, Kultur und Wissenschaft«, antwortete Biskop lächelnd.

Über das Gesicht seiner Frau huschte ein verächtlicher Zug. »Im Grunde sind es todlangweilige Leute. Bin ich froh, dass wir nicht in Berlin leben müssen! Wir hätten dann alle möglichen Schmarotzer und noch anderes am Hals – so wie damals.«

Biskop drückte mahnend den Arm seiner Frau. »Das geht niemanden etwas an! Glaubst du, ich wollte schlafende Hunde wecken?«

»Hast du Angst?« Susanne Fehse-Biskop lächelte, weil der Vorstandsvorsitzende eines Industriekonzerns an ihnen vorbeikam. Zu ihrem Ärger sprach er weder ihren Mann noch sie an.

»Wollte nicht eine seiner Firmen ein Patent von dir kaufen?«, fragte sie ihren Mann.

»Ich werde mit der Konkurrenz reden!« Biskop war nicht weniger verärgert als seine Frau und ging mit ihr in die Richtung, in der er den Manager einer ihm bekannten Firma stehen sah. Doch bevor er und Susanne diesen erreichten, stießen sie beinahe mit einem Paar zusammen, das, sich intensiv unterhaltend, den Raum durchquerte.

Im letzten Moment blieb der Mann stehen und hielt seine Begleiterin auf. »Entschuldigen Sie!«, sagte er, erkannte dann Biskop, und seine Miene wurde abweisend.

»Sieht man sich auch mal wieder!«

»Hallo Jens! Freut mich, dich zu sehen!«

Biskops Stimme klang um keinen Deut freundlicher als die von Jens Reppert, dem jüngeren Bruder seines ehemaligen Freundes und Kommilitonen Jan Reppert.

»Die Freude ist ganz auf meiner Seite«, antwortete der Politiker.

Für einige Augenblicke schien die Luft um die vier Menschen zu gefrieren, dann nickte Reppert und ging mit einem »Man sieht sich sicher wieder!« weiter.

Seine Begleiterin musterte ihn bewundernd. »Sie sind mit Professor Dr. Biskop per Du?«

»Man kann nichts für seine ehemaligen Studienkollegen«, erklärte Reppert mit einer wegwerfenden Handbewegung.

»Mögen Sie ihn etwa nicht?«, fragte die Frau.

Reppert zuckte mit den Schultern. »Er ist sicher ein ausgezeichneter Wissenschaftler und wurde zu Recht mehrfach ausgezeichnet. Das will ich ihm nicht absprechen. Aber ich bin froh, dass ich nichts mehr mit ihm zu tun habe.«

»Aber Sie hatten mit ihm zu tun!«

»Weniger ich als mein Bruder.«

»Aber Ihr Bruder ist doch schon lange tot?«, wandte die Frau verständnislos ein.

»Darum habe ich auch nichts mehr mit ihm zu tun.« Reppert

wollte das Thema beenden, doch seine Begleiterin ließ nicht locker.

»Hat denn damals etwas zu einem Zerwürfnis zwischen Ihnen und Biskop geführt?«

»Eigentlich nicht.«

Die Frau gab nicht auf. »Und uneigentlich?«

Reppert schüttelte abwehrend den Kopf, seufzte dann aber tief. »Mein Bruder und Biskop haben damals mit ihren Freundinnen eine bestandene Prüfung gefeiert, dabei muss es feuchtfröhlich hergegangen sein. Auf jeden Fall haben sich Jans Freundin Susanne und Uwe Biskop ein Taxi genommen, während mein Bruder sich betrunken ans Steuer gesetzt hat, um Biskops damalige Freundin nach Hause zu fahren. Es gab einen Unfall, und beide sind in den Trümmern des Wagens ums Leben gekommen, ehe ihnen jemand zu Hilfe kommen konnte. Kurz darauf war Susanne Fehse Biskops Verlobte, und die beiden haben Vechta verlassen.«

»Sie tragen Biskop also nach, dass er die Freundin Ihres toten Bruders geheiratet hat?«

»Nein!«, antwortete Reppert. »Ich trage ihm nach, dass er Jan hat fahren lassen, obwohl er wusste, dass dieser betrunken war. Aber vergessen Sie das wieder. Ich sehe dort den Fraktionsvorsitzenden meiner Partei und will ein paar Worte mit ihm wechseln.«

Während Reppert zu dem Mann hinüberging und sichtlich erfreut begrüßt wurde, ließ Biskop sich von einer der hier kellnernden Studentinnen ein Glas Champagner reichen und zog sich damit in eine Ecke des Raumes zurück.

Seine Frau begleitete ihn und zischte leise vor sich hin. »Jens ist der gleiche Döskopp geblieben, der er damals war. Ich hoffe nur, dass er nicht noch weiter aufsteigt, ich würde mich schwarzärgern, wenn er es tatsächlich bis zu einem Minister oder gar zum Bundeskanzler schafft.«

»Das kann uns doch gleichgültig sein! Wir haben unseren Weg gewählt und er den seinen. Soll er doch für zweihunderttausend und ein paar zerquetschte Euros die Republik lenken, solange uns pro Jahr mehr als das Zwanzigfache an Lizenzgebühren ins Haus schneit.« Biskop lachte kurz und wies dann auf einen Mann, der eben vom Regierenden Bürgermeister begrüßt wurde.

»Dort ist der Intendant des WDR! Der ist für uns wichtiger als jeder Politiker in Berlin.«

2.8

An diesem Morgen war Mena wieder die Erste im Institut. Sie ignorierte die immer noch unaufgeräumte Küche und setzte sich sofort an ihren Computer. Diesmal versäumte sie es nicht, ihre Mails durchzusehen. Nachdem sie schon einige belanglose gelöscht hatte, stieß sie auf eine Mail mit dem Namen »Biskop« in der Betreffzeile. Der Absender war wieder ein Phantasiename. Zu ihrer Verwunderung enthielt sie kommentarlos einen Link auf die Seite eines Berliner Lokalsenders, der von einem Empfang des Regierenden Bürgermeisters berichtete. Zuerst überlegte Mena, die Seite wieder abzuschalten. Da sah sie zwei Männer, die einander begrüßten. Sie brauchte einen Augenblick, um zu erkennen, dass es sich bei einem um den Politiker Jens Reppert handelte, dem sie in Barins Auftrag nachgespürt hatte. Der andere war Professor Biskop.

Für einen normalen Zuschauer mochte es so aussehen, als zeigten die beiden Männer Freude. Mena aber hatte gelernt, in den Mienen von Menschen zu lesen, und spürte selbst in der Videoaufzeichnung die Spannung, die zwischen Reppert und Biskop herrschte. Hatte sie bei ihrer Recherche in Vechta etwas übersehen?, fragte sie sich und beschloss, dem nachzuspüren, was die beiden Männer verband.

Obwohl sie sich alle Mühe gab und ihre Suchparameter immer mehr erweiterte, fand sie nichts, das auf einen Streit zwischen ihnen hinwies. Allerdings waren Jens Reppert und Biskop sich nur noch ganz selten begegnet, nachdem der Wissenschaftler seine Heimat verlassen hatte. Auffällig war allerdings, dass Reppert einen Antrag im Rat seiner Heimatstadt, Uwe Biskop als ausgezeichnetem Sohn Vechtas die Ehrenbürgerwürde zu verleihen, nicht unterstützt hatte. Es sah vielmehr so aus, als habe er die Verleihung hintertrieben.

»Das ist etwas, das ich Barin noch liefern kann«, sagte sie sich und ergänzte ihren Bericht. Allerdings war es wirklich nur die Leiche einer Maus, die Reppert im Keller hatte, und nicht die von ihrem Chef und dessen Auftraggeber erhofften Skelette.

Lautes Schimpfen aus Richtung der Küche verriet Mena, dass ihr Kollege Timo Jander eingetroffen war.

Wenig später riss er ihre Bürotür auf. »Warum haben Sie noch keinen Kaffee gemacht? Die ganze Küche sieht aus wie Sau!«

Mena platzte der Kragen. »Ich bin hier als wissenschaftliche Mitarbeiterin angestellt und nicht als Küchenhilfe! Wenn es Professor Barin nicht gelingt, Isa und Tess dazu zu bringen, die Küche sauber zu machen, muss er sie eben ersetzen. Und nun wäre ich Ihnen dankbar, wenn Sie mich in Ruhe weiterarbeiten lassen würden. Professor Barin erwartet meinen Bericht.«

»Sie …«, begann Jander, brach dann aber ab und verschwand mit einem gemurmelten »dumme Kuh!« aus Menas Büro.

»Er steigert sich!«, spottete Mena. »Letztens war ich noch eine Ziege. Jetzt bin ich gespannt, als was ich das nächste Mal bezeichnet werde.«

Sie vertiefte sich wieder in die Arbeit und hörte kurz darauf genussvoll zu, wie der Institutsleiter kam und sich fürchterlich aufregte, weil die Küche nicht aufgeräumt war und es noch keinen Kaffee gab.

Janders Antwort konnte Mena nicht verstehen, aber er musste

ihren Namen genannt haben, denn im nächsten Moment kam er wutschnaubend herein.

»Weshalb haben Sie die Küche nicht aufgeräumt?«, brüllte er sie an.

»Warum haben Sie es nicht getan?«, antwortete Mena gelassen.

Für Augenblicke verschlug es Barin die Stimme. »Sie!«, rief er, als er sich wieder gefasst hatte. »Ich bin der Institutsleiter und keine Küchenhilfe!«

»Sehen Sie, das bin ich auch nicht. Wenn Ihre Studentinnen nicht in der Lage sind, die Küche sauber zu halten, sollten Sie eine Putzfrau einstellen. Außerdem trifft es sich gut, dass Sie in mein Büro gekommen sind. Es gibt nämlich einiges zwischen uns zu klären.«

Menas Stimme wurde so eisig, dass Barin unwillkürlich den Kopf einzog. Dann aber winkte er mit verkniffener Miene ab.

»Was sollte es schon zu reden geben?«

»Zum einen über die Tatsache, dass Sie mein Telefon auf Ihres umgestellt und dies nicht mehr rückgängig gemacht haben«, erklärte Mena.

»Das hätten Sie gestern ganz einfach selbst machen können! Immerhin waren Sie im Büro.« Barin war schon wieder halb aus der Tür, doch Mena hielt ihn zurück.

»Halt, das ist noch nicht alles! Sie haben auch meinen E-Mail-Account angezapft und alle eintreffenden Mails gelesen, darunter waren auch welche, die Sie nicht das Geringste angehen.«

Auf Barins Gesicht trat ein überheblicher Zug. »Sie wissen ganz genau, dass es laut Ihrem Arbeitsvertrag verboten ist, private Mails über Ihren Instituts-Account zu schreiben und zu empfangen.«

»Es geht nicht um private Mails, obwohl Sie mir diesen angeblichen Passus im Arbeitsvertrag erst zeigen müssen. In meiner Ausfertigung fehlt er nämlich«, fuhr Mena mit mühsam beherrschter Stimme fort. »Aber ebenso, wie Sie gewisse Auftraggeber nicht preisgeben wollen oder dürfen, erwarten einige meiner Informanten, dass ich ihre Existenz für mich behalte. Mit Ihrer eigenmächtigen Aktion könnten Sie mich in Teufels Küche bringen.«

»Sie! Sie greifen meine persönliche Integrität an!«, fuhr Barin auf.

»Da wir gerade beim Thema Integrität sind: Sie haben vor Professor Dittrich vom Institut für Zeitgeschichte in München meine Integrität als Wissenschaftlerin angegriffen. Dies wäre nicht nur eine Sache fürs Arbeitsgericht, sondern auch für eine persönliche Schadensersatzklage.«

Mena wusste, dass damit das Tischtuch zwischen ihr und Barin zerschnitten war, doch sie war eher bereit, einige Wochen als Aushilfe in der Boutique ihrer Schwester zu arbeiten, als sich hier weiterhin alles gefallen zu lassen.

Barin starrte sie schweigend an. Der Professor wusste nur zu gut, dass achtzig Prozent seines Erfolgs von Menas Arbeit abhing. Sie zu verlieren wäre gleichbedeutend mit dem Zusammenbruch des Instituts, denn er kannte niemanden, der diese Frau auch nur halbwegs ersetzen konnte. Nicht zuletzt deshalb hatte er jeden ihrer Versuche torpediert, sich anderswo zu bewerben. Zu ärgerlich, dass sie dahintergekommen war. Zuerst überlegte er, sie zurechtzuweisen, doch ihre blitzenden Augen warnten ihn davor. Wenn er ihr einen Grund bot, fristlos zu kündigen, würde sie dies tun.

Daher wechselte er abrupt das Thema. »Was haben Sie übrigens über Jens Reppert herausgefunden?«

»Haben wir nicht über Professor Dittrich gesprochen und darüber, dass Sie mich bei ihm angeschwärzt haben?« Mena wollte nicht lockerlassen, doch Barin war nicht bereit, noch einmal darauf einzugehen.

»Ich will auf der Stelle wissen, was mit Reppert ist! Immerhin sind Sie mehrere Tage auf Kosten des Instituts in Vechta gewesen.«

Ihre gute Erziehung zwang Mena, Antwort zu geben. »Der Bericht ist fertig. Wollen Sie ihn als Ausdruck, oder soll ich ihn Ihnen als Mailanhang schicken?«

»Ich will wissen, was Sie herausgefunden haben. Gibt es etwas, was er verheimlicht hat und ihm schaden könnte?«, bohrte Barin weiter.

Mena lächelte spöttisch. »Leider nein, Herr Professor! Jens Reppert hat weder eine gefakte Doktorarbeit abgegeben noch sich persönlich bereichert. Er hat nicht einmal ein Upgrade in eine höhere Klasse bei seinen Flügen vornehmen oder sich von jemandem zu einem Urlaub oder zum Alstervergnügen einladen lassen. Dieser Mann hat stets genau darauf geachtet, sich innerhalb streng begrenzter Parameter zu bewegen.«

»Das kann ich meinem Auftraggeber nicht mitteilen«, stöhnte Barin auf. »Haben Sie wirklich alles gegeben?«

»Lesen Sie meinen Bericht, dann wissen Sie es!«, gab Mena kalt zurück.

»Suchen Sie weiter!«, wies der Professor sie an. »Es muss etwas geben. Notfalls walzen Sie irgendeine Kleinigkeit so aus, dass wir sie an die Boulevardblätter geben können.«

»Ich bin Wissenschaftlerin, Herr Professor, und keine Lügentante! Aber vielleicht tut Ihnen Herr Jander den Gefallen.« Noch während sie es sagte, bedauerte Mena den letzten Satz. Auch wenn sie ihren Kollegen nicht mochte, hätte sie ihn nicht in die Sache hineinziehen dürfen.

»Herr Dr. Jander ist im Gegensatz zu Ihnen ein aufstrebender Wissenschaftler, dessen Arbeit ich sehr schätze«, erklärte Barin scharf.

»Woraus ich schließen darf, dass Sie meine Arbeit nicht schätzen«, gab Mena gelassen zurück.

»Das habe ich nicht gesagt!« Barin schluckte. Wenn er nicht

wenigstens zum Teil einlenkte, würde er Mena verlieren und das Institut über kurz oder lang aufgeben müssen. Es ärgerte ihn maßlos, auf diese Frau angewiesen zu sein, aber sein Ruf als zuverlässiger Informationslieferant hing nun einmal von ihrer Arbeit ab.

»Sie sollten Ihren Bericht über Jens Reppert überarbeiten. Vorher durchforsten Sie noch einmal alle möglichen Informationen über ihn, seine wirtschaftliche Lage, seine sexuellen Neigungen und dergleichen mehr. Sie haben noch eine Woche dafür Zeit. Dann will ich Ergebnisse sehen!«

»Eine Woche?« Mena schloss daraus, dass Barins Auftraggeber wild entschlossen sein musste, Reppert am Zeug zu flicken. Angesichts des lauernden Blicks ihres Chefs nahm sie sich vor, ihren Bericht zu sichern, bevor sie ihn ablieferte. Sie traute Barin durchaus zu, einige Stellen zu Repperts Ungunsten zu verändern, um seinen Kunden zufrieden zu stellen. Am besten war es, wenn sie den Text Barin, durch ein Passwort geschützt, übergab, um zu verhindern, dass er manipuliert werden konnte. Es würde wohl ohnehin die letzte Arbeit sein, die sie in diesem Institut erledigte. In ihrem Arbeitsvertrag war eine außerordentliche Kündigungszeit von einer Woche vereinbart, und genau diese Zeit würde sie damit verbringen, Reppert, aber auch dessen Bruder und Julia Gschwendle nachzuspüren. Du hast Uwe Biskop vergessen, setzte sie in Gedanken hinzu, denn irgendwie hatte auch der mit dieser ganzen Geschichte zu tun.

2.9

Alice Blair hatte bewusst das Hotel gewählt, in dem Professor Biskop und dessen Frau abgestiegen waren. Allerdings logierte sie in einem normalen Zimmer und nicht in der Präsidentensuite. Am ersten Tag kamen die beiden erst spät zum Frühstück, wirkten aber sehr zufrieden. Ein Blick in die *Berliner Morgenpost* verriet Alice den Grund.

Uwe Biskop und Susanne Fehse-Biskop hatten am Vortag als Gäste des Bundespräsidenten in Schloss Bellevue zu Mittag gegessen und waren am Abend zwei der umschwärmten Stars bei einem Empfang des Regierenden Bürgermeisters von Berlin gewesen. Für Menschen, die mehr Geld besaßen, als sie je ausgeben konnten, war gesellschaftliche Anerkennung das erklärte Ziel. Danach strebten die beiden wohl mit aller Macht, und das gedachte sie ihnen gründlich zu versalzen.

Der Gedanke an die Summen, die Biskop als Lizenzgebühren für seine Patente zuflossen, brachte Alice auf die Idee, in den bekannten Steuerparadiesen nachzuforschen, ob höhere Summen an den Finanzämtern vorbei dorthin geflossen waren. Für jemand wie Biskop wäre es ein herber Schlag, wenn er als Steuerbetrüger auffliegen und seine Reputation verlieren würde. Zudem dürfte er um eine Gefängnisstrafe nicht herumkommen.

Vielleicht sollte ich Wilfried Gadow diesen Floh ins Ohr setzen, sagte sie sich, während sie ihre Tasse leerte und aufstand. Sie ging zunächst an Biskops Tisch vorbei, trat dann aber wieder einen Schritt zurück und klatschte in die Hände.

»Oh, my dear! Sind Sie es wirklich, Herr Professor?«, fragte sie mit starkem amerikanischen Akzent.

Uwe Biskop sah erstaunt auf und musterte die junge Frau. Die Fremde konnte noch keine dreißig Jahre zählen. Sie hatte eine exzellente Figur, aber auf amerikanische Art hochtoupierte Haare, die ihm zu blond erschienen, um natürlich zu sein. Ihr Gesicht war hübsch, wirkte aber ein wenig starr, so dass er annahm, dass sie erste Fältchen mit Botox bekämpfen ließ. Am seltsamsten fand er ihre Augen. Sie erinnerten ihn an jemanden, aber er kam nicht darauf, an wen.

»Kennen wir uns?«, fragte er mit lange geübter Verbindlichkeit.

»Persönlich noch nicht, aber ich habe in den Staaten bereits viel über Sie gehört. Sie gelten als einer der zehn herausragendsten Wissenschaftler dieser Zeit.« Alice zwang sich ein bewunderndes Lächeln auf, das Biskop sichtlich schmeichelte.

»Ich gebe zu, ein paar meiner Forschungsergebnisse sind nicht ganz unbedeutend«, antwortete er mit gespieltem Understatement.

»Man nennt Sie einen Wohltäter der Menschheit!« Alice trug nun bewusst dick auf.

»Es ist die Pflicht der Wissenschaft, der Menschheit zu dienen.« Biskop gefiel die Begeisterung der jungen und, wie er zugeben musste, auch aufregend schönen Frau.

Susanne Fehse-Biskop hingegen fühlte sich missachtet und setzte eine grämliche Miene auf. »Du solltest fertig frühstücken, mein Lieber, sonst kommen wir zu spät zu deinem Vortrag an der Uni.«

»Aber der ist doch erst um drei«, wandte ihr Mann ein.

Alice stellte fest, dass es ihr mit ein paar Worten gelungen war, die Frau zu verärgern, und lächelte sanft. »Ich will Sie um Himmels willen nicht aufhalten, Herr Professor. Es ist nur so: Ich bin als Korrespondentin unseres Networks hier in Germany akkreditiert und würde mich freuen, wenn ich einen Filmbericht über Sie machen dürfte. Es würde meiner Karriere sicher nicht schaden.«

»Aber gerne!«, antwortete Biskop, während seine Frau Alice mit giftigen Blicken bombardierte. Susanne Fehse-Biskop spürte instinktiv, dass die junge Frau Eindruck auf ihren Mann machte, und war nicht bereit, dies zuzulassen.

»Wir werden leider bald auf Reisen gehen«, sagte sie mit einem falschen Lächeln zu Alice. »Daher wird wohl so schnell nichts aus diesem Filmbericht werden.«

Ihre ablehnende Haltung wunderte Biskop, denn seine Frau war bislang ebenso begierig wie er gewesen, sich der Öffentlichkeit im besten Licht zu präsentieren.

»Vielleicht geht es nach Ihrer Rückkehr. Darf ich Ihnen meine Karte dalassen?« Alice zog eine Visitenkarte aus ihrer Handtasche und reichte sie Biskop mit einem strahlenden Lächeln. Sie verabschiedete sich und ging weiter, ohne sich noch einmal umzudrehen.

Sie war zufrieden mit dem, was sie erreicht hatte. Es war ein weiterer Schritt zu ihrem großen Ziel.

Biskop sah ihr nach, bis sie hinter der Tür verschwunden war, und blickte dann auf die Visitenkarte. »Alice Blair, International Network«, las er leise vor. »Ich glaube, wir sollten mit der Frau zusammenarbeiten, Susanne, sonst vergisst man in den USA noch, dass es mich gibt. Ein entsprechender Bericht zur besten Sendezeit in einem der großen Sender würde meine Chancen erhöhen, dort wieder einmal einen Preis oder eine Ehrung zu erhalten.«

»Die hat sich an dich rangemacht wie ein Flittchen«, fauchte seine Frau.

»Bist du etwa eifersüchtig?«, fragte Biskop lächelnd.

Susanne Fehse-Biskop musterte ihn mit einem sehr ernsten Gesichtsausdruck. »Warum sollte ich? Uns beide verbindet weitaus mehr als das bisschen Sex und die Unterschrift beim Standesamt. Daran solltest du immer denken!«

2.10

Mena Reglin machte sich Vorwürfe, weil sie einfach weiterarbeitete wie bisher, anstatt Professor Barin den ganzen Klumpatsch vor die Füße zu werfen. Am späten Vormittag erschien schließlich Isa und wurde das Opfer von Barins Zorn. Die junge Frau hörte sich drei Minuten lang an, dass sie unfähig wäre, als wissenschaftliche Assistentin zu arbeiten, dann packte sie ihre Sachen und sah Barin mit einer Mischung aus Enttäuschung und Erleichterung an.

»Ich suche mir einen anderen Job. Noch was: Wenn Sie eine andere Frau einstellen, dann weisen Sie diese bitte gleich darauf hin, dass Herr Jander ihr mit Sicherheit an die Wäsche gehen wird. Tess will deshalb auch nicht mehr kommen, und mich sehen Sie ebenfalls nicht wieder.«

Sie verließ das Institut und schlug die Tür so fest hinter sich zu, dass es knallte.

Mena klatschte der Studentin insgeheim Beifall. Wie es aussah, hatten Tess und Isa keine Lust mehr gehabt, allein mit Jander im Institut zu bleiben, und das konnte sie ihnen nicht verdenken. Schließlich war es nicht ihr Job gewesen, für Janders hormonelle Ausgewogenheit zu sorgen. Allerdings blieb nun die Frage, wer die Küche aufräumen sollte, und Mena ahnte, wer das Opfer werden würde.

»Ich tu es nicht, und wenn in der Küche die Würmer herumkriechen sollten!«, schwor sie sich und wusste gleichzeitig, dass sie doch nachgeben würde. Es ärgerte sie, doch gegen ihre Erziehung kam sie nicht an.

»Mama hätte dafür sorgen müssen, dass Toni und ich mehr Selbstbewusstsein entwickeln«, murmelte sie und rief die nächsten Daten auf, die irgendetwas mit Jens Reppert zu tun haben konnten.

Doch auch hier wurde sie den Eindruck nicht los, als hätte dieser mit aller Gewalt verhindern wollen, in ein schiefes Licht gerückt zu werden. Er hatte die Freikarten zum Pokalendspiel in Berlin abgelehnt und war auf eigene Kosten ins Olympiastadion gefahren. Sie fand Bilder, wie er unter anderen Fußballfans saß, und einen Kommentar, in dem er beide Finalisten lobte.

»So ein Verhalten ist doch nicht natürlich«, murmelte Mena.

Menschen waren nun einmal keine Engel, und selbst hoch gelobte Zeitgenossen hatten das eine oder andere Skelett im Schrank. Jens Reppert hingegen stellte sich als Idealbild eines unbestechlichen Politikers hin, der nur seinem Gewissen folgte, selbst wenn er dabei mit der Fraktionsdisziplin in Konflikt geriet.

Gewohnt, ihre Ergebnisse zu analysieren, gab es für sie nur eine Lösung: Jens Reppert war mit Sicherheit nicht der edle und bescheidene Mann, als der er sich darstellte, sondern ordnete alles, was seinen politischen Aufstieg irgendwie behindern konnte, seinem enormen Ehrgeiz unter. Kein Politiker seiner Stellung flog in der Touristenklasse nach Peking, wenn er nicht irgendetwas damit bezweckte.

Die Artikel in den überregionalen Zeitungen stellten ihn denn auch als das Vorbild eines Mannes dar, der seinen Wählern und dem Volk diente und nicht irgendwelchen Machtkartellen. Es dürfte wegen seines Bruders sein, fuhr es Mena durch den Kopf. Nach dessen Tod vereinte Jens Reppert alle Hoffnungen der Familie auf sich und hat diese gleichzeitig in einer Weise überhöht, die ihn dazu zwang, jede persönliche Eitelkeit zu verleugnen, weil er jene, die er liebte, nicht enttäuschen wollte.

In dem Augenblick hoffte Mena, dass dieser Mann nie die Fäden der Politik in der Hand halten würde. Denn dann, so schätzte sie, würde seine Selbstbeschränkung schwinden und den echten Jens Reppert freigeben. Ob er dann noch dem Volk dienen würde oder nur noch seinem Machterhalt, wollte sie lieber nicht miterleben.

»Ich gehe jetzt essen!« Janders Stimme klang schnarrend bis zu ihr durch.

»Warten Sie, ich komme mit!«, hörte Mena den Professor sagen.

Sie wurde nicht gefragt. Daher beschloss sie, bis fünfzehn Uhr weiterzuarbeiten und dann auf dem Heimweg ein Sandwich zu essen. Eine Tasse Kaffee hätte sie sich trotzdem gewünscht, doch als sie einen Blick in die Küche wagte, sah diese noch genauso schmutzig aus wie am Morgen.

Da ihr Durst auf Kaffee im Moment ihren Ärger überwog,

räumte sie oberflächlich auf und ließ zwei Tassen durch die Maschine laufen. Damit kehrte sie in ihr Büro zurück und amüsierte sich, als Barin und Jander wenig später zurückkamen und den Kaffeeduft in die Nase bekamen, ohne dass noch etwas für sie übrig geblieben war.

Jander steckte den Kopf zu ihr herein und schnaubte: »Sie hätten ruhig ein wenig mehr Kaffee machen können!«

»Wenn Sie Kaffee haben wollen, hätten Sie Isa und Tess nicht wegekeln sollen. Es wird dem Herrn Professor schwer genug fallen, die beiden gleichwertig zu ersetzen. Sie waren zwar in der Küche nicht besonders fleißig, dafür aber bei Büroarbeiten äußerst geschickt«, antwortete Mena bissig.

Sie hatte ihren Schreibtisch immer selbst in Ordnung gehalten, doch sowohl Barin wie auch Jander hatten das Aufräumen den Studentinnen überlassen. Dies schien auch ihrem Kollegen zu dämmern, denn er verließ ihr Büro wieder, und sie hörte, wie er draußen eifrig auf Barin einredete, rasch wieder zwei Aushilfen einzustellen.

»Ich werde mit Isa und Tess reden«, antwortete der Professor sichtlich verärgert. »Beide wollten mich als Doktorvater haben. Das muss ihnen doch etwas wert sein. Allerdings sollten Sie sich in Zukunft zurückhalten. Tess hat sich letztens beschwert, dass Sie sie im Keller abgepasst und unsittlich berührt hätten!«

Mena gönnte Jander die Abfuhr. Allerdings änderte dies nichts an ihrem Entschluss, das Institut zum nächstmöglichen Zeitpunkt zu verlassen. Zum Glück hatte sie ein paar Ersparnisse, und auch Toni würde sie sicher unterstützen, bis sie wieder einen Job gefunden hatte.

Bei dem Gedanken erinnerte sie sich, dass sie ihre Zwillingsschwester am Abend zuvor ziemlich rüde angefahren hatte. Nun musste sie hoffen, dass diese ihr nichts nachtrug.

Und wenn, werde ich es auch allein schaffen, schwor sie sich und schaltete Punkt drei Uhr ihren Computer ab. Vorher nahm sie jedoch noch eine Schaltung vor, die verhindern sollte, dass Barin sich erneut an ihren Mails vergriff, und leitete ihr Telefon auf ihre Privatnummer um. Nachdem sie ihren Schreibtisch aufgeräumt und alles, was ihr wichtig erschien, weggeschlossen hatte, verließ sie ihr Büro und holte ihre Jacke.

»Ich gehe jetzt, Herr Professor. Ein schönes Wochenende!« Das Letzte rutschte ihr unwillkürlich heraus, dann aber zuckte sie innerlich mit den Schultern und ging.

Barin sah ihr mit giftigen Blicken nach, denn es passte ihm gar nicht, so stark auf diese Frau angewiesen zu sein. Bisher war sein Plan aufgegangen, sie durch Janders Bevorzugung dazu zu bringen, immer höhere Leistungen zu erbringen. Allmählich wurde sie ihm aber zu selbstbewusst.

»Ich werde sie schon kleinhalten! Schließlich ist sie auch nur ein Weib«, murmelte er und suchte Isas und Tess´ Telefonnummern heraus, um die beiden am Wochenende anrufen zu können. Die beiden grünen Gänse sollten froh sein, wenn er sich dazu breitschlagen ließ, sie bei ihren Doktorarbeiten zu begleiten. Dabei erschien es ihm vollkommen überflüssig, dass Frauen promovierten. Wozu das führte, sah er an Mena Reglin. Ohne ihren Doktortitel würde sie die gleiche gute Arbeit leisten, aber weitaus weniger Geld und Anerkennung dafür verlangen können.

»Jander, heute räumen Sie auf! Und wehe, die Küche sieht am Montag noch immer so aus wie bei Hempels unterm Sofa!«, rief er, als er am Büro seines Mitarbeiters vorbeikam, und ließ dann das Institut ebenfalls hinter sich.

»Darauf kannst du lange warten!«, rief Jander ihm nach, aber erst, als sich die Haustür hinter Barin geschlossen hatte.

Gleichzeitig begriff er, dass ihm nichts anderes übrig bliebe, als die Anweisung seines Chefs zu befolgen, wenn er seinen gemütlichen Job im Institut behalten wollte. Obwohl er sich einiges auf seine Fähigkeiten einbildete, so wusste er doch, dass Barin ihn leichter ersetzen konnte als Mena.

»Das ist aber auch eine hyperehrgeizige Emanze«, sagte er mürrisch und trat in die Küche. Um kein zweites Mal mehr zum Putzen verdonnert zu werden, überlegte er sich, in Zukunft früher zur Arbeit zu kommen und vor Mena Feierabend zu machen. Aber da er zumeist sehr spät ins Bett kam und gerne lange schlief, passte ihm das gar nicht, und er sann darüber nach, wie er es diesem impertinenten Frauenzimmer heimzahlen konnte.

2.11

In ihrer Wohnung atmete Mena erst einmal tief durch. Zwar sah sie ihren Anrufbeantworter blinken, hatte aber keine Lust, ihn abzuhören. Stattdessen durchsuchte sie ihren Vorratsschrank, fand dort noch eine Packung Spaghetti bolognese und bereitete sich diese als spätes Mittag- und frühes Abendessen. Das Töpfchen auf der Fensterbank lieferte sogar noch zwei Basilikumblätter für ihr frugales Mahl. Beinahe hätte sie sich noch ein Glas Rotweinschorle gegönnt. Da es keinen gab, begnügte sie sich mit Apfelsaft. Obwohl es nur ein Fertiggericht war, aß sie langsam und mit Genuss. Es erinnerte sie an ihre Studentenzeit, in der sie sich ebenfalls von Nudelfertiggerichten ernährt hatte, weil bereits der Geruch in der Mensa ihr den Appetit verdorben hatte.

Obwohl Mena gerade mal dreißig war, schien ihr Studium in ferner Vergangenheit zu liegen. Nach mehreren kurzen Jobs arbeitete sie jetzt bereits seit drei Jahren in Professor Barins Institut. Ein Lob hatte sie während dieser Zeit trotz aller Anstrengungen kaum gehört, und das erboste sie zunehmend. Barin hatte ihr Jander immer als Vorbild hingestellt, obwohl dieser weitaus weniger leistete als sie.

»Ich kündige!«, sagte sie laut, um ihren Entschluss zu bekräftigen. »Soll dieser Chauvi-Professor doch sehen, wo er ohne mich bleibt.«

Mena streckte die Zunge heraus, so wie sie es Barin und Jander gegenüber gerne getan hätte, räumte ihr Geschirr und ihr Besteck in die Spülmaschine und schaltete den Computer ein. Während sie ihre Kündigung formulierte, wanderte ihr Blick immer wieder zum Anrufbeantworter. Schließlich konnte sie dem roten Licht nicht mehr widerstehen und startete die Aufzeichnung. Es war nur ein einziger Anruf, allerdings von beachtlicher Länge.

»Hallo, Mena!«, vernahm sie die weinerliche Stimme ihrer Schwester. »Du bist gestern sehr garstig zu mir gewesen.« Schnief. »Dabei meine ich es doch nur gut mit dir.« Doppeltes Schniefen. »Mama hatte recht, als sie sagte, du solltest nicht studieren. Es ist dieses elende Institut, das dich so krabizig werden lässt. Dieser Schnösel Jander ist aber auch ein unmöglicher Mensch! Wenn ich daran denke, was du mir über den alles erzählt hast! Auch dein Professor scheint dich nur auszunützen. Warum hörst du nicht auf und hilfst mir in der Boutique? Selbst wenn du dich meistens so anziehst, als würdest du blind in deinen Kleiderschrank greifen, so hast du doch einen guten Geschmack. Wir würden uns ausgezeichnet ergänzen.«

»Würden wir nicht«, murmelte Mena, die genau wusste, dass ihr Modegeschmack und der von Toni sehr weit auseinanderdrifteten. Außerdem hatte sie wenig Lust, das Opfer der erwachenden Muttergefühle ihrer Schwester zu werden.

»Sie soll gefälligst ein Junges werfen, wie es sich gehört. Hans würde sich sicher darüber freuen«, setzte sie hinzu, als Toni eine Pause machte, um gleich mehrfach zu schniefen.

»Es ist auch nicht nett von dir, dass du unsere Einladung zum Abendessen so harsch ausgeschlagen hast. Hans' Freunde sind wirklich alles liebe Menschen. Selbst Charly ist nicht so übel, wie du denkst. Ihm tut es leid, dass er letztens so betrunken war. Aber da ich weiß, dass du nach deinen Erfahrungen mit deinem Exmann keinen magst, der zu viel trinkt, werde ich ihn nicht mehr einladen. Claudius Augustus Kaiser, so sagt Hans, ist fast so etwas wie ein strikter Antialkoholiker und wird dir sicher gefallen.«

»Claudius Augustus Kaiser?«, rief Mena und bekam vor Lachen einen Hustenanfall. Sie musste die Aufzeichnung zurückspulen, weil sie abwechselnd lachen und husten musste und daher nicht verstand, was Toni noch darauf gesprochen hatte.

Es dauerte einige Minuten, bis sie sich halbwegs wieder beruhigt hatte, und fragte sich dann, welche Eltern so gemein sein konnten, ihrem Sohn einen solchen Namen zu geben. Es fehlte nur noch, dass sie ihren Familiennamen latinisiert hätten.

»Ave, Claudius Augustus Caesar, morituri te salutant!«, rief Mena noch immer lachend und beschloss, sich dieses Exemplar Mensch genauer anzusehen. Sie hörte sich Tonis Nachricht bis zum Ende an, wählte dann deren Nummer und hatte ihre Schwester so rasch am Apparat, als wäre diese danebengesessen und hätte auf ihre Antwort gewartet.

»Hallo Mena, bist du es?«

»In eigener Person! Es tut mir leid, Toni, was ich gestern gesagt habe. Aber wie du schon richtig vermutet hast, habe ich mich über Professor Barin und seinen Schützling Jander fürchterlich geärgert. Ich werde kündigen und mir einen neuen Job suchen.«

»Aber du kannst doch mit mir zusammen die Boutique führen. Wenn du deinen Modegeschmack ein wenig schärfst, bilden wir ein unschlagbares Team«, erwiderte Toni drängend.

Mena lachte bitter auf. »Es tut mir leid, Toni, aber mit Mode kannst du mich jagen. Ich habe mir gedacht, dass ich nach München gehe. Dort sind die Aussichten auf einen passenden Job auf jeden Fall größer als hier.«

»München?«, quiekte Toni auf. »Das liegt doch am anderen Ende der Welt! Das kannst du nicht machen! Wir würden uns kaum mehr sehen. Die Zeit des Studiums war schon schlimm für mich, aber da bist du wenigstens noch an den Wochenenden nach Hause gekommen.«

»Ich werde dich auch dann mindestens jedes zweite Wochenende besuchen«, versprach Mena, da ihr der Gedanke, sich von ihrer Schwester zu trennen, auch nicht leichtfiel. Für Toni musste es noch schlimmer sein, denn diese war stets die Impulsivere von ihnen gewesen.

Um sie zu trösten, wechselte Mena nun das Thema. »Gilt eure Einladung zum Abendessen und zur anschließenden Party noch?«

»Du kommst mit!« Es klang wie ein Jubelruf.

»Ja, das tu ich! Ich bin um halb sieben Uhr bei dir.« Mena seufzte innerlich, denn sie war sicher, dass Toni alles tun würde, um ihr die Idee mit München auszureden. Doch es war alles besser, als hier sitzen und an ihre verfahrene Situation in Professor Barins Institut denken zu müssen.

3

3.1

Alice Blair schenkte Professor Biskop einen vergötternden Blick. »Sie sind wirklich ein Genie! Ich bin glücklich, Sie persönlich kennengelernt zu haben.«

Aus den Augenwinkeln sah sie, dass Biskops Ehefrau angespannt auf ihrem Stuhl hin und her rutschte und sie mit bösen Blicken durchbohrte. Das kommt mir zupass, dachte sie, denn ihr war klar, dass sie sich von Biskops leutseliger Art nicht einlullen lassen durfte. Auch wenn er recht sympathisch wirkte, gab es zu viel, was zwischen ihnen stand. Außerdem behauptete Wilfried Gadow, Biskop hätte ihm eine Erfindung gestohlen, die Millionen wert war, und sie glaubte dem Mann.

Biskop war der Unmut seiner Angetrauten offenbar nicht entgangen. Mit einem Mal wirkte er so, als habe ihm jemand eine kalte Dusche versetzt. Mit einem verkrampften Lächeln wies er auf seine Ehefrau. »Liebe Miss Blair, Sie sollten auch einmal mit Susanne sprechen. Sie ist in diesem Land durch ihre wissenschaftlichen Sendungen im Fernsehen beinahe noch bekannter als ich.«

»Ach, wirklich?«, sagte Alice mit einem Lächeln, als würde sie Susanne Fehse-Biskops wissenschaftliche Arbeit nicht ernst nehmen, und schwenkte auch sofort auf ein anderes Thema um. »Haben Sie Kinder?«

»Nein, leider nicht«, bekannte Biskop.

Seine Frau kniff verärgert die Lippen zusammen. Wie so viele schien auch die Blair ihren Job nur als Wartezeit auf Mister Right anzusehen, um sich nach ihrer Heirat darauf zu beschränken, als

Bauch zum Kinderkriegen und als Küchenroboter am heimatlichen Herd zu dienen.

»Schade!«, sagte Alice denn auch.

»Warum schade?«, fragte Susanne Biskop-Fehse kühl. »Bei fast acht Milliarden Menschen auf der Erde muss man nicht auch noch für den achtmilliardsten plus einen sorgen.«

Das Gespräch nahm eine Wendung, die Biskop nicht gefiel, und er schwärmte Alice von der letzten Sendung seiner Frau über Astrophysik vor.

»Von diesen Themen versteht Susanne weitaus mehr als ich«, bekannte er mit einem Lächeln. »Ich bin eher für die praktischen Dinge zuständig.«

»Du solltest dein Licht nicht unter den Scheffel stellen, mein Lieber«, erwiderte seine Frau geschmeichelt. »Wir sind eben beide auf unseren jeweiligen Gebieten spitze.«

Alice glaubte, in Susanne Fehse-Biskops Worten eine gewisse Verachtung für Menschen herauszuhören, die nicht über den Durchschnitt hinausragten, und das machte ihr die Frau noch unsympathischer. Von Uwe Biskop aber war sie durchaus beeindruckt – trotz all jener Informationen, die ihn in einem nicht allzu positiven Licht erscheinen ließen. Einen Augenblick lang bedauerte sie, dass sie ihm nicht ohne Vorurteile zu begegnen vermochte, schob diesen Gedanken jedoch wieder beiseite und stellte die nächste Frage.

»Darf ich erfahren, woher Sie stammen?«

»Aus Norddeutschland!«, antwortete Susanne Fehse-Biskop an Stelle ihres Mannes. »Der Ort ist völlig unbedeutend, und wir sind seit über zwanzig Jahren nicht mehr dort gewesen.«

»Es gibt ein paar sehr schmerzhafte Erinnerungen«, sagte Biskop, um die scharfen Worte seiner Frau zu erklären.

»Ach ja?« Alice wünschte sich, an diesem Punkt weiter nachfragen zu können, doch sie spürte, dass ihre Bekanntschaft mit Biskop und dessen Frau daraufhin ein rasches Ende finden würde.

»Wenden wir uns Ihrem ersten Aufenthalt in den Vereinigten Staaten zu. Sie haben beide in Boston studiert«, setzte sie das Gespräch mit einem unverfänglichen Thema fort.

Hier gaben ihr sowohl Biskop wie auch Susanne Fehse-Biskop gerne Antwort, und da Alice jetzt auch sie in das Gespräch einbezog, wirkte die Frau halbwegs zufrieden.

Nach einer weiteren halben Stunde blickte Susanne Fehse-Biskop bedauernd auf die Uhr. »Bitte entschuldigen Sie uns jetzt, denn wir müssen gleich los. Der Vorstandsvorsitzende eines großen Konzerns hat uns zum Essen eingeladen, es geht dabei um ein bedeutendes Geschäft. Die entsprechenden Verträge sind zwar bereits unterschriftsreif, aber eine solche Sache handelt man nicht ab wie den Kauf eines Gebrauchtwagens.«

»Das verstehe ich!«, antwortete Alice lächelnd und stand auf. »Ich danke Ihnen, dass Sie mir die Gelegenheit zu einem ausführlichen Gespräch gegeben haben. Sobald ich von meinem Network das Okay bekomme, melde ich mich bei Ihnen wegen des Filmberichts. Er wird unsere Zuschauer in den Staaten sicher sehr interessieren, zumal Professor Biskop auch bei uns kein Unbekannter ist. Besonders neugierig aber dürfte unser Publikum auf Sie sein, liebe Frau Biskop-Fehse. Bei uns interessieren sich die Leute immer für eine Frau, die es ihrem Mann ermöglicht, zu großen Höhen aufzusteigen. Vielleicht hat unser Network sogar Interesse an einigen Ihrer wissenschaftlichen Sendungen. Im Allgemeinen sind wir uns in den Vereinigten Staaten selbst genug, aber es gibt Ausnahmen.«

»Ich würde mich freuen! Danke.« Biskop lächelte erleichtert, weil Alice sich diesmal auch mit seiner Frau unterhalten hatte. Dadurch war es ihm möglich, die Bekanntschaft mit der jungen Amerikanerin fortzusetzen. Auf eine gewisse Art faszinierte sie ihn, und er hätte es bedauert, wenn es bei dieser kurzen Begegnung in Berlin geblieben wäre.

»Ein nettes Mädchen!«, meinte er zu seiner Frau, als Alice gegangen war.

»Sie ist auch nur eine dieser Ami-Tussis, die bei der Heirat ihren Verstand abschalten, um eine richtige Hockey-Mum zu werden«, antwortete Susanne Fehse-Biskop abfällig.

»Sie will deine Sendungen in die Staaten bringen«, rief Biskop ihr ins Gedächtnis.

»Das glaube ich erst, wenn sie dort ausgestrahlt werden. Doch jetzt komm! Die Zeit wird knapp.«

Die beiden fuhren mit dem Aufzug auf die nächste Etage und zogen sich um.

Biskop ging die junge Amerikanerin jedoch nicht aus dem Kopf, und er fragte sich, an wen sie ihn erinnerte.

Unerwartet schlich sich ein anderer Gedanke in seinen Kopf. »Ich wüsste gerne, was aus Elisabeth geworden ist …«

»Welcher Elisabeth?«, fragte seine Frau verwundert.

»Nun, das Mädchen … du weißt schon. Das von Julia!«

Welcher Julia?, wollte Susanne Fehse-Biskop fragen, aber da fiel es ihr selbst ein. »Ach, die meinst du! Keine Ahnung. Interessiert mich auch nicht.«

»Ich würde es gerne wissen«, antwortete ihr Mann mit einer ungewohnten Wehmut.

»Lass die Vergangenheit ruhen! Es bringt nichts, nach so langer Zeit noch darüber nachzudenken.« Susanne Fehse-Biskop klang so scharf, dass ihr Mann den Kopf einzog.

»Wahrscheinlich hast du recht«, sagte er und fragte, ob seine Krawatte richtig saß.

3.2

Endlich einmal war Toni Mädler mit ihrer Schwester zufrieden. Mena hatte nicht nur ihr Abendessen gelobt, sondern sich bei der anschließenden Party einwandfrei benommen. Dies war allerdings auch ein Verdienst von Claudius Augustus Kaiser, der sich als amüsanter Gesprächspartner entpuppt hatte, ohne ihre Schwester durch Aufdringlichkeit zu verärgern. Bevor er mit den anderen Gästen das Haus verlassen hatte, äußerte er die Hoffnung, Mena bald wiederzusehen.

»Vielleicht wird diesmal was draus«, sagte Toni am nächsten Morgen zu sich selbst, während sie ihre Inventarliste auf den neuesten Stand zu bringen versuchte.

Da vernahm sie zu ihrer Verwunderung das Geräusch des Staubsaugers. Als sie nachschaute, entdeckte sie ihre Putzfrau Anna Miersch, die eben gekommen sein musste und bereits im Schlafzimmer hantierte.

»Was machen Sie denn hier? Heute ist doch Sonntag«, rief sie laut genug, damit Anna Miersch es hören musste. Diese zuckte zusammen und schaltete den Staubsauger aus. »Ich kann morgen leider nicht. Da dachte ich, ich erledige es heute«, antwortete sie mit einem unterwürfigen Ton in der Stimme.

Toni schüttelte den Kopf. Obwohl die Frau gute Arbeit leistete, kam sie nicht mit ihr zurecht. Toni war ein fröhliches Gemüt und redete gerne, Anna Miersch aber war verschlossen und lief meist mit mürrischem Gesicht herum. Früher mochte sie vielleicht ganz hübsch gewesen sein, aber nun sah sie weitaus älter aus als die einundvierzig Jahre, die sie laut ihrem Ausweis zählte.

Es war nicht gut, dass Toni mit den Gedanken nicht bei der Arbeit war. Sie vertippte sich und gab so versehentlich einen Systembefehl ein. Prompt veränderte sich die Anzeige auf ihrem Bildschirm. Die gewohnten Befehlszeilen waren ebenso verschwunden wie der Button zum Speichern der Datei und die gesamte Anzeige am unteren Rand.

Normalerweise würde sie in einem solchen Fall ihren Freund Hans oder ihre Schwester zu Hilfe rufen. Hans war jedoch unterwegs, und auch Mena hatte ihre Wohnung gewiss schon verlassen, denn sie wollte nach München fahren, um am nächsten Tag frisch und ausgeruht im Institut für Zeitgeschichte vorsprechen zu können.

»Was mache ich nur?«, rief Toni verzweifelt und drückte einige Befehlstasten, wie sie es bei Hans und bei Mena gesehen zu haben glaubte. Doch ihr schien der Computer nur die Zunge herauszustrecken.

»Elender Kasten!«, schimpfte sie.

»Stimmt etwas nicht?« Anna Miersch hatte Tonis Fluch gehört und kam ins Zimmer.

»Sehen Sie sich das an!«, rief Toni. »Der Bildschirm macht, was er will. Dabei müsste ich dringend meine Liste vervollständigen.«

Toni starrte den Übeltäter an und haderte mit ihrem Schicksal, das sie ausgerechnet an diesem Morgen im Stich zu lassen schien.

Ihre Putzfrau warf einen Blick auf den Bildschirm. »Sie sind wahrscheinlich nur auf eine falsche Taste gekommen. Warten Sie, das kriege ich hin.«

»Sie?« Toni starrte Anna Miersch verwundert an, denn für einen Computercrack hätte sie die Frau nicht gehalten. Trotzdem machte sie ihr Platz und sah erstaunt zu, wie diese mit ein paar Mausklicks die alte Einstellung wiederherstellte.

»Stimmt es so?«

»Ja, das war es! Besten Dank, Frau Miersch. Aber wie haben Sie das geschafft?«

»Ich hab das Ganze mal vor Jahren gelernt, aber das meiste wieder vergessen«, antwortete die Putzfrau und kehrte zu ihrem Staubsauger zurück.

Als Toni weiterarbeitete, verkniff sie sich weitere gedankliche Ausflüge. Doch als ihre Liste auf dem neuesten Stand war, fragte sie sich, weshalb Anna Miersch mit einer solchen Ausbildung als Putzfrau arbeiten musste. Bevor sie die Frau fragen konnte, erinnerte sie sich daran, dass ihre Zugehfrau ihr einen Gefängnisaufenthalt gebeichtet hatte, und nahm an, dass sie aus diesem Grund keinen besseren Job mehr bekam.

3.3

Der Weg von Augsburg nach München war nicht weit. Trotzdem hatte Mena sich entschlossen, bereits am Sonntag dorthin zu fahren, um am nächsten Morgen entspannt bei Professor Dittrich im Institut für Zeitgeschichte vorsprechen zu können. Ihrem Chef hatte sie nur mitgeteilt, dass sie noch einmal wegen einer Außenrecherche über Jens Reppert unterwegs wäre.

Mithilfe eines aus dem Internet geladenen U-Bahn-Plans erreichte Mena rechtzeitig das Institutsgebäude und ließ sich bei Heidrun Duffner melden. Deren Miene verriet, dass die Sache nicht gut laufen würde.

»Hi, Mena! Tut mir leid, aber der Professor hat sich bereits am Freitag für einen anderen Kandidaten entschieden. Ich habe es erst vorhin erfahren, sonst hätte ich es dir gemailt.«

Das war nicht gerade die Begrüßung, die Mena sich gewünscht hätte. Wie es aussah, hatte Barins Auskunft ihr doch das Getreide verhagelt.

»Da kann man eben nichts machen«, antwortete sie und bemühte sich, ihre Enttäuschung zu verbergen.

»Ich hätte dir den Job von Herzen gegönnt«, fuhr Heidrun fort. »Aber der Neue ist der Enkel des Doktorvaters unseres Professors – du weißt schon … Aber willst du nicht auf einen Kaffee mit mir hochkommen? Ich würde mich freuen.«

»Gerne!« Mena hätte sich zwar lieber in irgendeine Ecke zurückgezogen, um zu heulen, sagte sich aber, dass sie sich durch diesen Fehlschlag nicht entmutigen lassen durfte. Daher folgte sie ihrer Freundin in deren Arbeitszimmer.

Der Kaffee war stark, ließ sich aber mit viel Milch und etwas Zucker trinken. Ansonsten brauchte Mena nur zuzuhören. Heidrun berichtete von ihrer Heirat, ihrem Mann und ihren zwei Kindern und half Mena mit diesem belanglosen Geschwätz, ihre Nerven wieder unter Kontrolle zu bringen.

»Wenn du Lust hast, können wir zusammen mittagessen gehen – oh nein! – heute ist ja Montag! Da höre ich um eins auf, um die Kinder vom Hort und vom Kindergarten abzuholen. Tut mir leid, vielleicht klappt es ein andermal.«

Heidrun wirkte zerknirscht, doch Mena war erleichtert. Noch mehr Berichte aus der heilen Welt ihrer Freundin hätten sie depressiv gemacht.

»Schon gut! Ich möchte ohnehin bald wieder nach Augsburg zurückfahren. Vorher könntest du mir vielleicht noch einen Gefallen tun. Für eine wichtige Auswertung brauche ich Informationen über den Politiker Jens Reppert und, wenn möglich, auch über Professor Dr. Uwe Biskop.«

Mena war gerade noch rechtzeitig eingefallen, dass sie hier wohl noch am meisten über die beiden Personen erfahren konnte.

»Die besorge ich dir gerne!« Heidrun Duffner freute sich, wenigstens etwas für Mena tun zu können.

In rascher Folge führte sie mehrere Telefongespräche und verließ kurz darauf das Zimmer. Als sie wiederkam, hielt sie zwei kleine Papierstapel in der Hand. Nachdem sie diese gelocht und in zwei Schnellhefter eingeheftet hatte, reichte sie sie Mena. »Hier! Vielleicht kannst du etwas damit anfangen.«

»Bestimmt! Danke!« Mena wollte sich schon verabschieden, als das Telefon schellte und Heidrun abhob. Was am anderen Apparat gesprochen wurde, konnte Mena nicht hören. Sie begriff aber, dass ein weiterer Bewerber erschienen war, der gleich ihr unverrichteter Dinge wieder abziehen musste.

»Entschuldige, aber ich muss dem Herrn seine Bewerbungsunterlagen zurückgeben«, sagte Heidrun.

»Schon gut! Ich muss sowieso aufbrechen. Wir sehen uns gewiss irgendwann wieder«, antwortete Mena erleichtert, weil sie das Institut für Zeitgeschichte in München so schnell wie möglich hinter sich lassen wollte.

»Wir bleiben auf jeden Fall in Kontakt. Vielleicht kommst du uns mal besuchen«, antwortete Heidrun, während sie bereits die Mappe mit den Unterlagen des ebenfalls abgewiesenen Wissenschaftlers heraussuchte. »Schau mal! Der hat nach alter Schule Kopien seiner Zeugnisse und seiner bisherigen wissenschaftlichen Arbeiten beigelegt«, erklärte Heidrun und zeigte Mena die Akte.

»Der Mann hat sich Mühe gegeben. Daher wird es ihm kaum gefallen, dass ein anderer zum Zug gekommen ist!«, antwortete Mena, schulterte ihre Umhängetasche und ging zur Tür.

Mit der Mappe in der Hand folgte Heidrun ihr. »Du besuchst uns demnächst mal! Versprochen?«

»Natürlich tu ich das!«, erwiderte Mena, die mit den Gedanken ganz woanders war. Tatsächlich interessierte sie sich mehr für den abgewiesenen Bewerber, der so viel Wert auf seine Bewerbungsunterlagen gelegt hatte.

Unten wartete ein sportlich wirkender Mann, den Mena auf knapp unter fünfzig schätzte und der mit einer silbergrauen Jeans und einem gleichfarbigen Hemd bekleidet war. Er hatte kurz geschnittene, silbergraue Haare und ein ausdrucksstarkes Gesicht. Die Ablehnung schien ihn nicht allzu sehr getroffen zu haben.

Heidrun Duffner ging mit einem professionellen Lächeln auf ihn zu. »Guten Tag, Herr Professor! Es tut mir sehr leid, dass Sie den Weg zu uns umsonst unternommen haben.«

»Man sollte von keinem Weg sagen, er sei umsonst gewesen, denn jeder bringt neue Erfahrungen«, antwortete er freundlich und nahm die Mappe entgegen, die Heidrun ihm reichte. Sein Blick streifte Mena, deren Miene deutlich zeigte, dass sie sich ein anderes Ergebnis gewünscht hätte.

»Also dann, Mena, bis bald! Tut mir auch bei dir leid, dass es nicht geklappt hat«, sagte Heidrun Duffner und blickte auf ihre Uhr. »Jetzt muss ich mich aber beeilen, sonst komme ich zu spät zum Hort.«

»Tschau, Heidrun!«, rief Mena ihr nach und wandte sich zum Gehen.

Der silbergrau Gekleidete verließ mit ihr zusammen das Gebäude.

»Sie haben sich wohl ebenfalls um diese Stellung beworben?«, fragte er.

Mena nickte und machte dann eine wegwerfende Handbewegung. »Wie es aussieht, mit dem gleichen Erfolg wie Sie, nämlich keinem!«

»Damit sind wir Leidensgenossen!« Er lächelte auf eine Art, die Mena sympathisch fand.

»Ja!«, sagte sie. »Im Augenblick sind wir es wohl.«

»Wollen wir uns nicht in ein Lokal setzen, zu Mittag essen und uns gegenseitig unser Leid klagen?«, schlug der Mann vor. »Mein Name lautet Irmbert Claaßen!«

»Der Professor Claaßen?« Mena konnte es kaum glauben, denn der Mann war eine Koryphäe in der Erforschung der Zeitgeschichte. Nie hätte sie angenommen, dass ausgerechnet er sich um einen nachrangigen Posten in diesem Münchner Institut bewerben müsste.

»Und Sie sind …?«, fragte Claaßen, ohne auf ihre Bemerkung einzugehen.

»Philomena Antonia Reglin, aber Sie können Mena zu mir sagen, es sei denn, Sie bestehen auf dem Sie!«

»Was ich gewiss nicht tue!« Claaßen lachte leise und bot Mena den Arm. »Willst du echt bayerisch essen, mit all den Amerikanern und Chinesen um uns herum, die die Küche hier probieren wollen, oder reicht die kleine Pizzeria, die ich von einem Symposium her kenne, welches ich vor ein paar Jahren hier gehalten habe?«

»Ich würde mich auf Pasta freuen, auch wenn ich nicht glaube, dass die Nudeln besser schmecken werden als die meiner Schwester.«

»Trägt deine Schwester auch einen so vornehmen altdeutschen Vornamen?«, fragte Claaßen.

»Es ist noch schlimmer! Sie heißt Antonia Philomena, wird aber von allen Toni genannt!«

»Philomena Antonia und Antonia Philomena und bei mir Irmbert Dietwald. Ich frage mich, warum Geisteswissenschaftler ihren Kindern solche ausgefallenen Namen geben müssen«, erwiderte Claaßen mit einem leichten Kopfschütteln.

»Das ist auch anderweitig so. Ein Bekannter von mir heißt Claudius Augustus Kaiser. Stell dir vor, wenn der als Kaiser Claudius Augustus vorgestellt wird!« Bei dieser Vorstellung musste Mena lachen.

Claaßen sah sie an und nickte zufrieden. »Siehst du, jetzt ist es nicht mehr so schlimm.«

»Was?«, fragte Mena verwundert.

»Die Ablehnung des Instituts! Ich wusste von dem Augenblick an, als ich hörte, der Enkel von Professor Dittrichs Doktorvater würde sich bewerben, dass ich keine Chance habe.«

»Mich ärgert diese Art von Vetternwirtschaft«, antwortete Mena mit einem leisen Fauchen.

»Warum? Sie ist doch absolut menschlich. Oder besser gesagt stammt dieses Verhalten noch aus der Affenhorde, in der unsere Vorfahren durch die afrikanische Savanne zogen. Der Affe, der mir eine Banane gibt, hat das erste Anrecht darauf, auch von mir eine zu erhalten. Sich darüber aufzuregen ist eine sinnlose Verschwendung von Nervenkraft. Aber wir sind gleich beim Italiener. «

Claaßen führte Mena in das Lokal, suchte mit sicherem Blick einen passenden Tisch und reichte ihr die Speisekarte. »Ich kann dir die Calzone empfehlen«, meinte er.

Die Überzeugung, dass sich kein Nudelgericht mit Tonis Kreationen messen konnte, brachte Mena dazu, den Vorschlag anzunehmen. Als Getränk wählte sie Apfelsaft, den sie mit Mineralwasser verdünnte.

»Die fertigen Mischungen schmecken mir nicht so«, erklärte sie.

Claaßen hatte sich für einen leichten Rotwein entschieden und fragte, ob er den Rest des Mineralwassers haben dürfe.

»Gerne!«, antwortete Mena und sah zu, wie er das Wasser in seinen Wein goss.

»Ich mag Wein auch mehr auf die Art der alten Griechen, sprich, mit Wasser gemischt«, sagte er und lehnte sich zurück. »Da wir uns beieinander ausweinen wollen, sollten wir damit beginnen.«

Mena musterte Claaßen mit einem fragenden Blick. »Mich interessiert, weshalb ausgerechnet du dich für diesen Posten beworben hast.«

»Ich habe einen zehnjährigen Forschungsauftrag, der in diesem Sommer ausläuft. Wegen der vielen Sparprogramme werden kaum neue Projekte ins Leben gerufen, und so bleibt mir nichts anderes übrig, als mir einen halbwegs passenden Job zu suchen. Die Bewerbung hier war die erste, und der Anfang ist, wie es im Volksmund heißt, immer schwer.«

»Bei mir war es schon der dritte Versuch«, bekannte Mena und verzog das Gesicht, als sie an Barin dachte, der alles tat, um ihre Bemühungen zu torpedieren.

»Wo oder woran arbeitest du?«, wollte Claaßen jetzt wissen.

»In einem kleinen privaten Institut in Augsburg«, antwortete Mena. »Zumeist erledige ich Aufträge von Zeitungen, Zeitschriften oder Ähnliches.«

»Doch nicht etwa in Professor Barins Institut für zeitgeschichtliche Forschungen?«, rief Claaßen aus.

»Doch, genau bei dem. Kennst du ihn?«

»Ich habe ihn ein paarmal auf wissenschaftlichen Tagungen getroffen, bin aber nicht direkt mit ihm bekannt. Es scheint dir dort nicht mehr zu gefallen, sonst hättest du dich nicht hier in München beworben.«

Mena hatte das Gefühl, als stünde Barin in Claaßens Achtung nicht besonders hoch. Da sie jedoch nicht über ihren Chef herziehen wollte, zuckte sie mit den Achseln.

»Ich hatte Lust, mal etwas Neues kennenzulernen.«

»So?« Claaßen wurde mit einem Mal sehr ernst. »Ich kann dir sagen, weshalb du Barins Institut verlassen willst! Du ärgerst dich über seine chauvinistische Art, Frauen zu behandeln, insbesondere jene, die für ihn arbeiten. Außerdem passt dir die Arbeit nicht besonders. Barin ist dafür bekannt, dass er Aufträge annimmt, von denen andere Institute die Finger lassen. Außerdem ist er zu leicht bereit, im Sinne seiner Auftraggeber tendenziös zu arbeiten – sprich, nach Mücken zu suchen und diese zu Elefanten aufzublasen, wenn es ihm glaubhaft gelingt. Du solltest Barin wirklich verlassen und dir eine andere Stelle suchen. Auf Dauer leidet dein Ruf als Wissenschaftlerin darunter.«

»Meinen letzten Bericht habe ich deswegen schon mit einem Password gesichert«, entfuhr es Mena.

»Du bist nicht nur eine hübsche, sondern auch eine kluge Frau, und das ist eine Kombination, die Barin niemals begreifen wird. Er nimmt Wissenschaftlerinnen nur dann halbwegs ernst, wenn sie über fünfzig sind und so hässlich, dass kein Mann ihnen jemals einen ersten Blick gegönnt hat, geschweige denn einen zweiten.«

»Dafür, dass du ihn angeblich nicht kennst, weißt du sehr viel über ihn«, wunderte sich Mena.

»Eine meiner Assistentinnen hat bei ihm gearbeitet und mir einiges erzählt. Es kann sogar sein, dass sie deine direkte Vorgängerin war. Sie nannte ihn einen elenden Ausbeuter, der sie wie ein Kaffeemädchen behandelt hat und ihre Arbeit niemals zu würdigen wusste.«

»Eine zutreffende Analyse«, antwortete Mena und verzog angewidert das Gesicht. »Hätte ich damals gewusst, was mich dort erwartet, hätte ich mir einen anderen Job gesucht. Aber so war ich nach meiner Scheidung froh, in meiner Heimatstadt wissenschaftlich arbeiten zu können.«

»Auf jeden Fall wünsche ich dir Glück, dass du Barin bald verlassen kannst. Sollte ich von einer passenden Stelle erfahren, werde ich es dir gerne mitteilen«, bot Claaßen an.

Mena sah es als das an, was es war, nämlich als den Wunsch, ihre Adresse und Telefonnummer zu erfahren, und reichte ihm ihre Visitenkarte. Dafür erhielt sie die seine. Da der Kellner die Pizzen brachte, herrschte erst einmal Schweigen zwischen ihnen.

Auch danach griffen sie das Thema Barin nicht wieder auf. Mena musste sich nun beeilen, zum Bahnhof zu kommen, und verabschiedete sich.

»Viel Glück!«, wünschte Claaßen ihr noch und dachte lächelnd daran, wie energisch sie darauf bestanden hatte, ihre Zeche selbst zu bezahlen. Sie ist eine korrekte Frau mit festen Prinzipien, sagte er sich, und es ist an der Zeit, dass sie eine bessere Stelle erhält. Eine Wissenschaftlerin wie Philomena Antonia Reglin hätte er gerne in sein Team geholt, und er haderte mit der Tatsache, dass sein Forschungsauftrag auslief.

3.4

Im Zug nach Augsburg zog Mena die Unterlagen über Jens Reppert und Uwe Biskop aus ihrer Umhängetasche und blätterte sie durch. Die Mappe über Reppert steckte sie bald wieder ein, weil kaum mehr darin stand, als sie selbst herausgefunden hatte. Die Informationen über Biskop waren weitaus interessanter, denn Mena entnahm ihnen, an welchen Universitäten er nach dem Verlassen der Vechtaer Hochschule studiert hatte. Sie erfuhr auch von seinen ersten Arbeitsstellen und begriff, welch rasanten Aufstieg er in der wissenschaftlichen Welt genommen hatte.

Plötzlich aber stutzte Mena. Da war von einem Streit mit einem seiner Untergebenen die Rede, der Biskop vorwarf, ihm eine wichtige Erfindung gestohlen zu haben. Ein von Wilfried Gadow angestrengtes Gerichtsverfahren war auf Veranlassung der Freien Universität Berlin und des Auftraggebers aus der Industrie niedergeschlagen worden, weil diese sich voll auf Biskops Seite gestellt hatten.

»Sieh mal einer an!«, flüsterte Mena vor sich hin.

Anscheinend gab es doch den einen oder anderen dunklen Flecken auf Biskops Weste. Zwar war sie schon an anderer Stelle auf seinen Streit mit Gadow gestoßen, aber das war im damaligen Zusammenhang nicht interessant gewesen. Zudem hatten jene Informationen nur aus Andeutungen bestanden. Aber dieser Artikel beschäftigte sich eingehend mit dem Verfahren.

»Das werde ich mir zu Hause ansehen müssen!«, setzte sie ihr Selbstgespräch fort und schüttelte dann über sich selbst den Kopf. Es war nicht ihre Aufgabe, Biskop nachzuspüren. Allerdings wäre das interessanter, als nach Mäuseknochen in Jens Repperts Keller zu suchen und aus diesen Elefantenskelette zu basteln.

Am besten liefere ich die Informationen, die ich über Reppert herausgefunden habe, morgen bei Barin ab, überreiche ihm meine Kündigung und nehme die Tage bis zum nächsten Ersten als Resturlaub, sagte sie sich und wollte die Biskop-Akte ebenfalls wieder in die Tasche stecken. Dann aber überlegte sie es sich anders und nahm sie sich erneut vor. Irgendetwas musste zwischen ihrem Chef und Biskop vorgefallen sein, und dieses Wissen mochte ihr nützen, wenn Barin ihr Schwierigkeiten bereiten sollte.

3.5

Die Anerkennung und Achtung, die Uwe Biskop und dessen Frau in Berlin entgegengebracht worden waren, verlockten sie, sich gegen ihre ursprüngliche Absicht länger in der Bundeshauptstadt aufzuhalten.

Susanne Fehse-Biskops Vorstellungen gingen sogar noch weiter. »Vielleicht sollten wir uns auch hier ein Haus kaufen. Es gibt am Wannsee schöne alte Villen, und wenn wir eine erwerben, müssen wir nicht mehr im Hotel logieren«, sagte sie an einem Abend, an dem sie ausnahmsweise nichts vorhatten, zu ihrem Mann.

»Machst du dann das Frühstück?«, fragte Biskop.

Seine Frau lachte. »Ich dachte mir, wir stellen ein Hausmeisterehepaar ein. Das könnte in einem Seitenflügel oder einem Gartenhaus leben und uns bedienen, wenn wir nach Berlin kommen.«

»Ich mag ungern Personal im Haus«, wandte Uwe Biskop ein. »Es gibt nicht wenige, die etliche Scheine auf den Tisch legen würden, um an meine Patente zu kommen. Glaub mir, jeder Hausangestellte wird schwach, wenn man ihm eine Million dafür bietet, dass er jemand ins Haus lässt und nicht hinsieht, wenn dieser den Safe aufbricht.«

»Diese Angst hast du in Augsburg nicht.«

»In Augsburg wohnen weder unsere Zugehfrau noch unsere Küchenhilfe in der Villa, und sie kommen auch nicht ins Haus, wenn wir nicht da sind. Außerdem ist die Alarmanlage mit dem nächsten Polizeirevier verbunden, und die rücken an, sobald da nur etwas blinkt. Aber wenn wir zwischen Augsburg und Berlin pendeln würden, müssten wir hier wie dort während unserer Abwesenheit Personal ins Haus lassen.«

Biskop lag sehr daran, seine Patentrechte gesichert zu wissen.

Hier in Europa konnte er gegen Patenträuber vorgehen. Doch bereits in den Vereinigten Staaten war dies weitaus schwieriger, und jemand in China oder gar Nordkorea deswegen zu verklagen ein Ding der Unmöglichkeit.

»Warum lässt du die Unterlagen nicht im Banksafe? Dort wären sie sicher«, fragte seine Frau.

»Eine Kopie der einzelnen Patente liegt ja bei unserer Bank. Aber ich will sie nicht vollends aus der Hand geben.« Obwohl Biskop sich kämpferisch gab, wusste er, dass er irgendwann seiner Frau nachgeben und einen Wohnsitz hier in Berlin erstehen würde. Er musste sich also etwas einfallen lassen, wie er die Patentunterlagen wirklich sicher verwahren konnte.

»Wir sollten später darüber reden«, sagte er und legte den linken Arm um Susannes Taille. »Jetzt habe ich Lust auf etwas anderes!«

»Etwa auf mich?«, fragte seine Frau kokett und sagte sich, dass sie, obwohl sie etliche Jahre älter war als Alice Blair, diese noch immer ausstechen konnte.

Sie kicherte wie ein junges Mädchen, als Biskop sie ins Schlafzimmer ihrer Suite trug. Es war zwar exzellent ausgestattet, doch Susanne hatte ihre eigenen Vorstellungen von einer sexuellen Spielwiese, und so war ihr die Hotelsuite viel zu langweilig und zu bieder.

Dies hinderte sie nicht daran, die nächste Stunde voll auszukosten. Sie liebte es, spielerisch mit ihrem Mann zu ringen und sich ihm dann wie die besiegte Brünhild hinzugeben. Während sie unter ihm stöhnte, krallte sie ihm die Fingernägel in den Rücken und feuerte ihn an, alles zu geben.

»Was meinst du, was ich gerade tue?«, antwortete er keuchend.

»Nicht übel für einen alten Mann!«, schnurrte Susanne, als sie danach eng aneinander gekuschelt auf dem Bett lagen. »Aber ich glaube, ein zweites Mal schaffst du es heute nicht mehr.«

»Ich werde dich eines Besseren belehren!« Biskop griff ihr

zwischen die Beine und kniff sie an ihrer empfindlichsten Stelle.

»Aua! Das tut weh!«, protestierte seine Frau empört.

»Das war für den alten Mann«, sagte er grinsend, während er sich auf sie zu wälzen versuchte.

Susanne drehte sich jedoch geschickt unter ihm weg und glitt ihrerseits auf ihn. »Ich glaube, jetzt habe ich es mal verdient, oben zu sein«, meinte sie anzüglich und rieb mit ihrem Oberschenkel über seinen Penis. Es dauerte ein paar Augenblicke, bis dieser so fest war, dass sie etwas damit anfangen konnte. Während sie sich im langsamen Rhythmus bewegte, genoss sie die Macht, die sie über ihren Mann besaß. Dieser Gedanke heizte sie so sehr an, dass ihr ganzer Körper zu einer vibrierenden Trommel der Lust wurde und sie ihren Orgasmus förmlich aus sich hinausschrie.

»Ich glaube, das hat man gehört«, meinte ihr Mann, als sie erschöpft über ihm zusammengesunken war.

»Und wenn schon!«, sagte sie achselzuckend. »Dann wissen die Leute wenigstens, wie sich richtiger Sex anhört.«

»Auf jeden Fall wäre es ein Grund, uns doch etwas Eigenes zu suchen. Allerdings werde ich in Berlin keine Kopien meiner Forschungsergebnisse lassen. Dafür ist mir die Stadt zu groß, und es laufen mir zu viele Leute herum, die sich dafür interessieren könnten.«

»Da hattest du eben Sex, wie andere Männer ihn sich nicht einmal erträumen können, und denkst nur an deine Erfindungen!« Susanne klang spöttisch, obwohl sie wusste, dass gerade diese Patente ihnen dieses Leben im Überfluss ermöglichten.

»Bei uns ist so ein Sex normal. Aber wir sind auch ein ideales Paar!« Noch während er es sagte, berührte Biskop die Brustwarzen seiner Frau mit den Lippen und knabberte daran.

»Heißt das, dass du es noch ein drittes Mal machen willst?«, fragte Susanne lauernd.

»Besser nicht! Du schreist sonst so laut, dass die Passanten draußen auf dem Alexanderplatz zusammenlaufen.« Biskop lachte und erhob sich vom Bett.

»Ich schaue nach meinen Mails! Immerhin wollte Dr. Samtleben mir das Angebot seines Konzerns zuschicken lassen.« Nackt ging er in den Nebenraum und setzte sich an den Schreibtisch. Einige Augenblicke war nur der startende Laptop zu hören, dann klang auf einmal ein wütender Laut auf.

»Verdammt noch mal! Susanne, komm her! Der Kerl versucht es schon wieder.«

Rasch eilte seine Frau zu ihm und sah ihm über die Schulter. Auf dem Bildschirm stand eine kurze Mail aus großen Buchstaben, die aussahen, als hätte jemand sie aus verschiedenen Zeitungen ausgeschnitten.

»Biskop – du bist ein Verbrecher!«, las sie, und darunter: »Dafür wirst du bezahlen!«

»Was soll das?«, fragte Susanne Fehse-Biskop mit schwankender Stimme.

»Ein Drohbrief – und zwar genau in der Form wie damals in Berlin. Anscheinend will uns der Kerl erneut an den Karren pinkeln, nur dass er es nicht mehr per Post macht, sondern per Mail! Aber da hat er sich geschnitten, sage ich dir. Diesmal gebe ich nicht eher auf, bis wir den Kerl haben.« Biskop ballte wuterfüllt die Faust.

»Was willst du tun? Die Polizei informieren?«

Biskop schüttelte den Kopf. »Denen traue ich nichts zu. Für die Angelegenheit muss ich einen Profi engagieren.«

»Einen Detektiv also«, fuhr seine Frau fort.

»Ich werde mich wieder an Leutmann wenden. Er soll um einiges besser geworden sein«, erklärte Biskop mit klirrender Stimme.

»Das will ich hoffen! Den Erpresser damals hat er schließlich nicht gefunden.«

»Immerhin hat Leutmann den Dreckskerl seinerzeit so verschreckt, dass wir einige Jahre unsere Ruhe hatten. Aber das Bundesverdienstkreuz ist anscheinend eine Reißzwecke im Hintern des Kerls und provoziert ihn zu neuen Belästigungen.« Biskop griff zu seinem Handy. »Diesmal kriegen wir den Verbrecher – und dann wird er dafür bezahlen!«, fügte er hinzu, während er die Telefonnummer der Detektei Leutmann heraussuchte.

»Ich bin sicher, dass Wilfried Gadow dahintersteckt. Der hat immer wieder versucht, uns Schwierigkeiten zu machen.«

Für Susanne war die Sache klar, doch Biskop schüttelte den Kopf.

»Ich habe dir schon einmal gesagt, dass die ersten Erpresserbriefe eingetroffen sind, bevor ich mit Gadow an jener Erfindung gearbeitet habe. Also sollten wir weiter in unsere Vergangenheit zurückgehen.«

»Jens Reppert könnte involviert sein. Er hat den Tod seines Bruders nie verwunden und gibt dir wahrscheinlich immer noch die Schuld daran.« Für einen Augenblick verriet Susannes Miene Angst, aber dann wirkte sie hart wie Stein. »Wenn es Jens ist, wird er bald merken, dass er sich besser nicht mit uns angelegt hätte.«

»Vielleicht ist er es tatsächlich. Immerhin haben wir ihn vor ein paar Tagen getroffen. Auf jeden Fall werde ich ihn im Auge behalten. Aber lass mich jetzt bitte telefonieren.«

Biskop wählte Leutmanns Nummer an und atmete erleichtert auf, als sich der Detektiv meldete.

3.6

Mena Reglin hatte keine Lust, an diesem Nachmittag noch ins Institut zu fahren. Da sie auch ihrer Schwester nicht Rede und Antwort stehen wollte, schlenderte sie ziellos durch Augsburg und sah sich die Auslagen einiger Geschäfte an. Toni hat recht, dachte sie. Ich sollte mir wirklich ein paar neue Sachen kaufen. Doch als sie eine hübsche Bluse entdeckte, hielten sie zwei Dinge davon ab, den Laden zu betreten. Zum einen wäre Toni beleidigt, wenn sie ihre Kleidung nicht in deren Boutique erstand, und zum anderen musste sie damit rechnen, nach ihrer Kündigung eine gewisse Zeit ohne Arbeit und damit auch ohne Einkünfte dazustehen.

Ihr Entschluss, mit Professor Barin zu brechen, war nach der Begegnung mit Professor Claaßen unumstößlich. Es mochte eine Rolle spielen, dass sie hoffte, Claaßen könnte sie dabei unterstützen, eine neue Stelle zu finden. Allerdings war er selbst auf der Suche, wenn auch für eine höhere Kategorie als sie. Aber wenn er einen neuen Forschungsauftrag erhielt, holte er sie vielleicht in sein Team. Gerade als Mena sich vorstellte, wie es wäre, mit diesem Mann zusammenzuarbeiten, vernahm sie eine erfreute Stimme.

»Hallo Mena! Schön, dich zu sehen.«

Sie drehte sich um und erkannte Claudius Augustus Kaiser, den sie auf Tonis Party kennengelernt hatte. Er kam lächelnd auf sie zu und streckte ihr die Hand entgegen.

»Ich freue mich auch«, antwortete Mena und ließ zu, dass er ihre Hand länger festhielt als üblich.

»Hast du schon Feierabend gemacht?«, fragte Claudius.

»Nein, ich habe heute das Institut geschwänzt und war sozusagen auf Außenrecherche!« Menas Zwinkern zeigte an, dass er diese Worte nicht ernst nehmen sollte.

»Das trifft sich gut, denn ich habe meine Geschäfte für heute ebenfalls abgeschlossen. Wollen wir nicht in ein Café gehen und hinterher in einem netten Restaurant zu Abend essen?« Claudius sah Mena so strahlend an, dass sie nicht ablehnen konnte.

»Also gut! Aber auf getrennte Rechnung. Das erspart mir Verpflichtungen, die ich vielleicht nicht eingehen will.«

»So spricht die energische junge Wissenschaftlerin«, antwortete Claudius mit einem fröhlichen Lachen. »Mir soll es recht sein. Ein Geschäftsmann muss immer darauf achten, dass sich das Geld, das er einsetzt, auch amortisiert.«

Nun musste Mena ebenfalls lachen. Sie folgte Claudius in ein nahe gelegenes Café, bestellte sich einen Latte macchiato und einen Windbeutel und setzte sich an einen Tisch etwas abseits vom Fenster.

»Ich komme mir sonst vor wie in einer Auslage«, meinte sie dabei.

»Dein Wort ist mir Befehl!«, spottete Claudius und nahm ihr gegenüber Platz.

Bis die Bedienung die Getränke, den Windbeutel und den Zwetschgendatschi für Claudius brachte, schwiegen sie.

Dann blickte Claudius Mena ernst an. »Toni hat mir heute Vormittag am Telefon erzählt, du wärst nach München gefahren, um dich für einen neuen Job vorzustellen.«

Ein wenig ärgerte Mena sich, weil ihre Schwester den Mund nicht hatte halten können, zuckte dann aber mit den Achseln. »Ich bin gar nicht zum Vorstellen gekommen, denn der Posten war schon weg. Den hat jetzt der Enkel des Doktorvaters des Institutsleiters.«

»Enttäuscht?«, fragte Claudius.

Mena schüttelte den Kopf. »Nein! Oder doch – ja! Natürlich bin ich enttäuscht. Aber deswegen kann ich mich nicht aufhängen. Es ist für mich nicht einfach, eine gleichwertige Stelle zu bekommen, weil mein jetziger Chef all meine Bemühungen torpediert.«

»Das ist eigentlich ein Kompliment, wenn auch ein hinterhältiges.«

»Wieso?«, fragte Mena verblüfft.

Claudius beugte sich vor und wirkte trotz des Lächelns auf seinen Lippen ernst. »Es zeigt, dass Professor Barin dich nicht verlieren will. Also musst du sehr gut sein. Aber das habe ich mir schon gedacht, als wir uns das erste Mal getroffen haben.«

»Ob ich gut bin, habe ich mich noch nie gefragt«, antwortete Mena herb. »Ich weiß nur, dass jeder Monat, den ich länger in Barins Institut bleibe, meine Chancen auf einen adäquaten Job mindern wird.«

»Dann solltest du die Stelle aufgeben. Wenn du auf die Schnelle keinen neuen Job bekommst, könntest du mir helfen, meine Unterlagen zu sortieren und archivieren. Wenn du dabei auch ein wenig meinen Geschäftspartnern nachrecherchieren könntest, würde es mich freuen.«

Das Angebot war ehrlich gemeint, das spürte Mena. Sie setzte das Glas mit dem Latte macchiato an ihre Lippen, um etwas Zeit zu gewinnen. Dann musterte sie Claudius über den Rand hinweg.

Er war etwas größer als sie, schlank und wies eine gesunde Bräune auf. Sein Gesicht wirkte angenehm männlich, und der Blick seiner blauen Augen war offen und auch ein wenig bewundernd. Die dunkelblonden Haare trug er kurz und benutzte offensichtlich auch kein Gel oder Spray, um sie in Form zu halten. Zuletzt fiel Menas Blick auf seine Hände. Diese waren gepflegt, aber kräftig und verrieten, dass er in seinem Leben nicht nur mit Aktenkoffer und Taschenrechner umgegangen war.

Mena fand ihn sympathisch, doch gerade das hinderte sie daran, sich ihm zu verpflichten. »Wenn ich nichts anderes bekomme, werde ich darüber nachdenken«, antwortete sie leise.

»Ich würde mich freuen – und es wären auch keine Verpflichtungen damit verbunden.«

Einen Augenblick glaubte Mena, Claudius wolle anzüglich werden, doch er hatte es ernst gemeint.

»Da Toni den Mund nicht halten konnte, weißt du ziemlich viel von mir. Ich aber weiß von dir nur, dass du ein erfolgreicher Geschäftsmann bist, der in der ganzen Welt zu Hause ist.«

»Spricht hier die Wissenschaftlerin oder die neugierige Frau?«, fragte er mit einem leisen Auflachen.

»Sagen wir: beides! Sollte ich wirklich der Not gehorchend für dich arbeiten wollen, würde ich doch gerne wissen, was du für ein Mensch bist«, erklärte Mena mit gekünsteltem Ernst.

»Ich bin fünfunddreißig, in Bobingen geboren und seit meinem zweiundzwanzigsten Lebensjahr selbstständiger Geschäftsmann in der Nachfolge meines Vaters, der leider bei seinem ersten Urlaub seit Jahren in Australien verunglückt ist. Unser Betrieb stellt medizinische Geräte her, die wir an Kliniken in aller Welt verkaufen. Daher bin ich oft unterwegs und halte mich weniger als ein halbes Jahr in der Heimat auf.«

»Das war beruflich! Und privat?«, fragte Mena weiter.

»Ich bin geschieden, habe eine vierjährige Tochter, für die meine Ex das Sorgerecht erkämpft hat, und bin derzeit ohne weiblichen Anhang.«

Claudius lachte erneut, so dass Mena nicht einschätzen konnte, ob er seine gescheiterte Ehe bedauerte oder nicht. Einen Augenblick lang schwankte sie, ob sie weiterfragen sollte, doch dann war die Neugier stärker.

»Und warum ging deine Ehe auseinander?«

»Ich habe unseren siebten Hochzeitstag vergessen! Da hat mir meine Frau den Ring vor die Füße geworfen, das Kind genommen und ist zu ihrer Mutter gefahren. Zwei Tage später kam der Brief vom Scheidungsanwalt.«

»Wegen eines vergessenen Hochzeitstages löst man doch keine Ehe auf!«, rief Mena verblüfft.

»Ich hatte bereits den dritten und den fünften Hochzeitstag vergessen«, gab Claudius mit einem verlegenen Lächeln zu. »Außerdem war ich zweimal Weihnachten geschäftlich unterwegs und habe einmal das falsche Weihnachtsgeschenk für meine Frau gekauft. Sie hatte mir zwar gesagt, von welchem Modedesigner sie eine neue Handtasche haben wollte und von welchem nicht. Aber in meine geschäftlichen Verhandlungen verstrickt, habe ich mich an den falschen Designer erinnert und eine Tasche gekauft, die sie nicht haben wollte. Sie hat mich daher völlig zu Recht verlassen.«

Obwohl Claudius versuchte, reumütig auszusehen, ahnte Mena, dass er froh war, seine Frau los zu sein.

»Tut es dir um deine Tochter leid?«, fragte sie.

»Für Noreen ist es das Beste, wenn sie bei Marilyn ist. Ich bin zu viel unterwegs, als dass ich mich um sie kümmern könnte, und ich wollte sie auch keinem Kindermädchen überlassen.« Diesmal lächelte Claudius nicht, sondern klang überraschend schwermütig.

Mena wechselte das Thema, und sie erzählten einander von ihrer jeweiligen Arbeit. Dabei verging die Zeit wie im Flug, und schließlich erklärte die Bedienung, dass das Café gleich schließen würde.

»Die Rechnung bitte! Aber getrennt«, forderte Mena.

Die Bedienung verzog das Gesicht. »Ich habe alles zusammen eingetippt und müsste es mit der Hand ausrechnen. Dabei habe ich gleich Feierabend und muss noch Klarschiff hier machen.«

»Lassen Sie es!«, sagte Claudius und wandte sich an Mena. »Das rechnen wir unter uns aus.«

»Ich tät einem Mann, der mich ins Café einlädt, etwas erzählen, wenn ich selber zahlen müsste«, entfuhr es der Bedienung.

»Ich bin halt kein Kavalier«, spottete Claudius und zwinkerte Mena zu. Dann reichte er der Bedienung einen Schein und hob, als diese herausgeben wollte, die Hand. »Der Rest ist für Sie!«

»Und Sie wollen kein Kavalier sein?«

»Gelegentlich bin ich einer«, antwortete Claudius amüsiert und reichte Mena die Hand. »Wie sieht es aus, wollen wir noch zu Abend essen?«

»Satt hat mich der Windbeutel nicht gemacht«, antwortete Mena munter und verließ das Café.

Claudius folgte ihr und machte ihr auf der Straße einige Vorschläge. Ein paar Lokale waren im Hochpreissegment angesiedelt, und Mena schüttelte den Kopf. »Das kann ich mir nicht leisten. Ein normales Restaurant tut es auch.«

»Meiner Ex hätte ich ein solches nicht anbieten dürfen«, erwiderte Claudius gut gelaunt. »Aber mir ist es recht! Wenn ich unterwegs bin, muss ich alles Mögliche und oft auch das Unmögliche essen. Da kommt mir ein guter Gasthof in der Heimat gelegen. Mein Wagen steht vorne auf dem Parkplatz, also könnten wir nach Bobingen fahren. Ein Schulfreund von mir ist dort Wirt, und der freut sich sicher, mich wieder einmal in seinem Lokal zu sehen.«

»Dann machen wir ihm die Freude!«

Mena folgte Claudius zu seinem Wagen und sah als Erste den Zettel hinter der Windschutzscheibe. »Das sieht wie ein Knöllchen aus!«

»Es ist auch eines«, antwortete Claudius, als er den Zettel an sich nahm. »Ich habe vergessen, noch mal Geld in die Parkuhr zu werfen. Aber die Summe ist kein Beinbruch. Außerdem unterstütze ich damit meine Heimatstadt.«

Er steckte den Strafzettel ein und entriegelte den Wagen. Doch als er Mena die Beifahrertür öffnen wollte, kam sie ihm zuvor, und er stand einen Augenblick verlegen grinsend da.

»Meine Ex hätte mir den Kopf gewaschen, wenn ich ihr die Autotür nicht aufgehalten hätte.«

»Sie scheint eine ziemlich depperte Kuh zu sein. Wie bist du eigentlich an sie gekommen?«, fragte Mena, nachdem er ebenfalls im Auto saß.

Claudius ließ den Wagen an und lenkte ihn auf die Straße, bevor er Antwort gab. »Marilyn war die Tochter eines Geschäftsfreundes, sah gut aus und schien die ideale Frau für mich zu sein, wenigstens so lange, bis wir verheiratet waren. Als sie dann merkte, dass mir die Firma wichtiger war als ihre Wünsche nach gesellschaftlicher Anerkennung, zeigte sie mir ein anderes Gesicht. Zuerst dachte ich, es läge an ihrer Schwangerschaft, und habe alles getan, um so oft wie möglich bei ihr zu sein. Doch anstatt brav im Kreißsaal zu sitzen, ihre Hand zu halten und bewundernd mitzuerleben, welche Qualen sie erdulden musste, um neues Leben in die Welt zu setzen, bin ich nach Dubai geflogen, um mich dort mit ein paar Scheichs und ihren Haremsdamen zu vergnügen – Originalton meiner Ex. In Wahrheit ging es um einen Millionenauftrag für die Firma, den ich dort an Land ziehen konnte. Doch seitdem bin ich der Rohling, von dem geschieden zu werden das Beste war, was ihr in ihrem Leben passieren konnte – ebenfalls Originalton meiner Ex!«

Trotz seines spöttischen Tonfalls spürte Mena die Verletzungen, die seine damalige Frau ihm beigebracht hatte. »Wenn ich dir so zuhöre, kannst du froh sein, sie losgeworden zu sein. Hoffentlich war es nicht zu teuer«, meinte sie.

»Ich konnte den Dubai-Auftrag und ein paar andere gut gebrauchen, um sie auszuzahlen. Dafür hat sie großzügig auf Unterhalt für sich verzichtet. Allerdings reicht der aus, den sie für Noreen erstritten hat, um gut davon leben zu können.«

Claudius bog in eine Ausfallstraße ein und konnte nun aufs Gas drücken. Den Rest der Fahrt schwiegen sie, da beide ihren Gedanken nachhingen.

Mena schüttelte insgeheim den Kopf über die Frau, die genau gewusst hatte, dass ihr Mann ein viel beschäftigter Geschäftsmann war. Anstatt ihn bei seinen Aufgaben zu unterstützen, hatte sie von ihm gefordert, ihr persönlicher Sklave zu sein. Doch ein Sklave war Claudius Augustus Kaiser wirklich nicht.

3.7

Am nächsten Morgen ging Mena in Gedanken noch einmal den angenehmen Abend durch. Sie und Claudius hatten ausgezeichnet gegessen und sich noch lange unterhalten. Danach hatte er sie nach Hause gebracht und sich an der Haustür von ihr verabschiedet. Mehr war nicht geschehen. Als sie nun eine Tasse Kaffee trank und ihr Müsli aß, war sie fast ein wenig enttäuscht. Es hätte ihr gutgetan, einen Arm zärtlich um sich zu spüren und sich wieder einmal ganz ihren Gefühlen hinzugeben.

»Hast du dich in Claudius verliebt?«, fragte sie ihr Spiegelbild, das ihr versonnen aus dem Jugendstilspiegel entgegenblickte. Verliebt vielleicht nicht, gab sie sich selbst die Antwort. Aber ich bin nun einmal nicht aus Eis, sondern eine Frau, die nichts dagegen hat, dies auch einmal auszuleben.

»Du bist ein dummes Stück!«, rief sie sich selbst zur Ordnung. »Wenn es dir nur um Sex geht, kannst du genauso gut mit Timo Jander um die Häuser ziehen.«

Der Gedanke an ihren unangenehmen Kollegen ernüchterte sie, und sie verbannte Claudius Augustus Kaiser aus ihren Gedanken. Jetzt galt es erst einmal, ihr Berufsleben in Ordnung zu bringen. Außerdem hatte Claudius erklärt, dass er in den nächsten drei Wochen auf vier Kontinenten sein würde und dabei auf gute Geschäfte hoffte.

»Immer wenn man einen Mann braucht, ist er nicht da«, murmelte sie, dachte dann aber, dass sie nicht so eine Zicke sein wollte wie Marilyn Kaiser, die erwartet hatte, dass ihr Mann ihr jederzeit zur Verfügung stand.

Mena seufzte, richtete ihre Aufmerksamkeit wieder auf das Institut und beschloss, nicht sofort dorthin zu fahren, sondern erst einmal ihre Kündigung abzufassen. Das Schreiben würde sie als Brief wie auch als E-Mail an Professor Barin schicken. Sie ließ noch eine zweite Tasse Kaffee durch die Maschine laufen, fuhr ihren Computer hoch und begann, einen Text zu formulieren, der, wie sie hoffte, ihr Leben zum Besseren wenden würde.

Als sie fertig war, schickte sie die E-Mail los und steckte den Ausdruck in ein Kuvert. Als sie aufbrechen wollte, hielt sie das Klingeln ihres Handys auf. Sie zog es aus der Tasche und meldete sich.

»Du! Ich bin es!«, hörte sie die aufgeregte Stimme ihrer Zwillingsschwester. »Hans hat eben angerufen und erzählt, dass er von Claudius gehört hat, dieser wäre gestern mit dir ausgegangen. Wie gefällt er dir, habt ihr schon … Und wann trefft ihr euch wieder?«

Auch wenn Mena ihre Schwester liebte, so ging ihr deren Neugier im Augenblick gewaltig auf den Geist. »Claudius ist ganz nett, das gebe ich zu. Aber wir haben nichts ausgemacht, weil er erst mal ein paar Wochen unterwegs ist und bis dorthin einiges passieren kann. Und was das andere betrifft: Wir haben nicht!«

»Das wird schon noch kommen! Claudius ist ein ganz anderer Mann als dein verflossener Berthold Reglin. Er trinkt nicht, ist immer höflich und ein ausgezeichneter Geschäftsmann. Wenn du den nimmst, brauchst du dich nicht mehr um einen neuen Job bemühen, sondern …«

»Ich habe keine Lust, als Hausfrau zu enden!«, fiel Mena ihrer Schwester ins Wort.

Toni lachte nur. »Das habe ich auch nicht gemeint! Ich dachte, dass du dich in meiner Boutique engagierst. Du wärst ein guter Kontrastpunkt zu mir, nämlich damenhaft kühl. Etliche meiner Kundinnen mögen diesen Stil, und sie würden ihn dir eher abnehmen als mir. Du …«

»Toni, bitte! Ich muss jetzt zur Arbeit und will nicht die Treppe hinunterfallen, weil ich mit dir rede. Außerdem mag ich es nicht, wenn andere mithören, was ich sage. Das geht niemanden etwas an. Weißt du was? Ich komme nach Feierabend zu dir, und du brühst einen schönen Tee auf. Während wir dann Kekse knabbern, erzählst du mir, was du über Claudius und dessen geschiedene Frau weißt.«

»Du hast also doch angebissen!«, jubelte Toni.

»Ich habe gar nichts!«, antwortete Mena schärfer, als es eigentlich notwendig gewesen wäre.

So ganz wusste sie jedoch selbst nicht, was sie von Claudius halten sollte. Eines aber war ihr klar: Sie würde sich niemals mit dem Leben einer Hausfrau begnügen, auch wenn ihre Mutter gemeint hatte, ihr Studium wäre überflüssig, weil sie es nach ihrer Heirat ohnehin nicht mehr brauchen würde. Dabei hatte es sich schon in ihrer ersten Ehe gezeigt, wie gut es gewesen war, auf eigenen Beinen zu stehen.

Mit diesem Gedanken verabschiedete sie sich von Toni und verließ ihre Wohnung.

3.8

Als Uwe Biskop an diesem Morgen seinen Computer einschaltete, starrte er als Erstes auf eine Mail, die als Absender den Namen einer Person trug, die seit mehr als zwanzig Jahren tot war. Er brauchte einige Augenblicke, um den Schock zu überwinden, und las sie dann durch.

Du magst es vergessen haben – ich jedoch nicht! Julia Gschwendle, stand da.

»Verdammt! Das ist doch unmöglich!«, rief er und erregte damit die Aufmerksamkeit seiner Frau.

»Was ist los?«, fragte Susanne Fehse-Biskop und trat hinter ihn. »Ist es wieder eine Drohmail?«

»Lies dir das durch!«, forderte ihr Mann sie auf und sah sie an.

Als Susanne Fehse-Biskop als Absender den Namen Julia Gschwendle las, keuchte sie wie nach einem Dauerlauf. »Was ist das?«

»Wenn ich das wüsste, wäre mir wohler!« Uwe Biskop schüttelte sich und wollte die E-Mail an Detektiv Leutmann weiterleiten.

Da wies seine Frau auf ein Symbol. »Hast du den Anhang schon gesehen?«

»Was?« Noch während Uwe Biskop fragte, öffnete er den Anhang und sah ein Zeitungsfoto mit einem verunglückten Auto, auf deren Vordersitzen schemenhaft zwei Gestalten auszumachen waren.

»Das kann nicht Gadow sein«, sagte Biskop mit einem mulmigen Gefühl im Magen.

»Aber wer sollte es sonst sein? Vielleicht doch Jens Reppert?« Es schien Susanne Fehse-Biskop die nächstliegende Erklärung.

»Möglich! Aber wieso kommen diese Mails gerade jetzt?«

»Wahrscheinlich gönnt er uns das Bundesverdienstkreuz nicht. Aber er kann nicht wissen, was an jenem Abend wirklich geschehen ist. Und warum hätte er Julia Gschwendle als Absenderin angeben sollen? Er hätte es doch eher unter dem Namen seines Bruders getan.«

»Vielleicht wollte er es nicht, um uns in die Irre zu führen«, antwortete ihr Mann.

Susanne Fehse-Biskop schüttelte den Kopf. »Das kann ich mir nicht vorstellen! Jens ist ein ähnlicher Charakter wie Jan. Der wollte auch immer stur geradeaus, selbst wenn es wehtat.«

»Wie es aussieht, will er eher uns wehtun«, stieß Uwe Biskop aus. »Aber wir bekommen auch einen Jens Reppert klein, das schwöre ich dir!«

»Was willst du tun? Leutmann informieren? Ich weiß nicht, ob das gut ist. Ich traue dem Mann nicht. Vielleicht steckt er sogar selbst hinter diesen Mails, um sich Arbeit zu verschaffen!« Zwar glaubte Susanne Fehse-Biskop nicht ernsthaft daran, aber sie wollte keine Möglichkeit ausschließen.

Ihrem Mann erschien der Verdacht gar nicht so abwegig. Leutmann legte keinen besonderen Wert auf Berufsethik. Dem Mann ging es allein um den Erfolg und damit um seinen Verdienst.

»Du hast recht! Also sollten wir Leutmann erst mal nicht tiefer hineinziehen, sondern noch einen anderen Weg einschlagen«, erklärte Uwe Biskop nachdenklich.

»Willst du eine zweite Detektei einschalten?«

Biskop schüttelte den Kopf. »Nein! Ich tue nun das, was ich schon vor ein paar Wochen hätte tun sollen: Ich wende mich an Justus Barins Institut. Es soll gut sein, habe ich gehört. In einer Zeit, in der der Computer die Welt beherrscht, ist so jemand besser als ein mit einer Knarre in der Gegend herumirrender Detektiv. Außerdem könnte hinter diesen Drohmails auch Barin selbst stecken! Vielleicht sind seine Leute bei ihren Analysen auf etwas aus unserer Vergangenheit gestoßen, und er sieht eine Chance, sich für die Sache mit seinem Buch revanchieren zu können.«

»Aber damit gibst du ihm freie Hand, unsere gesamte Existenz zu durchwühlen«, wandte Susanne Fehse-Biskop ein.

Ihr Mann schüttelte mit verbissener Miene den Kopf. »Es ist besser, wir wissen, was Barin herausfindet. Sollte er etwas verbergen, wirst du deine genialen Fähigkeiten einsetzen, um an seine Ergebnisse zu kommen. Steckt er hinter diesen Drohungen, wird es ihm so ergehen!« Mit einer blitzschnellen Bewegung klatschte Biskop beide Hände zusammen. Als er die Handflächen zeigte, klebte eine zerquetschte Fliege an ihnen.

»Aber die Drohungen sind weitaus älter als die Sache mit Barin«, erklärte seine Frau.

»Wahrscheinlich hat der erste Erpresser längst aufgegeben, und Barin und Reppert sind Trittbrettfahrer. Genau das will ich herausfinden!«

Nachdem Biskop sich einmal entschlossen hatte, kopierte er mehrere Erpresserbriefe und deren Absender samt den E-Mail-Accounts. Dann griff er zum Telefon und tippte die Nummer des Instituts ein. Es dauerte einige Augenblicke, bis sich jemand meldete.

»Hier Professor Doktor Justus Barin, Institut für zeitgeschichtliche Forschungen Augsburg.«

»Hallo Justus!«, begann Biskop. »Ich dachte, ich rufe dich mal an. Vielleicht kannst du mir einen Gefallen tun.«

»Äh? Oh ... Wer spricht da?«, hörte Biskop Barin verwirrt fragen und musste trotz seiner Anspannung grinsen.

»Biskop, Uwe Biskop«, sagte er und dachte dabei, dass Barin an seiner Stelle mit all den Titeln und Auszeichnungen angeben würde, die er erhalten hatte. Doch das hatte er nicht nötig.

»Biskop? Sie?« Zweifel schwang in Barins Stimme mit.

Biskop nahm es ihm nicht übel, denn in den letzten acht Jahren hatten sie keine zwei Worte gewechselt. Doch wenn er sich nicht allein auf Leutmanns Recherchen verlassen wollte, war er auf den Mann angewiesen.

»Ja, ich! Du nimmst mir hoffentlich die kleine Kritik, die ich damals an deinem neuen Buch geäußert habe, nicht mehr übel!« Biskop grinste erneut, denn die kleine Kritik war ein gewaltiger Verriss gewesen, der Barins Ansehen in der Wissenschaft einen harten Schlag versetzt hatte.

»Äh, ah, mmh ...«, vernahm Biskop und amüsierte sich. Er konnte sich vorstellen, welche Gefühle in Barin tobten. »Ich wende mich in einer delikaten Angelegenheit an dich, mein Freund«, erklärte Biskop. »Es kann deinem Institut etliche tausend Euro einbringen.«

»Ja? Äh ... Worum geht es denn?«

»Barin hat angebissen«, flüsterte Biskop seiner Frau zu, um dann wieder in den Hörer zu sprechen.

»Du kennst so etwas doch selbst. Ein erfolgreicher Mann hat

immer einige Trolle am Arsch – und ich bin ein sehr erfolgreicher Mann!«

»Und wie kann ich dir helfen?«, fragte Barin nun, ohne zu stottern.

»Du sollst ein paar Recherchen für mich übernehmen. Das ist doch euer Job, oder nicht?«

»Ja, das schon, aber …« Ein Seufzen klang aus dem Hörer.

Barin scheint es nicht zu gefallen, ausgerechnet von mir einen Auftrag zu bekommen, dachte Biskop, doch darauf würde er keine Rücksicht nehmen.

»Es geht um zwei Dinge. Da sind zum einen Drohmails, die ich immer wieder erhalte. Vielleicht könntet ihr die Absender ausforschen. Zum Zweiten brauche ich eine ausführliche Expertise über den Berliner Detektiv Jürgen Leutmann, seine Kontakte, seine Erfolge und so weiter. Glaubst du, ihr könntet das für mich erledigen?«

»Das klingt eher nach Schnüffelei als nach wissenschaftlicher Forschung«, wandte Barin ein.

»Ich erwarte nicht, dass du im Trenchcoat und mit Schlapphut durch Berliner Hinterhöfe schleichst.« Biskops Stimme klang herablassend. Es amüsierte ihn königlich, wie Barin sich wand, und er hielt schon den Köder bereit, den der Mann schlucken würde.

»Zwanzigtausend Euro als Anzahlung, Übernahme aller Spesen und Arbeitsstunden deiner Leute. Schließlich noch eine Prämie von weiteren zwanzigtausend Euro im Erfolgsfall, und zwar jeweils für die Troll-Mails und die Leutmann-Recherche.« Biskop wusste, dass Barin es sich nicht leisten konnte, dieses Angebot abzulehnen. Dafür stand dessen privates Institut zu schlecht da.

Es dauerte auch nur wenige Augenblicke, dann stimmte Justus Barin zu. »Also gut, ich übernehme die Sache! Aber nur auf rein wissenschaftlicher Basis!«

»Das ist doch selbstverständlich«, antwortete Biskop gelassen. »Ich schicke dir gleich eine Mail mit den Troll-Mails und -Briefen, und du schickst mir deine Bankverbindung. Die zwanzigtausend Euro stehen heute Abend auf eurem Konto.«

»Einverstanden! Ich erwarte deine Mail. Auf Wiedersehen!«

Biskop hörte Barin noch einmal seufzen und verzog spöttisch die Lippen. »Wenn es nach ihm ginge, würde er mir alles Mögliche anhängen. Doch für Geld tut der alles.«

»Du glaubst wirklich, Barin könnte Erfolg haben?«, fragte Susanne Fehse-Biskop zweifelnd.

»Er wird alles tun, um die Erfolgsprämie zu bekommen, und wenn er dafür tatsächlich im Trenchcoat und mit Schlapphut durch Berliner Hinterhöfe schleichen müsste.«

Nun, da er neben Leutmann auch Barin auf seine Verfolger angesetzt hatte, fühlte Biskop sich erleichtert. Einer von beiden hatte mit Sicherheit Erfolg. Dann würde der Drohmail-Schreiber es bedauern, sich mit ihm angelegt zu haben. Das erklärte er auch seiner Frau.

»Ich will es hoffen«, sagte sie und starrte dabei auf das Foto mit dem halb zertrümmerten Wagen, das noch immer auf dem Bildschirm zu sehen war.

3.9

Professor Barin wusste nicht, was er von Biskops Anruf halten sollte. Der Auftrag war jedoch so lukrativ, dass es Wahnsinn gewesen wäre, ihn abzulehnen. Doch warum nahm Biskop eine solche Summe in die Hand, um an Informationen zu gelangen? War es wirklich nur der Ärger über hinterhältige Mails – oder Angst? Barin beschloss, den Auftrag eigenmächtig auszuweiten und auch Biskop selbst nachspüren zu lassen. Ein Grund ließ sich leicht finden, und sei es nur, um angeblich zu überprüfen, ob einer von dessen Bekannten diese ominösen E-Mails geschickt hatte.

Als er sein Mail-Programm öffnete, um nach der Mail zu sehen, die Biskop ihm angekündigt hatte, entdeckte er eine Nachricht von Mena Reglin. Es hatte ihn schon gewundert, dass sie noch nicht im Institut erschienen war.

Sie ist hoffentlich nicht erkrankt, dachte er und rief die E-Mail auf. Er schnappte nach Luft. Sie wagte es tatsächlich, zum nächsten Ersten zu kündigen.

Ein Blick auf den Kalender bewies Barin, dass der Erste bereits nächste Woche sein würde.

»Das geht nicht!«, murmelte er. »Ich brauche die Reglin für die Biskop-Sache. Jander kann ich nicht darauf ansetzen, denn der bringt nicht einmal halb so viel heraus wie sie. Außerdem muss er die Doktorarbeit für meinen Freund pünktlich fertigstellen.«

Es dauerte, bis Barin sich so weit beruhigt hatte, dass er seine nächsten Mails anschauen konnte. Noch während er las, meldete eine blinkende Aufschrift eine neue E-Mail. Biskop. Als er die Anhänge durchsah, begriff er, warum der Mann in Sorge war. Einige der Drohbriefe hätten auch ihm schlaflose Nächte bereitet. Jetzt erinnerte Barin sich daran, dass Mena Reglin mehrmals E-Mails erhalten hatte, in denen Biskop als Verbrecher bezeichnet worden war. Sollten beide Vorgänge zusammenhängen?

»Wahrscheinlich!«, sagte er zu sich selbst und stand auf.

Er benötigte nun dringend einen Kaffee. Doch als er vor der Kaffeemaschine stand, war diese zwar am Vorabend gereinigt worden, aber leer. Da seine Bemühungen, die beiden Studentinnen zur Weiterarbeit zu bewegen, bislang erfolglos geblieben waren und Mena Reglin noch nicht erschienen war, hatte niemand Kaffee gekocht. Für Barin war dies ein harter Schlag, denn er selbst vermochte die aufwändig gestaltete Maschine, ein Geschenk eines zufriedenen Kunden aus der Industrie, nicht zu bedienen.

Verärgert kehrte er in sein Büro zurück und versuchte, sich auf seine Untersuchungen zu konzentrieren. Er ertappte sich jedoch dabei, dass er bei jedem Geräusch erwartungsvoll zur Tür blickte. Doch obwohl es laut Zeitanzeige seines Computers bereits kurz vor zehn war, ließ sich niemand blicken.

Dachte die Reglin etwa, die restlichen Tage bis zum Ersten des nächsten Monats Urlaub zu machen? Barin überlief es heiß und kalt. Ohne diese Frau konnte er Biskops Forderungen nicht erfüllen, also musste er sie mit allen Mitteln dazu bringen, diesen Job zu erledigen.

»Ohne meine Zustimmung kann sie keinen Urlaub nehmen!«, stieß er erregt aus und rief noch einmal ihre Mail auf, um ihr eine geharnischte Antwort zu schicken. Noch während er die ersten Zeilen tippte, hörte er, wie die Haustür geöffnet und wieder geschlossen wurde, und sprang auf. Als er in den Flur schaute, sah er Mena, die eben ihren Blouson in der Garderobe an einen Haken hängte.

»Da sind Sie ja endlich!«, knurrte er sie an.

»Guten Morgen, Herr Professor«, grüßte Mena kühl.

»Es ist eher schon guter Mittag! Was haben Sie sich eigentlich dabei gedacht, so spät zu kommen?«, antwortete Barin um keinen Deut freundlicher.

»Ich habe zu Hause noch meine Unterlagen zusammengestellt! Jetzt werde ich mein Büro aufräumen, damit ich es Ihnen am Letzten des Monats sozusagen besenrein übergeben kann.« Mena wollte an Barin vorbeigehen, doch er fasste sie am Arm und hielt sie auf.

»Ihre lächerliche Kündigung akzeptiere ich nicht!«

»Sie werden sie akzeptieren müssen!« Mena gab sich noch immer gelassen, obwohl sie innerlich angespannt war wie eine Stahlfeder. Diesen Kampf muss ich durchstehen, sagte sie sich und versuchte sich zu befreien.

»Sie haben nicht das Recht, so Knall auf Fall zu kündigen«,

fuhr Barin sie an. »Das wissen Sie genau! In Ihrem Arbeitsvertrag steht eine Kündigungsfrist von einem halben Jahr.«

»Es ist eine außerordentliche Kündigung!«, gab Mena etwas schärfer zurück.

»Wie wollen Sie die begründen? Damit, dass ich Sie einmal gebeten habe, Kaffee zu kochen?«

»Einmal?«, rief Mena empört.

»Nun gut, dann waren es vielleicht zwei- oder dreimal. Aber in einem kleinen Team wie dem unseren muss man auch einmal mit anpacken«, erklärte Barin, der innerlich um seine Ruhe rang. »Hören Sie mir jetzt gut zu, Frau Reglin. Wenn Sie jetzt mich und mein Institut im Stich lassen, werde ich dafür sorgen, dass Sie in der wissenschaftlichen Welt kein Bein mehr auf die Erde kriegen. Das gebe ich Ihnen sogar schriftlich!«

»Das haben Sie doch schon die ganze Zeit getan!« Menas Stimme war nun im ganzen Haus zu hören.

Wenn der Mann es auf diese Weise austragen wollte, so konnte er es haben, sagte sie sich. Notfalls half sie tatsächlich ihrer Schwester in der Boutique aus oder nahm Claudius' Angebot an, als Sekretärin für ihn zu arbeiten. Es würde sie zwar schmerzen, nicht mehr wissenschaftlich tätig sein zu können, aber sie hatte die Nase voll von ihrem aufgeblasenen Chef und dessen Protegé Jander. Außerdem erinnerte sie sich an Professor Claaßen. Wenn dieser sich für sie verwendete, fand sie vielleicht doch wieder einen brauchbaren Job.

Barin spürte, dass seine Drohung ins Leere lief, und änderte seine Taktik. »Sie können meinetwegen fristgerecht kündigen. Aber in diesem halben Jahr werden Sie noch für mich arbeiten. Ich habe eine Aufgabe für Sie, bei der Sie zeigen können, ob Sie etwas zustande bringen.«

»Ihre letzte Bemerkung ist infam!«, fauchte Mena. »Ich habe meine Arbeiten bis jetzt immer mit Erfolg abgeschlossen. Das wissen Sie genau.«

Barin ruderte zurück. »Ich wollte damit nur andeuten, dass es sich um eine sehr komplexe und diffizile Angelegenheit handelt, die großes Können, äußerstes Fingerspitzengefühl und absolute Diskretion erfordert.«

»Ich stehe aber weder als Ghostwriterin für eine Doktorarbeit noch für irgendeine zweifelhafte Sache im Dienst Ihrer Freunde zur Verfügung!« Mena hatte ihre Ruhe wiedergefunden und war bereit, das Institut notfalls umgehend zu verlassen, selbst wenn Barin toben sollte wie ein Gewittersturm.

»Das verlange ich auch nicht«, antwortete der Professor betont ruhig. »Es geht um Uwe Biskop und seine übergeschnappte Ehefrau. Sie erinnern sich an die Mails, die Sie erhalten haben? Biskop hat ähnliche bekommen und will, dass wir herausfinden, woher sie stammen.«

»Ich bin weder bei der Kriminalpolizei noch Detektivin. Diese können ihm besser helfen als ich.«

Menas Stimme klang allerdings weniger ablehnend als ihre Worte. In gewisser Weise interessierte sie alles, was mit Uwe Biskop und dessen Frau zusammenhing. Sie hatte immer noch das Bild des zerstörten Unfallautos vor Augen und hätte gerne mehr über das gewusst, was damals geschehen war.

»Neunzig Prozent der Recherche können Sie von hier aus mit Computer und Telefon erledigen«, erklärte Barin. »Aber ein- oder zweimal werden Sie auf Reisen gehen müssen.«

»Aber nicht mehr mit dem Fernbus!«, stieß Mena hervor.

»Flugzeug oder erster Klasse ICE, dazu Zimmer in besten Hotels und ein großzügiges Spesenkonto. Das sind die Bedingungen, die ich Biskop gestellt habe. Sobald die Anzahlung erfolgt ist, können Sie loslegen. Und jetzt wäre ich Ihnen dankbar, wenn Sie diesem komischen Kasten da in der Küche so etwas wie Kaffee entlocken könnten. Warum muss man in diesem Land alles so verkomplizieren?« Mit diesem Stoßseufzer wandte Barin sich ab und kehrte in sein Büro zurück.

Mena sah ihm nach und fragte sich, was geschehen sein musste, dass Professor Uwe Biskop so viel Geld lockermachte, um den oder die Absender von ein paar Troll-Mails ausfindig zu machen. Da sie ebenfalls einen Kaffee brauchte, füllte sie Wasser und Kaffeepulver auf. Während der fertige Kaffee in die Kanne floss, ging sie im Geiste die Strategie noch einmal durch, nach der sie vorgehen wollte.

3.10

Im Zimmer einer schäbigen Altbauwohnung saß eine Frau vor einem Computerbildschirm, auf dem die Homepage einer Frauenzeitschrift zu sehen war. Sie blätterte durch die Seiten, ohne wirklich zu lesen, was dort stand. Dabei markierte sie immer wieder Worte und kopierte sie in einen Editor, der die Text-Einstellungen ohne Verzerrungen beibehielt. Es dauerte eine Weile, bis sie einen Text zusammengebracht hatte, der ihren Vorstellungen entsprach. Auf dem Weg dahin rief sie mehrmals eine andere Zeitschrift oder Zeitung auf, um bestimmte Worte aus dieser zu kopieren. Im Grunde war es eine überflüssige Arbeit, denn sie hätte auch irgendeine Schriftart wählen können. Sie wollte jedoch den Bezug zu ihren früheren Briefen bewahren und Biskop zeigen, dass nichts vergessen oder vergeben war.

Schließlich atmete sie tief durch und las das, was sie zusammengetragen hatte, laut vor.

Du bist ein Schwein, Biskop, ein widerliches Schwein! Immer hast du andere benützt, um deine Ziele zu erreichen, und bist dabei vor nichts zurückgeschreckt. An deinen Händen klebt Blut! Du siehst es nicht mehr, aber ich weiß es, und ich kann es beweisen!

Was ist dir mein Schweigen wert?

»Das müsste genügen«, murmelte die Frau und sah dann auf das Gerät, das sie sich bei einem Ausflug nach Prag besorgt hatte. Es verzerrte die Internetadresse ihres Computers so stark, dass niemand herausfinden konnte, woher eine darüber abgeschickte E-Mail stammte. Außerdem verschickte es die Mails je nach Einstellung über ein Dutzend unterschiedlicher Server in Usbekistan oder einem afrikanischen Land, um jede Spur der Herkunft zu beseitigen. Dieses Ding verwendete sie nur, um ganz spezielle E-Mails abzusenden.

»Diesmal habe ich keine Angst mehr!«, sagte sie laut, um sich Mut zu machen, aktivierte das Gerät und schickte die E-Mail los. »Ich gebe nicht wieder im letzten Augenblick auf! Diesmal muss er für alles zahlen, was er mir angetan hat.«

Eine Weile schwelgte sie in der Vorstellung, was sie mit all dem Geld anfangen würde. Auf jeden Fall würde sie sich eine bessere Wohnung zulegen, nicht zur Miete wie diese, und auf jeden Fall in einem anderen Land, in dem sie ihre Vergangenheit abstreifen konnte wie ein altes Kleid. Dort würde man sie nicht mehr scheel ansehen, weil sie im Gefängnis gesessen hatte, und sie würde endlich wie eine Made im Speck leben und es genießen, reich zu sein. Noch war sie nicht zu alt, um nicht doch noch einen Zipfel des Glücks fassen zu können. Vielleicht würde sie dann auch endlich vergessen, dass er sie benutzt und dafür auch noch verleumdet hatte.

Während sie ihre E-Mail noch einmal durchlas, fiel ihr auf, dass sie vergessen hatte, ihm mitzuteilen, wie er ihr antworten konnte. Doch das hatte Zeit. Erst sollte er in seinem Saft schmoren und für all das büßen, was er ihr angetan hatte.

3.11

Alice Blair war nach Frankfurt zurückgekehrt, und in gewisser Weise schien es ihr, als sei sie nicht fort gewesen. Doch sie hatte einen ersten Erfolg zu verzeichnen, denn sie war nun mit Biskop und dessen Frau persönlich bekannt. Sie konnte diese sogar in ihrem Heim bei Augsburg aufsuchen, wenn sie es unter dem Vorwand tat, einen Bericht über das Paar zu erstellen. Vor allem aber hatte sie ihren ersten Zug in dem großen Spiel gemacht, das die beiden zu Fall bringen sollte.

»Sehr gut!«, sagte sie lächelnd, wurde dann aber wieder ernst und holte eine Aktenmappe aus dem Schreibschrank. Als sie diese aufschlug, kam als Erstes das Bild des Unfallautos zum Vorschein, und sie kämpfte mit den Tränen. Rasch blätterte sie um und las den Bericht des Notarztes, der als Erster an den Unfallort gekommen war und die Versorgung von Jan Reppert und der schwer verletzten Frau übernommen hatte. Ein paar Stellen hatte sie angestrichen. Sie musste sie nicht lesen, sie kannte sie auswendig.

»Die beiden Verunglückten hätten gerettet werden können, wenn der Unfall früher gemeldet worden wäre«, rezitierte sie. »Obwohl zwischen dem Zeitpunkt des Unfalls und dem Auffinden der Verletzten mehr als vier Stunden lagen, waren beide noch am Leben, verstarben dann aber auf dem Weg ins Krankenhaus.«

Weiter unten stand eine Zeile im Obduktionsbericht, die Alice immer noch nicht begriff. Angeblich hatten sich sowohl Julia Gschwendle wie auch Jan Reppert nach dem Unglück noch einmal heftig bewegt und sich dabei erst die tödlichen Verletzungen zugezogen. Den Aufnahmen nach, die über verschiedene Wege in ihren Besitz gelangt waren, saßen beide angeschnallt auf dem Fahrer- bzw. auf dem Beifahrersitz. Wie sie sich da noch heftig hatten bewegen können, war Alice ein Rätsel. Ein weiteres Mysterium war die Tatsache, dass der Wagen im Bereich der Vordersitze weit weniger beschädigt gewesen war als hinten. Dort hatte die Polizei einige Blutspuren entdeckt, die von den beiden Verunglückten stammten und daher während des Unfalls dorthin gekommen sein mussten.

Vor Alices inneren Augen entstand nun wieder das Bild, an das sie sich erinnern konnte. Es war ein völlig intakter Wagen, in den vier fröhliche, junge Menschen eingestiegen waren. Fünf Stunden später waren zwei von ihnen tot gewesen, und in ihrer Erinnerung echote wieder jener entsetzte Ausruf: »Sie haben sie umgebracht!«

Mit einem Mal rannen Alice die Tränen wie Bäche über die Wangen, und sie benötigte mehrere Papiertaschentücher, bis sie die Augen getrocknet hatte. Sie musste die Wahrheit herausfinden und erfahren, was in jener Nacht tatsächlich geschehen war. Dann erst würde sie innerlich zur Ruhe kommen.

Als sie weiter in der Mappe blätterte, kam sie zu der Aussage der beiden Personen, die sie mit den anderen in den Wagen hatte einsteigen sehen und die angeblich gar nicht darin gewesen waren. Beide hatten erklärt, sie hätten zwar zu viert gefeiert, sich dann aber entschieden, ein Taxi zu nehmen, weil es ihnen zu gefährlich gewesen wäre, mit dem betrunkenen Jan Reppert zu fahren. Doch genau dieser Jan Reppert und die ebenfalls tödlich verunglückte Frau waren ihres Wissens nach hinten eingestiegen, und der zweite Mann hatte sich ans Steuer gesetzt.

»Du bist ein Lügner, Uwe Biskop, und ich werde die Wahrheit herausfinden!«, sagte sie, schloss die Mappe und legte sie zurück in den Schrank. Dann setzte sie sich an ihren Computer, loggte sich ein und schrieb eine E-Mail, die einen so verschlungenen Weg nehmen würde, dass niemand sie bis zu ihr zurückverfolgen konnte. Gleichzeitig beschloss sie, den Druck auf Biskop zu erhöhen, indem sie jenen Artikel in einer Zeitung in den USA erscheinen ließ, den sie für diesen Zweck vorbereitet hatte.

4

4.1

Mena beugte sich vor, als ein etliche Jahre alter Bericht auf ihrem Monitor erschien, in dem Biskop mit ihrem Chef Barin in Verbindung gebracht wurde. Es ging um die Rezension eines Sachbuchs, das Barin geschrieben und welches Biskop mit Genuss zerpflückt hatte. Da sie Barins Eitelkeit kannte, war ihr klar, wie schwer ihn dies getroffen haben musste. Zwar wären seine Fehler, wie Mena herausfand, mit etwas sorgfältigerer Recherche zu vermeiden gewesen. Dennoch war das Buch zum überwiegenden Teil gut und brachte neue Aspekte, die bislang niemand beachtet hatte.

Der Spalt zwischen Himmel und Hölle in der Wissenschaft war jedoch äußerst schmal. Von einer Koryphäe wie Biskop auf diese Weise kritisiert zu werden hatte Barin einiges an Reputation gekostet. Womöglich war das sogar der Grund, weshalb er jetzt diesem kleinen, nachrangigen Institut vorstand und selbst darin mitarbeiten musste.

Gegen ihren Willen empfand Mena Mitleid mit ihrem Chef. Es musste demütigend für ihn sein, dass Biskop ihm diesen Nachforschungsauftrag erteilt hatte.

Sofort korrigierte sie sich. »Die Nachforschungen stelle ich an, und ich lasse mich weder von solch alten Geschichten noch von sonst etwas beeinflussen!« Mit diesem Vorsatz nahm sie sich die ermittelten Unterlagen intensiv vor.

Kurz darauf trat Barin in ihr Büro. »Eben ist eine E-Mail von Biskop eingegangen. Er hat zwei weitere Drohmails erhalten, und nun wird es richtig kriminell. Jemand will Geld von ihm. Sie sollen daher folgenden Personen bevorzugt nachspüren: Jürgen Leutmann, Detektiv, und Jens Reppert, Politiker.«

»Wäre es nicht besser, wenn Professor Biskop die E-Mails direkt an mich schickt?«, fragte Mena, der es nicht passte, dass ihr Vorgesetzter sich zwischen sie und den Auftraggeber gesetzt hatte.

»Sie bekommen doch alles sofort von mir«, antwortete Barin brüsk und verschwand wieder.

Mena sah ihm kurz nach und sagte sich, dass in spätestens einem halben Jahr mit dieser Arbeitsweise Schluss sein würde. Bis dorthin standen ihr weitere Urlaubstage zu, so dass sie den letzten Monat frei hatte und sich, wenn sie bis dorthin nichts gefunden hatte, ganz auf die Suche nach einem neuen Job konzentrieren konnte. Außerdem würde die Prämie, die Barin ihr versprochen hatte, ihr über zwei bis drei zusätzliche Monate Wartezeit hinweghelfen.

Angesichts dieser Aussichten wurde sie ruhiger und sammelte Bericht um Bericht. Da sie schon etliches über Jens Reppert archiviert hatte und sich nicht vorstellen konnte, dass dieser so primitive Drohmails schrieb, konzentrierte sie sich zunächst einmal auf das Umfeld von Biskop und seiner Frau. Auch den Detektiv ließ sie noch außen vor. Um den wollte sie sich kümmern, wenn er im Zusammenhang mit dem Wissenschaftlerpaar auftauchte.

Schon bald stieß sie auf den Streit zwischen Biskop und Gadow. Letzterer hatte einige Zeit unter Biskop gearbeitet und diesem vorgeworfen, ihm eine bahnbrechende Erfindung gestohlen zu haben. Die Sache war damals rasch niedergeschlagen worden, und Wilfried Gadow hatte nach Amerika übersiedeln müssen, weil er in Deutschland keine adäquate Stelle mehr gefunden hatte.

»Wilfried Gadow! Dieser Sache sollte ich auch nachgehen«, sagte Mena sich und legte einen entsprechenden Dateiordner an. Sie richtete ihr Augenmerk wieder auf Uwe und Susanne Biskop. Beide waren sehr medienpräsent. Über das Studium der beiden in den USA entdeckte Mena rasch Dutzende Berichte und Bilder, und sie fand auch viel über seine Zeit als erfolgreicher Wissenschaftler in Deutschland und jenseits des Teiches. Seine Herkunft aus Vechta wurde jedoch nur ein einziges Mal in einem Nebensatz erwähnt, den ein Reporter eingefügt hatte. Von seiner Zeit dort und seinem Studium an der Hochschule in Vechta gab es kaum einen Eintrag. Dabei war Biskop, wie sie wusste, ein enger Freund von Jan Reppert gewesen und hatte ihren Recherchen in Vechta zufolge einiges mit diesem zusammen auf die Beine gestellt.

»Wieso verschweigt ein Mann, der sonst so stark die Öffentlichkeit sucht, ausgerechnet seine Jugend?«, murmelte sie vor sich hin.

Sie wusste keine Antwort darauf und beschloss, den Stier bei den Hörnern zu packen. Auf den Mails, die Barin ihr weitergeleitet hatte, war Biskops Telefonnummer vermerkt. Kurz entschlossen griff sie zum Hörer und wählte. Es dauerte einen Augenblick, dann meldete sich eine Frauenstimme, die in Mena die Assoziation eines schleichenden Tigers weckte.

»Hier Susanne Fehse-Biskop. Sie wünschen?«

»Mein Name ist Mena Reglin, und ich arbeite im Institut von Professor Barin. Ich habe den Auftrag, für Herrn Professor Biskop einige Nachforschungen anzustellen. Daher würde ich Ihren Mann gerne persönlich sprechen. Vielleicht hat er bereits einen Verdacht, dem ich nachgehen könnte.«

»Mein Mann hat Barin bereits alles mitgeteilt, was wir wissen«, antwortete die Tigerstimme.

So einfach ließ Mena sich nicht abwimmeln. »Trotzdem halte ich ein Gespräch für hilfreich. Es geht hier um das persönliche Verhältnis Ihres Mannes zu Dr. Wilfried Gadow, Herrn Jens Reppert und einigen anderen.«

»Das sind Neidhammel, die uns den Erfolg nicht gönnen!«, antwortete Susanne Fehse-Biskop abweisend.

Da mischte sich eine angenehm klingende Männerstimme ins Gespräch. »Hallo, hier spricht Biskop! Entschuldigen Sie bitte meine Frau. Sie ist sehr ungehalten wegen dieser unerklärlichen E-Mails. Natürlich können Sie gerne zu uns kommen. Seien Sie mir nicht böse, aber ich würde doch gerne wissen, welchen seiner Mitarbeiter Herr Professor Barin mit den Untersuchungen beauftragt hat.«

»Ich verstehe Ihre Gattin voll und ganz und wäre an ihrer Stelle ebenfalls verärgert«, erklärte Mena. »Auf jeden Fall freue ich mich, dass Sie sich für mich Zeit nehmen. Wann wäre es Ihnen recht?«

»Sagen wir in zwei Stunden, so gegen fünf. Ich habe bis neunzehn Uhr Zeit, danach müssen meine Frau und ich zu einem Empfang beim Vorsitzenden der schwäbischen Industriellenvereinigung. Es wird sicher eine todlangweilige Angelegenheit, aber in meiner Position bin ich leider verpflichtet, solche Termine wahrzunehmen.«

Biskop klang zuletzt ein wenig kokett, fand Mena. Wie es aussah, liebte er es, sich als etwas Besonderes darzustellen. Ihre aufkeimende Sympathie für den Mann erhielt einen Dämpfer.

»Gerne, Herr Professor! Ich werde pünktlich da sein.«

»Ich freue mich. Auf Wiedersehen!«

Biskop legte den Hörer aus der Hand und sah seine Frau mit einem vorwurfsvollen Blick an. »Der Wunsch dieser Mitarbeiterin nach einem privaten Gespräch kommt mir durchaus entgegen. Über sie finden wir heraus, wie Barin über uns denkt.«

»Nicht gerade gut, nehme ich an«, antwortete Susanne Fehse-Biskop. »Ich werde bei dem Gespräch dabei sein!«

Der Satz klang scharf, denn sie hatte nicht vergessen, dass ihr Mann der amerikanischen Journalistin den einen oder anderen bewundernden Blick zu viel geschenkt hatte. Mena Reglin hörte sich ebenfalls jung an und war womöglich auch recht hübsch.

4.2

Als Mena kurz nach vier ihr Büro verließ, warf Professor Barin einen erstaunten Blick aus seinem Zimmer heraus.

»Sie machen schon Feierabend?«, fragte er ungehalten.

»Nein, ich fahre zu Professor Biskop, um die ganze Sache mit ihm zu bereden. Das Gespräch wird wohl etwas länger dauern, so dass ich heute vielleicht sogar noch Überstunden machen muss, obwohl ich etwas später gekommen bin. Ach ja, etwas anderes: Was ist denn eigentlich mit Herrn Jander? Den sieht man hier gar nicht mehr!«

»Herr Doktor Jander arbeitet derzeit zu Hause«, erklärte Barin, wobei er den Doktor besonders betonte.

»Das ist sehr gut, denn damit habe ich die Datenleitung für mich allein. Ich werde in den nächsten Tagen etliches recherchieren müssen. Haben Sie übrigens Tess und Isa dazu gebracht, wiederzukommen? Mir fiel auf, dass die Kaffeemaschine heute Morgen sauber war.«

»Isa konnte ich überreden. Tess wollte leider nicht mehr.« Barin klang gekränkt, weil die junge Studentin sich lieber einen anderen Doktorvater suchte, als weiter für ihn zu arbeiten.

»Da Isa ihre Hände derzeit nicht braucht, um Herrn Doktor Janders Pfoten von ihrem Hintern fernzuhalten, wird sie die Arbeit wohl eine Weile allein bewältigen.« Mena entging nicht, dass die Studentin bei diesen Worten aus der Küche herausschaute und ihr zuzwinkerte.

Im Gegensatz zu ihr wirkte Barin, als müsse er eine australische Giftkröte hinunterwürgen. Es hatte ihn einiges an Überredung gekostet, bis Isa sich bereit erklärt hatte weiterzuarbeiten, und sie hatte ihm gedroht, sofort alles stehen und liegen zu lassen, wenn Jander noch einmal aufdringlich würde. Daher war Barin froh, dass sein Mitarbeiter derzeit zu Hause arbeitete. Auf Dauer war dies zwar keine Lösung, und er wusste noch nicht, was er tun sollte, falls Jander sich wieder danebenbenahm.

»Ich muss jetzt los, sonst komme ich zu spät zu Biskop. Das würde einen schlechten Eindruck von unserem Institut hinterlassen. Bis morgen, Herr Professor!«

Mena ging lächelnd zur Tür, öffnete sie und trat ins Freie. Da Biskop die Spesen übernehmen wollte, hatte sie einige Augenblicke lang damit geliebäugelt, ein Taxi zu nehmen. Aber dann musste sie das Geld aus eigener Tasche vorstrecken und würde sich dumm anreden lassen müssen, wenn sie es von ihrem Chef zurückforderte. Daher entschied sie sich für den Bus.

Gut zehn Minuten vor der vereinbarten Zeit erreichte sie Biskops feudale Villa. Das Grundstück war selbst für die Verhältnisse in diesem Viertel riesig, und Mena nahm nicht an, dass Biskop den Rasen in dem fast dreitausend Quadratmeter großen Garten selbst mähte. Sie zählte vier Garagen. Eine stand offen, und sie sah den gelben Sportflitzer, den Susanne Fehse-Biskop meistens fuhr. Von den drei anderen Autos kannte sie ebenfalls die Marken, und keines zählte zu einer Kategorie, die für Otto Normalverbraucher erschwinglich war.

Auch die Nachbarschaft gehörte nicht gerade zu den Hartz-4-Empfängern. Es waren Chefärzte dabei, Industrielle, aber auch hochrangige Politiker, die alle sehr gut verdienten, auch wenn keiner es so deutlich heraushängen ließ wie Biskop. Allerdings gab es auch niemanden, der mit ihm mithalten konnte. Zwar kannte Mena nicht die genauen Zahlen, doch allein seine bedeutendste Erfindung brachte ihm angeblich mehrere Millionen Euro pro Jahr ein. Dafür lebten er und seine Frau beinahe schon bieder.

Als ihre Uhr die volle Stunde anzeigte, trat Mena an den Metallgitterzaun des Vorgartens und läutete. Wenig später öffnete sich, von einem leise summenden Elektromotor angetrieben, das Tor, und sie konnte eintreten. Biskop, der in einen hellblauen Trainingsanzug gekleidet war und ein Schweißband um die Stirn trug, erwartete sie an der Tür.

»Guten Tag!«, grüßte er und reichte ihr die Hand.

Mena fand ihn irgendwie imponierend. Auch wenn er kein öffentliches Amt ausübte, war er ein Mann, der Macht über andere Menschen ausübte. Ein Wort von ihm konnte Karrieren fördern oder auch zerstören, so wie es bei Wilfried Gadow und in gewisser Weise auch bei Justus Barin der Fall gewesen war. Dieser Gedanke ernüchterte sie und half ihr, sich gegen Biskops Anziehungskraft zu wappnen.

»Guten Tag! Ich bin Mena Reglin von Professor Barins Institut für zeitgeschichtliche Forschungen«, sagte sie und trat hinter Biskop ins Haus.

Bereits die Garderobe war größer als ihr Wohnzimmer und so gestaltet, dass mehrere Dutzend Gäste ihre Mäntel aufhängen konnten. Der Flur, durch den Biskop sie führte, war ebenfalls riesig. Einige sicher sehr teure Bilder hingen an der Wand, wirkten aber so, als wären sie auf gut Glück gekauft worden. Als Mena bei einem die Signatur überflog, begriff sie, dass ihr Gastgeber wirklich nur das Allerbeste angeschafft hatte.

Ihr Eindruck setzte sich in dem riesigen Wohnzimmer fort. Tisch, Stühle, Schrank und Anrichte waren wertvolle altenglische Möbel. Dazu passten die Antiquitäten, die ohne erkennbares Schema aufgestellt worden waren. Die indische Tempelfigur der sechsarmigen Kali schien aus kompaktem Silber zu bestehen. Auch den großen Buddha, der in einer Nische stand, und das gotische Altarbild an der Rückwand hatte Biskop gewiss nicht für zwei Euro fünfzig bekommen.

Dieses Heim war eines Mannes wie Biskop würdig, fuhr es Mena durch den Kopf. Nun wunderte sie sich noch weniger, dass dieser Neid hervorrief, der sich in jenen Drohungen austobte, welchen sie nachspüren sollte.

»Was wollen Sie trinken?« Biskops Frage beendete Menas Besichtigung, und sie wandte sich ihm zu.

»Mir reicht ein Glas Wasser.«

Biskop füllte ein Glas mit einem teuren Mineralwasser. »Sie werden sich vielleicht wundern, dass wir kein Hauspersonal haben, doch meine Frau und ich sind es gewohnt, uns in vielen Dingen selbst zu helfen.«

Das, was Mena über Susanne Fehse-Biskop gehört hatte, passte nicht zu der Vorstellung, diese würde sich selbst an den Herd stellen. Sie sagte jedoch nichts, sondern nahm das Glas entgegen und trank einen Schluck.

»Das Mineralwasser stammt aus Island und weist durch das vulkanische Gestein der Insel eine besondere mineralische Komponente auf. Meine Frau meint zwar, es würde nach Asche schmecken, doch das ist in meinen Augen übertrieben.«

»Lass Frau Reglin erst einmal probieren, damit sie selbst sagen kann, ob es stimmt. Ich ziehe jedenfalls Mineralwasser aus einer bestimmten Quelle in den Abruzzen vor.«

Unbemerkt von Mena hatte sich die Tür zu einem Nebenraum geöffnet, und Susanne Fehse-Biskop trat ein. Dabei gab sie den Blick in ein Zimmer frei, das eine Sammlung erotischer Kunstwerke enthielt, welche Mena in ihrer Deutlichkeit schockierten.

Auch diese Tür wurde von einem Elektromotor gesteuert, denn sie schloss sich lautlos, während Biskops Ehefrau es sich auf einem Sessel bequem machte. Susanne Fehse-Biskop trug ein hautenges Trikot aus einem schwarzen Mikrofaserstoff, der ihre blonden Locken besonders betonte, und war barfüßig.

Mena fand ihre Gastgeberin so schlank und wohlproportioniert, dass sie beinahe neidisch wurde, obwohl auch sie nicht gerade zu den Pummeln gehörte. Zudem verströmte Susanne Fehse-Biskop eine Sinnlichkeit, die nicht allein von ihrer Kleidung herrührte, welche jedes Detail ihres Körpers abbildete, sondern von innen heraus kam.

Auf jeden Fall waren Susanne Fehse-Biskop und ihr Mann keine gewöhnlichen Leute, sondern Menschen, denen der Erfolg förmlich in die Wiege gelegt worden war. Mena empfand zwar keinen Neid, kämpfte aber gegen das Gefühl an, beiden in vielen Dingen unterlegen zu sein.

»Nun, schmeckt das Wasser nach Asche oder nicht?«, fragte Susanne Fehse-Biskop.

Mena nahm noch einen Schluck und schüttelte den Kopf. »Es schmeckt zwar stark mineralisch, aber von Asche spüre ich nichts.«

»Es hat nicht jeder meinen vorzüglichen Geschmackssinn«, antwortete die Hausherrin herablassend. »Letztens habe ich einen Film über die Geschichte des Gewürzhandels gedreht und konnte dabei den Unterschied zwischen Muskatsorten aus Indonesien und solchen aus Malaysia herausschmecken.«

»Das könnte ich nicht«, gab Mena zu und setzte sich ebenfalls.

Biskop füllte seiner Frau ein Glas ihres Mineralwassers, während er sich selbst das isländische eingoss. »Wir sollten nun zum Thema kommen. In einer guten Stunde müssen meine Frau und ich uns umziehen und fahren.«

Seine Worte halfen Mena, sich zu konzentrieren. Sie zog eine Mappe aus ihrer Umhängetasche und schlug sie auf. »Ich habe die von Ihnen erhaltenen Troll-Mails analysiert und bin zu dem Ergebnis gekommen, dass sie von mindestens zwei Personen stammen müssen«, erklärte sie.

»Gleich zwei?«, fragte Biskop verwundert.

»Es könnten sogar mehr sein«, fuhr Mena fort. »Der Duktus ist unterschiedlich und weist auf mindestens zwei Absender hin. Die Wortwahl und teilweise sogar der Satzbau sind anders. Nicht einmal einem Spezialisten könnte gelingen, dies zu fingieren.

Es gäbe immer Eigenheiten, an denen man ihm auf die Spur kommen würde.«

»Mich interessiert weniger Ihre Theorie als vielmehr, wer diese Leute sind«, unterbrach Biskop Menas Vortrag.

»Das herauszufinden wird nicht leicht sein. Ich habe versucht, den Weg zweier unterschiedlicher Mails zu verfolgen, bin aber bei einem Absender nur bis zu einem Server in Nairobi beziehungsweise in Usbekistan und bei dem zweiten bis Mexiko gekommen. Danach ging es nicht weiter.« Mena lächelte beklommen, denn sie hätte Biskop gerne einen ersten Erfolg geliefert.

»Usbekistan und Mexiko sind nicht gerade Nachbarstaaten«, wandte Susanne Fehse-Biskop ein.

»Das ist wohl wahr, und die Mails wurden auch mit unterschiedlichen Editoren geschrieben«, erklärte Mena weiter. »Beide Absender haben unterschiedliche Maßnahmen getroffen, um zu verhindern, dass man die Mails zurückverfolgen kann.«

»Mit anderen Worten: Sie haben überhaupt nichts herausgefunden. Sehe ich das richtig?«, fragte Susanne Fehse-Biskop scharf.

»Ich habe mit meiner Analyse gerade erst begonnen! Ich muss schließlich auch wissen, was ich erforschen soll.« Mena klang schroff, denn sie hatte in ihren Augen alles getan, was in dieser kurzen Zeit möglich gewesen war.

»Glauben Sie, dass Sie mehr erreichen werden?«, fragte Uwe Biskop mit einer gewissen Anspannung.

»Wenn es sich bei den Absendern um Menschen aus Ihrer Vergangenheit handelt, müsste ich sie früher oder später identifizieren können. Doch dafür brauche ich Ihre Hilfe, sonst stochere ich im Nebel herum.«

»Das verstehe ich!« Biskop schien einen Augenblick unsicher, dann aber stand er auf und verließ den Raum. Als er zurückkehrte, hielt er einen DIN-A4-Umschlag in der Hand.

»Diese Drohbriefe habe ich nach meiner Rückkehr aus den

USA bekommen. Damals habe ich den Detektiv Jürgen Leutmann auf den Schreiber angesetzt, doch er hat nicht viel herausgefunden.«

»Darf ich?« Mena streckte die Hand nach dem Kuvert aus. Biskop reichte es ihr, und sie zog mehrere bereits etwas vergilbte Blätter daraus hervor. Die Sätze darauf waren aus Worten zusammengesetzt, die jemand aus Zeitschriften ausgeschnitten und aufgeklebt hatte.

»*Du bist ein Schuft und wirst dafür bezahlen*!«, las Mena laut vor.

Du wirst keine Ruhe vor mir bekommen, bevor du mir nicht eine Million gezahlt hast!

Glaube nicht, ich hätte nicht gemerkt, dass du eine Schnüffelnase auf mich angesetzt hast. Aber das wird dir nichts helfen!

»Das war der letzte Brief in jener Zeit. Wir haben damals in Berlin gelebt, und die Briefe waren auch dort abgestempelt worden. Leutmann glaubte sogar den Briefkasten entdeckt zu haben, in den der Erpresser seine Drohbriefe eingeworfen hat. Aber irgendwie hat der Kerl wohl bemerkt, dass ihm nachgespürt wurde, und die Sache hörte für ein paar Jahre auf«, erklärte Biskop und wies dann auf mehrere Briefe, die mit einem Computer erstellt worden waren und ebenfalls in dem Umschlag gelegen hatten.

»Diese hier stammen von einem Mann namens Wilfried Gadow. Er war damals mein Assistent und hat später behauptet, ich hätte ihm seine Erfindung gestohlen. Unsinn! Damals hatte ich eine Menge Ärger mit ihm. Da er mir bei der einen oder anderen Versuchsreihe geholfen hatte, habe ich ihm eine Beteiligung angeboten, aber er wurde so unverschämt, dass jegliche Einigung illusorisch war. Man hat ihn später wegen dieser und einiger anderer Vorfälle entlassen. Nun arbeitet er in den USA, soll aber, wie ich von Leutmann erfahren habe, vor kurzem nach Deutschland zurückgekommen sein. Deshalb glaube ich, dass die Droh- und Erpressungsmails von ihm stammen.«

Biskops Erklärung klang schlüssig, fand Mena. Dennoch wollte sie dieser Angelegenheit nachspüren. »Sie sagen, Gadow hätte sich längere Zeit in den USA aufgehalten?«

»Ja«, antwortete Biskop.

»Damit könnte diese Erpressermail von ihm stammen!« Mena legte den Ausdruck mit dem Unfallfoto vor. »Im Text finden sich Formulierungen, die eher im Englischen als im Deutschen gebräuchlich sind!«

»Also doch Gadow!« Biskops Miene wurde so hart, dass Mena dessen Gegner unwillkürlich bemitleidete. Wie es aussah, war ihr Gastgeber kein Mann, der sich ungestraft bedrohen ließ.

»Wie gesagt, es ist nur ein Verdacht! Es ist noch nichts bewiesen. Da Sie selbst ebenfalls einige Zeit in Amerika gelebt haben …«

»… hat mein Mann sich diese Mails sicher nicht selbst geschickt«, warf Susanne Fehse-Biskop ein.

»Das meinte ich auch nicht!«, antwortete Mena kühl. »Ihr Mann kann sich auch dort den einen oder anderen zum Feind gemacht haben. Er hat erfolgreich in den Staaten studiert, und nicht jeder hält es gut aus, wenn ein Ausländer besser ist als er selbst. Da es zudem um Auszeichnungen und Stipendien ging, könnte Professor Biskops Erfolg der Karriere eines anderen Studenten nicht gutgetan haben.«

»Das kann ich mir nun gar nicht vorstellen«, wandte Biskop ein. »Ich habe zwar damals auf der Uni in Boston meine ersten Patente anmelden können, aber die waren nicht so bedeutend, dass sie jemanden dazu bewegen könnten, mich zwanzig Jahre später deswegen zu bedrohen.«

»Ich bin Analytikerin und muss jede Möglichkeit ins Auge fassen, so unwahrscheinlich sie auch erscheint. Kann ich diese

Briefe haben?« Mena wies auf das Kuvert, in das sie alles wieder verstaut hatte.

Im ersten Impuls wollte Biskop es ihr hinschieben, entschied sich dann doch anders. »Ich werde sie Ihnen kopieren. Die Originale möchte ich behalten, denn ich will nicht, dass sie irgendwo verloren gehen.«

Mena überlegte kurz, sagte sich dann aber, dass die Originale nach so langer Zeit nicht besser auszuwerten waren als Kopien, und nickte.

»Die Briefe würden zwar in unserem Institut nicht verloren gehen, aber ich bin auch mit Kopien zufrieden.«

»Dann erledige ich das!« Biskop verließ den Raum.

Susanne Fehse-Biskop rekelte sich lasziv in ihrem Sessel und musterte Mena mit einem prüfenden Blick. Obwohl sie selbst Wissenschaftlerin war, lag ihr mehr an den angenehmen Seiten des Lebens als an harter, analytischer Arbeit. Genau das aber schien Mena Reglins Stärke zu sein. Dabei war die junge Frau äußerst hübsch und hätte mit einem gewissen Einsatz ihrer körperlichen Vorzüge mit Sicherheit einen besseren Job als den in Justus Barins Institut finden können.

Menas Haar war eher nachlässig frisiert, und bei ihrer Kleidung schien sie der Bequemlichkeit den Vorzug zu geben. Und doch übte sie einen Reiz aus, der Susanne elektrisierte. Einen Augenblick lang überlegte sie, die Bekanntschaft mit Mena zu vertiefen und mit der Zeit auf die sexuelle Ebene zu verlagern. Anders als bei Alice Blair konnte sie sich eine Beziehung vorstellen, an der auch ihr Mann teilhaben konnte. Die junge Amerikanerin hatte etwas, was sie nicht in Worte fassen konnte, was aber nach Gefahr roch. Bei Mena hingegen war sie sicher, stets die Oberhand zu behalten.

Susanne Fehse-Biskop wollte das Gespräch bereits in diese Richtung lenken, aber da kehrte ihr Mann zurück und reichte Mena einen unbeschrifteten Umschlag.

»Hier sind die Kopien! Sie sehen aus wie echt, denn unser Scanner gehört zu den besten, die es auf dem Markt gibt.«

»Das freut mich für Sie«, sagte Mena und dachte wehmütig an das in die Jahre gekommene Equipment im Institut, dem eine Runderneuerung guttun würde. »Doch bevor ich es vergesse. Wir dürfen auch Ihre Herkunft nicht außer Acht lassen. Könnte es da nicht jemanden geben, der glaubt, mit Ihnen ein Hühnchen rupfen zu müssen?« Sie hoffte, nun mehr über Biskops Zeit in Vechta zu erfahren, doch der winkte mit einem kurzen Lachen ab.

»Da gibt es mit Sicherheit niemand! Aber jetzt müssen wir Sie verabschieden, denn wir sollten uns umziehen.«

»Danke, dass Sie sich für mich Zeit genommen haben«, erwiderte Mena und stand auf. »Auf Wiedersehen! Ich melde mich bei Ihnen, sobald ich mehr weiß.«

»Ich bin gespannt auf das, was Sie uns liefern werden. Aber darf ich Ihnen vorher noch einen Rat mit auf den Weg geben: Justus Barin ist nicht gerade ein Freund meines Mannes und sollte daher nicht in Ihre Ergebnisse eingeweiht werden.« Susanne Fehse-Biskop setzte ein Lächeln auf, das die Besucherin an eine Tigerin erinnerte, die kurz davor stand, ihre Beute zu schlagen. Daher war Mena froh, als sie das Haus verlassen konnte.

Die Hausherrin sah ihr durch das Wohnzimmerfenster nach und wandte sich dann an ihren Mann. »Vielleicht sollten wir Barins Institut aufkaufen und für uns verwenden. Mena Reglin scheint eine sehr fähige Person zu sein und könnte noch wertvoll für uns werden.«

»Auf jeden Fall hat sie herausgefunden, dass Gadow einer der Erpresser sein muss. Ich frage mich nur, wie der Mann auf diese alte Sache gestoßen ist«, fragte Biskop kopfschüttelnd.

»Ich tippe auf Jens Reppert! Die beiden müssen miteinander in Kontakt gekommen sein und versuchen jetzt, uns zu schaden«, antwortete seine Frau mit hassverzerrtem Gesicht.

Biskop lachte leise auf. »›Versuchen‹ ist das richtige Wort! Gelingen wird es ihnen nicht, dafür sorge ich schon. Wozu haben wir Zugriff auf die meisten Rechner der Republik? Allerdings dürfen eventuelle Manipulationen nicht bis zu uns zurückverfolgt werden können.«

»Das werden sie nicht«, antwortete seine Frau mit unerschütterlichem Selbstvertrauen. »Du kennst mich doch! Ich bin noch besser geworden. Allerdings sollten wir die kleine Schnüfflerin enger an uns binden. Mit der Unterstützung dieser Person bringe ich jeden Computer dazu, genau das auszuspucken, was wir wollen.«

»Du willst Barin Mena Reglin abspenstig machen?«, fragte Biskop.

Seine Frau lachte leise. »Ich will sie vielleicht sogar in unser Bett holen. Ganz sicher ist sie keine Frau, die man allein mit Geld locken kann, also müssen wir ihr etwas bieten. Allerdings sollten wir sie überwachen. Sie ist doch recht gescheit, und wenn sie Dinge herausfindet, die uns schaden können, mag sie sich für die falsche Seite entscheiden. So, jetzt müssen wir uns wirklich beeilen, sonst kommen wir zu spät. Wenn wir zurück sind, erkläre ich dir, was ich vorhabe.«

4.3

Wilfried Gadow fühlte sich nicht wohl in seiner Haut und bedauerte längst, nach Deutschland zurückgekehrt zu sein. Er hätte daran denken müssen, wie angesehen Uwe Biskop in seinem Heimatland war. Sein Versuch, seine Geschichte bei einer der großen Boulevardzeitungen unterzubringen, war ebenso gescheitert wie der, Alice Blair für diese Sache zu interessieren. Niemand wollte es auf eine Schadensersatzklage von Uwe Biskop ankommen lassen, denn der

Mann galt als genialer Wissenschaftler und war daher sakrosankt.

»Dabei ist er nur ein elender Dieb!«, stieß Gadow wütend hervor. Doch was half ihm das fast zwanzig Jahre danach? Er hätte zu jener Zeit klüger sein und Biskops Angebot mit einem Viertel der Patenterlöse annehmen sollen. Dann würde auch er jetzt in Geld schwimmen und müsste nicht zusehen, wie das Konto, das er sich hier in Berlin eingerichtet hatte, mehr und mehr zusammenschmolz. An diesem Tag hatte Leutmann sich erneut kräftig bedient, dabei hatte er noch nichts Konkretes herausgefunden.

»Ich kann mir diesen Detektiv nicht viel länger leisten«, stöhnte Gadow. »Wenn er bis Ende der Woche keine Ergebnisse liefert, muss ich aufgeben.«

Der Gedanke schmerzte Gadow fast noch mehr als das bislang vergeblich eingesetzte Geld, und er überlegte verzweifelt, was er nun tun sollte. Dabei dachte er an Biskops damaliges Angebot zurück. Zumindest den Anteil war der Betrüger ihm schuldig.

Entschlossen startete er seinen Laptop, rief das Mailprogramm auf und tippte Uwe Biskops Adresse ein, die er einem wissenschaftlichen Magazin entnommen hatte. Er formulierte den Beginn einer Mail, löschte ihn aber mehrmals und begann von neuem. Als er schließlich fertig war, verachtete er sich selbst, weil er sich damit endgültig geschlagen gab und den Ruhm, diesen fabelhaften Dämmstoff entwickelt zu haben, Uwe Biskop überließ. Doch wenn er ein paar Millionen Entschädigung erhielt, war das immer noch besser, als bettelarm in die Vereinigten Staaten zurückkehren und weiter in einer chemischen Fabrik arbeiten zu müssen, in der er Stoffe nach Anleitung seiner Vorgesetzten zusammenmixen und auf ihre Eigenschaften hin prüfen sollte.

»Also gut, Uwe Biskop, du hast gewonnen!«, murmelte er, als er die E-Mail abschickte. Gleichzeitig hoffte er, dass Leutmann doch noch etwas herausfand, mit dem er Biskop schädigen konnte.

4.4

Das Arbeitsklima im Institut war arktisch geworden. Professor Barin ließ es sich deutlich anmerken, wie sehr es ihn ärgerte, dass Mena fristgerecht zum nächsten Halbjahr gekündigt hatte. Den Großteil seiner Wut bekam Timo Jander zu spüren, der seiner Meinung nach zu nachlässig an die aufgetragene Doktorarbeit heranging.

An diesem Vormittag tobte Barin besonders lautstark. »Können Sie mir sagen, was das soll, Jander?«, fragte er seinen Untergebenen und vergaß dabei dessen Doktortitel, womit er sonst so gerne Mena geärgert hatte. »Sie haben in zwei Wochen gerade mal fünfzig Seiten geschafft, und von denen sind mehr als ein Drittel ohne Quellenangeben aus anderen Veröffentlichungen einkopiert worden!«

»Ich weiß nicht, was das soll, Herr Professor!«, antwortete Jander gekränkt. »Sie haben mir zwei Monate für diese Doktorarbeit gegeben, und da sind fünfzig Seiten in zwei Wochen nicht schlecht. Da die Dissertation einen Umfang von etwas weniger als zweihundert Seiten umfassen soll, werde ich damit leicht fertig. Die Fußnoten trage ich während der letzten Durchsicht ein.«

Barins mageres Gesicht färbte sich puterrot. »Und wenn Sie welche vergessen, stürzen sich die Geier aus den Suchplattformen darauf, und ich stehe vor meinem Auftraggeber als Versager da. So geht das nicht! Entweder Sie arbeiten sorgfältig, oder ich muss mir überlegen, ob Sie für mein Institut noch tragbar sind.«

»Dann können Sie gleich ganz zumachen, da Frau Reglin Ihnen den Bettel vor die Füße werfen will«, antwortete Jander aufgebracht.

Er freute sich über Menas Kündigung, weil sie ihn mit ihrer Arbeit immer wieder in den Schatten gestellt hatte. Ihrer Nachfolgerin oder ihrem Nachfolger wollte er gleich von Anfang an klarmachen, dass er als Professor Barins Stellvertreter und damit als Vorgesetzter galt.

Barin kaute auf seinen Lippen herum, denn Janders Verhalten unterstrich geradezu, dass Menas Kündigung für ihn eine Katastrophe war. Sie war intelligent und fähig und hatte bisher jeden Auftrag erfolgreich zu Ende geführt. Wäre sie ein Mann gewesen, hätte er diesen väterlich unter seine Fittiche genommen. Doch als Frau sollte sie froh sein, überhaupt unter ihm arbeiten zu dürfen. Daher ärgerte es ihn doppelt, dass sie gehen wollte. Sie auch nur halbwegs zu ersetzen erschien ihm unmöglich. Sicher würde es genügend Bewerber geben, aber alles bessere Praktikanten, denen er erst einmal beibringen musste, wie man selbstständig arbeitete. Auch Jander war nicht wirklich dazu in der Lage, und der Mann hatte schon mehrmals durchblicken lassen, dass er sich zu seinem Stellvertreter berufen fühlte.

»Sie sollten wissen, dass es sich bei den angesetzten zwei Monaten um die Zeitspanne handelt, in der Sie spätestens fertig sein müssen, nicht aber um einen Freibrief, so lange zu brauchen. Es kommen immer wieder Aufträge herein, die schnell zu erledigen sind. Da Frau Reglin derzeit ein hochkomplexes Thema bearbeitet, werden Sie die kleineren Arbeiten zusätzlich ausführen. Also reißen Sie sich gefälligst zusammen und arbeiten Sie konzentrierter.«

Damit, so sagte Barin sich, hatte er Jander genügend unter Druck gesetzt, und verließ schnaubend dessen Büro.

Draußen traf er auf Isa, die über ihr sommersprossiges Gesicht grinste. Sie freute sich wie ein Schneekönig über die Abreibung, die Barin Jander gerade so lautstark verpasst hatte. Jander mochte sich zwar für einen tollen Hecht halten, doch sie war sicher, seinen Job bereits nach kurzer Einarbeitungszeit ebenso gut ausfüllen zu können wie er. Daher überlegte sie, ob sie sich bei Barin nicht um Menas Stelle bewerben sollte. Sein finsteres Gesicht schreckte sie jedoch ab, und sie sagte sich, dass es besser wäre, noch zu warten. Der Job lief ihr nicht weg, zudem musste Barin mindestens zwei Leute einstellen, um Mena Reglin auch nur halbwegs ersetzen zu können.

Bei dem Gedanken an Mena erinnerte Isa sich, dass sie dieser versprochen hatte, ihr Kaffee zu bringen, und holte es rasch nach.

»Sie wollen das Institut wirklich verlassen?«, fragte sie, während sie Mena die Milch reichte.

»Wenn es nach mir ginge, wäre ich längst nicht mehr da«, antwortete Mena herb. »Aber der Herr Professor hat meine außerordentliche Kündigung abgelehnt. Daher muss ich die im Arbeitsvertrag festgesetzte Frist abwarten.«

»Ich finde es schade, dass Sie gehen«, bekannte Isa. »Sie waren immer so nett und freundlich zu mir. Weshalb konnte nicht Doktor Jander kündigen?«

»Vielleicht tut er es noch, wenn Barin ihn weiter so behandelt wie eben«, antwortete Mena mit einem zufriedenen Lächeln.

»Der hat ein dickes Fell!«, antwortete Isa mit einem tiefen Seufzer. »Auch wenn ich nun aufpassen muss, wohin sich seine Pfoten verirren, freut es mich doch, dass ihn der Professor wieder ins Institut zurückbeordert hat. Von Tess weiß ich, dass Jander sich in der letzten Woche einige schöne Tage am See gegönnt hat. Sie war auch mal baden und hat ihn dort gesehen. Wenn er in den letzten sieben Tagen mehr als drei Stunden am Computer gesessen hätte, würde es mich wundern.«

»Das sollte der Professor erfahren!« Doch noch während sie es sagte, wurde Mena klar, dass sie nicht zur Petze werden wollte. Außerdem interessierte Jander sie nicht mehr. In einem halben Jahr war sie den Mann ebenso los wie das Institut.

»Sollte mein Kollege dich noch einmal unsittlich berühren,

dann drohe dem Professor mit dem Arbeitsgericht«, schlug sie Isa vor.

Diese lächelte etwas schmerzlich. »Dann kann ich es mir endgültig abschminken, ihn als Doktorvater zu gewinnen. Stattdessen werde ich Jander eine Ohrfeige verpassen, dass er seinen Computer für einen Geigenkasten ansieht.«

»Da möchte ich gerne dabei sein!«, rief Mena lachend und bedankte sich für den Kaffee.

Noch während sie trank, sah sie die Meldung, dass eine neue Mail von Biskop eingegangen war. Als sie sie aufrief, traute sie ihren Augen kaum.

»Gadow hat sich entlarvt! Er fordert mehrere Millionen von mir!«, lautete der Text, und der Anhang bestand aus der Mail von Biskops ehemaligem Mitarbeiter.

Mena las diese sorgfältig durch und versuchte, sie mit dem Absender einer der anderen Erpressermails in Verbindung zu bringen. Doch weder die Art des Schreibens noch die Wortwahl passten zusammen.

»Seltsam«, murmelte sie. »Ich hätte darauf gewettet, dass Gadow einer der beiden Drohmail-Schreiber wäre.«

Sie klickte auf den Antwortbutton und riet Biskop, die Behörden zu informieren.

Innerhalb weniger Minuten kam Biskops Antwort. »Ich werde keine Polizei einschalten! In meiner Position kann ich mir das Aufsehen nicht leisten, das dadurch entstehen würde.«

»Wollen Sie auf die Erpressung eingehen?«, fragte Mena zurück.

Erneut erreichte sie Biskops Antwortmail sehr schnell. »Ich denke nicht daran!«, schrieb er. Sonst nichts.

Auch gut, dachte Mena und überlegte, wie sie an Biskops Stelle reagieren würde.

4.5

Jürgen Leutmann hatte bislang wenig getan, um die Summen, die er Wilfried Gadow immer wieder abforderte, zu rechtfertigen. Statt, wie gefordert, Uwe Biskop auszuforschen, stellte er in dessen Auftrag Gadow nach und fand rasch heraus, über wie viel Geld dieser in Deutschland verfügte. Es hätte gereicht, eine ehrliche Detektei mehrere Tage lang zu intensiven Recherchen zu veranlassen. Leutmann aber war kein ehrlicher Detektiv. Als solcher hätte er Biskops Auftrag erst gar nicht annehmen dürfen. Sein Lebensstil erforderte jedoch entsprechende Einnahmen, und die waren eher von Biskop als von Gadow zu erwarten. Außerdem befand Biskop sich als vielfach ausgezeichneter und anerkannter Wissenschaftler in der besseren Position, und Leutmann war nun einmal lieber auf der Seite der Gewinner.

Da er Gadow nicht vollkommen vor den Kopf stoßen durfte, erstellte er ein Dossier über Biskop. Zu dem Zweck verließ er Berlin und fuhr nach Vechta. Sein Detektivausweis half ihm, in der dortigen Polizeiinspektion alte Akten einsehen zu können. Doch das Einzige, worauf er stieß, war eine anonyme Anzeige, in der Biskop beschuldigt wurde, mit einem minderjährigen Mädchen sexuell verkehrt zu haben. Allerdings hatten sowohl Biskop wie auch jenes Mädchen dies abgestritten, und so war die Anzeige zu den Akten gelegt worden.

Leutmann schrieb sich trotzdem den Namen des Mädchens auf und fragte den Polizeibeamten, der ihm die Akten herausgesucht hatte, nach ihr.

»Das war ein sauberes Früchtchen!«, antwortete der Mann. »Ist später auf die schiefe Bahn geraten, aber Gott sei Dank nicht mehr hier bei uns, sondern in Berlin.«

»In Berlin? Können Sie mir sagen, wann das in etwa war?«, wollte Leutmann wissen.

»Leider nicht. Wir haben damals die Daten der jungen Frau nach Berlin geschickt, aber von dort nichts zurückbekommen. Sie kennen ja die hauptstädtischen Dienststellen. Die fordern immer nur an und kümmern sich nicht ums flache Land.«

»Dann werde ich dort direkt nachfragen. Gibt es hier noch eine Stelle, an der ich mehr über diese junge Frau und auch über Uwe Biskop erfahren kann?«, fragte Leutmann weiter.

»Höchstens noch im Archiv der *Oldenburgischen Volkszeitung* am Neuen Markt 2. Da steht nur Gutes über ihn. War damals sehr beliebt hier, der Mann. Ist aber nach dem Unfalltod seines besten Freundes ins Ausland gegangen. Schätze, die Anzeige, die kurz nach dem Unfall hereinkam, war mit ein Grund. Wieso hätte Uwe Biskop sich an eine Minderjährige heranmachen sollen? Der hatte eine feste Freundin, und es wurde sogar gemunkelt, deren Tochter wäre von ihm. Die Frau hat ihn aber nicht als Vater angegeben, um Alimente von Vater Staat zu beziehen. War ja nur ein Student – der Uwe, meine ich – und hatte nicht das Geld, für ein Kind zahlen zu können.«

Leutmann wusste nicht, ob der Beamte Unterhaltsbetrug allgemein als Kavaliersdelikt ansah oder nur bei Uwe Biskop ein Auge zudrückte.

»Bis zum Abi war ich mit ihm zusammen in einer Stufe«, erklärte der Beamte. »Uwe und Jan haben studiert. Ich bin dann zur Polizei.«

»Jan wer?«, fragte Leutmann.

»Jan Reppert, der Bruder des Politikers Jens Reppert. Er war der Freund, der verunglückt ist. Ist dem Uwe damals schwer an die Nieren gegangen. Waren enge Freunde, die beiden, und haben viel zusammen gemacht. Aber davon erfahren Sie im Zeitungsarchiv mehr.«

»Dann werde ich mich dort umsehen! Auf jeden Fall herzlichen Dank.« Leutmann reichte dem Beamten die Hand und verließ das Revier.

Eine halbe Stunde später befand er sich im Eingangsbereich des Redaktionsgebäudes der *Oldenburgischen Volkszeitung* und wies erneut seinen Ausweis vor.

Die Frau, die ihn in Empfang genommen hatte, sah ihn verwundert an. »Sie sind ein echter Detektiv?«

»Glauben Sie, ich habe mir diesen Ausweis im Copyshop machen lassen?«, fragte Leutmann spöttisch. »Ich muss im Auftrag eines meiner Klienten einige Daten recherchieren. Keine Angst, es ist nichts Gesetzwidriges dabei.«

»Wenn Sie in alten Zeitungen blättern wollen, müssen Sie in unser Archiv. Vielleicht kann Herr Kuhlmann Ihnen weiterhelfen.«

Der Frau war anzumerken, dass sie keine Lust hatte, Leutmann Rede und Antwort zu stehen. Trotz ihrer ablehnenden Haltung führte sie ihn ins Kellergeschoss und klingelte an einer Tür. Sie verabschiedete sich, als diese geöffnet wurde und Kuhlmann herausschaute.

Leutmann wandte sich dem älteren Mann zu, der ihn neugierig musterte. »Sie leiten das Archiv dieser Zeitung?«

»Leiten ist übertrieben!«, antwortete Kuhlmann. »Ich stecke jeden Tag die Speichersticks in die Maschine, damit die Ausgabe archiviert wird, und suche die Speichersticks mit den alten Jahrgängen heraus, wenn einer unserer Redakteure Informationen daraus benötigt.«

»Das ist sicher eine verantwortungsvolle Aufgabe«, meinte Leutmann mit mühsam unterdrücktem Spott. In seinen Augen war der Mann ein harmloser Trottel, der auf Anruf parierte. Dies hielt ihn aber nicht davon ab, ihm konkrete Fragen zu stellen.

Kuhlmann erwies sich als überraschend gut informiert. Er brachte Leutmann nicht nur die alten Zeitungsausgaben auf Mikrofiche, sondern auch die USB-Sticks aus den späteren Tagen der elektronischen Speicherung. Dabei erzählte er einiges über Jan Reppert und Uwe Biskop.

»Es ist wirklich traurig, dass Jan damals verunglückt ist. Der hätte in der Politik Karriere gemacht, sage ich Ihnen! Dann hätten wir zwei Repperts ganz weit oben. Jan wäre wahrscheinlich längst Bundeskanzler und Jens Ministerpräsident. Na ja, man kann nicht alles haben.« Kuhlmann seufzte und trug die Jahrgänge, die Leutmann nicht mehr benötigte, wieder ins Archiv zurück. Als er zurückkam, brachte er die gespeicherten Ausgaben von 1989, in denen über den Unfalltod von Jan Reppert und Julia Gschwendle berichtet wurde.

»War ganz gewiss das einzige Mal, dass der Jan betrunken gefahren ist. Hat er sonst nie getan!«, erklärte Kuhlmann. »Der Uwe hat hinterher gesagt, er hätte ihn noch vom Fahren abhalten wollen. Aber Jan hatte seinen eigenen Kopf. Konnte ganz schön stur sein, sage ich Ihnen. Seine Freundin ist damals auch nicht mit ihm gefahren, sondern hat mit Uwe zusammen ein Taxi genommen. Dafür hat sich dessen Freundin zu Jan ins Auto gesetzt. Hätte es besser nicht getan, das arme Ding!«

»Jetzt bin ich ein wenig verwirrt«, gab Leutmann zu. »Also: Die beiden hatten Freundinnen, wenn ich Sie recht verstehe.«

»Ist bei jungen Männern von fünfundzwanzig Jahren ja nichts Außergewöhnliches«, erklärte Kuhlmann lächelnd.

»Wissen Sie, wie Uwe Biskops damalige Freundin hieß?«

»Julia Gschwendle. Sie kam aus Baden-Württemberg und fing im gleichen Jahr wie die beiden an unserer Universität an zu studieren. Die Frau hat selbst bei ihrer Schwangerschaft und der Geburt ihrer Tochter keine Auszeit genommen, sondern eisern weiterstudiert. War wirklich schade um sie.«

Leutmann interessierte sich jedoch nicht allzu sehr für die Tote, sondern wollte nun wissen, was aus Jan Repperts Freundin geworden ist.

»Die Susanne hat später den Uwe geheiratet. Ist auch nicht hiergeblieben! Da kamen die ganzen Anklagen der Familie, dass sie den Jan nicht hätte fahren lassen sollen. Aber wenn der sich etwas in den Kopf gesetzt hatte, hätte man schon einen Bulldozer gebraucht, um ihn aufzuhalten.«

»Susanne Fehse-Biskop also!«, schloss Leutmann aus den Worten des Archivars.

»Ja, das ist sie! Man sieht sie jetzt oft im Fernsehen. Sie macht dort ganz ordentliche Sendungen. Es heißt, sie soll sogar eine eigene Reihe bekommen.«

»Ja, ja!« Leutmann schwahnte, dass sein Abstecher ins Zeitungsarchiv überflüssig gewesen war. »Es kommen wahrscheinlich viele Leute zu Ihnen, um hier Recherchen anzustellen?«, fragte er, um das Gespräch nicht einschlafen zu lassen.

Kuhlmann dachte kurz nach und schüttelte dann den Kopf. »So schlimm ist es nicht. Wissen Sie, die heutigen Journalisten sind zu faul dazu. Die schicken eine Anfrage per E-Mail an unsere Redaktion, und dann muss ich die Infos heraussuchen. Mit den Mikrofiches geht es ja noch, aber mit dem Computer bin ich nicht so firm. Da etwas zu finden ist eine elende Arbeit, sage ich Ihnen. Aber noch mal zu Ihrer Frage: Außer Ihnen war letztens nur eine junge Dame aus Augsburg hier, die über den Lokaljournalismus in früheren Zeiten recherchiert hat. Habe mich mit ihr auch über Uwe Biskop unterhalten, der ja sehr bekannt ist und ein Sohn unserer Stadt!«

Ein gewisser Stolz lag in Kuhlmanns Worten, doch Leutmann interessierte etwas anderes. »Eine junge Dame aus Augsburg, sagen Sie?«

»Frau Reglin von Professor Barins Institut für zeitgenössische Forschungen – oder so ähnlich. Eine sehr sympathische Dame, muss ich sagen! Sie hat sich richtig Mühe gegeben.«

Was ich in deinen Augen wohl nicht getan habe, dachte Leutmann, dem die Frau aus Augsburg nicht aus dem Kopf ging. Da er auf sein Gedächtnis stolz war, würde er sich auch noch nach seiner Rückkehr nach Berlin an den Namen Reglin erinnern. Trotzdem machte er sich eine kurze Notiz, verabschiedete sich von Kuhlmann und ließ das Redaktionsgebäude hinter sich. Als er kurz darauf auf sein Motorrad stieg, um nach Berlin zurückzufahren, kam er zu dem Schluss, dass sich sein Ausflug hierher doch gelohnt hatte. Immerhin konnte er Uwe Biskop mitteilen, dass ausgerechnet jemand aus Augsburg Recherchen in Vechta betrieben hatte. Die Untersuchung über die Entwicklung des Lokaljournalismus sah er als Alibi an. Dafür war die Reglin Kuhlmanns Worten zufolge zu sehr an Uwe Biskops Vergangenheit interessiert gewesen.

4.6

In Augsburg zeigte Professor Barins Machtwort erste Wirkung, denn Timo Jander steigerte seinen Arbeitseinsatz, um das Wohlwollen seines Chefs nicht ganz zu verlieren. Isa war erleichtert, dass sie nicht mehr von ihm betatscht wurde, wenn sie sein Büro betrat. Auch Mena ging die Arbeit am Computer in dieser Atmosphäre ungewohnt leicht von der Hand, und so schlich sich die Frage in ihre Gedanken, ob es wirklich nötig war, ihre Kündigung aufrechtzuerhalten. Zwar war es gewiss nicht jedermanns Sache, sich durch unzählige Internetseiten wühlen zu müssen, um die berühmte Nadel im Heuhaufen zu finden, aber ihr bereitete diese Arbeit Freude.

Auch jetzt saß sie wieder vor ihrem Bildschirm und ließ eine Wahrscheinlichkeitsberechnung laufen. Ihr ging es immer noch darum, den Weg herauszufinden, auf dem die Drohmails zu Biskop gelangt waren. Eines war ihr klar: Wer auch immer diese Nachrichten abgeschickt hatte, kannte sich erstaunlich gut in der Materie aus. Um die Spur ganz sicher verfolgen zu können, hätte sie zu den Providern nach Mexiko, Usbekistan und Nairobi fliegen müssen. Da ihr Auftraggeber dies wohl nicht zahlen würde, behalf sie sich mit mathematischen Analysemethoden.

Aber die Ergebnisse waren verwirrend. Mena war sicher, dass die Drohmail mit dem Bild des Unglückswagens nicht von Wilfried Gadow stammen konnte. Auch wenn dieser sich während seines Aufenthalts in den USA einige Amerikanismen angewöhnt hatte, stimmte der Duktus seiner E-Mail nicht mit dem der anderen überein.

Jene E-Mails aber, die aussahen, als würden sie aus Zeitungsausschnitten bestehen, waren mit an Sicherheit grenzender Wahrscheinlichkeit von derselben Person abgeschickt worden, die Biskop schon vor fast zwei Jahrzehnten Erpresserbriefe gesandt hatte.

Kurz entschlossen wählte sie Biskops Nummer, um diesem ihre Erkenntnisse mitzuteilen. Es meldete sich dessen Frau mit einer Stimme wie eine zufrieden schnurrende Tigerin.

»Hallo Mena! Ich darf doch Mena zu dir sagen! Was machen deine Recherchen?«

»Guten Tag, Frau Doktor Fehse-Biskop. Ich habe die E-Mails untersucht und bin zu dem Schluss gekommen, dass Gadow keine einzige der anonymen Erpresser- oder Drohmails geschrieben haben kann. Sein Schreibstil ist ganz anders. Auch ist er im Gegensatz zu den anderen Absendern nicht auf persönliche Dinge eingegangen. Ihm geht es wirklich nur um jene Erfindung, die er für sich beansprucht, und darum, an den Einnahmen beteiligt zu werden.«

»Du bist der Ansicht, die anderen Mails wären von Leuten abgeschickt worden, die meinen Mann und mich näher kennen?« Jetzt klang Susanne Fehse-Biskop doch ein wenig besorgt.

»Anderes ergibt für mich keinen Sinn. Eine der E-Mails stammt mit Sicherheit von einer Frau mit mindestens Gymnasialabschluss oder ähnlicher Ausbildung, die andere von jemandem, der eventuell versucht, durch seine Amerikanismen den Verdacht auf Wilfried Gadow zu lenken. Er ist allerdings kein englischer Muttersprachler, denn er verwendet Formulierungen, die Engländern und Amerikanern fremd sind und dort weder auf Universitäten noch in Fremdspracheninstituten gelehrt werden.«

»Das ist interessant …«, antwortete Susanne Fehse-Biskop gedehnt, als überlege sie fieberhaft. »Es könnte sich also um jemanden handeln, der uns von früher her kennt und in Amerika gelebt hat, vielleicht sogar um einen unserer deutschen Kommilitonen. Ich kann mich an keinen erinnern, der dafür in Frage kommen könnte. Weißt du was, Mena? Du kommst jetzt zu mir, und wir reden darüber. Mein Mann ist heute nach Prag gefahren, um dort einen Vortrag zu halten.«

Mena war nicht gerade begeistert davon, von Susanne Fehse-Biskop geduzt zu werden. Andererseits wollte sie die erfolgreiche Wissenschaftlerin nicht vor den Kopf stoßen und nahm es daher hin. Die Einladung kam ihr sogar ganz gelegen, denn sie hoffte, von Biskops Frau mehr zu erfahren als von diesem selbst.

»Also gut, ich komme zu Ihnen. Ist es in einer Stunde recht?«

»Ich habe nichts Besonderes vor«, antwortete Susanne Fehse-Biskop mit ihrer Tigerstimme.

»Dann bis gleich! Auf Wiedersehen!« Mena legte den Hörer auf und blickte wieder auf ihren Bildschirm. Eine ganze Stunde, so sagte sie sich, brauchte sie sicher nicht bis zu Biskops Haus. Daher konnte sie noch ein paar Nachforschungen anstoßen, deren Ergebnis sie morgen untersuchen würde.

4.7

Die Arbeit war ein Krake mit vielen Fangarmen. Ehe Mena sichs versah, hatte sie nur noch eine Viertelstunde Zeit, und so würde sie es niemals mit öffentlichen Verkehrsmitteln bis zu Biskops Villa schaffen. Daher bestellte sie ein Taxi. Die Rechnung, so sagte sie sich, würde sie am nächsten Vormittag Professor Barin vorlegen.

Das Taxi brauchte weniger als fünf Minuten bis zum Institut, und auf ihren Hinweis, dass es pressieren würde, schaltete der Taxifahrer geistig von Kilometern auf Meilen um und sauste mit über siebzig Stundenkilometern durch die Stadt. Die Dreißiger-Zone vor Biskops Haus ignorierte er ebenfalls, und so kam Mena gerade noch rechtzeitig an. Sie begriff schon beim Blick des Fahrers, dass dieser auf ein gutes Trinkgeld hoffte, und gab es ihm.

»Schreiben Sie es mit auf die Rechnung«, bat sie, denn Barin würde nicht mehr als das zahlen, was er schriftlich bekam.

»Klar!«, antwortete der Fahrer, füllte die Quittung aus und reichte sie ihr. »Noch einen schönen Tag!«

»Ihnen auch!«

Als Mena das Tor des Anwesens erreichte, glitt dieses bereits zur Seite. Vermutlich hatte Susanne Fehse-Biskop sie vom Fenster aus kommen sehen.

Mena atmete noch einmal tief durch, ging zur Haustür und streckte die Hand nach der Klingel aus. Doch da wurde die Tür geöffnet, und die Hausherrin stand nur mit einem knappen Bikini bekleidet vor ihr.

»Für eine Frau sind Sie sehr pünktlich, nämlich nur zwei Minuten zu spät«, begrüßte sie Mena lachend.

»In meinem Job kommt es auf Pünktlichkeit an, denn unsere Auftraggeber wollen nicht warten«, sagte Mena und folgte der Frau ins Haus.

»Willst du wieder das Aschewasser aus Island oder doch etwas Besseres? Ich habe eine Flasche ausgezeichneten italienischen Weißwein aufgemacht«, fragte die Hausherrin.

»Nein danke, nur Wasser!« Mena setzte sich und öffnete ihre Umhängetasche. »Ich habe Ihnen meine Analysen ausgedruckt. Es gibt leider noch viele weiße Flecken, die ausgefüllt werden müssen. Ich hoffe, Sie können mir dabei helfen.«

»Ich tue, was ich kann«, versprach Susanne Fehse-Biskop und nahm auf der Couch gegenüber Platz. Sie zog die Beine so an, dass ihr Bikinihöschen verrutschte und ein Teil ihrer Schamlippen ebenso zum Vorschein kam wie das bis auf einen winzigen Streifen ausrasierte Schamhaar.

Auf Mena wirkte ihre Pose wie das laszive Locken einer Frau, die sich ihrer Sinnlichkeit vollends bewusst war. Ihre Bereitschaft, darauf einzugehen, war jedoch gering. Susanne Fehse-Biskop war die Ehefrau ihres Auftraggebers, und allein diese Tatsache verlangte, Abstand zu wahren.

Die Hausherrin las Mena von der Stirn ab, dass diese sich willentlich gegen ihre sexuelle Ausstrahlung verschloss, und amüsierte sich insgeheim. Die junge Wissenschaftlerin war nicht aus Stein und würde gewiss einmal etwas anderes trinken als Mineralwasser, das durch den vulkanischen Boden Islands geflossen war.

»Was hast du herausgefunden?«, fragte Susanne und beugte sich so vor, dass ihr Busen bestens zur Geltung kam.

Unwillkürlich warf Mena einen Blick auf die beiden samtig braun getönten Hügel, deren perfekte Form nicht natürlich sein konnte. Allerdings besaß Susanne Fehse-Biskop auch das Geld, sich die besten Schönheitschirurgen leisten zu können. Mena empfand daher keinen Neid mehr. Sie war mit ihrer Figur so, wie sie war, zufrieden, und wem sie nicht gefiel, dem konnte sie nicht helfen.

Da stahl sich Claudius Augustus Kaiser in ihre Gedanken. Ihm, so hoffte sie, würde sie gefallen. Mit einem Lächeln, das dem Freund des Freundes ihrer Schwester galt, wandte sie sich Susanne Fehse-Biskop zu und spürte, wie deren Anziehungskraft auf sie erlosch.

»Ich habe nicht viel herausfinden können«, gab sie offen zu.

»Für mehr wären Recherchen quer durch die ganze Welt notwendig.«

»Dann tu das! An Geld wird es nicht scheitern. Wir wollen wissen, wer so widerwärtige E-Mails geschickt hat!«

Diesmal wirkte die Tigerin angriffslustig, und Mena fragte sich, was Susanne Fehse-Biskop an diesen Mails so aufbrachte. Viele erfolgreiche Menschen wurden im Internet angepöbelt oder bedroht. Meist bestand keine wirkliche Gefahr – bis auf die seelischen Verletzungen, die ein empfindsamer Mensch durch solch üble Machwerke erleiden konnte. Doch Susanne Fehse-Biskop sah ganz so aus, als wollte sie die Schuldigen höchstpersönlich zur Strecke bringen.

»Meine Analysen besagen, dass zwei der Personen in Verbindung zu Ihnen oder Ihrem Mann stehen müssen, und zwar in weitaus engerer als zum Beispiel Wilfried Gadow.«

»Es gibt nur eine einzige solche Person, nämlich Jens Reppert. Aber der ist weder eine Frau, noch schreibt er mit amerikanischem Akzent«, wandte Susanne Fehse-Biskop ein.

»Ich habe einige seiner Reden analysiert. Er ist ganz bestimmt nicht für diese E-Mails verantwortlich.«

»Bist du dir da ganz sicher?«

Mena lächelte sanft. »Ich bin Analytikerin, Frau Dr. Fehse-Biskop, und weiß, wie ich an meine Arbeit herangehen und welche Faktoren ich ausschließen muss, um zu einem Ergebnis zu kommen. Zwei der E-Mail-Schreiber müssen aus Ihrem Bekanntenkreis stammen und kennen Sie und Ihren Mann höchstwahrscheinlich bereits aus Vechta.«

»Unmöglich! Wir haben damals sämtliche Kontakte abgebrochen«, entfuhr es Susanne Fehse-Biskop.

»Ich kann Ihnen nur das mitteilen, was meine Analysen besagen.« Langsam war Mena es leid, von der Hausherrin wie jemand behandelt zu werden, der von nichts eine Ahnung hatte.

»Das ist äußerst unwahrscheinlich!«, versicherte Susanne Fehse-Biskop, doch Mena merkte ihr an, wie es hinter ihrer Stirn arbeitete.

»Um meine Untersuchungen fortsetzen zu können, brauche ich mehr Informationen«, fuhr Mena fort. »Ich muss wissen, welche Freunde, aber auch Feinde Ihr Mann und Sie in Vechta hatten und wen Sie sonst noch kennen, der für solche Droh- und Schmähmails in Frage kommen könnte.«

»Mein Mann und ich sprechen nur ungern über diese Zeit. Sie ist für uns beide mit sehr schmerzhaften Erinnerungen verbunden. Ich habe damals durch einen fürchterlichen Unfall meinen Verlobten verloren.« Susanne Fehse-Biskop schniefte und suchte sich ein Papiertaschentuch, mit dem sie sich die Augen abtupfte.

Es passte alles zusammen, und doch hatte Mena den Eindruck, als störe etwas das Bild. Da sie jedoch den Finger nicht darauflegen konnte, hörte sie aufmerksam zu, als Susanne Fehse-Biskop in knappen Worten von ihrer Zeit in Vechta erzählte. Im Gegensatz zu ihrem Mann war sie nicht dort geboren, sondern hatte nur in der Stadt studiert. Auf der Uni hatte sie Jan Reppert und Uwe Biskop kennengelernt und war schließlich Jans Freundin geworden.

»Nach seinem tödlichen Unfall war es furchtbar«, erklärte sie mit einem seelenvollen Augenaufschlag, »denn plötzlich taten alle so, als wäre ich schuld an Jans Tod. Ich hätte ihn aufhalten sollen, hieß es. Doch ich habe nicht einmal bemerkt, dass er mit der anderen losgefahren ist.«

Mena nickte verständnisvoll, wunderte sich aber über den Hauch von Eifersucht, der noch nach fast fünfundzwanzig Jahren die Stimme der Frau färbte. Während sie sich Notizen machte, berichtete Susanne Fehse-Biskop von ihrem Aufenthalt in den USA.

»Uwe hat mir geraten, mit ihm zu kommen, und sich drüben um mich gekümmert. Irgendwann waren wir dann plötzlich ein Paar«, sagte sie zum Schluss und lächelte Mena an. »Du willst wirklich nichts anderes trinken als Wasser?«

»Wasser reicht mir vollkommen. Ich trinke nur selten Alkohol, denn ich habe an meinem Mann gesehen, wohin das führt, wenn man sich keine Grenzen setzt.«

»Du warst verheiratet?«, fragte Susanne Fehse-Biskop neugierig.

»Zwei Jahre – und die haben mir gereicht! Zuerst war mein Mann noch recht liebenswert, doch er trank immer mehr, und zuletzt gab es nur noch Streit.«

»Streit? Worüber denn?«

Mena wurde die Neugier ihrer Gastgeberin unangenehm, dennoch antwortete sie mit einer wegwerfenden Handbewegung. »Mein Mann war mit einem Mal der Ansicht, ich sollte zu Hause bleiben und Heimchen am Herd spielen. Dabei hat er unsere finanzielle Situation völlig außer Acht gelassen. Ohne mein Gehalt hätten wir uns weder die schöne Wohnung noch den Urlaub in der Karibik leisten können. Aber lassen wir das! Die Scheidung war das Beste, was mir passieren konnte.«

Menas Lächeln täuschte über den Rosenkrieg hinweg, den ihr Mann gegen sie geführt und schließlich mit Pauken und Trompeten verloren hatte.

Susanne Fehse-Biskop bohrte jedoch weiter. »Und was macht dein Mann jetzt?«,

»Er ist wieder verheiratet, hat mittlerweile zwei Kinder und ist heilfroh, dass ich auf Unterhaltszahlungen verzichtet habe. Schließlich kommt er auch so kaum über die Runden. Wahrscheinlich trinkt er wieder!«, antwortete Mena wegwerfend, denn für sie war jenes Kapitel ihres Lebens abgeschlossen.

»Ist Reglin dein Geburtsname, oder hast du ihn von deinem Mann angenommen?«

»Es ist der meines Exmanns. Ihm war es wichtig, dass ich seinen Namen annehme. Wenn man verliebt ist, macht man es halt. Nach der Scheidung habe ich ihn behalten, damit man mich besser von meiner Schwester unterscheiden kann. Wir haben beide die gleichen Vornamen, nur in anderer Kombination«, antwortete Mena.

»Und wie heißt du dann richtig?«

»Philomena Antonia, während meine Schwester Antonia Philomena heißt. Fragen Sie mich nicht, wie unsere Eltern darauf gekommen sind. Wahrscheinlich haben sie es nur unserer Oma zuliebe getan.« Mena lachte leise und hoffte, das Verhör würde langsam enden. Doch noch war die Neugier ihrer Gastgeberin nicht gestillt.

»Leben deine Eltern noch?«

»Meine Mutter ja. Sie wohnt mit ihrem Lebensgefährten auf Mallorca. Mein Vater ist vor fünfzehn Jahren verunglückt. Aber nun sollten wir uns wieder Ihren Problemen zuwenden.«

Es war eine leise Warnung, nicht weiterzufragen, und Susanne Fehse-Biskop verstand sie. »Du bist eine interessante Frau, Mena Reglin«, sagte sie nachdenklich. »Vor allem aber bist du eine ausgezeichnete Analytikerin. Hast du dir nicht manchmal gedacht, dass deine Talente bei diesem alten Knitterkopf Barin verschwendet sind?«

»Ich bleibe nur noch ein halbes Jahr in Barins Institut, dann suche ich mir eine neue Stelle.«

Susanne Fehse-Biskops Augen leuchteten auf. »Vielleicht musst du nicht lange suchen! Mein Mann und ich benötigen eine vertrauenswürdige Mitarbeiterin, die uns bei unseren wissenschaftlichen Arbeiten unterstützt und auch in der Lage ist, uns gegen Neider und Konkurrenten abzuschirmen. Es gibt immer mal wieder Leute, die behaupten, unsere Erfindungen selbst gemacht zu haben, auch wenn sie das nicht beweisen können. Wilfried Gadow ist nur ein Beispiel dafür. Er war der Assistent meines Mannes und hat diesem bei seinen Forschungsarbeiten geholfen. Doch der Durchbruch gelang nun einmal meinem Mann. Das will Gadow jedoch nicht akzeptieren.«

Obwohl ihre Gastgeberin lächelte, glaubte Mena erneut, die

Tigerin aus ihrer Stimme herauszuhören. Susanne Fehse-Biskop durfte man nicht unterschätzen. In gewisser Weise schien ihr Ehrgeiz noch um einiges größer zu sein als der ihres Mannes. Mena erinnerte sich daran, dass sie im letzten Jahr mehrmals Aufträge erhalten hatte, Material für Susanne Fehse-Biskops Fernsehsendungen zusammenzustellen. Obwohl der Sender, der die Aufträge erteilt hatte, einiges an Informationen von ihr erhalten hatte, waren weder sie noch Professor Barins Institut im Nachspann erwähnt worden. Daher zögerte sie, das Angebot ihrer Gastgeberin auf der Stelle anzunehmen, obwohl sie es ihr ermöglicht hätte, hier in Augsburg zu bleiben.

»Lassen Sie mich erst die Recherchen beenden, die ich in Ihrem Auftrag erledige, damit Sie wissen, was ich wirklich leisten kann«, antwortete sie und blickte so betont auf die Uhr, wie sie es bei Uwe Biskop gesehen hatte. »Es ist schon spät geworden, und ich muss los. Entschuldigen Sie mich bitte und auf Wiedersehen!« Sie stand auf, reichte Susanne Fehse-Biskop die Hand und verließ das Haus.

Die Hausherrin trat ans Fenster und blickte Mena mit verbissener Miene nach. Sie war sicher gewesen, Mena ködern zu können, doch die Frau hatte sich ihr scheinbar mühelos entzogen. Das machte sie misstrauisch. Gab es dafür einen Grund, den sie wissen sollte? Immerhin arbeitete Mena für Justus Barin, und der hatte noch eine Rechnung mit ihrem Mann offen.

»Ich werde Mena im Auge behalten müssen«, sagte Susanne Fehse-Biskop zu sich selbst und vernahm im nächsten Moment den Klingelton ihres Handys.

Ihr Mann war am Apparat und klang verärgert. »Ich habe eben mit Leutmann telefoniert. Er behauptet, Mena Reglin hätte bereits vor ein paar Wochen Recherchen über uns betrieben. Also sieht es so aus, als hätten wir mit ihr den Bock zum Gärtner gemacht!«

»Eher die Ziege!«, antwortete Susanne Fehse-Biskop amüsiert.

»Aber keine Sorge, mit der Kleinen werden wir schon fertig, und wenn ich besondere Maßnahmen ergreifen müsste!«

»Welche?«, fragte ihr Mann.

»Das ist nichts, was ich am Telefon preisgeben möchte! Keine Sorge, das schaffe ich schon.« Susanne Fehse-Biskop beendete das Gespräch und überlegte, was sie in dieser Sache unternehmen konnte. Es gab einige Möglichkeiten, und keine davon würde für Mena Reglin besonders angenehm sein.

4.8

Menas Gedanken kreisten noch eine Weile um das Gespräch mit Professor Biskops Frau. Auch wenn das Paar in einer Fünfhundert-Quadratmeter-Villa lebte und zwischen einem halben Dutzend Autos unterschiedlicher Nobelmarken wählen konnte, schien es nicht glücklich zu sein. Irgendetwas stimmte in der Beziehung nicht, und das hatte mit ihrer Vergangenheit zu tun. Erneut beschäftigte Mena sich mit jenem verhängnisvollen Unfall. »Die Drohmails müssen mit den Geschehnissen jener Tage zu tun haben«, murmelte sie, als sie im Bus saß, der sie in die Innenstadt bringen sollte. Toni hatte versprochen, ihre Lieblingspasta zu kochen. Ein Angebot, das Mena nur zu gerne angenommen hatte.

Was ist damals geschehen?, fragte sie sich, als ihre Gedanken zu den Biskops zurückkehrten. Zwei junge Männer, die dem Anschein nach unzertrennlich sind, fahren auf getrennten Wegen los, jeder mit der Freundin oder Verlobten des anderen. Einer verunglückt tödlich samt seiner Beifahrerin. Kurz darauf verlässt der andere beinahe fluchtartig die Heimat und nimmt die Freundin seines Freundes mit. Dabei lassen die beiden offenbar Feinde zurück, die sie auch noch nach zwanzig Jahren hartnäckig verfolgen.

Dieses Rätsel, sagte Mena sich, konnte sie mit den Daten, die sie bisher gesammelt hatte, nicht lösen. Nun bedauerte sie, dass sie in Vechta mehr Jens Reppert nachgespürt hatte als dessen Bruder und Biskop. Allerdings war das ihr Auftrag gewesen. Vielleicht sollte sie die Stadt noch einmal aufsuchen. Aber dann würde sie nicht mehr den Überlandbus nehmen, sondern die Bahn.

Mena war sich noch nicht sicher, wie ihre nächsten Schritte aussehen sollten, als sie die Wohnung ihrer Schwester erreichte. Dort streifte sie die Gedanken an die Arbeit ab, denn sie fand nicht nur Toni und deren Freund Hans vor, sondern auch Claudius Augustus Kaiser.

»Hallo! Das ist aber eine Überraschung. Ich glaubte dich am anderen Ende der Welt!«, rief sie nach der Begrüßung.

»Es gab einen Streik auf dem Londoner Flughafen, wo ich hätte umsteigen müssen. Daher habe ich die Verhandlungen per Videokonferenz durchgeführt und auch abgeschlossen. Allerdings werde ich im nächsten Monat nach Saudi-Arabien fliegen und mit meinen Geschäftspartnern einen trinken gehen müssen«, antwortete Claudius mit einem verlegenen Lächeln.

»Kaffee oder Pfefferminztee?«, fragte Mena spitzbübisch. »Die Leute dort trinken doch keinen Alkohol.«

»Man hat mich zu einem Ausflug nach Bahrain eingeladen, inklusive eines Besuchs im Nachtclub. Dort gibt es neben Striptease-Tänzerinnen auch gehaltvollere Getränke. Allerdings werde ich mich bei beidem zurückhalten.« Claudius grinste und zwinkerte Mena zu.

»Meinetwegen musst du nicht auf beides verzichten«, antwortete diese lächelnd.

»Mena, jetzt wirst du frivol!«, schalt Toni ihre Schwester und eilte in die Küche, um zu verhindern, dass die Pastasoße anbrannte.

»Was magst du trinken?«, fragte Hans Claudius.

»Ein alkoholfreies Bier. Ich muss noch Auto fahren.«

»Dann kannst du Mena nach Hause bringen. Sie müsste sonst die Straßenbahn nehmen«, sagte Toni, die eben den Kopf zur Küchentür herausstreckte.

»Das mache ich gerne! Das heißt, wenn es ihr recht ist.«

»Es hat ihr recht zu sein!« Tonis Blick warnte Mena, ja etwas anderes zu sagen.

Das hatte Mena auch nicht vor. »Es ist mir wirklich lieber, wenn Claudius mich zu Hause ablädt. Nachts fahren die Trambahnen nicht so oft, und so komme ich schneller nach Hause. Das ist ganz gut, denn ich will morgen recht früh im Institut sein.«

»Du wolltest doch kündigen!«, rief Toni, die noch immer in der Küchentür stand.

»Das habe ich auch, aber Barin will mich erst nach vertragsmäßiger Kündigung gehen lassen, und das ist in einem halben Jahr.«

Toni kam aus der Küche heraus und umarmte ihre Schwester. »So lange musst du diesen alten Stiesel noch ertragen? Ich könnte das nicht!«

Vor einigen Tagen hatte sie Justus Barin noch einen angenehmen Herrn genannt. Aber Menas Kündigung hatte ihn in ihrer Achtung tief sinken lassen.

»Das macht nicht so viel, denn ich habe derzeit eine interessante Aufgabe«, antwortete Mena.

»Erzähl!«

»Sorry, aber das ist Betriebsgeheimnis!« Mena lächelte und schnüffelte betont. »Brennt da etwas an?«

»Hier brennt nichts an!«, fuhr ihre Schwester auf. »Du! Wenn du mich veralbern willst, kriegst du keine Spaghetti mehr von mir.«

»Tut mir leid, ich wollte dich nicht kränken!« Menas zerknirschte Miene besänftigte Toni, und sie zog ihre Schwester erneut an sich.

»Ich habe dich doch lieb, Kleines!«

»He! Ich bin die Ältere von uns beiden«, protestierte Mena, doch da verschwand Toni schon wieder in der Küche.

»Die beiden sehen sich wirklich sehr ähnlich. Wie schaffst du es, sie auseinanderzuhalten?«, fragte Claudius Hans.

Tonis Freund grinste übermütig. »Das ist ganz einfach! Diejenige, die mir eine knallt, wenn ich ihr an den Hintern fasse, ist Mena, und die, die es nicht tut, Toni.«

»Du! Verleumde mich nicht!«, rief Mena mit drohend erhobenem Zeigefinger. »Ich habe dir noch nie eine geschallert!«

»Aber ausgeholt hast du schon zweimal!« Hans lachte und meinte dann, der Kleidungsstil der Zwillinge wäre zu seinem Glück unterschiedlich genug, um erkennen zu können, wer Toni sein könnte.

»Zweimal aber dachte ich wirklich, ich hätte Toni vor mir. Da hatte sie darauf bestanden, dass Mena etwas von ihr anzieht – und ich armes Schwein hätte beinahe von beiden Prügel bezogen, weil ich die Falsche umarmen wollte!«

Hans duckte sich, denn Toni, die eben verkünden wollte, dass das Essen fertig wäre, holte tatsächlich mit der Hand aus. Allerdings hielt sie sich im Zaum und schnaubte nur spöttisch. »Er war betrunken und hatte uns doppelt gesehen!«

»Seitdem trinke ich nicht mehr, als ich verantworten kann. Vierlinge zu sehen wäre mir eindeutig zu viel!« Hans küsste Toni und schob sie dann in Richtung Küche. »Soll ich dir beim Auftischen helfen?«

»Das kann Mena machen«, antwortete Toni, die Claudius vorführen wollte, dass Mena sich auch als Hausfrau gut machte. Zu ihrem Bedauern unterhielt er sich jedoch angeregt mit Hans, der zwei Flaschen alkoholfreies Bier brachte und einschenkte.

»Was wollt ihr trinken?«, fragte er, als Toni die Nudeln hereinbrachte und Mena die Teller austeilte.

»Ich hätte gerne ein Glas Rotweinschorle«, antworteten beide wie aus einem Mund.

»Es sind halt Zwillinge! An solchen Dingen merkt man es richtig!« Hans grinste, während er eine Weinflasche öffnete und das Gemisch aus Rotwein und stillem Wasser mixte, das beide Schwestern zu einem solchen Abendessen gerne tranken.

»Du wirst sehen, die Nudeln schmecken phantastisch!«, sagte er zu Claudius.

»Seit wann isst man Pasta mit den Augen?«, fragte Toni grinsend. »Mena und ich haben unsere Geschmacksnerven noch immer auf der Zunge!«

»Du bist eine Wortklauberin«, stöhnte Hans und zwinkerte Claudius dabei zu. »Es geht nichts über eine freundschaftliche Kabbelei! Deswegen mag ich Toni auch so sehr. Sie ist der beste Kamerad, den ein Mann sich wünschen kann, und die beste Frau gleich mit dazu!«

Damit entwaffnete er Toni völlig.

»Was du schon wieder sagst«, meinte sie und verschwand, um die Nudelsoße zu holen.

Es wurde ein stimmungsvoller Abend. Das Essen schmeckte himmlisch, alle waren witzig und vergnügt, und Mena fand, dass Claudius gut zu erzählen wusste, ohne dabei so eitel anzugeben, wie viele Männer es gerne taten.

Gerade als Hans einen allzu schlüpfrigen Witz erzählte, wandte er sich ihr zu und sagte: »Mein Angebot gilt auch noch in einem halben Jahr!«

»Welches Angebot?«, wollte Toni wissen.

»Claudius hat gemeint, ich könne für ihn arbeiten. Wenn ich nichts anderes finde, werde ich es wohl tun«, antwortete Mena gelassen.

»Arbeiten? Du für ihn? Aber ich dachte …« Toni schloss gerade noch den Mund, bevor ihr herausschlüpfen konnte, dass die beiden ihrem Willen nach ein Paar werden sollten.

»Es wäre auf alle Fälle mal ein Anfang«, meinte Claudius lächelnd. »Ich brauche jemanden, auf den ich mich hundertprozentig verlassen kann.«

»Auf Mena kann man sich verlassen!« Toni schöpfte wieder Hoffnung und füllte das Glas ihrer Schwester erneut.

»Nimm bitte etwas weniger Wein!«, bat Mena. »Du weißt, dass ich normalerweise keinen Alkohol trinke. Ich tu es nur hier bei dir.«

Toni schnaufte, denn sie hatte gehofft, ihre Schwester würde ihre Hemmungen Männern gegenüber ein wenig ablegen, wenn sie ein Glas Wein trank. Aber sie ließ Mena ihren Willen, um sie nicht zu verärgern. In der Hinsicht konnte ihre Schwester sehr stur sein. Beim letzten Mal hatte sie drei Wochen lang auf keinen Anruf geantwortet und auch sonst nichts von sich hören lassen.

Nach einer Weile hob Claudius die Rechte und sah die anderen traurig an. »Ich hoffe, ihr seht mich nicht als Spielverderber an, aber auch für mich beginnt der Tag morgen sehr früh.«

»Von mir aus kann es losgehen!« Mena trank ihr Glas leer und stand auf.

»Dabei war es so schön!« Toni seufzte, sagte sich aber, dass sie nichts übers Knie brechen durfte. Immerhin waren sowohl Mena wie auch Claudius gebrannte Kinder. Es sah jedoch so aus, als wären sie einander sympathisch, und das war schon vielversprechend.

»Also dann, bis morgen!«, sagte Mena, verabschiedete sich von Toni und Hans mit einer Umarmung und folgte Claudius nach draußen. Als sie in sein Auto einstieg, verglich sie es mit den Luxuskarossen, die Biskop und dessen Frau ihr Eigen nannten. Es war kein billiger Wagen, aber mehr auf Bequemlichkeit und Sicherheit ausgerichtet als zum Beispiel der wespengelbe Sportwagen, den Susanne Fehse-Biskop bevorzugte.

»Deine Schwester kann wirklich gut kochen«, begann Claudius das Gespräch.

»Das ist der größte Unterschied zwischen uns. Sie kocht leidenschaftlich gern, während ich es nur tue, um nicht zu verhungern!«, gab Mena lächelnd zurück.

»Ich esse eigentlich auch nur, um nicht zu verhungern!« Claudius grinste und lenkte den Wagen auf die Maximilianstraße. Wenige Minuten später hielt er vor Menas Wohnhaus an. Nur ganz oben brannte hinter einem Vorhang noch Licht.

»Also dann, bis bald!«, verabschiedete Claudius sich.

»Ich würde mich freuen!« Mena lächelte ihm zu und stieg aus. Während sie zur Tür ging, wartete Claudius noch und fuhr erst weiter, als sie im Haus war.

Menas Wohnung war für eine Person eigentlich zu groß. Im Grunde benötigte sie nur ihr Schlafzimmer, das Wohnzimmer, Küche und Bad. Ein kleines Zimmer hatte sie als Arbeitsraum eingerichtet, und das letzte Zimmer diente ihr als Abstellraum für alles Mögliche. Wenn sie ihren Job aufgab und keinen neuen fand, würde sie sich diese Wohnung nicht mehr leisten können, sagte sie sich, während sie ihre Umhängetasche abstellte und ein Glas Wasser am Wasserhahn füllte.

»Das nächste Mal werde ich keinen Wein mehr trinken, und wenn Toni hundertmal meint, ihre Pasta würde nur damit gut schmecken. Sie tut es auch mit Mineralwasser!«

Dabei fiel ihr das isländische Mineralwasser ein, das Uwe Biskop sich kommen ließ, und sie schüttelte den Kopf. Als sie zu Bett ging, kreisten ihre Gedanken noch immer um das Wissenschaftlerpaar, und sie fragte sich, was sie an Susanne Fehse-Biskops Erklärungen misstrauisch machte. Erst kurz vor dem Einschlafen gelang es ihr, sich von diesem Thema zu befreien, und sie dachte an Claudius, der tatsächlich ein seltener Edelstein unter den vielen Kieseln zu sein schien, mit denen Toni sie schon hatte verkuppeln wollen.

4.9

Da Mena vergessen hatte, ihren Wecker zu stellen, wachte sie viel später auf als geplant. Um die Zeit hatte sie eigentlich bereits im Institut sein wollen. Erschrocken quälte sie sich aus den Federn und huschte ins Badezimmer. Eine kräftige Dusche weckte ihre Lebensgeister, und sie beschloss, sich nicht darüber zu ärgern, dass sie verschlafen hatte.

Stattdessen gönnte sie sich sogar noch ein ausgiebiges Frühstück. Als sie jedoch die Wohnung verlassen wollte, hielt der Klingelton ihres Telefons sie auf.

»Hier Reglin«, meldete sie sich.

»Hallo Mena! Ich bin es, Irmbert Claaßen. Vielleicht erinnerst du dich an mich.«

»Als wenn ich dich vergessen könnte«, antwortete Mena und schöpfte Hoffnung, Claaßen könnte eine Stelle für sie gefunden haben. »Wie geht es dir?«, fragte sie gespannt.

»Wenn du wissen willst, ob ich einen neuen Aufgabenbereich gefunden habe, muss ich dich enttäuschen. Den meisten Instituten sitzt das Geld nicht mehr so locker, dass sie mir nichts, dir nichts eine neue Stelle ausschreiben. Allerdings habe ich eine Dozentenstelle an der Uni Heidelberg in Aussicht. Aktive Forschung wäre mir zwar lieber als Vorlesungen vor Studenten, aber in der Not frisst der Teufel Fliegen«, antwortete Claaßen aufgeräumt.

»Ich drücke dir die Daumen, dass es mit einem neuen Forschungsauftrag klappt«, sagte Mena.

»Ich wollte mich nur bei dir melden und dir noch einmal sagen, dass ich unser Gespräch sehr genossen habe. Solltest du derzeit Unterstützung brauchen, bin ich gerne bereit, dir zu helfen. Ich glaube nicht, dass Barin dir all die Ressourcen zur Verfügung stellt, die du benötigst«, fuhr Claaßen fort.

Mena wusste nicht, weshalb er ihr das anbot, und auch nicht, ob sie es annehmen sollte. »Ich habe zwar derzeit einen Auftrag …«, begann sie und wurde von Claaßens Lachen unterbrochen.

»… darfst aber nichts sagen, weil Barin ein schreckliches Geheimnis darum macht. Ich weiß, was ich von ihm zu halten habe. Auf jeden Fall steht mein Angebot. Wenn du es annehmen willst, musst du nur zurückrufen!«

»Ich lasse auf jeden Fall von mir hören«, antwortete Mena.

»Ich hoffe es! Und nun will ich dich nicht weiter stören. Einen schönen und erfolgreichen Tag noch.«

»Dir auch. Auf Wiedersehen!«

Mena hörte, wie Claaßen auflegte, und beklagte ihr Schicksal, das Professor Barin zu ihrem Chef gemacht hatte und nicht Professor Claaßen.

5

5.1

Alice Blair legte die Mappe mit den Unfallfotos und den Berichten darüber wieder beiseite und kämpfte gegen die Bitterkeit an, die in ihr hochsteigen wollte. Im Augenblick interessierte sie sich weniger für die Frage, weshalb zwei, die ins Auto gestiegen waren, gestorben waren und zwei andere nicht. Sie beschäftigte sich auch nicht wie so oft damit, weshalb die beiden angeblich mit einem Taxi gefahren waren. Ihr ging es um mehr, nämlich um die eigene Herkunft. Die Mutter konnte sie nicht mehr fragen, wer ihr Vater war, und von ihrer Adoptivmutter hatte sie es nie erfahren. Wahrscheinlich wusste diese es selbst nicht.

Alice konnte sich kaum noch an ihre Mutter erinnern, aber ihre Adoptivmutter hatte einiges über sie erzählt, und das war nicht gerade positiv gewesen. Martina Posansky hatte ihre Mutter leichtfertig genannt und mit noch schlimmeren Ausdrücken belegt. Manchmal fragte Alice sich, warum ausgerechnet Martina und ihr Mann sie adoptiert hatten. Wahrscheinlich hatten sie sich Kinder gewünscht und bis dorthin keine bekommen.

Kurz danach hatte sich das geändert, denn Earl und Martina Posansky nannten bald drei Mädchen und einen Jungen ihr Eigen. Da war für Alice nicht mehr viel Platz und kaum noch Liebe geblieben. Sie hatte sich früh auf eigene Beine stellen müssen, und es gab fast keinen Kontakt zu den Verwandten in Kansas. In gewisser Weise bedauerte sie es, denn sie hätte Tante Martina gerne noch das eine oder andere gefragt. Ob sie Antwort von ihr erhalten würde, stand jedoch auf einem anderen Blatt. Martina

Posansky war oberflächlich und hatte sich durch ihre Kinder in eine fanatische Hockey-Mum verwandelt, die sich für nichts anderes interessierte als für ihren Mann und ihren Nachwuchs.

»Nein, sie hätte mir nicht geholfen«, sagte Alice leise zu sich selbst.

Längst hatte sie außerdem begriffen, dass Tante Martina ihre Mutter trotz aller abwertenden Bemerkungen stets beneidet hatte, denn Julia Gschwendle war all das gewesen, was ihre Kusine nie hatte sein können – hübsch, intelligent und fröhlich. Außerdem war sie bereits in jungen Jahren Mutter geworden. Nur geheiratet hatte sie nie, und bis heute wusste Alice nicht, woher ihre andere Hälfte stammte.

Nervös wanderte sie in ihrem Zimmer im Frankfurter Hof auf und ab und blieb mit einem Mal wie angewurzelt stehen. Wenn sie mehr über ihre Mutter erfahren wollte, musste sie sich dort umschauen, wo diese aufgewachsen war, und nach weiteren Verwandten suchen. Es musste welche geben, denn Tante Martina hatte gelegentlich einen Brief oder eine Postkarte erhalten. Allerdings war ihr einziger Anhaltspunkt der Friedhof, auf dem ihre Mutter begraben worden war. Nun tat es ihr leid, dass sie, als sie vor ein paar Wochen dort gewesen war, nicht nach ihrer Verwandtschaft gefragt hatte. Die Fahrt dorthin war jedoch nicht so weit, und so entschloss sie sich, noch am gleichen Tag aufzubrechen.

Alice brauchte weniger als eine halbe Stunde für ihre Vorbereitungen. An Gepäck nahm sie nur einen leichten Koffer mit, für den Fall, dass sie über Nacht bleiben musste, und steuerte dann ihren Wagen über die A5 und die A8 in Richtung des kleinen Dorfes bei Kirchheim unter Teck.

Als sie vor dem Friedhof ausstieg und sich umsah, fiel ihr dieselbe Frau auf, die sie damals angesprochen hatte. Mit einem Lächeln, das zu verkrampft wirkte, um echt zu sein, trat Alice auf sie zu. »Guten Tag! Vielleicht erinnern Sie sich noch an mich. Ich habe vor geraumer Zeit nach dem Grab von Julia Gschwendle gefragt.«

»Freilich erinnere ich mich! Die Schuster Gerda war mir deswegen ganz böse, weil ich sie nicht gerufen habe. Eine Amerikanerin, hat sie gesagt, das kann nur eine Tochter der Martina sein, die damals den GI geheiratet hat, oder gar …«

Die Frau brach ab und musterte Alice durchdringend. »Ich war damals noch ein Mädle, aber ich kann mich noch an die Julia Gschwendle erinnern. Sie sehen ihr sehr ähnlich. Sind Sie vielleicht …?«

Eigentlich hatte Alice in Deutschland ihre Herkunft nicht aufdecken wollen. Hier aber musste sie sagen, wer sie war. Den Namen jedoch, unter dem Biskop und dessen Frau sie kannten, würde sie nicht benutzen. Mit einem kaum merklichen Nicken sagte sie daher: »Ja, ich bin Elisabeth Posansky!«

In gewisser Weise stimmte es auch, sagte sie sich, denn ihr Taufname war Elisabeth gewesen. Man hatte sie nur deshalb Alice genannt, weil es in der Posansky-Verwandtschaft bereits mehrere Elisabeths gegeben hatte. Posansky hatte sie adoptiert, und sie trug den Namen Blair aus einer Kurzzeitehe mit einem Studienkollegen, die bereits nach zwei Wochen mit einer Scheidung beendet worden war.

»Da wird sich die Schuster Gerda aber freuen«, antwortete die Frau. »Die war nämlich auch eine Kusine Ihrer Mutter und hätte Sie gerne zu sich geholt. Aber ihr Mann war dagegen, weil er mit Ihrer Mutter nicht zurechtgekommen ist. Er mochte keine Frauen, die ihren eigenen Weg gehen.«

»Dann wird er auch mich nicht mögen«, sagte Alice. »Ich gehe ebenfalls meinen eigenen Weg.«

»Der Anton ist auf Montage und kommt erst in zwei Wochen zurück«, antwortete die Fremde, um Alice zu beruhigen.

»So lange werde ich nicht bleiben.« Alice lächelte etwas entspannter. Wie es aussah, traf sie nun doch auf eine Verwandte, und die würde ihr wahrscheinlich mehr über ihre Mutter erzählen können, als Martina Posansky es getan hatte.

5.2

Gerda Schuster war um die fünfzig Jahre alt und etwas pummlig. Ihr rundliches Gesicht wurde von blauen, fröhlich blitzenden Augen beherrscht, die Alice für einen Moment zu durchbohren schienen. Dann schloss sie ihre Besucherin herzlich in die Arme.

»Was bin ich froh, dich wiederzusehen, Mädle!«, rief sie.

Alice konnte sich an Gerda nicht mehr erinnern, erfuhr aber in den nächsten Minuten, dass sie mit ihrer Mutter bei ihr zu Besuch gewesen war.

»Am Anfang war's ja noch öfter. Aber als ich den Anton geheiratet habe, ging's kaum noch, denn die zwei haben sich einfach nicht verstanden.«

Gerda Schuster klang ein wenig traurig, denn sie hätte neben ihren beiden Buben gerne noch ein Mädchen aufgezogen.

Auch Alice bedauerte, dass es nicht dazu gekommen war, denn Tante Gerda schien im Gegensatz zu Martina Posansky eine liebevolle Frau zu sein, bei der sie gewiss eine schöne Kindheit gehabt hätte.

Gerda lud sie zu sich ein und setzte ihr eine Brotzeit vor, die für fünf gereicht hätte. Der Geschmack der Wurst und das Geschirr weckten ferne Erinnerungen, die Alice verrieten, dass sie tatsächlich schon hier gewesen sein musste. Doch sie schob die aufkeimenden Gefühle weg, denn ihr Ziel war es, mehr über ihre Herkunft zu erfahren.

»Ich weiß nicht viel über meine Mutter, denn ich war noch sehr klein, als sie starb«, sagte sie und starrte auf ihre rosa lackierten Fingernägel.

»Es hat mir damals sehr leidgetan«, antwortete Gerda Schuster mit einem tiefen Seufzer. »Ich habe den Anton gebeten, dass wir dich zu uns holen sollten, aber er wollte nicht. ›Man weiß ja nicht einmal, wer der Vater ist‹, hat er gesagt, und dass ihm bereits Julia gereicht habe. Eine Kopie von ihr bräuchte er wirklich nicht im Haus.«

Alice begriff, dass Gerda Schuster ihrem Mann diese Ablehnung niemals verziehen hatte, und das nahm sie noch mehr für die freundliche Frau ein.

»Sie sagen …«, begann sie und wurde von Gerda unterbrochen.

»Als Verwandte sind wir doch per Du!«

»Du sagst, es habe niemand erfahren, wer mein Vater ist?«, fragte Alice leise.

»Der Vater wird es wohl wissen, aber der hat nie was von sich hören lassen. Ich habe mit ein paar Bekannten deiner Mutter telefoniert, darunter mit ihrer besten Freundin Susanne. Aber die Auskunft war immer die gleiche: Die Julia habe nie gesagt, wer der Vater ihrer Tochter sei.«

»Susanne? Kennst du den Nachnamen der Frau?«, fragte Alice weiter.

»Nein, ich weiß nur, dass er mit F und e begonnen hat.«

»Fehse?«

Gerda Schuster nickte. »Ja, das kann sein.«

Alice nickte, als müsse sie ihre Gedanken selbst bestätigen. »Susanne Fehse also! Aber wenn sie wirklich die beste Freundin meiner Mutter gewesen wäre, hätte sie den Namen meines Vaters wissen müssen.«

»Es gibt Dinge, die erzählt man auch der besten Freundin nicht«, meinte Gerda Schuster.

»Das ist möglich …« Ein schmerzliches Lächeln erschien auf Alices Gesicht. »Ich hatte gehofft, ich könnte dieses Geheimnis hier lösen. Aber danach sieht es leider nicht aus.«

»Ich bedaure es sehr, dass ich dir nicht helfen kann«, antwortete Gerda Schuster traurig und fragte Alice, wie lange sie in der Gegend bleiben würde.

»Ich wollte eigentlich heute noch weiterfahren.«

»Das kannst du nicht tun! Bleib wenigstens über Nacht hier. Wir können dann noch ein wenig miteinander plaudern. Ich würde gerne wissen, wie es dir drüben in Amerika ergangen ist. Man sagt ja, es sei das Land der unbegrenzten Möglichkeiten.«

»Es gibt jedem Menschen eine Chance, der in der Lage ist, sie zu ergreifen.«

»Und? Hast du deine Chance ergriffen?«, fragte Gerda.

»Ich glaube schon!« Alices Augen blitzten, denn sie hatte sich gegen etliche Widerstände durchsetzen müssen. Ein paarmal hatte sie versucht, sich an die dortigen Konventionen anzupassen, und ihre Teenagerheirat war eine davon gewesen. Doch sie hatte rasch begriffen, dass es im Grunde nur einen Menschen gab, auf den sie sich verlassen konnte, und das war sie selbst.

Um Gerdas Neugier zu befriedigen, erzählte sie ihr ein wenig aus ihrem Leben, ohne zu viel preiszugeben. Sie sprach auch in wärmeren Worten von Tante Martina, deren Mann und den vier Kindern, als diese es verdienten. Ihre Heirat unterschlug sie, da sie sich hier als Elisabeth Posansky vorgestellt hatte, und was ihre Arbeit betraf, so erzählte sie nur, sie arbeite drüben in den Staaten als Journalistin und sei für kurze Zeit auf Urlaub nach Deutschland gekommen. Es tat ihr zwar leid, die freundliche Frau belügen zu müssen, doch sie wollte nicht, dass irgendjemand sie mit Alice Blair in Verbindung bringen konnte.

Auch wenn der Besuch in der alten Heimat ihrer Mutter keine greifbaren Ergebnisse gebracht hatte, so war er in Alices Augen nicht vergebens gewesen. Sie hatte mit Gerda Schuster eine Verwandte kennengelernt, mit der sie, je nachdem, wie ihre Mission hier ausging, später Kontakt halten konnte. Allerdings hatte das Gespräch mit Gerda ihren Willen bestärkt, den seltsamen Unfalltod ihrer Mutter aufzuklären und die Schuldigen zur

Rechenschaft zu ziehen. Auch lockte es sie weit mehr als früher herauszufinden, wer ihr Vater war.

Mit diesen Gedanken kehrte Alice nach Frankfurt zurück, wo sie ein neuer Auftrag ihres Senders erwartete. Dieser verlangte spezielle Berichte über die Entwicklung in Deutschland und Europa, und so musste sie in der darauffolgenden Woche mehrere europäische Hauptstädte aufsuchen und ein Dutzend Interviews führen. Dabei nahm sie die Gelegenheit wahr, aus Rom eine weitere Drohmail an Uwe Biskop zu schicken, und stellte sich vor, wie dieser und Susanne Fehse-Biskop, die angeblich beste Freundin ihrer Mutter, darauf reagierten.

5.3

In Augsburg forschte Mena Reglin weiter nach denjenigen, die Uwe Biskop und dessen Frau mit unfreundlichen Mails bombardiert hatten, und schüttelte nur den Kopf, als ihr wieder eine neue gemeldet wurde. Mit verkniffener Miene las sie den Text, den Susanne Fehse-Biskop ihr weitergeleitet hatte.

Auch wenn ihr glaubt, es wäre alles vergessen: Das ist es nicht! Ich werde ans Licht bringen, was damals wirklich geschehen ist.

Auf welche Begebenheit spielte der Absender an?, fragte Mena sich. Susanne Fehse-Biskops Auskünfte waren zu dürftig gewesen, als dass sie etwas damit hätte anfangen können. Angeblich gab es in deren Leben und in dem ihres Mannes nichts, was solche E-Mails rechtfertigte. Doch das glaubte Mena ihr nicht.

Mittlerweile hatte sie sich intensiv mit Wilfried Gadow beschäftigt. Den Auskünften zufolge sollte er ein cholerischer Mensch sein, der den eigenen Mangel an Fähigkeiten kompensierte, indem er sich wie ein Blutegel an bessere Leute hängte und versuchte, von deren Erfolgen zu profitieren.

Das entsprach so sehr dem Bild, welches Susanne Fehse-Biskop von dem Mann gezeichnet hatte, dass Mena beschloss, Gadow aufzusuchen und ihn über sein Verhältnis zu Biskop zu befragen. Sie wunderte sich, weshalb er erst jetzt, nach fast zwanzig Jahren, die Forderung stellte, Biskop solle ihm ein Viertel seiner Einnahmen aus dem Patent für jenes spezielle Isoliermaterial abtreten. Auch empfand Mena es als seltsam, dass Biskop, der angeblich damals bereit gewesen war, Gadow dieses Viertel der Einnahmen zu überlassen, sich nun mit Vehemenz dagegen sträubte, auch nur mit dem Mann zu reden.

Zu den vielen offenen Fragen, die mit jedem Tag mehr wurden, kam noch der unterschwellige Kleinkrieg im Institut. Barin ignorierte sie mittlerweile völlig und kümmerte sich nicht mehr um ihre Arbeit. Das lag auch daran, dass er zum ersten Mal, seit er die Leitung des Instituts übernommen hatte, selbst intensiv mitarbeiten musste. Zwar versuchte er, einen Teil der Aufträge an Timo Jander abzuschieben, doch der war immer noch mit der Doktorarbeit beschäftigt und machte nun aus Trotz alles hundertzehnprozentig. Die Dissertation nahm Gestalt an und wimmelte mittlerweile von Fußnoten, Quellenangaben und Querverweisen, dass selbst der schärfste Plagiatsjäger daran verzweifeln musste. Für andere Aufträge hatte Jander daher keine Zeit.

Das schlechte Arbeitsklima weckte in Mena den Wunsch, eine weitere Außenrecherche einzuschieben. Sie hatte keinen Zweifel mehr daran, dass diejenigen, die Biskop bedrohten, aus dessen Umkreis in frühen Jahren, also vor seinem Aufenthalt in den Vereinigten Staaten, stammen mussten. Deswegen wollte sie erneut nach Vechta fahren und diesmal gezielt dieses Thema angehen.

An dem Nachmittag, an dem sie Barin diesen Entschluss mitteilen wollte, trat sie in die Küche und wollte sich Kaffee einschenken. Da sah sie ihre Tasse, die sie am Vormittag auf die

Anrichte gestellt hatte, zerbrochen am Boden liegen. Isa konnte es nicht gewesen sein, denn die hatte sich einen freien Tag genommen. Außerdem hätte sie sich bei ihr entschuldigt. Professor Barin wäre es zuzutrauen, doch kam der nur selten in die Küche. Außerdem glaubte Mena nicht, dass er überhaupt wusste, welche Tasse die ihre war. Daher blieb nur Timo Jander übrig. Mena wollte schon in dessen Büro, um ihn zur Rede zu stellen, ließ es dann aber sein. Die Tasse war alt gewesen, und sie hatte schönere zu Hause. Allerdings wollte sie diese nicht Janders kleinlicher Rachsucht ausliefern, und so beschloss sie, sich einen unzerbrechlichen Becher aus Plastik zu besorgen. Es würde darüber hinaus ein Zeichen sein, dass ihr das Institut nichts mehr bedeutete.

Mit einem leisen Fauchen warf sie die Scherben in den Abfalleimer, verließ die Küche und klopfte an Professor Barins Tür.

»Herein!«, hallte es grimmig zurück.

Mena trat ein und sah ihren Chef wie eine gereizte Bulldogge vor seinem Bildschirm hocken.

»Was wollen Sie?«, fragte er unwirsch.

»Ihnen nur sagen, dass ich gleich nach Hause gehe, um für eine weitere Recherchefahrt nach Vechta zu packen. Für die Fahrt benötige ich die Kreditkarte des Instituts, denn ich bin nicht bereit, die Reise von meinem eigenen Geld vorzustrecken.«

Barins Kopf schwoll dunkelrot an. »Was wollen Sie schon wieder in der Weltgeschichte herumfahren. Ich werde Sie …«

»… auf der Stelle entlassen?«, fragte Mena hoffnungsvoll, obwohl sie es bedauern würde, die Nachforschungen über Biskop und dessen Feinde ergebnislos einstellen zu müssen. »Und da ist noch etwas! Ich muss mit Dr. Wilfried Gadow über dessen Bekanntschaft mit Professor Biskop sprechen. Wenn man etwas untersucht, sollte man es von allen Seiten tun.«

Mena lächelte, denn mit diesem zweiten Ziel würde sie das Institut mindestens für eine Woche nicht mehr sehen müssen.

»Wollen Sie etwa auf Kosten des Instituts nach Amerika fliegen?«, fragte Barin empört.

Mena schüttelte lächelnd den Kopf. »Aber nein! Meinen Recherchen zufolge weilt Dr. Gadow derzeit in Deutschland, genauer gesagt in Berlin. Ich bin sicher, dass ich das Hotel herausfinden kann, in dem er untergebracht ist.«

»Vechta! Berlin! Wo wollen Sie denn noch überallhin?«, fragte Barin beißend.

»Das wird sich im Lauf der Nachforschungen ergeben«, antwortete Mena lächelnd.

»Verdammt, ich ... Können Sie hier mal draufschauen? Ich soll diese Anfrage beantworten, komme aber nicht weiter!« Das war ein für Barin seltenes Eingeständnis, aber wenn er den Auftrag ausführen und das Geld dafür kassieren wollte, musste er diese Kröte schlucken. Er stand auf und deutete Mena an, dass sie sich vor seinen Bildschirm setzen sollte.

Mena sah auf den ersten Blick, welcher Fehler ihrem Chef unterlaufen war. »Das wird länger dauern«, sagte sie scheinbar angespannt und sah Barin auffordernd an. »Könnten Sie mir in der Zwischenzeit eine Tasse Kaffee besorgen? Allerdings hat jemand meine Tasse zerbrochen! Sie werden daher eine andere nehmen müssen.«

Barin wollte schon auffahren, begriff aber rasch genug, dass er Mena besser nicht verärgern sollte, und verzog sich grummelnd in die Küche. Sein Zorn suchte jedoch ein Opfer, und dafür kam ihm Menas kaputte Tasse gerade recht.

»Frau Reglins Tasse ist zerbrochen. Jander, wenn Sie das waren, werden Sie etwas erleben!«, hallte sein wütender Schrei durch das Haus.

Mena musste sich das Lachen verbeißen. Zu lange hatte Barin ihr Jander vorgezogen. Während sie die härtesten Nüsse hatte knacken müssen, war er für die angenehmeren Arbeiten herangezogen worden. Doch mit dieser Begünstigung war es nun vorbei.

Kurz darauf kam Barin mit einer anderen Tasse zurück. Sie gehörte Tess. Eigentlich hatte Isa sie ihrer Freundin mitbringen sollen, es aber bislang vergessen. Zwar war der Kaffee schwarz, und es gab auch keinen Zucker, doch Mena verkniff sich eine diesbezügliche Bemerkung, trank nur einen kleinen Schluck und stellte die Tasse neben die Tastatur. Die nächsten Minuten verfolgte sie das Thema, das ihr Chef recherchieren sollte, und präsentierte ihm schließlich das Ergebnis auf dem Bildschirm.

»Ist es das, was Sie brauchen, Herr Professor?«, fragte sie.

»Ja … ähm … ja, so ungefähr!« Da er nun hatte beobachten können, wie rasch Mena zu ihren Ergebnissen kam, ärgerte Barin sich noch mehr über ihre Kündigung. Die Frau würde er niemals adäquat ersetzen können. Damit sanken die Chancen, sein kleines Institut in der Gewinnzone zu halten. Doch wenn er in die roten Zahlen rutschte, würden seine Geldgeber ihn zur Rechenschaft ziehen, und das konnte ihn unter Umständen diesen Job kosten, den er eigentlich bis zu seiner Pensionierung hatte ausfüllen wollen.

»Wenn Sie weitere Fragen haben: Ich bin noch etwa eine halbe Stunde hier!« Mena nickte kurz, nahm die Tasse und verließ das Büro ihres Chefs. Unterwegs versorgte sie sich mit Milch und Zucker und stand Augenblicke später Timo Jander gegenüber, der mit flackernden Augen auf die Tasse in ihrer Hand stierte.

»Die gehört Tess!«

»Der Herr Professor hat sie für mich geholt«, sagte Mena spöttisch und ging in ihr Büro.

Die Tatsache, dass der bekennende Chauvinist Justus Barin Mena eine Tasse Kaffee gebracht hatte, erschütterte Timo Janders Weltbild. Das wäre allerdings nicht passiert, hätte er seine Wut nicht an Menas Tasse ausgelassen, während sie in der Mittagspause gewesen war. Wenn es ihr nun einfiel, ihre Kündigung zurückzunehmen und im Institut zu bleiben, würde sie ihn endgültig verdrängen.

Mena ahnte nichts von Janders Überlegungen, und sie hätten sie auch nicht mehr berührt. Die nächste halbe Stunde nützte sie, um in mehreren Berliner Hotels nach Dr. Gadow zu fragen, bis sie ihn ausfindig gemacht hatte. Entschlossen rief sie ihn an.

Gadow meldete sich mit einer Stimme, die sie an einen getretenen Hund erinnerte. »Ja? Was wollen Sie von mir?«

»Spreche ich mit Dr. Wilfried Gadow?«, fragte Mena freundlich.

»Ja!«

Der Mann hat einen arg eingeschränkten Wortschatz, dachte Mena belustigt.

»Mein Name ist Mena Reglin. Ich hätte gerne mit Ihnen über Professor Dr. Biskop gesprochen.«

»Über diesen Schuft? Den soll der Teufel holen!«

Zwar bewies Gadow jetzt, dass er über einen größeren Wortschatz verfügte, doch seine Diplomatie musste er bei Attila dem Hunnen gelernt haben.

Mena schüttelte innerlich den Kopf über ihn, blieb aber freundlich. »Ich bin mit einer Untersuchung über die wichtigsten Erfindungen der Menschheit betraut, und dazu gehört auch dieser phänomenale Dämmstoff, den Professor Dr. Biskop mit Ihrer Hilfe erfunden hat.«

»Erfunden habe ich ihn! Er hat ihn mir gestohlen, der Dieb, der hinterhältige!«

Mena fragte sich, ob der Mann so dumm war, mit einer wildfremden Person so zu sprechen, doch ihre Erfahrungen mit ihrem Exmann ließen sie annehmen, dass Wilfried Gadow betrunken war und daher alle Hemmungen fallen ließ.

»Kann ich nach Berlin kommen und mit Ihnen reden?«, fragte sie.

»Von mir aus! Wann wollen Sie mich sprechen?«, kam es wenig begeistert zurück.

»Wäre Ihnen morgen Nachmittag recht? Sagen wir fünfzehn Uhr?«

»Also gut, morgen Nachmittag!«

Es schien, als habe der Alkohol Gadows Wortschatz tatsächlich etwas eingeschränkt. Mena wollte sich schon verabschieden, als Gadow ihr endlich eine sinnvolle Frage stellte.

»Wer sind Sie eigentlich und für wen arbeiten Sie?«

»Mein Name ist Mena Reglin, und ich arbeite für Professor Barins Institut für zeitgeschichtliche Forschungen in Augsburg.«

»Für Barin arbeiten Sie? Der hat auch keinen Grund, diesen Lackaffen Biskop zu mögen!«

Mena spürte Gadows erwachende Neugier und seine Hoffnung, einen Verbündeten für seinen Kampf gegen Biskop zu gewinnen. Ein wenig tat es ihr leid, dass sie sich Gadow unter falschen Voraussetzungen nähern musste. Wüsste er, dass sie in Biskops Auftrag handelte, hätte er einem Treffen mit ihr niemals zugestimmt. Ihr lag jedoch daran, so viel wie möglich über Professor Dr. Uwe Biskop zu erfahren. Vieles von dem, was über ihn im Umlauf war, stammte aus Fernsehsendungen und Artikeln seiner Frau und stellte ihn als Wohltäter der Menschheit dar. Dass er das tatsächlich war, bezweifelte Mena.

5.4

Der Flug nach Berlin hob planmäßig ab, und auch bei der Ankunft gab es keine Verzögerungen. In der Hauptstadt wählte Mena ein günstiges Hotel, um mit Barin keinen Streit wegen der Spesen zu bekommen. Nach einem leichten Imbiss machte sie sich auf den Weg zu Gadow.

In dessen Hotel ließ sie sich von der Dame an der Rezeption

melden. Wenig später trat der Wissenschaftler aus dem Aufzug, sah sich suchend um und kam, da keine andere Frau in der Lobby stand, mit einem zweifelnden Ausdruck auf sie zu.

»Sind Sie Frau Reglin?«, fragte er.

»Die bin ich!« Mena reichte dem Mann ihre Visitenkarte und musterte ihn.

Auf sie wirkte er wie die leibhaftig gewordene Verbitterung. Was auch immer er in seinem Leben erreicht haben mochte, galt in seinen Augen nichts gegen das, was er geworden wäre, wenn er anstelle von Uwe Biskop als Erfinder jenes Isoliermaterials gegolten hätte. Unwillkürlich stellte sie einen Vergleich zwischen den beiden Männern an. Biskop mochte eitel sein, aber er war auch intelligent und hatte eine Menge weiterer Erfindungen zum Patent angemeldet. Anders als er war Gadow auf der Stufe stehen geblieben, auf die möglicherweise Biskop ihn gestellt hatte. Soweit sie wusste, arbeitete er in einem amerikanischen Konzern, und das nicht gerade in leitender Stellung.

Der Mann hätte begreifen müssen, dass es nichts half, sein Herz an eine einzige Sache zu hängen. Auch wenn die Geschichte stimmte und Biskop ihm diese Erfindung tatsächlich gestohlen hatte, hätte Gadow sich auf die Hinterbeine stellen und beweisen müssen, dass er der große Erfinder war, der zu sein er behauptete. So aber hatte er es Biskop leicht gemacht, ihn als Neider abzuqualifizieren.

Mena war jedoch im Zweifel, ob Gadow tatsächlich ein so genialer Erfinder war, wie er tat, sagte sich aber, dass sie zweifelsfrei herausfinden musste, wer von den beiden die Wahrheit sagte. Daher grüßte sie den Mann freundlich und wies auf die Hotellobby. »Wollen wir uns nicht setzen?«

»Gerne! Fräulein, besorgen Sie mir einen Gin Tonic!«, rief er der Bedienung zu, fragte aber nicht, ob Mena etwas trinken wolle.

Sie ärgerte sich etwas, sagte sich aber, dass sie nicht hierhergekommen war, um zu konsumieren, sondern um Antworten auf Fragen zu erhalten, die für ihre Arbeit und für ihr persönliches Interesse wichtig waren.

Nachdem sie Platz genommen hatten, zog Mena ihren Tabletcomputer aus ihrer Umhängetasche, schaltete ihn so, dass sie darauf handschriftliche Notizen machen konnte, und sah Gadow auffordernd an.

»Ich habe mich ein wenig mit dem Streit zwischen Ihnen und Professor Biskop beschäftigt. In den meisten Unterlagen ist nur seine Version vermerkt. Daher würde ich gerne von Ihnen selbst erfahren, was damals passiert ist.«

»Zu Beginn haben wir zusammengearbeitet – auf gleicher Ebene wohlgemerkt! Es war ein Forschungsauftrag der Freien Universität Berlin, der von mehreren Industriekonzernen gesponsert wurde. Es ging darum, die Wärmedämmung bei Kühlanlagen zu verbessern, um Energie zu sparen«, begann Gadow und hielt dann kurz inne, weil die Hotelangestellte den Gin Tonic brachte.

»Könnte ich bitte ein stilles Mineralwasser bekommen?«, fragte Mena die junge Frau, weil sie auf einmal einen trockenen Mund hatte.

»Sehr wohl! Soll ich es auch auf Zimmer 811 schreiben?«

Mena schüttelte den Kopf. »Ich zahle bar!«

Kaum war die Hotelangestellte außer Hörweite, wandte sie sich wieder an Gadow. »In den Fachbeiträgen heißt es unisono, Biskop habe diesen Isolierstoff für die Industrie entwickelt, und Sie seien sein Assistent gewesen.«

»Assistent!« Gadow schnaubte verächtlich. »Wir waren damals völlig gleichrangig. Streng genommen war sogar ich der Chef, denn ich hatte mich schon länger mit diesem Thema beschäftigt und auch den Forschungsauftrag an Land gezogen. Erst später hat Biskop dafür gesorgt, dass die Tatsachen um hundertachtzig Grad verdreht wurden.«

»Aber das hätten Sie doch mit Ihren Unterlagen beweisen können«, meinte Mena.

»Die Unterlagen waren weg! Beziehungsweise sie sind ausgetauscht worden. Biskop muss meinen Computer ebenso wie den der Uni manipuliert haben. Auf jeden Fall sah es plötzlich so aus, als hätten wir direkt im Auftrag eines Großkonzerns gearbeitet, und zwar mit Biskop als Forschungsleiter und mit mir als seinem Assistenten. Der Kerl war von Anfang an aufgeblasen und selbstherrlich, aber eine solche Gemeinheit hätte ich ihm nicht zugetraut!«

»Computer zu manipulieren, ohne dass jemand etwas merkt, ist nicht einfach – außerdem muss es doch auch schriftliche Unterlagen geben«, wandte Mena ein.

»Er konnte es! Nachdem die offiziellen Akten einem Unfall mit der Sprinkleranlage zum Opfer gefallen waren, hat niemand meinen eigenen Unterlagen geglaubt.«

Gadow ließ sich über einige weitere seltsame Zufälle aus und beharrte auf seiner Meinung.

Auch als Mena einige Fangfragen stellte, blieb er hartnäckig bei seiner Version der Vorfälle.

Obwohl Mena sich eine gute Menschenkenntnis zuschrieb, war ihr nicht klar, wen der Kontrahenten sie für den Lügner halten sollte. Für beide Aussagen sprachen einige Punkte, aber ebenso viele auch dagegen. Alles in allem hatte sie den Eindruck, dass Gadow ihr die Wahrheit berichtete – oder sich das Ganze so lange eingeredet hatte, bis er selbst fest daran glaubte.

»Es heißt, Sie hätten Professor Biskop damals bedroht«, fuhr sie fort.

Gadow lachte grimmig auf. »Was heißt hier bedroht? Ich habe nur die Wahrheit gesagt. Er hat meine Erfindung gestohlen und als die seine ausgegeben! Ist es da nicht natürlich, dass ich wütend geworden bin?«

»Ich hätte mich an Ihrer Stelle auch fürchterlich aufgeregt!«

In gewisser Weise war es bei ihr ähnlich, denn Barin hatte viele ihrer Ergebnisse als die seinen ausgegeben, aber diesen Zahn hatte sie ihm inzwischen gezogen. Dennoch dachte sie mit einem schalen Gefühl daran zurück. Die einander ähnelnden Erfahrungen durften sie jedoch nicht daran hindern, die Angelegenheit vorurteilsfrei anzugehen.

»Professor Biskop hat ausgesagt, dass er zu jener Zeit etliche Droh- und Erpresserbriefe sowie Mails mit äußerst unerquicklichem Inhalt erhalten habe«, erklärte sie.

»Nicht von mir!«, behauptete Gadow.

»In einem Interview, das Professor Biskop einer Fachzeitschrift gegeben hat, war zu lesen, er habe Ihnen angeboten, Sie als seinen Assistenten mit einem Viertel an den Erlösen jenes Patents zu beteiligen. Er habe davon jedoch Abstand genommen, weil er von Ihnen auf übelste Weise beleidigt und bedroht worden sei.«

»Biskop biegt die Wahrheit so hin, wie es ihm passt«, keifte Gadow.

So ganz konnte Mena ihm nicht widersprechen. Uwe Biskop war ein eloquenter Mann und profitierte auch von den wissenschaftlichen Berichten und Artikeln seiner Frau. In gewisser Weise stellten er und Susanne Fehse-Biskop eine Gesellschaft zur gegenseitigen Beweihräucherung dar. Mena nahm nicht an, dass Biskop heute so bekannt und angesehen wäre, wenn er sich hauptsächlich mit wissenschaftlicher Arbeit und weniger mit Selbstvermarktung beschäftigt hätte.

Irmbert Claaßen kam ihr in den Sinn. Auch der Mann war ein ausgezeichneter Wissenschaftler, stand aber nach dem Ende seines jetzigen Forschungsauftrags vor dem Nichts. Ob das Biskop ebenfalls passiert wäre, bezweifelte sie. Der Mann schien in jeder Situation auf die Füße zu fallen. Gadow hingegen hatten jene Vorfälle damals jegliches Selbstvertrauen in eigenverantwortliche Arbeit gekostet. Vielleicht hatte er dieses Selbstvertrauen auch nie besessen und daher Biskop mehr Verantwortung zugeschoben, als gut für ihn gewesen war.

So ehrgeizig, wie sie Biskop einschätzte, hatte dieser die Gunst der Stunde genutzt und seinen Partner ausgetrickst. Die Sache mochte nicht fair gewesen sein und auch nicht ehrlich, aber menschlich verständlich. Hätte Gadow sich mit der Rolle des Juniorpartners begnügt, würden die beiden wahrscheinlich immer noch zusammenarbeiten.

Mena ertappte sich dabei, dass sie Professor Biskop in Gedanken verteidigte, obwohl dieser nach dem, was sie erfahren hatte, und auch ihrer eigenen Einschätzung nach ein Kollegenschwein gewesen sein musste. Wahrscheinlich lag die Wahrheit, so sagte sie sich, irgendwo in der Mitte.

Einmal in Fahrt geraten, ließ Wilfried Gadow sich nicht mehr bremsen. Dabei bestellte er sich einen Gin Tonic nach dem anderen. Mit steigendem Alkoholpegel wurde er bitterer und bemitleidete sich zuletzt in einer Weise, die Mena als äußerst unangenehm empfand.

Nach zwei Stunden hatte sie für ihr Empfinden genug erfahren und verabschiedete sich. Zwar hatte das Gespräch mit ihm keine einzige ihrer Fragen wirklich beantwortet, aber sie konnte nun etlichen Dingen nachspüren. Auf jeden Fall war sie davon überzeugt, dass die infamen Drohmails an Uwe Biskop nicht von Wilfried Gadow stammten.

5.5

Nach dem Besuch bei ihrer Großcousine und dem Abschluss ihrer Dienstreise durch Europa hatte Alice Blair sich entschlossen, nun doch die Stadt aufzusuchen, in der sie geboren worden war. Es fiel ihr nicht leicht, nach Vechta zu fahren, wo ihre Mutter unter seltsamen Umständen zu Tode gekommen war. Doch sie musste herausfinden, weshalb angeblich nur zwei Leute in dem Unfall-Auto gesessen hatten, obwohl sie mit eigenen Augen gesehen hatte, dass es mit vier Personen losgefahren war. Natürlich konnten die beiden fehlenden Personen unterwegs ausgestiegen sein, aber das glaubte sie nicht. Zudem erinnerte sie sich sehr deutlich an den Ausruf: »Sie haben sie umgebracht!« Den würde sie nie vergessen, auch wenn sie sich nur noch verschwommen an die Person erinnern konnte, die ihn ausgestoßen hatte.

Es gab noch eine Auffälligkeit: Susanne Fehse soll Jan Repperts Freundin gewesen sein und hatte sich ihren Aussagen zufolge nach einem heftigen Streit geweigert, mit ihm im selben Auto zu fahren. Doch woran hatte sich dieser angebliche Streit entzündet? War es um ihre Mutter gegangen und um sie?

Die Fragen, die Alice an das Schicksal stellte, summierten sich mit jedem Kilometer, der sie Vechta näher brachte. Einmal bremste sie abrupt, weil sie sich zu sehr auf ihre Überlegungen konzentrierte und nicht aufs Fahren, und wurde von dem Fahrer des hinter ihr fahrenden Autos wütend angehupt. Sie sandte dem Mann, der sie schimpfend überholte, ein aufgebrachtes »Bullshit« nach.

Dennoch fuhr sie nun aufmerksamer und erreichte Vechta am späten Nachmittag. Ihr Hotel hatte sie bereits von Frankfurt aus gebucht. Zwar war es nicht gerade eines der besseren Klasse, reichte ihr aber für zwei, drei Nächte vollkommen aus.

Nachdem sie eingecheckt und ihr Zimmer bezogen hatte, streifte sie durch die Stadt. Es beunruhigte sie, dass sie keine Straße, kein Haus und auch sonst nichts wiedererkannte. Selbst als sie sich einen Stadtplan kaufte, wurde es nicht besser. Wahrscheinlich hatte sie als kleines Kind noch keinen Sinn für Straßennamen besessen und erinnerte sich daher nicht, wo sie mit ihrer Mutter gelebt hatte. Sie erwog, am nächsten Morgen zum Einwohnermeldeamt zu gehen und nach Julia Gschwendle zu fragen. Aber dafür hätte sie aufdecken müssen, wer sie war, und das wollte sie vorläufig nicht.

Als sie auf dem Weg zum Hotel am Redaktionsgebäude der *Oldenburgischen Volkszeitung* vorbeikam, kam ihr eine Idee. Dort drinnen gab es sicher ein Archiv, in dem sie nachforschen konnte. Sie musste nur so tun, als bräuchte sie ein paar Informationen für ihr Network, und dann würden die Leute schon springen.

Alice hatte in den Monaten, in denen sie in Deutschland weilte, erfahren, wie eifrig die hiesigen Zeitungsleute wurden, wenn sie glaubten, ihre Artikel würden auch in den Vereinigten Staaten Interesse erwecken.

Mit diesem Gedanken betrat sie eine Pizzeria, setzte sich an einen freien Tisch und bestellte eine kleine Karaffe Weißwein, ein Mineralwasser und eine Pizza mit viel Mozzarella und Tomaten. Der Wein schmeckte gut, das Wasser passabel und die Pizza so na ja. Ihr war der Boden zu dünn und der Käse entgegen ihrer Bestellung eher fadenscheinig. Irgendwie scheint man in Deutschland nicht zu wissen, wie man eine ordentliche Pizza zubereitet, dachte sie beim Essen und lachte dann über sich selbst. Die Pizza stammte aus Italien, war aber in den USA für den dortigen Geschmack verändert worden, und an den war sie gewöhnt.

Nach dem Essen kehrte Alice in ihr Hotel zurück. Dort setzte sie sich an ihren Laptop, las ihre E-Mails, beantwortete die, die ihr wichtig erschienen, und spürte dann erneut Uwe Biskop und dessen Frau nach. Doch obwohl beide aus dieser Stadt stammten, erfuhr sie nichts Neues.

5.6

Am nächsten Vormittag suchte Alice das Zeitungsgebäude auf und fragte, ob sie einige Sachen im Archiv recherchieren dürfe. Nachdem sie ihren Presseausweis vorgelegt hatte, brachte sie eine junge Frau, die vor Neugierde zu platzen schien, aber nicht zu fragen wagte, zu Herrn Kuhlmann, der sich in all seinen Jahren als Archivar der Zeitung noch nie so begehrt vorgekommen war wie in den letzten Wochen.

»Guten Tag, mein Name ist Kuhlmann«, stellte er sich vor.

»Angenehm, Blair!« Alice reichte ihm die Hand und folgte ihm tiefer in die Unterwelt des Gebäudes.

»Mögen Sie einen Kaffee?«, fragte Kuhlmann.

Alice hatte im Hotel zwei Tassen getrunken, spürte aber, dass sie einen Koffein-Kick brauchen konnte, und nickte.

»Das wäre sehr freundlich von Ihnen!«

»Ich habe ihn eben frisch gemacht«, versicherte Kuhlmann ihr. »Während Sie eine Tasse trinken, können Sie mir sagen, was Sie am meisten interessiert, damit ich weiß, wonach ich suchen muss!«

»Ich interessiere mich für Jan Reppert«, antwortete Alice.

»Sie meinen sicher Jens Reppert, den Politiker!«

Alice schüttelte den Kopf. »Über diesen Herrn gibt es genug Material, das ich jederzeit abrufen kann. Mein Interesse gilt seinem Bruder. Jan Reppert habe eine steile Karriere vor sich gehabt, wenn er nicht verunglückt wäre, so heißt es. Ich stelle einen Bericht über Männer und Frauen zusammen, die zu ihrer Zeit als große Hoffnung für die Zukunft galten und durch einen frühen Tod daran gehindert wurden, diese zu erfüllen.«

»Um Jan ist es wirklich schade. Es hat keiner verstanden, weshalb er sich ans Steuer gesetzt hat. Das hat er sonst nie getan, wenn er angetrunken war.« Kuhlmann seufzte, als müsse er eigene Erinnerungen verscheuchen, und fragte seinen Gast, ob sie Milch und Zucker wolle.

»Zucker ja, Milch nein. Ich habe mir angewöhnt, meinen Kaffee schwarz zu trinken. Als Journalistin kommt man häufig an Orte, an denen es keine Milch gibt.« Alice lächelte bei diesen Worten, so dass Kuhlmann nicht wirklich begriff, in welch gefährlichen Gegenden sie schon Kaffee getrunken hatte.

Während er zwei Tassen füllte und auf Alices Bitte ihrem Kaffee zwei Zuckerwürfel beigab, berichtete er, was er über Jan Reppert wusste. Dabei konnte er kaum glauben, dass mit Alice sich bereits die dritte Person in jüngerer Zeit für diesen Mann interessierte. Die erste war die nette Wissenschaftlerin aus Augsburg gewesen, die zweite jener Detektiv aus Berlin, der eher wie ein raubeiniger Rocker gewirkt hatte. Und nun erschien auch noch eine amerikanische Journalistin in seinem Archiv.

»Ich war ein paar Jahre älter als Jan Reppert, habe ihn aber trotzdem bewundert. Er war freundlich und hilfsbereit, konnte jedoch auch sehr starrköpfig sein, wenn er eine Ungerechtigkeit entdeckte und diese abstellen wollte. Sein Bruder ist genauso. Allerdings bin ich der Meinung, dass Jens mehr dem Vorbild seines Bruders folgt, während es bei diesem aus dem Inneren herauskam.«

»Sie meinen, Jens Reppert versucht, eine Kopie seines Bruders zu sein?«, fragte Alice.

»In gewisser Weise ja! Aber da ist nichts Schlechtes dabei. Jan Reppert war ein Mann, wie es viel mehr geben sollte, gewiss würde es dann auf der Welt gerechter zugehen.« Kuhlmann seufzte erneut, sah dann, dass Alice ihre Tasse ausgetrunken hatte, und stand auf.

»Ich will Ihnen die ersten Unterlagen holen. Was interessiert Sie von seinem Leben am meisten?«

»Sein Tod!«, antwortete Alice mit erschreckender Deutlichkeit.

Kuhlmann nickte und schlurfte davon. Als er zurückkehrte, brachte er einen Kasten voll Mikrofiches mit und suchte die erste Folie heraus.

Die meisten Artikel und Fotos kannte Alice, da sie sich im Vorfeld bereits die Polizeiakten über Jan Repperts Unfall besorgt hatte. Daher war es interessanter für sie, Kuhlmann zuzuhören. Dieser schien alles zu wissen, was mit Jan Reppert zusammenhing. Als Journalistin war sie gewohnt, Fragen so zu stellen, dass sie die Antworten erhielt, die sie brauchte, ohne dass ihr Gegenüber merkte, worauf sie hinauswollte. Auch jetzt wandte sie ihre ganze Erfahrung auf, um jenes schreckliche Geheimnis zu lüften. Auffallend war, dass Kuhlmann immer wieder betonte, wie sehr er sich wunderte, dass Jan Reppert sich überhaupt ans Steuer gesetzt habe.

»Wie ich schon sagte, hat er das sonst nie getan«, erklärte er erneut. »Es ist auch seltsam, dass nicht seine Verlobte, sondern die junge Frau aus Baden-Württemberg mit ihm gefahren ist. Kann sein, dass er gemerkt hat, dass Susanne Fehse nicht das Mädchen war, für das er sie gehalten hat. Die war viel zu ehrgeizig und mit ihren Methoden nicht zimperlich. Wenn ich daran denke, wie sie die arme Anna Miersch zusammengefaltet hat, die sich in Jan verliebt hatte! War fünfzehn, die Kleine, und schmachtete den Jan eben so an, wie Backfische es manchmal tun.«

Während Kuhlmann weitererzählte, notierte Alice sich den Namen Anna Miersch. Dabei kam die Erinnerung an ein recht hübsches Mädchen in ihr auf, das zu der Familie gehört hatte, bei der sie untergekommen war, wenn ihre Mutter Vorlesungen besucht hatte. Anna hatte mit ihr gespielt und gelegentlich auch abends auf sie aufgepasst, wenn ihre Mutter unterwegs gewesen war. War es nicht Anna gewesen, die diesen schrecklichen Satz zu ihr gesagt hatte?

Nun war sie froh, dass sie nach Vechta gefahren war. An diesem Ort konnte sie Teile des unübersichtlichen Puzzles sammeln, um das Gesamtbild zu vervollständigen. Einen Augenblick lang fragte sie sich, ob Jan Reppert ihr Vater gewesen sein könnte, verneinte das aber im nächsten Moment. So, wie Kuhlmann ihn beschrieb, hätte er sich zu seiner Vaterschaft bekannt und ihre Mutter höchstwahrscheinlich auch geheiratet.

»Was war eigentlich mit der jungen Frau, die zusammen mit Jan Reppert verunglückt ist?«, fragte sie.

Kuhlmann zuckte mit den Achseln. »Ich habe ein paarmal mit Julia Gschwendle gesprochen. Sie war ein nettes Ding, sehr hilfsbereit und immer fröhlich. Wenn sie keine Fremde gewesen wäre, hätten sich einige gefreut, wenn Jan sich in sie statt in Susanne Fehse verliebt hätte. Allerdings war da auch noch das Kind, von dem keiner wusste, wer der Vater war. Julia hat ihn nie preisgegeben, und so geriet sie in den Ruf, leichtfertig zu sein.«

Die Worte des alten Mannes brachten es mit sich, dass Alices Erinnerungen an ihre Mutter deutlicher wurden als all die Jahre zuvor. Auch suchte er nun ein Bild heraus, auf dem Julia Gschwendle mit Jan Reppert, Uwe Biskop und Susanne Fehse zu sehen war. Die vier hatten bei einer Benefizveranstaltung ein Team gebildet und den Wettbewerb gewonnen.

Alice betrachtete das Foto genau und versuchte, die Mienen der vier zu analysieren. Jan Reppert sah so aus, als wäre es für ihn selbstverständlich, dass er gewonnen hatte. Anders als er wirkte Uwe Biskop so, so als ärgerte es ihn, nur als Zweiter nach Jan Reppert genannt zu werden. Susanne Fehses Pose wies auf ihren Stolz hin, nicht nur zum Siegerteam zu gehören, sondern auch die Freundin des besten Mannes zu sein. Bei ihrer Mutter las Alice nur die Freude heraus, eine hohe Summe für einen guten Zweck errungen zu haben.

»Irgendwie hat sie nicht in diese hochnäsige Gesellschaft gepasst«, murmelte sie und stellte ihre nächsten Fragen.

Kuhlmann gab so gut Antwort, wie er es vermochte, und so verließ Alice ihn kurz nach Mittag mit dem Gefühl, einen weiteren Teil ihrer Vergangenheit entschlüsselt zu haben. Er hatte ihr sogar die Adresse des Hauses nennen können, in dem Reppert, Biskop und Fehse zusammen mit Julia in einer Wohngemeinschaft gewohnt hatten, und auch die des Lokals, in dem die vier vor der verhängnisvollen Fahrt gefeiert hatten. Dieses lag gegenüber dem Haus, aus dessen Fenster sie damals hinausgeschaut hatte, daran erinnerte sie sich nun genau. Aber das war, wie ihr nun klar wurde, nicht ihr Zuhause, sondern die Wohnung von Anna Miersch und deren Eltern gewesen.

Als Alice mit dem Aufzug ins Erdgeschoss fuhr und diesen verließ, begegnete ihr eine junge Frau in einem hellgrauen Kostüm und einer grauen Umhängetasche. Einen Augenblick sahen sie sich an und lächelten.

»Guten Tag!«, grüßte Alice und erhielt ein »Grüß Gott!« zur Antwort. Dann verschwand die andere im Aufzug und fuhr, wie sie anhand der Leuchtanzeige erkannte, nach unten. Da es so aussah, als ob die Dame in Grau ebenfalls zu Kuhlmann wollte, wurde Alice neugierig und wandte sich an die Redakteurin, die die Frau in Empfang genommen hatte.

»Entschuldigung, können Sie mir sagen, wer das eben war? Die junge Dame kommt mir bekannt vor, aber ich kann mich nicht an ihren Namen erinnern.«

»Das war Frau Dr. Mena Reglin von Professor Barins Institut für zeitgeschichtliche Forschungen in Augsburg«, antwortete die Redakteurin freundlich.

»Ach, daher kenne ich sie! Danke!«, log Alice, während ihre Gedanken wirbelten.

Der Name Reglin sagte ihr zwar nichts, doch von Professor Barin wusste sie, dass Biskop diesem vor einigen Jahren äußerst scharf in die Parade gefahren war. Aus diesem Grund hatte sie sich schon überlegt, mit Barin Kontakt aufzunehmen, um mehr über die Menschen zu erfahren, die in den Tod ihrer Mutter verwickelt waren, es aber dann doch gelassen, um ihre Identität nicht aufdecken zu müssen. Es konnte Zufall sein, dass Professor Barin Mena Reglin hierhergeschickt hatte, um im Archiv der *Oldenburgischen Volkszeitung* Nachforschungen anzustellen. Allerdings waren solche Zufälle ihrer Erfahrung nach äußerst selten. Daher hielt sie es eher für wahrscheinlich, dass Mena Reglin ebenfalls Uwe Biskop nachspürte. Den Umstand musste sie sich merken.

Während sie in ihrem Wagen zu der Straße fuhr, in der sie ihre Mutter zum letzten Mal gesehen hatte, kamen deutliche Erinnerungen daran zurück, wie diese sie bei Frau Miersch abgegeben hatte, wenn sie an der Uni oder sonst wo unterwegs gewesen war. Sie hatte sie stets rasch wieder abgeholt und sich liebevoll um sie gekümmert.

In der Straße erkannte sie nichts wieder. Statt jenes Lokals gab es nun einen Laden mit exotischen Utensilien, in dem man sich, wie eine Aufschrift verriet, auch tätowieren lassen konnte.

Mit einem Achselzucken wandte Alice sich dem Haus auf der gegenüberliegenden Straßenseite zu, in dem die Mierschs gewohnt haben mussten. Es stand noch, hatte aber einen anderen Anstrich und neue Fenster erhalten. Dadurch wirkte es so fremd, dass sie nur vermuten konnte, in welchem Raum sie in dieser Nacht hätte schlafen sollen. Damals war sie enttäuscht gewesen, weil ihre Mutter sie an diesem Abend nicht wie gewohnt mitgenommen hatte. Deswegen hatte sie hinter dem Fenster gestanden und die Wirtschaft angestarrt, in der ihre Mutter mit ihren Freunden eine erfolgreich bestandene Prüfung feierte.

Alice ging zu dem Haus und blieb vor der Tür stehen. Ihr Blick suchte das Klingelbrett, doch der Name Miersch war darauf nicht zu finden.

»Die Zeit bleibt nun einmal nicht stehen«, sagte sie mit einer gewissen Traurigkeit zu sich selbst, wandte dem Haus den Rücken zu und fuhr zu dem Landhaus am anderen Ende der Stadt, das sich ihre Mutter mit den drei anderen geteilt hatte. Es hatte zum Besitz von Jan Repperts Eltern gehört, war aber inzwischen abgerissen und durch einen Büroneubau ersetzt worden. Dennoch sah sie sich dort um, aber auch in der Gegend gab es nichts mehr, was sie an ihre Kindheit erinnerte. Wo einst Wald und Feld gewesen waren, breiteten sich nun ein Gewerbepark und eine Wohnsiedlung aus.

Auch wenn ihr alles fremd schien, war ihr Weg nach Vechta nicht vergeblich gewesen. Es würde einige Zeit dauern, bis sie all die Informationen, die sie von Kuhlmann erhalten hatte, ordnen und auswerten konnte. Eines war für sie absolut klar: So, wie der tödliche Unfall ihrer Mutter den Artikeln in der Zeitung und den Polizeiberichten zufolge stattgefunden haben sollte, konnte es nicht gewesen sein.

5.7

Kuhlmann begrüßte Mena mit sichtlicher Freude. »Guten Tag, Frau Dr. Reglin. Sie recherchieren wohl immer noch für Ihren Fachartikel.«

»So kann man es nennen«, antwortete Mena, der es leidtat, den freundlichen Mann belügen zu müssen. »Diesmal gilt mein Interesse jedoch speziell Professor Dr. Biskop. Ich würde gerne mehr über ihn erfahren, ebenso über seine Ehefrau Susanne Fehse-Biskop!«

»Seltsam!«, antwortete Kuhlmann verwundert. »Sie sind jetzt die dritte Person, die sich für Biskop interessiert. Bislang sind kaum einmal Anfragen über ihn gekommen. Aber das liegt daran, dass er seine Heimatstadt stets verleugnet hat.«

Der alte Herr klang beleidigt, denn er liebte sein Vechta und konnte es Uwe Biskop nicht verzeihen, dass dieser die ersten fünfundzwanzig Jahre seines Lebens aus seiner Biografie gestrichen hatte. Für die Wissenschaft sah es so aus, als hätte der geniale Erfinder nur in den Vereinigten Staaten und in Berlin studiert. Dabei lagen seine Wurzeln hier.

»Das Interesse an Professor Biskop rührt wohl daher, dass man ihm und seiner Ehefrau vor ein paar Wochen das Bundesverdienstkreuz verliehen hat. Da will die Presse mehr über diesen Mann wissen«, erklärte Mena und fragte dann, wer die beiden anderen Personen gewesen wären, die Auskunft über ihn eingeholt hatten.

»Gerade heute Morgen ist eine junge Dame hier gewesen. Sie ist gegangen, bevor Sie hereinkamen«, erwiderte Kuhlmann mit hörbarem Stolz in der Stimme. »Sie heißt Alice Blair und ist eine Fernsehreporterin aus Amerika.«

Mena erinnerte sich an die etwas exotisch aufgemachte Frau, die ihr in der Eingangshalle begegnet war, und brachte sie unwillkürlich mit Gadow in Verbindung. Hatte er in den USA jemanden gefunden, der ihm seine Geschichte glaubte und ihr nachspüren wollte?

»Und wer ist die zweite Person?«, fragte sie.

»Ein Berliner Detektiv namens Leutmann«, berichtete Kuhlmann vertrauensselig.

»Leutmann!« Bislang hatte Mena diesem Mann nicht viel Aufmerksamkeit geschenkt, sagte sich nun aber, dass sie sich intensiver um ihn kümmern musste. Auch Alice Blair schien ihr interessant genug, um ihr nachzuspüren.

Während sie ihren Gedanken nachhing, brachte Kuhlmann ihr das gesamte Material, welches in seinen Archiven über Uwe Biskop und Susanne Fehse-Biskop zu finden war. Dabei erzählte er ihr die gleiche Geschichte, die Alice Blair von ihm erfahren hatte, insbesondere, dass Susanne Fehse nicht die richtige Freundin für Jan Reppert gewesen sei.

»Sie war zu berechnend, müssen Sie wissen. Wie sie die arme Anna Miersch behandelt hat, als diese sich in Jan Reppert verliebt hatte! Geradezu menschenverachtend! Sie ...«

»Sagten Sie Anna Miersch?«, rief Mena aus.

»Ja! Das war ein armes Ding. Wurde natürlich nichts aus ihr und Jan Reppert, denn sie war viel zu jung – erst fünfzehn! In dem Alter sprießt bei den jungen Mädchen nun einmal die erste Leidenschaft. Später, als herauskam, dass aus Uwe Biskop und Susanne Fehse ein Paar geworden war, lief das Gerücht um, sie habe als Minderjährige ein Verhältnis mit Biskop unterhalten. Er stritt es natürlich vehement ab, und Anna Miersch erklärte später, da wäre nichts dran gewesen. Aber sie war zu jener Zeit in einem fürchterlichen Zustand. Ließ ihr Abitur sausen und wechselte dann die Lehrstellen wie andere ihre Unterhemden. Ihre Mutter wusste sich zuletzt nicht mehr zu helfen und hat sie in ein Heim gegeben. Kurz darauf ist sie achtzehn geworden und hat die Stadt verlassen.«

Es war gut, dass Kuhlmann so sehr mit seinem Bericht beschäftigt war, dass er nicht auf Menas Mienenspiel achtete, denn das war in diesen Augenblicken höchst beredt. Anna Miersch war die Putzfrau ihrer Schwester, und nun erinnerte sie sich daran, dass sie die Frau über eine Zeitungsseite mit einem Artikel über Uwe Biskop und Susanne Fehse-Biskop gebeugt angetroffen hatte. Damals hatte sie angenommen, das Wort Schwein, das Anna Miersch ausgestoßen hatte, wäre wegen eines Mannes gewesen, der seine Tochter mehrfach vergewaltigt hatte. Doch nun wurde ihr klar, dass Uwe Biskop damit gemeint gewesen war.

Hatte die Putzfrau nicht einmal im Gefängnis gesessen?, fragte sie sich. Zumindest hatte Toni so etwas erwähnt. Konnte es sein, dass Anna Miersch Uwe Biskop und dessen Frau die Schuld an ihrem verpfuschten Leben gab? Wollte sie sich dafür rächen, weil sie sich nun mit niederen Arbeiten durchs Leben schlagen musste? Mena erinnerte sich an die frühesten Erpresserbriefe, die Biskop vor vielen Jahren erreicht hatten. Ihre Analyse hatte ergeben, dass diese von einer ziemlich hysterischen Frau stammen mussten. Einige der neuen Erpressermails schienen dem Sprachgebrauch nach von derselben Frau zu stammen. Doch kannte Anna Miersch sich so gut mit Computern aus, dass sie ihre URL-Adresse verbergen konnte?

Mena bezweifelte es. Allerdings hatte sie von Toni gehört, dass deren Putzfrau ihr bei einem Computerproblem geholfen hatte. Mit einem angestrengten Lächeln sah sie Kuhlmann an.

»Sie werden verstehen, dass mich alles interessiert, was mit Professor Biskop zusammenhängt, auch jene Dinge, die ihn weniger glänzen lassen als seine Erfolge.«

»Natürlich verstehe ich das!«, antwortete der alte Herr. »Gerade die Sache mit Anna Miersch war schlimm. Irgendjemand hat das Mädchen übel verleumdet. Ich kann es nicht beweisen, aber ich nehme an, dass es Susanne Fehse war. Die hat Anna Miersch ja schon ein Jahr früher wegen Jan Reppert fertiggemacht.«

Als Mena sich Susanne Fehse-Biskop ins Gedächtnis rief, traute sie dieser eine solche Vorgehensweise voll und ganz zu. Insgesamt schien die Angelegenheit weitaus verwickelter zu sein, als sie zu Beginn angenommen hatte.

5.8

Nicht nur Mena Reglin und Alice Blair machten sich ihre Gedanken um das glamouröse Wissenschaftlerpaar. Auch Jürgen Leutmann in Berlin hatte seinen Auftrag nicht vergessen und spürte sowohl Wilfried Gadow wie auch Uwe Biskop nach. Als ordentlich zugelassener Detektiv hatte er viele Möglichkeiten, um an Informationen zu gelangen, und er nutzte auch seine Mitgliedschaft in einer Gesellschaft amerikanischer Detektive kräftig aus. Von Kollegen, die er von gemeinsamen Motorradtouren durch die Vereinigten Staaten her kannte, erhielt er Material über Biskops Studium in den USA sowie über Wilfried Gadow, der ebenso verzweifelt wie vergebens versucht hatte, dort einen Prozess gegen Biskop in Gang zu setzen. Doch wer in Amerika vor Gericht Erfolg haben wollte, brauchte entweder viel Geld oder einen Anwalt, der von der Sache überzeugt war und einen ordentlichen Gewinn erwartete. Über keines von beiden hatte Wilfried Gadow verfügt.

Jürgen Leutmann glaubte daher auch nicht, dass Gadow hier

in Deutschland viel erreichen würde, und beschloss, die Arbeit für ihn einzustellen. Deswegen überwies er die zuletzt von Gadow erhaltene Summe zurück und teilte ihm mit, dass er leider nichts mehr für ihn tun könne.

Einen Tag später bedauerte er seinen Entschluss, denn er erhielt aus den USA Informationen über Biskop, die nicht in das Bild des aufrechten Wissenschaftlers passen wollten. Es ging dabei nicht um den diffusen Streit mit Gadow, sondern um ein Stipendium in den USA, bei dem sowohl Biskop wie auch dessen jetzige Ehefrau zum Zug gekommen waren. Kommentaren zufolge war dabei nicht alles mit rechten Dingen zugegangen, und das beschloss Leutmann auszunützen.

Am Abend dieses Tages packte er die notwendigen Reiseaccessoires in seinen Motorradkoffer, zog seine Lederkluft an und startete seine Maschine. In der Stadt musste er sich noch zurückhalten, doch kaum hatte er Berlin hinter sich gelassen, drehte er das Gas voll auf und raste in Richtung Süden. Nur selten gab ein vor ihm fahrendes Auto die Überholspur frei, und so brauste Leutmann mit einer Geschwindigkeit rechts an den Pkw vorbei, bei der selbst die Fahrer schneller Sportwagen erschraken.

Auf diese Weise erreichte er München in weniger als fünf Stunden. Von dort fuhr er in Richtung Stuttgart weiter und verließ die Autobahn bei Augsburg-Ost. Noch vor Mitternacht checkte er in einem Hotel ein, das oft von Bikern frequentiert wurde, und ließ sich eine Flasche Wodka und eine Boulevardzeitung aufs Zimmer bringen. Kaum war der Nachtportier gegangen, wählte Leutmann eine der Nummern in den Kontaktanzeigen, in denen eine feurige Osteuropäerin mit ihrer großen Oberweite und ihrer Bereitschaft zu versauten Dingen warb. Er wurde mit der Frau handelseinig, holte sie kurz darauf am Eingang ab und ging mit ihr auf sein Zimmer.

Die Frau hatte in ihrer Annonce nicht zu viel versprochen,

denn die schweren Brüste der etwa Dreißigjährigen waren natürlichen Ursprungs und nicht mit Silikon aufgepumpt.

Ohne viel zu reden, goss Leutmann zwei Gläser Wodka ein, musterte begierig die Frau, die sich nun auch ihres Höschens entledigte, und fand, dass sich sein Abstecher nach Augsburg schon in dieser Hinsicht gelohnt hatte.

Nun zog auch er sich aus und strich herausfordernd über seinen Penis. »Ich will keinen Gummi! Verstanden?«

»Ist Vorschrift!«, antwortete sie zögernd.

Ein Fünfzigeuroschein, der zu den Banknoten wanderte, die sie als Preis für die Nacht ausgemacht hatten, überzeugte sie davon, ihre Meinung zu ändern.

»Ist gut! Ohne Gummi!«

»Dann kannst du jetzt mit der Arbeit anfangen, und zwar mit dem Mundwerk«, wies er sie an, als sie sich rücklings aufs Bett legen wollte.

»Das ich nicht machen ohne Gummi!«, sagte sie abwehrend.

In dem Augenblick schoss Leutmanns rechte Hand nach vorne, packte sie im Genick und zog sie zu sich heran. »Du machst es ohne Gummi! Und wehe, du beißt!«

»Das wehtun!«, beschwerte sie sich.

»Ich kann dir auch noch ganz anders wehtun«, antwortete er spöttisch und bog ihr den Kopf so zur Seite, dass sie aufstöhnte.

»Ich schreien, wenn weiter böse!«, drohte sie.

»Du bist eine ganz Renitente, was? Aber wir haben einen guten Preis ausgemacht, und den wirst du dir jetzt verdienen. Sonst schicke ich dir meine Kumpel, und die sind rauer als ich.«

Die Frau begriff, dass es Leutmann mit der Drohung ernst war, und machte sich mit angewiderter Miene ans Werk.

Seine Macht genießend tat Leutmann alles, um sie zu demütigen. Er hatte die restliche Nacht mit ihr ausgehandelt, und diese Zeit würde er bis zur letzten Minute ausnützen, selbst wenn er am nächsten Morgen auf dem Zahnfleisch kroch.

Schließlich dirigierte er sie aufs Bett und stieg zwischen ihre Beine. Er nahm keine Rücksicht auf sie, sondern lachte, als sie ihn bat, etwas weniger rau zu sein.

»Ich dachte, du magst es versaut!«

»Ja! Aber nicht wehtun! Bitte!«, jammerte sie.

»Du bist offenbar nur diese braven, alten Ehemänner gewöhnt, die mal in eine andere Spalte einfahren wollen als die ihrer Ehefrau und glauben, es wäre versaut, wenn du an ihrem gummiüberzogenen Lolli leckst.« Leutmann grinste und machte ohne jede Rücksicht weiter.

Inzwischen hatte die Frau begriffen, dass ihn Widerstand nur noch mehr reizte, und gab sich mit nach innen gekehrtem Blick seinen Launen hin. Zwischendurch bat sie ihn mehrmals um Wodka und stieß immer wieder mit ihm an. Dabei vertraute sie darauf, trinkfester zu sein als er.

Leutmann orderte noch eine zweite Flasche, die er im Adamskostüm vom Nachtportier entgegennahm. Da er langsam so alkoholisiert war, dass er die Übersicht verlor, nutzte die Frau mehrmals die Gelegenheit, ihr Glas in eine Blumenvase zu entleeren. Zwar spürte Leutmann den Alkohol immer stärker, aber auf die Potenz schlug der Rausch bei ihm nicht. Wodka schien auf ihn wie Viagra zu wirken, denn sein Penis blieb steif, und er kam kaum mehr von der Frau herunter.

Deren Scheide brannte mittlerweile wie Feuer, doch sie biss die Zähne zusammen, um den Kerl nicht zu verärgern. Stattdessen animierte sie ihn immer wieder zum Trinken, und schließlich überstieg der Alkoholpegel seine Aufnahmefähigkeit. Seine Bewegungen wurden schwerfälliger, sein Penis rutschte aus der Frau heraus, und endlich sank er über ihr zusammen.

Sie wand sich unter ihm hervor und stieß ihn an, um festzustellen, ob er tatsächlich eingeschlafen war. Dann spuckte sie ihm ins Gesicht und auf seinen zusammenschrumpfenden Penis.

»Du Schwein!«, zischte sie und ging ins Badezimmer, um sich zu waschen.

Als sie zurückkam, schnarchte Leutmann, als wolle er Bäume sägen.

Mit einer verächtlichen Geste trat die Frau zur Tür, blieb dann aber wie angewurzelt stehen und verzog das Gesicht zu einem unfrohen Lächeln. Beinahe hätte sie das Geld vergessen, das ihr als Lohn für diese Nacht versprochen worden war. Als sie es einsteckte, dachte sie an den prallen Geldbeutel, aus dem er die Scheine genommen hatte, und sah sich um. Das Portemonnaie lag noch auf dem kleinen Schreibtisch. Die Frau nahm die Banknoten heraus und zählte sie. Es waren mehrere tausend Euro. Nüchtern hätte sie den Geldbeutel wahrscheinlich wieder hingelegt. Aber sie war ebenfalls betrunken und dazu voller Hass auf den brutalen Kerl. Daher nahm sie sein ganzes Geld einschließlich seiner EC- und Kreditkarte an sich. Erstere konnte sie nicht brauchen, wollte sie ihm aber nicht lassen, damit er möglichst viel Ärger bekam. Was die Kreditkarte betraf, so kannte sie einen Abnehmer, von dem sie sicher einen halben Tausender bekommen würde. Ihre Wut war so groß, dass sie zudem auch seinen Führerschein, seinen Detektivausweis und sämtliche anderen Unterlagen an sich nahm. Zuletzt wanderte auch noch sein Handy in ihre Tasche, dann verließ sie das Zimmer mit dem Gefühl, ihm jeden schmerzhaften Stoß und jede Gemeinheit heimgezahlt zu haben.

Zu Hause angekommen war sie nüchtern genug, um zu begreifen, dass sie besser daran tat, noch zur selben Stunde aus Augsburg zu verschwinden. Geld hatte sie im Augenblick genug, und es gab auch in anderen deutschen Städten Männer, die, wie Leutmann spöttisch gemeint hatte, es für versaut hielten, wenn sie ihren Pimmel einmal in eine andere Frauenspalte hineinschoben als in die der Ehefrau.

5.9

Leutmann war beim Erwachen schon fitter gewesen als an diesem Vormittag. Eben hatte er noch davon geträumt, dass ihm einer der Klitschko-Brüder einen Kopftreffer nach dem anderen verpasste, und begriff erst allmählich, dass seine Kopfschmerzen nicht mit dem Traum vergangen waren. Angeekelt starrte er auf die beiden leeren Wodkaflaschen, die auf dem abgetretenen Teppichboden seines Hotelzimmers lagen. Ein wenig länger dauerte es, bis er begriff, wo er sich befand. Er war nach Augsburg gekommen, um mit Biskop und dessen Frau zu reden. Aber vorher hatte er sich ein wenig Spaß gegönnt. Die Hure hat sich anscheinend davongemacht, dachte er bedauernd, als er sich aus dem Bett kämpfte. Zittrig wie ein alter Mann wankte er ins Badezimmer, brachte es aber nur mit Mühe fertig, sich zu duschen. Erst als er sich äußerlich frisch gemacht hatte, kam ihm die Idee, im Hotel nach einer Kopfschmerztablette zu fragen.

Ein Hotelangestellter brachte sie ihm und erklärte, dass Leutmann sich beeilen müsse. »Frühstück gibt es nur noch bis elf, und es ist gleich Viertel vor.«

»Danke!« Leutmann wankte ins Badezimmer, füllte den Zahnputzbecher mit kaltem Wasser und spülte damit die Tablette hinunter. Danach ging es ihm etwas besser, und er verspürte mit einem Mal Hunger. Immerhin hatte er am Abend zuvor nichts gegessen, aber sehr viel Kraft bei der Hure verbraucht. Trotz seiner Kopfschmerzen grinste er, als er daran dachte, wie er es diesem Miststück besorgt hatte. Sie würde ihren Beruf in den nächsten zwei, drei Tagen nur auf Sparflamme ausüben können, denn er hatte sie mit Absicht wund gerammelt.

Ein Blick auf die Uhr zeigte Leutmann, dass er sich beeilen musste, wenn er noch frühstücken wollte. Er verließ das Zimmer, fuhr mit dem Aufzug ins Erdgeschoss hinunter und lud sich erst einmal seinen Teller voll. Eine Hotelangestellte brachte ihm eine Kanne Kaffee, den er schwarz und ausnahmsweise ohne Zucker trank.

Leutmann brauchte einiges über elf Uhr hinaus, bis er mit dem Frühstück fertig war, aber die Hotelangestellten ließen ihn gewähren. Daher war es fast zwölf Uhr, als er in sein Zimmer zurückkehrte, um Biskop anzurufen. Als er nach seinem Handy griff, lag es nicht mehr an dem Platz, an dem er es hingelegt zu haben glaubte.

Er suchte es im ganzen Zimmer, und als er es nicht fand, wanderte sein Blick zu seiner Geldbörse. Die lag noch an Ort und Stelle, wirkte aber ungewohnt flach. Als er sie öffnete, war sie restlos ausgeleert.

»Dieses elende Miststück!«, brüllte er und hätte am liebsten irgendetwas zu Boden geschmettert.

Aber er zwang sich zur Ruhe. Wenn er jetzt durchdrehte, nützte es ihm gar nichts. Er nahm die Zeitung, aus der er die Prostituierte herausgesucht hatte, und wählte ihre Nummer vom Zimmertelefon aus an. Wenn sie ihm die Sachen zurückbrachte und ihn um Verzeihung bat, würde er von einer Anzeige absehen. Ihr Anschluss war jedoch besetzt.

»Wahrscheinlich verhandelt sie gerade mit einem neuen Freier«, dachte er und legte auf. Eine Viertelstunde später versuchte er es aufs Neue, wieder mit dem gleichen Ergebnis.

Nachdem er es in der nächsten halben Stunde sechs weitere Male vergebens probiert hatte, begriff er, dass er unter dieser Nummer niemanden mehr erreichen würde. Das elende Miststück hatte sich mit seinem Geld und seinen Karten aus dem Staub gemacht.

»Das zahle ich dir heim!«, schwor er sich und rief die Redaktion des Anzeigenblattes an. Doch selbst sein Hinweis, Detektiv zu sein und die Frau wegen einer Strafsache zu suchen, überzeugte den Mann am anderen Ende der Leitung nicht davon, ihm Auskunft zu geben. »Da müssen Sie sich schon an die Polizei wenden«, erklärte er lapidar und legte kurzerhand auf.

Leutmann fluchte, als er begriff, wie hilflos er war. Ohne Name und Adresse der Frau konnten ihm auch seine Freunde vom Motorradclub nicht helfen. Außerdem galt er bei diesen als beinharter Kerl und durfte keinesfalls verraten, dass ihn eine Hure ausgenommen hatte wie einen Doofi vom Land.

Kochend vor Wut rief er die Polizei an, um den Diebstahl zu melden. Er bekam aber nur zu hören, dass er persönlich zum Revier kommen müsse. Dies tat er auch, bereute es aber rasch, denn der Beamte, der seine Anzeige aufnahm, tat es mit einem solchen Desinteresse, dass er der Schlafmütze hinter dem Tresen am liebsten ein paar geknallt hätte.

»Jetzt machen Sie mal! Ich will mein Geld, meine Kreditkarten und meine Ausweise zurück«, fuhr er den Mann an.

»Hätten Sie besser darauf aufgepasst, wären die Sachen nicht verschwunden«, antwortete der Beamte ungerührt.

»Sie werden doch die Frau ausfindig machen können! Wahrscheinlich haben Sie sie bereits in Ihrer Kartei. Die hat sicher nicht zum ersten Mal lange Finger gemacht.«

Der Beamte schnaufte, drehte dann seinen Bildschirm um und rief die Bilder mehrerer Frauen auf, die bereits straffällig geworden waren. Die Prostituierte, die Leutmann bestohlen hatte, war nicht darunter.

»Es ist eine andere«, erklärte der Detektiv verbissen.

»Sie haben Ihre Anzeige aufgegeben. Meine Kollegen sehen jetzt nach, ob sie anhand der Zeitungsannonce den Namen ausfindig machen können. Danach wird ein Streifenwagen zu ihr fahren und sie befragen.«

Der Detektiv begriff, dass er auf die Schnelle nichts ausrichten konnte, und dachte angestrengt nach. Er saß einige hundert Kilometer von zu Hause in Augsburg fest und konnte weder sein Hotel bezahlen noch sich ein Mittagessen leisten. Selbst wenn sich das Hotel bereit erklärte, seine Habseligkeiten als Pfand zu akzeptieren, war der Tank seines Motorrads zu leer, um es bis nach Berlin zu schaffen.

»Biskop!«

»Was sagen Sie?«, fragte der Polizeibeamte streng, der Sorge hatte, beleidigt worden zu sein.

»Nichts! Ich habe nur überlegt, wie ich an Geld komme, um wieder flüssig zu werden. Ihnen und Ihren Kollegen wünsche ich viel Erfolg bei der Suche nach dieser verdammten Hure!« Leutmann wollte schon gehen, als ihn der Polizist ärgerlich anfuhr.

»He, Sie! Das ist eine beleidigende Äußerung gegen die Frau und kann gegen Sie verwendet werden, sollte diese sich als unschuldig erweisen.«

Leutmann unterdrückte den Wunsch, dem Kerl einen saftigen Kinnhaken zu verpassen, und verließ das Polizeirevier in einem Zustand, in dem er vor Wut die ganze Welt hätte fressen können.

Als er ins Hotel zurückkehrte, erklärte er dem Mann an der Rezeption, dass er eine weitere Nacht bleiben würde. Danach ging er auf sein Zimmer und rief Uwe Biskop vom Zimmertelefon aus an.

»Hallo, Herr Professor«, begann er, als Biskop sich meldete. »Hier spricht Leutmann. Ich habe einiges zutage gebracht und bin nach Augsburg gekommen, um es Ihnen persönlich zu erklären.«

»Leutmann, Sie sind es! Gut, dass sich endlich etwas tut. Ich erhalte immer noch diese obskuren Mails!«, erwiderte der Professor.

»Wann kann ich zu Ihnen kommen?«, fragte Leutmann.

»Ich muss gleich los, um einen Vortrag in München zu halten. Kommen Sie morgen gegen elf Uhr zu mir!«

Leutmann spürte, dass Biskop auflegen wollte, und rief: »Halt! So viel Zeit habe ich nicht. Wenn ich nicht mit Ihnen reden kann, dann eben mit Ihrer Frau.«

»Die begleitet mich nach München«, erklärte Biskop und legte tatsächlich auf.

Leutmann fluchte in einer Weise, dass eine Frau im Nebenzimmer erschrocken zusammenfuhr. Wenn er Biskop erst am Mittag des nächsten Tages sprechen konnte, hieß dies für ihn, einen ganzen Tag hungern und Leitungswasser trinken zu müssen. Dann sagte er sich, dass er Getränke und die Mahlzeiten ja aufs Zimmer schreiben lassen konnte, und ging nach unten, um seinen Frust mit einem dicken Steak zu bekämpfen.

5.10

Kurz vor elf Uhr am nächsten Tag stellte Jürgen Leutmann sein Motorrad vor Biskops Villa ab und empfand erst einmal nichts als Neid. So hätte er auch wohnen mögen! Durch einen Bekannten hatte er zudem Biskops Kontostand bei einer der vielen Banken erfahren, mit denen der Mann Geldgeschäfte abwickelte.

»Der Kerl ist stinkreich, dabei gibt er seine Kröten nicht einmal in anständigem Stil aus«, murmelte er, während er auf den Klingelknopf drückte.

Der Detektiv war sicher, dass Biskop seinen Aufstieg nicht nur lauteren Mitteln zu verdanken hatte, auch wenn es ihm niemand nachweisen konnte. Er selbst hielt sich wahrlich ebenfalls nicht immer ans Bürgerliche Gesetzbuch, und daher ärgerte es ihn, dass Biskop um so viel mehr besaß als er. Dieses Gefühl wurde noch stärker, als Biskop ihm die Tür öffnete und ihn ins Haus führte. Die scheinbar wahllos zusammengekauften Kunstwerke und Antiquitäten besaßen einen enormen Wert, und die meisten Möbel schienen aus englischen Schlössern zu stammen. Als ihm isländisches Mineralwasser angeboten wurde, war Leutmann bereits in Gedanken vertieft, wie er es anstellen musste, einen ähnlichen Lebensstandard zu erreichen. Vorerst aber war er in Augsburg gestrandet und hatte keinen Knopf Geld in der Tasche.

»Sie sagten, Sie hätten einiges eruieren können?«, begann Biskop das Gespräch.

Leutmann nickte und beäugte Biskops Frau, die in einem hautengen Dress auf dem Sofa saß und ihn durchdringend musterte. Obwohl sie sicher fünfzehn Jahre älter war als die Hure, die ihn bestohlen hatte, wirkte sie um einiges verführerischer, und er wünschte sich, er hätte in Abwesenheit ihres Mannes mit ihr reden können.

»Ja«, sagte er, »ich habe einiges ermittelt.«

»Und was?« Biskop hatte keine Lust, seinem Gast die Würmer einzeln aus der Nase herauszuziehen.

»Wilfried Gadow spürt Ihrer Vergangenheit nach.«

Biskop lachte. »Das ist nichts Neues für uns. Der Kerl versucht alles, um mir zu schaden. Allerdings ist er dabei immer auf die Nase gefallen.«

»Er war in Vechta und hat sich dort nach Ihnen erkundigt«, log Leutmann.

Nun zuckte Biskop zusammen. »In Vechta! Was wollte er dort?«

»In Ihrer Vergangenheit herumwühlen. Es gab da eine anonyme Anzeige wegen Missbrauchs einer Minderjährigen«, antwortete Leutmann und spielte damit seinen ersten Trumpf aus.

»Das ist Unsinn!«, stieß Biskop mit gepresster Stimme hervor.

»Das Mädchen hat zwar abgestritten, mit Ihnen Sex gehabt zu haben. Aber das wird die Boulevardblätter kaum interessieren, wenn Gadow ihnen die Schlagzeile liefert, Sie hätten sich an einem kleinen Mädchen vergangen«, behauptete Leutmann.

»Kleines Mädchen? Das Biest war sechzehn!«, stieß Biskop hervor.

»Es würde Ihrer Reputation mit Sicherheit schaden!« Leutmann ließ nicht locker. Er brauchte Geld, und ihm war die Art, wie er dazu kam, im Augenblick vollkommen gleichgültig.

»Der Detektiv hat recht«, mischte Susanne Fehse-Biskop sich ein. »Wir können es uns nicht leisten, solche Gerüchte an die Öffentlichkeit dringen zu lassen.«

»Was sollen wir tun? Gadow umbringen?« Biskop fluchte leise und sah dann seine Frau kaum merkbar nicken.

»Lassen wir Gadow einmal außer Acht. Was haben Sie noch?«, fragte nun Susanne Fehse-Biskop den Detektiv.

»Es hat Ihnen noch jemand nachgespürt, und zwar eine Wissenschaftlerin von einem in Augsburg beheimateten Institut!«

»Das sagten Sie schon letztens«, erklärte Biskop wegwerfend. »Das hat die Frau gewiss im Auftrag ihres Chefs getan. Justus Barin ist eine Ratte, die nur darauf lauert, mich beißen zu können. Aber da hat sich der Kerl getäuscht!«

Biskops Miene verhärtete sich, und Leutmann begriff, dass er sich diesen Mann besser nicht zum Feind machen sollte.

»Professor Barin wurde von meinem Mann wegen einer fehlerhaften Veröffentlichung in die Schranken gewiesen. Seitdem sucht er nach einer Gelegenheit, es uns heimzuzahlen. Die Anzeige aus Vechta käme ihm daher gerade recht.« Noch während sie es sagte, überlegte Susanne Fehse-Biskop, was sie und ihr Mann gegen Barin und Gadow unternehmen konnten. Bisher hatten sie sich nach außen hin stets zurückgehalten und sich geschickt als Opfer von Neidern und böswilligen Konkurrenten dargestellt. Doch das konnten sie sich jetzt nicht mehr leisten.

»Die Sache wäre weniger schlimm, wenn diese dumme Anzeige aus den Archiven der Kripo Vechta verschwinden würde«, sagte sie nach einigen Augenblicken. »Glauben Sie, dass Sie das schaffen?«

Die Frage galt Leutmann. Dieser wackelte unschlüssig mit dem Kopf. »Die Anzeige liegt dort im Original, ist aber auch elektronisch gespeichert.«

»Die elektronische Speicherung ist nicht das Problem. Wichtiger wäre es, diesen Wisch zu beseitigen.«

»Sprich, bei der Kripo einzubrechen, und das, obwohl die Dienststelle vierundzwanzig Stunden am Tag besetzt ist.« Leutmann wollte hinzufügen, dass es unmöglich wäre. Allerdings brauchte er Geld, und das erhielt er nicht, wenn er sich hier als Bedenkenträger aufspielte.

»Ich könnte es versuchen«, sagte er daher. »Allerdings wird es nicht billig, denn ich brauche Helfer, um die Bullen abzulenken. Die müssen es notfalls sogar auf ein paar Tage im Knast ankommen lassen, und dafür wollen sie entschädigt werden.«

»Wie viel brauchen Sie?« Susanne Fehse-Biskop trat an einen Schrank und holte eine Geldkassette heraus. Als sie diese öffnete, lag ein dickes Geldbündel darin, dessen Wert Leutmann auf mindestens zwanzigtausend Euro schätzte. Es juckte ihn in den Fingern, seine Pistole zu ziehen, das Ehepaar zu bedrohen und das Geld an sich zu nehmen. Diese Anwandlung schüttelte er jedoch rasch wieder ab. Wenn er je so etwas machen sollte, musste es sich richtig lohnen, und das bedeutete eine Summe von mindestens drei Millionen, mit denen er ins Ausland verschwinden konnte. So viel Geld aber hatten auch Biskop und dessen Frau trotz ihrer augenfälligen Protzerei nicht im Haus.

»Fünftausend Euro sollten es schon sein«, antwortete er. »Ein bisschen mehr wäre besser, aber …« Noch während er es sagte, blätterte Susanne Fehse-Biskop ihm fünfzehn Fünfhunderteuroscheine hin.

»Hier! Dafür liefern Sie gute Arbeit!«

Es klang in seinen Ohren wie eine Drohung. Aber da sich in seinem Kopf schon ein Plan formierte, grinste er nur. »Ich liefere immer gute Arbeit, gnädige Frau!«

»Dann ist es gut! Aber handeln Sie rasch. Wenn andere diese Anzeige in die Hand bekommen, wäre das eine Katastrophe für uns – und das würden wir Ihnen ausgesprochen übel nehmen!«

Diesmal war es eine offene Drohung, doch die schreckte Leutmann ebenso wenig wie die Andeutungen zuvor. Wenn er es darauf anlegte, konnte er hier mit zwanzig Kumpeln aufkreuzen, und die würden alles kurz und klein schlagen, bevor irgendjemand Biskop und seiner Frau zu Hilfe kommen konnte. Aber das war keine Lösung, denn danach würden die Behörden sämtlicher Bundesländer hinter ihnen her sein. Auch wenn er sich über die Arroganz der Frau ärgerte, musste er sich sagen, dass sie sich vorerst in der besseren Position befand. Daher erschien es ihm ratsam, gute Miene zu ihrem Spiel zu machen.

»Rechnen Sie bis heute um Mitternacht mit meinem Anruf«, sagte er und stand auf. »Da die Sache eilt, werde ich mich jetzt verabschieden. Meinen Bericht schicke ich Ihnen nächste Woche per Mail.«

»Auf Wiedersehen!«, sagte Biskop, der seiner Frau den größten Teil des Gesprächs überlassen hatte.

»Auf gutes Gelingen!« Susanne Fehse-Biskop lächelte, doch auf Leutmann wirkte es wie das Zähnefletschen einer Tigerin kurz vor dem entscheidenden Angriff. Daher war er erleichtert, als er das Haus verlassen hatte und sein Motorrad startete.

Durch ein Fenster sahen Uwe Biskop und dessen Frau ihm nach. »Das gefällt mir ganz und gar nicht«, murmelte der Professor.

»Wir müssen verhindern, dass Gadow und Barin sich verbünden! Gemeinsam könnten sie uns tatsächlich schaden«, sagte seine Frau nachdenklich.

»Und was ist mit Mena Reglin?«, fragte Biskop.

»Dieses kleine Biest habe ich nicht vergessen. Aber komm jetzt! Wir haben zu tun.« Susanne Fehse-Biskop stieß sich von der Fensterbank ab und verließ das Zimmer. Wenige Minuten später saß sie im gut ausgebauten Keller der Villa vor einer umfangreichen, topmodernen Computeranlage und loggte sich ein.

Jürgen Leutmann kehrte unterdessen in die Innenstadt zurück, kaufte sich bei einem Telefonanbieter ein Prepaid-Handy und führte ein paar Telefonate. Anschließend kehrte er in sein Hotel zurück, packte seine Sachen und beglich seine Rechnung mit einem der Fünfhunderter-Scheine, die er von Susanne Fehse-Biskop erhalten hatte.

Als die Frau an der Rezeption die Banknote verwirrt anstarrte, grinste er.

»Sie brauchen keine Angst zu haben, dass die Farbe noch abgeht, denn den Schein habe ich schon vor einiger Zeit gedruckt!«

Die junge Frau zuckte zusammen, steckte den Schein in das Prüfgerät und atmete auf, als das grüne Lämpchen aufflammte.

»Der Schein ist echt!«

»Das will ich ihm auch geraten haben«, antwortete Leutmann und nahm das Restgeld entgegen.

Er schob noch einen Zwanziger als Trinkgeld über den Tresen und verließ das Hotel in einer weitaus besseren Stimmung, als er es vierundzwanzig Stunden zuvor gewesen war. Er schwang sich auf seine Maschine, fuhr jedoch nicht nach Berlin zurück, sondern schnurstracks in Richtung Vechta.

6

6.1

Mena Reglin belastete ihr Spesenkonto mit einer weiteren Taxifahrt vom Bahnhof zu ihrer Wohnung, wo sie sich jedoch nur so lange aufhielt, wie sie benötigte, ihren Koffer auszupacken und etwas anderes anzuziehen. Mit dem grauen Kostüm, das sie unterwegs getragen hatte, durfte sie bei Toni nicht auftauchen, wenn sie sich nicht schon wieder einen Vortrag über passende und vor allem unpassende Mode anhören wollte.

Während der Straßenbahnfahrt dachte sie über das nach, was sie in Berlin und Vechta erfahren hatte. Dabei ging ihr der Name Anna Miersch nicht mehr aus dem Kopf. Konnte es wirklich die Putzfrau ihrer Schwester sein?, fragte sie sich. Das wäre ein arger Zufall! Oder auch nicht, berichtigte sie sich. Immerhin hatte auch sie immer wieder Mails erhalten, die Uwe Biskop als Schurken und Verbrecher hinstellten. Wenn sie es genau bedachte, waren die ersten kurz nach dem Zeitpunkt bei ihr aufgetaucht, an dem Toni Anna Miersch als Putzfrau eingestellt hatte.

Hatte die Frau den Job bei Toni vielleicht sogar deswegen angetreten, um in ihrer Nähe zu sein? Der Gedanke erschien Mena im ersten Augenblick widersinnig. Andererseits sprach einiges dafür. Immerhin war ihr Chef, Professor Barin, nicht gerade als Biskops Bewunderer bekannt. Jemand, der sich ein wenig mit Computern auskannte – und das tat die Putzfrau –, konnte im Internet so einiges über den Streit zwischen Barin und Biskop erfahren haben. Es war auch leicht, herauszufinden, dass sie und Toni Schwestern waren. In ihrem kleinen Modeblog erwähnte Toni ihre Schwester immer wieder.

Als Mena ihre Haltestelle erreichte, kreisten ihre Gedanken immer noch um Anna Miersch. Ein paar Minuten später erreichte sie das Haus, in dem Toni wohnte, und stand kurz darauf vor deren Wohnungstür. Als sie öffnete, vernahm sie das Geräusch des Staubsaugers. Wie sie gehofft hatte, war Anna Miersch gerade dabei, Tonis Privatwohnung zu säubern.

Vor der offenen Schlafzimmertür blieb Mena stehen und sah der Putzfrau zu. Anna Miersch war so mit ihrer Arbeit beschäftigt, dass sie sie nicht bemerkte. Dabei mahlten die Kiefer der Frau, als führte sie ein lautloses Selbstgespräch. Mena hatte der Reinigungskraft kaum je einen zweiten Blick geschenkt, aber nun nahm sie sich die Zeit, diese zu mustern, und bemerkte in dem verhärmt wirkenden Gesicht noch die Reste einer fast klassischen Schönheit. Auch die Figur der Putzfrau war für ihre ungefähr vierzig Jahre noch ansehnlich. Anna Miersch hatte sich allerdings eine so schlechte Haltung angewöhnt, als würde sie sich vor all den Schlägen ducken, die das Leben ihr versetzt haben mochte, und dazu passte ihr ängstlicher, gehetzter Blick.

Da Anna Miersch nicht zu ihr hersah, warf Mena noch kurz einen Blick auf die Schlafzimmereinrichtung ihrer Schwester mit dem breiten, bequemen Doppelbett und den rot gemusterten Tapeten. Auf der Anrichte flankierten zwei kleine Amorfiguren eine etwa dreißig Zentimeter große Venus Kallipygos aus Alabaster. Toni bildete sich ein, ihr Schlafzimmer bekäme dadurch einen verruchten Touch. Aber Mena hatte bei ihrem Besuch in Biskops Villa einen Blick durch die offen stehende Tür eines Nebenraums werfen können und fand, dass Tonis Zimmer im Vergleich dazu wie das einer Klosterschülerin wirkte.

Anna Miersch schaltete nun den Staubsauger aus und wollte das Schlafzimmer verlassen. Da sah sie Mena vor sich stehen.

»Guten Tag, Frau Dr. Reglin«, grüßte sie.

Obwohl sie ein recht gutes Hochdeutsch sprach, meinte Mena

in ihrer Stimme noch Reste jener Wortmelodie wahrzunehmen, die sie bei Kuhlmann in Vechta vernommen hatte.

»Grüß Gott, Frau Miersch! Ich habe eine Frage an Sie«, begann Mena. »Was haben Sie mit Professor Biskop und dessen Ehefrau zu tun?«

Die Putzfrau riss es herum, als hätte sie einen Schlag erhalten. »Ich … ich verstehe Sie nicht«, quetschte sie mühsam hervor.

»Sie verstehen mich sehr gut! Ich komme gerade aus Vechta und habe dort einiges erfahren, unter anderem, dass Sie als Minderjährige angeblich ein Verhältnis mit Uwe Biskop unterhalten hätten!« Mena trug extra dick auf, um die Frau zu einer Reaktion zu zwingen.

Anna Mierschs Gesicht verzerrte sich zu einer hasserfüllten Grimasse. Dann sagte sie: »Das ist nicht wahr!«

»Ich habe auch erfahren, dass Sie von Biskops jetziger Ehefrau zweimal hart angegangen worden sind. Einmal ging es um Jan Reppert, den damaligen Verlobten der Fehse, und das zweite Mal um Uwe Biskop. Dieser wurde wegen des Verhältnisses zu Ihnen sogar anonym angezeigt.«

Mena behielt Anna Miersch fest im Blick, um sich keine Regung der Frau entgehen zu lassen. Deren Gesichtsausdruck wirkte mit einem Mal hilflos, und sie brach in Tränen aus.

»Für Jan Reppert habe ich geschwärmt, denn er war ein so freundlicher und hilfsbereiter Mensch! Er hat mir sogar ein paarmal bei den Schularbeiten geholfen. Mein Vater hat den Garten der Repperts betreut und meine Mutter das Haus geputzt, in dem Jan und seine Freunde gelebt haben. Deshalb bin ich ihm oft begegnet. Ich hätte alles für ihn getan, aber er war in dieses Biest Susanne Fehse verknallt. Dabei hat die ihn doch nur ausgenutzt. Ich hingegen …« Den Rest schwemmte ein Tränenstrom hinweg.

»Ich schlage vor, wir beide setzen uns jetzt in die Küche. Ich mache Ihnen eine Tasse Tee, und dann erzählen Sie mir, was damals geschehen ist«, schlug Mena vor, denn sie hoffte, endlich eine erfolgversprechende Spur entdeckt zu haben.

»Frau Mädler wird böse sein, wenn ich nicht rechtzeitig fertig werde«, wandte Anna Miersch ein.

»Das nehme ich auf meine Kappe! Kommen Sie! Ich habe in der letzten Zeit so viele Halbwahrheiten serviert bekommen, dass ich wissen will, was tatsächlich geschehen ist.«

Mena schob die Putzfrau in Richtung Küche, setzte sie dort auf einen Stuhl und kochte Tee. Sie goss zwei Tassen auf und stellte dabei einige Fragen nach Jan Reppert und Susanne Fehse.

Anna Miersch berichtete, sie habe sich bereits als Vierzehnjährige in Jan verliebt. »Mir war es so ernst! Aber er hat in mir nur das kleine Mädchen gesehen, dem man ein Stück Schokolade schenkt, wenn es traurig ist. Er war viel zu gut für diese Welt!«

In der Hinsicht war Mena anderer Meinung. Aus den Zeitungsartikeln über Jan Reppert hatte sie dessen Ehrgeiz und den Willen herausgelesen, überall der Beste zu sein. Eine Affäre mit einem liebeshungrigen Teenager hätte gewiss nicht in dieses Bild gepasst. Stattdessen hatte Jan Reppert sich an die kühle und stets beherrschte Susanne Fehse gehalten, weil diese dem Bild von seiner zukünftigen Ehefrau weitaus besser entsprochen hatte. Mena sagte jedoch nichts, sondern ließ die Putzfrau reden, denn jedes Detail konnte wichtig sein.

Der Hass, den Anna Miersch auf Susanne Fehse-Biskop empfand, war deutlich zu spüren. Die Frau hatte ihr nicht nur ihren ersten Traummann geraubt, sondern später auch noch die zarten Bande zerstört, die sich Anna Mierschs Worten zufolge zwischen ihr und Uwe Biskop entsponnen hatten.

»Ich war damals sechzehn und hatte mich damit abgefunden, Jan niemals zu bekommen«, erklärte die Putzfrau. »Sein Freund Uwe war aber fast genauso perfekt wie er und seine Freundin noch unmöglicher als die von Jan. Das war eine Fremde, die zudem ein uneheliches Kind hatte und trotzdem nichts anbrennen ließ. Das Kind war oft bei uns, und ich musste Babysitter für die kleine Elisabeth spielen, damit deren Mutter studieren und abends mit Jan, Uwe und Susanne ausgehen konnte. Ich hätte es auch in jener Nacht tun sollen, als … aber …« Anna Miersch brach ab und verfiel in düsteres Schweigen.

»Was war damals?«, bohrte Mena nach.

»Ach, nichts!«, antwortete die Putzfrau und stand auf. »Ich muss jetzt weiterarbeiten, sonst wird Frau Mädler böse und setzt mich auf die Straße. Das kann ich mir nicht leisten!« Mit den Worten verließ sie das Zimmer.

Mena sah ihr nach und fand, dass das Rätsel, dem sie nachspürte, durch dieses Gespräch noch verworrener geworden war. Wenn sie mehr erfahren wollte, musste sie Anna Miersch zum Reden bringen, insbesondere, was die Unfallnacht betraf.

6.2

Trotz der Kürze der Zeit hatte Jürgen Leutmann seine Aktion optimal vorbereitet. Etwa fünfzig Kilometer vor Vechta traf er sich auf einem Autobahnrastplatz mit seinen Freunden vom Motorradclub. Es handelte sich um raue Burschen, denen ein gebrochener Arm wenig ausmachte, solange es nicht der eigene war. Ein paar von ihnen hatten ihm bereits bei der Sache am Jungfernsee geholfen, die bei der Berliner Polizei unter »Ungelöste Mordfälle« eingeordnet worden war. Leutmann musste daher nur wenige Anweisungen geben, damit seine Kameraden begriffen, was er von ihnen wollte. Er selbst schwang sich wieder auf seine Maschine und fuhr in den Abend hinein.

Einen Unsicherheitsfaktor gab es noch. Was war, wenn die Polizeibeamten in Vechta seinen Ausweis sehen wollten? Den hatte jene Hure gestohlen, und er war noch nicht dazu gekommen, ihn zu ersetzen. Er hatte jedoch bereits bei der Kripo in Vechta recherchiert und hoffte daher, von den Beamten dort erkannt zu werden.

Zu seiner Erleichterung traf er beim Polizeirevier auf den Mann, der ihm damals die Unterlagen gezeigt hatte. Da es mittlerweile Nacht geworden war, befanden sich nur wenige Polizisten im Gebäude. Die meisten gehörten zur Bereitschaft und warteten darauf, dass ein Anruf einging und Alarm ausgelöst wurde. Schreibtischarbeiten wurden um die Zeit nur nebenbei erledigt.

»Es wäre besser, wenn Sie morgen zur normalen Dienstzeit wiederkommen würden«, wies der Beamte Leutmann zurecht.

Der Detektiv verzog scheinbar enttäuscht das Gesicht. »Können Sie keine Ausnahme machen? Ich muss heute noch nach Berlin weiterfahren. Es dauert auch nicht lange! Ich möchte nur noch einmal die Akte über Uwe Biskop einsehen.«

»Diese Akte – wenn man überhaupt davon sprechen kann – enthält fast nichts«, antwortete der Kripobeamte lachend. »Im Grunde geht es nur um diese anonyme Anzeige. Wir haben schon überlegt, ob wir das alte Zeug nicht langsam schreddern sollen. Selbst wenn die Sache wahr sein sollte, wäre sie längst verjährt.«

Falls dem so ist, interessiert es euch auch nicht, wenn dieses Ding verschwindet, dachte Leutmann und folgte dem Mann ins Archiv. Dabei sah er unauffällig auf die Uhr. Noch fünf Minuten, dann würde draußen auf der Straße der Teufel los sein. Angespannt sah er zu, wie der Beamte die Akte aus einem Schrank nahm und sie ihm reichte.

»Haben Sie auch eine Akte über das Mädchen, das damals genannt worden ist?«, fragte Leutmann, weil sich darin auch ein entsprechender Vermerk befinden konnte.

»Die ist in Berlin! Aber das habe ich Ihnen doch schon beim letzten Mal erklärt«, belehrte ihn der Beamte.

Das hatte Leutmann vergessen, und daher bedankte er sich

freundlicher als gewohnt für die Auskunft. Bei der Kripo in Berlin hatte er genügend Kontakte, die ihm weiterhelfen konnten. Nun galt es erst einmal, das Original aus der Biskop-Akte an sich zu bringen.

Da noch immer ein paar Minuten zur vereinbarten Zeit fehlten, verwickelte Leutmann den Beamten in ein Gespräch über belanglose Dinge, während er die Akte durchblätterte. Sie war tatsächlich nur sehr dünn. Außer der Anzeige wegen Missbrauchs einer Minderjährigen waren nur noch zwei Parkverstöße und ein Übertreten des Tempolimits um einundzwanzig Stundenkilometer vermerkt, Sachen, die längst hätten gelöscht werden müssen. Doch in dieser Gegend liefen die Uhren nun einmal langsamer als in Berlin. Gerade als Leutmann in Gedanken spottete, wurde Alarm gegeben.

»Ich muss nach oben!«, drängte der Beamte.

»Gehen Sie schon!«, sagte Leutmann. »Ich schaue das Ding nur kurz durch und lege es wieder zurück. Es war doch der Schrank dort, oder?«

»Ja, unter Bi«, rief der andere und eilte nach oben.

Leutmann sah ihm grinsend nach, steckte dann die Mappe unter seine Motorradkombi und verschob die fahrbaren Aktenschränke so, dass jener, in dem nun der Eintrag für Biskop fehlte, hinter einigen anderen verschwand. Danach verließ er den Raum und ging zu den Büros. Die meisten waren leer. Draußen hörte er, wie die Streifenwagen losfuhren, und wandte sich an eine junge Polizistin, die offenbar zum Telefondienst eingeteilt worden war.

»Was ist denn hier los?«

»Eine üble Schlägerei ein Stück die Straße hinauf!«, erklärte die Beamtin.

»Dann werde ich wohl besser in die andere Richtung fahren. Auf Wiedersehen!« Leutmann verließ zufrieden vor sich hin pfeifend das Polizeirevier, startete sein Motorrad und drehte zweimal den Gashebel bis zum Anschlag. Es war das Signal für seine Kumpel zu verschwinden.

Keine drei Sekunden später hörte er andere Motorräder aufheulen und sagte sich grinsend, dass die Polizisten von Vechta schon besonderes Glück brauchten, um einen seiner Kumpel zu erwischen. Er selbst fuhr ebenfalls los und traf sich mit seinen Klubkameraden bei dem gleichen Rasthaus, nur auf der anderen Seite der A1. Es fehlte keiner. Zwei der Fünfhunderter, die er von Susanne Fehse-Biskop erhalten hatte, wechselten den Besitzer, und dann riet Leutmann ihnen, sich aufzuteilen, damit sie unterwegs nicht als die Rowdys von Vechta erkannt wurden. Von drei seiner engsten Freunde begleitet fuhr er auf kürzestem Weg nach Berlin. Vom Motorradsattel aus führte er ein kurzes Telefongespräch mit Uwe Biskop und informierte diesen, dass er das Original der Polizeiakte an sich gebracht habe.

6.3

Das Auto schlingerte über die Straße, knallte gegen Bäume von entsetzlicher Dicke und überschlug sich zuletzt mehrmals. In Strömen rann das Blut aus den zerborstenen Fenstern, und es waren Schreie zu hören, die Alice Blair derart in den Ohren gellten, dass sie erschrocken hochschoss.

Erst als sie in dem gedämpften Licht, das durch die Vorhänge drang, die vertraute Umgebung ihres Hotelzimmers im Frankfurter Hof wahrnahm, begriff sie, dass sie wieder einmal einem Albtraum zum Opfer gefallen war. So schlimm wie diesmal war es noch nie gewesen, und sie ahnte, dass diese Träume erst aufhören würden, wenn sie das Rätsel um den Tod ihrer Mutter gelöst hatte und die Schuldigen bestraft worden waren.

Sie stieg aus dem Bett, warf ihren Morgenmantel über und holte sich eine Cola aus der Minibar. Während sie das süße

Zeug schlürfte, drehten sich ihre Gedanken noch immer um den Unfall vor einem Vierteljahrhundert. Sie musste unbedingt herausfinden, warum ihre Mutter und Jan Reppert hatten sterben müssen und die beiden anderen unverletzt geblieben waren.

Schon kurz nach dem Unfall hatte Alice etwas Falsches an Uwe Biskop und Susanne Fehse gespürt und sich mit ihren fünf Jahren geschworen herauszufinden, was tatsächlich geschehen war. Nun belastete sie das damalige Geschehen so sehr, dass sie am liebsten noch in derselben Nacht zu Biskops Villa gefahren wäre, um die Frage zu stellen, die ihr so auf der Seele brannte. Ihre Recherche hatte jedoch erbracht, dass die beiden Meister darin waren, die Wahrheit zu verdrehen. Auf diese Weise hatten sie sich Stipendien in den Vereinigten Staaten erschlichen, Gadow um seine Erfindung gebracht und auch einiges andere in ihrem Sinne geregelt. Jeder, der wirklich oder scheinbar gegen sie gewesen war, hatte den Kürzeren gezogen und hinterher froh sein müssen, überhaupt noch eine halbwegs akzeptable Stellung zu bekommen. Zu diesen gehörte auch Professor Justus Barin, der nun in Augsburg ein privates Forschungsinstitut leitete und nur noch eine Teilzeitdozentenstelle an der Universität einnahm.

Von einer befreundeten Journalistin hatte Alice erfahren, dass der Erfolg dieses Instituts vor allem Mena Reglin zu verdanken war, und plötzlich bekam Alice Lust, diese Frau kennenzulernen. Vielleicht war diese sogar in der Lage, für sie Informationen zu besorgen. Vor allem aber wollte sie über Mena Reglin Kontakt mit Professor Barin aufnehmen und herausfinden, ob er ihr gegen die Biskops helfen würde. Sie hoffte es, denn sein Renommee als Wissenschaftler hatte durch Uwe Biskop sehr gelitten.

Nachdem sie gepackt hatte, um nach Augsburg zu fahren, startete sie noch einmal ihren Laptop. Als Erstes las sie die E-Mails durch. Keine davon war so wichtig, dass sie auf der Stelle beantwortet werden musste. Daher konzentrierte sie sich auf ihre persönlichen Interessen und sandte eine weitere E-Mail an

Biskop, wobei sie die verschleiernde Verbindung über Mexiko benutzte.

Der Inhalt bestand wieder nur aus einem einzigen Satz: *Warum habt ihr überlebt und die anderen nicht?*

Daran, so sagte Alice sich, würden Biskop und seine Frau zu kauen haben. Sie beschloss, die beiden noch einmal unter einem Vorwand aufzusuchen, um mehr Privates über sie zu erfahren. Vielleicht fand sie in deren Villa sogar einen Hinweis, der ihr weiterhelfen konnte.

Mit diesem Gedanken wollte sie ihr Zimmer verlassen und merkte erst an der Tür, dass sie noch in Schlafanzug und Morgenmantel steckte. Mit einem Kopfschütteln machte sie kehrt und zog sich um. Wenig später meldete sie sich beim Nachtportier für die nächsten Tage ab, stieg in ihren Kleinwagen und lenkte diesen über die nächtliche Autobahn nach Augsburg.

6.4

Die Drohmails häuften sich, ohne dass die Absender zu fassen waren. Dazu kam die Sache mit der dummen Anzeige vor fünfundzwanzig Jahren. Zwar war es Leutmann gelungen, das Original an sich zu bringen, und seine Frau hatte sich Zugriff auf die Datenbanken der Polizeiinspektion in Vechta verschafft, um die betreffenden Datensätze zu löschen. Dennoch hatte Uwe Biskop kein gutes Gefühl bei der Sache.

»Vielleicht sollten wir Deutschland verlassen und uns in einem anderen Land ansiedeln«, schlug er Susanne beim Frühstück vor.

Seine Frau sah ihn verblüfft an. »Wieso sollten wir das tun?«

»Wegen der ganzen alten Dinge, die über uns hereinbrechen.«

»Du meinst die Anzeige gegen dich? Du hättest die kleine Anna damals nicht pimpern dürfen! Schließlich kanntest du sie und wusstest, dass sie sich in eine Klette verwandeln würde.«

Susanne Fehse-Biskop klang amüsiert. Damals war sie noch Jan Repperts Freundin gewesen und hatte Uwe das Vergnügen gegönnt, die Sechzehnjährige zu vernaschen. Erst als Anna Miersch nach Julia Gschwendles Tod versucht hatte, sich an Uwe zu hängen, hatte sie ihr klargemacht, wie hier der Hase lief. Die anonyme Anzeige hielt sie für einen Versuch des Mädchens, sich zu rächen. Allerdings hatte Anna Miersch bei der Befragung durch die Polizeipsychologin nicht den Mut aufgebracht, den Geschlechtsverkehr mit Uwe zuzugeben. Die Psychologin hatte sie darauf als psychisch instabil und von Traumbildern beherrscht eingeordnet und die Sache zu den Akten gelegt.

Aus diesem Grund verstand Susanne Fehse-Biskop nicht, warum ihr Mann sich wegen dieser Sache Sorgen machte. »Was willst du im Ausland?«, fragte sie. »Dort sind die Einheimischen die Kings und wir nur irgendwelche Ausländer ohne größere Bedeutung. Jeder Kreismeister im Fingerschnippen wäre wichtiger als wir!«

Damit traf sie seinen wunden Punkt. Uwe Biskop ging Anerkennung über alles. Selbst Geld war ihm nicht so wichtig wie ein Händedruck des Ministerpräsidenten oder gar des Bundespräsidenten. Wenn sie Deutschland den Rücken kehrten, würden sie dies alles aufgeben müssen.

»Du vergisst noch etwas!«, fuhr Susanne Fehse-Biskop fort. »Ich bin hier beim Fernsehen gut vernetzt und habe genug Einfluss, um Attacken auf dich als üble Nachreden von Neidern hinstellen zu können. Außerdem würden uns die E-Mails, mit denen wir belästigt werden, auch im Ausland erreichen. Dort aber verfügen wir nicht über das Ansehen, um uns erfolgreich gegen diese Verleumdungen wehren zu können.«

Der Gedanke, in einem solchen Fall zwar noch reich, aber bedeutungslos zu sein, ernüchterte Biskop, und er gab die Idee auf, sich für einige Zeit ins Ausland zurückzuziehen.

»Ich sehe mal nach, welche Mails heute gekommen sind«, sagte er und verließ das Frühstückszimmer.

Seine Frau sah ihm kopfschüttelnd nach und schmierte sich das nächste Brötchen. Sie hatte es noch nicht zur Hälfte gegessen, als der laute Ruf ihres Mannes erscholl.

»Susanne, komm sofort her!«

So schnell sie konnte, eilte Susanne Fehse-Biskop in sein Arbeitszimmer. Ihr Mann saß mit angespannter Miene vor seinem Computerbildschirm und wies auf eine E-Mail.

»*Ihr wart zu viert. Warum habt ihr überlebt und die anderen nicht?*«, las Susanne Fehse-Biskop und stieß eine Verwünschung aus.

»Wir müssen etwas unternehmen!«, rief sie dann. »Die Sache ist allmählich zu ernst, um sie auf die leichte Schulter nehmen zu können.«

»Wer kann diese Mail geschrieben haben? Derjenige müsste mehr über das wissen, was damals passiert ist«, wandte ihr Mann ein.

»Erinnere dich daran, was ich damals zu dir gesagt habe! Ich war sicher, ein Auto gehört zu haben. Außerdem ist kurz darauf das Licht zweier Autoscheinwerfer zu sehen gewesen.« Susanne Fehse-Biskops Miene wirkte wie nach innen gekehrt, während sie angestrengt nachdachte. »Da wir nichts mehr gesehen und gehört haben, hast du gemeint, ich müsse mich getäuscht haben. Doch hier ist der Beweis, dass dem nicht so war«, erklärte sie weiter.

»Aber wer könnte es gewesen sein, und warum meldet er sich erst jetzt?«, fragte Biskop konsterniert.

Da lachte seine Frau bitter auf. »Erst jetzt? Erinnere dich an die Erpresserbriefe, derentwegen wir Leutmann das erste Mal engagiert haben. Es muss sich um dieselbe Person handeln! Damals hat sie es mit der Angst zu tun bekommen und sich zurückgezogen, aber jetzt versucht sie es erneut. Es muss mit dem Bundesverdienstkreuz zusammenhängen und dem Presseecho, das die Verleihung mit sich gebracht hat.«

»Leutmann hat auch diesmal nicht herausgefunden, wer es ist«, stieß Biskop verärgert aus.

»Er wird sich Mühe geben, es herauszufinden. Wahrscheinlich weiß diese Mena Reglin es schon. Die Frau ist genial! Sie hat uns schon vor ein paar Wochen mitgeteilt, dass die Mail-Schreiber Leute aus unserer Vergangenheit sein müssen. Wir …«

»Wenn sie es herausgefunden hat, weiß es auch Barin, und der wird es gegen uns verwenden!« Für einen Augenblick war Biskop richtiggehend panisch.

Seine Frau zeigte ihr gefürchtetes Tigerlächeln. »Mena Reglin wird nicht viel Zeit bleiben, uns zu schaden. Da sie nicht mit uns zusammenarbeiten will, wird sie es mit niemandem mehr tun! Nun aber sollten wir uns überlegen, welche Figuren aus unserer Vergangenheit uns an den Karren fahren könnten. Ich tippe immer noch auf Jens Reppert. Er hat seinen älteren Bruder wie einen Halbgott verehrt.«

»Nach Mena Reglins Analysen hat er keine dieser E-Mails verfasst!«

»Glaubst du, dass sie uns die Wahrheit gesagt hat?«, fragte Susanne Fehse-Biskop. »Aber selbst, wenn das stimmt, kann Jens Reppert dahinterstecken. Er muss die Mails ja nicht eigenhändig verfassen. Das kann jemand anders für ihn tun – einer, der uns ebenfalls aus jener Zeit kennt.«

»Anna Miersch!«, rief Biskop aus. »Sie könnte die einen Mails geschrieben haben. Erinnere dich an die anonyme Anzeige. Die habe ich gewiss ihr zu verdanken! Das kleine Biest wollte mich in die Pfanne hauen, weil ich mich von ihr zurückgezogen hatte.«

»Du warst damals aber auch kein Kavalier! Zuerst pimperst du die Kleine, und dann tust du so, als wäre nie etwas geschehen.« Susanne Fehse-Biskop lachte leise, wurde aber rasch wieder ernst. »Anna hatte wohl gehofft, Julias Nachfolgerin werden zu können, und wenn ich sie damals nicht rechtzeitig zusammengefaltet hätte, wärst du tatsächlich in Schwierigkeiten geraten.

Stattdessen war sie so durchgedreht, dass die Polizeipsychologin sie für ein pubertierendes Mädchen gehalten hat, das in seinen Phantasiegebilden lebte.«

Biskop nickte unwillkürlich. »Da kannst du recht haben! Wahrscheinlich stammten die Erpresserbriefe damals tatsächlich von ihr. Sie hat sich dann nicht getraut, die Sache durchzuziehen, und das passt zu ihrem Charakter. Schade eigentlich, denn Leutmann hätte sie mit Sicherheit erwischt.«

»Ich wollte, er hätte es! Damals hätte sich kein Mensch gewundert, wenn diese überdrehte Kuh ein paar Tabletten zu viel geschluckt hätte!« Susanne Fehse-Biskop zischte wie eine gereizte Schlange und deutete auf die Tür.

»Ich setze mich an den Computer und sehe zu, ob ich etwas über Anna Miersch in Erfahrung bringen kann. Inzwischen rufst du Leutmann an und sagst ihm, er soll dieses Biest aufspüren. Auch wenn wir ihre Spur vor langer Zeit verloren haben, müsste er trotzdem herausfinden, was aus ihr geworden ist. Deutschland ist nun einmal ein Bürokratenstaat, und da ist über jeden eine Datei vorhanden.«

6.5

In einer düsteren Wohnung zog eine kleine, aber kräftige Frauenhand ein Foto aus einem Umschlag. Die Frau betrachtete lange das Bild. Es war verschwommen und undeutlich, aber man konnte ein Auto mit noch brennenden Scheinwerfern erkennen, das besonders im hinteren Teil weit aufgerissen und zerstört war. Zwei schattenhafte Personen waren gerade dabei, eine schlaffe Gestalt von einem der Hintersitze zu zerren.

»Ich muss es tun«, murmelte die Frau. »Ich darf nicht länger warten.«

Trotzdem zitterte sie unkontrolliert, als sie das Bild auf den

Scanner ihrer modernen Computeranlage legte, die so gar nicht zu der schäbigen Wohnung passen wollte.

Sie scannte das Bild ein, sah es sich stark vergrößert am Bildschirm an und nickte zufrieden. Nun war weitaus mehr darauf zu erkennen, als sie angenommen hatte. Die beiden Schatten waren eine Frau und ein Mann, und es war zu sehen, dass sie einen anderen Mann aus dem Wagen zerrten. Zudem konnte sie mehrere Buchstaben und eine Ziffer des im Scheinwerferlicht reflektierenden Nummernschilds lesen.

»Ich hätte es schon längst tun sollen«, murmelte die Frau und schrieb eine E-Mail. Diesmal war sie zu ungeduldig, um die einzelnen Worte mühsam zusammenzusuchen, sondern tippte den Text direkt in die Tastatur.

Ich will eine Million für mein Schweigen und eine zweite für die Originale von diesem und den anderen Bildern. Die Antwort soll »Rumpelstilzchen ist einverstanden« lauten und am nächsten Montag in »Vermischtes« in der Augsburger Allgemeinen *stehen.*

Mit einem bitteren Lächeln schickte die Frau die E-Mail ab und stellte sich vor, wie sie über Polen und Russland nach Usbekistan ging und dort mit einer vollkommen umgeänderten Absenderadresse weitergeleitet wurde. Der gesamte Weg dauerte eine Stunde, sorgte aber dafür, dass höchstens ein auf diese Vorgänge spezialisierter Geheimdienst den Weg der E-Mail verfolgen konnte. Weder die Empfänger noch die deutsche Kriminalpolizei waren dazu in der Lage.

6.6

Mena Reglin versuchte seit zwei Tagen, mehr Informationen über Uwe Biskop, dessen Frau und Anna Miersch herauszufinden. Während es über Biskop und Fehse-Biskop eine Unmenge an Datenmaterial gab, das zu sortieren und analysieren einen ganzen Stab von Spezialisten wochenlang beschäftigt hätte, stieß sie bei Anna Miersch nur auf wenige Einträge, von denen die Hälfte andere Personen als die Putzfrau ihrer Schwester betraf.

Während Mena ein Suchprogramm initiierte, um nach gewissen Schlüsselwörtern in dem Datenwust über die Biskops zu suchen, stellte sie fest, dass ihre Datenleitung schon wieder auf Sparflamme lief.

Verärgert verließ sie ihr Büro, um nachzusehen, ob Jander die Verbindung ins Internet über Gebühr beanspruchte. Doch der saß miesepetrig vor seiner Doktorarbeit und war nur im Hintergrund mit dem Internet verbunden.

»Ist was?«, fragte er säuerlich.

»Zu Ihrem Glück nicht«, gab Mena enttäuscht zurück und schloss seine Bürotür wieder. Danach warf sie einen Blick in die Küche, die gerade von Isa geputzt wurde.

»Ist noch Kaffee da?«, fragte sie.

»Nein, aber ich kann gerne noch einen machen«, bot die Studentin an.

Mena blickte auf die Uhr und schüttelte den Kopf. »Es ist nur noch eine halbe Stunde bis Feierabend. Da lohnt es sich nicht mehr!«

Außerdem bekomme ich bei Toni einen besseren Kaffee als hier, setzte sie für sich hinzu. Sie sah auch wieder die leidige Diskussion auf sich zukommen, wer den nächsten Kaffee würde bezahlen müssen. Jander drückte sich, wo es nur ging, und auch Professor Barin war in der Hinsicht äußerst sparsam. Aber er würde sich bald ändern müssen, denn wenn er nicht dafür sorgte, dass die Datenleitung des Instituts aufgepeppt wurde, konnte er die Arbeit einstellen.

Zuletzt betrat Mena das Büro ihres Chefs. »Guten Tag, Herr Professor. Die Verbindung ins Internet ist so schwach, dass ich nebenbei stricken könnte.«

Barin und Mena hatten an dem Tag noch kein Wort miteinander gewechselt. Jetzt sah der Professor von seinem Bildschirm hoch, auf dem sich gerade eine komplexe, mathematische Struktur aufbaute, und funkelte sie wütend an.

»Ich habe den Auftrag, bis morgen einige wichtige Berechnungen durchzuführen. Dafür brauche ich den größten Teil unserer Datenkapazität. Ihr Auftrag für Biskop eilt ja nicht so.«

»Soll ich das Professor Biskop mitteilen, wenn er mich anruft und nach neuen Erkenntnissen fragt?«, gab Mena genervt zurück.

Barin zuckte im ersten Moment zusammen, winkte dann aber in seiner typischen Art ab. »Bis morgen hat Ihre Sache wohl noch Zeit. Ich muss dies hier heute fertigbringen, und es ist, wie gesagt, sehr komplex. Honorar erhalte ich nur bei Erfolg. Also schalten Sie Ihren Computer ab und machen Feierabend. Sie können ja morgen eine halbe Stunde früher kommen.«

Mena wurde das Gefühl nicht los, dass sich Barin wieder einmal darauf eingelassen hatte, etwas für einen Bekannten zu erledigen. Das bestärkte sie darin, dieses mickrige Institut zu verlassen. Zuvor aber wollte sie Biskops Auftrag erledigt und herausgefunden haben, wer den Mann erpresste.

Konnte es Anna Miersch sein?, fragte sie sich, während sie Barins Büro verließ. Um die eigene URL zu verschleiern, brauchte man nicht nur ein ausgezeichnetes Wissen über Computer und die Funktionsweise des Internets, sondern auch eine hochwertige Ausrüstung. Aber die konnte sich eine Frau, die davon lebte, bei anderen Leuten zu putzen, wohl kaum leisten. Trotzdem durfte sie Anna Miersch nicht aus den Augen lassen.

Im Augenblick blieb ihr nichts anderes übrig, als ihren Suchlauf zu beenden und Feierabend zu machen. Ein Blick auf den Bildschirm zeigte ihr, dass einige wenige Beiträge mit den entsprechenden Parametern gefunden worden waren. Sie sah sie kurz durch, entdeckte aber nichts, was sie nicht bereits wusste, und schaltete den Computer ab. Dann holte sie ihre Windjacke und verabschiedete sich von Isa.

»Bis morgen!«

»Morgen hat der Professor wieder eine Vorlesung. Da kann ich, wenn überhaupt, erst am Nachmittag kommen«, antwortete die Studentin.

Mena nickte. Da Barin Isa nach seiner Vorlesung meist noch einige Arbeiten auftrug, die er auch selbst hätte erledigen können, war die junge Frau fast den ganzen Tag beschäftigt. Damit waren nur sie selbst und Jander im Institut, und so würde es keinen Kaffee geben, wenn sie ihn sich nicht selbst machte. Dazu hatte sie nicht die geringste Lust.

»Ich werde mir Roiboos-Tee kochen und in einer Thermosflasche mitbringen«, murmelte Mena mehr für sich als für Isa gedacht.

»Was sagten Sie?«, fragte diese.

»Ach nichts! Noch einen schönen Abend!« Mena verließ das Institut. Auf dem Weg zur Bushaltestelle hielt neben ihr ein gelber Sportwagen.

»Hallo Mena! Das ist ja eine Überraschung! Aber es ist schön, dass ich dich treffe. Ich möchte mit dir reden.« Susanne Fehse-Biskop lächelte.

So zufällig, wie sie tat, war das Zusammentreffen natürlich nicht. Sie hatte versucht, Mena abzupassen, und da diese das Institut etwas früher verlassen hatte, wäre sie beinahe zu spät gekommen. Nun beugte sie sich zur Beifahrerseite hinüber und öffnete dort die Wagentür.

»Danke!« Die Höflichkeit zwang Mena einzusteigen.

Sie war nicht gerade glücklich über das Zusammentreffen, denn vor einem Gespräch mit ihrer Auftraggeberin hätte sie gerne etwas mehr herausgefunden.

Susanne Fehse-Biskop wartete, bis Mena die Tür geschlossen und sich angeschnallt hatte, dann fuhr sie in einem für sie ungewohnt zurückhaltenden Tempo weiter.

»Du warst auf Reisen?«, fragte sie lauernd.

»Ja, in Berlin und in Vechta.«

»Und, was hast du herausgefunden?«

»Nicht viel. Ich wollte Dr. Gadow auf den Zahn fühlen, doch der hat nur die alten Vorwürfe wiedergekäut, und in Vechta gab es lediglich ein paar alte Zeitungsartikel, in denen Ihr Mann und Jan Reppert aufs Höchste gelobt wurden.«

Täuschte Mena sich, oder huschte tatsächlich ein betroffener Ausdruck über Susanne Fehse-Biskops Gesicht?

»Der Archivar der Zeitung kennt Sie übrigens von früher und meinte, Sie wären mit Jan Reppert verlobt gewesen«, setzte Mena hinzu.

Susanne Fehse-Biskop rettete sich in ein gekünsteltes Lachen. »Mein Gott, das ist schon so lange her! Richtig verlobt waren wir eigentlich nicht, wenigstens nicht in dem Sinne, dass wir mit der Familie gefeiert und Verlobungsringe getauscht hätten. Eigentlich waren wir vier eine recht lockere Gruppe, und bis zu jenem schlimmen Tag war nicht abzusehen gewesen, ob Jan und ich zusammenbleiben würden.«

Bei Kuhlmann hat das anders geklungen, dachte Mena. Allerdings konnte Susanne Fehse-Biskop sich ihre Version auch eingeredet haben, um die Trauer um den Verlobten zu überwinden.

»Der Unfall muss schrecklich gewesen sein«, fuhr sie fort.

»Das war er!«, sagte Susanne Fehse-Biskop leise. »Wir vier waren eng befreundet, und daher haben Uwe und ich uns lange Zeit Vorwürfe gemacht, weil wir Jan nicht daran gehindert haben, ins Auto zu steigen. Aber wir waren selbst nicht mehr ganz nüchtern, und auf einmal waren die beiden anderen verschwunden.«

Das klang schlüssig, doch der Unterton in Susanne Fehse-Biskops Stimme passte nicht so recht dazu.

»Sie sind nach diesem Unfall nicht mehr lange in Vechta geblieben«, setzte Mena das Gespräch fort.

Susanne Fehse-Biskop bog ab und hielt den Wagen an. »Ich habe Lust auf ein Eis. Du auch?«, fragte sie, ohne auf Menas Bemerkung einzugehen.

»Ein Eis wäre nicht schlecht!« Mena sagte sich, dass die angenehmen Seiten des Lebens über ihrer Arbeit ohnehin zu oft zu kurz kamen, und folgte Susanne Fehse-Biskop zu einer Eisdiele. Dort bestellte die Wissenschaftlerin sich einen großen Eisbecher und einen Cappuccino und setzte sich nach draußen. Mena suchte sich nur drei Kugeln aus, bestellte einen Latte macchiato und folgte ihrer Auftraggeberin zu deren Tisch.

Bis das Eis und der Kaffee kamen, sahen die beiden Frauen den Passanten zu. Es waren alle möglichen Typen darunter, aufstrebende Jungmanager in Anzug und Schlips, ein paar Späthippies mit langen Haaren und bunten T-Shirts über bereits stattlichen Bäuchen, aber auch Frauen, denen es schwerfiel, ihren Nachwuchs an der Eisdiele vorbeizulotsen.

»Analysierst du die Leute oder genießt du nur die schöne Aussicht?«, fragte Susanne Fehse-Biskop, während der Ober die Eisbecher und die Tassen auf ihren Tisch stellte.

»Würde ich alle Menschen, die mir über den Weg laufen, analysieren, käme ich zu nichts anderem mehr.«

»Man kann seinen Beruf – oder besser, seine Berufung – niemals ganz abstellen. Ich überlege mir immer, wie ich meine nächste Fernsehsendung gestalten soll«, erklärte Susanne Fehse-Biskop mit hörbarer Herablassung in der Stimme.

»Ich denke ebenfalls über meine Aufgaben nach, zum Beispiel über das, was in Vechta wirklich passiert ist.«

Mena hatte an die gesamte Situation gedacht, doch Susanne Fehse-Biskop kam die E-Mail in den Sinn, in der sie und ihr Mann gefragt worden waren, warum sie überlebt hatten und die anderen nicht. Daher musterte sie Mena durchdringend. Wie viel wusste die Frau?, fragte sie sich, beugte sich vor und fasste nach Menas rechtem Unterarm. Ihr Griff war fest und ihre langen Fingernägel bohrten sich in die Haut. Mena wollte ihren Arm befreien, doch da krallte Susanne Fehse-Biskop die Finger in ihr Fleisch.

»Höre mir gut zu!«, erklärte die Frau im Flüsterton. »Du wirst das, was du herausfindest, nur meinem Mann und mir mitteilen, niemandem sonst, verstanden? Vor allem Barin darf nicht das Geringste erfahren. Er hasst meinen Mann und würde aus einer Mücke einen Elefanten machen, nur um ihm schaden zu können.«

Es war der Aufruf zur Illoyalität gegenüber ihrem Chef. Auch wenn Mena Barin verachtete und froh war, wenn sie das Institut endlich verlassen konnte, wollte sie nichts tun, was ihr hinterher zum Nachteil ausgelegt werden konnte.

»Herr Professor Barin ist mein Vorgesetzter. Daher kann ich ihm meine Ergebnisse nicht verheimlichen.«

Susanne Fehse-Biskop musterte sie aus zusammengekniffenen Augen. »Du solltest daran denken, dass wir die Auftraggeber sind – nicht Barin. Wir sind bereit, dir eine hübsche Prämie für gute Arbeit zu zahlen! Barin tut das sicher nicht.«

Susanne Fehse-Biskop klemmte einen Zwanzigeuroschein unter die halb ausgetrunkene Cappuccino-Tasse, stand auf und ging. Hinter ihr schmolz der Rest ihres Eisbechers, während Mena verzweifelt versuchte, ihre Gedanken zu ordnen. Die Warnung war deutlich gewesen. Gleichzeitig verstärkte sich in ihr der Verdacht, dass es in der Vergangenheit des Paares etwas geben musste, das nicht ans Licht der Öffentlichkeit dringen sollte.

6.7

Die Begegnung mit Mena Reglin hatte Susanne Fehse-Biskops Verdacht bestärkt, dass diese im Auftrag Barins gegen sie und ihren Mann arbeitete. Als sie nach Hause kam, nahm sie sich nicht die Zeit, ihren Wagen in die Garage zu stellen, sondern ließ ihn in der Einfahrt stehen. Sie eilte zu ihrer Computeranlage, hackte sich in die städtischen Überwachungskameras ein und startete einen Suchlauf. Als Vorbild diente ihr ein Foto von Mena. Es dauerte eine Weile, bis auf dem Bildschirm die Meldung kam, die gesuchte Person wäre gefunden.

Mena trat gerade bei Grün auf eine Straße, auf der eine schwere Limousine im überhöhten Tempo herankam. Rasch manipulierte Susanne Fehse-Biskop die Ampelschaltung. Der Mann sah die Ampel auf Grün umspringen und drückte aufs Gas, ohne auf die Fußgängerin zu achten, die gerade mitten auf dem Zebrastreifen ging.

Mena sah aus den Augenwinkeln den heranschießenden Wagen und sprang im Reflex nach vorne. Trotzdem erwischte das Auto sie mit dem Kotflügel und schleuderte sie auf den Gehsteig.

Noch während sie halb benommen dalag, begann der Autofahrer zu plärren. »Kannst du nicht aufpassen, du blöde Kuh! Bei Rot über den Fußgängerüberweg zu rennen ist ja hirnverbrannt! Du wirst mir den Schaden an meinem Wagen bis auf den letzten Cent begleichen!«

»He, Sie da!«, mischte sich eine ältere Frau ein. »Die junge Dame hatte Grün! Schauen Sie her, die Fußgängerampel schlägt erst jetzt um!«

Der Fahrer starrte auf die Ampel, bei der nun erst das grüne durch ein rotes Männchen ersetzt wurde, und schüttelte verwirrt den Kopf. »Aber ich hatte auch Grün!«

»Das kann ich bestätigen«, rief eine Frau, die mit ihrem Wagen hinter ihm hergefahren war und gerade noch hatte bremsen können.

»Das kann nicht sein, denn die Fußgängerampel war grün«, erklärte die alte Dame.

Ein Mann mittleren Alters nickte heftig. »Das stimmt! Und das werde ich auch vor Gericht bezeugen. Ich wollte nämlich gerade losgehen, da ist dieser Mensch mit Affenzahn herangebraust. Der hatte mindestens achtzig Stundenkilometer drauf und keine fünfzig!«

Während ein erbitterter Streit zwischen Autofahrern und Fußgängern entbrannte, kümmerte sich eine junge Frau um Mena. »Wie geht es Ihnen? Sind Sie verletzt?«, fragte sie besorgt.

Menas Seite tat weh, und sie fühlte sich schwindlig. Trotzdem sagte sie: »Es geht!«

»Ich habe die Polizei und den Krankenwagen gerufen«, erklärte ein junger Bursche mit schräg sitzender Baseballkappe und einer Hose, deren Hosenboden zwischen seinen Knien hing. »Sie müssen gleich hier sein.«

»Danke!« Mena richtete sich mühsam auf, musste sich aber am Ampelmast festhalten, weil sich die Welt um sie zu drehen begann.

»Sie sollten liegen bleiben«, riet ein besorgter Passant.

»Es geht schon!«, sagte Mena, weil sie sich nicht auf dem Pflaster ausstrecken wollte. Immerhin waren schon zwei Leute einfach über sie hinweggestiegen.

Kurz darauf erschienen zwei Polizisten und mussten sich anhören, dass sowohl mehrere Autofahrer wie auch etliche Fußgänger behaupteten, jeweils Grün gehabt zu haben. Einer der Beamten befragte Mena, ließ sie aber schnell in Ruhe, als er ihre bleiche Miene und den flackernden Blick bemerkte. Stattdessen nahmen die Polizisten die Personalien der beteiligten Personen und der Zeugen auf.

»Wo bleibt der Krankenwagen?«, fragte ein älterer Mann. »Wäre die junge Frau schwerer verletzt, könnte sie längst tot sein!«

»Da ist er schon!«, rief die Polizistin und wies auf den Rotkreuzwagen, der gerade mit Blaulicht um die Ecke bog und hinter dem Polizeiauto stehen blieb.

»Na, wie viele Tote gibt es?«, fragte einer der Ersthelfer flapsig und fand sich im Zentrum etlicher zorniger Blicke wieder. Für solche Scherze hatte niemand hier etwas übrig.

»Irgendwie bedaure ich es, dass die Wehrpflicht und damit auch der Ersatzdienst abgeschafft worden sind«, meinte der ältere Mann. »Jetzt müssen die Sanitätsdienste jeden Trottel nehmen, den sie kriegen können.«

Dann verabschiedete er sich mit guten Wünschen von Mena und ging weiter.

Mena wurde von einem Sanitäter in den Rettungswagen geführt, dort auf eine Trage gelegt und festgeschnallt. »Aua«, stöhnte sie, als einer der Gurte zu straff über ihre geprellte Seite gespannt wurde. Zu mehr war sie nicht in der Lage, denn sie dämmerte trotz ihrer Schmerzen noch während der Fahrt weg.

6.8

Susanne Fehse-Biskop hatte Menas Unfall durch die Überwachungskamera der Polizei miterlebt, sich dann aber ausgeklinkt und alles getan, um die Spuren ihrer Manipulation zu verwischen. Als sie sich eine Stunde später erneut in die Computer der Stadtverwaltung einhackte, las sie etwas von einer Computerpanne bei der Ampelschaltung und lächelte zufrieden. Wie es aussah, hatte niemand Verdacht geschöpft, dass ein Eingriff von außen dafür verantwortlich war.

Als ihr Mann ihr Arbeitszimmer betrat, saß Susanne Fehse-Biskop noch immer vor ihrem Bildschirm und probierte einige Schaltungen aus.

»Was machst du da?«, fragte Uwe Biskop verwundert.

»Ich teste mein Hackerprogramm«, antwortete Susanne Fehse-Biskop und loggte sich in den Krankenhauscomputer ein. Mena Reglin war mittlerweile untersucht worden, hatte aber außer Prellungen und einer Gehirnerschütterung keine weiteren Verletzungen davongetragen.

»Ich hatte gehofft, es würde sie schwerer erwischen«, maulte Susanne Fehse-Biskop enttäuscht.

»Was meinst du damit?«

»Ich habe dafür gesorgt, dass diese Schnüffelnase Mena Reglin von einem Auto angefahren worden ist«, erklärte ihm seine Frau. »Leider hat es nicht ganz so geklappt, wie ich wollte. Aber auch so ist sie erst einmal für ein paar Wochen außer Gefecht. Bis dahin müssten wir die Sache erledigt haben.«

»Welche Sache?«, fragte Biskop.

»Gadow, Miersch, Barin, Jens Reppert – falls du das vergessen haben solltest. Wir werden uns etwas für sie einfallen lassen müssen. Aber was hast du eigentlich von Leutmann erfahren? Der Kerl kommt uns verdammt teuer, dabei hat er noch kaum etwas herausgebracht.«

»Das würde ich so nicht sagen. Immerhin hat er die anonyme Anzeige aus dem Vechtaer Polizeiarchiv entfernt.«

»Und besitzt sie jetzt selbst – was für uns nicht weniger gefährlich ist«, unterbrach Susanne Fehse-Biskop ihren Mann. »Ich habe Leutmann nachgespürt. Der Kerl ist der Chef eines Motorradrocker-Klubs, den er stark für seine Belange einsetzt. Es gab schon einige Verletzte auf der Gegenseite. Und da war auch ein Toter im Jungfernsee, an dessen Ableben Leutmann nicht ganz unschuldig ist.«

»Warum haben wir eigentlich diesen Rocker-Detektiv und das

Institut von Barin beauftragt, Informationen für uns zu sammeln, wenn du es viel besser kannst?«, fuhr Biskop auf.

»Jetzt verliere nicht die Nerven! Natürlich könnte ich diese Nachforschungen selbst vornehmen. Aber das würde eine Menge Zeit kosten, die ich nicht habe. Vergiss nicht, ich muss bis nächste Woche das Konzept für eine neue wissenschaftliche Reihe im Fernsehen erarbeiten. Gerade jetzt ist es wichtig, dass unsere Arbeit normal weitergeht. Außerdem konnte ich, nachdem ich von Leutmann und Mena Reglin Ansatzpunkte erhalten habe, weitaus gezielter suchen. Die beiden haben mir zugearbeitet.«

»Aber …«, begann Biskop, wurde jedoch sofort unterbrochen.

»Zumindest Leutmann könnte noch sehr wertvoll für uns werden. Ich konnte seine Geheimdateien kopieren und habe dadurch erst von dem Mord am Jungfernsee erfahren. Nun habe ich ihn in der Hand. Wenn ich die Informationen an die Kripo weiterleite, ist er erledigt. Also muss er tun, was wir wollen. Als Erstes wird er die verdammte Polizeiakte rüberwachsen lassen, und zwar, ohne sie vorher zu kopieren.«

Susanne Fehse-Biskops Augen leuchteten. Für sie war das ein Spiel, aufregend und gefährlich, und sie würde es gewinnen. Das sagte sie ihrem Ehemann auch und wollte sich eben wieder ihrer Computeranlage zuwenden, als Uwe Biskops Stimme sie innehalten ließ.

»Leutmann hat einiges über Anna Miersch eruiert. Sie war zu derselben Zeit in Berlin wie wir …«

»Das dachte ich mir schon, weil sie zu jener Zeit diese Erpresserbriefe geschrieben hat. Leutmann hat damals herausgefunden, in welchen Berliner Briefkasten die Briefe eingeworfen wurden«, antwortete Susanne Fehse-Biskop gereizt. »Wehe, wenn ich dieses Biest in die Hände bekomme!«

»Willst du selbst nach ihr suchen, oder soll Leutmann das übernehmen?«, fragte ihr Mann.

»Ich überlasse es dem Schnüffler. Er muss wohl vorher nur noch ein paar andere Dinge erledigen.«

Weder Biskop noch seine Frau ahnten, dass es Leutmann um seine Ausweise ging, die ihm in Augsburg gestohlen worden waren. Ohne diese war es ihm unmöglich, weitere Recherchen anzustellen. Doch bis die Behörden neue Pässe und Führerscheine und einen neuen Detektivausweis erstellt hatten, würde einige Zeit vergehen.

Susanne Fehse-Biskop und ihr Mann waren so froh, endlich eine Spur ihrer geheimnisvollen Erpresserin gefunden zu haben, dass sie Leutmann nicht drängen wollten, sondern überlegten, wie sie vorgehen mussten, sobald sie Anna Mierschs Adresse erhalten hatten.

Während des Gesprächs schaltete Susanne Fehse-Biskop ihren Computer auf die Arbeitsoberfläche ihres Mannes um und machte ihm Platz. »Es sind wieder einige E-Mails angekommen. Ein paar davon solltest du rasch beantworten! Halt! Da ist noch eine. Ich rufe sie auf.«

Als der Inhalt erschien, zischte sie wie eine Katze, der man auf den Schwanz getreten hatte, und wies mit zitternden Fingern auf das schlecht belichtete Bild mit dem Unfallwagen und den beiden Personen, die sich daran zu schaffen machten.

»Das darf doch nicht wahr sein!«

6.9

Als Mena wieder zu sich kam, fand sie sich in einem typischen Krankenzimmer wieder, in dem noch drei weitere Betten standen. Zwei davon waren von älteren Frauen belegt, die sie neugierig anstarrten.

»Na, sind wir wieder aufgewacht?«, fragte eine.

»Wo bin ich?«, stieß Mena hervor.

»Im Krankenhaus«, erklärte die andere Frau. »Sie sind vor einer guten Stunde hier eingeliefert worden. Es heißt, Sie hätten einen Unfall gehabt.«

Jetzt erinnerte Mena sich wieder. Ein verrückter Autofahrer hatte sie angefahren, obwohl sie hundertprozentig Grün gehabt hatte. Wenn sie sich recht erinnerte, hatte der Kerl sie auch noch wüst beschimpft.

Sie sah an sich hinunter und bemerkte jetzt erst den Tropf, dessen Plastikschlauch in einer Nadel endete, welche in ihrem Handrücken steckte. Außerdem trug sie nur ihre Unterwäsche, und ihr war kalt.

»Wenn Sie die Schwester rufen wollen, müssen Sie den Knopf dort drücken«, riet ihr eine der beiden Frauen.

»Danke! Ich glaube, ich muss zur Toilette.« Mena wollte sich aufsetzen, doch da hob ihre Bettnachbarin die Hand.

»Das sollten Sie nicht allein tun. Sie haben eine Gehirnerschütterung, und wir wollen doch nicht, dass Ihnen schwindlig wird oder Sie gar in Ohnmacht fallen.«

Mena versuchte es trotzdem. Als sie jedoch auf den Beinen stand, drehte sich alles um sie, und so ließ sie sich mit einem Stöhnen aufs Bett zurücksinken. Unterdessen drückte eine der beiden Frauen den Rufknopf.

Nach einiger Zeit wurde die Tür geöffnet, und eine Krankenschwester schaute herein. »Na, was gibt es?«, fragte sie.

»Die junge Frau hier muss zur Toilette«, erklärte die redseligere der beiden älteren Frauen.

»Das sollte sie für heute noch sein lassen. Ich hole eine Bettschüssel!« Damit war die Schwester wieder verschwunden, um wenig später mit einer eigentümlich geformten Pfanne zurückzukehren, die sie Mena unterschob.

»Jetzt schön Pipi machen«, sagte sie. »Oder ist es etwas mehr?«

Mena schüttelte den Kopf und bereute es sofort, weil es hässlich wehtat.

»Ich bringe Ihnen gleich ein Schmerzmittel«, versprach die Schwester. »Und in einer Stunde bekommen Sie ein weiteres.«

»Danke! Was ist mit meinen Sachen? Ich brauche mein Handy, um meine Schwester anzurufen.«

»Der Gebrauch von Handys ist in der Klinik untersagt, ebenso der von Laptops – wegen der Ausstrahlung auf medizinische Geräte. Ich kann Ihnen das Telefon auf Ihrem Nachttisch freischalten lassen«, erklärte die Schwester.

Mena widerstand dem Impuls zu nicken, sondern sagte nur: »Tun Sie das bitte!«

Die Krankenschwester hob den Hörer auf, tippte mehrere Zahlen ein und wartete auf das Zeichen der Freischaltung. Dann reichte sie Mena den Hörer, forderte sie auf, den Hintern ein wenig zu heben, und verließ mit der Bettpfanne das Zimmer.

Mena wählte Tonis Nummer und hatte ihre Schwester so schnell am Apparat wie selten zuvor.

»Bist du es, Mena?«, fragte ihre Schwester, ohne vorher ihren Namen zu nennen.

»Hallo Toni!« Menas Stimme klang schwach.

»Was ist denn mit dir passiert?«

»Ich liege im Krankenhaus. Ein Idiot hat mich mit seinem Auto angefahren, obwohl ich Grün hatte.«

»Was?« Toni klang entsetzt. »Mein Gott, das ist ja entsetzlich!«

»Auf jeden Fall lebe ich noch«, antwortete Mena mit einem Rest ihres Humors. »Ich habe Prellungen, eine Gehirnerschütterung und darf mein Bett nicht verlassen. Dabei brauche ich dringend ein paar Sachen wie einen Schlafanzug, eine Zahnbürste, Zahnpasta und ein Buch zum Lesen. Computer sind hier ja nicht erlaubt.«

»Ich kümmere mich darum«, versprach Toni. »Bei Gott, hoffentlich geht alles gut!«

»Lass dich von Hans fahren«, riet Mena, die Toni in diesem erregten Zustand ungern am Steuer eines Autos wusste.

»Mach ich! Bis gleich!«, kam es zurück.

Toni legte auf, und Mena fühlte sich trotz ihrer Bettnachbarinnen mutterseelenallein.

6.10

Toni brauchte keine Dreiviertelstunde, bis sie ins Krankenzimmer trat. Allerdings hatte sie nicht ihren Freund Hans, sondern Claudius Augustus Kaiser bei sich. Dieser schleppte eine riesige Reisetasche, die so vollgepackt war, als müsse Mena die nächsten Wochen in der Klinik verbringen.

Als Toni ihre Schwester mit bis zum Kinn hochgezogener Bettdecke und dem Tropf am Arm sah, schlug sie vor Entsetzen die Hände zusammen. »Mein Gott, wie schlimm ist es?«

»Prellungen und Gehirnerschütterung. Außerdem ist mir kalt, denn man hat mir meine Klamotten ausgezogen.« Menas Stimmung war durch den Unfall und die Schmerzen, die sie trotz der Tablette spürte, auf dem Nullpunkt. Auch passte es ihr nicht, dass Claudius sie hier als lädiertes Etwas sah, das auf die Hilfe anderer angewiesen war.

Die beiden Frauen im Zimmer starrten abwechselnd Mena und Toni an, als hätten sie bisher nicht gewusst, dass es zwei Menschen gab, die einander so ähnlich sahen wie die beiden. Dies irritierte auch die Krankenschwester, die kurz darauf hereinkam und als Erstes Toni sah.

»Sie sollten doch im Bett bleiben«, schalt sie diese. »Und warum haben Sie den Tropf abgemacht?«

»Habe ich doch gar nicht«, meldete sich Mena.

Jetzt erst bemerkte die Krankenschwester, dass ihre Patientin noch in ihrem Bett lag, und kniff verwundert die Augen zusammen. Als sie sie wieder öffnete, war Mena immer noch in zwei Ausfertigungen zu sehen.

»Sie sind wohl Frau Reglins Zwillingsschwester?«, fragte sie Toni.

»Wir sind doppelte Zwillinge«, erklärte Toni, »nämlich auch in diesem Sternzeichen geboren.«

»Jetzt verwirr die Schwester nicht!«, tadelte Mena und stellte dann die Frage, wie lange sie in der Klinik bleiben müsse.

»Doktor Kremer will Sie morgen noch einmal untersuchen. Im Moment gehen wir davon aus, dass Sie in drei Tagen nach Hause gehen können.«

»In drei Tagen?« Mena atmete auf, denn die Umgebung hier machte sie depressiv. Außerdem war sie gewöhnt, allein zu schlafen, und das konnte sie hier nicht. Am meisten störte sie das Fernsehgerät unter der Decke. Zwar lief es ohne Ton, denn man benötigte Kopfhörer für das Gerät. Das Steuergerät lag jedoch bei einer der beiden anderen Patientinnen, und diese sah nicht so aus, als würde sie es freiwillig hergeben. Mena konnte daher nur hoffen, dass der Apparat nicht vierundzwanzig Stunden am Tag lief, sonst brauchte sie eine Schlafmaske.

Zuerst aber war der Schlafanzug das Wichtigste. Ihre Mitpatientinnen steckten in Nachthemden, doch mit solchen hatte Mena sich nie anfreunden können. Sie bat Toni, einen Schlafanzug aus dem Koffer zu holen, und überlegte dann, ob sie Claudius bitten sollte, kurz das Zimmer zu verlassen. Dann aber sagte sie sich, dass sie nicht mehr nach den Normen des frühen zwanzigsten Jahrhunderts lebten, und schlug die Decke zurück. Ihre Unterwäsche war weiß und funktional. Selbst beim Hemdchen hatte sie auf Spitzen verzichtet. Nun schlüpfte sie ins Oberteil, brauchte aber die Krankenschwester, weil diese den Schlauch des Tropfs kurz abziehen musste. Etwas schwieriger wurde es für sie, in die Schlafanzughose zu kommen, denn sie konnte immer noch nicht schwindelfrei stehen.

Als sie schwankte, legten sich zwei kräftige Hände um ihre Schultern.

»Ich halte dich fest«, sagte Claudius mit einem fröhlichen Grinsen.

»Danke!« Mena hob ein Bein, damit Toni das entsprechende Hosenbein einfädeln konnte, und dann das zweite. Toni zog die Hose hoch und sorgte dafür, dass sie faltenfrei saß.

»So, jetzt kannst du dich wieder hinlegen!«, sagte sie und half Mena zurück ins Bett.

»Ich bringe Ihnen später noch die zweite Tablette, damit Sie schlafen können«, erklärte die Krankenschwester.

»Wie wäre es mit einer Kleinigkeit zu essen? Ich habe Hunger!«, fragte Mena.

»Ich besorge dir etwas!« Claudius wollte los, doch da schüttelte die Krankenschwester den Kopf.

»Sie dürfen heute noch nichts essen! Sonst wird Ihnen übel, und Sie können noch nicht auf die Toilette gehen, um dort zu erbrechen. Die Nachtschwester wäre nicht sonderlich erfreut, wenn sie Ihr Bett neu überziehen müsste.«

Mit den Worten verließ die Frau das Zimmer. Kaum hatte die Tür sich hinter ihr geschlossen, atmete Toni auf. »Die ist ja ein ganz schöner Dragoner!«

»Wahrscheinlich muss sie das sein, um in diesem Job zurechtzukommen. Es ist nicht gerade einfach, mehr als ein Dutzend Patienten zu betreuen. Ich habe volle Hochachtung für diese Frauen«, erklärte Claudius.

»Schwester Thea ist schon ein wenig herrisch«, gab eine von Menas Mitpatientinnen zu. »Nachtschwester Anna dagegen ist ein Engel. Sie stammt aus dem Kosovo, ist aber hier aufgewachsen und kann besser Deutsch als ihre Muttersprache. Vielleicht bekommen Sie von ihr einen Keks. Wenn Sie den vertragen, können Sie morgen ganz normal frühstücken.«

»Ich weiß nicht, ob das Krankenhausfrühstück das Richtige ist«, wandte Toni ein. »Man hört da doch einiges. Vielleicht ist es besser, wenn ich dir was bringe!«

»Das wird hier nicht so gerne gesehen«, warnte Menas Bettnachbarin.

»Ganz und gar nicht«, stimmte ihr die andere Frau zu.

»Lass es bitte!«, sagte Mena. »Du hast ja gehört, dass ich in drei Tagen herauskomme. Die Zeit werde ich schon überstehen.«

»Wenn etwas ist, musst du mich nur anrufen«, erklärte Toni und verstaute den Inhalt der Reisetasche in dem Schrankteil, der Mena zustand. Er wurde sehr voll, und Mena fragte sich, wie sie all diese Sachen nach Hause schleppen sollte.

Da beugte Claudius sich zu ihr hinab. »Lass mich wissen, wann du entlassen wirst, dann hole ich dich ab. Oder glaubst du, ich lasse dich in deinem Zustand mit den Öffis oder einem Taxi fahren?«

»So klapprig bin ich nun auch nicht«, antwortete Mena empört, war aber doch froh um das Angebot. »Danke!«, setzte sie mit einem leicht gequälten Lächeln hinzu. »Diese elenden Kopfschmerzen machen mich noch ganz krabitzig. Es wird Zeit, dass die Krankenschwester mir die zweite Tablette bringt.«

»Soll ich sie holen?«, fragte Toni.

»Das würde ich nicht tun«, warnte eine der Patientinnen sie. »Schwester Thea hat ihre ganz eigenen Ansichten! Aber sonst ist sie ausgezeichnet. Selbst der Oberarzt gibt sehr viel auf ihre Meinung.«

»Das Beste wird sein, ihr fahrt jetzt wieder, und ich versuche zu schlafen«, sagte Mena. Damit Toni und Claudius nicht glaubten, sie wäre ihrer überdrüssig, setzte sie mit leicht gequälter Miene hinzu: »Mit meinen Kopfschmerzen würde ich euch nur nerven, und das will ich nicht.«

»Du nervst auf keinen Fall!«, antwortete Claudius und strich ihr sanft über die Wange. »Aber du brauchst jetzt Ruhe, damit dein Körper sich regenerieren kann. Wenn es klappt, schauen Toni und ich morgen noch einmal vorbei.«

»Ich komme auf jeden Fall!«, erklärte Menas Schwester.

»Ich auch, wenn ich rechtzeitig von meinem Geschäftstermin in Nürnberg zurückkomme.« Claudius tippte Toni an, die am liebsten die ganze Nacht an Menas Bett verbracht hätte, und führte sie aus dem Zimmer. An der Tür drehte er sich noch einmal um und wünschte allen gute Besserung und eine erholsame Nacht.

»Was für ein angenehmer junger Mann«, befand Menas Bettnachbarin. »Ist das Ihr Freund?«

»Er ist ein Freund der Familie«, antwortete Mena und schloss die Augen, um den anderen Frauen zu zeigen, dass sie schlafen wollte.

6.11

Susanne Fehse-Biskop saß vor ihrem Bildschirm und genoss die Macht, die ihr die von ihr selbst entwickelten Programme über so viele Menschen gaben. Die Leute ahnten nicht das Geringste davon, dass sie ihnen überallhin nachspüren konnte, wo ein Computer stand. Nun versuchte sie, sich in die PCs einzuhacken, die in Barins Institut standen. Bei Barin und Jander gelang ihr das mühelos. Menas Gerät war jedoch abgeschaltet und so gesichert, dass sie es nicht von außen aktivieren konnte. Das ärgerte sie, und sie überlegte, wie sie deren Chef oder den Kollegen dazu bringen konnte, den PC zu starten. Als sie es nach einer Weile noch mal versuchte, war ihr der Zufall zu Hilfe gekommen. Die Putzfrau, die einmal in der Woche die Büros reinigte, war so energisch mit einem Lappen über Menas Tower gefahren, dass sie dabei den Einschaltknopf gedrückt hatte. Bevor der Bildschirm hell wurde, hatte die Frau das Zimmer verlassen, um in Janders Büro weiterzuarbeiten.

Nun erschien auf Susanne Fehse-Biskops Bildschirm die Nachricht, dass der Zugang auf einen weiteren Computer in

Barins Institut möglich wäre. Als der Name Philomena Antonia Reglin auf ihrem Bildschirm erschien, jubelte die Frau. Endlich hatte es geklappt. Sie hackte sich in die Maschine ein und spottete insgeheim über das altertümliche Equipment im Institut, das es ihr leicht machte, zu allen Daten vorzudringen. Allerdings knabberte sie ein paar Augenblicke später auf einer harten Nuss herum, denn Mena hatte ihre Dateien und ihre Mailbox durch verzwickte Passwörter gesichert.

Es dauerte mehr als eine Stunde, bis Susanne Fehse-Biskops Spionageprogramm endlich das erste Passwort geknackt hatte. Um Zeit zu sparen, kopierte die Wissenschaftlerin die Datei auf ihren eigenen Computer und holte sich dann im Lauf der nächsten Stunde die restlichen Dateien herüber.

Anschließend zog sie sich aus Menas Computer zurück, ohne eine Spur zu hinterlassen, und drehte sich lächelnd zu ihrem Mann um. »Ich bin immer noch so gut wie früher!«

»Mich interessiert, was die Reglin über uns herausgefunden hat«, antwortete Biskop gepresst.

»Ich bin schon dabei, es zu selektieren!« Susanne Fehse-Biskop ließ ihr Suchprogramm laufen und rief die Treffer nacheinander auf. Da sie auch Menas Notizen hatte kopieren können, die diese vor Barin verborgen hatte, begriff sie rasch, dass diese zwar nur wenig mehr herausgefunden hatte, als in ihrem Bericht zu lesen war, aber offensichtlich ihre ganz eigenen Schlüsse und Verbindungen aus den Informationen gezogen hatte.

»Sieh dir das an! Dieses Biest nimmt tatsächlich an, wir hätten Gadow über den Tisch gezogen!« Ihre Stimme klang wie ein angriffslustiges Fauchen.

Susanne Fehse-Biskops Wut wuchs noch, als sie Menas Kommentar über sich selbst las. Darin wurde sie als kalt und berechnend bezeichnet, und ihr Mann kam ebenfalls nicht gut weg. Es war von gewissen Irritationen über die Verteilung von Stipendien in den USA die Rede, von Erfindungen, die Professor Biskop kurz vor anderen Wissenschaftlern gemacht hatte, hinzu kamen andere Unfreundlichkeiten bis hin zum Vorwurf von Narzissmus und übertriebener Selbstdarstellung.

»So ein Miststück!«, rief Susanne Fehse-Biskop aus. »Uns gegenüber hat sie so getan, als würde sie für uns arbeiten. Heimlich aber sammelt sie Material, das unseren Ruf ruinieren kann, wenn es an die Öffentlichkeit gelangt!«

»Wir hätten Barins Institut niemals mit der Nachforschung beauftragen sollen«, erklärte Biskop ungeachtet der Tatsache, dass er diesen Schritt selbst vorgeschlagen hatte.

»Mit Wenn und Hätte erreichen wir nichts«, fuhr seine Frau ihn an. »Wir müssen uns überlegen, wie wir weiter vorgehen! Inzwischen haben wir mehrere Gegner, die uns gefährlich werden können. Unsere einzige Chance ist, sie auszuschalten!«

»Du meinst umbringen?« Biskop schauderte es, aber dann wurde seine Miene hart. »Wahrscheinlich hast du recht.«

»Natürlich habe ich recht! Wir können nicht auf halbem Weg stehen bleiben. Was meinst du, wie unsere Neider jubeln würden, wenn Mena Reglin ihre Ergebnisse öffentlich macht, Gadow erneut behauptet, du hättest ihm seine Erfindung gestohlen, und Anna Miersch dich beschuldigt, sie als junges Mädchen verführt oder gar vergewaltigt zu haben. Und vergiss nicht den Unfall! Es mag alles längst verjährt sein, doch wenn die Sache aufkommt, ist unsere Reputation beim Teufel. Jeder Idiot, der behauptet, er hätte eine Erfindung gemacht, die du ihm gestohlen hättest, könnte uns in endlose Schadensersatzprozesse verwickeln. Selbst wenn wir alle gewinnen, würde es uns nichts nützen. Wir wären für alle Welt als Gauner, Betrüger und noch Ärgeres abgestempelt.«

»Schade, dass es Mena Reglin nicht schlimmer erwischt hat«, stöhnte Biskop.

»Noch wissen wir nicht, wie es ihr geht. Aber das finde ich schnell heraus.« Susanne Fehse-Biskop hackte sich in den Klinikcomputer ein. »Es handelt sich wirklich nur um eine Gehirnerschütterung und ein paar Prellungen. Wenn es nicht doch noch Komplikationen gibt, wird sie in drei Tagen entlassen. Aber sie wird ein, zwei Wochen nicht einsatzbereit sein, und das gibt uns einen Vorsprung.«

»Vorsprung? Wofür?«, fragte ihr Mann.

»Ich hatte doch vor einiger Zeit geplant, eine Sendung über das perfekte Verbrechen im einundzwanzigsten Jahrhundert zu machen. Es ist nichts daraus geworden, doch meine Forschungsergebnisse habe ich noch. Die werden uns jetzt helfen, unsere Gegner unauffällig aus dem Weg zu räumen.« Susanne Fehse-Biskop lächelte so maliziös, als wäre alles nur ein großes Spiel.

»Wie willst du das machen?«, fragte Biskop, der sich von der Energie, die seine Frau wieder einmal entwickelte, wie erschlagen fühlte.

»Ich werde Mena Reglin in der Klinik aufsuchen und sie sehr bedauern. Außerdem werde ich ihr sagen, dass ihre Gesundheit über alles geht und sie sich nicht sofort wieder in die Arbeit stürzen soll. Das blöde Stück wird es trotzdem tun, und das war's dann!« Susanne Fehse-Biskop lachte kurz und stand geschmeidig auf.

»Aber jetzt sollten wir etwas zur Kräftigung unserer Nerven tun!« Dabei fasste sie ihrem Mann zwischen die Beine und streichelte ihn sanft.

Einen Moment lang wollte Biskop ihre Hand wegschieben, dachte dann aber daran, dass eine zärtliche Stunde mit seiner Frau seinen Nerven tatsächlich guttun würde, und zog sie an sich.

»Wir sollten wirklich ins Bett gehen und uns dort ein wenig betätigen«, antwortete er und führte seine Frau nach oben.

Als sie sich auszogen und aufs Bett legten, unterblieb von der verführerischen Musik angefangen bis zu den Pornofilmen auf dem großen Bildschirm alles, was sie sonst brauchten, um sich in Stimmung zu bringen. Die Gefahr, die sie aufziehen sahen, erregte sie stärker, als all diese Dinge es vermocht hätten.

6.12

Dank der Tabletten hatte Mena Reglin die Nacht durchgeschlafen, und am Morgen fühlte sie sich so weit in Ordnung, dass sie aufstehen und zusammen mit dem Tropf zur Toilette gehen konnte. Am Wasserbecken putzte sie sich die Zähne und machte Katzenwäsche. Danach fühlte sie sich so schlapp, dass sie froh war, wieder ins Bett kriechen zu können. Nun meldeten sich auch ihre Kopfschmerzen wieder, und die Seite, an der das Auto sie angefahren hatte, schmerzte.

Mit einem gewissen Fatalismus wartete sie auf das, was kommen würde. Zunächst erschienen zwei Krankenschwestern und scheuchten sie aus dem Bett, um es machen zu können. Wenig später erhielt sie ihr Frühstück. Es bestand aus einem Schüsselchen mit Haferschleim und Kamillentee, einem Getränk, dem sie noch nie etwas hatte abgewinnen können. Ihr Durst zwang sie jedoch, das Zeug zu trinken. Der Haferschleim füllte gerade einen hohlen Zahn, und sie war nach dem Frühstück genauso hungrig wie zuvor.

»Warum gibt es nichts Kräftigeres?«, fragte sie die Pflegerin, die das Geschirr abholte.

»Wegen Ihrer Gehirnerschütterung dürfen Sie erst dann etwas Festes zu sich nehmen, wenn der Arzt es erlaubt«, war die Antwort.

Für Mena hieß dies, auf den Halbgott in Weiß zu warten. Es dauerte einige Zeit, bis die Tür aufgerissen wurde und Schwester Thea mit zwei Ärzten im Schlepptau eintrat. Einer von ihnen war schon älter und hatte schütteres Haar, der andere wirkte um einiges jünger und trat betont forsch auf.

»Guten Morgen!«, grüßte der zweite Arzt.

Mena lag schon »Guten Mittag!« auf der Zunge, doch sie beherrschte sich und sah zu, wie die beiden Mediziner sich zuerst um ihre beiden Mitpatientinnen kümmerten. Nachdem man diesen beschieden hatte, dass ihre Genesung gute Fortschritte machte, wandten sie sich ihr zu.

»Na, wie sieht es aus? Können Sie schon aufstehen, ohne dass Ihnen schwindlig wird?«, fragte der ältere Arzt.

Mena nickte. »Das kann ich!«

»Die junge Frau war schon allein auf der Toilette und hat sich gewaschen«, rief ihre Bettnachbarin dazwischen.

»Sehr schön! Sie werden heute Nachmittag noch einmal untersucht, ob Sie sich nicht doch innere Verletzungen zugezogen haben. Sollte dies nicht der Fall sein, können Sie übermorgen nach Hause gehen.«

Noch während er es sagte, wandte der Arzt sich zur Tür. Da klang Menas entsetzte Stimme auf.

»Heißt das, dass ich heute Mittag auch nur ein Schüsselchen Haferschleim zu essen bekomme?«

Während der jüngere Arzt das Gesicht verzog, lachte sein Kollege leise auf. »Ich glaube, wir können Ihnen bereits normale Schonkost zumuten. Kümmern Sie sich darum, Schwester Thea!«

»Patientin Reglin, Schonkost«, murmelte die Krankenschwester, dann schloss sich die Tür hinter den dreien.

Mena nahm eines der Bücher zur Hand, die Toni ihr geliehen hatte, brachte aber nicht die Konzentration auf, es zu lesen. Daher legte sie es zurück und schloss die Augen. Im nächsten Moment stieg die Erinnerung an das Auto, welches auf sie zukam und sie rammte, so plastisch in ihr auf, dass sie die Augen weit aufriss. Seufzend verfolgte sie ohne Ton die Sendung, die auf dem Fernseher lief. Das war so ermüdend, dass sie schließlich einschlief und in wilde Träume versank, in denen sie immer wieder von fremden Autos überfahren wurde.

Sie schreckte durch eine Berührung an der Schulter hoch und sah Susanne Fehse-Biskop vor sich, die einen riesigen Blumenstrauß in der Hand hielt.

»Guten Tag, Mena!«, grüßte die Wissenschaftlerin. »Du machst ja Sachen! Ich war ganz entsetzt, als ich von deinem Unfall erfuhr, und bin sofort hierhergekommen. Es geht dir hoffentlich besser?«

»Der Arzt meint, ich dürfe übermorgen nach Hause«, antwortete Mena.

»Aber nur, wenn die Untersuchung heute Nachmittag nichts Ernsthaftes ergibt«, mischte sich ihre redselige Bettnachbarin ein.

»Das will ich nicht hoffen!«, sagte Susanne Fehse-Biskop und fasste mit ihrer freien Hand Menas Rechte.

»Mach dir keine Sorgen wegen unseres Auftrags. Es eilt nicht! Zuerst erholst du dich richtig, bevor du wieder an die Arbeit gehst. Vielleicht wäre eine kleine Luftveränderung das Beste für dich. Wir besitzen ein nettes Ferienhäuschen in den Abruzzen, in dem es um diese Zeit sehr schön ist. Wenn ich nicht meine nächste Fernsehreihe vorbereiten müsste, würde ich dich einfach mitnehmen und dafür sorgen, dass du dir ein paar schöne Tage machst. Aber du kannst das Häuschen auch so benutzen.«

»Danke, das ist sehr lieb! Aber ich müsste wahrscheinlich in ein Auto steigen – und von denen habe ich erst einmal die Nase voll«, antwortete Mena.

»Dann erhole dich, so gut es geht, zu Hause. Die Arbeit läuft dir nicht davon. Ich habe übrigens mit meinem Mann gesprochen. Du könntest als meine Assistentin anfangen. Wie ich schon einmal sagte, brauche ich dringend eine fähige Mitarbeiterin, die mich bei meinen Recherchen unterstützt. Dass du das kannst, hast du ja schon bewiesen.«

Bevor Mena Biskop und dessen Frau näher kennengelernt hatte, hätte sie sich über dieses Angebot gefreut. Mittlerweile aber hatte sie sehr viel mehr über dieses Paar erfahren, und kaum etwas davon ließ die beiden in einem guten Licht erscheinen.

Direkt ablehnen wollte sie aber nicht, daher wiegte sie scheinbar nachdenklich den Kopf. »Ich werde es mir überlegen, Frau Dr. Fehse-Biskop. Allerdings habe ich noch ein zweites Angebot und habe dort schon halb zugesagt.«

»Wenn es nur halb ist, kannst du immer noch absagen«, antwortete Susanne Fehse-Biskop mit ihrem Tigerinnenlächeln und blickte dann auf die Uhr.

»Ich muss jetzt weiter! Gibt es hier jemanden, der sich um deine Blumen kümmert?«

»Das macht eine der Krankenschwestern«, mischte sich erneut ihre Nachbarin ins Gespräch.

»Dann ist es gut. Also bis bald, Mena!« Susanne Fehse-Biskop strich sanft über Menas Wange und verließ hüftschwingend das Zimmer.

Mena wollte nachdenken, doch das ließen ihre Zimmergenossinnen nicht zu.

»War das wirklich die Frau von Professor Biskop, der letztens das Bundesverdienstkreuz erhalten hat?«, fragte eine.

»Das muss sie gewesen sein!«, rief die andere. »Ich habe ihr Bild in der Zeitung gesehen. Sie hat das Bundesverdienstkreuz ebenfalls bekommen.«

»Sie kennen die Frau Doktor?«, fragte die Bettnachbarin Mena. »Bitte erzählen Sie mehr über die Dame. Sie ist eine so interessante Person!«

»Ich kenne sie nicht wirklich«, wehrte Mena ab, »sondern habe nur gelegentlich für sie gearbeitet.«

»Aber das sehr gut, sonst hätte sie Ihnen nicht das Angebot gemacht, ganz für sie zu arbeiten. Ich war bis zu meiner Pensionierung Chefsekretärin der Borhus-Werke und habe bei der Gelegenheit auch einen Lizenzvertrag gesehen, den unser Vorstand mit Herrn Professor Biskop abgeschlossen hat. Würde ich

Ihnen sagen, um welche Summen es dabei gegangen ist, wären Sie verblüfft!«

»Ach, wirklich?«, rief die andere Patientin aus. »Ich habe zwar gehört, dass Professor Biskop ein ausgezeichneter Wissenschaftler sein soll. Aber dass er damit reich werden könnte, hätte ich nicht gedacht.«

»Reich ist gar kein Ausdruck. Allein für dieses eine Patent hat er mehr Geld erhalten, als ein normaler Arbeiter in seinem ganzen Leben verdienen kann.«

Mena war froh, dass die beiden Frauen sich miteinander unterhielten, denn nun konnte sie über den überraschenden Besuch von Susanne Fehse-Biskop nachdenken. Zuerst freute sie sich ein wenig darüber, dann aber kniff sie verwundert die Augen zusammen. Woher wusste die Frau, dass sie hier im Krankenhaus lag? Bisher hatten dies nur ihre Schwester und Claudius Augustus Kaiser erfahren. Nicht einmal Professor Barin hatte sie davon informiert. Das musste sie sofort nachholen. Mit einem Seufzen nahm sie den Telefonhörer auf und rief im Institut an. Es dauerte eine Weile, bis sich jemand meldete.

»Hier Professor Barins Institut für zeitgeschichtliche Forschungen in Augsburg, Timo Jander am Apparat.«

Erst jetzt fiel Mena ein, dass Barin an diesem Tag eine Vorlesung hielt. »Hier Mena Reglin«, sagte sie. »Teilen Sie Professor Barin bitte mit, dass ich einen Unfall hatte und derzeit in der Klinik liege. Vorerst bin ich bis Ende der nächsten Woche krankgeschrieben. Sobald ich mehr weiß, melde ich mich wieder. Auf Wiederhören!«

Bevor Jander etwas sagen konnte, legte Mena auf und dachte wieder an Susanne Fehse-Biskop. Es war ihr ein Rätsel, woher die Frau erfahren hatte, dass sie von einem Auto angefahren worden war.

7

7.1

Alice Blair betrachtete die große Villa ohne Neid. In ihren Augen zeigten Uwe Biskop und seine Frau mit dem Protzbau nur ihre Eitelkeit. Ihren Erfolg hätten die beiden auch etwas bescheidener darstellen können. Doch sie mussten das größte Haus und das größte Grundstück hier am Rande des Naturschutzgebiets besitzen sowie die meisten Garagen, um ihre Bedeutung zu demonstrieren.

Kopfschüttelnd trat Alice auf den Eingang zu und drückte den Klingelknopf. Es dauerte ein paar Sekunden, bis sich jemand meldete.

»Wer ist da?« Susanne Fehse-Biskop klang in Alices Ohren ziemlich unfreundlich.

»Hier ist Alice Blair«, antwortete sie. »Ich bin zufällig auf dem Weg nach München und habe mir gedacht, ich lege hier in Augsburg einen Tag Pause ein, um mit Ihnen und Ihrem Mann zu sprechen.«

»Alice Blair von International Networks?«, fragte die Hausherrin.

»Genau die!« Alice lächelte sanft, denn sie hatte die kleine Kamera entdeckt, mit der das Wissenschaftlerehepaar das Tor und den Vorgarten überwachte. Ein schnarrendes Geräusch zeigte ihr, dass die Verriegelung gelöst wurde, und gleich darauf schnurrte der Elektromotor, der das Tor öffnete.

An der Haustür wurde sie von Susanne Fehse-Biskop erwartet. »Herzlich willkommen, Frau Blair«, grüßte diese.

Alice bemerkte die leichten Schatten unter ihren Augen und

ihre angespannte Miene. Es sah so aus, als bedrückte etwas die Dame. Nach Alices Ansicht konnte das nur mit den E-Mails zusammenhängen, die sie Biskop anonym geschickt hatte.

Lächelnd trat sie auf die Hausherrin zu, küsste sie auf beide Wangen und trat ein. Das Haus war mit Antiquitäten und Kunstwerken geschmückt, die einen enormen Wert besaßen, aber nicht zusammenzupassen schienen. Auch in dieser Hinsicht hatten Biskop und seine Frau mehr auf Schau geachtet und sich allen Einschränkungen künstlerisch interessierter Kreise entzogen. Das gesamte Arrangement erschien Alice wie die Verkörperung der Devise: Hier leben wir nach unserem eigenen Geschmack, und was andere darüber denken, interessiert uns nicht im Geringsten.

Weniger bedeutende Leute als die Biskops hätten sich dies nicht leisten können, doch vor dem Genie des Professors und seiner Frau zogen auch die selbst ernannten Götter der Kunstwelt den Hut. Ein Maler oder Bildhauer, der den beiden eines seiner Werke verkauft hatte, würde mit Stolz auf diese Tatsache hinweisen und nicht vergessen zu erwähnen, dass es neben einem echten Warhol oder gar einem Picasso hängen oder stehen würde.

So ganz konnte Alice sich der Atmosphäre der Villa nicht entziehen. »Schön haben Sie es hier!«, sagte sie. »Ist die Bronzestatue dort ein römisches Original oder ein Nachguss aus der Renaissance?«

»Offiziell ein Nachguss, inoffiziell ein Original, das bei Siponto ausgegraben worden ist«, erklärte Susanne Fehse-Biskop stolz. »Aber das bringen Sie bitte nicht an die Öffentlichkeit! Ich möchte auch weiterhin nach Italien fahren können, ohne wegen Kunstraubs eingesperrt zu werden.«

Auch das war Koketterie, begriff Alice. Wahrscheinlich war das Kunstwerk der Preis für ein Lizenzgeschäft mit einer italienischen Firma gewesen, bei dem die dortigen Behörden beide Augen zugedrückt hatten. Es passte zu dem Paar. Gesetze mochten für normale Menschen gelten, doch Susanne Fehse-Biskop und Uwe Biskop schwebten darüber.

»Es ist eine sehr schöne Statue! Welche Göttin zeigt sie?«, fragte Alice, obwohl sie die Bronzefigur wegen ihres knielangen Kleides und des Bogens in der Hand längst als Diana-Statue identifiziert hatte. Sie wollte der Hausherrin jedoch nicht zeigen, dass sie in der europäischen Kulturwelt bewandert war.

»Es ist ein Abbild der griechischen Jagdgöttin Artemis, die von den Römern Diana genannt wurde«, sagte Susanne Fehse-Biskop in belehrendem Ton. »Doch kommen Sie in das nächste Zimmer. Wir sitzen am liebsten dort mit unseren Gästen zusammen.«

Sie führte Alice in einen Raum, der von der Größe her die Wohnzimmer durchaus ansehnlicher Einfamilienhäuser übertraf. Darin standen ein großer Tisch wie aus einer englischen Burg, mehrere rustikale Stühle im gleichen Stil sowie eine große bemalte Truhe. Im krassen Gegensatz dazu hingen an der gegenüberliegenden Wand ein großer Fernsehbildschirm und eine moderne Anlage mit vier Lautsprechern, zwei DVD-Recordern und anderen elektronischen Geräten. Eine mit rustikalem Leder überzogene Couch bot etwas Bequemlichkeit beim Schauen und Hören.

»Was darf ich Ihnen zum Trinken anbieten? Mein Mann kommt auch gleich. Im Augenblick muss er noch eine Versuchsreihe abschließen. Die Villa ist voll unterkellert, und wir haben unten mehrere Laboratorien, einige Arbeitsräume und unsere Büros eingerichtet.«

Alice nickte scheinbar beeindruckt. »Sie haben es hier wirklich ideal getroffen! Ein so beeindruckendes Heim zu besitzen, in dem Sie die Möglichkeit haben, wissenschaftlich tätig zu sein, steigert Ihre Lebensqualität gewiss enorm.«

»Da haben Sie recht! Allerdings bin ich mittlerweile nicht

mehr so glücklich damit, dass wir uns hier in der Provinz angesiedelt haben. Mein Mann und ich müssen häufig nach Berlin, um wichtige Gespräche zu führen. Daher haben wir uns bereits überlegt, uns dort eine ähnliche Villa einzurichten.«

Obwohl Alice die Immobilienpreise in Berlin nicht kannte, schätzte sie die Aufwendungen für einen ähnlichen Palast auf fünf bis sieben Millionen Euro, wenn nicht mehr.

Warum habt ihr überlebt und seid reich wie Krösus geworden, während die anderen sterben mussten und nichts von ihnen übrig geblieben ist?, fragte Alice sich und befürchtete einen Augenblick, sie habe ihre geheimsten Gedanken laut ausgesprochen. Doch Susanne Fehse-Biskop sah sie nicht einmal an, sondern schenkte ihr Cola ein, da sie davon auszugehen schien, als Amerikanerin wäre dies ihr Lieblingsgetränk. Danach setzte die Gastgeberin sich auf einen Stuhl ihr gegenüber und musterte sie intensiv. »Wie gefällt es Ihnen hier in Deutschland?«

»Abgesehen von der Enge der Straßen, den winzigen Parkplätzen und den unmöglichen Tiefgaragen ganz gut«, antwortete Alice lächelnd. »Ans Autofahren werde ich mich hier nie gewöhnen.«

»Amerikanische Autos sind nun einmal größer als die meisten in unserem Land«, meinte Susanne Fehse-Biskop nachsichtig.

Alice lachte leise. »Vor allem sind die Parkplätze größer.«

Während sie Smalltalk betrieben, erschien auch der Hausherr. Uwe Biskop zog seinen weißen Laborkittel aus und hängte ihn über einen freien Stuhl. Dann reichte er Alice die Hand. »Herzlich willkommen, Miss Blair! Es freut mich sehr, Sie zu sehen.«

Diese Worte waren ernst gemeint, das spürte Alice. Sie musterte den Mann und nahm wahr, wie nervös er war. Sein Gesicht verriet seine innere Unruhe ebenso wie die Körperhaltung, die einer gespannten Stahlfeder glich. Dazu presste er immer wieder die Kiefer fest zusammen.

Die E-Mails aus der Vergangenheit hatten die beiden also

doch aufgewühlt und womöglich sogar Schuldgefühle hervorgerufen. Am liebsten hätte Alice ihnen nun die Frage gestellt, die sie seit fünfundzwanzig Jahren quälte. Aber ihr war klar, dass man sie mit Ausflüchten abspeisen und danach bekämpfen würde, so wie es bereits Wilfried Gadow ergangen war. Sie hatte noch einige andere Vorfälle ausgegraben, die darauf hindeuteten, mit welch harten Methoden das Paar arbeitete. Daher schob sie ihre persönlichen Fragen beiseite, öffnete ihre Handtasche und zog ein zusammengefaltetes Blatt einer amerikanischen Zeitung daraus hervor.

»Ich will Sie nicht belästigen, doch mein Network hat mir das geschickt und mich gebeten, einen Bericht darüber zu schreiben!« Damit reichte sie Biskop das Blatt.

Dieser starrte zunächst verwirrt darauf, öffnete es dann und las den Artikel. »Dr. Gadow behauptet, Professor Biskop hätte ihm seine wichtigste Erfindung gestohlen, und kündigt an, Beweise dafür vorzulegen.«

»So eine Frechheit!«, entfuhr es Biskop.

Alice ließ ihn und seine Frau nicht aus den Augen. Die Empörung der beiden war verständlich, aber sie las auch mit Furcht gepaarte Unsicherheit in beiden Gesichtern und spürte, wie die latente Anspannung in dem Paar wuchs.

»So eine Frechheit!«, wiederholte Biskop und warf das Blatt auf den Tisch. »Ich habe diesen Mann damals protegiert und war sogar bereit, meine Erfindung mit ihm zu teilen. Doch Gadow ist wie ein Hund, der die Hand beißt, die ihn füttern will. Wie kommt diese Zeitung überhaupt dazu, so einen Unsinn zu drucken?«

»Das weiß ich nicht«, antwortete Alice und verkniff sich ein zufriedenes Lächeln, denn sie selbst hatte den Artikel lanciert.

»Er will Beweise vorlegen? Welche sollen das sein?« Susanne Fehse-Biskop starrte den Zeitungsartikel an, als wolle sie allein kraft ihres Willens diese Frage beantwortet haben.

»Ich wurde gebeten, dieser Sache nachzugehen«, sagte Alice mit leiser Stimme. »Daher würde ich mich freuen, wenn Sie mir etwas dazu sagen könnten.«

»Der Kerl ist verrückt! Der gehört ins Irrenhaus!«, rief Susanne Fehse-Biskop empört.

»Soll ich diesen Kommentar an mein Network übermitteln?«, fragte Alice.

Uwe Biskop schüttelte den Kopf. »Natürlich nicht! Aber Sie müssen meine Frau verstehen. Gadow wärmt diese ollen Kamellen immer wieder auf. Dabei interessiert das doch niemanden mehr. Es ist alles geklärt. Sie können sich bei der Freien Universität Berlin wie auch bei dem Konzern, in dessen Auftrag diese Forschungsreihe durchgeführt wurde, erkundigen und werden meinen Standpunkt bestätigt finden. Außerdem untermauern das auch alle meine weiteren Erfindungen!«

»Ich danke Ihnen, Herr Professor!« Alice schaltete ihr kleines Aufnahmegerät aus und steckte es wieder ein.

»Wissen Sie«, fuhr sie fort. »Sie sind für mich in gewisser Weise ein Idol, und es hätte mich sehr geschmerzt, Sie beschädigt zu sehen.«

»Das Gewissen meines Mannes ist rein, und das meine ebenfalls«, sagte Susanne Fehse-Biskop. Ihre Stimme klang hart, und sie deutete mit wuterfüllter Miene auf den Zeitungsausschnitt. »Darf ich das kopieren?«

»Gerne!«, antwortete Alice lächelnd.

Wie es aussah, hatte sie diesmal richtig ins Wespennest gestochen, und sie war gespannt darauf, was sich daraus entwickeln würde.

7.2

Mena Reglin hatte zwar Besuch von ihrer Schwester erhalten, doch Claudius war nicht aufgetaucht. Auch wenn sie sich das nicht gerne eingestand, machte sie das traurig. Positiv hingegen fand sie, dass bei der Untersuchung am Nachmittag keine ernsthaften Verletzungen festgestellt worden waren und sie am übernächsten Tag nach Hause gehen durfte. Einen Teil der Sachen, die Toni ihr gebracht hatte, hatte sie bereits aussortiert, um sie ihrer Schwester mitzugeben. Da sie auch den Tropf losgeworden war, konnten sie sich in den Aufenthaltsraum setzen, sich dort am Automaten einen Cappuccino ziehen und gemütlich miteinander reden.

»Ich bin so froh, dass dir nicht mehr passiert ist«, erklärte Toni mit einem seelenvollen Seufzer.

Mena verzog das Gesicht zu einer Grimasse. »Laut Aussage des Arztes habe ich einiges abbekommen – Blutergüsse, Prellungen und Hautabschürfungen. Er sagt, meine Rippen werden in vier Wochen noch wehtun, und die Kopfschmerzen dürften mir noch länger zu schaffen machen.«

»Das ist natürlich nicht schön, aber ich denke da mehr an schwere innere Verletzungen, Knochenbrüche und anderes«, wandte Toni ein.

»Da hast du schon recht. Ich kann froh sein, dass mich der Wagen nicht frontal erwischt hat. Der Fahrer war wirklich ein Depp. Was muss er aufs Gas drücken, obwohl noch Leute die Straße überquert haben? Er hätte ein Kind totfahren können.«

Mena hatte das geifernde Gebrüll des Mannes nicht vergessen und ärgerte sich, weil er die Schuld sofort auf sie geschoben und nicht bei sich gesucht hatte.

»Ich habe heute Vormittag mit der Polizei telefoniert und erfahren, dass sie die Ampelschaltung noch einmal kontrolliert haben. Wie einige Zeugen ausgesagt haben, hattest du tatsächlich Grün. Aber die Ampel des Autofahrers ist durch einen Schaltfehler ebenfalls auf Grün umgesprungen. Man hat das Teil, das man für diesen Fehler verantwortlich macht, inzwischen ausgetauscht. Das enthebt den Autofahrer jedoch nicht seiner Sorgfaltspflicht, und er wird nicht um eine Strafe herumkommen. Leider nimmt dir das nicht die Schmerzen, und mir wäre es lieber, das Ganze wäre nicht passiert.« Toni streichelte Mena die Wange, und in ihren Augen glänzten Tränen.

»Mir wäre es auch lieber«, antwortete Mena seufzend. »Aber ich sitze nun einmal hier und fühle mich angehängt wie ein Kettenhund. Ich darf nicht einmal am Laptop arbeiten. Dabei ist meiner so gut abgesichert, dass er mit Sicherheit keine Auswirkungen auf die medizinischen Geräte haben würde.«

Toni verstand die Ungeduld ihrer Schwester nicht. Schließlich hatte diese oft genug erklärt, wie unglücklich sie in ihrem Job sei. Jetzt hatte sie endlich die Möglichkeit, zwei, drei Wochen Barins Institut den Rücken kehren zu können, und da wollte sie zurück an ihren Computer.

»Du solltest dich erst einmal richtig erholen«, sagte sie daher in tadelndem Ton. »Schließlich hätte es auch weitaus schlimmer ausgehen können.«

»Hätte es! Ist es aber nicht«, antwortete Mena und zeigte niemand Besonderem die Zähne. Es ärgerte sie, dass sie daran gehindert wurde, ihre Nachforschungen fortzusetzen, und noch zwei Tage an diesem trostlosen Ort festhing.

»Du solltest mehr Rücksicht auf dich nehmen«, predigte Toni ihr. »In den letzten Monaten hast du nur noch für deinen Job gelebt. Aber das kann doch nicht alles sein! Du solltest mal wieder mit Hans und mir ausgehen. Wer weiß, vielleicht kommt Claudius mit.«

»Solange ich krankgeschrieben bin, kann ich mir das nicht erlauben«, wandte Mena ein, »und danach muss ich schauen, dass ich das aufhole, was ich während meiner Krankenzeit versäume.«

»Ich sagte doch, du sollst nicht so viel arbeiten!« Tonis Tonfall wurde schärfer, denn in ihren Augen benahm Mena sich absolut dumm, weil sie ihre Kräfte in einem Institut verschliss, das sie nicht mochte und bei dem sie bereits zum nächstmöglichen Termin gekündigt hatte.

»Das verstehst du nicht, Liebes«, sagte Mena lächelnd. »Ich will diesen Auftrag erfolgreich abschließen und ihn nicht irgendeinem Nachfolger überlassen. Vielleicht würde Jander weitermachen, und dem traue ich nicht das Geringste zu.«

»Das kann dir doch egal sein, ob Jander oder ein anderer deinen Auftrag weiterbearbeitet. Du bist dann ja schon weg!«

Mena gab es auf, ihrer Schwester zu erklären, dass dieser Auftrag mehr als nur ein Job war. Sie wollte die Wahrheit herausfinden und nicht zusehen müssen, wie Barin und Jander sich blamierten. Käme es dazu, bliebe auch etwas an ihr hängen, und das wollte sie nicht riskieren.

»Ich verspreche dir, mit dir und Hans zusammen auszugehen …«

»… und mit Claudius!«, setzte Toni rasch hinzu.

»Auch mit Claudius, wenn er sich sehen lässt!« Mena war bewusst, dass sie Claudius gegenüber ungerecht war. Er war nun einmal Geschäftsmann und konnte seine Termine nicht einfach umwerfen, nur um bei ihr einen Krankenbesuch zu machen.

»Tut mir leid, Toni, ich will dich nicht ärgern«, sagte sie zerknirscht.

»Du ärgerst mich nicht!«, antwortete ihre Schwester nicht ganz wahrheitsgetreu. »Du bist verletzt, und da muss man dir das eine oder andere nachsehen. Wäre ich an deiner Stelle, würde ich mir Sorgen um meine Boutique machen. Wahrscheinlich müsste man mich anbinden, damit ich nicht ausrücke und nachschaue, ob alles in Ordnung ist.«

Mena wusste genau, dass ihre Schwester das sicher nicht täte. Allerdings würde Toni dann von kaum etwas anderem reden als von ihrem Modegeschäft, und das Thema langweilte sie nicht weniger als Toni ihre Kommentare über das Institut. Das Gespräch verflachte etwas, bis Mena noch etwas einfiel.

»Was ich dich schon lange fragen wollte: Wie bist du mit deiner Putzfrau zufrieden? Und was weißt du überhaupt über sie?«

»Wie kommst du denn jetzt auf Frau Miersch?«, wunderte Toni sich. »Sie macht gute Arbeit, ist aber nicht sehr gesprächig. Sie muss mal Pech im Leben gehabt haben, so dass sie sich jetzt als Putzfrau durchschlagen muss. Aber das ist auch alles, was ich weiß.«

»Schade«, antwortete Mena nachdenklich.

7.3

Wilfried Gadow stieg wieder einmal die Stufen zu der Hinterhausdetektei Jürgen Leutmanns hinauf. Seine Stimmung war auf dem Tiefpunkt, denn der Detektiv hatte ihm für all das Geld, das er verlangt hatte, keinerlei brauchbare Ergebnisse geliefert und ihn zwischendurch sogar im Stich lassen wollen. Diesmal würde der Mann ihm nicht auf der Nase herumtanzen, sagte er sich, als er an der Tür klingelte.

Wenig später öffnete Leutmann und begrüßte ihn aufgeräumt. »Guten Tag, Herr Gadow. Freut mich, Sie zu sehen! Ich wollte ohnehin in den nächsten Tagen mit Ihnen reden.«

»Wissen Sie etwas Neues?«, fragte Gadow mit neu erwachender Hoffnung.

»Ich habe einiges erfahren, was Ihnen vielleicht helfen kann. Wollen Sie ein Bier oder etwas Stärkeres?«

»Nein, danke! Ein Glas Wasser reicht vollkommen«, antwortete Gadow und folgte Leutmann in dessen Büro. Dort sah es noch unordentlicher aus als bei seinem letzten Besuch.

»Sie haben also doch etwas über Biskop herausgefunden?«, fragte er, während der Detektiv sich ein großes Glas Gin einschenkte und mehrere Eiswürfel hineinfallen ließ.

»So kann man es nennen!«, antwortete Leutmann grinsend, trank einen Schluck und nahm anschließend einen Schnellhefter von einem Stapel. »Professor Biskop ist kein gänzlich unbeschriebenes Blatt. In den Vereinigten Staaten wirft man ihm vor, sich zusammen mit seiner Frau zwei Stipendien erschlichen zu haben. Das sagt natürlich keiner offen, aber es gibt Andeutungen und Kommentare auf der Homepage der Zeitung, auf der Sie Biskop angegriffen haben.«

»Ich soll Biskop in einer Zeitung angegriffen haben? Das verstehe ich nicht!«, rief Gadow verwirrt.

Statt einer Antwort schob Leutmann ihm den Ausdruck einer Zeitungsseite zu, auf der Gadow zu seiner Überraschung las, dass er schon bald Beweise für Biskops Patentdiebstahl liefern werde.

Er starrte den Detektiv verblüfft an. »Das habe ich nicht geschrieben!«

»Das ist nicht von Ihnen? Ich dachte, es wäre der Beginn eines Feldzugs, den Sie gegen Biskop und dessen Frau führen wollen. Hier sind übrigens die Kommentare, die auf diesen Artikel hin geschrieben wurden. Da ist auch von der genannten Manipulation bei der Stipendienvergabe die Rede.«

Leutmann reichte ihm mehrere Ausdrucke.

»Dieser Wissenschaftler hier«, der Detektiv wies auf einen Namen, »behauptet, Biskop habe ihn um ein Patent gebracht. Er hätte drei Jahre an einer Erfindung gearbeitet, die dieser zwei Wochen vor ihm als Patent angemeldet habe – und Biskops Unterlagen seien haargenaue Kopien der seinen gewesen.«

Bislang hatte Leutmann sich mehr an Biskop gehalten, doch

die überraschenden Informationen aus den USA bewogen ihn, sich nicht zu früh zu entscheiden. Allerdings wunderte er sich über seinen Klienten, der über den Artikel in jener amerikanischen Zeitung geradezu entsetzt zu sein schien.

Gadow las die Kommentare und atmete auf, als er feststellte, dass sich ein in Amerika bedeutender Wissenschaftler auf seine Seite geschlagen hatte. Damit stand er in seinem Kampf gegen Biskop nicht mehr allein und hatte endlich eine Chance. Daher nickte er zufrieden.

»Zwar habe ich diesen Artikel nicht veranlasst, doch er wird Biskop einheizen. Da er mit Sicherheit auch noch anderen auf die Zehen getreten ist, werden diese sich jetzt ebenfalls zu Wort melden, und damit sieht es gar nicht gut für ihn aus.«

»Noch ist nichts bewiesen!«, wandte Leutmann ein.

»Das wird nicht mehr lange dauern! Biskop hat mit Sicherheit Fehler gemacht, und wenn einer davon aufkommt, fällt auch alles andere um ihn wie ein Kartenhaus zusammen.«

Zum ersten Mal, seit er aus Amerika zurückgekommen war, glaubte Gadow an seinen Sieg.

»Er hätte auf mein Angebot eingehen und zahlen sollen«, sagte er und vergaß dabei ganz, dass dieser Artikel in Amerika wie aus dem Nichts erschienen war.

Leutmann nahm Gadow nicht ab, dass dieser nichts von dem Zeitungsbericht gewusst hatte. In seinen Augen war es ein Versuch, den Druck auf Biskop zu erhöhen, und das konnte Gadow nur getan haben, wenn er einige Trümpfe in der Hinterhand hielt.

»Biskop wird auf diesen Artikel reagieren müssen«, meinte er grinsend und überlegte, wie viel es ihm einbringen würde, wenn er für beide Seiten arbeitete und sich erst dann auf die richtige Seite schlug, wenn der Sieger feststand.

»Zuerst muss er von diesem Artikel erfahren«, erklärte Gadow. »Können Sie ihn mir noch einmal ausdrucken und die Kommentare ebenso?«

»Gerne!« Leutmann stand auf und verließ kurz sein Büro. Keine Minute später kam er mit mehreren Blättern zurück.

Mit einer gewissen Erleichterung nahm Gadow sie entgegen und wandte sich dann erneut an den Detektiv. »Wäre es zu viel verlangt, wenn ich Sie bitte, mir eine weitere Kopie von den Seiten zu machen?«

»Natürlich nicht! Sicher wollen Sie ein Exemplar an Professor Biskop schicken!« Leutmann zwinkerte Gadow verständnisvoll zu, beschloss aber im Stillen, ihm zuvorzukommen. Um Biskop vorerst bei Laune zu halten, musste er ihn mit Informationen beliefern.

Mit zufriedener Miene nickte Gadow. »Ja, genau das will ich! Kann ich von Ihnen auch ein Kuvert und eine Briefmarke haben?«

»Meine Kuverts tragen alle meinen Absender, und Sie wollen doch nicht, dass Biskop erkennt, dass Sie mit einem Detektivbüro zusammenarbeiten«, antwortete Leutmann ausweichend, schob dem anderen aber eine Sechzigcentmarke hin. »Kuverts erhalten Sie in jedem besser sortierten Supermarkt. Und jetzt müssen Sie mich entschuldigen! Ich erwarte einen weiteren Klienten, der Wert auf absolute Diskretion legt. Es wäre ihm nicht recht, Ihnen zu begegnen.«

Das stimmte zwar nicht, doch Leutmann wollte Biskop so rasch wie möglich informieren, und dabei war Gadow ihm im Weg.

7.4

Susanne Fehse-Biskop saß vor ihrem Computer und studierte ihre Aufzeichnungen über perfekte Morde im einundzwanzigsten Jahrhundert. Wie man Feinde ohne Aufsehen aus dem Weg räumen konnte, hatte sie schon immer interessiert. Gelegentlich hatte sie schon einmal mit dem Gedanken gespielt, die eine oder andere Person, über die sie sich geärgert hatte, auf eine solche Weise umzubringen, aber es natürlich nie in die Tat umgesetzt. Doch Mena Reglin wurde langsam zu gefährlich. Außerdem waren da noch Justus Barin, Wilfried Gadow und Anna Miersch, die beseitigt werden mussten, wenn sie je wieder Ruhe vor der Vergangenheit finden wollte.

Mittlerweile war Susanne Fehse-Biskop sicher, dass Anna Miersch jener Erpresser war, der sie seit ihrer Rückkehr aus den Vereinigten Staaten vor etwa zwanzig Jahren verfolgte. Ihr ging jedoch Menas Analyse nicht aus dem Kopf, die von zwei unterschiedlichen Erpressern ausging, und sie fragte sich, ob es da noch einen weiteren Feind gab.

Vor allem die Mail mit dem Bild des Unfallautos beunruhigte sie. Mit einem Mal fühlte sie sich wie auf einem schwankenden Schiff. War es vielleicht doch besser, mit ihrem Mann Deutschland zu verlassen und andernorts ein neues Leben zu beginnen? Es gab viele schöne Orte auf der Welt, wo sie vor ihren Verfolgern sicher waren.

»Nein, das sind wir nicht!«, fauchte sie und irritierte damit ihren Mann.

»Was ist los?«, fragte er.

»Ich hatte überlegt, ob wir nicht doch aus Deutschland verschwinden sollten. Doch es hat keinen Sinn! Vor E-Mails können wir nicht davonlaufen. Wir müssten schon sämtliche Mail-Adressen killen und uns neue einrichten, doch auch die findet man heraus. Es heißt also die oder wir! Eine andere Option haben wir nicht.«

»Du willst Mena Reglin und die anderen wirklich ausschalten?«, fragte Biskop entgeistert.

Susanne Fehse-Biskop lachte hart auf. »Ja, das will ich! Ich habe bis jetzt nur keine Möglichkeit gefunden, es ganz ohne Spuren zu tun, die zu uns führen könnten. Außerdem: Seit wann plagen dich Skrupel? Die hast du vor fünfundzwanzig Jahren auch nicht gehabt!«

Er schüttelte sich unter dem Druck der Erinnerung, ging aber nicht auf ihre Anspielung ein. »Vielleicht könnten wir Mena Reglin doch auf unsere Seite ziehen. Sie ist sehr fähig!«

»Zu fähig für meinen Geschmack! Erinnere dich an ihre geheimen Aufzeichnungen, in denen sie Gadow recht gibt und uns als dubiose Gestalten bezeichnet.«

Biskop streckte abwehrend die Hände aus. »Ist das Ganze einen Mord wert?«

»EINEN Mord?« Seine Frau lachte. »Damit wir in Zukunft sicher sein können, muss mehr als eine Person dran glauben. Denk an die Miersch und an die Mail mit dem Unfallfoto! Wir haben mehr Feinde, als du wahrhaben willst. Ich bin sicher, dass Jens Reppert dahintersteckt. Immerhin hat er verhindert, dass du Ehrenbürger deiner Heimatstadt werden konntest.«

Obwohl Susanne Fehse-Biskop und ihr Mann sich seit fünfundzwanzig Jahren nicht mehr in Vechta hatten sehen lassen, kränkte es sie doch, dass man ihnen diese Ehre vorenthalten hatte.

»Mena Reglin, Anna Miersch, Wilfried Gadow, Jens Reppert – mein Gott, wie viele willst du denn umbringen?«, fragte Biskop.

»So viele, wie nötig sind!«

Zuerst schreckte Uwe Biskop vor diesem Gedanken zurück. Dann aber begriff er selbst, dass sie ihr gewohntes Leben nur dann weiterführen konnten, wenn es ihnen gelang, ihre Feinde auszuschalten, ohne dass ein Verdacht auf sie fiel.

»Also gut!«, meinte er. »Dann muss es sein. Wir haben der Menschheit so viel geschenkt, also ist sie es uns einfach schuldig, dass wir ein angenehmes Leben führen können.«

»Das werden wir!«, versprach Susanne Fehse-Biskop und rief die nächste Möglichkeit auf, einen Menschen auf unauffällige Weise vom Leben zum Tode zu befördern.

Ihr Ehemann verließ ihr Arbeitszimmer und checkte seine Mails. Auf einmal hallte sein wütender Ruf durch das Haus. »Susanne, komm her! Das musst du dir ansehen!«

Verärgert, weil sie unterbrochen wurde, stand Susanne Fehse-Biskop auf und eilte in das Büro ihres Mannes. Dieser hatte eben zwei E-Mail-Anhänge ausgedruckt und reichte sie ihr. Der englische Text war der Online-Ausgabe einer amerikanischen Zeitung entnommen. Es war der gleiche Artikel, den Alice Blair ihnen präsentiert hatte.

Susanne Fehse-Biskop winkte ab und lachte dann hell auf. »Aber Gadow kann gar nicht beweisen, dass du ihm die Formel für das Isoliermaterial gestohlen hast! Ich habe damals alles gründlich beseitigt, was darauf hätte hindeuten können.«

»Anscheinend nicht, sonst wäre er sich nicht so sicher. Aber der Artikel alleine dürfte uns wirklich nicht kratzen. Mir machen nur die Kommentare darunter Sorgen – zumindest einige davon. Lies mal, was der User Charles Doe schreibt. Der bezeichnet uns ebenfalls als Betrüger!«

»Charles Doe?« Susanne Fehse-Biskop dachte kurz nach und lachte dann. »Charles Doe muss der Kerl sein, der glaubte, er würde das Stipendium erhalten, das du dank meiner flinken Fingerchen bekommen hast.«

»Dennoch ist er jetzt ein geachteter Wissenschaftler in den USA. Wenn er uns Betrug vorwirft, hat das mehr Gewicht als Gadows lächerliches Geschwätz.«

Bislang war Uwe Biskop noch davor zurückgeschreckt, andere Leute umzubringen, um endlich Ruhe zu haben. Nun aber packte ihn die Wut. »Aber wenn Doe glaubt, sich mit uns anlegen zu können, wird er sein blaues Wunder erleben. Ich habe immer noch gute Verbindungen in die USA.«

»Doe ist derzeit das geringste Problem«, wandte seine Frau ein. »Wenn er in Amerika bellt, interessiert das hier kein Schwein. Spätestens, wenn du deine nächste bahnbrechende Erfindung vorstellst, wird sich keiner mehr an diesen Kommentar erinnern. Gadow hingegen könnte als Katalysator wirken. Solange er gegen uns hetzt, werden andere ihn aus Neid oder auch nur aus Bosheit gegen uns unterstützen. Er muss als Erstes ausgeschaltet werden.«

»Nicht die Reglin?«

»Die ist erst einmal zwei, drei Wochen außer Gefecht und kann uns in der Zeit nicht schaden. Gadow hingegen kann es, und er versucht es auch. Erinnere dich, dass er einige Millionen Euro von uns fordert! Dieser Zeitungsartikel ist meiner Meinung nach ein Druckmittel, mit dem er uns weichkochen will. Daher bleibt uns nur ein Weg.«

Biskop atmete tief durch und nickte. »Du hast recht!«

»Ich habe immer recht!«, klang es selbstbewusst zurück, dann verließ Susanne Fehse-Biskop das Büro, um sich in ihrem Arbeitszimmer an den Computer zu setzen und zu prüfen, welche Möglichkeiten es für sie gab, Wilfried Gadow auszuschalten.

7.5

Obwohl Mena nur drei Tage in der Klinik bleiben musste, kam es ihr wie eine Ewigkeit vor. Daher atmete sie erleichtert auf, als sie nach einer letzten Untersuchung ihre Habseligkeiten zusammenpacken konnte. Ihre Bettnachbarin war bereits am Vortag entlassen worden. Dafür lag nun eine junge Frau in dem bislang freien Bett. Sie sah einer schweren Operation entgegen und war niedergeschlagen und ängstlich. Die dritte Patientin im Zimmer versuchte, die Neue zu beruhigen, und erzählte von ihren eigenen Krankenhausaufenthalten, in denen bei ihr schon so viel operiert und entfernt worden sein sollte, dass sie Menas Meinung nach als Cyborg mit künstlichen Gliedmaßen hätte herumlaufen müssen.

Toni hatte versprochen, ihre Schwester abzuholen, war jedoch immer noch nicht aufgetaucht. Nervös sah Mena durch das Fenster auf die Zufahrt zum Krankenhaus und hoffte, Hans´ oder besser noch Claudius' Wagen zu sehen. Doch keines der Autos, das dort auftauchte, gehörte einem der beiden.

»Na gut, dann nehme ich eben ein Taxi«, sagte sie zu sich selbst und bedauerte, dass sie das Telefon auf dem Nachttisch bereits abgemeldet hatte.

Allerdings besaß sie noch ihr Handy und konnte den Wagen vom Eingang aus rufen. Mit diesem Gedanken nahm sie die Reisetasche, in der sie ihre Sachen verstaut hatte, verabschiedete sich von den beiden zurückbleibenden Patientinnen und verließ das Zimmer. Als sie den beige getünchten Flur entlanggging, kam sie am Schwesterzimmer vorbei. Es war leer, denn zwei Krankenschwestern hatten bereits begonnen, das Mittagessen auszuteilen, und eine dritte war von einem Patienten gerufen worden.

Mena winkte kurz zu den Schwestern mit dem Essenswagen hinüber und schritt dann durch die Tür, die die Abteilung vom Treppenhaus trennte. Ein paar Minuten später stand sie im Freien und kramte in ihrer Reisetasche nach dem Handy. Gerade als sie die Taxizentrale anrufen wollte, klang neben ihr eine fröhliche Stimme auf.

»Ihr Taxi ist bereits da!«

»Claudius! Das ist aber eine Überraschung.« Erleichtert steckte Mena das Handy weg und reichte ihm die Hand.

»Eigentlich sollte Toni mich abholen, und zwar vor einer Stunde«, sagte sie dann.

»An der Verzögerung bin ich schuld«, bekannte Claudius mit einem zerknirschten Lächeln. »Oder besser gesagt der verdammte Stau auf der A8 von München her. Irgendein Idiot ist in die Leitplanke gerast, und dann gab es einige Folgeunfälle, so dass die Autobahn gesperrt werden musste. Ich bin zum Glück erst später in den Stau geraten und konnte bei Fürstenfeldbruck abfahren. Allerdings war auch die B2 vollkommen verstopft, weil alle Autofahrer die Sperrung umgehen wollten. Durch das Ganze habe ich mehr als zwei Stunden verloren.«

»Das kann vorkommen«, meinte Mena lächelnd, denn sie freute sich, dass Claudius sie nicht vergessen hatte.

»Aber nicht an einem solchen Tag!« Claudius nahm Menas Reisetasche auf und keuchte theatralisch. »Die ist ganz schön schwer!«

»Ich kann sie auch selbst tragen!«

»Nicht mit Prellungen am ganzen Körper und einer Gehirnerschütterung«, antwortete er. »Aber ich wundere mich immer, wie viel Gepäck Frauen mitnehmen, selbst wenn sie nur drei Tage unterwegs sind.«

»Ich wäre viel lieber unterwegs gewesen als in der Klinik!«, fauchte Mena. »Was das Zeug in der Reisetasche angeht, so ist Toni dafür verantwortlich. Ich habe weniger als ein Viertel davon gebraucht. Anscheinend hat sie gedacht, ich müsste mich alle zwei Stunden umziehen, so viele Schlafanzüge hat sie eingepackt, und drei Kleider dazu, damit ich mir aussuchen kann, welches ich bei meiner Entlassung tragen will.«

Claudius lachte. »Toni ist nun einmal ein Modemensch! Das kann sie nicht verleugnen.«

»Sie ist allerliebst, meint es nur gelegentlich etwas zu gut!« Mena fiel in Claudius' Lachen ein und folgte ihm zu seinem Wagen. Während er ihre Reisetasche im Kofferraum verstaute, setzte sie sich auf den Beifahrersitz und genoss es, wieder ein freier Mensch zu sein.

»Ich weiß, dass ich den Ärzten und Krankenschwestern unrecht tue, aber ich kam mir dort drinnen fast wie im Gefängnis vor«, sagte sie, als auch Claudius im Wagen saß.

»Ein paar Unterschiede gibt es doch«, meinte er. »Im Krankenhaus lassen sie dich raus, sobald es geht, während du im Gefängnis deine vorgeschriebene Anzahl von Tagen absitzen musst und hinterher sehr oft vor dem Nichts stehst.«

Bei diesen Worten dachte Mena an Anna Miersch, die im Gefängnis gewesen war und sich nun als Putzfrau durchs Leben schlagen musste. Die Lust, sich an den Computer zu setzen, packte sie so heftig, dass sie Claudius am liebsten gebeten hätte, sie zum Institut zu bringen. Sie wusste jedoch, dass er es nicht tun würde. Außerdem meldete sich ihr Magen mit einem energischen Knurren und erinnerte sie daran, dass sie in den letzten Tagen nur Schonkost bekommen hatte.

Claudius vernahm das Geräusch ebenfalls und grinste. »Wir sollten zusehen, dass das Kerlchen bald Ruhe gibt. Ich habe übrigens auch Hunger!« Damit startete er den Wagen und lenkte ihn auf die Straße.

Unterwegs fragte Mena, ob seine Geschäftsreise nach Nürnberg erfolgreich gewesen wäre.

Claudius nickte lächelnd. »Ich konnte einen guten Abschluss tätigen und habe die Aussicht auf weitere. Allerdings werde ich dafür bald nach Südamerika fliegen müssen.«

»Wie bald?«, fragte Mena und war gegen ihren Willen ein wenig traurig.

»In drei Wochen! Ich will die Reise mit einem Aufenthalt in den Vereinigten Staaten verbinden. Die Geschäftskontakte dort könnten eine Auffrischung vertragen.«

»Du bist ein vielbeschäftigter Mann«, fand Mena.

»Besser als das Gegenteil! Außerdem will ich auch etwas vom Leben haben und nicht nur meine Exfrau sponsern. Die fordert mittlerweile durch ihren Anwalt einen Anteil an meinem Unternehmen. Aber da bleibt ihr der Schnabel sauber, wie man in Bayern sagt. Ich habe meinen Anwalt bereits auf die Sache angesetzt. Sie wurde bei der Scheidung ordnungsgemäß abgefunden und hat kein Recht, mehr zu verlangen, nur weil sich meine Geschäfte seit damals gut entwickelt haben.«

»Soll ich ihr einmal nachspüren?«, fragte Mena. »Vielleicht hat sie eine Leiche im Keller, die du gegen sie verwenden kannst.«

Claudius musste lachen, als er von der Hauptstraße abbog. »Wenn sie eine hätte, wäre es höchstens das Skelett einer Kosmetikberaterin, mit der sie nicht zufrieden war. Ich nehme an, dass ihr neuer Ehemann sie dazu drängt, um an Geld zu kommen. Seine Geschäfte laufen nämlich bei weitem nicht so gut wie die meinen. Aber er hat nun einmal eine anspruchsvolle Frau, um die er sich kümmern muss. Da kann er seine Firma nicht mit jener Energie führen, die nötig wäre. Im Geschäftsleben sind Mann und Frau eben nicht nur einfach Eheleute, sondern auch Partner, die wissen sollten, dass man die Firma nicht vernachlässigen darf.«

Er klang so ernst, dass Mena sich fragte, ob Claudius nicht zu sehr auf seine Firma fixiert war. Dann aber dachte sie daran, dass sie schon einmal auswärts gegessen hatten und er sich auch die Zeit genommen hatte, sie vom Krankenhaus abzuholen.

»Wo fahren wir eigentlich hin?«, fragte sie, als Claudius erneut die Richtung änderte und einen Parkplatz ansteuerte.

»Zu Toni! Sie kocht für uns, und deshalb konnte sie dich nicht abholen. Ich hoffe, sie ist mir nicht böse, weil wir später kommen. Das Essen sollte um zwölf Uhr beginnen, und jetzt ist es schon zwanzig nach.«

Er hatte es kaum gesagt, da meldete sich Menas Handy. Es war Toni. »Ist alles gut gegangen?«, fragte sie.

»Klar! Claudius hat mich abgeholt, und wir sind gleich bei dir«, antwortete Mena und hörte ihre Schwester aufatmen.

»Bis gleich!« Mena schaltete das Handy ab und lehnte sich in den Sitz zurück.

Sie hatten Glück und fanden auf Anhieb einen Parkplatz. Kaum stand der Wagen, stieg Claudius aus, holte die Reisetasche aus dem Kofferraum und sah Mena auffordernd an. Diese hatte Mühe, mit ihren Prellungen und Zerrungen den Wagen zu verlassen, und verzog das Gesicht.

»Mit Autofahren geht bei mir derzeit noch nichts. Ich spüre jede einzelne Rippe.«

»Das tut mir leid!«

»Das braucht es nicht, denn du hast einen schön geräumigen Wagen. In einem engen Taxi wäre es schlimmer gewesen.« Mena atmete nun so flach wie möglich, damit es nicht noch schlimmer wurde, fühlte sich aber wie ausgelaugt, als sie die Wohnung ihrer Schwester erreichten.

Kaum hatte Toni sie gesehen, kam sie auch schon auf sie zu und schloss sie in die Arme. »Mena, was bin ich froh, dass du wieder da bist!«

»Aua!«, keuchte Mena, denn die Umarmung war etwas zu heftig für ihre geprellten Rippen.

Erschrocken ließ Toni sie los und sah dann ganz zerknirscht aus. »Es tut mir leid! Ich habe nicht daran gedacht, dass du verletzt bist. Vielleicht hättest du doch noch ein paar Tage im Krankenhaus bleiben sollen.«

»Bloß nicht!«, antwortete Mena mit einer abwehrenden Geste. Dann schnupperte sie. »Das riecht aber gut! Was gibt es?«

»Spaghetti alle Vongole, extra für dich gekocht«, erklärte ihre Schwester. »Hans wäre auch gerne gekommen, aber der musste nach Hamburg. Es geht um die Ausrüstung eines neuen Kreuzfahrtschiffs mit entsprechenden Möbeln. Dahinter steckt ein Riesenauftrag, und wenn er den an Land zieht, hat er Chancen, zum stellvertretenden Geschäftsführer aufzusteigen.«

»Dann wollen wir hoffen, dass es klappt!« Mena umarmte nun Toni, wenn auch weitaus weniger heftig, und ging ins Badezimmer, um sich die Hände zu waschen. Als sie sich an den Esstisch setzte, lächelte sie zufrieden, denn Toni stellte ihr einen Riesenteller Spaghetti mit Muscheln hin und mischte Cherubim aus Apulien mit stillem Mineralwasser. Das Institut und die Biskops waren ihr in dem Augenblick so fern wie der Mond. Eine gewisse Neugier trieb sie dann dazu, Claudius um den Namen und die Adresse seiner Exfrau und ihres neuen Ehemanns zu bitten.

»Was willst du denn mit denen?«, fragte Toni verständnislos.

»Mena will nach dem Skelett der Kosmetikberaterin suchen, das sie im Keller meiner Ex vermutet«, erklärte Claudius gut gelaunt.

»Das ist ja entsetzlich!«, rief Toni aus. »Aber wieso hat man sie dann nicht eingesperrt?«

»Das war ein Witz! Wenn auch kein wirklich gelungener.« Mena warf Claudius einen mahnenden Blick zu und wandte sich wieder an Toni. »Claudius' Ex will mehr Geld von ihm, daher will ich ihr und ihrem neuen Lover ein wenig nachspüren. Es könnte ja sein, dass ich etwas finde, was gegen die beiden verwendet werden kann. Solche Analysen sind immerhin mein Job. Leichen oder Skelette gibt es dabei aber nicht. Und nun will ich essen! Deine Spaghetti alle Vongole sehen einfach zu lecker aus.«

7.6

Zum ersten Mal seit den vielen Jahren der Niederlagen und Demütigungen hoffte Wilfried Gadow, es könnte sich doch noch alles zum Guten wenden. Der Artikel in jener amerikanischen Zeitung musste Biskop verunsichern. Zwar hatte er selbst nicht die geringste Ahnung, wer den Artikel geschrieben und mit W. G. signiert hatte. Aber es musste ein Freund sein und höchstwahrscheinlich jemand, der ebenfalls eine Rechnung mit Uwe Biskop zu begleichen hatte.

»Es ist an der Zeit, dass wir uns zusammentun«, murmelte er und meinte damit alle, die von Biskop betrogen oder übervorteilt worden waren. Die Kommentare auf der Online-Ausgabe der Zeitung bestätigten ihn in seiner Meinung. Es hatten sich noch zwei weitere User abfällig über das »deutsche Genie«, wie sie Biskop nannten, geäußert. Einer hatte an derselben chemischen Formel wie Biskop gearbeitet und war fest überzeugt gewesen, er würde weit vor diesem fertig. Gegen Ende seiner Versuchsreihen hatten sich jedoch unerwartete Schwierigkeiten eingestellt, die ihn schließlich den Sieg und damit das Patent gekostet hatten. Nun behauptete der Mann, sein Computer sei damals gehackt und seine Formeln verändert worden.

Gadow kaufte sich einen billigen Drucker, um auch diese zweite Kommentarseite auszudrucken und dem Brief beizulegen, den er an Uwe Biskop schicken wollte. Dabei trat er nicht mehr als Bittsteller auf wie in seiner letzten E-Mail, sondern forderte den Wissenschaftler auf, endlich die Wahrheit zuzugeben.

Mit grimmiger Zufriedenheit warf er den Brief in den nächsten Briefkasten und wartete gespannt, welche Antwort er erhalten würde.

7.7

Die Frau in der schäbigen Wohnung blätterte die *Augsburger Allgemeine* durch, bis sie zur Rubrik »Vermischtes« kam, und überflog dort die Annoncen. Enttäuscht ließ sie die Zeitung bald darauf sinken.

»Nichts!«, murmelte sie. »Die wollen es anscheinend aussitzen. Aber diesmal gebe ich nicht auf. Mein Leben war und ist beschissen genug, und es macht mir nichts, wenn ich noch einmal einsitzen muss. Hauptsache, Susannchen Fehse bekommt das Appartement neben mir, und dieser verfluchte Uwe darf zu den Gewalttätern, die ihm rasch beibringen werden, dass er sich ducken muss, wenn sie ihn nicht aufmischen sollen.«

Mit einer energischen Bewegung schaltete sie ihren Computer ein und rief hintereinander mehrere Bilder auf. Das erste zeigte vier Personen, die sich in ein Auto setzten. Es war ein wenig verschwommen, doch konnte man erkennen, dass Jan Reppert hinten rechts in den Wagen einstieg. Julia Gschwendle öffnete die hintere linke Tür, während Susanne Fehse auf dem vorderen Beifahrersitz Platz nahm, weil ihr im Fond angeblich schlecht wurde.

»Mal sehen, was ihr dazu sagen werdet«, fauchte Anna, öffnete ihre Mails und rief einen bereits vorbereiteten Text auf. Dann hängte sie das Bild an den Text und schickte das Ganze los.

Die Botschaft der Mail war kurz, aber eindeutig.

Entweder ihr zahlt oder ihr fliegt auf!

7.8

Susanne Fehse-Biskop riss das Kuvert mit Gadows Brief auf, zog die vier Blätter heraus und warf sie auf den Tisch. »Wegen dieses Idioten musste ich auch noch Nachporto zahlen!«, schimpfte sie, als wäre dies das Wichtigste an der Sendung.

»Was schreibt Gadow?«, fragte ihr Mann.

»Er will Geld, und zwar mehr, als ihm für ein Viertel seines Patents zustehen würde. Anscheinend glaubt er, wir würden wegen dieses amerikanischen Artikels weich werden und blechen. Aber da hat er sich getäuscht. Und so wird es auch diesem John Watson ergehen, der hier die Behauptung aufstellt, es wäre nicht mit rechten Dingen zugegangen, dass du deine Forschungsreihe eher abgeschlossen hast als er.«

»Wir können nicht auch noch die Leute in Amerika umbringen«, rief Biskop entsetzt.

»Es wäre schwieriger, aber sicher auch möglich«, erklärte seine Frau. »Ich glaube jedoch nicht, dass es nötig sein wird. Es reicht, wenn wir Gadow, die Miersch und Mena Reglin aus dem Weg räumen.«

»Bleibt noch der unbekannte Erpresser mit dem Unfallbild«, wandte ihr Mann ein.

Um Susanne Fehse-Biskops Lippen erschien ein hartes Lächeln. Bevor sie etwas sagen konnte, blinkte die Anzeige auf, dass eine weitere Mail eingetroffen wäre. Uwe Biskop erkannte den gleichen Phantasieabsender wie bei dem verschwommenen Foto und fluchte. Seine Frau griff über seine Schulter und rief das Bild auf. Zuerst starrte sie es aus großen Augen an, dann lachte sie auf.

»Den großen Unbekannten können wir streichen, Uwe! Der Erpresser – oder, besser gesagt, die Erpresserin – kann nur Anna Miersch sein. Dieses Bild ist von der Wohnung ihrer Mutter aus aufgenommen worden, als dieses Biest Babysitter bei Elisabeth gespielt hat.«

»Anna? Richtig! Julia hat ihre Tochter immer bei den Mierschs abgegeben, wenn sie auf der Uni war oder wir was unternommen haben. Wahrscheinlich hat dieses dumme Mädchen, das so in mich verknallt war, uns gesehen und fotografiert.«

»Ganz bestimmt hat Anna Miersch auch das Foto des Unfallwagens geschossen. Verdammt, wieso haben wir sie nicht bemerkt?«

Biskop schüttelte den Kopf. »Unmöglich! Sie konnte uns doch nicht folgen, denn sie hatte noch keinen Führerschein.«

»Ich glaube nicht, dass das kleine Biest sich davon hat abhalten lassen. Der Wagen ihrer Mutter stand immer vor der Haustür. Außerdem hatte ich damals das Gefühl, als wäre ein Auto hinter uns gewesen. Das weißt du doch.«

»Du meinst, es war Anna? Zuzutrauen wäre es ihr. Aber warum hat sie die Bilder damals nicht der Polizei übergeben?«, fragte Uwe Biskop verwirrt.

»Sie hätte zugeben müssen, ohne Führerschein Auto gefahren zu sein. Zum anderen glaubte sie wohl, dich mit den Fotos in der Hand zu haben. Pech für sie, dass wir Vechta kurz darauf bei

Nacht und Nebel verlassen haben und nach Amerika gegangen sind.« Susanne Fehse-Biskop lachte kurz, wurde aber rasch wieder ernst. »Anna Miersch war mit Sicherheit auch schon damals die Erpresserin. Erinnere dich, dass du kurz vor dem ersten Brief in der Zeitung erwähnt worden bist.«

»Erwähnt? Es war ein langes Interview, das meine erste erfolgreiche Forschungsreihe betraf, die ich aus Amerika mitgebracht habe.«

»Und von der John Watson nun behauptet, du wärst ihm nur deshalb zuvorgekommen, weil sein Computer gehackt worden sei. Was war er auch so dumm, sich auf die Standard-Sicherheits-Software zu verlassen!« Ein spöttischer Ausdruck huschte über Susanne Fehse-Biskops Gesicht. »Watson hat es mir damals leicht gemacht, ein wenig Schicksal zu spielen. Jetzt kann er viel behaupten! Aber solange er keine Beweise vorlegt, dass ich in seinem Computer herumgespielt habe, genügt die Androhung eines Schadensersatzprozesses, um ihn zum Schweigen zu bringen. Mit Charles Doe ist es das Gleiche. Beide haben sich einen Ruf als Wissenschaftler erworben, der rasch flöten gehen kann, wenn sie einen Prozess gegen uns verlieren. Das riskieren die beiden nicht! Gadow und die Miersch hingegen werden alles tun, um uns zu schaden, selbst wenn sie dabei draufgehen.«

Uwe Biskop nickte mit verzerrter Miene. »Ich schätze, du hast recht. Aber wir können nicht einfach hingehen und die beiden samt Mena Reglin erschießen.«

»Das nicht! Aber es gibt das perfekte Verbrechen, und das werde ich mit dem Ende der drei beweisen – auch wenn nur wir beide es wissen werden.«

Susanne Fehse-Biskop beugte sich über ihren Mann und küsste ihn sanft auf die Schläfe.

»Lass mich nur machen!« Obwohl sie versuchte, zärtlich zu klingen, schwang das selbstbewusste Grollen der Tigerin in ihrer

Stimme mit. »Bislang habe ich alles erreicht, was ich wollte, und es wird auch jetzt nicht anders sein.«

»Ich frage mich nur, warum es so weit kommen musste«, klagte ihr Mann niedergeschlagen.

Susanne Fehse-Biskop stieß ein Zischen aus. »Weil es Menschen gibt, die dein Genie nicht anerkennen wollen! Weil es Neider gibt, die dir deinen Erfolg nicht gönnen, und weil es Frauen wie Anna Miersch gibt, die gutaussehenden oder erfolgreichen Männern nachlaufen und sich wie Kletten an sie hängen. Was wärst du heute, wenn du tatsächlich bei ihr geblieben wärst? Wahrscheinlich ein braver Angestellter in einer chemischen Fabrik, der seinem Abteilungsleiter in den Arsch kriechen muss und auf den zu Hause eine hysterische Frau wartet. Sei froh, dass dieser Kelch an dir vorübergegangen ist!«

»Das bin ich auch«, antwortete Uwe Biskop mit einem gekünstelten Lachen. »Es war in Vechta schon schwer, ständig hinter Jan Reppert zurückstehen zu müssen. Er wollte immer der Erste und Beste sein und hat gar nicht gemerkt, wie unsere Freundschaft darunter gelitten hat. Zuletzt war es kaum noch mit ihm auszuhalten.«

Einen Augenblick zog Susanne Fehse-Biskop eine angewiderte Grimasse, aber sie hatte sich sofort wieder in der Gewalt. »Jetzt hast du alles, was Jan Reppert in seinem Leben hätte erreichen können, weit übertroffen! Er wäre vielleicht Minister geworden oder sogar Bundeskanzler. Aber du bist ein in der ganzen Welt anerkannter Wissenschaftler und verdienst in einem Jahr zwanzig- oder dreißigmal so viel, wie er als Bundeskanzler verdienen würde.«

»Das schon! Aber als Bundeskanzler wäre Jan Reppert ein angesehener und mächtiger Politiker geworden«, wandte ihr Mann ein.

»Hättest du Politiker werden wollen, könntest du jetzt Bundeskanzler sein!«, erklärte Susanne Fehse-Biskop lächelnd. »Aber du hattest das Talent zum größten Chemiker aller Zeiten. Wir mussten nur ein wenig nachhelfen, damit die Welt dies auch begriffen hat.«

»Und jetzt müssen deswegen Menschen sterben!«

»Nicht deswegen, sondern weil sie so wahnsinnig sind, uns an den Karren pinkeln zu wollen. Was glaubst du, was mächtige Politiker mit ihren hartnäckigsten Gegnern machen? Da sind schon etliche eines sehr überraschenden Todes gestorben. Haben solche Leute mehr Recht darauf, sich gegen ihre Feinde zu wehren als wir?« Nun klang Susanne Fehse-Biskop scharf, und ihr Mann senkte den Kopf.

»Du hast recht! Charakteren wie Gadow oder Anna Miersch das Geld zu geben, welches sie fordern, würde sie nur dazu bringen, uns weiter zu erpressen.«

»Sie würden mehr und mehr Geld verlangen und dennoch alles tun, um deinen Ruf zu ruinieren«, antwortete Susanne Fehse-Biskop. »Daher ist ein glatter Schnitt das Beste. Von dem Augenblick an, in dem sie sich gegen uns gestellt haben, haben Gadow, die Miersch und Mena Reglin ihr Schicksal selbst bestimmt.«

»Wie wollen wir es machen?«, fragte Biskop.

»Gadow hat uns dankenswerterweise in seinem letzten Brief geschrieben, in welchem Berliner Hotel er abgestiegen ist. Die Computeranlage eines Hotels ist leicht zu manipulieren. Ich muss nur noch eine Möglichkeit finden, ihn mittels dieses Computers zu erledigen – und das werde ich jetzt tun.«

Susanne Fehse-Biskop küsste ihren Mann erneut und kehrte in ihr Arbeitszimmer zurück. Als Erstes besorgte sie sich die Pläne des Hotels. Eine entschlossene Mörderin wäre wohl hingefahren und hätte Gadow aufgelauert. Doch solch ein primitives Vorgehen entsprach nicht den Plänen der Wissenschaftlerin. Sie würde Gadow aus der Ferne töten, und zwar so, dass nicht der Hauch eines Verdachts auf sie fiel.

7.9

Es fiel Mena Reglin schwer, sich auszuruhen und zu entspannen, wie die Ärzte es ihr geraten hatten. Mittlerweile waren ihre Kopfschmerzen so gut wie verschwunden, und ihre Prellungen heilten durch die Salben, die Toni ihr auftrug, rasch ab. Der Arzt hatte sie jedoch drei Wochen krankgeschrieben, und ihre Schwester ließ nicht zu, dass sie auch nur einen Tag früher ins Institut zurückkehrte.

An diesem Tag saß Mena daher in ihrer Wohnung vor dem Computerbildschirm und spürte erst einmal Claudius Kaisers Exfrau Marilyn und ihrem zweiten Ehemann nach. Er hieß Korbinian Breitle und besaß eine Firma, die um einiges kleiner war als die von Claudius. Auch verdiente Breitle bei weitem nicht so gut wie dieser. Für Menas Geschmack, die einige von Breitles Geschäftspartnern überprüfte, ließ der Mann sich zudem auf halbseidene Geschäfte ein, die ihm zwar viel Geld bringen, ihn aber bei einem Misslingen in den Ruin treiben konnten.

Zudem hatte er eine kostspielige Frau geheiratet, die anscheinend der Meinung war, ihr Exmann wäre verpflichtet, ihr auch in der neuen Partnerschaft den gewohnten Lebensstandard zu garantieren. Mena schüttelte den Kopf, als sie darauf stieß, welche Reisen die frühere Marilyn Kaiser und jetzige Marilyn Breitle in den letzten Monaten unternommen hatte. Sie musste dabei nicht einmal besonders suchen, denn Claudius' Exfrau hatte alles fein säuberlich auf ihrer Facebook-Seite aufgelistet, genau wie ihre Lieblingsmodegeschäfte, deren nächstgelegenes in München zu finden war. Aber die, die sie am meisten frequentierte, lagen in Paris, Rom und New York.

Was für eine blöde Kuh, dachte Mena angesichts der Angebereien, die Marilyn Breitle von sich gab. Interessanter waren die Berichte über die kleine Noreen. Claudius' Tochter war gerade mal vier Jahre alt, und anfangs hatte Marilyn sich als fürsorgliche Mutter dargestellt. Doch seit die Frau Korbinian Breitle kennengelernt hatte, war das Kind immer weiter in den Hintergrund getreten und lebte den Berichten in Facebook zufolge derzeit mehr bei Marilyns Eltern als bei der eigenen Mutter.

»Hier sollte Claudius einhaken«, murmelte Mena. »Vielleicht kann er sogar das Sorgerecht einklagen.«

Immerhin hatte auch er eine Mutter, die sich um das Mädchen kümmern konnte. Und mehr Zeit für die kleine Noreen, als Marilyn derzeit aufbrachte, hatte er auf jeden Fall. Mena spürte, dass sie Noreen gerne kennenlernen würde, und fragte sich, wieso sie auf einmal rührselig wurde. Anscheinend unterschied ihr Charakter sich doch nicht so sehr von dem ihrer Zwillingsschwester. Gewiss wäre Toni bei den gleichgültigen Kommentaren, mit denen Marilyn Breitle ihre Tochter bedachte, längst in Tränen ausgebrochen.

Auf Dauer befriedigte Mena die Beschäftigung mit Claudius' Exfrau nicht, und so rief sie im Institut an.

Barin meldete sich selbst.

»Mena Reglin am Apparat. Können Sie meinen Computer einschalten, Herr Professor? Ich möchte einen Datentransfer veranlassen. Da ich wegen meiner Verletzung nicht ins Institut kommen kann, will ich ein paar Analysen zu Hause durchführen.«

»Ihr Computer läuft doch die ganze Zeit«, antwortete Barin ungehalten, ohne sich nach Menas Befinden zu erkundigen.

»Mein Computer läuft? Aber ich habe ihn mit Sicherheit ausgeschaltet!« Mena war sauer, denn sie schloss daraus, dass sich Timo Jander an ihrem Gerät zu schaffen gemacht hatte.

»Anscheinend haben Sie ihn nicht abgeschaltet«, blaffte Barin und beendete das Gespräch.

»Stoffel!«, murmelte Mena und legte auf.

Noch immer verärgert öffnete sie eine Verbindung zu ihrem

Computer im Institut und kopierte die Dateien, die ihr wichtig waren. Einmal misstrauisch geworden, überprüfte sie ihre Einstellungen, mit denen sie den Computer gegen unbefugte Zugriffe gesichert hatte. Auf den ersten Blick war nichts zu bemerken, doch als sie die Zahl der Aufrufe überprüfte, stimmte diese nicht mehr mit ihren eigenen Notizen überein. Außerdem waren alle Dateien, die sich auf Biskop bezogen, während ihrer Abwesenheit kopiert worden, darunter sogar die Datei mit ihren eigenen Überlegungen, die niemanden etwas angingen.

»Wenn das Jander war, kann er was erleben!«, fauchte sie den Bildschirm an. Dann aber schüttelte sie nachdenklich den Kopf. Timo Jander mochte ein Idiot sein, aber er hätte ihren Computer mit Sicherheit wieder ausgeschaltet. Außerdem traute sie ihm nicht zu, ihr persönliches Password herauszufinden. Dafür benötigte man ein weitaus besseres Hackerprogramm, als es ihnen im Institut zur Verfügung stand. Aus diesem Grund konnte sie auch Professor Barin von der Liste der Verdächtigen streichen.

Doch wer konnte es getan haben?, fragte sie sich.

Möglichkeiten gab es leider genug. Als wahrscheinlichste Kandidaten kamen die Biskops in Frage, aber sie durfte Anna Miersch ebenfalls nicht unterschätzen. Auch wenn die Frau nur als Putzfrau arbeitete, hatte sie doch einen Weg gefunden, Drohmails an Biskop zu schicken, ohne dass diese bis zu ihr zurückverfolgt werden konnten.

»Ich glaube, ich leide langsam an Verfolgungswahn!«, stöhnte sie und fuhr ihren Institutscomputer per Fernbefehl herunter. Danach ging sie ihre Dateien noch einmal durch, fügte einige unsichtbare Fallen für mögliche weitere Hackversuche ein und begann, alles von vorne zu analysieren. Es ergab sich jedoch ein so verwirrendes Bild, dass sie aufgab und jeweils einen Suchlauf auf Biskop, Gadow und Anna Miersch startete, dessen Parameter sie immer weiter eingrenzte.

Plötzlich stutzte sie. Auf dem Bildschirm erschien eine Seite der Online-Ausgabe einer amerikanischen Zeitung. Verblüfft las sie, dass Dr. Gadow angeblich bald einen Beweis für Biskops Betrug vorlegen werde. Davon hatte der Wissenschaftler bei ihrem Gespräch nichts erwähnt, und das war, wie das Datum des Artikels ihr verriet, nach dessen Erscheinen gewesen.

Die Kommentare überflog sie nur, weil das meiste sinnloses Gewäsch war, wie man es auch in den Kommentaren deutscher Online-Zeitungen lesen konnte. Zwei Aussagen fielen ihr jedoch ins Auge. Ein amerikanischer Wissenschaftler, der an derselben Universität gearbeitet hatte wie Biskop, warf diesem vor, bei der Vergabe eines Stipendiums geschwindelt zu haben. Noch deutlicher wurde ein anderer, der Biskop beschuldigte, ihn bei seinen Versuchsreihen für ein Patent behindert zu haben, so dass dieser vor ihm hatte abschließen können.

Die beiden Informationen notierte Mena sich und begann aufs Neue mit ihren Analysen. Diesmal ging sie von der Annahme aus, dass die eben gelesenen Beschuldigungen stimmten. Es passte zu dem Bild, welches sie sich von Biskop und dessen Frau gemacht hatte, dass die erste bedeutende Erfindung durch Behinderung eines Konkurrenten und vielleicht sogar Diebstahl seiner Unterlagen erfolgt war. Dann wäre es nur folgerichtig gewesen, wenn Biskop bei einer weiteren großen Sache Gadow in den Hintergrund gedrängt hätte.

In Mena erhärtete sich der Verdacht, dass die Biskops in ihren Computer eingedrungen waren. Jemand, der die Computer von konkurrierenden Wissenschaftlern hacken konnte, würde das auch bei ihrem Institutsgerät recht mühelos vollbringen können. Als sie die Wahrscheinlichkeit berechnete, mit der Biskop oder dessen Frau ihre Daten gestohlen hatten, kam sie auf über fünfzig Prozent. Bei Gadow und Anna Miersch waren es jeweils nur um die zwanzig Prozent.

»Wenn das stimmt, wäre Uwe Biskop nicht der begnadete Wissenschaftler, für den ihn alle Welt hält, sondern hätte seinen

Erfolg größtenteils durch Betrug erreicht!«, sagte Mena empört zu sich selbst.

Natürlich erhielt sie keine Antwort, doch eines war ihr klar: Sie würde bei ihren weiteren Nachforschungen auch diesem Verdacht nachgehen. Es gab mittlerweile einfach zu viele Anhaltspunkte dafür, dass Biskop tatsächlich ein Dieb und Betrüger war.

7.10

Wilfried Gadow schrieb eine weitere Mail an Biskop, die weitaus fordernder formuliert war als beim letzten Mal. Er gab nun vor, tatsächlich über Beweise zu verfügen, dass er selbst der Erfinder jener Isoliermasse war, die die Kältetechnik in den letzten Jahren revolutioniert hatte. Da er glaubte, den Erfolg so gut wie in der Tasche zu haben, nahm er sich vor, seinen Aufenthalt in Deutschland um einige Wochen zu verlängern. Konflikte mit seinem Arbeitgeber, der ihn längst zurückerwartete, nahm er in Kauf.

Bei alledem ahnte er nicht, dass sich ein tödliches Netz immer enger um ihn zog. Susanne Fehse-Biskop setzte all ihre Fähigkeiten ein, um das hoteleigene Computernetz zu infiltrieren und es schließlich ganz zu übernehmen.

Von dem Augenblick an konnte Wilfried Gadow keinen Schritt mehr innerhalb der Räumlichkeiten des Hotels, des dazugehörenden Parkhauses und der von Kameras überwachten Umgebung tun, welcher der heimlichen Beobachterin entgangen wäre. Diese Möglichkeiten allein gaben Susanne Fehse-Biskop jedoch noch keine Waffe in die Hand, mit der sie den Mann ausschalten konnte. So checkte sie alles ab, was sie weiterbringen konnte. Da es ein schneller und endgültiger Schlag sein musste, ließ sie mehrere Gelegenheiten verstreichen, die ihr nicht sicher genug erschienen. Stattdessen konzentrierte sie sich auf eine bestimmte Lösung und ließ mehrere Wahrscheinlichkeitsberechnungen mit unterschiedlichen Parametern laufen, um ganz sicherzugehen. Als sie schließlich das letzte Ergebnis in der Hand hielt, lächelte sie zufrieden und begann, ein Steuerprogramm des Hotelcomputers zu manipulieren. Außerdem schaltete sie sich in die hotelinterne Überwachung ein und fütterte sie mit einem Programm, das genau auf ihre Zielperson ausgerichtet war. Das kostete sie mehr als einen Tag, aber dann war eine todsichere Falle geschaffen, und sie musste nur noch warten, bis Gadow hineintappte.

7.11

Der Artikel in der amerikanischen Zeitung war auch anderen aufgefallen, und das machte Wilfried Gadow zu einem begehrten Gesprächspartner. An diesem Vormittag führte er zuerst ein Interview mit einer bundesweiten Boulevardzeitung und freute sich bereits auf die Schlagzeile »Ist Professor Biskop ein Betrüger?«. Am Nachmittag war er zu einem Treffen von Wissenschaftlern eingeladen worden, auf dem ihn dieselben Leute hofierten, die ihn bis vor ein paar Tagen noch gemieden hatten, und für den Abend hatte ihn der Politiker Jens Reppert um ein Gespräch gebeten.

Als Wilfried Gadow dessen Berliner Wohnung betrat, erfreute er sich an der Aussicht, dass ihm bald dieselbe Anerkennung zuteil würde, wie Uwe Biskop sie genoss – oder, besser gesagt, genossen hatte. Zumindest dann, wenn dies alles vorbei war.

Mit sich und der Welt im Reinen trat er auf Jens Reppert zu und reichte diesem die Hand. »Guten Tag!«

»Es freut mich, dass Sie meiner Einladung gefolgt sind«, erwiderte Reppert ernst.

»Das ist doch selbstverständlich! Immerhin sind Sie der kommende Mann in Deutschland. Das ist mir selbst in Amerika nicht entgangen!« Gadow nickte, als müsse er sich selbst bestätigen, und setzte sich, nachdem Reppert auffordernd auf das Sofa gezeigt hatte.

Dieser nahm ebenfalls Platz, und sein persönlicher Assistent brachte kleine Schnittchen sowie zwei gefüllte Biergläser.

»Ich trinke zwar nicht viel, aber gelegentlich genehmige ich mir einen Schluck heimischen Bieres«, erklärte Reppert freundlich.

»In den USA habe ich mich manchmal nach einem deutschen Bier gesehnt. Man kann es zwar dort kaufen, aber irgendwie schmeckt es hier besser!« Gadow nahm sein Glas und trank seinem Gastgeber zu. »Es schmeckt wirklich besser«, wiederholte er, als er das Glas abgesetzt hatte.

»Wie lange kennen Sie Uwe Biskop schon?«, fragte Jens Reppert zu Gadows Überraschung.

»Kennengelernt habe ich ihn 1989 an der Uni in Berlin. Er war dort aber nur zwei Semester und hat dann ein Angebot aus den USA angenommen. Ich wäre auch gerne hinüber, hatte aber nicht das Geld dafür. Jemand, der drüben ein paar Semester studiert hat, gilt in Fachkreisen nun einmal mehr als einer, der nur auf deutschen Unis war.«

Reppert trank ebenfalls einen Schluck Bier und musterte Gadow nachdenklich. »Biskop hat aber sein Studium hier in Berlin abgeschlossen.«

»Abgeschlossen hat er es bereits in den USA und in Berlin dann seine Doktorarbeit gemacht. Nebenbei hat er sich um einen Forschungsauftrag bei der Uni beworben, um Geld zu verdienen. Zu meinem Unglück wurde uns der Auftrag gemeinsam erteilt.«

Nun klang Gadow bitter, und er berichtete, dass er damals bereits einige Vorarbeiten geleistet habe, während Biskop von allem unbeleckt in das Projekt eingestiegen sei.

»Jetzt gilt er als der große Wissenschaftler, und ich arbeite für einen Chemiekonzern in den Vereinigten Staaten«, beendete er seinen Bericht.

»Sind Sie absolut sicher, dass Biskop Sie betrogen hat?«, fragte Reppert weiter.

Wilfried Gadow nickte. »Natürlich! Ich war wie vor den Kopf geschlagen, als unser Abschlussbericht ganz anders lautete, als ich ihn erarbeitet hatte. Da war auf einmal die Rede davon, dass Dr. Biskop diesen Forschungsauftrag als Leiter der Projektgruppe abgeschlossen habe. Auch von dem Konzern, der den Auftrag angeblich gesponsert hätte, habe ich erst dann erfahren.«

»Wie haben Sie reagiert?«

»Mich beschwert natürlich! Doch selbst der Professor, der mir den Auftrag erteilt hatte, hat sich auf Biskops Seite gestellt. Der Konzern habe, überzeugt von Dr. Biskops exzellenten Zwischenergebnissen, Geld für die weitere Forschung zur Verfügung gestellt und ausdrücklich gefordert, dass Biskop zum alleinigen Leiter der Forschungsgruppe bestimmt wurde«, erklärte Gadow.

»Einer Forschungsgruppe, die nur aus Ihnen und ihm bestand?«

»Nein! Im Lauf der Zeit sind mehrere Studenten hinzugekommen sowie ein Chemiker mit abgeschlossenem Studium. Ab diesem Zeitpunkt wurde ich wie eine studentische Hilfskraft behandelt.« Gadows Frust brach sich selbst nach zwei Jahrzehnten noch Bahn, und er kämpfte gegen die Tränen, die in ihm hochsteigen wollten. Um sich zu beruhigen, trank er sein Bierglas auf einen Zug leer.

Sofort ersetzte Repperts Assistent es durch ein frisch gefülltes. In den nächsten zwei Stunden stellte der Abgeordnete viele Fragen, die sich sowohl um das spezielle Forschungsprojekt wie auch um Biskop drehten. Gadow gab Auskunft, so gut er es vermochte, fand aber seinerseits nicht heraus, weshalb Jens Reppert ein so großes Interesse an Uwe Biskop hatte.

»Biskop war doch eine Zeit lang in Amerika – und Sie ja auch. Sind sie ihm gefolgt?«, fragte Reppert nach einer Weile.

»Er war schon wieder zurück, als ich ihn kennengelernt habe. Doch nachdem er mir meine Erfindung gestohlen und meinen Ruf ruiniert hatte, blieb mir nichts anderes übrig, als Deutschland zu verlassen. Zum Glück habe ich drüben einen Job gefunden und auch die Green Card bekommen. Doch es war nichts im Vergleich zu dem, was ich hier hätte erreichen können!«

Gadow klang bitter und ließ sich immer wieder Bier einschenken.

»Ihr Vechtaer Bier schmeckt einfach zu gut«, sagte er zuletzt mit einem etwas zu lauten Lachen. Er fühlte sich besser, weil er sich bei Reppert alles von der Seele hatte reden können.

Gegen halb zehn trat Repperts Assistent zu seinem Chef und zeigte auf die Uhr. »In einer halben Stunde beginnt die Feier in der brasilianischen Botschaft, Herr Abgeordneter.«

»Oh, ist es schon so spät? Es war mir eine Freude, mit Ihnen zu sprechen, Herr Dr. Gadow. Ich hoffe, es ergibt sich bald eine Gelegenheit, das fortzusetzen.«

»Mir würde es gefallen!« Gadow stand auf, reichte Reppert die Hand und verabschiedete sich.

Der Assistent führte ihn hinaus, und wenig später stand Gadow auf einer belebten Straße. Unentschlossen sah er sich um und überlegte, ob er nun in sein Hotel zurückkehren und sich dort an der Bar einen Drink genehmigen oder noch ein wenig durch Berlin streifen sollte. Ein Kneipenschild in der Nähe nahm ihm die Entscheidung ab. Er trat ein und sah sich einem gemischten Publikum gegenüber, das fast ausschließlich aus Männern aller Altersstufen und unterschiedlicher Herkunft bestand. Diese saßen an kleinen Tischen und starrten auf einen Bildschirm, auf dem die zweite Halbzeit eines Champions-League-Spiels übertragen wurde.

Gadow bestellte sich eine Berliner Weiße mit Schuss und setzte sich dazu. Es war ein spannendes Spiel, das er im Gegensatz zu den anderen Gästen vorurteilsfrei verfolgen konnte. Während seiner Jahre in den USA hatte der europäische Fußball sich verändert, und sein damaliger Lieblingsverein spielte längst nicht mehr unter den Großen mit.

Nach drei weiteren Bieren war das Spiel vorbei. Gadow zahlte, verließ die Kneipe und rief ein Taxi, das ihn zum Hotel brachte. Dort stieg er beschwingt aus, marschierte durch die Lobby zum Lift und drückte auf den Knopf. Es dauerte einige Augenblicke, bis der Aufzug kam. In der Zwischenzeit hatten sich weitere Hotelgäste eingefunden, die ebenfalls ihren Zimmern zustrebten. Es wurde eng in der Kabine, und eine Frau fragte ängstlich, ob nicht zu viele Personen eingestiegen wären.

»Aber ganz und gar nicht!«, antwortete Gadow, um sie zu beruhigen. »Dort steht, der Lift ist für sechzehn Personen zugelassen. Wir sind aber nur zehn.«

»Elf!«, wandte ein Mann ein, der es ganz genau nahm.

»Auch gut!«, antwortete Gadow. »Auf jeden Fall ist der Lift nicht überlastet.«

»Ich frage mich nur, wie man sechzehn Leute hier hereinbringen will, wo doch elf kaum Platz haben«, rief die ängstliche Frau.

»Vielleicht sind damit Pygmäen gemeint«, spottete ein junger Mann in einem schicken Anzug.

»Selber Pygmäe!«, murmelte der Mann neben Gadow gerade, als der Aufzug sich in Bewegung setzte.

»Ist das dort eine Überwachungskamera?«, fragte die Frau erneut.

»Natürlich! Die ist dafür da, damit das Hotelpersonal sich amüsieren kann, wenn hier mal ein Pärchen Sex im Aufzug probiert!«, antwortete Gadow und lachte noch lauter, als die Frau ihm einen indignierten Blick zuwarf.

»Wie soll hier jemand Sex haben, wenn sich so viele Leute um ihn herumquetschen?«, wandte eine andere ein. Ihr Tonfall und der Blick zum Kameraobjektiv suggerierten, dass sie durchaus daran interessiert gewesen wäre, dem Hotelpersonal eine Show zu liefern.

Der Lift hielt an, und die Ersten stiegen aus, darunter auch die Ängstliche, die, wie sie sagte, ihr letztes Stockwerk zu Fuß hochsteigen wollte.

»Ist auch besser für den Kreislauf«, meinte sie noch, dann schloss sich die Tür, und der Aufzug setzte seine Fahrt fort.

Zwei Stockwerke später befanden sich nur noch Gadow und ein weiterer Mann in der Kabine. Gadow sah, dass sie gleich die achte Etage erreichen würden, auf der sein Zimmer lag, und zog bereits die Zutrittskarte aus seiner Tasche. Doch der Aufzug fuhr an seinem Stockwerk vorbei.

»He! Was soll das?«, beschwerte Gadow sich, sagte sich dann aber, dass er unten wahrscheinlich auf den falschen Knopf gedrückt hatte, und holte es beim richtigen Stockwerk nach.

Eine Etage höher stieg der andere Mann aus. Einen Augenblick überlegte Gadow, ob er das eine Stockwerk nicht zu Fuß gehen sollte. Doch ehe er aussteigen konnte, schloss sich die Aufzugtür, und er drückte erneut den Knopf für das achte Stockwerk. Zu seiner Überraschung fuhr der Lift jedoch weiter nach oben.

»Wahrscheinlich will dort jemand einsteigen«, murmelte Gadow.

Doch der Aufzug hielt nicht an, sondern fuhr über die höchste Etage hinweg und schlug mit einem leichten Knall irgendwo oben an.

Da ist etwas defekt, dachte Gadow und drückte den Rufknopf.

Es meldete sich niemand. Stattdessen fiel die Liftkabine ungebremst und mit beträchtlicher Geschwindigkeit nach unten, so dass es Gadow von den Beinen riss. Erst wurde er gegen die Decke geschleudert und dann auf den Boden. Halb betäubt versuchte er, sich festzuhalten, aber Sekunden später prallte der Aufzug ungebremst auf den Betonboden des Tiefgeschosses. Gadow spürte noch einen weiteren harten Schlag und dann nichts mehr.

7.12

Hunderte Kilometer entfernt in Augsburg starrte Susanne Fehse-Biskop zufrieden auf die Szene, die ihr die intakt gebliebene Überwachungskamera der Aufzugkabine lieferte. Wilfried Gadow lag verdreht und mit halb eingedrücktem Kopf in der demolierten Kabine, und es gab keinen Zweifel, dass er tot war.

Eine zentnerschwere Last fiel von ihr ab. Der Mann, der ihr und ihrem Mann am gefährlichsten hätte werden können, war erledigt. Es freute sie, wie leicht ihr dies gefallen war, aber sie schüttelte das Gefühl rasch ab und konzentrierte sich auf ihr nächstes Problem. Sie musste dafür sorgen, dass es keine Spur gab, die bis zu ihr zurückverfolgt werden konnte, und so beseitigte sie in den nächsten Minuten ihre Manipulationen im Hotelcomputer und setzte sämtliche Parameter wieder so, wie sie vorher gewesen waren. Nur ein einziges Bit stellte sie anders. Jeder, der nachforschte, würde glauben, dass hier die Ursache für den Absturz des Lifts lag. Da das Bauteil in sehr vielen Computeranlagen zum Einsatz kam, würden in den nächsten Wochen wohl etliche davon ausgetauscht werden, um zu verhindern, dass sich dieser Fehler wiederholen konnte.

Susanne Fehse-Biskop amüsierte sich bei dieser Vorstellung, wurde aber rasch wieder ernst. Zwar hatte sie mit Wilfried Gadow den ersten ihrer Feinde zum Schweigen gebracht. Doch mindestens ebenso gefährlich für ihr Ansehen und das ihres Mannes war Anna Miersch. Bei der Frau konnte sie mit einer

Computermanipulation nichts erreichen, sondern musste persönlich eingreifen, da sie die Fotos von dem Unfallwagen samt den Negativen unbedingt an sich bringen musste. Das war eine Aufgabe, die ihr um einiges schwieriger erschien als der Mord an Wilfried Gadow.

8

8.1

Alice Blair rief ihr E-Mail-Programm auf und erhielt als Erstes einen Google-Alert auf den Suchbegriff Professor Biskop. Als sie die Meldung durchlas, wurde sie bleich. Dr. Wilfried Gadow, der in einem Lizenzstreit mit Biskop lag, war bei einem Liftunfall in einem Berliner Hotel ums Leben gekommen. Den Rest der Meldung, die besagte, dass nun sämtliche Aufzugsteuerungen dieses Typs auf fehlerhafte Bauteile durchsucht werden sollten, nahm sie nicht mehr wahr.

Gadow war tot! Es konnte tatsächlich ein Unfall gewesen sein, aber sie war überzeugt, dass Biskop und dessen Frau ihre Finger im Spiel gehabt hatten. Im ersten Augenblick wollte sie diesen Verdacht wieder von sich weisen. Trotz allem, was sie über die beiden bislang wusste, hätte sie ihnen einen Mord nicht zugetraut. Aber dann stiegen Erinnerungen in ihr auf.

»Sie haben sie umgebracht!«, hatte Anna damals weinend ausgerufen, und sie hatte immer weniger Grund, diese Aussage anzuzweifeln.

Wenn Wilfried Gadow diesem Paar zum Opfer gefallen war, so musste sie sich die Schuld daran geben. Immerhin war sie für den Artikel in der amerikanischen Zeitung verantwortlich und hatte damit in ein aggressives Wespennest gestochen.

»Es tut mir leid, Wilfried! Es tut mir so leid«, flüsterte sie, während ihr die Tränen über die Wangen liefen. Bis jetzt war Gadow für sie nur ein Mittel zum Zweck gewesen. Nun aber musste sie sich fragen, ob es richtig gewesen war, Schicksal spielen zu wollen.

Während Alice ihre weiteren Mails durchsah, fühlte sie sich innerlich wie zerschlagen. Die Sache ist zu groß für mich, dachte sie. Am besten gehe ich wieder in die Staaten zurück und vergesse das Ganze. Doch da gab es noch eine andere Stimme in ihrem Kopf. »Vier Menschen sind in den Wagen eingestiegen, aber nur zwei sind mit ihm tödlich verunglückt. Was haben die beiden anderen getan? Was hat Anna gesehen, dass sie behaupten konnte, meine Mutter und Jan seien umgebracht worden?«

Der Klang der eigenen Stimme ließ sie zusammenzucken. Sie war nach Deutschland zurückgekehrt, um das Schicksal ihrer Mutter aufzuklären und die Schuldigen – falls es diese gab – zur Rechenschaft zu ziehen. Durfte Gadows Tod, der auch ein ganz tragischer Unfall gewesen sein mochte, sie davon abhalten? Es ging auch um Gadow selbst. Alice hatte ihm geglaubt, von Biskop betrogen worden zu sein. War es daher nicht ihre Pflicht, dafür zu sorgen, dass er den Platz einnahm, der ihm zukam?

Ihre Zweifel und ihre Niedergeschlagenheit wichen dem festen Willen, ihren Weg fortzusetzen. Nun ging es nicht mehr allein um den Tod ihrer Mutter und den von Jan Reppert, sondern auch um Wilfried Gadows rätselhaftes Ende. Zwar wusste Alice, dass sie noch lange nicht genug Fakten in der Hand hielt, um das Geheimnis zu ergründen. Dennoch war es nun Zeit für den nächsten Zug in dem Spiel. Innerhalb weniger Minuten hatte sie sich eine neue E-Mail-Adresse besorgt und schrieb eine kurze Mail an Biskop.

Ihr glaubt, ich wäre ausgelöscht, doch mein Vermächtnis lebt!
Wilfried Gadow

»Daran werdet ihr zu knabbern haben«, murmelte sie, als sie die Mail wegschickte. Dann löschte sie den Account und verwandelte sich wieder in die scheinbar immer fröhliche Korrespondentin aus den USA.

8.2

In einer heruntergekommenen Wohnung in Augsburg durchsuchte die Mieterin angespannt die Annoncen ihrer Zeitung und atmete auf, als sie unter »Vermischtes« den Text las, den sie gefordert hatte.

»Sie werden weich! Sie zahlen!«, jubelte sie und brauchte eine Weile, um sich so weit zu beruhigen, dass sie sich wieder vor ihren Bildschirm setzen konnte. Wie immer, wenn sie Biskop schrieb, beschaffte sie sich eine neue E-Mail-Adresse.

Ihr seid vernünftig geworden. Das ist auch besser so. Ich verlange zwei Millionen Euro, dann werde ich Ruhe geben.

Sie dachte noch einen Moment nach und beschloss dann, diesen Account nach dem Absenden der Mail nicht sofort wieder zu löschen, sondern Biskop eine Chance zur Antwort zu geben.

Du erreichst mich unter dieser E-Mail-Adresse. Darüber können wir auch die Bedingungen für die Geldübergabe aushandeln. Wage es nicht, die Polizei einzuschalten! In dem Fall gebe ich die Bilder und alles, was ich sonst noch über euch weiß, sofort an die Presse.

Das Herz der Frau klopfte ihr bis zum Hals, als sie die Mail abschickte, ohne die Herkunft mit dem Weg über Usbekistan oder Nairobi zu verbergen. Starr wie eine Statue blieb sie mehr als eine Viertelstunde vor dem Bildschirm sitzen, obwohl sie wusste, dass die Antwort nicht so schnell kommen konnte. Ihre Gedanken kreisten um die zwei Millionen Euro. Für einen Teil der Summe würde sie sich eine kleine Wohnung auf Mallorca kaufen, vielleicht auch auf Teneriffa oder Gran Canaria, weil das

Klima dort ausgeglichener war. Jedenfalls würde sie nie mehr anderer Leute Toiletten putzen müssen und sich jeden Tag gutes Essen leisten können. Einen Augenblick überlegte sie sich, ob sie noch den Führerschein machen sollte. Da aber tauchten aus ihrer Erinnerung die Bilder jenes Autowracks mit den leblosen Körpern auf, und sie schüttelte sich. Seit sie den schrecklichen Unfall gesehen und fotografiert hatte, war sie nur in ein Auto eingestiegen, wenn es sich gar nicht hatte vermeiden lassen. Das würde sich wohl auch in Zukunft nicht ändern.

Schließlich warf sie ihre Erstarrung ab und rief eine Internetseite über Teneriffa auf. Es gab dort Busse! Das erleichterte sie ebenso wie die Tatsache, dass sie als EU-Bürgerin dort Wohneigentum erstehen konnte. Es würde ein ganz anderes Leben werden, und sie war vielleicht endlich in der Lage, all das, was bisher geschehen war, zu vergessen.

»Das sind sie mir schuldig«, murmelte sie, während sie die traurigen Stationen ihres Lebens Revue passieren ließ.

Sie hatte sich in Jan Reppert verliebt und später, als dieser nichts von ihr hatte wissen wollen, in Uwe Biskop. Obwohl der sie auf einem abgelegenen Parkplatz verführt hatte, war auch aus dieser zweiten Liebe nichts geworden. Die Schuld dafür trug aber nicht nur er, sondern auch Susanne Fehse, seine jetzige Frau.

Die Wochen nach dem schrecklichen Unfall mit all dem Ärger wegen der Anzeige waren hart für sie gewesen. Sie hatte das Schuljahr nicht geschafft und war schließlich unter den Vorwürfen ihrer enttäuschten Mutter zusammengebrochen. Als sie sich halbwegs erholt hatte, war sie von zu Hause ausgerissen, aber erwischt und das letzte Jahr bis zu ihrer Volljährigkeit in ein Heim gesteckt worden. Unter diesen Umständen hatte sie das Gymnasium geschmissen, eine Lehre als Friseurin angefangen und auch die nicht durchgehalten.

Mit achtzehn hatte sie vor dem Nichts gestanden und begonnen, Drogen zu nehmen, von Gelegenheitsprostitution sowie von kleinen Diebstählen zu leben. In der Folge war sie mehrmals zu Bewährungsstrafen verurteilt worden. Schließlich war sie im Gefängnis gelandet. Dort hatte man sie einem Drogenentzug auf die harte Tour unterworfen. Dafür war sie heute sogar dankbar, denn sonst wäre sie längst krepiert wie einige der Frauen, die sie damals kennengelernt hatte. Sie hingegen war seitdem trocken geblieben und hatte es sogar geschafft, wieder Fuß zu fassen, wenn auch nur als Putzfrau für besser gestellte Frauen, von denen die meisten sie kaum als Mensch wahrnahmen.

Ein bitterer Zug trat auf ihr Gesicht, als sie daran dachte, um wie viel sie in ihrem Leben betrogen worden war. Wie die Verhöhnung ihres Unglücks erschien es ihr, dass sie in ihrem Elend hatte miterleben müssen, wie Uwe Biskop und mit ihm Susanne Fehse die Erfolgsleiter immer weiter hochgestiegen waren. Nicht nur einmal hatte sie versucht, das, was ihr ihrer Meinung nach zustand, von diesem durchtriebenen Pärchen zu erhalten, es aber nie fertiggebracht, die Sache bis zum Ende durchzuhalten. Nun aber würde sie es tun und endlich für ihr verkorkstes Leben entschädigt werden.

8.3

In ihrer stattlichen Villa am Siebentischwald, nur wenige Kilometer von der heruntergekommenen Altbauwohnung jener Frau entfernt, die sie erpresste, lasen Susanne Fehse-Biskop und ihr Mann die beiden Mails, die kurz nacheinander eingetroffen waren. Dem Professor lag die, welche mit Wilfried Gadow unterschrieben war, schwer im Magen, und er sah zweifelnd zu seiner Frau auf.

»Was hältst du davon? Glaubst du wirklich, dass Gadow irgendjemandem belastendes Material anvertraut hat?«

»Es ist ein Bluff!«, antwortete Susanne Fehse-Biskop. »Es kann keinen Beweis geben, denn ich habe damals sämtliche Computer bereinigt.«

»Vielleicht hatte er die Daten der Forschungsreihe auf einem Laptop gespeichert!«

»Anfang der Neunzigerjahre waren die kaum in Gebrauch.«

»Aber er kann eine alte Floppy Disk mit seinen Daten gefunden haben.«

Susanne Fehse-Biskop funkelte ihren Mann warnend an. »Jetzt mach dir nicht in die Hose! Ein solcher Datenträger ist kein Beweis, denn du kannst jederzeit behaupten, Gadow habe diese Daten manipuliert, und auf deine eigenen Aufzeichnungen verweisen. Die Miersch ist sehr viel gefährlicher, denn sie kann beweisen, was in jener Nacht tatsächlich geschehen ist. Daher müssen wir sie nicht nur zum Schweigen bringen, sondern auch ihre Fotonegative in die Hand bekommen. Sobald wir die haben, ist alles andere Pipifax!«

»Auch Mena Reglin?«, fragte ihr Mann.

»Die ist als Nächste an der Reihe. Das darfst aber dann du übernehmen. Ich will nicht die gesamte Schmutzarbeit allein tun müssen!« Es klang so scharf, dass Biskop den Rücken straffte und nickte.

»Mir wird schon etwas einfallen!«

»Es sollte aus meinem Handbuch für das perfekte Verbrechen, Abteilung Mord, stammen.« Susanne Fehse-Biskop lachte dabei, als machte es ihr Spaß, die Überlegungen, die sie vor einiger Zeit angestellt hatte, in die Tat umsetzen zu können.

»Und wie reagieren wir jetzt auf Anna Miersch?«, fragte ihr Mann. »Soll ich antworten?«

»Ja! Aber nicht, bevor ich ein paar Maßnahmen ergriffen habe. Ich schreibe jetzt das entsprechende Programm. Sobald ich es ausgetestet habe, können wir der Miersch eine Mail schicken.«

»Und was soll ich ihr schreiben?«

»Sag ihr, dass sie die Millionen bekommt, wenn sie uns die Bilder und die Negative übergibt. Sie kann es bar haben oder uns ein Konto nennen, auf das wir es überweisen sollen!« Susanne Fehse-Biskop zeigte ihr Tigerinnenlächeln. Anna Miersch war leichtsinnig geworden und hatte den entscheidenden Fehler begangen.

»Soll ich Leutmann anrufen und ihn fragen, was er über Anna Miersch herausgefunden hat?«, wollte Biskop wissen.

»Nein. Wenn die Miersch stirbt und Leutmann weiß, dass wir entscheidende Informationen von ihm erhalten haben, wird auch er Geld von uns verlangen.« Mit einem Kopfschütteln verließ sie das Zimmer und ging in ihr Büro, um dort an der Falle zu arbeiten, in der Anna Miersch ihr Ende finden sollte.

8.4

Mena Reglins Zustand besserte sich von Tag zu Tag. Damit wuchs auch ihre Lust, an ihrem Auftrag weiterzuarbeiten. Obwohl Toni ihr immer wieder riet, lieber auszuspannen, als vor dem Computer zu sitzen, setzte sie ihre Nachforschungen fort. Doch an diesem Abend blieb der Bildschirm dunkel.

Claudius Kaiser war zu Besuch gekommen, um einen lukrativen Geschäftsabschluss mit ihr zu feiern. Er saß mit einem Glas Champagner neben Mena und sah zu, wie diese das edle Getränk mit Bananensaft verdünnte.

»Und das schmeckt?«, fragte er zweifelnd.

»Es ist für mich die einzige Möglichkeit, das Zeug überhaupt zu trinken«, antwortete Mena.

»Meinst du den Champagner oder den Bananensaft?«

»Ersteres! Wie du weißt, trinke ich kaum Alkohol«, erklärte Mena.

»Wegen deines Exmanns! Das kann ich verstehen. Ich kenne einige Paare, bei denen der Mann sich beim Trinken nicht zurückhalten kann. Solange die Kerle friedlich bleiben, geht es ja noch. Schlimm wird es, wenn sie im Suff bösartig oder gar handgreiflich werden.«

Mena nickte. »Da hast du recht! Ich würde keinen Mann heiraten, der mich schlägt – oder, besser gesagt, ich wäre fünf Minuten später beim Scheidungsanwalt. Apropos: Du solltest von deiner Frau eine Auflistung verlangen, was sie mit dem Unterhalt macht, den du für Noreen zahlst. Ich habe ihre Facebook-Einträge des letzten Jahres analysiert. In der Zeit war das Mädchen weniger als drei Monate bei ihr, und sie hat auch kaum etwas erwähnt, aus dem man schließen kann, dass sie für Noreen Geld ausgegeben hat. Selbst der Kindergarten, in den die Kleine geht, wurde von Marilyns Mutter bezahlt, wie ich auf Nachfrage unter deinem Namen erfahren habe.«

Claudius nickte bedrückt. »Ich werde mich darum kümmern. Ich zahle nicht gerade wenig, und es wird noch mehr, wenn Noreen in die Schule kommt. Halte mich nicht für geizig, aber wenn ich zahle, soll das Geld meiner Tochter zugutekommen und nicht meiner Exfrau.«

»Warum sollte ich dich für geizig halten?«, fragte Mena. »Dein Unterhalt für die Kleine ist großzügig bemessen. Hast du eigentlich noch Kontakt zu ihr?«

»So gut wie gar nicht«, bekannte Claudius. »Zwar wurde mir vom Gericht das Recht zugesprochen, Noreen regelmäßig zu sehen. Doch die Vorschläge für Termine gehen von Marilyn aus, nicht von mir, und wenn sie sich gnädigerweise dazu bereit erklärt, mir das Kind zu überlassen, stehen zumeist die großen Fachmessen meiner Branche an. Die Daten kennt sie noch aus unserer Ehe.«

»Du wirst dir überlegen müssen, ob du deine Tochter ganz aufgibst oder dich auf die Hinterbeine stellst und dieser Marilyn die Zähne zeigst!« Es klang schärfer, als Mena gewollt hatte, und sie musterte Claudius besorgt, um festzustellen, ob er es ihr übel nahm.

Er nickte jedoch mit gerunzelter Stirn. »Ich werde daran denken! Doch jetzt will ich meine Ex erst einmal vergessen, sonst versaut mir der Gedanke an sie noch den ganzen Abend. Immerhin haben wir etwas zu feiern.«

»Du solltest diesen Geschäftserfolg nicht an die große Glocke hängen, sonst bekommt deine Ex noch gierigere Finger«, riet Mena.

»Das war jetzt das letzte Wort über sie, das ich heute hören will. Wie geht es bei dir? Du siehst schon wieder recht munter aus.«

»Mir geht es ganz gut. Zwar tun mir die Rippen noch weh, aber der Kopf hat es mittlerweile überstanden.«

»Das wäre auch schade! Es ist so ein hübscher Kopf«, antwortete Claudius lächelnd.

»Danke für das Kompliment!« Mena trank einen Schluck und musterte Claudius über den Rand ihres Glases hinweg.

»Du bist eine sehr attraktive Frau«, fuhr er fort. »Zwar ein wenig eigensinnig, wenn man deiner Schwester glauben darf, aber sonst vollkommen in Ordnung.«

»Was heißt hier eigensinnig? Das ist eine Unterstellung!« Mena sah Claudius, wie sie hoffte, strafend an, doch er grinste nur.

»Das war Tonis Auskunft. Ich nenne es gesundes Selbstbewusstsein«, erwiderte er.

»Dann sei dir verziehen!«, antwortete Mena lächelnd und ertappte sich bei der Hoffnung, dass der Abend vielleicht etwas intimer enden könnte. Sie mochte Claudius, und da war es vielleicht sogar gut, dass sie keine himmelstürmende Liebe füreinander empfanden, sondern gegenseitigen Respekt und eine starke Sympathie. Auch wenn sie keine Lust auf One-Night-Stands hatte, so war sie nicht aus Stein, sondern eine Frau mit all den Wünschen, die dazugehörten.

»Ich freue mich, dass du heute zu mir gekommen bist. Du

hättest ja auch mit Toni und Hans zusammen feiern können«, sagte sie.

»Das machen wir am Wochenende. Diesen Abend wollte ich mit dir ganz allein verbringen.« Claudius' Lächeln wirkte etwas unsicher, denn er wusste, dass Mena nicht leicht zu erobern war. Ihre Schwester hoffte zwar, dass aus ihnen ein Paar werden könnte, aber Tonis Gedankenwelt unterschied sich doch in einigen wichtigen Punkten von der ihres Zwillings.

»Ich kann etwas Musik auflegen«, schlug Mena vor, um beidseitige Hemmungen ein wenig abzubauen.

»Gerne! Aber bitte nicht das, was derzeit in den Charts in ist. Das ist mir doch ein wenig zu modern«, wandte Claudius ein.

Mena sah ihre CDs durch und wählte schließlich einen alten Beatles-Song. »Der ist auf jeden Fall älter als wir beide«, meinte sie, als John Lennons unvergleichliche Stimme ertönte.

»Ich habe nichts dagegen, auch wenn es hier ein wenig zu eng ist, um zu tanzen«, meinte Claudius.

Kurz entschlossen schob Mena den Tisch und die Stühle an die Wand und bewegte sich im Takt der Musik. Claudius kam hinzu und schloss sie in die Arme. »Du bist wunderbar!«

»Da du es sagst, muss es stimmen«, antwortete Mena lachend und küsste ihn.

Es war ein angenehmes Gefühl. Trotz der späten Stunde roch Claudius gut, und er musste sich am Abend rasiert haben, denn da gab es keine Bartstoppeln, die sie kratzten. Bei ihrem Exmann war das anders gewesen …

Energisch schob sie den Gedanken an Berthold Reglin beiseite. An diesem Abend spielte Claudius Augustus Kaiser die Hauptrolle, und das wollte sie genießen.

Der CD-Player spielte noch immer die Beatles, als Claudius' rechte Hand sanft über Menas Rücken strich und ihr ganzer Körper darauf reagierte. »Wollen wir uns nur küssen oder mehr tun?«, fragte er mit leiser Stimme.

»Mehr könnte mir gefallen. Erwarte aber keine Amoretten und Liebesgöttinnen in meinem Zimmer. Du wirst es sehr nüchtern finden, doch für meine Zwecke reicht es voll und ganz aus.«

»Das ist mir ganz lieb, denn ich möchte durch diesen Krimskrams nicht abgelenkt oder gar gestört werden.« Mit diesen Worten hob Claudius Mena auf und sah sie im nächsten Augenblick Hilfe suchend an.

»Wo ist dein Schlafzimmer?«

»Hier hinaus und die zweite Tür rechts«, erklärte sie und bemerkte zufrieden, wie er sie so vorsichtig hinaustrug, dass sie nirgends gegen den Türrahmen stieß.

Im Schlafzimmer ließ sie ihm die Freude, sie auszuziehen, und schälte dann ihn aus Anzug, Hemd und Unterwäsche. Was sie sah, gefiel ihr. Claudius war schlank, aber kein Muskelprotz, und seine Haut fühlte sich glatt an, auch wenn sich auf seiner Brust ein kleines Fell ringelte. Zudem hatte er normales Schamhaar. Das hatte ihr Exmann als altmodisch abgekanzelt, und deswegen hatte sie in ihrer Ehe die Schamhaare entfernen müssen. Mittlerweile waren sie nachgewachsen, wenn auch etwas schütter. Als Claudius sanft darüber strich, waren sie wie Fühler, die ihre Freude am Sex verstärkten.

»Du siehst toll aus!«, flüsterte Claudius ihr ins Ohr.

Sein Kompliment tat Mena gut, denn Toni vermittelte ihr doch immer wieder das Gefühl, sie würde nicht genug aus sich machen. Als seine Lippen über ihre Brustwarzen strichen, wusste sie, dass es richtig gewesen war, mit ihm ins Bett zu gehen. Er war sanft und zärtlich und damit genau das, was sie jetzt brauchte.

»Ich liebe dich!«, sagte sie und spürte zu ihrer Verblüffung, dass es tatsächlich so war.

»Ich liebe dich auch und finde, du bist die begehrenswerteste Frau auf der Welt!«

»Begehrenswerter als deine Ex, die du ja wegen ihres Aussehens geheiratet hast?«, fragte Mena von einem kleinen, boshaften Teufelchen getrieben.

Sie erhielt einen leichten Klaps auf den Po. »Ich sagte doch, ich will an diesem Abend nichts mehr von ihr hören!«, sagte Claudius und zog sie eng an sich.

Einen Augenblick hielt sie den Atem an, weil sie erwartete, ihre geprellten Rippen würden sich melden. Sein Griff war jedoch sanft und zärtlich genug, um ihr nicht wehzutun. Claudius hatte ihre Verletzung offenbar nicht vergessen, denn nun legte er sich auf den Rücken und forderte sie auf, sich auf ihn zu setzen.

»Wenn du ganz wiederhergestellt bist, können wir es anders machen. Aber jetzt wird es auch so gehen«, sagte er lächelnd und umfasste ihre Pobacken mit beiden Händen.

»So geht es ausgezeichnet«, antwortete Mena und schob ihr Becken über seinen Penis. Augenblicke später hatte sie ihn in sich aufgenommen und spürte, dass sie so weit war, sich diesem Mann voll und ganz hinzugeben.

8.5

Am nächsten Tag schwang noch ein wenig von dem Gefühl der Zweisamkeit in Mena nach, und sie dachte eine ganze Weile nicht mehr an das Institut oder die Biskops. Sogar das Müsli schmeckte an diesem Morgen besser, und statt des Computers schaltete sie den CD-Player ein und hörte ihre Lieblingssongs. Kurz nach Mittag vernahm sie den Klingelton ihres Handys und schnappte blitzschnell danach.

»Hier Mena Reglin!«

»Hallo Mena! Ich bin's, Claudius!«

»Mein Kaiser!«, entfuhr es Mena.

Claudius antwortete mit einem leisen Lachen. »Wenn ich dein Kaiser bin, will ich zufrieden sein. Hör mal zu! Meine Ex hat sich eben gemeldet. Sie fliegt nächste Woche nach New York zum Shoppen, und ihre Mutter will mit ein paar Freundinnen ans Tote Meer, um sich dort einen Sonnenbrand zu holen … äh, ihre Haut bei einem Bad in dem salzigen Wasser zu pflegen. Beide können sich während der Zeit nicht um Noreen kümmern. Daher hat meine Ex mich aufgefordert, die Kleine zu mir zu nehmen. Sie ist ihres Püppchens anscheinend überdrüssig!«

»Das ist doch wunderbar! Deine Mutter wird sich gerne um ihre Enkelin kümmern«, sagte Mena erleichtert.

»Das wird sie, aber ich will nicht die Kleine für vier Wochen zu mir holen und sie dann gleich an die Oma abschieben. Da ich mit meinen Geschäftsabschlüssen weit genug gekommen bin, kann ich mir eine Woche freinehmen. Was noch anliegt, werde ich telefonisch und per Mail erledigen. Da dachte ich mir, wir fahren irgendwohin und machen gemeinsam Ferien.«

»Das ist eine schöne Idee. Das solltet ihr unbedingt tun«, antwortete Mena.

Claudius atmete tief durch, bevor er weitersprach. »Du bist doch noch eine ganze Woche krankgeschrieben. Könntest du nicht deinen Arzt überzeugen, dass eine Woche Urlaub mit mir und Noreen deiner Heilung bessertut, als wenn du während dieser Zeit trübsinnig die Zimmerdecke anstarrst?«

»Ich soll mit? Aber …« Mena gab sich einen Ruck. »Ja, das ist eine ausgezeichnete Idee! Ich muss nur den Arzt davon überzeugen, mich gesundzuschreiben, und Professor Barin, mir Urlaub zu geben.«

»Sag ihm, dein Arzt hätte es dir geraten. Außerdem hat er keinen Verlust, sondern er gewinnt dadurch sogar noch etwas, nämlich eine Woche Urlaub, die du sonst zu einer anderen Zeit nehmen könntest.«

»Das wäre fast ein Grund, die Woche noch krankzufeiern. Aber weil ich mich auf ein paar Tage mit dir freue, werde ich dieses Opfer bringen«, sagte Mena theatralisch und musste über sich selbst lachen.

»Dann ist es abgemacht. Ich hole dich Samstagmorgen um neun Uhr ab. Wo möchtest du hin?«, fragte Claudius und verriet Mena damit, dass er sich über das Ziel der Reise noch keine Gedanken gemacht hatte.

»Nicht zu weit wegen der Kleinen! Wie wäre es mit dem Bodensee?«

»Da schaue ich mir zuerst die Wettervorhersage für nächste Woche an. Ist sie gut, können wir hin. Sonst ziehe ich den Gardasee vor. Ich stelle mir nichts schlimmer vor, als bei Regenwetter eine Woche mit einer nölenden Vierjährigen in einem Hotelzimmer verbringen zu müssen.«

Mena erinnerte sich daran, dass Claudius seine Tochter bislang nur selten gesehen hatte und nicht wissen konnte, wie die Kleine auf ihn reagieren würde. Immerhin hatte Marilyn Breitle ihre Tochter bis zu ihrer zweiten Heirat schier vergöttert. Jetzt aber war sie ihr lästig geworden, und das konnte dem Vater helfen, seinen Platz im Herzen des Kindes wieder einzunehmen.

Mena ertappte sich bei der Frage, welchen Platz sie sich im Herzen der Kleinen wünschte. Den der Stiefmutter? Wenn ja, dann hoffentlich nicht denselben wie die Stiefmütter von Schneewittchen und Aschenputtel.

»Spieglein, Spieglein an der Wand …«, murmelte sie unbewusst und hörte Claudius' irritiertes Schnaufen.

»Was ist los?«, fragte er.

»Nichts!«, antwortete Mena und war froh, dass er ihr Gesicht nicht sehen konnte. »Ich freue mich auf die Fahrt, gleichgültig, ob es zum Bodensee oder zum Gardasee geht. Glaubst du, dass die in Italien noch die Lire annehmen, die ich von meiner Klassenfahrt anno 2000 übrig habe? Immerhin gibt es ja schon seit einem Dutzend Jahren den Euro.«

»Einer so exzellenten Wissenschaftlerin wie dir müsste es doch ein Leichtes sein, das herauszubringen«, antwortete Claudius lachend. Er wurde jedoch sofort wieder ernst, und nun klang seine Stimme ein wenig gerührt. »Ich freue mich, dass du mitkommst. Ich hätte doch ein wenig Angst davor, allein mit Noreen zu fahren. Danke!«

»Keine Ursache! Obwohl ich mich natürlich freuen würde, auch mal eine Woche nur mit dir zusammen verbringen zu können.«

»Das werden wir auch. Ich verspreche es dir! Noch einmal Dankeschön. Jetzt werde ich meine Ex anrufen und ihr sagen, dass mir die Kleine willkommen ist.«

»Warum sagst du immer Ex?«, fragte Mena. »Damit verletzt du dich doch nur selbst. Sie ist jetzt Frau Breitle, und wenn es dir gelingt, ihr Noreen aus den Klauen zu ziehen, siehst du sie höchstens noch bei der Kommunion deiner Tochter und vielleicht noch bei deren Hochzeit.«

»Du hättest Therapeutin werden sollen«, antwortete Claudius lachend. »Ich melde mich wieder, wenn alles glattgegangen ist. Tschau!«

»Servus!« Mena legte ihr Handy beiseite und atmete tief durch.

Es ist etwas arg schnell gegangen mit Claudius, dachte sie. Allerdings war er ein Mann, der nicht nur im Bett glänzte, sondern auch etwas im Kopf hatte. Ihr Ex – Herr Reglin, bitte!, korrigierte sie sich – war eine doppelte Enttäuschung gewesen.

8.6

Susanne Fehse-Biskop fauchte gereizt, als sie einen neuen Eintrag in der von ihr gehackten Institutsseite entdeckte. »Sieh dir das an! Die Reglin kommt eine Woche eher zurück. Das heißt, sie wird ab Montag wieder in unserer Vergangenheit herumwühlen.«

»Das sollte sie besser bleiben lassen«, stieß Uwe Biskop hervor.

»Hast du dir schon etwas für sie überlegt?«

»Allerdings«, antwortete Biskop mit einem verkniffenen Grinsen. »Die Nummer siebzehn auf deiner Liste. Es ist alles vorbereitet.«

»Du darfst keine Spuren hinterlassen!«, mahnte Susanne Fehse-Biskop und brachte ihren Mann damit zum Lachen.

»Mein Labor ist vollkommen steril, und ich kann ausgezeichnet mit den Roboterarmen arbeiten. Du musst nur dafür sorgen, dass der Weg des Pakets nicht bis zum Postamt zurückverfolgt werden kann, bei dem ich es aufgebe.«

»Nimm kein Postamt, sondern eine dieser Paketstationen«, riet ihm seine Frau. »Ich suche dir gleich eine heraus, aber nicht hier in Augsburg.«

»Wie wäre es mit Nürnberg? Ich muss übermorgen sowieso dorthin, um mit einigen Leuten zu sprechen.«

»Auch nicht gut! Mach einen Abstecher nach Würzburg. Ich suche dir dort eine Paketstation heraus und programmiere dein Navi. Am besten gibst du das Paket zwischen zwanzig und einundzwanzig Uhr auf. Codename ›Schlange im Paradies‹. Den Rest übernehme ich!«

Susanne Fehse-Biskop klang sehr selbstbewusst, denn sie vertraute auf ihre Fähigkeiten, fremde Computer zu manipulieren.

Auch Uwe Biskop wusste um die Talente seiner Frau, die ihnen schon etliche Vorteile verschafft hatten, und lächelte zufrieden. »Kannst du es so einrichten, dass das Paket Montagvormittag zugestellt wird?«

»Zweifelst du daran?«, fragte Susanne Fehse-Biskop spöttisch. »Nummer siebzehn ist eine gute Idee! Damit sind wir diese Schnüffelnase los. Es könnte allenfalls Probleme geben, wenn die Reglin ihre Erkenntnisse bereits an Barin weitergegeben hat. Wir sollten uns auch für ihn etwas überlegen.«

Für einen Augenblick lief es Uwe Biskop eiskalt über den

Rücken. Wohin sollte das alles noch führen? Dann aber nickte er seufzend. »Das müssen wir wohl! In meinen Augen ist Anna Miersch jedoch gefährlicher.«

»Solange sie glaubt, Geld zu bekommen, wird sie stillhalten. Barin wird das nicht!« Susanne Fehse-Biskops Augen glänzten fiebrig. Die Macht über das Leben anderer Menschen war wie eine Droge, die sie immer stärker in ihren Bann schlug. Auch ihren Mann hatte dieser Rausch erfasst, sonst wäre er nie auf die Nummer siebzehn ihrer Liste der perfekten Verbrechen gekommen.

»Wir ergänzen uns ausgezeichnet!«, meinte sie lächelnd. »So war es, und so wird es immer sein. Jetzt aber brauche ich eine Pause. Wenn ich den zuständigen Redakteuren kein Konzept für meine neue Sendung vorlege, nehmen die mich aus dem Programm. Dann müsste ich erneut Klinken putzen, um wieder reinzukommen.«

Klinken putzen zu müssen war nicht gerade das, was Susanne Fehse-Biskop sich wünschte. Sie zog sich aus Professor Barins Computer zurück und nahm daher den Eintrag, den dieser kurz darauf machte, nicht mehr wahr. Dieser besagte, dass Mena Reglin in der kommenden Woche Urlaub erhalten würde.

8.7

Mena Reglin war gerade dabei, für die Urlaubswoche zu packen, als ihr Handy klingelte. In der Erwartung, entweder Claudius oder ihre Schwester würde anrufen, nahm Mena das Gespräch an, ohne aufs Display zu achten.

»Hallo, hier Mena Reglin!«

Eine sonore Männerstimme erklang. »Guten Tag, Mena. Hier ist Irmbert Dietwald Claaßen. Ich hoffe, es geht dir gut?«

»Irmbert! Das ist aber eine Überraschung!«

»Das hört sich fast so an, als käme dir mein Anruf im Augenblick ungelegen.«

»Natürlich nicht! Ich kann auch nachher weiterpacken.«

»Du packst? Hast du etwa schon einen neuen Job gefunden?«, fragte Claaßen.

Mena schüttelte den Kopf, obwohl er es nicht sehen konnte. »Nein, das nicht. Ich mache nur mit einem Freund und dessen Tochter eine Woche Urlaub am Gardasee.«

»Oh, da wollte ich nicht stören. Frauen mögen das nicht, das weiß ich aus eigener Erfahrung.«

Mena fiel auf, dass sie zwar wusste, was für ein fähiger Wissenschaftler Professor Claaßen war, aber bisher nichts über sein Privatleben erfahren hatte.

»Du bist oder warst wohl verheiratet?«, fragte sie aufs Geratewohl.

»Ich bin verheiratet, auch wenn meine Frau meint, mehr mit meinem Beruf als mit ihr.« Claaßen lachte erneut, wechselte dann aber das Thema. »Bei unserer Begegnung in München hattest du eine Mappe über Professor Biskop bei dir. Da eine Frau wie du sich so etwas nicht aus Jux und Dollerei besorgt, nehme ich an, dass du über ihn Nachforschungen anstellst. Hat Barin dich dazu aufgefordert?«

Erneut schüttelte Mena den Kopf, obwohl Claaßen es nicht sehen konnte, und dachte, welch ausgezeichneter Analytiker er war.

»Nein, das hat Barin nicht. Aber es stimmt, ich habe mit Biskop zu tun.« Sonst schwieg Mena eisern, was ihren Job betraf, doch Claaßen glaubte sie vertrauen zu können. Seine nächsten Worte erschreckten sie jedoch zutiefst.

»Ich weiß nicht, ob du schon erfahren hast, dass Dr. Wilfried Gadow tödlich verunglückt ist?«

Mena zuckte zusammen »Gadow ist tot? Nein, das wusste ich nicht! Wie ist das geschehen?«

»Ein Bauteil einer Aufzugsteuerung hat versagt. Die Kabine ist mindestens acht Stockwerke ungebremst in die Tiefe gesaust.«

»Du sagst ›mindestens‹. Gibt es da Zweifel?«, fragte Mena, die noch immer die Nachricht zu verdauen hatte.

»Ein Gutachter behauptet, dass die Kabine vor dem Absturz ganz oben angestoßen sein müsste. Da ich, wenn ich in Berlin bin, öfter in dem Hotel übernachte, in dem es passiert ist, bat mich der Direktor, den Unfall zu analysieren. Ich verfüge zwar nur über wenig Anhaltspunkte, doch Aufzugunfälle sind sehr selten, weil die Kabinen eigentlich mehrfach gegen solche Abstürze gesichert sind.«

»Du bist also der Ansicht, jemand hat den Aufzug manipuliert«, stellte Mena fest.

»Es gibt keinen technischen Anhaltspunkt dafür, aber meinem Gefühl nach muss es so gewesen sein«, antwortete der Professor. »Natürlich kann ich mich auch irren. Ich hoffe es ... Sei trotzdem vorsichtig! Immerhin hattest du ebenso wie er mit Biskop zu tun.«

Zuerst wollte Mena die Warnung als übertriebene Besorgnis abtun, sagte sich dann aber, dass dieser ausgezeichnete Analytiker sie nicht ohne Grund aussprach.

»Ich werde achtgeben! Jetzt aber freue ich mich erst einmal auf eine Woche blauen Himmel, Pasta und Vino.«

»Vino? Ich dachte, du trinkst nicht!«

»Wenn, dann nur in homöopathischen Dosen«, verteidigte sich Mena. »Selbst meine Schwester meckert, weil ich zu ihren ausgezeichneten Nudelgerichten mein Wasser gerade mal mit einem Spritzer Rotwein anfärbe. Dabei ist Toni wirklich keine Trinkerin.«

»Du solltest dein Wasser auch nicht mit mehr als einem Spritzer Rotwein mischen«, riet Claaßen überraschend ernst. »Gadow hatte mehr als anderthalb Promille Alkohol im Blut. Da passiert es schon, dass man nicht richtig reagiert.«

»Du glaubst also, er sei ermordet worden?«, fragte Mena erschüttert.

»Ich glaube gar nichts! Aber ich finde es seltsam, dass Gadow ausgerechnet jetzt verunglückt ist, nachdem in einer nachrangigen amerikanischen Zeitung ein Artikel erschienen ist, in dem er behauptet hat, er könne beweisen, dass Professor Biskop ihm das Patent gestohlen hat. Eine solche Nachricht kann Menschen zu Dingen treiben, die ihnen davor unvorstellbar erschienen. Das soll keine Anschuldigung sein, denn Gadows Unfall mag auch ganz andere Gründe haben. Aber an deiner Stelle wäre ich lieber vorsichtig als unbesonnen.«

»Danke für die Information, Irmbert!« Einen Augenblick lang überlegte Mena, ob sie Claaßen tiefer ins Vertrauen ziehen sollte. Sie tat es dann aber doch nicht, denn sonst konnte er den Eindruck gewinnen, sie plaudere Interna aus.

Der Rest des Gesprächs drehte sich um berufliche Belange. Claaßen hatte noch keinen neuen Forschungsauftrag an Land ziehen können, erwartete aber, dies in den nächsten drei bis vier Wochen ändern zu können. Auch Mena konnte nichts Neues berichten. Aus gewissen Gründen zögerte sie, Claudius' Angebot preiszugeben. Es erschien ihr doch etwas zu privat.

Nachdem sie und Professor Claaßen sich verabschiedet hatten, setzte Mena sich erst einmal auf einen Stuhl und dachte nach. Der Verdacht, Uwe Biskop könnte ein Mörder sein, erschien ihr zunächst vollkommen abwegig. Als sie jedoch an das Tigerlächeln seiner Frau dachte, kribbelte es zwischen ihren Schulterblättern. Sie stand auf und nahm vor ihrem Computerbildschirm Platz. Bevor sie es selbst richtig begriff, war sie dabei, das Netz nach dem Suchbegriff Susanne Fehse-Biskop zu durchforsten.

Sie fand mehr als eine Million Einträge. Diese alle aufzurufen hätte Monate gedauert. Daher ließ sie einen Suchlauf starten, dessen Parameter sie jedes Mal enger schraubte. Doch auch so kam noch einiges zusammen. Plötzlich stutzte sie. Da war ein Facebook-Eintrag über ein Studententreffen des Vechtaer Jahrgangs, zu dem auch Susanne Fehse-Biskop gehört hatte. Bereits die erste Zeile zeugte nicht gerade von großer Freundschaft.

Was Susanne Fehse angeht, war ich mir vollkommen sicher, dass diese von sich eingenommene Pute nicht kommen würde, stand da.

Beim nächsten Eintrag riss es Mena förmlich.

Die Fehse hat immer so getan, als wäre sie das achte Weltwunder. Doch so gut, wie sie denkt, ist sie nicht. Es ist ihr bei unserem ersten Ehemaligen-Treffen nicht gelungen, sich in den Computer des Veranstalters einzuhacken, um noch an Karten für das ausverkaufte Elton-John-Konzert zu kommen. Dabei hat sie so angegeben, es zu schaffen!

Mena schüttelte den Kopf. Beliebt war Susanne Fehse-Biskop bei ihren Kommilitonen nicht gewesen. Das bewiesen ihr auch einige weitere Einträge. Auf jeden Fall war die Frau bereits als Studentin stolz darauf gewesen, eine Koryphäe am Computer zu sein. Zwar konnte man den Versuch, auf verbotenem Weg an Karten für ein ausverkauftes Konzert zu kommen, noch als Studentenstreich ansehen. Doch Mena erinnerte sich daran, dass ihr Computer im Institut erst vor kurzem gehackt worden war. Wäre sie nicht so misstrauisch gewesen, was Jander und Barin betraf, und hätte ein paar Sicherungen eingebaut, wäre ihr das vollkommen entgangen.

»Dabei bin ich gar nicht Elton John«, murmelte sie und suchte weiter, bis ihr siedendheiß einfiel, dass sie am nächsten Morgen mit Claudius und dessen Tochter verreisen wollte und ihr Koffer noch immer halbgepackt in ihrem Schlafzimmer stand.

Seufzend stand sie auf und suchte den Rest zusammen. Dabei ging ihr der Gedanke an Susanne Fehse-Biskop nicht aus dem Kopf. Die Frau ließ sich nicht einschüchtern oder erpressen, und sie traute ihr auch zu, hart zurückzuschlagen. Doch würde sie auch vor Mord nicht zurückschrecken?

Es juckte Mena in den Fingern, dies zu analysieren. Aber dafür fehlten ihr zu viele Fakten, und auf Mutmaßungen wollte sie sich nicht einlassen. Ein Blick auf die Uhr zeigte ihr zudem, dass es Zeit wurde, zu Tonis Wohnung zu fahren. Ihre Schwester hatte sie zum Abendessen eingeladen, und wenn sie es richtig in Erinnerung hatte, blieb Anna Miersch heute länger. Vielleicht hatte sie endlich die Gelegenheit, mit ihr zu sprechen. Wenn die Frau von Wilfried Gadows Tod erfuhr, würde sie sicher mit sich reden lassen.

8.8

Als Mena gegen siebzehn Uhr vor der Wohnungstür ihrer Schwester stand, lauschte sie kurz nach innen. Das Geräusch des Staubsaugers verriet ihr, dass Anna Miersch noch anwesend war. Erleichtert steckte sie den Schlüssel ins Schlüsselloch und sperrte auf.

»Toni, bist du schon da?«, rief sie, damit die Putzfrau sie bemerkte.

Der Staubsauger verstummte, und Anna Miersch steckte den Kopf zur Schlafzimmertür heraus.

»Frau Mädler ist noch nicht hier, Frau Reglin. Sie hat vorhin angerufen und gesagt, es wäre eine wichtige Kundin gekommen, die sie persönlich bedienen müsse. Sie sollen es sich inzwischen bequem machen. Ich sauge nur noch das Schlafzimmer, dann gehe ich in die Küche und bereite das Abendessen vor.«

»Tun Sie das!«, sagte Mena, die froh war, dass sie mehr Zeit hatte, um mit Anna Miersch zu sprechen.

Während die Putzfrau den Staubsauger erneut anschaltete, betrat Mena die Küche, setzte sich an den Tisch und zog die Zeitung zu sich her. Es wunderte sie nicht, dass eine Seite aufgeschlagen war, die einen Artikel über Uwe Biskop und dessen Frau enthielt. Die beiden waren Ehrengäste bei einem Empfang im Goldenen Saal des Augsburger Rathauses gewesen. Das muss Anna Miersch einen Stich versetzt haben, dachte sie.

Anna Miersch kam keine fünf Minuten später und begann, drei Tomaten, eine kleine Zwiebel und frisches Basilikum für die Pastasoße klein zu schneiden.

Mena sah ihr eine Weile zu und sprach sie dann ohne Umschweife an: »Ich habe Sie schon einmal gefragt: Was ist damals in Vechta vorgefallen? Wie war das mit dem Unfall?«

»Was soll vorgefallen sein? Ich weiß nichts darüber!«, antwortete Anna Miersch abwehrend.

Mena beobachtete die Frau scharf und bemerkte, dass diese sich zusammennehmen musste, um sich nicht zu verraten.

»Ich bin sicher, dass Sie wissen, was passiert ist. Immerhin waren Sie mit Uwe Biskop, Julia Gschwendle und ihren Freunden vertraut. Sie haben auf Julias Kind aufgepasst, wie Sie selbst sagten, und mit Biskop geschlafen.«

Anna Miersch fuhr herum und starrte sie mit weit aufgerissenen Augen an. »Woher wissen Sie das?«

»Ich habe in Vechta Nachforschungen angestellt und von der anonymen Anzeige gegen Uwe Biskop wegen Verführung einer Minderjährigen erfahren. Diese Anzeige stammt von Ihnen, nicht wahr?«

Zuerst schüttelte Anna Miersch den Kopf, nickte dann aber. »Ich kam mir benutzt und weggeworfen vor«, flüsterte sie.

»Wie alt waren Sie damals? Vierzehn?«, fragte Mena weiter.

Diesmal behielt Anna Miersch ihr Kopfschütteln bei. »Nein!

Nicht ganz sechzehn. Ich … ich habe ihn so sehr geliebt und wollte, dass er von der anderen Frau wegkam. Sie war nichts für ihn! Außerdem hatte sie bereits ein Kind.«

»Das ist heutzutage kein Beinbruch mehr. Damit kann man inzwischen sogar schon in Königshäuser einheiraten«, gab Mena zu bedenken.

Anna Miersch schüttelte heftig den Kopf. »Die Frau kannte nicht einmal den Vater des Mädchens!«

»Des Mädchens?« Mena kam ein Verdacht. »Also war es dieselbe Frau, die mit Jan Reppert bei dem Unfall ums Leben gekommen ist.«

Nun nickte die Putzfrau mit geballten Fäusten. »Ich musste abends Babysitter für Elisabeth spielen, wenn die vier ausgehen wollten – und das taten sie oft. Die Kleine wäre sonst in der Nacht allein geblieben.«

Mena ahnte, dass sie diese Aussage nicht für bare Münze nehmen durfte. Selbst nach fünfundzwanzig Jahren konnte Anna Miersch ihre Eifersucht nicht verbergen. Außerdem hatte Herr Kuhlmann von der *Oldenburgischen Volkszeitung* Julia Gschwendle als fürsorgliche Mutter bezeichnet.

»Was ist damals wirklich passiert?«, wiederholte sie drängend, weil sie das Gefühl hatte, ganz nahe an einem Geheimnis zu sein.

»Was soll schon passiert sein? Gar nichts!« Wie schon einmal klappte Anna Miersch zu wie eine Auster, und als Mena weitere Fragen stellte, erhielt sie nur ausweichende Antworten.

Zuletzt drehte Anna Miersch sich sichtlich verärgert zu ihr um. »Sie machen mich ganz nervös! Wenn ich jetzt das Essen verderbe, ist Frau Mädler böse, und dabei wäre es gar nicht meine Schuld.«

»Ich meine es doch gut mit Ihnen«, antwortete Mena in der Hoffnung auf einen neuen Anlauf.

Anna Miersch reagierte jedoch nicht mehr, sondern widmete sich betont ihren Tomaten.

Daher blieb Mena nichts anderes übrig, als ihr letztes Geschütz aufzufahren. »Ich weiß, dass Uwe Biskop üble E-Mails erhält. Kennen Sie Dr. Wilfried Gadow?«

»Nein!«, kam es unbeherrscht zurück, und diesmal schien es die Wahrheit zu sein.

»Dr. Gadow hat Biskop vorgeworfen, ihn betrogen zu haben, und einen Ausgleich für das ihm entgangene Geld gefordert. Er ist jetzt tot!«

»Tot?« Anna Miersch zitterte plötzlich und legte das Messer beiseite. »Ich habe ganz vergessen, dass ich heute ja noch einkaufen muss. Machen Sie bitte für mich weiter!« Damit eilte sie zur Küche hinaus und schlüpfte in ihre Jacke, ohne sich vorher den Tomatensaft von den Fingern zu waschen.

Mena folgte ihr bis zur Tür. »Ich will Ihnen doch nur helfen! Bitte seien Sie vorsichtig. Nicht, dass Ihnen ebenfalls etwas zustößt.«

»Mir passiert schon nichts«, rief Anna Miersch abwehrend.

Dabei dachte sie an die zwei Millionen Euro, die sie von Biskop gefordert hatte, und spürte ein flaues Gefühl im Magen. Doch sie würde nicht aufgeben! Sie hatte ihre ganze Hoffnung darauf gesetzt, in einem anderen Land ein besseres Leben beginnen zu können. Allerdings bekam sie es nun mit der Angst zu tun.

Zu Hause angekommen schrieb sie eine E-Mail an Mena, schickte diese aber nicht ab, sondern parkte sie zusammen mit einem unsichtbaren Zeitschaltprogramm auf einem USB-Stick. Als sie das nächste Mal in Toni Mädlers Haus putzte, fuhr sie deren Computer hoch und spielte die E-Mail samt dem Programm ein. Nachdem sie sich vergewissert hatte, dass Toni Mädler es nicht entdecken konnte, atmete sie auf. Sollte ihr wirklich etwas zustoßen, würde die Mail samt allen Anhängen an Mena Reglin gehen und dafür sorgen, dass Uwe Biskop und dessen Frau ihre gerechte Strafe erhielten.

8.9

Mena Reglin war ein wenig nervös, als Claudius' Wagen mit eingeschalteter Warnblinkanlage unten auf der Straße stehen blieb. Es ging ihr nicht nur um die Fahrt an sich und die Tatsache, dass sie nun eine Woche mit ihm zusammen sein würde. Dafür hatte sie sich sogar Antibabypillen besorgt. Wenn aus Claudius und ihr etwas werden sollte, dann ohne den moralischen Zwang für ihn, sie wegen eines Kindes heiraten zu müssen. Außerdem hatte er bereits eine Tochter.

»Los jetzt!«, flüsterte sie, als die Türglocke erklang.

Sie nahm ihre Umhängetasche und wollte auch den Koffer aufheben, doch die Anstrengung ließ ihre verletzte Seite höllisch schmerzen. Mit einem leisen Schnauben stellte sie den Koffer ab, ging zur Tür und öffnete.

»Hallo, da wären wir!«, grüßte Claudius mit einem verlegenen Lächeln.

»Das sehe ich! Kannst du bitte meinen Koffer tragen? Mir ist er noch zu schwer«, antwortete Mena.

»Solange du keine Ziegelsteine eingepackt hast! Meine E… äh, die jetzige Frau Breitle hat das getan. Bei jeder Flugreise hatten wir mindestens zwanzig Kilo Übergepäck. Dabei habe ich selbst kaum mehr als eine Garnitur Ersatzunterwäsche und meine Zahnbürste mitgenommen!«

Mena konnte ein Lachen nicht unterdrücken und musste sich die Rippen halten. »So schlimm ist es bei mir nicht. Sollten wir wirklich einmal fliegen, wird mein Gepäck nicht schwerer sein als das deine.«

»Da spricht die korrekte Wissenschaftlerin!« Auch Claudius lachte, packte Menas Koffer und trug ihn mit Leichtigkeit hinaus.

»Hast du alles getan, was nötig ist, Zeitung abbestellt, Gas abgedreht, Wasserhähne kontrolliert?«, fragte er, als Mena ihre Wohnungstür von draußen zusperrte.

»Ich habe keine Zeitung abonniert, besitze keinen Gasanschluss, und die Wasserhähne sind zu«, antwortete Mena lächelnd und deutete dann nach unten. »Und? Hast du Noreen abgeholt?«

»Habe ich! Ich musste mir dabei von Herrn Breitle anhören, dass ich Marilyn nach unserer Scheidung zu billig abgefunden hätte und sie Anspruch auf mehr hätte. Marilyn selbst hat mir eröffnet, dass sie schwanger ist und sich daher nicht mehr um Noreen kümmern kann. Auch sei es ihrer Mutter nicht zuzumuten, es an ihrer Stelle zu tun – und so weiter. Ich bin froh, dieser Megäre und ihrem Anhang mit heiler Haut entkommen zu sein!« Claudius winkte mit der freien Hand ab und trat aus dem Haus.

Um das Auto hatten sich bereits Passanten versammelt. »He, Sie! Sie können das Mädle doch nicht so lange allein im Wagen lassen«, schimpfte einer, als Claudius den Koffer in den Kofferraum legte.

»Da müsste man die Polizei holen!«, blies ein anderer Passant ins selbe Horn. »Was ist das außerdem für ein Benehmen, das Auto einfach mitten auf der Straße stehen zu lassen?«

»Sehen Sie hier ein Parkverbotsschild?«, fragte Claudius bissig.

»Noi«, antwortete der Mann unwillkürlich.

»Dann halten Sie den Mund! Komm, Mena, steig ein, damit wir fahren können.« Ohne die beiden griesgrämigen Männer weiter zu beachten, öffnete Claudius Mena die Beifahrertür, wartete, bis sie im Wagen saß, und ging dann um das Auto herum, um auf der Fahrerseite einzusteigen.

Während er den Motor startete und anfuhr, drehte Mena sich zu Noreen um. Die Kleine saß in einem Kindersitz und zog eine missmutige Miene.

»Du bist also Noreen«, begann Mena.

Das Mädchen schwieg und presste die Lippen noch mehr zusammen.

»Dein Papa hat mir schon viel von dir erzählt!«

Noreen warf einen kurzen Blick auf den Fahrersitz, blieb aber stumm.

»Hat dein Papa dir erzählt, dass wir an den Gardasee fahren?«, setzte Mena das einseitige Gespräch fort.

Noreens Kopfschütteln war die erste Reaktion, die sie erhielt.

»Es wird dir dort sicher gefallen! Wir können spazieren gehen, spielen, gut essen und uns gegenseitig erzählen, was wir am liebsten mögen.«

»Ich möchte mit Mama nach New York!«, antwortete Noreen zwischen zusammengepressten Zähnen.

»Das geht leider nicht, denn deine Mutter hat keine Zeit, dich mitzunehmen.« Claudius ärgerte sich über seine Frau, die dem Kind alle möglichen Flausen in den Kopf gesetzt hatte, und antwortete daher schroffer, als Mena es getan hätte.

»Mama hatte immer Zeit für mich, bis …« Noreen brach ab, da ihr die Tränen in die Augen stiegen.

Mena begriff, dass es nicht leicht sein würde, mit dem auf seine Mutter fixierten Kind auszukommen. Ihre Schwester hätte es vielleicht gekonnt, denn Toni war warmherzig und konnte auch sehr lustig sein. Doch ob sie selbst den Ansprüchen der Kleinen genügen würde, bezweifelte sie. Trotzdem setzte sie, während Claudius Richtung München auf die Autobahn fuhr, das Gespräch fort und schaffte es sogar, die Kleine gelegentlich zum Antworten zu animieren. Verständlicherweise trauerte Noreen ihrem Status als vergöttertes Wesen nach, den sie nach der Hochzeit ihrer Mutter mit Korbinian Breitle teilweise und seit deren Schwangerschaft ganz verloren hatte.

Nach einer Weile verlor sich der Trotz des Mädchens, und es deutete ein paarmal sogar ein Lächeln an, wenn Mena etwas Lustiges von sich gab. Da Claudius alle hundert Kilometer anhielt, damit sie aussteigen, zur Toilette gehen und etwas trinken konnten, taute Noreen immer mehr auf und schmiegte sich zuletzt sogar an ihren Vater.

»So ist es gut!«, lobte Mena und zwinkerte Claudius zu.

»Das habe ich wohl dir zu verdanken!«, antwortete dieser lächelnd, hob die Kleine auf und trug sie nach draußen.

Mena folgte ihm mit einer Flasche Saft, einer Tafel Schokolade und einer Plüschfigur von Sid, dem Faultier aus Ice Age, die Claudius im Rasthaus gekauft hatte. Wie es aussah, konnte der Ausflug an den Gardasee doch noch lustig werden, dachte sie und wurde damit belohnt, dass Noreen ihre Ärmchen auch kurz um sie legte.

8.10

Uwe Biskop fand es zwar übertrieben, wegen des Pakets an Mena Reglin zu einer ganz bestimmten Paketstation in Würzburg zu fahren. Aber da seine Frau es so wollte, tat er es. Kaum hatte er »Schlange im Paradies« als angeblichen Absender eingetippt, wurde das Paket eingezogen, ohne dass er weitere Angaben machen musste.

In Augsburg beseitigte Susanne Fehse-Biskop die Spuren, die sie im Computer der Paketstation hinterlassen hatte, und lehnte sich gemütlich in ihrem Bürosessel zurück. »Mena Reglin wird am Montag eine hübsche Überraschung erleben, wenn sie ins Institut kommt«, sagte sie zufrieden.

Nun galt es als Nächstes, sich um Anna Miersch zu kümmern. Sobald sie diese erledigt hatte, war das, was noch kommen würde, nur Kleinkram.

Mit diesem Gedanken stand Susanne Fehse-Biskop auf und ging ins Büro ihres Mannes. Der Computer war bereits eingeschaltet, und sie sah, dass Anna Miersch auf ihre letzte Mail geantwortet hatte. Sie hatten der Frau erklärt, dass sie nicht in der Lage seien, zwei Millionen Euro auf einen Schlag zu bezahlen, und wie erwartet zeigte Anna Miersch sich kompromissbereit.

»Zahlen Sie eine Million sofort und die andere im nächsten Jahr«, las Susanne Fehse-Biskop. Noch immer schrieb Anna Miersch unter einem Phantasienamen, wusste also nicht, dass sie längst erkannt worden war. Mit einem spöttischen Lächeln dachte Susanne Fehse-Biskop daran, dass ausgerechnet Mena Reglin sie darauf gebracht hatte, wer die Erpresserin sein könnte. Gleichzeitig bedauerte sie, dass es ihr nicht gelungen war, Mena auf ihre Seite zu ziehen. Zusammen mit dieser Frau wäre es ihnen gelungen, ihren Mann und auch sich selbst zu Jahrtausendgenies hochzustilisieren.

»Es genügt auch so«, sagte sie sich. »Jetzt gilt es das zu bewahren, was wir uns aufgebaut haben.« Sie gab ein paar Befehle ein, um sich in Anna Mierschs Computer einzuhacken. Es fiel ihr weitaus schwerer, als sie erwartet hatte, und sie wurde auch mehrmals abgewiesen.

»Das Weibsstück kann was!«, fluchte sie und versuchte es auf einem anderen Weg. Nach mehr als zwei Stunden höchster Konzentration und Aufbietung all ihres Könnens hatte sie Anna Mierschs Datensicherung endlich geknackt. Susanne Fehse-Biskop las einige Eintragungen durch und zischte danach wie eine gereizte Schlange.

Die Bilder waren zwar dunkel und nicht besonders scharf, trotzdem konnte man erkennen, dass ein Mann und eine Frau zwei Personen aus dem hinteren Teil des Wagens nach vorne zerrten und auf dem Fahrer- und Beifahrersitz platzierten.

»Dieses Biest! Sie ist uns damals gefolgt und hat uns nach dem Unfall fotografiert. Ich hätte meinem Gefühl nachgehen und prüfen sollen, ob tatsächlich ein anderes Auto in der Nähe war! Danach wäre von Anna nichts mehr übrig geblieben!« Sie nickte verbissen. »Vor allem dürfen wir jetzt nicht in Panik verfallen! Sie muss die Negative irgendwo versteckt haben«, sagte sie zu sich und startete einen Suchlauf über alle Dateien.

Erneut verging mehr als eine Stunde, bis sie endlich fündig wurde. Anna Miersch hatte ein Schließfach bei einer Bank eingerichtet, und da ihre Einnahmen als Putzfrau sicher nicht ausreichten, um Schmuck, Goldbarren oder Ähnliches kaufen zu können, musste sie etwas anderes dort deponiert haben. Daran zu kommen würde eine der leichteren Aufgaben sein. Sie musste jedoch auch die Daten auf Anna Mierschs Computer vernichten, und die Frau mit dazu. Dafür brauchte sie mehr Informationen.

Mit einem Mausklick öffnete sie einen zweiten Bildschirm und begann mit der Suche. Diesmal ging es schneller, und sie konnte bereits nach wenigen Minuten den Plan des Hauses ausdrucken, in dem Anna Miersch lebte. Es gelang ihr auch, den Hersteller der Haus- und Wohnungsschlösser ausfindig zu machen und sich die entsprechenden Daten zu besorgen.

Nun half ihr der verbesserte 3D-Drucker, den sie sich in den USA gekauft hatte. Sie erstellte eine Kopie des Schlüssels und nahm diese als Vorlage für einen Abguss. Wenig später hielt sie ein Schlüsselduplikat aus Hartplastik in der Hand, das ihrer Ansicht nach genügte, um das Schloss aufzusperren. Nun benötigte sie nur noch das Mittel, mit dem sie Anna Miersch zum Schweigen bringen konnte. Doch auch in dieser Beziehung wusste sie bereits Rat.

8.11

Timo Jander hasste Montage. An diesem war es doppelt schlimm, denn er war erst spät nach Hause gekommen und hundemüde. Ihm blieb jedoch nichts anderes übrig, als so früh wie möglich ins Institut zu kommen. Bis Professor Barin erschien, musste er mit einem Auftrag fertig sein, den er schon am Freitag hätte abschließen sollen. Außerdem saß der Professor ihm wegen der Doktorarbeit im Nacken, die ebenfalls bald abgeliefert werden musste.

Wenigstens war die Küche sauber und die Kaffeemaschine einsatzbereit. Kaum hatte er sich einen Kaffee aufgesetzt, klingelte es draußen an der Tür.

»Auch das noch!«, knurrte er und ging hin. Als er öffnete, stand ein Paketbote vor ihm.

»Ich habe hier ein Paket für eine Frau Reglin in diesem Institut«, erklärte der Mann.

Jander verstand nur Institut. »Geben Sie her!«, sagte er, machte einen Kringel auf dem kleinen Bildschirm des Geräts, das ihm der Paketfahrer unter die Nase hielt, und nahm das Paket entgegen. Es war nicht besonders groß, dafür aber überraschend schwer.

»Wahrscheinlich wieder irgendwelche Akten, die wir durchsehen sollen«, seufzte er und trug das Paket in sein Büro. Danach kehrte er in die Küche zurück, sah, dass der Kaffee fertig war, und nahm die Tasse in die eine Hand und eine Schere in die andere.

In seinem Zimmer stellte er den Kaffee beiseite, da er ihm noch zu heiß war, und musterte das Paket. Dem Adressaufkleber schenkte er keinerlei Beachtung. Er wunderte sich über die seltsame Kunststofffolie, die das Paket straff einhüllte. Als er sie aufschnitt, roch es komisch.

Jander verzog das Gesicht und rückte dem Paket rabiater zu Leibe. Als er mit der Schere auf eine Metallfolie traf, sah er einen Funken aufblitzen. Im nächsten Augenblick knallte es ohrenbetäubend, und eine Druckwelle riss ihn vom Stuhl. Grelles Licht hüllte ihn ein, und das Letzte, was er spürte, war eine Hitze, die ihm schier das Fleisch von den Knochen fraß.

Das Feuer griff mit rasender Geschwindigkeit auf alles Brennbare über. Schließlich zersprang das Fenster, und der von draußen einströmende Sauerstoff fachte den Brand weiter an.

Um diese Zeit traf Professor Barin am Institut ein. Da sich das Feuer im hinteren Teil des Gebäudes ausbreitete, bemerkte er es zunächst nicht, sondern öffnete die Tür und wollte eintreten. Ein Schwall heißer Luft quoll ihm entgegen und trieb ihn zurück. Verdattert starrte er in den Korridor, an dessen Ende es bereits rot glühte. Dann riss er sein Handy aus der Tasche und wählte mit zitternden Fingern den Notruf.

Keine fünf Minuten später vernahm er das Heulen der Feuerwehrsirenen. Kurz darauf hielten mehrere Löschfahrzeuge vor dem Haus, Männer in Schutzanzügen sprangen heraus und stürmten mit Schläuchen auf das Gebäude zu. Einer der Feuerwehrleute blieb vor Professor Barin stehen. »Was ist passiert?«

Barin hob hilflos die Arme. »Ich weiß es nicht! Als ich ins Institut trat, brannte es bereits.«

»Befindet sich noch jemand im Haus?«

»Auch das weiß ich nicht! Ich sagte doch, dass ich eben erst eingetroffen bin.« Barin war am Ende seiner Nerven. Seine gesamten Unterlagen befanden sich im Institut, ebenso sämtliche Speichermedien, auf denen er seine Daten gesichert hatte.

»Sie müssen das Feuer löschen«, stöhnte er. »Unbedingt! Wenn mein Büro auch zerstört ist, bin ich am Ende!«

»Solange keine Menschen zu Schaden kommen, ist alles andere ersetzbar«, antwortete der Feuerwehrmann und trat auf die Tür zu. Dort richteten bereits seine Kollegen die Strahlen ihrer Schaumlöscher auf den Brandherd und dämmten ihn ein.

»Es sieht aus, als könnten wir verhindern, dass das ganze Haus abbrennt«, meinte einer. »Ich frage mich nur, weshalb die Sprinkleranlage nicht angesprungen ist. Das ist doch ein Bürogebäude, und da muss so etwas installiert sein!«

Barin zog den Kopf ein. Auf eine Sprinkleranlage hatte er bei der Einrichtung seines Instituts verzichtet. Zwar wäre eine vorgeschrieben gewesen, doch das wurde so selten kontrolliert, dass er nicht geglaubt hatte, erwischt zu werden. Nun sah er etliche Probleme auf sich zukommen und haderte mit Gott und der Welt.

8.12

Eine Stunde später war der Brand gelöscht. Neben Janders Büro war auch das Menas den Flammen zum Opfer gefallen, während Barins Arbeitszimmer hatte gerettet werden können. Ein besonderer Trost war es für ihn nicht, denn Hitze, Rauch und der Löschschaum hatten die Villa so in Mitleidenschaft gezogen, dass es unmöglich war, darin weiterzuarbeiten.

Inzwischen hatten die Feuerwehrmänner den Leichnam entdeckt und die Polizei gerufen. Außerdem erschien ein Sachverständiger, um die Brandursache zu untersuchen. Dieser unterhielt sich mit dem Brandmeister, und Barin hörte, wie mehrmals das Wort »Sprinkleranlage« fiel.

Schließlich kam der Sachverständige auf ihn zu. »Arbeiten Sie hier mit gefährlichen Chemikalien oder ähnlichen leicht entzündlichen Stoffen?«

»Nein, auf keinen Fall! Wir werten Daten wissenschaftlich aus und analysieren sie. Mit chemischen Stoffen haben wir nichts zu tun«, erklärte der Professor.

»Das kann nicht stimmen. In dem Büro links hinten muss eine starke chemische Reaktion stattgefunden haben. Dort ist alles zerstört worden!«

»Dort liegt auch der Tote, oder besser gesagt das, was von ihm übrig geblieben ist«, schaltete sich ein Polizist ein.

»Das kann nur mein Mitarbeiter Herr Dr. Jander sein. Oh Gott, wie entsetzlich!« Die Beine gaben unter Barin nach, und er musste sich setzen.

Auch wenn ihm das nicht zum Ruhm gereichte, so erschreckte Barin nicht nur Janders Tod, sondern auch die Tatsache, dass alles, woran dieser in den letzten zwei Monaten gearbeitet hatte, unwiederbringlich verloren war. Neben kleineren Aufträgen betraf dies vor allem die fast abgeschlossene Doktorarbeit, die dem Sohn seines Freundes nun nicht mehr zu akademischen Würden verhelfen konnte. Der Schaden für das Institut und damit auch für ihn war enorm, doch Barin begriff mit entsetzlicher Deutlichkeit, dass dies längst nicht alles war. Mena Reglins Zimmer und ihr Computer waren ebenfalls zerstört und ihre gesamten Unterlagen verloren.

»Das ist eine Katastrophe!«, murmelte er und sah sich im nächsten Augenblick Isa gegenüber, die etwas später gekommen war.

»Was ist denn hier los?«, fragte sie entgeistert.

»Der Teufel!«, antwortete Barin und meinte es ernst.

»Hier hat es doch gebrannt! Wie ist das passiert und wo ist Jander?«

Einer der Feuerwehrleute hörte Isa und kam auf sie zu. »Wenn der Herr hier nur zehn Minuten später gekommen wäre, würde hier nichts mehr stehen. Aber das macht den Kohl auch nicht mehr fett. So wie das hier aussieht, muss die Villa wohl abgerissen werden. Doch das alles ist nicht so schlimm wie der Tote hinten im Zimmer links!«

»Das ist Dr. Janders Zimmer!«, rief Isa. »Sagen Sie nicht, dass er tot ist!«

»Er ist es höchstwahrscheinlich«, erklärte Barin mit Grabesstimme.

»Aber was machen wir jetzt?«, fragte Isa und sah ihn Hilfe suchend an.

»Am besten nehme ich einen Strick und hänge mich auf«, stöhnte Barin und schlug die Hände vors Gesicht.

Unterdessen trat der Brandsachverständige zu ihnen und

musterte den Professor mit einem kritischen Blick. »Weshalb gab es in dem Gebäude keine Sprinkleranlage, obwohl es gewerblich genutzt wurde?«

»Was heißt hier gewerblich? Wir hatten hier nur Büros, aber keine Fertigungsanlagen oder dergleichen«, protestierte Barin.

Der Sachverständige zuckte mit den Schultern. »Das macht für die Versicherung keinen Unterschied. Wahrscheinlich können Sie froh sein, wenn Sie nicht noch eine Strafe aufgebrummt bekommen. Immerhin hat es einen Toten gegeben!«

»Jander«, murmelte Isa betroffen. »Ich kann es immer noch nicht glauben. Wie entsetzlich.«

Barin nickte. Dabei hätte es seiner Meinung nach sogar noch schlimmer kommen können – nämlich wenn Mena Reglin dem Brand zum Opfer gefallen wäre. Timo Jander konnte er ersetzen, sie aber nicht. Er würde alles daransetzen müssen, dass Mena ihre Kündigung zurückzog. Vorerst aber galt es, so gut wie möglich aus dieser Situation herauszukommen, und wenn er dafür einen Sündenbock aus dem Hut zaubern musste.

Isas Gedanken gingen derweil andere Wege. »Soll ich Frau Reglin über den Brand informieren? Sie wird wissen wollen, was mit ihren Arbeitsunterlagen geschehen ist«, fragte sie Barin.

Dieser überlegte kurz und schüttelte den Kopf. »Nein, das machen wir später! Erst einmal muss ich mir einen Überblick verschaffen.« Er war zu der Überzeugung gelangt, dass Mena erst von dem Unglück erfahren sollte, wenn er wusste, wie es weitergehen sollte.

8.13

Keine hundert Meter von dem ausgebrannten Haus entfernt beobachtete Susanne Fehse-Biskop das Geschehen von ihrem gelben Flitzer aus und rieb sich die Hände. Von dieser Brandruine aus würde niemand mehr ihr und ihrem Mann nachstellen können. Als mehrere Feuerwehrleute mit einer geschlossenen Bahre in das ausgebrannte Haus eindrangen, trat ein zufriedenes Lächeln auf ihr Gesicht. Es gab also mindestens ein Todesopfer, und das konnte nach Lage der Dinge nur Mena Reglin sein.

Sie startete ihren Sportwagen und lenkte ihn durch eine Seitenstraße um das Institutsgebäude herum. Da sie in Anna Mierschs Computer auch deren Arbeitsplan gefunden hatte, wusste sie, dass diese bei einem Kunden putzte, und nützte die Gelegenheit, sich in der Umgebung ihrer Wohnung umzusehen. Noch in dieser Nacht wollte sie die Gefahr, die von dieser Frau ausging, endgültig ausschalten.

Den ganzen Tag über fühlte Susanne Fehse-Biskop sich wie beschwingt. Noch am Abend trällerte sie ein fröhliches Lied und griff ihrem Mann auffordernd in den Schritt.

»Wir sollten uns noch ein wenig austoben, bevor ich mich auf die Socken mache«, meinte sie anzüglich.

Uwe Biskop nickte angespannt. »Ich habe nichts dagegen. Aber sollte nicht besser ich diese Sache durchziehen?«

»Ich habe mich darauf vorbereitet und weiß, wo jeder Schalter in Anna Mierschs Wohnung zu finden ist«, antwortete seine Frau und versetzte ihm einen Nasenstüber. »Sei nicht so nervös, mein Guter. Es läuft doch alles bestens!«

»Gott sei Dank!« Zwar hellte sich Uwe Biskops Miene nicht auf, trotzdem folgte er seiner Frau ins Schlafzimmer. Dort sah er zu, wie sie den Fernseher einschaltete, eine neue DVD einlegte und sich dann im selben Takt wie die Pornodarstellerin auszog. Mit ihren fließenden Bewegungen wirkte sie dabei wie eine Spinne, die ihr Netz webte. Dieser Eindruck verstärkte sich noch, als ihm ihr Schatten an der Wand auffiel.

Mühsam streifte er diesen Gedanken ab und versuchte, nicht mehr daran zu denken, dass an diesem Morgen ein Mensch durch seine Paketbombe ums Leben gekommen war. Stattdessen starrte er auf den Pornofilm, um selbst in Stimmung zu kommen. Dies gelang ihm auch, doch als er nach seiner Frau greifen wollte, fauchte sie raubtierhaft.

Was folgte, glich mehr einem Ringkampf als einem Liebesspiel und trug beiden ein paar blaue Flecken ein. Dann erst ließ Susanne Fehse-Biskop es zu, dass ihr Mann zwischen ihre Beine glitt und in sie eindrang.

Als sie einige Zeit später keuchend nebeneinander lagen, küsste Susanne Fehse-Biskop ihren Mann. »Wow, war das ein Sex! So bin ich noch nie gekommen!«

Uwe Biskop nickte erschöpft. »Das war schon heftig. Du hast mich aber auch ganz schön gekratzt. Schau her! Das Spannbetttuch ist voller Blut!«

»Du warst auch nicht gerade zahm«, antwortete seine Frau und schnurrte wie eine Tigerin. »Ich werde dir ein Pflaster aufsprühen, damit sich nichts entzündet. Leg dich auf den Bauch!«

Sie huschte rasch aus dem Schlafzimmer und kehrte kurz darauf mit einer kleinen Sprayflasche zurück. »Das Zeug ist antiseptisch und soll sogar atmungsaktiv sein. Vielleicht solltest du deine nächsten Forschungen auf solche Sachen richten. Es gibt noch so viel zu erfinden und noch viel mehr zu verdienen«, sagte sie, während sie sich auf Biskops Hüften setzte und daran ging, die teilweise recht tiefen Kratzer zu verarzten.

Nach einer Weile fiel Susanne Fehse-Biskops Blick auf die Uhr. »Es wird Zeit, dass ich gehe!«

»Ist es schon so spät? Tatsächlich! Ich habe mein Zeitgefühl verloren.« Uwe Biskop wartete, bis seine Frau von ihm herabgestiegen war, und setzte sich auf. »Sei vorsichtig!«

»Das bin ich doch immer!«, gab seine Frau lachend zurück. »Wenn alles gut geht, wird Anna Miersch nichts von ihrem Ende mitbekommen, sondern sich morgen früh wundern, warum sie auf einmal in der Hölle aufwacht!« Sie grinste. »He! Lach doch!

Das war ein Witz«, setzte sie nach einer kurzen Pause hinzu, weil ihr Mann sie nur stumm anstarrte.

Uwe Biskop lachte nun pflichtschuldig und sah zu, wie seine Frau in ein enges, schwarzes Trikot schlüpfte und ihre Haare unter einer Mütze verbarg. Dazu setzte sie eine Brille auf, die statt normaler Gläser zwei fingerdicke Aufsätze besaß.

»Es ist doch von Vorteil, wenn man gut vernetzt ist und die Utensilien zum Testen bekommt«, kommentierte sie ihr Bild im Spiegel. »Das Ding hier soll einmal die Infrarotbrillen der Bundeswehrsoldaten ersetzen. Es ist übrigens ausgezeichnet! Das werde ich dem Hersteller auch schreiben. Doch jetzt ziehe ich los, um die Schlange aus dem Paradies zu vertreiben.«

Susanne Fehse-Biskop lachte noch einmal, warf ihrem Mann einen Handkuss zu und eilte die Treppe hinunter.

8.14

Das Haus, in dem Anna Miersch lebte, war alles andere als ein Schmuckstück. Der heruntergekommene Altbau in schlechter Lage befand sich im Besitz eines Immobilienhais, der den Gewinn aus der Miete lieber in neue Ankäufe steckte als in die Instandhaltung der Wohnungen, die er bereits besaß. Wer es sich leisten konnte, suchte sich eine bessere Bleibe. Doch viele, darunter auch Anna Miersch, waren auf solche Mietskasernen angewiesen.

Susanne Fehse-Biskop verzog das Gesicht. Es war ihr gelungen, Anna Mierschs Lebensweg zu einem großen Teil nachzuvollziehen, und sie fand, dass sich ihr damaliges Urteil über diese Frau voll und ganz bestätigt hatte. Anna Miersch besaß weder den Mut noch die Kraft, mehr zu sein als Bodensatz der Gesellschaft.

Mit diesem Gedanken blickte Susanne Fehse-Biskop sich um,

sah, dass alle Fenster in der Umgebung dunkel waren und sich niemand auf der Straße aufhielt. Dann steckte sie den kopierten Schlüssel ins Schloss und drehte ihn vorsichtig um. Er passte.

Sekunden später stand sie im Hausflur. Es war zwar dunkel, doch ihre auf Nachtsicht eingestellte Brille bewährte sich. Sie stieg so leise wie möglich die drei Treppen zu Anna Mierschs Wohnung hoch, benutzte für einen kurzen Moment eine kleine Taschenlampe, um den Namen auf dem Schild lesen zu können, und öffnete dann auch diese Tür.

Anna Mierschs Wohnung bestand nur aus einem Zimmer mit Kochnische und einem winzigen Badezimmer und war nicht besonders aufgeräumt. Daher bewegte Susanne Fehse-Biskop sich vorsichtig, um nicht zu stolpern und die schlafende Frau zu wecken.

Als sie neben dem schmalen Bett stand, blickte sie höhnisch auf ihr Opfer herab. In ihrer Erinnerung war Anna Miersch ein leicht pummeliger Teenager mit einem hübschen Gesicht. Die Zeit hatte es jedoch nicht gut mit ihr gemeint. Ihr Gesicht war mager geworden und wies einen schafsähnlichen Ausdruck auf. Das Haar hing ihr strähnig in die Stirn, und sie murmelte im Schlaf.

Susanne Fehse-Biskop glaubte das Wort »Geld« zu hören und sagte sich, dass sie nicht gekommen war, um zu schauen oder zu horchen. Schnell zog sie eine kleine Spraydose aus der Tasche und kämpfte einen Augenblick mit der Angst, aus Versehen das Fläschchen mit dem Sprühpflaster mitgenommen zu haben. Ein Blick auf das kleine Ding bewies ihr jedoch, dass es sich um das richtige handelte. Sie richtete die Öffnung auf Anna Mierschs Gesicht und hielt den Atem an, als sie den Sprühknopf drückte.

Ein wässeriger Nebel umhüllte Annas Mund und Nase und wurde mit jedem Atemzug eingesogen. Susanne Fehse-Biskop zählte in Gedanken bis fünfzig, dann trat sie ein paar Schritte zurück und begann wieder zu atmen. Einen Augenblick lang glaubte sie, ein pelziges Gefühl auf der Zunge zu spüren, und geriet fast in Panik. Rasch eilte sie zum Fenster und riss es auf. Nach einer Weile verlor sich der Geschmack in ihrem Mund, und sie seufzte erleichtert.

»Gut gegangen!«, murmelte sie und schloss das Fenster wieder. Dann kehrte sie zu Anna Miersch zurück. Diese lag noch immer auf dem Bett, doch der Ausdruck auf ihrem Gesicht war starr und in den nun weit aufgerissenen Augen kein Leben mehr zu erkennen.

Susanne Fehse-Biskop gab sich jedoch nicht nur mit dem Augenschein zufrieden, sondern kontrollierte den Puls der Frau. Es gab keinen mehr. Das Mittel, das ein befreundeter Wissenschaftler entwickelt hatte, um bei Herzbeschwerden Linderung zu verschaffen, war in dieser hohen Konzentration tödlich.

Der Mord an Anna Miersch war jedoch erst die halbe Arbeit. Nun galt es, alle Hinweise zu beseitigen, die auf sie und ihren Mann hindeuten konnten. Als Erstes widmete Susanne sich dem Computer, entfernte die externe Festplatte und wechselte die eigentliche Festplatte durch eine von ihr zusammenkopierte aus. Im Schrank fand sie eine Mappe mit Fotos und Kopien von Zeitungsausschnitten. Wie erwartet fehlten die Negative. Doch hatte sie bereits Maßnahmen ergriffen, um sie in die Hände zu bekommen.

Da sie lieber misstrauisch als unvorsichtig sein wollte, durchsuchte Susanne Fehse-Biskop die gesamte Wohnung und fand noch zwei versteckte USB-Sticks, die sie ebenfalls an sich nahm.

Zwei Stunden später war sie sicher, nichts übersehen zu haben, und verließ die Wohnung wieder. Sie nahm nicht an, dass man Anna Miersch nach deren Auffinden besonders intensiv untersuchen würde. Die Anzeichen deuteten auf einen Herzinfarkt hin, und das würde der Arzt wohl auch auf den Totenschein schreiben.

Als Susanne Fehse-Biskop in ihre Villa zurückkehrte, war ihr Mann noch auf. Seine Miene wirkte düster, und er ballte immer wieder die Fäuste.

»Was ist denn mit dir los?«, fragte sie verwundert.

»Die Sache mit der Reglin ist schiefgegangen! An ihrer Stelle hat es einen Kollegen erwischt. Ich frage mich, warum der Kerl das Paket aufgemacht hat. Ich hatte es ausdrücklich an Mena Reglin adressiert und es als persönlich gekennzeichnet!«

»Das ist natürlich scheiße«, murmelte Susanne Fehse-Biskop. »Woher weißt du das?«

»Barin hat vorhin angerufen und um Geld gebeten, um sein Institut weiterführen zu können. Er braucht ein anderes Gebäude sowie eine neue Ausrüstung. Da unser Auftrag der größte war, glaubt er, dass wir ihm die nötige Summe vorstrecken, damit Mena Reglin ihre Nachforschungen vollenden kann.«

»Der Kerl hat ja nicht alle Tassen im Schrank«, fuhr Susanne Fehse-Biskop auf.

»Oder aber er glaubt, einen Trumpf in der Hand zu halten!«, erwiderte Uwe Biskop, der das Gefühl hatte, auf einer bröckelnden Kante über einem Abgrund zu stehen.

Seiner Frau schien es genauso zu gehen, denn sie nickte verbissen. »Das kann gut sein! Immerhin hat Mena Reglin mit Wilfried Gadow gesprochen, nachdem dieser den Artikel in der amerikanischen Zeitung veröffentlicht hat.«

»Er schrieb, einen Beweis gegen uns zu haben. Sollten wir uns nicht darum kümmern?«, wandte Uwe Biskop ein.

»Das war nur ein Bluff, um uns zum Zahlen zu bringen«, antwortete seine Frau harsch. »Andernfalls hätte er diesen Beweis längst vorgelegt. Nein, Gadows wegen brauchen wir uns keine Sorgen mehr zu machen. Mit Mena Reglin ist es jedoch anders. Sie ist ein verdammt fixes Ding und wird herausfinden, dass der Brandanschlag auf das Institut ihr gegolten haben muss und wir dahinterstecken könnten. Es ist verdammt ärgerlich, dass sie nicht im Institut war, um das Sprengpaket entgegenzunehmen. Wir müssen sie unbedingt ausschalten, und Barin ebenso. Sonst entwickelt der sich zu einem noch lästigeren Erpresser als Gadow und die Miersch zusammen.«

9

9.1

Die Nachricht auf dem Bildschirm schockierte Alice Blair, und sie begriff, dass ihre vermeintlich harmlosen Aktionen ungeahnte Folgen nach sich gezogen hatten. Ihr Rachefeldzug war aus dem Ruder gelaufen! Diesmal waren gleich zwei Menschen gestorben, für deren Tod sie sich die Schuld geben musste. Zwar hieß es, Timo Jander hätte mit einer gefährlichen Substanz hantiert und Anna Miersch wäre einem Herzinfarkt erlegen. Für Alice jedoch waren es zwei Morde, die man auf raffinierte Weise ausgeführt hatte. Niemand würde Verdacht schöpfen, und die Mörder konnten sich ins Fäustchen lachen. In der Situation half es gar nichts, zur Polizei zu gehen und zu erzählen, was sie wusste. Da sie keinen Beweis vorlegen konnte, würde kein Staatsanwalt gegen Uwe Biskop und dessen Frau vorgehen.

Alice las die knappe Mitteilung über den Tod von Anna Miersch noch einmal durch und rief dann erneut die etwas längere Meldung über den Brand in Professor Biskops Institut auf. Die Gutachter gingen von einer Explosion und enormer Hitze aus. Dieses Urteil bestärkte ihren Verdacht. Bei solchen Temperaturen blieb keine menschliche DNA mehr übrig, die auf die Mörder hinweisen konnte.

»Was soll ich tun?«, fragte sie sich.

Mit Wilfried Gadow zusammen waren nun bereits drei Menschen gestorben, die mit den Biskops zu tun gehabt hatten. Für einige Augenblicke überlegte sie wieder, in die Vereinigten Staaten zurückzukehren und alles, was mit ihrer Vergangenheit zu tun hatte, hinter sich zu lassen. Doch durfte sie das in diesem Stadium noch? Wenn Uwe Biskop und dessen Frau Verdacht schöpften, wer sie war, wäre ihr Leben ebenfalls in Gefahr.

»Nicht nur mein Leben!«, hörte sie sich sagen. »Was ist mit der Wissenschaftlerin des Instituts, in dem es gebrannt hat? Mena Reglin hat ebenfalls den Biskops nachgespürt. Vielleicht galt der Anschlag sogar ihr.«

Nach ihrer kurzen Begegnung in Vechta hatte Alice sich im Internet über Mena Reglin informiert und dabei lobende Einträge von Leuten gefunden, für die diese gearbeitet hatte. Es konnte sogar sein, dass Mena Reglin bereits Fakten über die Biskops herausgefunden hatte, die sie selbst noch nicht kannte.

Noch während sie sich mit der Frage beschäftigte, sprangen Alices Gedanken zu Anna Miersch, und für Augenblicke war sie wieder das fünfjährige Kind, das die verzweifelte Stimme ihrer Babysitterin vernahm.

»Sie haben sie umgebracht!«

Seit fünfundzwanzig Jahren hatten sich ihr diese Worte ins Gedächtnis eingebrannt und waren von dem Obduktionsergebnis bestätigt worden. Sowohl Jan Reppert wie auch ihre Mutter könnten noch leben, wenn sie rasch genug Hilfe erhalten hätten. Alice fragte sich nicht zum ersten Mal, wie sich die beiden nach dem Unfall noch bewegt haben sollten. Mit ihren schweren Verletzungen wäre das unmöglich gewesen!

Rasch rief Alice ein anderes Fenster auf und startete ein medizinisches Programm. Als sie die Verletzungen eingab, die im Obduktionsbericht ihrer Mutter standen, zeigte die Auswertung, dass diese sofort das Bewusstsein verloren haben musste, und bei Jan Reppert war es nicht anders.

»Bewusstlose können sich nicht bewegen«, murmelte sie. »Da muss jemand nachgeholfen haben – und da kommen nur zwei Personen in Frage!«

Erneut sah sie vor ihrem inneren Auge, wie die vier in den

Wagen eingestiegen waren. Das Steuer hatte Uwe Biskop übernommen und Susanne Fehse sich neben diesen gesetzt.

»Sie haben sie umgebracht!«, hatte ihre Babysitterin am Morgen nach dem Unfall noch heulend wiederholt. Nun erinnerte Alice sich daran, dass Anna Miersch sie in der Nacht verlassen hatte und mit dem Auto ihrer Mutter weggefahren war.

»Ich bin so was von dämlich!«, schimpfte sie mit sich selbst. »Ich hätte zu Anna Kontakt aufnehmen sollen, anstatt im Hintergrund zu bleiben. Jetzt ist es zu spät!«

Zu spät wofür?, fuhr es ihr durch den Sinn.

Für Anna Miersch sicher. Die war tot. Aber es war nicht zu spät für ihre Rache an jenen, die am Tod ihrer Mutter schuld waren. Sie durfte ihre Angriffe jedoch nicht mehr aus dem Verborgenen heraus führen, sondern musste es frontal tun. Dafür musste sie dringend Kontakt zu Mena Reglin aufnehmen, um sich mit ihr auszutauschen. Gemeinsam konnten sie sich vor diesem sauberen Pärchen schützen und es zu Fall bringen.

Entschlossen nahm sie ihr Handy in die Hand, rief die Nummer des Instituts an und betete, dass jemand abhob.

Es dauerte einige Augenblicke, bis sich jemand meldete. »Hier Isabelle Scherzle von Professor Barins Institut für zeitgeschichtliche Forschungen in Augsburg.«

»My name is Alice Blair, International Networks«, begann Alice auf Englisch und ging dann auf die deutsche Sprache über. »Kann ich bitte Frau Dr. Reglin sprechen?«

»Frau Dr. Reglin ist derzeit in Urlaub. Sie kommt erst nächste Woche wieder«, antwortete die Frau zu Alices Enttäuschung.

»Können Sie mir sagen, wie ich sie erreichen kann?«

Isa zögerte, sagte sich aber, dass sie eine potenzielle Auftraggeberin nicht verprellen durfte. »Vielleicht über ihr Handy.«

»Können Sie mir die Nummer durchgeben?« Alice hatte ihre Entschlossenheit wiedergefunden und notierte sich die Ziffern, die Isa ihr nannte.

»Herzlichen Dank!«, sagte sie noch, beendete das Gespräch und wählte die eben erhaltene Nummer an.

Erneut wurde Alice enttäuscht, denn auf dem Display erschien die Meldung, dass die angerufene Teilnehmerin ihr Handy derzeit ausgeschaltet hatte.

»So ein Mist!«, schimpfte Alice und entschloss sich, eine SMS zu schicken, um Mena Reglin zu erreichen, sobald diese ihr Handy wieder in Betrieb nahm.

9.2

Während Professor Barin mehrere höchst unangenehme Gespräche mit seinen Geldgebern führte, die um ihre Investitionen bangten, bereitete Susanne Fehse-Biskop den nächsten Coup vor. Diesmal wollte sie weder in eigener Person zuschlagen noch ihren Mann vorschicken. Aus diesem Grund flog sie nach Berlin, um mit Jürgen Leutmann zu reden. Dieser blickte auf eine selbst für einen Privatdetektiv äußerst buntscheckige Vergangenheit zurück, und das gedachte sie sich zunutze zu machen.

Als sie Leutmanns Wohnung betrat, verzog sie angesichts der vielen Aktenstapel das Gesicht. Sie hätte die Unterlagen längst einscannen und digital speichern lassen. Auch das machohafte Auftreten des Detektivs flößte ihr wenig Achtung ein. Jürgen Leutmann tat so, als befände er sich auf der Balz. Seine Blicke zogen sie förmlich aus, und als er den Mund öffnete, kam als Erstes eine Anzüglichkeit heraus.

»Sie sehen scharf aus, meine Gute!«

»Danke für das Kompliment!«, antwortete Susanne Fehse-Biskop kühl. »Sie hingegen sollten sich besser rasieren und gelegentlich ein Deo benützen, wenn Sie mit anderen Leuten als Ihren ungewaschenen Motorradrockern reden.«

Leutmann verzog das Gesicht. »Sie sollten nicht so tönen,

meine Liebe. Ich weiß genau, dass Sie und Ihr Mann Dreck am Stecken haben, und könnte die Informationen, die ich gesammelt habe, auch weitergeben!«

»Wirklich?« Susanne Fehse-Biskop lachte leise auf, bevor sie weitersprach. »In dem Fall wäre ich gezwungen, der Polizei mitzuteilen, was sich am achtzehnten Dezember letzten Jahres am Jungfernsee ereignet hat!«

Leutmann zuckte wie unter einem Schlag zusammen. »Was wissen Sie?«

»Genug, um Sie für eine ganze Reihe von Jahren hinter Gitter zu bringen. Sie haben damals mitgeholfen, einen Zuhälter zu ermorden, der einem Ihrer Freunde im Weg war. Wenn das herauskommt, waren Sie die längste Zeit Privatdetektiv gewesen«, antwortete Susanne Fehse-Biskop mit ihrem Tigerinnenlächeln.

Der Mann starrte sie an, winkte dann aber ab. »Sie können mir nichts beweisen!«

»Da wäre ich an Ihrer Stelle nicht so sicher. Außerdem muss ich es gar nicht den Behörden melden. Einige andere Leute würden sich weitaus mehr freuen, wenn sie wüssten, wer ihren Freund umgebracht hat.«

Susanne Biskop genoss es, mit Leutmann zu spielen, als wäre sie die Katze und er die Maus.

Er begriff durchaus, dass sie die gegnerische Gang meinte, und verzog das Gesicht. »Dann würde ich Sie ebenfalls auffliegen lassen!«

»Wenn Sie das dann noch können!«

Susanne Fehse-Biskops erfolgsverwöhntes Auftreten gefiel Leutmann gar nicht.

»Was wollen Sie?«, fragte er aufgebracht.

»Ich möchte, dass Sie für mich einen ähnlichen Job erledigen wie den damals am Jungfernsee!«

»Ich soll jemanden aus dem Weg räumen?«

»Erschreckt Sie das? Es hat Ihnen doch gefallen, dem armen

Kerl zur ewigen Seligkeit zu verhelfen. Was hält Sie also davon ab, es noch bei zwei weiteren zu tun?« Noch immer lächelte Susanne Fehse-Biskop. In Gedanken nannte sie Leutmann einen Idioten, weil er die Schilderung des Mordes auf einer seiner Dateien hinterlegt hatte. Zudem hatte er in diesem Text über die Polizei gespottet, der es nicht gelungen war, den Tätern auch nur nahe zu kommen.

Jürgen Leutmann überlegte einen Augenblick und nickte dann. »Also gut! Wie es aussieht, sind wir aufeinander angewiesen. Wer soll es denn sein? Wenn Sie allerdings Jens Reppert meinen, können Sie sich das abschminken! Der ist mir zu gut abgeschirmt.«

»Den meine ich auch nicht«, antwortete Susanne Fehse-Biskop mit sanfter Stimme. »Die betreffenden Personen sind Professor Justus Barin und dessen Mitarbeiterin Dr. Mena Reglin. Hier sind die Bilder der beiden, ihre Adressen und ein kleiner Vorschuss, damit Sie sehen, dass ich es gut mit Ihnen meine.«

Der Vorschuss bestand aus dreißig Fünfhunderteuroscheinen in einem Kuvert. Leutmann riss es auf und zählte die Scheine. »Das ist etwas wenig für einen Doppelmord!«

»Das Doppelte gibt es bei Erfolg. Strengen Sie sich also an«, erklärte Susanne Fehse-Biskop immer noch lächelnd und stand auf. »Jetzt muss ich mich leider verabschieden. Mein Flieger geht gleich!« Mit diesen Worten verließ sie den Raum und kurz darauf das Haus.

Jürgen Leutmann blieb als Opfer widerstreitender Gefühle zurück. Seiner Ansicht nach war es etwas anderes, einem Kumpel einen Freundschaftsdienst zu erweisen und einen von dessen Konkurrenten auszuschalten, als zwei Menschen zu ermorden, die er nicht kannte. Andererseits hatte er sich zeit seines Lebens für einen harten Hund gehalten, und da schmerzte es, von einer Frau wie Susanne Fehse-Biskop wie ein Bär am Nasenring geführt zu werden.

»Verdammt noch mal! Beim nächsten Mal bumse ich sie durch, bis sie quiekt«, fluchte er und beschloss, die Sache so durchzuziehen, dass auch diese Frau Angst vor ihm bekam. Er sah sich die Bilder an, nahm dann den Hörer zur Hand und rief nacheinander seine fünf engsten Freunde an. Jeder von ihnen war damals am Jungfernsee dabei gewesen, und er war sicher, dass sie auch diesmal nicht kneifen würden.

9.3

Noreen Kaiser war eine kleine, selbstbewusste Person mit einem ausgeprägten Hang, sich in Szene zu setzen. Mena fragte sich, wie Claudius allein mit dem Kind zurechtgekommen wäre. Sie schätzte, dass er nach spätestens zwei Tagen aufgegeben hätte. Dabei war ihm die Kleine in gewisser Weise sehr ähnlich. Sie war zielstrebig, um nicht zu sagen stur, ließ sich aber von besseren Argumenten überzeugen und konnte äußerst charmant sein, wenn sie wollte.

Im Augenblick aber wollte sie nicht. Noreen starrte das Boot an, das ihr Vater gemietet hatte, und schüttelte den Kopf. »Da steige ich nicht ein. Das geht bestimmt unter!«

Es handelte sich um ein Elektroboot der besseren Kategorie, und es fuhren in Ufernähe weitaus kleinere Boote herum. Claudius erklärte dies seiner Tochter, ohne sie umstimmen zu können.

Schließlich verschränkte die Kleine die Arme vor der Brust und schob die Unterlippe vor. »In das Ding gehe ich nicht!«

»Auch gut!«, antwortete Mena. »Dann wartest du eben hier am Ufer, bis wir zurückkommen.«

»Aber das können wir doch nicht tun!«, rief Claudius entsetzt und fing sich einen warnenden Blick von Mena ein. Allein zurückbleiben wollte Noreen nämlich noch weniger, als mit dem Boot fahren, und so setzte sie versuchsweise einen Fuß hinein.

Ehe sie sichs versah, hatte Mena sie hochgehoben, setzte sich mit ihr zusammen hinten auf die Bank und zog sie schützend an sich.

»Hab keine Angst!«, flüsterte Mena ihr ins Ohr. »Wenn das Boot wirklich untergeht, schwimme ich mit dir ans Ufer.«

»Und Papa?«, fragte Noreen.

»Ich kann nur eine Person retten, und das bist du«, antwortete Mena lachend.

»Das werde ich mir merken«, erklärte Claudius und musste sich das Lachen verkneifen.

»Aber Papa muss auch gerettet werden!«, sagte Noreen.

»Das übernimmt die Wasserwacht! Doch jetzt wollen wir erst einmal die Fahrt genießen.« Mena lehnte sich zurück und sah zu, wie Claudius die Leine löste und das Boot vom Steg abstieß. Danach startete er den Elektromotor und steuerte es auf den See hinaus.

»Wir müssen auf den Wind aufpassen, der von den Bergen herabbläst, und auf Surfer«, erklärte Mena und deutete auf die vielen kleinen Segel, die sie weiter im Norden entdeckte.

»So weit hoch fahren wir nicht. Ich möchte schon wegen Noreen in Ufernähe bleiben«, sagte Claudius und legte mit dem Boot eine elegante Schleife hin.

Mittlerweile gefiel die Fahrt dem Kind, und es zappelte vor Begeisterung in Menas Armen, so dass diese die Kleine loslassen musste. Nun konnte sie selbst die Bootsfahrt auf dem tiefblauen See genießen. Nicht lange aber, da durchbrach das misstönende Geräusch von Außenbordmotoren die angenehme Stille. Idioten!, dachte Mena noch, da schoss das erste Motorboot nur wenige Meter entfernt mit hoher Geschwindigkeit an ihnen vorbei. Sofort wurde das Wasser unruhig, und ihr Boot begann zu schaukeln.

»Rowdys!«, rief Claudius verärgert und versuchte, Abstand zu gewinnen. Doch mit dem Zweitaktmotor des anderen Bootes konnte ihr Elektroantrieb nicht mithalten. Erneut raste das Motorboot auf sie zu, und es sah so aus, als wollte es sie rammen. Noreen schrie vor Angst und klammerte sich an Mena. Im letzten Moment zog der Mann am Steuer sein Boot herum. Ein Schwall kalten Wassers ergoss sich über Mena, Noreen und Claudius, und sie hörten den jungen Burschen und das halbwüchsige Mädchen im anderen Boot lachen.

»So macht es keinen Spaß!«, schimpfte Claudius und richtete den Bug des Elektroboots auf das Ufer. Er behielt den Kurs eisern bei, obwohl das Motorboot ihnen folgte und ein weiteres hinzukam, das sie ebenfalls umkreiste. Immer wieder fuhren die beiden knapp vor ihrem Bug herum, so dass die Wellen ihr Elektroboot zum Tanzen brachten.

Mena hielt die weinende Noreen fest und verfluchte in Gedanken die unverantwortlichen Kerle am Steuer der Motorboote. Eines davon schoss so eng an ihnen vorbei, dass sich die Bordwände berührten. Der Bursche am Steuerrad lachte, wollte dann sein Boot in eine enge Kurve zwingen und überschätzte sein Können. Das Motorboot geriet außer Kontrolle, hüpfte mehrfach wie ein Ball auf dem Wasser, und schlug dann um.

Während der Fahrer sich an der Bordwand festhalten konnte, wurde das junge Mädchen aus dem Boot geschleudert und versank wie ein Stein.

»Kümmere du dich um den Trottel da!«, rief Mena und sprang ins Wasser. Sie brauchte einen Augenblick, um sich zu orientieren, und tauchte dann hinter dem Mädchen her.

Claudius sah ihr nach, voller Wut über die Kerle, die ihnen den schönen Ausflug versaut hatten. Der Lenker des anderen Motorboots dachte gar nicht daran, zu Hilfe zu kommen, sondern drehte ab und raste mit hoher Geschwindigkeit davon.

Im Augenblick aber ging der andere Bursche vor. Daher lenkte er sein Elektroboot zu dem umgekippten Boot, hielt dort an und streckte dem jungen Mann die Hand hin.

»Kommen Sie! Ich helfe Ihnen an Bord.«

Der junge Mann zitterte im Schock. »Was ist mit Ramona?«

»Meine Begleiterin kümmert sich um sie«, antwortete Claudius und sah besorgt auf die Stelle, an der Mena getaucht war. Bis jetzt war nichts von ihr zu sehen, und es war gewiss schon fast eine Minute vergangen. Am liebsten wäre er selbst ins Wasser gesprungen, um nach ihr zu tauchen, doch er durfte Noreen nicht allein im Boot zurücklassen. Dem jungen Mann traute er nicht, weil dieser ebenso wie sein Kumpel das Weite suchen konnte.

Mena, bitte, komm wieder hoch!, flehte er in Gedanken, während er den Unglücksfahrer an Bord seines Bootes zog.

Inzwischen kämpfte Mena mit den Widrigkeiten des Sees und seiner Strömungen. Das Mädchen versank schnell, und so stieß sie wie ein Kormoran in die Tiefe, um es noch zu erwischen. Die Lunge platzte ihr fast, als sie endlich die langen Haare fassen und sich nach oben abstoßen konnte. Für ihr Gefühl dauerte es viel zu lange, bis die Wasseroberfläche näher kam, so dass sie zuletzt schon nicht mehr glaubte, es schaffen zu können. Dann aber durchstieß ihr Kopf die Wellen, und sie schnappte gierig nach Luft.

Mena hob den Kopf der Bewusstlosen über das Wasser und stellte besorgt fest, dass die junge Frau nicht mehr atmete. Ich muss sie an Bord bringen, dachte sie und sah sich suchend um. Da schob sich ein Schatten über sie, und als sie aufschaute, nahm sie Claudius' Gesicht über sich wahr. Er sah sehr erleichtert aus, als er ihr die Hand entgegenstreckte.

»Gott sei Dank! Ich befürchtete schon das Schlimmste«, sagte er.

»Es ist noch mal gut gegangen. Kannst du die Frau an Bord heben? Ich muss mich sofort um sie kümmern!«

Statt einer Antwort packte Claudius zu und zog das vielleicht sechzehnjährige Mädchen mit einer Leichtigkeit aus dem Wasser, als wäre er gewöhnt, schwere Lasten zu heben. Mena versuchte, auf eigene Faust an Bord zu kommen, brauchte aber seine Hilfe. Sie fühlte sich ausgelaugt, wusste jedoch, dass sie keine Zeit hatte, sich ihrer Schwäche hinzugeben. Stattdessen beugte sie sich über die Bewusstlose und presste ihr die Hand gegen den Bauch. Ein Schwall Wasser schoss aus deren Mund, und nachdem Mena ihr mehrfach Luft in die Lunge geblasen hatte, begann sie wieder zu atmen.

Kurz darauf kam sie hustend und würgend zu sich. »Du bist ein blöder Hund, Max«, sagte sie auf Deutsch.

»So einen durchgeknallten Idioten wie dich habe ich noch nie gesehen!«, fuhr Claudius den jungen Mann an.

Dieser hockte wie ein Häuflein Elend im Heck des Bootes und zitterte noch immer.

»Ich wollte doch nicht, ich …« Er brach ab und begann zu weinen.

»Feige bist du auch noch!« Claudius wandte sich voller Verachtung ab und sah Mena an. »Wie geht es dir? Hoffentlich hast du das unbeschadet überstanden. Immerhin bist du noch nicht ganz auf dem Damm!«

»Es geht schon«, antwortete Mena und wies dann auf das nasse Pärchen. »Was machen wir jetzt mit denen?«

»Auf jeden Fall müssen wir die Polizei benachrichtigen, aber ich habe mein Handy im Hotel gelassen!«

»Keine Polizei!«, jammerte Max, doch niemand kümmerte sich darum.

Mena kramte in ihrer Umhängetasche und holte ihr Handy heraus. »Ich muss es noch einschalten. Ich wollte nämlich nicht, dass Toni mich alle zehn Minuten anruft und fragt, wie es mir hier gefällt«, erklärte sie mit einem nachsichtigen Lächeln und drückte auf den Knopf.

Es dauerte etwas, bis das Mobiltelefon einsatzbereit war. Als

Mena die Notrufnummer anwählte, nahm sie die Meldung wahr, dass sie eine SMS erhalten habe. Die interessierte sie im Augenblick jedoch nicht. Als sich jemand meldete, versuchte sie, dem Mann am anderen Ende mit einer Mischung aus Englisch und ein paar italienischen Brocken zu erklären, dass es auf dem See ein Unglück gegeben hatte und sie einen Arzt bräuchten, der sich um ein verletztes Mädchen kümmern müsse.

Die Verständigung war nicht gerade leicht, da Mena das Englisch des Italieners kaum verstand und immer wieder nachdenken musste, was der Mann eigentlich meinte. Schließlich aber hatte dieser begriffen, was sie wollte, und versprach, nicht nur einen Krankenwagen zur Anlegestelle zu schicken, sondern auch ein Boot, welches das immer noch kieloben schwimmende Motorboot bergen sollte.

»So!«, meinte Mena, als sie fertig war. »Für die nächste Zeit habe ich genug Aufregung gehabt. Jetzt möchte ich die kommenden Tage in aller Ruhe genießen.«

»Das wünsche ich mir auch«, meinte Claudius, während die Anlegestelle näher kam.

Mena erinnerte sich jetzt an die SMS und rief sie auf. Als sie sie las, kniff sie verwirrt die Augen zusammen.

»Nehmen Sie so schnell wie möglich Kontakt zu mir auf. Es ist dringend!!! Alice Blair«, stand da.

Der Name weckte zwar eine vage Erinnerung, aber kein Interesse. Noch während sie überlegte, ob sie die SMS einfach löschen und vergessen sollte, erklang der Klingelton.

»Hier Mena Reglin.«

»Mena, endlich erwische ich dich. Es war nicht lieb von dir, dass du dein Handy die ganze Zeit ausgeschaltet hast«, hörte sie Tonis vorwurfsvolle Stimme.

»Tut mir leid, aber ich hatte keine Lust, andauernd Anrufe aus dem Institut zu erhalten«, log Mena.

»Genau um das Institut geht es! Es soll dort gebrannt haben.

Die Zeitungen schreiben, dass es einen Toten gegeben hat!« Tonis klang aufgeregt, während Mena ungläubig den Kopf schüttelte.

»Das ist doch sicher nur ein schlechter Witz?«

»Es stand in der *Augsburger Allgemeinen*!«, antwortete Toni mit Nachdruck.

»Danke dir! Erlaube, dass ich das Gespräch beende. Diese Nachricht muss ich erst verdauen!« Mena schaltete ihr Handy wieder ab und wusste nicht, was sie denken sollte. Ein Brand im Institut mit einem Toten? Das konnte nur Professor Barin gewesen sein, denn ansonsten hätte dieser sie informiert. Doch was war der Grund? Mena spürte, dass diese Frage für sie entscheidend sein konnte.

9.4

Susanne Fehse-Biskop war in Augsburg eine wichtige Persönlichkeit, und so wunderte es sie nicht, dass der Leiter der Bankfiliale sie persönlich zu den Schließfächern führte. Diese befanden sich tief im Keller in einem tresorähnlichen Raum und waren bestens abgesichert, um Dieben keine Chance zu geben.

»Der Raum ist selbstverständlich mit der nächsten Polizeidienststelle verbunden, Frau Professor«, erklärte der Filialleiter. »Außerdem wird er von mehreren Kameras überwacht!«

»Darf ich Sie bitten, die Kameras abzuschalten, während ich mein Schließfach fülle? Es wäre mir nicht recht, wenn jemand sehen könnte, was ich hineinlege.« Susanne Fehse-Biskop hätte dies zwar auch selbst veranlassen können, doch es bestand die Gefahr, dass es nicht unbemerkt blieb, wenn sie sich in die Computeranlage der Bank einhackte.

Der Filialleiter wand sich einen Augenblick, nickte dann aber zustimmend. »Selbstverständlich, Frau Professor. Sie müssen aber verstehen, dass ich die Tür während dieser Zeit absperren muss!«

»Das ist kein Problem! Es geht mir darum … nun, ein paar Dinge sind sehr privat, müssen Sie wissen, wertvolle Andenken und auch einiges anderes, was ich ungern zeigen würde.«

Susanne Fehse-Biskop lächelte freundlich. Es hatte sie nur wenig Aufwand gekostet, ein Schließfach in dieser Zweigstelle zu erhalten. Im Grunde brauchte sie es nicht, aber es war die einzige Möglichkeit, legal in diesen Raum zu gelangen. Noch während der Banker ihr erklärte, wie sie ihr neues Schließfach öffnen und wieder versperren konnte, suchte ihr Blick jene Nummer, hinter der sich Anna Mierschs Fach verbarg. Die dumme Kuh hatte ihren Öffnungscode in einer Computerdatei gespeichert und ihn zudem noch auf einem Zettel in ihrer Wohnung notiert gehabt, so dass sie das Fach nun problemlos ausräumen konnte.

»Sie dürfen mich hinterher durchsuchen lassen, Herr Fröschl. Ich werde mich mit Sicherheit nicht an den anderen Schließfächern vergreifen.«

Der Filialleiter lachte pflichtschuldig über diesen Witz. Er kannte die Summe, die Susanne Fehse-Biskop an diesem Morgen in seiner Bank angelegt hatte. Es war mehr, als ein normaler Arbeiter in seinem Leben verdiente, selbst wenn man die fällige Lohnsteuer und die anderen Abgaben hinzuzählen würde. Für ihn verhieß dies einen hübschen Bonus, den er am Jahresende einstreichen konnte. Daher war er bemüht, alles zu tun, um diese Kundin zufriedenzustellen.

Er verließ den Raum, schloss draußen die Tür und ging nach oben. Keine zwei Minuten später wurde Susanne Fehse-Biskop über die Sprechanlage informiert, dass die Kameras abgeschaltet wären. Darauf hatte sie gewartet. Mit zwei Schritten war sie an Anna Mierschs Schließfach, öffnete es auf jene Weise, wie

Filialleiter Fröschl es ihr gezeigt hatte, und zog einen dicken DIN-A-4 Umschlag hervor.

Diesen gleich mitzunehmen erschien ihr zu gefährlich. Daher steckte sie ihn in das Schließfach, das sie eben erhalten hatte, und legte stattdessen ein Etui in Anna Mierschs Schließfach, das sie aus deren Wohnung mitgenommen hatte. Um den Schein aufrechtzuerhalten, es wäre etwas Wertvolles darin, hatte sie fünf Krügerrands hinzugelegt. Für sie war deren Kaufpreis kaum mehr als ein Taschengeld, für eine Putzfrau hingegen ein beachtliches Vermögen.

Nachdem sie Anna Mierschs Fach wieder verschlossen hatte, sicherte sie auch das ihre und meldete sich eine halbe Minute später über die Sprechanlage.

»Sie können jetzt wieder alles einschalten und mich herausholen, Herr Fröschl.«

Keine zwei Minuten später öffnete der Filialleiter den abgesicherten Raum. Mit einer gewissen Koketterie wies Susanne Fehse-Biskop ihm den Inhalt ihrer Handtasche vor.

»Sie sehen, ich habe nichts gestohlen!«

»Das wäre auch unmöglich gewesen«, antwortete Fröschl. »Alle Schließfächer sind durch einen sechsstelligen Code gesichert. Um auch nur ein Schließfach zu knacken, bräuchte ein ausgezeichneter Safeknacker einen ganzen Tag. Sie waren aber höchstens fünf Minuten allein.«

»Vor allem bin ich kein gelernter Safeknacker«, witzelte Susanne Fehse-Biskop und verließ den Raum.

Es war beinahe enttäuschend einfach gewesen, an Anna Mierschs Unterlagen zu kommen. In ein, zwei Wochen würde sie die Sachen aus ihrem eigenen Schließfach holen, durchsehen und schließlich vernichten. Dann waren auch die letzten Schatten ihrer Vergangenheit beseitigt.

Zufrieden verabschiedete sie sich von Fröschl und ließ die Bankfiliale hinter sich. Von dem Programm, das Anna Miersch auf Toni Mädlers Computer geladen hatte und das seinen Inhalt nach einer gewissen Zahl von Tagen an Mena Reglin weiterschicken würde, ahnte sie nichts.

9.5

Jürgen Leutmann wohnte mit seinen Motorradfreunden im gleichen Hotel wie bei seinem letzten Aufenthalt in Augsburg. Obwohl es ihm überhaupt nicht passte, von den Biskops zu einem Auftragsmörder degradiert worden zu sein, tat er seinen Kumpeln gegenüber so, als wäre es sein Vorschlag gewesen, Justus Barin zu beseitigen.

Kurz nach seiner Ankunft nahm er ein Prepaid-Handy, das er auf einen falschen Namen angemeldet hatte, und rief Barin an. Es meldete sich eine Frauenstimme.

»Hier Isabelle Scherzl, Professor Barins Institut für zeitgeschichtliche Forschungen in Augsburg.«

»Hier Anwaltsbüro Meyer! Ist Professor Barin zu sprechen?«, antwortete Leutmann.

Isa und Barin hatten sich behelfsmäßig in der Wohnung des Professors eingerichtet und versuchten, so gut es noch möglich war, die erhaltenen Aufträge auszuführen. Nun sah Isa ihren Chef ängstlich an.

»Da ist ein Anwalt!«, flüsterte sie.

Barin befürchtete sofort, einer seiner Geldgeber hätte die Geduld verloren und würde rechtliche Schritte einleiten, um seinen Anteil zurückzubekommen. Zögernd griff er nach seinem Handy, das er, um den Anschein von Normalität vorzutäuschen, Isa überlassen hatte.

»Professor Barin am Apparat. Was kann ich für Sie tun?«

Seine zittrige Stimme verriet Leutmann, dass Barin Angst hatte. Das spielte ihm in die Karten. »Anwaltsbüro Meyer. Ich bin von einem Klienten, dessen Namen ich nicht nennen darf, beauftragt worden, mit Ihnen zu verhandeln. Es geht um einen Exklusivvertrag mit Ihrem Institut. Mein Klient wünscht, dass Sie in seinem Auftrag forschen und analysieren.«

»Ich würde gerne für Ihren Klienten arbeiten, Herr Meyer«, antwortete Barin und fragte sich verzweifelt, woher er die Mittel nehmen sollte, einen großen Auftrag erfolgreich durchzuführen. »Durch einen Unglücksfall sind die Räume meines Instituts jedoch leider in Mitleidenschaft gezogen worden. Ich habe dabei einen wichtigen Mitarbeiter und einen großen Teil meines Equipments verloren.«

»Dies ist meinem Klienten bekannt. Er ist bereit, Ihnen die Anmietung eines neuen Institutsgebäudes und die Anschaffung modernster Arbeitsmittel zu ermöglichen.«

Barin fielen nicht nur Steine, sondern ganze Findlinge vom Herzen. »Wenn das so ist, bin ich gerne bereit, einen Vertrag mit Ihrem Klienten abzuschließen.«

»Sie schließen den Vertrag mit unserem Anwaltsbüro ab. Unser Klient darf dabei nicht genannt werden, weil seine Konkurrenten sonst misstrauisch würden.«

Barin vermutete, dass es um Industriespionage ging, und bedauerte nun Timo Janders Tod von Herzen. Dieser hätte sich an die Arbeit gemacht, ohne sich groß für den moralischen Aspekt zu interessieren. Bei Mena Reglin aber hatte er so seine Zweifel.

Im Notfall übernehme ich es, und die Reglin erledigt die sonst anfallenden Sachen, sagte er sich und nickte unwillkürlich. »Ich bin zu Verhandlungen bereit, Herr Meyer.«

Leutmann begann leise zu lachen. »Wie kommen Sie darauf, dass ich Meyer heiße?«

»Nun ja, Sie sagten doch …«, stotterte Barin.

»Ich arbeite für das Anwaltsbüro Meyer, heiße aber anders«, erklärte Leutmann, ohne seinen oder einen anderen Namen zu nennen. »Hören Sie mir jetzt gut zu! Die Verhandlungen sind streng vertraulich, sollen aber so rasch wie möglich über die Bühne gebracht werden. Daher werde ich Sie heute Abend von einem Motorradkurier abholen lassen. Er bringt Sie über Land an den Ort, an dem ich mich gerade aufhalte. Ich hoffe, Sie akzeptieren dieses konspirative Vorgehen. Sonst müsste ich meinem Klienten mitteilen, dass ein Vertrag mit Ihnen nicht möglich ist.«

Barin dachte an die Büroräume, die er dringend benötigte, an die Computerausrüstung, die weitaus besser sein sollte als die alte, und dass er mindestens über einen, besser noch über zwei Angestellte verfügen musste, um wieder erfolgreich zu sein. Daher nickte er erneut, obwohl sein Gesprächspartner es nicht sehen konnte.

»Heute Abend also! Wann kann ich mit dem Kurier rechnen?«

»Gegen zwanzig Uhr!«, sagte Leutmann und beendete das Gespräch.

Barin atmete erleichtert auf. »Es sieht aus, als könnte doch noch alles gut werden«, sagte er zu Isa. »Ich habe einen potenten Auftraggeber in Aussicht, der es sich einiges kosten lassen will, wenn wir für ihn arbeiten.«

»Das ist schön«, antwortete Isa, aber ihre Stimme klang immer noch bedrückt. Sie hatte Timo Janders Avancen stets abgeblockt und fragte sich nun, ob es nicht besser gewesen wäre, wenigstens einmal darauf einzugehen. Zwar hätte das seinen Tod nicht verhindert, aber sie hätte nun weniger Schuldgefühle.

»Soll ich nicht doch versuchen, Frau Dr. Reglin zu erreichen? Nicht, dass sie nach ihrem Urlaub zum Institut geht und es von der Polizei versiegelt vorfindet«, fragte sie Barin.

Der Professor schüttelte den Kopf. »Nein, das machen Sie erst Ende der Woche. Frau Reglin soll ihren Urlaub genießen.«

Und mir nicht bei meinen Verhandlungen mit dem Mann vom Anwaltsbüro Meyer dreinreden, setzte er im Stillen hinzu und suchte die Verträge heraus, die er mit seinen bisherigen Geldgebern ausgehandelt hatte. Auf jeden Fall würde er für sich selbst eine hübsche Gehaltserhöhung verlangen sowie genug Geld, um zwei Mitarbeiter von Janders Qualifikation einstellen zu können. Mena Reglin konnte für ihr jetziges Gehalt weiterarbeiten.

Da fiel ihm ihre Kündigung wieder ein, und er fragte sich, ob es nicht besser wäre, auch sie zu ersetzen. Sie war zwar eine ausgezeichnete Wissenschaftlerin und im Grunde unverzichtbar. Doch ihre Ansichten von Recht und Unrecht würden sich in dieser Angelegenheit mit Sicherheit als Hemmschuh erweisen. Heutzutage musste man flexibel sein, wenn man Erfolg haben wollte.

Unsicher, was er wirklich tun sollte, wandte er sich an Isa. »Sehen Sie zu, dass Sie die Anfrage der *Augsburger Allgemeinen* zu deren Zufriedenheit beantworten. Danach können Sie Feierabend machen.«

»Gut, Herr Professor!« Da Isa fast fertig war, arbeitete sie etwas langsamer, um auf ihre Stunden zu kommen. Kurz nach siebzehn Uhr schickte sie eine E-Mail mit dem geforderten Text los, packte dann ihre Sachen und verabschiedete sich.

»Also dann bis morgen, Herr Professor!«

»Bis morgen!«, antwortete Barin und bedauerte, dass er noch drei Stunden warten musste, bis der angekündigte Motorradkurier erschien.

Barin fand die Umstände, unter denen dieser Anwalt mit ihm sprechen wollte, höchst merkwürdig. Wenn er aber sein Institut retten wollte, durften ihn solch krumme Wege nicht schrecken. Bei dem Gedanken erinnerte er sich an Professor Biskop, der seinen Rang als epochaler Wissenschaftler auch nicht nur durch absolute Prinzipientreue erreicht hatte. Warum also sollte er anders handeln. Solange es unter dem Deckel blieb, konnte er gut damit leben.

9.6

Leutmanns Kumpel war zehn Minuten früher als angekündigt zur Stelle. Als Barin die Tür öffnete und den um einen Kopf größeren, breitschultrigen Mann in seiner Lederkombination vor sich sah, schluckte er erst einmal. Immerhin sah sein Gegenüber so aus wie einer der Rocker, von denen man immer wieder ungute Sachen hörte.

»Guten Tag!«, grüßte Barin. »Hat Herr … der Herr von der Anwaltskanzlei Meyer Sie geschickt?«

»Det kann man so sagen«, antwortete der Motorradfahrer im Berliner Dialekt. Er trat ein und reichte Barin eine Lederjacke, die der seinen glich. »Det sollste anziehen!«

Barin erinnerte sich daran, dass die Verhandlungen geheim gehalten werden sollten, und nickte. »Ja, natürlich!«

Die Jacke war ihm zu groß, und der Motorradhelm, den er aufsetzen musste, passte auch nicht richtig. Außerdem roch das Ding nach Schweiß. Der Kurier ließ jedoch nicht mit sich reden und zog den Kinnriemen stramm.

»Komm jetzt!«, forderte er Barin auf und schob ihn zur Tür.

Eine Minute später saßen sie auf dem Motorrad. Während der Fahrer die Maschine anließ, klammerte Barin sich an ihn. Seit seinen jungen Tagen war er nicht mehr auf einem Motorrad gesessen.

Der Kurier reihte sich in den Verkehr ein. Zunächst war Barin zu nervös, um darauf zu achten, wohin es ging. Irgendwann aber merkte er, dass sie Augsburg in südlicher Richtung verließen. Er fragte sich, ob der Mann von der Anwaltskanzlei ihn in Augsburg-Haunstetten oder gar erst in Königsbrunn erwartete, doch der Motorradfahrer fuhr an allen Orten vorbei und bog, als es bereits zu dämmern begann, auf einen schmalen Feldweg ein.

»Sind wir noch richtig?«, versuchte Barin das Fahrgeräusch zu übertönen.

»Wir sind goldrichtig.« Der Fremde fuhr in einem Tempo weiter, dass Barin sich festklammern musste, um nicht vom Sitz geschleudert zu werden.

Allmählich bedauerte Barin, sich auf diese Sache eingelassen zu haben. Ich hätte darauf dringen müssen, dass die Verhandlungen in Augsburg stattfinden, schoss es ihm durch den Kopf.

»Rübe einziehen!«, sagte sein Fahrer plötzlich und machte einen tiefen Bückling über den Lenker.

Barin war nicht so schnell wie er und bekam einen Ast so heftig gegen den Helm, dass er sich den Nacken zerrte. »Können Sie nicht aufpassen?«, schimpfte er.

Da hielt der Fahrer sein Motorrad an, und Barin sah, dass sie sich im Auwald des Lech befanden, der nur wenige Meter entfernt durch die Wildnis floss. Noch während er verwirrt den Kopf schüttelte, tauchten um ihn herum fünf weitere Männer in Lederkluft auf. Einer hielt ein Foto und eine Taschenlampe in der Hand, mit der er ihm ins Gesicht leuchtete.

»Es ist Barin!«, sagte er dabei.

Barin glaubte ihn an der Stimme als den Mann zu erkennen, mit dem er telefoniert hatte. »Hören Sie! Wenn ich gewusst hätte, was Sie mir zumuten, wäre ich nicht mitgekommen.«

»Das glaube ich Ihnen gerne!«, antwortete Leutmann mit einem spöttischen Lachen. »Sie können jetzt den Helm absetzen und die Jacke ausziehen.«

Als Barin nicht sofort gehorchte, packten ihn zwei Männer, zogen ihm den Helm vom Kopf und schälten ihn aus der Jacke. Dabei gingen sie so grob vor, dass Barin wütend protestierte.

»He, das lasse ich mir nicht gefallen!«

»Wollen wir den Frosch noch lange quaken lassen?«, fragte einer der Männer.

Als Leutmann den Kopf schüttelte, packte einer den Professor, hob ihn hoch wie ein Bündel Stroh und trug ihn zum Fluss.

»Was soll das? Ich …«, beschwerte Barin sich.

Da drückte ihn der Rocker unter Wasser, und Barin musste den Mund schließen. Ihn ergriff Todesangst. Er versuchte, sich zu befreien, doch die Hände, die ihn festhielten, fühlten sich wie Eisenklammern an. Die Luft ging ihm aus, und im Reflex riss er den Mund auf. Sofort drang Wasser ein, und er geriet in Panik. Nein!, durchfuhr es ihn. Ich will nicht sterben!

Doch der Rocker hielt Barin so lange unter Wasser, bis dieser erschlaffte. Dann steckten Leutmanns Kumpel mehrere große Steine in Barins Hosen- und Sakkotaschen und sahen zu, wie dessen Leichnam langsam versank.

»Der wäre erledigt!«, sagte Leutmann zufrieden. »Jetzt holen wir uns noch das Weibsstück, und dann nichts wie ab nach Hause.«

9.7

Alice Blair war verzweifelt, denn noch immer hatte Mena Reglin sich nicht gemeldet. Dabei war sie ganz sicher, dass Uwe Biskop und dessen Frau sehr bald zuschlagen würden, um Mena aus dem Weg zu räumen – und auch sie selbst, wenn sie erfuhren, dass sie in Vechta recherchiert hatte. Unwillkürlich griff sie in die Tasche und fasste nach dem Griff eines vierläufigen Derringers, den sie sich aus den Vereinigten Staaten hatte schicken lassen. Doch auch das kalte, silbern glänzende Metall vermittelte ihr kein Gefühl von Sicherheit.

»Notfalls muss ich es allein durchstehen!«, hörte sie sich sagen.

Bis jetzt hatte sie nur Strippen im Hintergrund gezogen, doch nun wurde es an der Zeit, dass ihre Feinde erfuhren, wer sie verfolgte. An die Konsequenzen wollte sie nicht denken. Sie hatte zu viele Jahre danach gestrebt, diejenigen zur Rechenschaft zu ziehen, die für den Tod ihrer Mutter verantwortlich waren, daher würde sie nicht kurz vor dem Ziel aufgeben.

Entschlossen packte sie ihren Koffer, reservierte erneut ein Zimmer in Augsburg und brach auf. Ihre Gedanken wirbelten so durcheinander, dass sie Schwierigkeiten hatte, sich auf die Fahrt zu konzentrieren. Mehrfach wurde sie angehupt und mit Gesten bedacht, die für jeden Beleidigungsprozess ausgereicht hätten.

Alice scherte sich nicht darum, sondern behielt nur ihr Ziel im Auge. Als sie Augsburg erreichte und vor dem Hotel anhielt, war sie schweißgebadet. Sie wischte sich das Gesicht mit einem Papiertaschentuch trocken, stieg aus und betrat das Gebäude. An der Rezeption saß derselbe Mann wie beim letzten Mal. Als er Alice sah, stand er auf und ging ihr entgegen.

»Grüß Gott, Frau Blair! Es freut mich, dass Sie unser Hotel erneut beehren.«

Jahrelanges Training half Alice, die Maske der etwas überdrehten Reporterin aufrechtzuerhalten. »Können Sie meinen Wagen in die Tiefgarage bringen lassen? Es war ein Verkehr, sage ich Ihnen! Selbst die Highways von Los Angeles sind nicht so schlimm wie Ihre Autobahnen. Man müsste direkt eine Extraspur für die Verrückten einrichten, die es nicht ertragen können, langsamer als einhundert Meilen in der Stunde zu fahren.«

Der Hotelangestellte lächelte mitfühlend. »Manchmal ist es wirklich schlimm. Dabei haben Sie noch Glück! Als die Autobahn in Richtung München ausgebaut wurde, gab es hier so lange Staus, dass Sie schneller mit dem Fahrrad in der Landeshauptstadt gewesen wären als mit dem Auto.«

»Bin ich froh, dass ich damals noch nicht in Germany war!« Alice reichte dem Mann ihren Autoschlüssel und erhielt die Zutrittskarte für ihr Zimmer.

»Der Boy soll den Koffer vor die Tür stellen. Ich werde gleich duschen«, sagte sie und fuhr mit dem Lift nach oben. Als die

Kabine etwas ruckelte, musste sie an das schreckliche Ende denken, welches Wilfried Gadow genommen hatte, und spürte einen Klumpen im Magen. Alice atmete auf, als sie aus dem Lift ausgestiegen war und ihr Zimmer betrat. Dort zog sie sich aus und ging ins Badezimmer. Ihre Derringer-Pistole nahm sie mit und legte sie auf die Ablage. Als sie die Duschhaube aufsetzte und sich unter die Wasserstrahlen stellte, gestand sie sich zerknirscht ein, dass sie für eine Rächerin viel zu nervös war.

»Natürlich habe ich Angst um mein Leben, so wie jeder andere auch«, sagte sie leise zu sich selbst. »Aber mehr liegen mir jene auf der Seele, die bereits tot sind, und die, die noch sterben werden, wenn es mir nicht gelingt, dieses mörderische Paar aufzuhalten.«

Nach und nach kehrte ihre Entschlossenheit zurück. Uwe Biskop und seine Frau hatten nicht nur ihre Mutter und Jan Reppert auf dem Gewissen, sondern mittlerweile drei weitere Menschen umgebracht.

»Sie sind Ungeheuer!«, stieß Alice hasserfüllt hervor, als sie sich abtrocknete und in ein großes Handtuch hüllte.

Der Koffer stand bereits vor der Tür. Daher konnte sie sich sofort umziehen und sich anschließend an den Schreibtisch am Fenster setzen. Da Mena Reglin immer noch nichts von sich hatte hören lassen, würde sie diese in ihrer Wohnung aufsuchen. Sie schaltete ihren Laptop ein und erhielt nach zwei Anfragen Menas Adresse. Der Stadtplan, den sie sich bei ihrem ersten Besuch in Augsburg hatte besorgen lassen, half ihr herauszufinden, wo die Straße lag. Da direkt vor dem Hotel eine Straßenbahnlinie in diese Richtung fuhr, verzichtete Alice auf ein Taxi. Sie zog sich am Automaten eine Fahrkarte und fuhr mit dem öffentlichen Verkehrsmittel dorthin.

Während sie zum Fenster hinausblickte und doch nicht wirklich etwas sah, kam ihr der Gedanke, dass der Showdown dieses Abenteuers eigentlich in Vechta ausgetragen werden müsste. Dort war ihre Mutter umgekommen, und ihr eigenes Leben war aus den Fugen geraten. Augsburg erschien ihr irgendwie zu unschuldig und unbeleckt von dem Ganzen. Und doch waren wegen der alten Geschichte auch hier Menschen gestorben.

Alices Blick streifte die Zeitung, die der ihr gegenübersitzende Fahrgast in Händen hielt. Eine Schlagzeile ließ sie zusammenzucken.

»Was? Professor Barin ist im Lech ertrunken?«, rief sie entsetzt.

»Kennen Sie ihn?«, fragte der Mann.

Alice schüttelte den Kopf. »Persönlich nicht, aber ich habe von seinem Institut gehört. Mehrere Kollegen von mir haben von dort Informationen erhalten.«

»Die werden sich jetzt eine neue Informationsquelle suchen müssen. Es gab ja schon ein schweres Unglück im Institut, bei dem einer der Wissenschaftler ums Leben gekommen ist. Das Gebäude ist so beschädigt, dass es abgerissen werden muss. Anscheinend hat Barin das nicht verkraftet und sich deswegen im Lech das Leben genommen.«

Alice hätte ein Jahresgehalt dafür verwettet, dass Justus Barin nicht freiwillig aus dem Leben geschieden war. Doch auch bei diesem Verbrechen war es dem Schurkenpaar gelungen, die Behörden zu täuschen.

Mama, Jan Reppert, Wilfried Gadow, Timo Jander, Anna Miersch, Justus Barin … die Liste der Opfer wurde immer länger und bewies die Entschlossenheit von Biskop und seiner Frau, sich ihrer Gegner zu entledigen. Alice lief es kalt den Rücken hinunter. Was war, wenn es den beiden gelang, auch sie und Mena Reglin auszuschalten, ohne dabei in Verdacht zu geraten? Dann gab es von all ihren Gegnern nur noch Jens Reppert, und der konnte es sich als Politiker nicht leisten, ohne schlagkräftige Beweise gegen das Wissenschaftlerpaar mit internationalem

Renommee vorzugehen. So, wie sie vor allem Susanne Fehse-Biskop einschätzte, gab es diese Beweise nicht.

In ihre Gedanken verstrickt hätte Alice beinahe die Haltestelle verpasst, bei der sie aussteigen musste. Buchstäblich im letzten Augenblick stolperte sie aus der Straßenbahn und sah sich suchend um. Sie befand sich in einer sympathischen Wohngegend mit ein paar Geschäften. Die Wohnblöcke wirkten gepflegt, so dass das Graffiti auf einem Stromverteilerkasten wie ein Fremdkörper wirkte. Um zu Menas Wohnung zu gelangen, musste sie etwa fünfzig Meter in Fahrtrichtung gehen und dann links in eine Nebenstraße abbiegen.

Alice atmete noch einmal tief durch und machte sich auf den Weg. Als sie in die Seitenstraße einbog, blieb der Straßenlärm hinter ihr zurück. Die Autos parkten vorschriftsmäßig an der Straße, doch ein Stück weiter vorne standen drei schwere Motorräder mit Berliner Nummernschildern auf dem Gehsteig und blockierten diesen zur Hälfte. Zunächst beachtete Alice die Maschinen nicht. Dann aber sah sie drei Männer in Lederkluft und Motorradhelmen auf den Köpfen aus dem Hauseingang kommen, der zu Mena Reglins Wohnung führte, und hatte auf einmal einen Knoten im Magen. Sie rannte zur Haustür und hatte Glück, dass eben eine Frau kam und diese öffnete.

»Wissen Sie, in welchem Stock Frau Dr. Reglin wohnt?«, fragte Alice.

»Eins über mir«, kam die lakonische Antwort.

Alice blieb daher nichts anderes übrig, als der Frau zu folgen und, als diese ihre Wohnung erreicht hatte, noch ein Stockwerk höher zu gehen.

Durch das offene Flurfenster hörte sie noch, wie die drei Motorradfahrer ihre Maschinen anließen und mit aufheulenden Motoren davonfuhren.

9.8

Jürgen Leutmann und seine Kumpel waren keine heurigen Hasen. Gewohnt, Auseinandersetzungen mit Mitgliedern anderer Gangs gewaltsam auszutragen, verschaffte ihnen der Mord an Justus Barin keine Gewissensbisse. Auch als sie an diesem Nachmittag ihre Motorräder etwa einhundert Meter von Mena Reglins Wohnung entfernt abstellten, verspürte keiner von ihnen Zweifel. Leutmann ging mit zwei Kumpeln zur Haustür, suchte das Klingelschild mit Menas Namen und drückte ein paar Sekunden auf den Knopf. Zu seiner Enttäuschung blieb alles still.

»Es kann sein, dass die Frau noch nicht von der Arbeit zurück ist«, meinte er zu seinen beiden Begleitern.

»Welche Arbeit meinst du? Schließlich haben wir gestern ihren Chef erledigt?«

»Sie wird sicher bald kommen!« Leutmann zog eine Zigarettenschachtel aus seiner Brusttasche, holte eine Zigarette heraus und zündete sie an.

»Wollt ihr auch eine?«, fragte er nach dem ersten Zug.

Kurz darauf standen alle drei rauchend auf dem Gehsteig und behielten den Eingang des Wohnblocks im Auge. Mehr als eine halbe Stunde tat sich nichts. Leutmann überlegte schon, ob ihr Opfer Verdacht geschöpft und sich irgendwo verkrochen hatte. Da bog eine Frau um die Ecke, die er mithilfe des Fotos, das er von Susanne Fehse-Biskop erhalten hatte, als Mena Reglin identifizierte. Sie trug einen schicken Rock, eine farblich dazu abgestimmte Bluse und eine hübsche kleine Handtasche. Die dunkle Strähne im Haar fehlte auf dem Foto, aber die konnte die Frau sich nach der Aufnahme zugelegt haben.

Einer seiner Begleiter stieß einen leisen Pfiff aus. »Die Braut könnte mir gefallen!«

»Das kannst du dir abschminken. Wir dürfen keine Spuren

hinterlassen, die die Bullen misstrauisch machen«, wies Leutmann ihn zurecht.

»Ist sie das?«, fragte sein Kumpel. »Schade, dass sie so jung sterben muss.« Er grinste und folgte Toni Mädler, die von Leutmann wegen ihrer Ähnlichkeit für Mena gehalten wurde. Es gelang ihm, die Tür zu erreichen, bevor diese ins Schloss fiel, hielt sie aber nur leicht auf und wartete, bis Toni den Aufzug betreten hatte und dieser losfuhr.

Nun folgten auch Leutmann und sein zweiter Kumpel. Leutmann las auf dem Klingelbrett das Stockwerk ab, auf dem Menas Wohnung lag, und wandte sich der Treppe zu. Kurz darauf standen sie vor Menas Wohnungstür und hörten, wie drinnen jemand ein Lied trällerte.

Auf Leutmanns Wink stellten sich seine Begleiter so, dass sie durch den Türspion nicht gesehen werden konnten. Er blickte sich prüfend um. Als er feststellte, dass die beiden anderen Wohnungstüren geschlossen waren und auch niemand durch den Türspion schaute, setzte er den Motorradhelm ab. Dann drückte er mehrfach auf die Klingel.

Wenige Sekunden später wurde die Tür geöffnet, und Toni blickte heraus. »Was gibt es?«

Noch während sie fragte, drängte Leutmann sie zurück. Seine beiden Kumpel kamen hinter ihm her und schlossen die Tür.

»Was soll das?«, rief Toni empört und wollte um Hilfe rufen. Da legte ihr einer der Männer die Hand auf den Mund, während der andere sie an beiden Armen packte und festhielt. Unterdessen zog Leutmann sich Gummihandschuhe über, holte eine verschlossene Plastiktasche unter seiner Lederkombination hervor und öffnete diese.

Toni versuchte, sich zu befreien oder wenigstens zu schreien. Doch gegen die beiden Ein-Meter-neunzig-Kerle hatte sie keine Chance. Mit weit aufgerissenen Augen starrte sie auf die Spritze, die Leutmann kurz überprüfte, bevor er damit auf sie zutrat. Mit einem schnellen Griff seiner Linken fasste er ihren rechten Arm, bog ihn nach vorne und stieß die Nadel hinein.

Es brannte wie Feuer, und der Schmerz trieb Toni die Tränen in die Augen. Sie wollte schreien, konnte es aber nicht. Verzweifelt trat sie um sich, doch die Kerle zuckten nicht einmal.

Leutmann drückte den Inhalt der Spritze in ihren Arm und sah zufrieden, wie ihre Augen glasig wurden. Dann zog er die Spritze wieder heraus und drückte sie ihr in die rechte Hand.

»Damit sieht es so aus, als hätte sie sich selbst den goldenen Schuss gesetzt«, meinte er spöttisch, während er die Plastiktasche wieder verstaute und seinen Helm aufsetzte.

»Ich glaube, wir können gehen. Die ist schon weggetreten!«

Leutmann hatte es kaum gesagt, da schleppten seine Kumpane Toni zur Couch und legten sie darauf.

»Wirklich schade«, sagte einer. »Die hätte ich gerne gepimpert!«

»Du kannst dir zu Hause eine suchen. Und jetzt kommt! Wir sind schon viel zu lange hier gewesen!« Mit einem kurzen Wink wies Leutmann die beiden anderen an, ihm zu folgen, und ging zur Wohnungstür. Nach einem kurzen Blick durch den Türspion trat er auf den Flur und stieg die Treppe hinab. Seine Kumpane zogen die Tür ins Schloss und eilten ihm nach.

Kurz darauf erreichten sie ihre Motorräder, ließen sie an und fuhren mit bis zum Anschlag aufgedrehten Gasgriffen davon.

9.9

Alice Blair hatte Glück, dass sie auf Anhieb die richtige Tür erwischte. Dort läutete sie Sturm und betete darum, dass sie nicht zu spät gekommen war. Zwar kannte sie die Verbindung der Biskops zu diesen Motorradfahrern nicht, war aber sicher, dass die Typen auf deren Veranlassung geschickt worden waren.

Vielleicht siehst du auch nur Gespenster, und diese Kerle haben überhaupt nichts mit Mena Reglin zu tun, fuhr es ihr durch den Kopf. Ihr Gefühl sagte jedoch etwas anderes, und das hatte sie bislang nur selten getrogen. Da sich niemand auf ihr Klingeln hin meldete, schlug sie jetzt mit der linken Hand gegen die Tür.

»Aufmachen! Machen Sie auf!«, schrie sie auch gegen ihre fürchterliche Angst an, dass Mena Reglin nicht mehr dazu in der Lage war.

Der Lärm rief Nachbarn auf den Plan. »He, was soll das?«, rief ein Mann, während eine Frau aus einer Tür herausschaute und sich an die Stirn tippte.

Alice läutete jedoch weiter.

Das schnarrende Geräusch der Klingel drang bis in Tonis umnebeltes Gehirn. Sie kämpfte sich von der Couch hoch und tastete sich in Richtung Tür. Sehen konnte sie kaum mehr etwas, denn vor ihren Augen zuckten Blitze, und es war um sie herum so hell wie an einem sonnendurchglühten Sommertag in der Wüste. Nach einer endlos scheinenden Zeit erreichte sie die Tür und suchte mit beiden Händen nach der Klinke. Endlich fand sie sie, drückte sie herunter und öffnete. Damit waren ihre Kräfte erschöpft, und sie fiel Alice buchstäblich in die Arme. Diese fing sie auf und legte sie vorsichtig auf den Boden.

»Rasch, rufen Sie den Notarzt!«, rief sie den gaffenden Nachbarn zu.

»Mein Gott, was ist denn passiert?«, fragte eine Frau fassungslos. Dann aber riss sie sich zusammen, zog ihr Handy aus der Tasche und drückte den Knopf, auf dem sie die Notrufnummer eingespeichert hatte.

»Wir haben eine Schwerkranke! Sie braucht einen Arzt! Dringend!«, rief sie ins Handy, als sich jemand meldete, und nannte dann die Adresse. Ihr Gesprächspartner versprach, sofort jemanden zu schicken, und legte auf.

Die nächsten Minuten wurden für Alice zur Qual. Sie versuchte, die halb betäubte Toni wach zu halten, doch die dämmerte immer mehr weg. Längst hatte sie den frischen und noch leicht blutenden Einstich im Arm entdeckt und ahnte, was geschehen war. Heroin, wahrscheinlich unrein und in einer viel zu starken Dosis verabreicht, tötete jeden, der nicht rechtzeitig in ärztliche Behandlung kam. Sie wusste sich keinen Rat, doch als es unten schellte und kurz darauf drei Männer in weißen Kitteln aus dem Aufzug stiegen, von denen sich einer als Notarzt vorstellte, sagte sie ihnen, was sie vermutete.

»Sie meinen Rauschgift?«, fragte der Mediziner nach.

Alice nickte, überließ Toni seiner Obhut und trat in die Wohnung. Die gebrauchte Spritze war nicht zu übersehen. Sie zog ein Papiertaschentuch aus ihrer Tasche, fasste damit die Spritze und trug sie hinaus.

»Hier, das muss das Zeug sein!«, sagte sie.

Der Arzt wies einen seiner Sanitäter an, die Spritze mitzunehmen, und schüttelte den Kopf. »Dass die Leute immer noch so blöd sind, so ein Zeug zu nehmen!«

Es lag Alice bereits auf der Zunge, dass Mena Reglin es gewiss nicht freiwillig getan hatte. Da sie jedoch auch hier keinen Beweis in Händen hielt, hielt sie den Mund und sah zu, wie der Arzt der Bewusstlosen mehrere Spritzen setzte. Anschließend betteten die Sanitäter diese auf eine Trage und brachten sie nach unten. Sie kehrte noch einmal in Mena Reglins Wohnung zurück, fand dort aber nichts Auffälliges und trat wieder in den Flur.

»Sie sind gewiss eine Kollegin von Frau Reglin. Obwohl, wenn ich es richtig bedenke, sah sie mehr wie deren Schwester aus. Frau Reglin trägt keine so auffälligen Klamotten«, meinte die Nachbarin.

»Schwester?«, rief Alice verwirrt. »Aber das war Frau Dr. Reglin! Ich habe sie doch bereits früher gesehen.«

»Es sind Zwillinge! Eineiige, sie sehen absolut gleich aus.« Die

Frau berichtete, dass auch sie die beiden Schwestern nur anhand ihrer Kleidungsvorlieben auseinanderhalten konnte, und wollte dann wissen, was denn eigentlich geschehen war.

»Das kann ich Ihnen leider nicht sagen. Ich wollte mit Frau Dr. Reglin sprechen, aber sie machte nicht auf, und ich hatte plötzlich ein komisches Gefühl. Ihnen danke ich, dass Sie mir geholfen haben. Ich werde jetzt ins Krankenhaus fahren, um nachzusehen, wie es Frau Dr. Reglin – oder ihrer Schwester, wenn sie es ist – geht. Auf Wiedersehen!«

Während Alice mit dem Aufzug nach unten fuhr, betete sie, dass die Vergiftete nicht Mena Reglin war, sondern wirklich deren Schwester. Sie brauchte unbedingt Unterstützung gegen die Biskops, und dieser Giftanschlag würde Mena Reglin allzu deutlich vor Augen führen, dass sie es mit einem Gegner zu tun hatten, der keinerlei Skrupel besaß.

9.10

Jürgen Leutmann war froh, dass die Sache so glatt abgelaufen war und er wieder nach Berlin zurückfahren konnte. Gleichzeitig überlegte er sich, auf welche Weise er am meisten Geld aus Biskop herausschlagen würde. Der Professor und seine Frau mochten sich für sehr schlau halten, doch er war auch nicht auf den Kopf gefallen und würde dafür sorgen, dass die beiden bluteten. Mit fünfundvierzigtausend Euro, wie die Biskops glaubten, würde er sich nicht zufriedengeben.

Bei der Raststätte Fürholzen trafen sie ihre Biker-Kollegen, die dort auf sie gewartet hatten, und traten nach jeweils einer Bratwurst und zwei Cola die Fahrt nach Berlin an. Ihre Motorräder waren schnell und sie geübte Fahrer, denen es nichts ausmachte, ein Auto, das mit hundertachtzig Stundenkilometer auf der linken Spur unterwegs war, rechts zu überholen.

Nach etwa der Hälfte der Strecke legten sie eine Pause ein. Während seine Freunde je eine weitere Bratwurst verdrückten und sie mit ein paar Colas hinunterspülten, nahm Leutmann sein Handy und rief Biskop an.

»Hier Biskop«, meldete sich der Professor.

»Hier Leutmann! Sie können Ihrer Frau ausrichten, dass ich die beiden Jobs erledigt habe.«

Leutmann beendete grinsend das Gespräch und gesellte sich zu seinen Freunden. Während er seine wohlverdiente Bratwurst aß und eine Cola dazu trank, betrat Uwe Biskop in Augsburg das Arbeitszimmer seiner Frau.

»Eben hat Leutmann sich gemeldet und mitgeteilt, dass Barin und die Reglin erledigt wären.«

»Barins Tod steht bereits in der Zeitung. Der Ärmste hat sich ertränkt, nachdem sein Institut explodiert ist.« Susanne Fehse-Biskop lachte leise und schaltete dann auf einen anderen Bildschirm um. Dort rief sie einen Mail-Anbieter auf, den sie nur sehr selten benutzte, und schickte eine bereits vorbereitete E-Mail ab.

»Das wird uns das Problem Leutmann vom Hals schaffen«, sagte sie und stand schlangengleich auf. »Das sollten wir mit einem Glas Champagner und einer heißen Nacht im Bett feiern.«

»Hast du nicht Jens Reppert vergessen?«, fragte Uwe Biskop.

»Gewiss nicht! Doch was kann der jetzt, nachdem die anderen alle erledigt sind, noch unternehmen? Er wird schön stillhalten, um seine politische Karriere nicht zu riskieren«, antwortete seine Frau.

»Ich halte es trotzdem für gefährlich, ihn nicht auszuschalten!«

Auf Susanne Fehse-Biskops Gesicht erschien ihr Tigerinnenlächeln. »Das gedenke ich auch nicht zu tun! Nur werden wir hier anders vorgehen. Als Erstes brauchen wir dringend eine neue, bahnbrechende Erfindung, die du vorstellen kannst. Ich habe da auch schon eine Idee. Zwei Wissenschaftler der TU

München arbeiten an einer Sache, die mir interessant erscheint. Ich werde dir die Daten besorgen, dann kannst du beim nächsten Interview andeuten, dass du in diese Richtung forschst. Was Jens Reppert betrifft, so hat er nicht nur Freunde, sondern auch Parteifreunde – wenn du verstehst, was ich meine!«

»Leute in der eigenen Partei, die ihn nicht mögen?«

»Exakt! Ich habe Barins Computer gehackt und bin darauf gestoßen, dass er im Auftrag eines solchen Parteifreunds Repperts Schwachpunkte herausfinden sollte. Diesen Job werde jetzt ich übernehmen. Du kannst sicher sein, dass Jens Reppert danach so erledigt ist, dass kein Hund mehr nach ihm bellen wird, wenn die Nachrichten sein Ableben vermelden. Ich hätte ja gerne Leutmann für diesen Job genommen, doch der wurde mir zuletzt zu unverschämt. Aber wir schaffen es auch ohne den Rocker-Detektiv. Und jetzt komm! Ich will Champagner auf meiner Zunge und etwas anderes in mir spüren.«

»Gut«, sagte Biskop, der sich nur allzu gern von den Toten ablenken ließ, die auf ihrem Weg zurückgeblieben waren.

9.11

Jürgen Leutmann und seine Begleiter erreichten Berlin in erstaunlich kurzer Zeit. Bestens gestimmt bogen sie von der Straße in den Hinterhof ein, in dem ihr geheimer Treffpunkt lag. Doch als Leutmann vor der Garage anhielt, in der im Allgemeinen kleine Reparaturen an den Maschinen durchgeführt wurden, wunderte er sich über die Stille, die ihn dort empfing. Eigentlich hatte er erwartet, andere Mitglieder ihrer Gruppe hier vorzufinden. Offiziell würden sie hier sein, um ihre Motorräder zu warten, in Wahrheit aber, um zu erfahren, ob ihre Kameraden erfolgreich gewesen waren.

»He! Wir sind zurück!«, rief er und stellte sein Motorrad ab.

»Was ist denn mit denen los?«, sagte einer seiner Begleiter, als keine Antwort kam.

»Ich würde sagen, sie sind euch vorausgegangen!«, klang da eine höhnische Stimme auf.

Wie auf Befehl strömten Männer aus allen möglichen Eingängen heraus. Sie trugen ebenfalls Lederkombinationen und Motorradhelme, allerdings in anderen Farben und mit anderen Symbolen. In den Händen hielten sie Pistolen oder Sturmgewehre und zielten auf Leutmanns Gruppe.

»Was soll das?«, rief Leutmann mit einem Anflug von Panik.

Der Mann, der eben gesprochen hatte, ließ ihn nicht lange im Unklaren. »Wir haben lange gerätselt, wer Jurij umgebracht hat, und jetzt hat uns ein guter Freund gesteckt, dass ihr es gewesen seid. Den Beweis haben wir hier in dieser Hütte gefunden!« Der Mann hielt ein silbernes Abzeichen in die Höhe, das dem glich, welches er auf seiner Lederjacke trug.

»Ihr hättet es mit Jurij im Jungfernsee versenken sollen«, setzte er beinahe gemütlich hinzu. »Jetzt seid ihr nämlich im Arsch!«

Noch während er es sagte, zog er den Abzugsbügel seiner Pistole durch.

Es war das Signal an seine Männer, aus allen Rohren zu feuern. Während Leutmann die Einschläge in seinem Körper spürte, begriff er, dass er Susanne Fehse-Biskop sträflich unterschätzt hatte. Dieses Biest hatte nicht nur seine Beteiligung am Mord an Jurij Gudaijew herausgefunden, sondern auch noch dessen Freunde informiert.

»Pech!«, murmelte er, als er von seinem Motorrad herabrutschte und die schwere Maschine auf ihn fiel. Dann wurde es still in diesem Berliner Hinterhof. Die Männer, die Leutmann aufgelauert hatten, steckten ihre Waffen weg und verschwanden wie ein Spuk. In der *Berliner Morgenpost* des nächsten Tages war zu lesen, dass es eine Schießerei im Bandenmilieu mit zwölf Toten gegeben habe. Eines der Opfer wäre der Privatdetektiv Jürgen

Leutmann, dessen Mitwirkung bei verschiedenen Erpressungen und Schutzgeldforderungen gerade erst bekannt geworden war. Niemand kam darauf, dass es einen Zusammenhang mit dem Tod von Professor Barin bei Augsburg gab.

9.12

An diesem Vormittag saßen Mena Reglin, Claudius und Noreen in der Polizeistation von Pescheria, anstatt gemütlich auf der Hotelterrasse zu liegen und die Sonne zu genießen. Ihnen gegenüber hatte die Familie der beiden jungen Leute Platz genommen, die den Bootsunfall verursacht hatten. Der Vater ließ Mena an einen Nussknacker denken. Das Kinn vorgeschoben musterte er die drei mit vorwurfsvollen Blicken.

»Sie brauchen nicht zu denken, Sie kämen so einfach davon!«, sagte er plötzlich. »Das Schmerzensgeld für Max und Ramona sowie die Reparatur unseres Bootes wird Sie teuer zu stehen kommen!«

Mena schüttelte verwirrt den Kopf und sah dann Claudius an. »Verstehst du, was er meint?«

»Tun Sie nicht so!«, schnaubte der Mann. »Sie haben diesen Bootsunfall provoziert und werden dafür bezahlen.«

»So eine Unverschämtheit!«, entfuhr es Mena. »Dieser Lümmel rammt uns beinahe mit seinem Boot und kippt es dann noch aus reiner Dummheit um, und wir sollen schuld sein?«

»Der Lümmel und die Dummheit wird Sie ebenfalls teuer zu stehen kommen. Ich sage Ihnen …« Was immer der Mann sagen wollte, unterblieb, denn zwei Polizisten in dunkelblauen Uniformen und kniehohen Stiefeln kamen herein und stellten sich martialisch neben der Tür auf. Ein weiterer Beamter, ebenfalls in Uniform, aber mit Halbschuhen an den Füßen, folgte ihnen mit einem Stapel Papieren in den Händen.

»Buon giorno!«, grüßte er und wechselte dann auf die deutsche Sprache über. Zwar sprach er mit starkem Akzent, war aber gut zu verstehen.

»Wegen der gestrigen Vorfälle auf dem See ergeht folgende Anklage gegen Herrn Maximilian Künne: Gefährdung anderer Fahrzeuge und deren Insassen auf dem See, fahrlässige Körperverletzung sowie das Steuern eines Motorboots ohne die erforderliche Betriebserlaubnis. Die Kaution wurde auf zehntausend Euro festgesetzt. Solange diese nicht bezahlt ist, darf Herr Maximilian Künne Italien nicht verlassen.«

Das Gesicht von Max' Vater färbte sich bei jedem Satz röter. »Das ist eine Unverschämtheit!«, platzte er heraus. »Mein Sohn ist vollkommen unschuldig. Er …«

»Sie sollten Ihre nächsten Worte gut wählen, Herr Künne«, unterbrach ihn der Polizeibeamte. »Es gibt genug Zeugen dafür, dass Ihr Sohn das Boot mit Herrn Kaiser, dessen Tochter und Frau Dr. Reglin in Gefahr gebracht hat. Außerdem hat er den Unfall selbst verschuldet. Sie haben es nur Frau Dr. Reglin zu verdanken, dass Ihre Tochter, die bei dem Unfall das Bewusstsein verloren hat, nicht ertrunken ist. Außerdem werden auch Sie sich vor Gericht verantworten müssen, weil Sie Ihrem Sohn das Motorboot überlassen haben, obwohl Sie wussten, dass er nicht den dafür nötigen Bootsführerschein besitzt.«

»Seit wann braucht man in Italien einen Bootsführerschein?«, blaffte Künne zurück.

»So steht es im Gesetz! Und der zuständige Richter wird diese Paragrafen mit Sicherheit nicht zu Ihren Gunsten auslegen. Ich bitte nun Herrn Maximilian Künne, seinen Pass abzugeben. Er erhält ihn zurück, sobald die Kaution bezahlt worden ist. Es wird erwartet, dass er bei dem Prozess anwesend ist. Ansonsten müsste er zur Fahndung ausgeschrieben werden und würde bei seiner nächsten Einreise nach Italien in Untersuchungshaft genommen. Damit sind die Herrschaften für heute entlassen!«

Während der Beamte den Raum verließ, traten die beiden anderen Polizisten auf Max Künne zu und streckten fordernd die Hände aus.

Der junge Bursche war während der letzten Minuten immer mehr geschrumpft und hockte nun wie ein Häuflein Elend auf seinem Stuhl. Seine Mutter musste ihn anstupsen, damit er seine Geldbörse zog und den Polizisten seinen Ausweis überreichte.

Unterdessen stand Mena auf und sah Claudius und Noreen auffordernd an. »Wir dürfen gehen, also sollten wir es tun.«

Ohne die Künnes noch eines Blickes zu würdigen, verließ sie das Zimmer und atmete tief durch, als sie draußen im Freien stand.

»Gottes Zoo ist wirklich groß!«, sagte sie dann kopfschüttelnd. »So etwas habe ich noch nicht erlebt. Dieser Lümmel bringt uns mutwillig in Gefahr, und dann sollen wir noch schuld sein, weil er sein Boot umgeschmissen hat.«

Claudius hob grinsend den Zeigefinger. »Lümmel darfst du nicht sagen, sonst hängt dir sein Vater einen Beleidigungsprozess an den Hals, der sich gewaschen hat.«

»Im Gegenzug bekommt er einen Verleumdungsprozess Klasse eins a. Immerhin haben er und sein Junior es so hingestellt, als hätten wir den Unfall verursacht.« Mena war noch immer aufgebracht, nicht zuletzt, weil sie ihr Leben riskiert hatte, um das bewusstlose Mädchen zu retten. Doch anstatt Dank dafür zu ernten, hatte man sie auch noch beschimpft.

Der Aufenthalt am Gardasee, der so gut begonnen hatte, war ihr auf einmal verleidet. Sie holte ihr Handy heraus, um Toni anzurufen, dass sie früher nach Hause kommen würde. In der Aufregung hatte sie vergessen, es wieder anzuschalten, und holte dies jetzt nach. Eine weitere SMS war gekommen. Mena rief sie auf und glaubte ihren Augen nicht trauen zu können.

»Ihre Schwester liegt im Krankenhaus. Bitte melden Sie sich umgehend! Alice Blair.«

»Was ist los?«, fragte Claudius erschrocken, da Mena kreideweiß geworden war.

»Ich weiß es nicht, ich …« Mena brach ab und tippte die Nummer ein, die unter der SMS stand.

»Alice Blair«, meldete sich die andere Teilnehmerin.

»Hier Mena Reglin …«, begann Mena und wurde sofort unterbrochen.

»Endlich erreiche ich Sie! Ich muss dringend mit Ihnen reden. Es ist äußerst wichtig!«

»Was ist mit Toni?«, fragte Mena besorgt.

»Sie ist über den Berg, hätte aber keine halbe Stunde später gefunden werden dürfen. Mehr, wenn Sie hier sind. Bitte kommen Sie sofort. Es besteht höchste Gefahr!«

Mehr wollte Alice nicht sagen, da Mobilfunknetze nicht abhörsicher waren. Im Augenblick traute sie den Biskops alles zu, auch, dass sie Menas Telefon anzapften. Daher wagte sie nicht, Mena einen Treffpunkt vorzuschlagen, sondern bat sie nur, so schnell wie möglich nach Hause zu kommen. Sie beendete die Verbindung und hoffte, dass die Frau verstanden hatte, worum es ging.

Mena stand da wie vom Donner gerührt. Erst als Claudius sie an der Schulter fasste, nahm sie ihre Umwelt wieder wahr. »Ich muss sofort nach Hause!«, sagte sie. »Mit Toni ist was passiert.«

»Wir fahren ins Hotel und packen«, schlug Claudius vor.

»Du solltest hierbleiben«, antwortete Mena. »Zum einen ist die Sache mit dem Bootsunfall noch nicht vollständig ausgestanden. Zum anderen hast du das erste Mal deine Tochter für dich, und das solltest du genießen. Mittlerweile hat Noreen sich an dich gewöhnt. Ich fahre mit dem Zug.«

Claudius widersprach noch eine Weile, gab aber schließlich nach, weil er begriff, dass Mena mit ihren Gedanken allein sein wollte. Allerdings brachte er sie ins Hotel und später zum Bahnhof. Als der Zug losfuhr, kämpfte er gegen das hartnäckige Gefühl, dass es besser gewesen wäre, doch mit ihr zu fahren. Da zupfte ihn seine Tochter am Ärmel und zeigte auf eine Eisdiele. »Gehen wir da hinein?«

»Aber klar, meine Kleine«, sagte er und nahm sie auf den Arm.

9.13

In Augsburg angekommen nahm Mena sich nicht die Zeit, in ihre Wohnung zu fahren, sondern verstaute ihren Koffer in einem Schließfach im Bahnhof und eilte zum Krankenhaus. Als sie in das Zimmer ihrer Schwester trat, lag diese matt und blass in ihrem Bett. Eine junge Frau befand sich bei ihr, die Mena anhand ihrer Kleidung und der Frisur als Amerikanerin identifizierte.

»Hallo Mena!«, sagte Toni mit schwacher Stimme. »Schön, dass du gekommen bist.«

»Es wäre ja noch schöner, wenn ich am Gardasee bleiben würde, obwohl ich erfahre, dass du im Krankenhaus liegst.« Mena trat auf ihre Schwester zu und umarmte sie vorsichtig.

Alice Blair blickte erstaunt auf die beiden Frauen, die einander tatsächlich wie ein Ei dem anderen glichen. Auch wenn Mena etwas mehr Farbe im Gesicht hatte, verstand sie, weshalb die Schurken, die die Biskops geschickt haben mussten, Toni Mädler für ihre Zwillingsschwester gehalten hatten.

»Darf ich dir meine Lebensretterin Alice Blair vorstellen. Wenn sie nicht gewesen wäre, wäre ich jetzt tot!«, erklärte Toni.

»Sie sind also Alice Blair.«

Mena hatte es schon erwartet. Irgendwann hatte sie diese Frau schon einmal gesehen, dachte sie und versuchte, sich daran zu erinnern. War es nicht in Vechta gewesen, im Gebäude der *Oldenburgischen Volkszeitung*?

»Guten Tag!«, grüßte sie reserviert.

Alice trat auf sie zu und fasste nach ihrer Hand. »Ich bin so froh, dass Sie gekommen sind. Wir müssen miteinander reden.«

»Erst, nachdem ich weiß, was mit Toni passiert ist«, wehrte Mena ab und wandte sich wieder ihrer Schwester zu.

»Ich weiß es selbst nicht. Was den vorgestrigen Abend angeht, habe ich einen völligen Black-out. Ich bin erst heute Morgen wieder zur Besinnung gekommen und habe mich gewundert, hier in der Klinik zu liegen. Die Ärzte glauben, ich hätte mir den goldenen Schuss gesetzt, und wollen mich daher psychologisch durchchecken!« Trotz ihrer Schwäche klang Toni zutiefst empört.

Mena konnte sie verstehen. Ihre Schwester hatte nie etwas mit Drogen am Hut gehabt, und es gab auch keinen Grund für sie, aus dem Leben scheiden zu wollen. Mit einem gewissen Misstrauen wandte sie sich an Alice Blair. »Was wissen Sie über die Sache?«

»Das sollten wir unter vier Augen besprechen. Leider ist es nichts Erfreuliches. Ich weiß nicht, wie viel Sie davon mitbekommen haben, was hier in Augsburg passiert ist.«

»Ich habe in den letzten Tagen weder eine deutsche Zeitung gelesen noch Fernsehen geschaut«, bekannte Mena.

Um Alices Lippen zuckte der Anflug eines Lächelns. »Das, was ich meine, stand in keiner der großen Zeitungen und wurde auch nicht im Fernsehen übertragen. Aber wir sollten Ihre Schwester nicht damit belasten. Sie kann es später erfahren, wenn es vorbei ist.«

»Was vorbei?«, fragte Mena scharf.

»Die Gefahr für Sie!«, gab Alice mit bitterer Stimme zurück und wies zur Tür. »Wollen wir zu mir ins Hotel gehen oder zu Ihnen?«

»Zu mir! Ich möchte meine E-Mails durchsehen. Toni, halte die Ohren steif. Ich bin so bald wieder da, wie es nur geht!«

»Ich warte!« Toni Mädler begriff, dass hinter dem Ganzen

mehr stecken musste, doch sie war zu betäubt, um sich Gedanken darüber machen zu können. Ihr Körper fühlte sich schlaff und kraftlos an, und sie spürte, wie die Müdigkeit sie wieder überwältigte.

Mena beobachtete noch, wie ihre Schwester einschlief, und funkelte dann Alice an. »Sie sind mir einige Erklärungen schuldig!«

»Die werden Sie erhalten«, antwortete Alice und griff, als sie das Zimmer verließen, unwillkürlich in ihre Handtasche, wo sich neben Handy, Lippenstift und Puderdose auch der Derringer befand. Sie wollte auf alles vorbereitet sein. Gleichzeitig hoffte sie auf Menas Unterstützung. Doch dazu musste diese wissen, worum es ging.

9.14

In ihrer Wohnung schaltete Mena ihren Computer ein und erinnerte sich dann erst daran, dass ihr Koffer noch immer in einem Schließfach des Bahnhofs steckte. Das aber war im Augenblick ihr geringstes Problem. Während ihr Computer hochfuhr, sah sie Alice an.

»Jetzt erzählen Sie bitte, warum Sie mich so dringend sprechen wollen!«

»Es geht um die Biskops!«, stieß Alice hervor. »Sie sind Mörder und stecken auch hinter dem Anschlag auf Ihre Schwester.«

»Was ist Toni wirklich zugestoßen?«, fragte Mena scharf.

»Genau weiß ich es nicht. Aber ich nehme an, dass die drei Rocker, die ich aus dem Haus habe kommen sehen, sie überfallen haben. Als ich wenige Sekunden später zu Ihrer Tür kam, war Ihre Schwester in der Wohnung. Man hatte ihr eine Überdosis Heroin gespritzt! Hätte ich nicht befürchtet, dass ein Anschlag auf Sie verübt werden könnte, wäre ich nicht zu Ihrer Wohnung gegangen und hätte Frau Mädler nicht helfen können. Sie war glücklicherweise noch in der Lage, mir die Tür zu öffnen. Danach ist sie umgekippt, und es sah einige Stunden lang nicht so aus, als würde sie es schaffen.«

»Das ist eine böse Geschichte!«, antwortete Mena immer noch misstrauisch. »Weshalb hätten die Rocker, die Sie gesehen haben, Toni umbringen sollen, wenn sie angeblich auf mich aus waren?«

»Weil Sie und Ihre Schwester sich so ähnlich sehen, dass auch ich Toni zunächst für Sie gehalten habe.«

»Und was haben diese Rocker mit den Biskops zu tun?«

»In dem Punkt muss ich passen! Aber ich bin davon überzeugt, dass dieses saubere Pärchen dahintersteckt. Sie sind mit Sicherheit auch am Tod von Wilfried Gadow, Anna Miersch und Ihrem Chef verantwortlich, ebenso an dem Ihres Kollegen Jander!«

Mena sprang auf. »Was sagen Sie da? Anna Miersch ist tot?« Dann erst begriff sie das Ausmaß von Alices Bericht, und ihre Haut färbte sich unter der Sonnenbräune grau. »Sowohl Professor Barin wie auch Timo Jander sollen ermordet worden sein? Ich habe zwar von einem Brand im Institut gehört und von einem Toten, aber nicht von zweien.«

»Jander starb durch die Explosion, die den Brand ausgelöst hat. Ich bin mir im Übrigen sicher, dass der Anschlag Ihnen galt! Und Barin wurde ertrunken im Fluss aufgefunden. Die Behörden mutmaßen, er habe Selbstmord begangen, weil sein Institut bei der Explosion zerstört wurde.«

»Aber Sie glauben das nicht!« Mena ließ sich auf den Schreibtischstuhl sinken und musterte ihr Gegenüber nachdenklich. Noch immer hatte sie den Schock, dass ihre Schwester beinahe umgekommen wäre, nicht verwunden und sah Toni mehr gefährdet als sich selbst.

»Nein, ich glaube es nicht! Allerdings habe ich keine Beweise und kann daher nicht zur Polizei gehen. Man würde mich auslachen, wenn ich ein so angesehenes Wissenschaftlerpaar all dieser Verbrechen beschuldigte. Außerdem hätte ich noch ein Verfahren wegen Verleumdung am Hals. Die Biskops würden ungeschoren davonkommen und wären für alle Welt rehabilitiert. Doch die beiden müssen für all das, was sie getan haben, bezahlen!«

Alice klang zuletzt so hasserfüllt, dass Mena sie erstaunt ansah. Dann bemerkte sie unter den E-Mails, die sich während ihrer Abwesenheit angesammelt hatten, eines mit der E-Mail-Adresse ihrer Schwester. Als Absender las sie jedoch den Namen einer Toten.

»Sehen Sie sich das an!«, flüsterte sie mit bleichen Lippen. »Das ist eine Mail von Anna Miersch.«

»Was schreibt sie?«, fragte Alice.

Mena las laut vor.

Liebe Frau Reglin,
ich hoffe, dass Sie diese Mail nie erhalten. Wenn doch, habe ich einen furchtbaren Fehler gemacht und hätte besser auf Ihre Warnung hören sollen. Ich habe Beweise dafür, dass Uwe Biskop und Susanne Fehse die Schuld am Tod von Jan Reppert und Julia Gschwendle tragen, die vor fünfundzwanzig Jahren ums Leben gekommen sind. Die Beweise finden Sie als Anhang dieser Mail. Die Originale sind in einem Schließfach der Augsburger Bankfiliale am Königsplatz zu finden. Die Biskops haben mir versprochen, mir zwei Millionen Euro Schweigegeld zu zahlen. Deshalb habe ich nicht mit Ihnen gesprochen. Die Mails zu Biskop, die Sie in den letzten Monaten bekommen haben, stammen von mir. Ich habe gehofft, dass Ihr Institut Nachforschungen anstellt, und wollte, dass Sie alles tun, um Biskop als Verbrecher zu entlarven. Da hatte ich mich noch nicht getraut, Geld von ihm zu verlangen. Jetzt aber gehe ich davon aus, dass er zahlt. Sobald

das geschehen ist, lösche ich diese Mail wieder, die ich auf dem PC *Ihrer Schwester versteckt habe, und beginne ein neues Leben auf Teneriffa. Das ist Biskop mir schuldig.*

Anna Miersch

Eine Zeit lang schwiegen beide Frauen. Dann ballte Alice wütend die Faust. »Auch dafür wird Biskop bezahlen! Doch jetzt laden Sie die Anhänge herunter. Ich will die Beweise sehen, von denen Anna geschrieben hat.«

Während die Daten geladen wurden, musterte Mena Alice nachdenklich. »Sie sind die Kleine, nicht war? Elisabeth!«

Mit Tränen in den Augen nickte Alice. »Ich habe fünfundzwanzig Jahre darauf gewartet, Biskop als den Schuldigen an dem Unfall zu entlarven, bei dem meine Mutter ums Leben kam, und ihn dafür zur Rechenschaft zu ziehen. Doch nie hätte ich gedacht, dass meine Untersuchungen so viel Schlimmes auslösen könnten.«

Mena machte eine abwiegelnde Geste. »Dazu haben Gadow und Anna Miersch sehr viel selbst beigetragen! Sie sollten sich daher keine Vorwürfe machen. Aber nun müssen wir dem Ganzen endlich ein Ende bereiten.«

10

10.1

Alice starrte auf die Blätter, die Mena ausgedruckt hatte, und spürte, wie sich ihre Augen mit Tränen füllten. Das also war das Geheimnis! Bei dem Unfall hatten vier Personen in dem Auto gesessen, und die zwei auf den Vordersitzen waren halbwegs unversehrt geblieben. Aber aus unerklärlichen Gründen hatten sie die beiden Verletzten von den Rücksitzen nach vorne gezerrt und damit deren Tod verursacht.

Anna Miersch musste sie damals beobachtet haben, denn nur so hatte sie behaupten können, sie hätten sie umgebracht! Im Grunde war das richtig. Wenn Uwe Biskop und Susanne Fehse damals anders gehandelt hätten, könnten ihre Mutter und Jan Reppert noch leben.

»Was sollen wir jetzt machen?«, fragte Mena, die aufgrund der Informationen, die sie von Anna Miersch erhalten hatte, keinen Zweifel hegte, dass es sich bei den beiden Personen auf dem verschwommenen Bild um das Ehepaar Biskop handelte. »Am besten ist es, wenn wir die Sachen gleich an die Polizei weiterschicken.«

Alice schüttelte vehement den Kopf. »Das bringt uns gar nichts! Die Sache ist längst verjährt. Außerdem sind die Personen auf den Fotos zu unscharf, um sie identifizieren zu können. Biskop und seine Frau müssen bloß bei ihrer Aussage bleiben, sie wären damals mit dem Taxi gefahren. Heute kann ihnen niemand mehr das Gegenteil beweisen.«

»Aber irgendetwas müssen wir tun!«, fuhr Mena auf.

»Der Meinung bin ich auch.«

Alice zog ihren Derringer aus der Handtasche und zeigte Mena die Waffe. »Ich bin bereit, die Sache zu übernehmen. Ich muss mir vorher nur noch ein Flugticket in die Vereinigten Staaten besorgen. Wenn ich schnell genug handle, bin ich weg, bevor die Behörden hier etwas mitbekommen, und die USA werden mich nicht nach Deutschland ausliefern.«

Mena sah sie entsetzt an. »Aber das wäre Mord!«

»Ich würde eher sagen: Notwehr! Wenn die Biskops erfahren, dass Sie noch leben, werden sie alles daransetzen, um Sie endgültig kaltzumachen. Bei mir ist es genauso. Mich würden sie sogar bis in die Vereinigten Staaten verfolgen.«

Um Mena endgültig auf ihre Seite zu ziehen, sah Alice sie eindringlich an. »Sie können sich nicht vorstellen, wie es ist, als kleines Mädchen oben am Fenster zu stehen und zuzusehen, wie die Mutter fröhlich mit ein paar Freunden losfährt, und wenige Stunden später zu erfahren, dass sie nicht mehr lebt. Die Biskops haben mir meine Mutter und damit das Leben gestohlen, das ich hätte führen können. Ich habe mir geschworen, dass sie einmal dafür bezahlen werden.«

»Aber das muss die Polizei regeln und nicht wir«, wandte Mena ein.

Alice lachte freudlos. »Ich habe schon einmal gesagt, dass wir dafür Beweise bräuchten – aber die haben wir nicht. Man würde uns höchstens in die Klapsmühle stecken, wenn wir mit unserer Geschichte ankommen. Uwe Biskop und seine Frau würden sich ins Fäustchen lachen und so weitermachen wie bisher. Doch dafür sind Wilfried Gadow, Anna Miersch und Ihre beiden Kollegen nicht gestorben.«

»Es ist verrückt! Es ist einfach verrückt!«, rief Mena aus. »Claudius ist noch in Italien und Tonis Freund Hans auf Geschäftsreise. Sie hätten uns raten und vielleicht sogar helfen können!«

»Ich halte es nicht für sinnvoll, andere einzubeziehen«, antwortete Alice. »So etwas geht meistens schief. Entweder helfen Sie mir, oder ich mache es auf eigene Faust, auch auf die Gefahr hin, von den beiden irgendwie gelinkt zu werden und zu scheitern!«

Mena begriff, dass es der Amerikanerin vollkommen ernst damit war. Wenn sie nein sagte, würde Alice sich ein Taxi rufen und zu Biskops Villa fahren.

»Also gut, ich komme mit. Vielleicht können wir die beiden davon überzeugen, sich der Polizei zu stellen«, sagte sie in der Hoffnung, die Sache auf diese Weise lösen zu können.

»Vielleicht! Aber ich glaube nicht daran!«, antwortete Alice leise. »Uwe Biskop und seine Frau haben seit zweieinhalb Jahrzehnten gelogen, betrogen und gemordet. Solche Menschen geben nicht einfach auf, wenn man an ihr Gewissen appelliert.«

Sie lächelte bitter, aber sie war froh, dass Mena mit ihr kommen wollte. Vier Augen sahen mehr als zwei, und sie traute den Biskops nicht.

»Darf ich Ihren Computer benutzen, um den Flug zu buchen?«, fragte sie und nahm ihre Kreditkarte aus der Geldbörse.

Menas Kopf schwirrte, daher nickte sie nur und sah Alice wortlos zu, bis diese fertig war und den Computer herunterfuhr.

»Wir sollten es so schnell wie möglich hinter uns bringen«, forderte Alice Mena auf, weil diese immer noch mit sich zu ringen schien.

Mena zog hilflos die Schultern hoch. »Das ist wahrscheinlich besser. Sonst könnte es Toni noch einmal passieren, dass die falschen Leute sie für mich halten.«

»Haben Sie eine Waffe?«, fragte Alice und winkte ab, als Mena nach ihrem Brieföffner griff. »Da ist ein Küchenmesser besser!«

»Ich will nicht mit einem Küchenmesser durch Augsburg laufen«, erklärte Mena.

Aufgewachsen in Amerika, wo Waffen zur Kultur des Volkes gehörten, bedachte Alice Mena mit einem nachsichtigen Blick. »Na ja, vielleicht reicht es. Und nun kommen Sie! Jede Minute kann wichtig sein.«

Seufzend steckte Mena ihren Brieföffner in die Umhängetasche und folgte Alice zur Tür. Alles in ihr rief, die Sache lieber den Behörden zu überlassen. Doch Alice Blair alias Elisabeth Gschwendle hatte recht: Ohne Beweise hatten sie keine Chance, und die Zeit, sich solche zu besorgen, würde das saubere Paar ihnen nicht lassen.

10.2

Die Strecke zu Biskops Villa legten sie weitgehend schweigend im Taxi zurück. Etwa hundert Meter vor ihrem Ziel ließen sie den Fahrer anhalten, bezahlten ihn und gingen das letzte Stück zu Fuß. Als sie vor dem Eingangstor zum Grundstück standen, dämmerte bereits der Abend herauf.

»Es darf nicht zu lange dauern, sonst startet das Flugzeug ohne mich«, drängte Alice.

Mena nickte und trat aus dem Aufnahmebereich der Kamera, während Alice mit entschlossener Miene den Klingelknopf drückte. Nur wenig später fragte Susanne Fehse-Biskop durch den Lautsprecher, wer da wäre.

»Ich bin es, Alice Blair! Ich bin zufällig nach Augsburg gekommen und wollte mit Ihnen über eine Sendung in meinem Network sprechen«, log Alice und umkrampfte dabei den Griff des Derringers in ihrer Tasche.

»Ah, Miss Blair! Kommen Sie doch herein.« Hatte Susanne Fehse-Biskop vorher angespannt geklungen, war sie nun die Freundlichkeit selbst. Sie löste die Verriegelung der Gartentür und öffnete die Haustür, um die späte Besucherin einzulassen.

Da sie nur auf Alice achtete, übersah sie zunächst deren Begleiterin. Erst als Mena ins Haus trat und das Licht voll auf sie fiel, erkannte sie diese und wurde bleich.

»Frau Reglin! Das ist aber eine Überraschung!«

»Das kann ich mir denken«, antwortete Alice mit bitterem Spott und zog ihren Derringer hervor. »Nehmen Sie die Hände hoch und machen Sie keine Faxen! Das gilt auch für Ihren Mann!«

Susanne Fehse-Biskop starrte auf die kleine Pistole und schüttelte irritiert den Kopf. »Was soll das?«

»Das werden Sie gleich erfahren. Gehen Sie voraus und rufen Sie Ihren Mann. Wenn Sie versuchen, ihn zu warnen, schieße ich!«

Der scharfe Unterton in Alices Stimme hielt Susanne Fehse-Biskop davon ab, etwas zu unternehmen. Mit einem Achselzucken ging sie in das große Wohnzimmer, in dem ihr Mann saß und in einem Buch blätterte.

»Wer ist es denn?«, fragte er und bemerkte im nächsten Augenblick Mena und Alice sowie den Taschenrevolver in Alices Hand. »Was ist denn jetzt los?«, fragte er verdattert.

Laut Aussage seiner Frau sollte Mena tot sein. Zudem wusste er nicht, was diese mit der jungen Amerikanerin zu tun hatte.

»Setzen Sie sich!«, befahl Alice Susanne Fehse Biskop.

Diese wollte zunächst neben ihrem Mann Platz nehmen, entschied sich dann aber für das andere Ende der großen Couch und ließ ihre Arme über deren Lehne hängen.

»Vielleicht können Sie uns nun sagen, was das Ganze soll! Wenn Sie es auf Geld abgesehen haben: Wir deponieren nie eine größere Summe im Haus. Unsere Kunstschätze dürften Ihnen zu schwer sein, und die paar Goldmünzen in unserem Tresor sind den Aufwand nicht wert«, sagte sie in einem lauernden Ton.

»Wir wollen nichts stehlen, sondern nur Antworten auf ein

paar Fragen«, antwortete Mena kühl. »Meine erste ist: Was haben Sie mit dem Anschlag auf meine Zwillingsschwester zu tun?«

»Zwillingsschwester?«, rief Susanne Fehse-Biskop verblüfft und konnte das »Dieser Idiot Leutmann!«, das ihr bereits auf der Zunge lag, gerade noch verschlucken. Noch mehr ärgerte sie sich über sich selbst, dass sie zwar alles über Mena und deren Arbeit ausgeforscht, deren familiärem Hintergrund hingegen keine Beachtung geschenkt hatte.

»Ich weiß nicht, was Sie meinen«, antwortete sie mühsam beherrscht.

»Sie wissen es ganz genau!« Der Lauf von Alices Pistole zeigte auf Susanne Fehse-Biskops Stirn. Instinktiv hielt sie die Frau für gefährlicher als deren Mann.

»Wenn Sie Geld wollen, darüber lässt sich reden«, sagte Susanne Fehse-Biskop. »Nennen Sie eine Summe, und wir überweisen sie, wohin Sie wollen ...«

»Und bringen uns um – so wie Sie es mit Anna Miersch getan haben!« In Alices Gesicht zuckte es. Seit zweieinhalb Jahrzehnten hatte sie diese Situation herbeigesehnt, spürte aber weniger Triumph als Trauer und eine schier grenzenlose Müdigkeit.

»Anna Miersch? Wer ist denn das?«, fragte Susanne Fehse-Biskop mit einem gewissen Spott.

»Sie spielt mit uns. Machen wir ein Ende!« Ihren eigenen Worten zum Trotz zögerte Alice. Sie wollte das Paar nicht einfach erschießen, denn die beiden sollten wissen, warum sie starben.

»Zeig ihnen die Bilder, die Anna Miersch dir geschickt hat. Pass aber auf, dass du mir nicht in die Schusslinie gerätst«, wies sie Mena an, wobei sie unbewusst zum Du übergegangen war.

Diese zog die Ausdrucke aus der Tasche und warf sie auf die Couch. Während Susanne Fehse-Biskop sich nicht rührte, griff ihr Mann nach dem Schnellhefter und blätterte ihn durch.

»Es sind die Mails, die Anna Miersch uns geschickt hat«, sagte er und erntete dafür einen bitterbösen Blick seiner Frau. »Außerdem sind es die Fotos von damals! Hier, schau!« Er wollte sie seiner Frau zeigen, doch die schlug ihm den Schnellhefter mit einer knappen Bewegung aus der Hand.

»Idiot!«, fuhr sie ihn an und lehnte sich zurück.

Ihre linke Hand verschwand hinter der Lehne der Couch und tastete dort nach ein paar Schaltern. »Anna Miersch war nicht richtig im Kopf. Das steht sogar in ihren Polizeiakten. Sie können mit dem Gestammel und den verwackelten Bildern, die die Frau Ihnen geschickt hat, nicht das Geringste ausrichten«, sagte sie mit gepresster Stimme.

»Wir wollen damit auch nichts ausrichten«, antwortete Alice. »Ebenso wenig haben wir vor, uns von Ihnen umbringen zu lassen. Sie haben schon zu viele Menschen auf dem Gewissen und werden dafür bezahlen. Sie …«

In dem Augenblick drückte Susanne Fehse-Biskop auf einen Schalter. Eine rosa eingefärbte Gaswolke strömte aus einer Düse an der Decke und hüllte Alice und Mena ein. Erstere wollte noch schießen, doch ihre Finger erschlafften, und sie sank bewusstlos zu Boden. Mena sah es noch, konnte aber nichts mehr dagegen tun, denn auch sie kippte zwei Sekunden später regungslos um.

Susanne Fehse-Biskop hatte den Atem angehalten und zählte nun bis fünfzig, bevor sie wieder Luft holte. Im Gegensatz zu ihr hatte Biskop etwas Betäubungsgas eingeatmet und lag nun schwer atmend auf dem Sofa und schien nicht klar denken zu können.

»Es ist doch gut, dass wir uns auf solche Besuche vorbereitet haben«, erklärte seine Frau stolz. »Diese beiden Amateurinnen haben es uns auch noch leicht gemacht, indem sie zusammengeblieben sind, so dass ich nur einen Teil des Wohnzimmers unter Gas setzen musste.«

»Was machen wir mit ihnen?«, fragte ihr Mann, als es ihm wieder besser ging.

»Sie müssen verschwinden, und zwar spurlos. Komm, steh

auf! Wir bringen sie nach unten. Dort überlegen wir uns, ob wir sie einmauern oder in Säure auflösen.«

»Lebendig?«

»Natürlich nicht! Wir machen sie vorher kalt. Übernimmst du die Reglin? Die muss wirklich neun Leben haben wie eine Katze. Doch ein viertes Mal entkommt sie mir nicht!«

Mit einem erleichterten Lachen fasste Susanne Fehse-Biskop Alice unter den Armen. Da sie sie nicht die Treppe hinabschleppen wollte, schleifte sie den schlaffen Körper zum Aufzug. Ihr Mann folgte ihr mit Mena. Sein Gesicht war bleich, und sein Blick flackerte, als er seine Frau ansprach.

»Wie lange soll das noch so gehen?«

»So lange, bis wir beide sicher sind! Diesmal werden wir besser aufpassen. Ich frage mich, wie es dieses Biest geschafft hat, der Reglin eine Mail zu schicken, ohne dass ich es entdeckt habe.«

»Die gleiche Mail kann auch an Jens Reppert gegangen sein«, erklärte Uwe Biskop.

»Danke für die Warnung! Damit müssen wir auch Reppert so schnell wie möglich erledigen. Notfalls sage ich doch die Fernsehreihe ab, um Zeit dafür zu gewinnen.«

Susanne Fehse-Biskop wartete, bis der Lift auf Kellerniveau anhielt, zog Alice hinter sich her in einen Raum ganz am Ende des Kellergeschosses und lief dann nach oben, um die Handtasche der Frau, den Derringer und Menas Umhängetasche zu holen.

»Das Zeug sollte besser nicht bei uns gefunden werden«, sagte sie zu ihrem Mann, während sie die Taschenpistole spannte und auf Alice anschlug.

Doch dann senkte sie die Waffe wieder und legte sie neben sich auf den Boden. Stattdessen durchsuchte sie Alices Handtasche. »Bevor ich dieses Miststück kaltmache, will ich wissen, was sie mit der ganzen Sache zu tun hat.«

Susanne Fehse-Biskop warf Lippenstift und Puderdose auf

den Boden. Das Handy hielt sie kurz in der Hand und steckte es dann ein. »Für das Ding müssen wir uns noch etwas einfallen lassen, ebenso für das Handy der Reglin.« Danach brachte sie Alices Pass zum Vorschein und schlug ihn auf.

»Alice Elisabeth Blair, geboren am 16.06.1985 in Vechta, Germany!«

Als Uwe Biskop das hörte, riss es ihn herum. »Was?«, stieß er hervor und riss seiner Frau den Pass aus der Hand. »Geburtsname Gschwendle? Aber dann ist sie Julias Tochter! Die können wir nicht umbringen.«

»Und warum nicht?«, fragte seine Frau höhnisch. »Sie hat uns bedroht und zu erpressen versucht. Erinnere dich an Mena Reglins Analyse, dass uns neben der Miersch noch eine weitere Frau Drohmails geschickt hat. Das war sicher diese Tussi hier!«

»Aber sie ist meine Tochter!«

Susanne Fehse-Biskop wandte sich kopfschüttelnd zu ihrem Mann um. »Du hast dich fünfundzwanzig Jahre nicht um das Mädchen gekümmert! Ist es da nicht ein wenig spät, väterliche Gefühle zu entwickeln? Außerdem bist du nicht einmal offiziell ihr Vater. Die Julia, dieses dumme Stück, hat auf dein Bitten hin angegeben, dass sie den Vater nicht kennt. Ich hätte das nicht getan! Aber sie war so in dich verliebt, dass sie darauf eingegangen ist.«

Uwe Biskop senkte den Kopf. »Sie hat es um meiner Mutter willen getan. Die hätte mir ein uneheliches Kind mit einer Protestantin aus Schwaben nicht verziehen und mir jede Unterstützung verweigert. Das hat Julia begriffen.«

»Bist du vielleicht deswegen hierher nach Augsburg gezogen? Um ihrer Heimat nahe zu sein?«, fragte Julia Fehse-Biskop lachend. »Was bist du nur für ein Wurm! Ohne mich wärst du nichts! Gar nichts! Vergiss das nicht! Ohne mich hätten sie dich wegen des Unfalls damals eingesperrt. Deine Mutter hätte dich zum Teufel gejagt, und in Vechta hätte man dir Jan Repperts Tod so übel genommen, dass kein Mensch mehr auch nur ein Stück Brot von dir angenommen hätte. Was wärst du heute, wenn ich damals nicht schnell gehandelt hätte? Bestimmt nicht der große Wissenschaftler und das Genie Uwe Biskop, das die Welt mit seinen Erfindungen verbessert hat! Höchstens ein Exknacki, der froh sein darf, wenn er einen Rausschmeißerposten in einer Stripteasebar bekommt.«

»Hör auf!«, rief Uwe Biskop gequält.

»Ich höre nicht auf!«, schrie seine Frau ihn an. »Wir sind diesen Weg zusammen gegangen und werden ihn gemeinsam bis ans Ende gehen.«

Uwe Biskop rieb sich erregt über die Stirn. »Ich hätte damals zu meiner Schuld stehen sollen – und vorher zu meiner Tochter!«

»Tochter?« Alice Blair war aus ihrer Betäubung erwacht. Zwar fühlte sie sich noch wie zerschlagen, hatte aber den Schluss des erregten Wortwechsels mitangehört.

»Ich bin Ihre Tochter?« Es lag so viel Abscheu in ihrer Stimme, dass Uwe Biskop den Kopf senkte.

Seine Frau hingegen richtete den Derringer auf Alice und lachte. »Was glaubst du denn, mit wem deine Mutter ins Bett gekrochen ist?«

»Ich dachte, weil meine Mutter und Jan Reppert …« Alice brach ab und versuchte, ihre Tränen zu schlucken.

»Jetzt flennt sie auch noch!«, spottete Susanne Fehse-Biskop. »Aber das wird ihr auch nichts mehr helfen. Sie steht uns im Weg.«

Als sie erneut auf Alice zielte, packte ihr Mann sie am Arm. »Es wird nicht mehr gemordet! Wir packen das Notwendigste und gehen ins Ausland. Irgendwo finden wir schon einen Platz, an dem wir unseren Frieden finden.«

Inzwischen war Mena ebenfalls erwacht und überlegte verzweifelt, wie sie und Alice aus dieser Situation herauskommen konnten.

»Die Geister derer, die ihr umgebracht habt, werden euch überall hin folgen! Es ist am besten, ihr gebt auf«, sagte sie eindringlich.

Susanne Fehse-Biskop lachte nur. »Warum sollen wir aufgeben, da wir doch fast am Ziel sind! Jetzt seid nur noch ihr beide uns im Weg, aber das nicht mehr lange!«

»Ihr werdet nicht davonkommen! Die Polizei wird auf eure Spur gelangen und die Morde aufdecken«, fauchte Alice aufgebracht. Doch sie war eher verärgert über sich selbst, weil Mena und sie sich so plump hatten übertölpeln lassen. Jetzt würde sie auch noch an deren Tod schuld sein. Bei dem Gedanken spürte sie nur noch den Wunsch, die Frau vor ihr zu töten, ganz gleich, wie die Folgen sein würden.

Susanne Fehse-Biskop musterte Alice mit einem herablassenden Lächeln. »Wen sollen wir umgebracht haben? Niemand auf der Welt kann uns irgendetwas nachweisen!«

»Da irren Sie sich!«, bluffte Mena. »Die Unterlagen, die Anna Miersch mir geschickt hat, sind auch an Jens Reppert gegangen, zusammen mit Alices Aussage, dass vier Personen in jenes Auto gestiegen sind, in dem dann zwei davon starben. Zusammen mit den damaligen Polizeiberichten und dem Obduktionsergebnis werden sie beweisen, dass ihr beide für den Tod Julia Gschwendles und für den von Jan Reppert verantwortlich seid.«

»Es war ein Unfall, wie er jeden Tag ein Dutzend Mal vorkommt!«, antwortete Susanne Fehse-Biskop abwinkend.

»Meine Mutter und Jan Reppert hätten überlebt, wenn rasch genug Hilfe gekommen wäre. Aber ihr habt sie auf die Vordersitze gezerrt und seid davongelaufen. Auch wenn das strafrechtlich vielleicht nicht mehr relevant ist, reicht es zusammen mit all den anderen Vergehen, die ihr seitdem zu verantworten habt, aus, das Denkmal Uwe Biskop vom Sockel zu stürzen. Danach seid ihr nur noch zwei jämmerliche Gestalten, mit denen niemand mehr etwas zu tun haben will.«

Uwe Biskop sah zuerst seine Tochter und dann seine Frau an. »Aber das kann doch nicht sein! Du hast gesagt, die beiden wären tot gewesen.«

»Ich dachte es, aber anscheinend habe ich mich geirrt. Im Nachhinein ist das auch nicht mehr wichtig. Jetzt geht es darum, dass wir heil aus dieser Sache herauskommen.«

Susanne Fehse-Biskop trat ein paar Schritte beiseite, damit ihr Mann sie nicht noch einmal behindern konnte, und richtete die Taschenpistole auf Alice. Ihr Gesichtsausdruck verriet, dass sie fest entschlossen war zu schießen.

Noch nie in seinem Leben hatte Uwe Biskop sich so schlecht gefühlt wie in diesem Augenblick. Sein Puls raste, und sein Magen krampfte sich zu einem glühenden Klumpen zusammen. Er konnte den Blick nicht von seiner Tochter lösen. Bereits vor Elisabeths Geburt hatte er sich aus der Verantwortung für sie gestohlen, und er hatte sie nach Julias Tod im Stich gelassen, obwohl sie ihn da am dringendsten gebraucht hätte. Und jetzt sollte sie sterben, damit er und seine Frau weiterhin ein gutes Leben führen konnten?

»Nein, nicht!«, schrie er und erschreckte seine Frau so sehr, dass diese die erste Kugel in die Decke jagte.

»Idiot!«, fuhr sie ihn an und wollte erneut schießen.

Da war er bei ihr und stieß sie gegen die Wand. »Du wirst Elisabeth nicht auch noch umbringen wie ihre Mutter!«, rief er mit sich überschlagender Stimme.

»Halte mich nicht auf, sonst …«, schrie seine Frau und versuchte, sich aus seinem Griff zu befreien.

Da löste sich ein weiterer Schuss. Ihr Mann taumelte, und sein weißes Hemd färbte sich rot.

»Was ist mit dir?«, fragte Susanne Fehse-Biskop und wollte ihn festhalten. Doch Uwe Biskop rutschte zu Boden und blieb reglos liegen.

»Geben Sie auf und rufen Sie einen Arzt!«, rief Mena.

Susanne Fehse Biskop schüttelte den Kopf. »Ich gebe erst auf, wenn unser letzter Feind beseitigt ist. Mit euch beiden fange ich an.«

»Sie haben damals schon angefangen zu morden – nach dem Unfall in Vechta. Warum haben Sie nicht alles getan, um Ihren Verlobten zu retten?«, fragte Alice.

Sie warf Mena einen auffordernden Blick zu. Wenn es ihr gelang, die Frau abzulenken, hatte Mena eine Chance, sie zu überwältigen.

Zu ihrem Glück bemerkte Susanne Fehse-Biskop den Blickwechsel nicht, sondern starrte mit ungläubiger Miene auf ihren Mann herab. »Ich dachte, Jan wäre tot! Nun, dann war er es eben nicht. Aber nach einem solchen Unfall wäre seine Karriere in der Politik sowieso zu Ende gewesen. Da war es besser, auf Uwe zu setzen. Er hat meine Erwartungen voll und ganz erfüllt.«

»Und jetzt ist er auch tot – oder wird es bald sein, wenn Sie nicht schnellstens einen Arzt rufen«, sagte Mena, die noch einmal an das Gewissen der Frau appellieren wollte.

Susanne Fehse-Biskop lachte jedoch nur. »Ihr werdet auch gleich tot sein, und dann drehe ich alles so, dass ihr meinen Mann ermordet habt und mich auch noch umbringen wolltet.«

»Das glaubhaft darzustellen, schaffen selbst Sie nicht!«, rief Mena und spannte jeden Muskel an, um aufzuspringen.

Nicht weit von ihr kam Alice schwankend auf die Beine.

»Sie haben verloren!«, sagte sie zu Susanne. »So viele Feinde, wie Sie und Ihr Mann sich in Ihrem Leben geschaffen haben, können auch Sie nicht umbringen.«

»Oh doch!«, stieß Susanne Fehse-Biskop hervor und legte auf sie an.

Mena erkannte ihre Chance, stieß sich mit aller Kraft von der Wand ab und rutschte über die glatten Fliesen auf die Frau zu. Ihr Absatz traf Susanne in der Kniekehle und brachte sie zu Fall.

Eine Kugel schlug hinter Alice in die Wand, dann hatte Mena den Arm ihrer Gegnerin gepackt und schlug ihr die Waffe aus der Hand. Der Derringer schlitterte den Boden entlang und blieb einige Schritte von ihr entfernt liegen.

Während Menas Blick der Waffe folgte, stieß Susanne Fehse-Biskop ihr den Ellbogen in den Bauch und kroch hinter der Pistole her. Alice war schneller als sie und raffte die Waffe an sich. Bevor sie auf Susanne Fehse-Biskop anlegen konnte, war diese bei ihr und packte den Arm mit der Waffe. Für eine schier endlos lange Zeit kämpften die beiden um die Pistole. Noch bevor Mena eingreifen konnte, gelang es Alice, den Lauf der Waffe auf das Gesicht ihrer Gegnerin zu richten.

»Geben Sie auf!«, rief sie außer Atem und erhielt als Antwort einen Stoß mit dem Knie in den Unterleib.

Im Reflex zog sie den Stecher durch. Der Schuss knallte, und auf Susanne Fehse-Biskops rechter Schläfe erschien ein kleines, schwarzes Loch, aus dem ein einzelner Tropfen Blut austrat. Es sah so aus, als wollte die Getroffene noch etwas sagen, doch dann fiel sie mit einem erstaunten Ausdruck auf dem Gesicht in sich zusammen und stürzte auf ihren Mann.

»Das war's dann wohl!« Alice sank auf die Knie und begann halberstickt zu weinen.

Mit müden Schritten trat Mena neben sie und legte ihr den rechten Arm um die Schulter. »Wir haben es geschafft. Allerdings frage ich mich, ob es das wert war …«

Alice schüttelte den Kopf. »Nein!«, antwortete sie schluchzend. »Es war ganz anders, als ich es mir vorgestellt habe. Ich sah mich immer wie einen Engel mit dem Flammenschwert, doch jetzt fühle ich mich nur schlecht! Im Grunde bin ich nicht besser als diese Frau.«

»Ihr maßloser Ehrgeiz hat Susanne Fehse-Biskop dazu gebracht, die Grenzen zu überschreiten, die anständige Menschen einhalten. Sie hat gelogen und betrogen, bis ihr am Ende nur noch der Mord an jenen blieb, die ihr auf die Spur gekommen waren«, erklärte Mena leise.

»Und er, Uwe Biskop?«, fragte Alice.

»Vielleicht wäre es anders gekommen, wenn beide andere Partner gefunden hätten. Jan Reppert hätte Susanne Fehse unter Umständen zügeln und deine Mutter die besseren Seiten in Uwe Biskop anstoßen können. Doch durch den Unfall kamen diese beiden zusammen und gerieten in einen Teufelskreis.« Mena schüttelte es, und sie musste sich gegen die Wand lehnen, weil die Beine unter ihr nachzugeben drohten.

Langsam beruhigte Alice sich, suchte schniefend ihre Sachen zusammen und verstaute sie in ihrer Handtasche. Als sie auch die Pistole aufheben wollte, schüttelte Mena den Kopf.

»Lass sie neben ihrer Hand liegen, damit es so aussieht, als hätte sie zuerst ihren Mann und dann sich selbst erschossen – und hol dein Handy aus ihrer Tasche!«

Alice putzte sich die Nase, nahm ihr Handy mit spitzen Fingern an sich und sah Mena bittend an. »Gib mir eine halbe Stunde Vorsprung, bevor du die Polizei informierst. Vielleicht bin ich dann schon in der Luft.«

»Es war Notwehr! Ich kann das bezeugen«, erwiderte Mena. »Wenn wir uns jetzt absprechen, kommen wir beide ungeschoren aus der Sache heraus. Es ist ganz einfach: Biskop hat mit uns beiden geflirtet, seine Frau ist durchgedreht und hat ihn erschossen. Im Handgemenge konnten wir ihr die Waffe entwinden. Dabei löste sich ein Schuss und …«

Alice schüttelte den Kopf. »Nein! Ich will weg aus diesem Land, in dem so viele Menschen gestorben sind – und das auch durch meine Schuld!«

»Die Biskops hätten Wilfried Gadow und Anna Miersch auch ohne dich umgebracht – und mich dazu!«

Mena konnte Alice jedoch nicht umstimmen. Diese presste ihre Handtasche an sich, als wolle sie sich mit ihr schützen, und stieg nach oben. An der Haustür blieb sie noch einmal stehen. »Danke, für alles! Ohne dich hätte Susanne Fehse-Biskop mich eiskalt überlistet und umgebracht. Jetzt kehre ich wenigstens mit dem Gefühl nach Hause zurück, dass mein Vater gestorben ist, um mich zu retten.«

Beim letzten Wort öffnete sie die Tür und lief in die Dunkelheit hinaus.

10.3

Mena spürte Trauer und eine schmerzhafte Leere in sich, wusste aber, dass sie diesem Gefühl nicht nachgeben durfte. Es gab zu viele Details, die sie noch in den Griff bekommen musste. Viel durfte sie jedoch nicht verändern, denn das würde auffallen.

Zuerst steckte sie die Ausdrucke von Anna Mierschs E-Mail samt den Anhängen wieder ein. Dann kehrte sie in den Keller zurück, um nachzusehen, ob etwas von Alice zurückgeblieben war. Dabei kam sie an Susanne Fehse-Biskops Arbeitszimmer vorbei und stellte durch die offen stehende Tür fest, dass deren Computeranlage eingeschaltet war. Es zwickte ihr in den Fingern, eine Kopie von deren Speicherplatte zu ziehen, um die Daten später auswerten zu können. Das aber hätten die Experten der Kripo bemerken können, und so ließ sie es. Stattdessen stöpselte sie die externe Festplatte ab und ließ diese in ihrer Umhängetasche verschwinden.

Nachdem sie sich vergewissert hatte, dass nichts von Alice zurückgeblieben war, stieg sie nach oben und wartete. Als die große Standuhr im Wohnzimmer die nächste volle Stunde schlug, nahm sie ihr Handy und tippte den Notruf ein. »Bitte, kommen Sie sofort! Es ist etwas Schreckliches geschehen!«, rief sie, als sich jemand meldete, und nannte die Adresse der Villa.

Keine zehn Minuten später waren die Polizei und der Notarzt

da. Mena öffnete ihnen die Tür und sah sich fragenden Blicken ausgesetzt.

»Wer sind Sie?«, fragte ein Polizist.

»Dr. Mena Reglin. Ich war heute bei Professor Biskop und seiner Frau eingeladen. Plötzlich gab es Streit zwischen den beiden, und sie haben das Zimmer verlassen – um sich unter vier Augen auszusprechen, wie ich annahm. Ich habe hier im Wohnzimmer auf sie gewartet, bis es mir zu viel wurde, und dann nach ihnen gesucht. Kommen Sie mit, ich zeige Ihnen, was ich gefunden habe.«

Mena wies auf die Treppe und stieg, als zwei Beamte ihr folgten, in den Keller hinab. Die Schritte der Männer hallten auf dem Keramikboden, als sie den langen Flur entlanggingen. Vor dem Raum, in dem Biskop und dessen Frau lagen, blieb Mena stehen.

»Sehen Sie selbst!«, sagte sie und öffnete die Tür.

Die beiden Polizisten traten ein und blieben abrupt stehen. »Das ist doch …«, begann der eine und zerrte sein Handy aus der Tasche.

»Sie müssen nach oben gehen. Hier ist kein Empfang möglich«, riet Mena ihm.

Der Mann nickte und verschwand, während sein Kollege das eigene Handy als Fotoapparat benutzte.

»Wissen Sie, was hier geschehen ist?«, fragte er dann Mena.

»Nein! Ich habe nicht einmal Schüsse gehört. Als ich hierherkam und die beiden so liegen sah, bin ich vor Schreck fast gestorben.«

»Haben Sie etwas angefasst?«

Mena nickte. »Ich habe natürlich nachgesehen, ob ich den beiden noch helfen kann. Außerdem bin ich vor Schreck umgekippt und dort in der Ecke gelandet. Danach habe ich versucht, den Notruf zu erreichen, bin aber hier unten nicht ins Netz gekommen und musste daher wieder nach oben!« Damit, so sagte sie sich, waren die Spuren, die sie hinterlassen hatte, erklärt. Was Alice betraf, so würde sie sich dumm stellen. Dies betraf auch deren Fingerabdrücke auf der Pistole. Ihr Plan war einfach, konnte aber gerade dadurch gelingen. Bei einer komplizierteren Version bestand die Gefahr, dass sie sich in Widersprüche verwickelte, und das wäre fatal.

»Sie sagten, Sie wären hier zu Gast gewesen. Weshalb?«, fragte der Beamte.

»Professor Biskop hat unser Institut mit Nachforschungen beauftragt. Leider gab es ein Unglück, und das Institutsgebäude brannte aus. Nachdem unser Leiter Selbstmord begangen hatte, wollte ich den Professor und seine Frau informieren, dass ich nicht weiter für sie tätig sein kann«, erklärte Mena.

»Sie sagten, Sie sollten Nachforschungen anstellen. Sind Sie Privatdetektivin?«

»Nein! Ich bin Analytikerin in Professor Barins Institut für zeitgeschichtliche Forschungen.«

»Barin? Der hat sich doch letztens umgebracht!«, rief der Beamte aus.

»Das sagte ich bereits! Allerdings kenne ich die näheren Umstände seines Todes nicht, weil ich zu dem Zeitpunkt in Italien war. Ich bin erst heute zurückgekommen, um mit Professor Biskop und seiner Frau zu sprechen.«

»Und weshalb sind die beiden in Streit geraten?«, fragte der Mann irritiert.

»Das weiß ich leider auch nicht. Beide schienen mir schon bei meiner Ankunft ziemlich erregt, und ich hatte das Gefühl, als käme ich ungelegen«, erwiderte Mena, um ihr Lügengebäude weiter auszuspinnen. »Aber das herauszufinden ist Ihre Sache und die Ihrer Kollegen. Ich würde jetzt gerne nach Hause fahren, denn ich habe den Schock noch nicht überwunden, und mir ist übel.«

Mena bemühte sich, entsprechend erschüttert auszusehen, doch der Polizist achtete weniger auf sie als auf die beiden Toten.

»Da liegt eine Pistole! Ein Derringer, wenn mich nicht alles täuscht.« Er beugte sich nieder, hielt aber in der Bewegung inne und sah mit verkniffener Miene zur Tür. »Das ist die Sache unserer Kollegen von der Spurensicherung. Sie bitte ich, noch so lange zu bleiben, bis wir Ihre Aussage zu Protokoll genommen haben.«

»Wenn es sein muss!«, sagte Mena und war erleichtert, als endlich mehrere Kriminalbeamte erschienen. Sie durfte nach oben gehen, sich setzen und etwas trinken. Dann wurde sie eingehend befragt. Sie hatte sich ihre Geschichte mittlerweile gut zurechtgelegt, und so konnten die Beamten keine Widersprüche entdecken.

Nach einer Stunde ließ man sie endlich gehen. Einer der Beamten erklärte noch, dass sie sich für weitere Befragungen zur Verfügung halten müsse. Sie nickte stumm und war froh, als sie die protzige Villa hinter sich lassen konnte. Unterwegs sah sie die Positionslichter eines Verkehrsflugzeugs über den Nachthimmel ziehen und stellte sich vor, Alice würde darin sitzen.

Einen Augenblick lang fragte sie sich, weshalb sie die junge Frau gedeckt hatte. Mit dieser Handlung hatte sie sich selbst zu einer Verdächtigen gemacht. Dann aber zuckte sie mit den Achseln. Alice Blair trug schwer genug an der Last, unbeabsichtigt den Tod mehrerer Menschen verschuldet zu haben. Ihr selbst konnte man nichts vorwerfen. Sie hatte weder die Tatwaffe berührt noch ein Motiv, die Biskops zu töten. Sie konnte im Gegenteil darauf verweisen, dass diese ihr und dem Institut noch eine ganze Menge Geld schuldeten, das ihnen der Nachlassverwalter wahrscheinlich nicht auszahlen würde.

Bei dem Gedanken fiel ihr ein, dass es das Institut eigentlich nicht mehr gab. Die Geschäftsräume waren zerstört und der Institutsleiter tot. Damit konnte sie sich ab sofort einen neuen Job suchen. Vorher aber musste sie Toni im Krankenhaus aufsuchen. Sie fragte sich, welche Verbindung es zwischen den Biskops und den Rockern gab, die ihre Schwester überfallen hatten. Das, so hoffte sie, würde sie mit Hilfe der gestohlenen Festplatte herausfinden.

10.4

Am nächsten Tag wurde Mena telefonisch zum Polizeirevier gebeten. Ein Beamter in Uniform empfing sie und führte sie in sein Büro.

»Sie brauchen keine Angst zu haben! Es ist reine Routine. Könnten Sie die Fingerspitzen hier auf diese Platte legen«, sagte er und wies auf ein Ding, wie Mena es von der Bank kannte, um die Unterschrift elektronisch einzugeben.

Mena gehorchte und sah, wie der Mann angestrengt auf einen Bildschirm starrte.

»Wie erwartet keine Übereinstimmung. Wir haben nämlich neben Frau Fehse-Biskops Fingerabdrücken die einer weiteren Person auf der Pistole entdeckt. Allerdings war uns von Anfang an klar, dass es nicht die Ihren waren. Hätten Sie den Professor und dessen Frau ermordet, wären Sie klammheimlich mitsamt der Waffe verschwunden und hätten uns nicht gerufen. Aber wir mussten uns natürlich überzeugen!« Der Kriminaler lächelte, als wolle er sich entschuldigen.

»Es ist selbstverständlich, dass Sie allen Spuren nachgehen müssen«, antwortete Mena leise.

»Das Ganze ist eine schlimme Sache – und sehr verworren«, fuhr der Beamte fort. »Unsere Spezialisten haben versucht, den Code zu knacken, mit dem Frau Dr. Fehse-Biskop ihren Computer gesichert hat. Dabei haben sie bedauerlicherweise ein verborgenes Spezialprogramm gestartet, welches die gesamte

Festplatte mit einem uns noch unbekannten Programm restlos gelöscht hat, so dass keine verwertbaren Daten mehr zu finden sind.«

Noch während er es sagte, atmete Mena erleichtert auf. Nun war sie gewarnt und wusste, dass sie die gestohlene Festplatte mit äußerster Vorsicht behandeln musste.

»Das ist natürlich sehr ärgerlich! Frau Dr. Fehse-Biskop war eine herausragende Wissenschaftlerin und hatte sicher einige wertvolle Aufzeichnungen gespeichert«, sagte sie nach einer kurzen Pause.

Der Kriminalbeamte lachte kurz auf. »Man merkt Ihnen die Forscherin an! Uns wäre daran gelegen, mehr über das persönliche Umfeld der Biskops zu erfahren. Wissen Sie hier vielleicht mehr?«

Mena hob mit einer bedauernden Geste die Hände. »Leider nein! Ich habe zwar schon mehrfach Nachforschungen vor allem für Frau Doktor Fehse-Biskop gemacht, aber die waren für ihre wissenschaftlichen Sendungen im Fernsehen gedacht.«

»Schade!«, sagte der Mann. »Ich hatte gehofft, Sie könnten uns weiterhelfen.«

Mena lächelte bedauernd und sah dann auf ihre Armbanduhr. »Dauert es noch lange? Ich würde nämlich gerne ins Krankenhaus zu meiner Schwester. Es ist gleich Mittag, und ich habe ihr versprochen, ihr etwas vom Italiener um die Ecke mitzubringen. Das, was heute auf dem Speiseplan steht, mag sie nämlich nicht.«

Der Beamte wandte sich zu seinem Bildschirm um und nickte. »Wir sind fertig!«

»Damit auf Wiedersehen und viel Erfolg bei der Untersuchung dieses Falles!«, sagte Mena und ging zur Tür.

»Den können wir brauchen!«, meinte der Kriminaler, der mit seinen Gedanken schon wieder ganz woanders war.

Mena verließ das Gebäude in der Göggingerstraße, kaufte in

einem italienischen Lokal zwei Portionen Pasta und fuhr dann mit der Straßenbahn zur Klinik.

Ihre Schwester erwartete sie bereits und sah erleichtert auf die kleinen Alubehälter. »Du bist ein Schatz, Mena! Gerade heute habe ich mir gedacht, ich hätte gerne etwas anderes als das, was es hier gibt.«

»Irgendwie habe ich es gespürt«, antwortete Mena.

»Wir sind Zwillinge und sehr eng miteinander verbunden. Daher weiß ich, dass dich etwas bedrückt!« Toni sah ihre Schwester fragend an, doch Mena schüttelte den Kopf.

»Nicht hier und nicht heute. Aber was es auch war – es ist vorbei!« Hoffentlich, dachte sie, denn um sicherzugehen, musste sie erst noch die Verbindung zwischen den Biskops und den Rockern herausfinden. Solange das nicht klar war, schwebte sie, aber auch ihre Zwillingsschwester noch immer in Gefahr. Der Gedanke, dass Toni Opfer eines Anschlags geworden war, der eigentlich ihr gegolten hatte, tat immer noch weh, und sie wollte alles tun, damit es nie mehr dazu kommen konnte.

»Ich habe heute Morgen mit Hans telefoniert. Er ist furchtbar erschrocken und wollte seine Geschäftsreise abbrechen. Aber ich habe es ihm ausgeredet. Es hängt so viel davon ab, dass er Erfolg hat!« Tonis Augen glänzten schon wieder, und sie wirkte weitaus munterer als noch am Vortag.

»Ich drücke euch die Daumen, dass alles klappt«, sagte Mena und öffnete die erste Aluminiumschale. »Hast du Messer und Gabel?«

Toni schüttelte den Kopf. »Nein, leider nicht! Du musst die Schwestern um Besteck bitten.«

»Dann tue ich das jetzt. Hoffentlich gerate ich nicht an Schwester Thea. Die kann es nämlich gar nicht leiden, wenn Patienten Essen von auswärts bekommen!« Mena zwinkerte Toni zu und verließ das Zimmer. Dabei fragte sie sich ein wenig bang, was die Zukunft bringen würde. Sie schüttelte diesen Gedanken jedoch rasch wieder ab. Jetzt galt es erst einmal, dafür zu sorgen, dass sie ebenso wie Alice ungeschoren aus dieser Sache herauskam.

10.5

Zwei Wochen später saß Mena mit Toni, deren Freund Hans sowie Claudius Kaiser und Noreen auf der Terrasse eines in romantischer Umgebung gelegenen Landgasthofs. Das Wetter war schön, das Essen gut, und doch glitten ihre Gedanken immer wieder ab. Susanne Fehse-Biskop und Uwe Biskop waren mittlerweile beerdigt worden. Politik und Justiz hatten beschlossen, den Ball flach zu halten. Man munkelte von einem Beziehungsdrama, und es war auch von einem Unfall die Rede, bei dem die Frau ihren Mann aus Versehen erschossen und sich dann selbst getötet hatte. Die Liste der Trauergäste war lang gewesen. Zu ihnen hatte der Ministerpräsident ebenso gehört wie der Regierungspräsident von Schwaben, der Bürgermeister von Augsburg, aber auch Jens Reppert, der dem großen Sohn seiner Heimatstadt und »besten Freund« seines Bruders die letzte Ehre erwiesen hatte.

Als Politiker muss man flexibel sein, dachte Mena. Sie selbst hatte drei Tage gebraucht, um das Sicherheitsprogramm aufzuspüren, mit dem Susanne Fehse-Biskop ihre Daten geschützt hatte. Aus Vorsicht hatte sie den Inhalt der Festplatte auf ihren Laptop geladen und zweimal die Festplatte neu formatieren müssen, weil das Programm alles zerstört hatte. Aber letztlich war es ihr doch gelungen, es zu finden und zu beseitigen. Mittlerweile wusste sie, wer die Rocker waren, die ihre Schwester beinahe umgebracht hatten, und kannte deren Schicksal. Damit drohte ihr und Toni von dieser Seite ebenfalls keine Gefahr mehr.

»He, Mena, was ist mit dir? Ich habe dich was gefragt!«

Mena zuckte zusammen und sah ihre Schwester an. »Entschuldige, ich habe über etwas nachgedacht.«

»Du weißt ja, dass Hans mir einen Heiratsantrag gemacht hat. Und nun wollte ich dich fragen, ob du unsere Trauzeugin wirst. Und später vielleicht Patin! Wir wollen doch so bald wie möglich Kinder!« Tonis Blick ruhte sehnsüchtig auf der kleinen Noreen, die eben einem riesigen Eisbecher zu Leibe rückte.

»Natürlich werde ich eure Trauzeugin! Ich wäre dir böse, wenn du jemand anders gefragt hättest«, antwortete Mena.

»Vielleicht heiratest du ja auch!« Diesmal streifte Tonis Blick Claudius, der eben seiner Tochter ein wenig Eis stibitzte.

Mena sah ebenfalls zu Claudius. Sie hatte sich in ihn verliebt und mochte auch Noreen. Allerdings fragte sie sich, ob es ihr genügen würde, Hausfrau und Ersatzmutter zu sein und nur noch gelegentlich ihrem Mann im Geschäft zu helfen. In der Hinsicht unterschied sie sich von Toni. Oder auch nicht, korrigierte sie sich. Toni würde ihre Modeboutique auf jeden Fall weiterführen. Warum also sollte sie nicht auch als Ehefrau arbeiten? Derzeit sah es jedoch mit einem neuen Job schlecht aus. Hier in Augsburg bekam sie nichts, und in eine andere Stadt zu ziehen würde möglicherweise das Ende ihrer Beziehung zu Claudius bedeuten.

»Vielleicht«, antwortete sie etwas traurig. Sie wollte noch mehr sagen, als der Klingelton ihres Handys erklang.

»Entschuldigt mich bitte! Ich hoffe nur nicht, dass es schon wieder die Polizei ist. Die hat mich in den letzten Wochen genug gelöchert.«

Als sie ein paar Schritte zur Seite trat und sich meldete, war Irmbert Claaßen am anderen Ende.

»Schön, dass ich dich gleich erreiche, Mena. Ich wollte dich fragen, ob du schon eine neue Stelle hast?«

»Leider nein!«, antwortete Mena. »Ich suche noch. Hast du etwa was für mich?«

»Das könnte sein. Allerdings müsstest du deine Kündigung beim Augsburger Institut für zeitgeschichtliche Forschungen zurückziehen. Die Investoren wollen es nämlich fortführen und haben mich gefragt, ob ich die Leitung übernehmen will. Ich habe unter der Bedingung zugesagt, dass du bleibst. Wir erhalten ein neues Gebäude und die beste Ausrüstung, die du dir wünschen kannst. Frau Scherzle wäre auch mit an Bord. Ich helfe ihr bei ihrer Doktorarbeit, und sie tritt als vollwertige Kraft bei uns ein.«

»Und wer kocht dann für uns Kaffee?«, fragte Mena belustigt, während ihr tausend Gedanken durch den Kopf schossen.

»Dafür werden wir eine Praktikantin einstellen«, erklärte Claaßen fröhlich. »Hast du morgen Zeit, damit wir über alles reden können?«

»Natürlich!«, antwortete Mena erleichtert.

Claaßen nannte ihr noch sein Hotel und die Uhrzeit, zu der sie zu ihm kommen solle, dann beendete er das Gespräch.

Mena sah einen Augenblick verblüfft auf ihr Handy und kehrte dann zu den anderen zurück. Dabei wirkte sie so fröhlich, dass Toni sie erstaunt ansah.

»Was ist passiert?«

»Ich habe einen neuen Job, und zwar in Augsburg. Unser Institut macht weiter, diesmal aber mit einem Leiter, mit dem ich auskommen werde.«

»Schade!«, sagte Claudius leise.

Mena ging zu ihm hin und küsste ihn. »Warum schade? Es ist doch schön, dass ich in Augsburg arbeiten werde. Damit können auch wir zusammenbleiben.«

So ganz gefiel Claudius ihr neuer Job nicht, denn er hätte sie als Unterstützung brauchen können. Er begriff jedoch, dass Mena gewohnt war, ihr Leben selbst in die Hände zu nehmen. Außerdem hatte er von einer Frau, die wie eine Klette an ihm hing und forderte, dass er nur für sie da sein sollte, die Nase voll.

»Ja!«, meinte er lächelnd. »So ist es wohl am besten. Aber ein wenig wirst du mir doch helfen müssen. Bei meinen Geschäften könnte ich nämlich die eine oder andere Analyse brauchen.«

»Das werde ich wohl noch schaffen!«, antwortete Mena lachend und setzte sich wieder.

Der Albtraum der letzten Wochen war jetzt endgültig vorbei, und sie freute sich auf das Gespräch mit Irmbert. Vorher aber wollte sie Alice Blair die Videoaufnahme von der Beerdigung ihres Vaters schicken. Beeindruckend genug war diese schließlich gewesen.

Mena tat es noch am selben Abend und war überrascht, wie schnell sie Antwort erhielt. Dann aber lachte sie über sich selbst. Zu New York gab es einen Zeitunterschied von sechs Stunden, und es war dort gerade mal später Nachmittag. Sie öffnete die Mail und las erleichtert, dass Alice gut nach Hause gekommen war. Die junge Amerikanerin hatte es vermieden, ihren Vater und dessen Frau zu erwähnen. Stattdessen schrieb sie, dass sie eine Korrespondentenstelle in Singapur erhalten habe. Dabei fragte sie an, ob Mena sie dort einmal besuchen wolle.

»Singapur!«, murmelte Mena vor sich hin und überlegte. »Wenn Claudius in nächster Zeit dorthin fliegen sollte, könnte ich ihn begleiten. Ich hoffe dann nur, dass es dort ruhiger zugehen wird als hier. Ein weiteres Mal möchte ich so etwas nicht erleben!« Sie lachte kurz, trank einen Schluck Tee und beschloss, mit Claudius über einen möglichen Flug nach Asien zu reden.

Nike Andeer

wurde in Nordrhein-Westfalen geboren und lebt heute in der Nähe von München. »Schuld vergeht nicht« ist ihr erster Roman und der Beginn einer großen Krimi-Serie um die junge Wissenschaftlerin Mena Reglin. Weitere Mena-Reglin-Krimis sind bei Goldmann in Vorbereitung.

GOLDMANN
Lesen erleben